中 阿 典 籍 互 译 出 版 工 程

مشروع تبادل الترجمة والنشر بين الصين والدول العربية

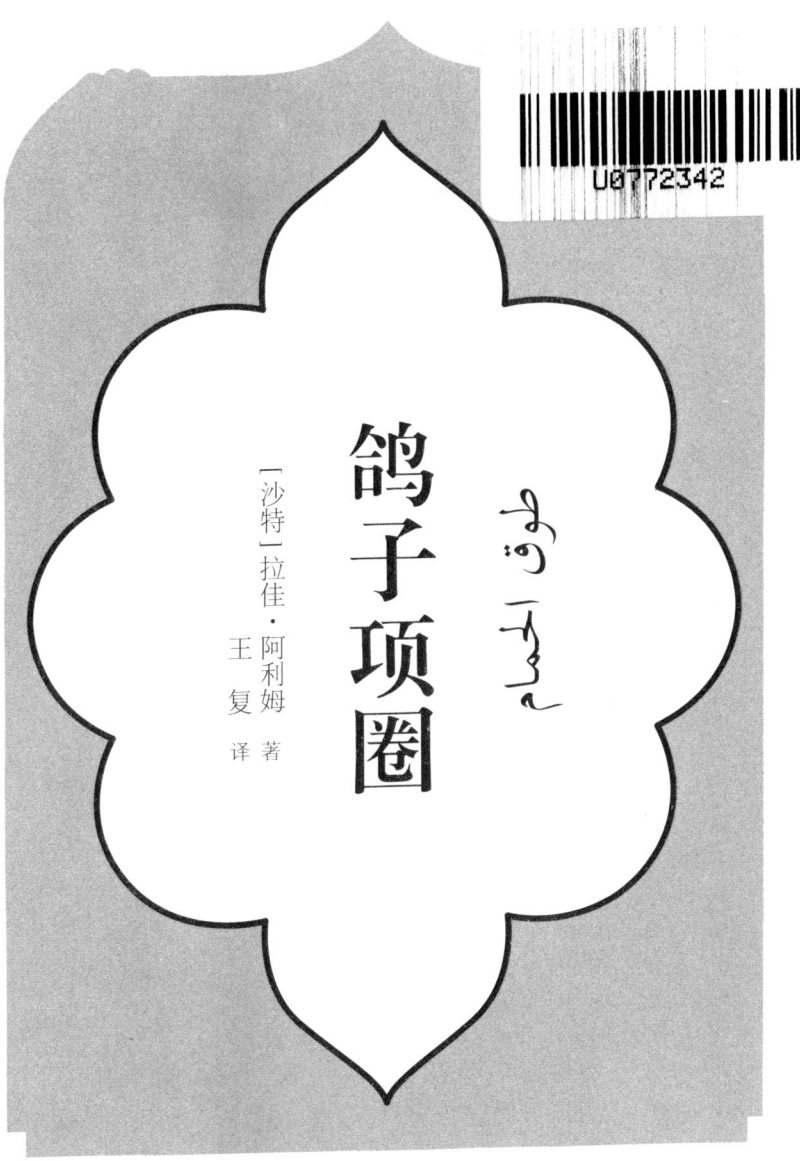

鸽子项圈

[沙特]拉佳·阿利姆 著

王复 译

五洲传播出版社

图书在版编目 (CIP) 数据

鸽子项圈 / (沙特) 拉佳·阿利姆著；王复译. --北京：五洲传播
出版社, 2024.1

ISBN 978-7-5085-5100-5

Ⅰ. ①鸽… Ⅱ. ①拉… ②王… Ⅲ. ①长篇小说－沙特阿拉伯－
现代 Ⅳ. ①I384.45

中国国家版本馆CIP数据核字(2023)第168264号

出 版 人：关　宏
责任编辑：杨　雪
装帧设计：林夕苑
内文设计：马尔曼

鸽子项圈

作　　者：拉佳·阿利姆（沙特）
译　　者：王　复
出版发行：五洲传播出版社
地　　址：北京市海淀区北三环中路31号生产力大楼B座6层
邮　　编：100088
发行电话：010-82005927，010-82007837
网　　址：http://www.cicc.org.cn，http://www.thatsbooks.com
印　　刷：北京市房山腾龙印刷厂
版　　次：2024年1月第1版第1次印刷
开　　本：710 mm × 1000 mm　1/16
印　　张：41.75
字　　数：500千字
定　　价：98.00元

总　序
中阿典籍互译：沟通中阿人民心灵的桥梁

中国与阿拉伯世界的友好交往，已有近 2000 年的历史。张骞出使西域，哈里发奥斯曼遣使中国，郑和七下西洋，伊本·白图泰游历华南……中阿两大民族的先贤们用一个个壮举，为中阿友好书写了彪炳史册的篇章。

但是，中阿两大民族从古至今的交往也有一些遗憾：在古代，双方交往更多体现在器物层面，古代阿拉伯人和中国人对对方的历史记述，大都是对风土人情的表面描述，很少探及对方的精神世界；到了近现代，阿拉伯人和中国人都更关注西方这一"他者"，阿拉伯世界消隐于大多数中国人看世界的视阈之外，而阿拉伯人的目光，也较少投射于中国——遥远东方的另一个"他者"；即使到了当代，中国人民和阿拉伯人民对彼此的认知，也仍有不少想象、误读的成分。不过，这些遗憾是可以通过人文交流、典籍阅读等途径而得到弥补的。在本质上，中国文化与阿拉伯文化既相似又互补，各自都有其独特魅力，加上两大民族有着类似的历史遭遇，还有长期友好交往的历史，因此，中阿文化完全能够通过沟通、交流而互相欣赏、取长补短。

无疑，典籍的译介和阅读是增进中阿人民深度了解的最有效途径。在此，回顾一下中国和阿拉伯国家典籍互译的历史，并对中阿典籍互译的现状和成就作挂一漏万的展示，或许不无裨益。

　　阿拉伯典籍第一次译成中文，可以追溯到1899年。当时，中国穆斯林学者马德新将中古时期埃及诗人薄绥里的宗教诗《衮衣颂》译成中文《天方诗经》出版，这也是近代中国最早译介的外国文学作品之一。此后，周桂笙、周作人、奚若、包天笑等文化名人分别将《一千零一夜》的部分章节从英文转译成中文；文学大师茅盾将纪伯伦的几则寓言和一篇阿尔及利亚小说译成中文；另一位著名文学家冰心在纪伯伦的《先知》出版后不久偶然接触此书，被"那满含东方气息的超越的哲理和流丽的文词"打动，遂将此书译成中文出版。民国时期，阿拉伯民间文学巨著《一千零一夜》也有了多个译本，包括纳训从阿拉伯语直接翻译的5卷译本。

　　阿拉伯典籍的翻译，在新中国成立后依然势头不减。阿拉伯古典散文名著《卡里莱和笛木乃》、埃及文豪的自传体作品《日子》等，都被译成中文。这一时期还着重译介了不少阿拉伯诗人、作家的反帝爱国题材作品。典籍翻译在十年"文革"期间有所停顿，但在改革开放后迅速迎来一个高潮，阿拉伯各国现当代文学作品，被大量译成中文出版。进入新世纪以来，中阿文化、文学交流又迎来了空前繁荣的阶段。据不完全统计，迄今为止译成中文的阿拉伯文化、文学典籍已有300多种，其中大多数译作都于最近30年完成。

　　值得一提的是，中国对阿拉伯典籍的译介还出现了多个热点：如伊斯兰宗教经典《古兰经》迄今已有14个中文译本，其中马坚先生的译本影响最大；阿拉伯民间文学巨著《一千零一夜》显示出经久不衰的魅力，迄今已有 5 个全译本和数不胜数的选译本；纳忠先生主持翻译的埃及著名学者艾哈迈德·爱敏的名著《阿拉伯伊斯兰文化史》(8 卷本) 被列入"汉译世界学术名著丛书"出版，在学术界产生广泛影响；黎巴嫩文豪纪伯伦受到中国读者的特别喜爱，成为中国人最为熟知的阿拉伯现代作家；埃及文豪马哈福兹也有近 20 部作品被译成中文，引起读者和评论界的重视；叙利亚大诗人阿多尼斯的诗作近年畅销中国市场，创造了外国诗歌在中国接受的一个奇迹……　由于几代中国出版人和译者的努力，我们可以说，对于喜爱读书的中国读者而言，阿拉伯世界并不陌生，阿拉伯人民、阿拉伯文化有血有肉、亲切真实地存在于他们的阅读记忆中。

正如阿拉伯的作品深受中国读者、乃至中国文化名人的厚爱，阿拉伯文学大师也独具慧眼，意识到中国文学、文化经典的价值。纪伯伦曾在一篇散文中写道："我的思想认定的英雄，是孔子、老子、苏格拉底、柏拉图、阿里、安萨里……"，他将孔子、老子列为心目中的思想英雄之首，表明他对两位中国伟大哲人的理解和钦佩。纪伯伦的好友、黎巴嫩"侨民文学"的另一位主将努埃曼则对老子表示过异乎寻常的热爱。马哈福兹对中国文学与思想作品也并不陌生，他曾告诉上门拜访的中国学者：他印象最深的两部中国作品，分别是老舍的《骆驼祥子》和马坚翻译的《论语》。叙利亚诗人阿多尼斯、埃及作家杰马勒·黑托尼、伊拉克诗人优素福·萨迪等当代阿拉伯文化名人，也都大力鼓励中国典籍在阿拉伯世界的译介。

据不完全统计，迄今为止译成阿拉伯语的中国文化、文学典籍也有 200 部，从事翻译的主要是埃及培养的汉学家、在华工作的阿拉伯语专家、中国外文局等机构和有关高校的阿拉伯语专家，以及一些爱好中国文化、从其他外语转译的阿拉伯人士。得益于他们的努力，孔子和老子的学说，李白和杜甫的诗篇，《红楼梦》《金瓶梅》等文学名著，鲁迅、巴金、王蒙、莫言、余华、霍达等现当代作家的小说，以及介绍中国传统文化、当代中国改革与发展经验的书籍，都引起了阿拉伯文化界和普通读者的兴趣和关注。

今天，随着中国和阿拉伯国家友好合作关系的深入发展，中阿政府部门对典籍互译工程也愈益重视。2008 年《中国—阿拉伯国家合作论坛》第三届部长级会议通过公报，支持在"中阿合作论坛"框架下开展中阿文明对话，并提出"中阿典籍互译出版工程"的设想。2010 年，原中华人民共和国国家新闻出版总署与阿拉伯国家联盟秘书处共同签署了"中阿典籍互译出版工程"合作备忘录，标志这一工程的正式启动。按照备忘录要求，双方相互出版对方 25 部作品。这些作品展现了中国和阿拉伯国家的悠久历史、灿烂文明，反映了中阿双方经济、政治、文化、社会的发展成就。同时这一工程对于增进中阿人民的深度了解、加强中阿文明的交流互鉴起到了十分积极的作用。

通过中阿典籍的翻译，中国和阿拉伯民族日渐加深了这样的认知：我们两个伟大民族都有着深厚的文化底蕴，其古往今来的精神创造不仅是两大民族的珍贵遗产，也是全人类的共同财富与骄傲；中国、阿拉伯和世界上许多民族一样，历经痛苦、忧患与磨难，也为幸福、希望和未来而奋斗。

典籍翻译这座桥梁，让中阿人民的心灵靠得更近了。

薛庆国

2020 年 3 月

前　言

　　沙特阿拉伯女作家拉佳·阿利姆的小说代表作《鸽子项圈》（طوق الحمام）出版于 2010 年，第二年获得了阿拉伯小说国际奖，即俗称的"阿拉伯布克奖"，这也是该奖项自从设立以后第一位女作家获奖。当年的布克奖，她是和摩洛哥作家穆罕默德共享了这一奖项。有一些评论家和作家对此深表不满，认为这一貌似公平的评奖结果对于拉佳·阿利姆却是不公平的，他们认为评委会对拉佳·阿利姆有着性别上的歧视，在他们看来，拉佳·阿利姆的这一部作品完全可以独享这一奖项。由此可见，阿拉伯文坛对于拉佳·阿利姆的这一部小说作品是高度认可的。

　　这一作品和阿拉伯古代作家伊本·哈兹姆 (995—1063)《鹁鸽的项圈》（طوق الحمامة）具有很强的互文性。伊本·哈兹姆的《鹁鸽的项圈》是一部有关"爱情艺术"的理论著作，比欧洲的同类作品《爱的艺术》（弗洛姆著，1956 年）早了大约 1000 年。伊本·哈兹姆在书中分门别类地谈论了爱情的原则、爱情的表现特征，分析了各种爱情的优劣，也谈论了遗弃、分离等爱情的灾难性现象，还对贞洁之美与苟合之丑进行了比较，从而升华了主题——追求坚贞、纯洁的精神恋爱。书中也描述了自己同侍女努阿姆的爱情、婚姻和妻子死后深深的怀念。通过与这些爱情故事的互文，拉佳·阿利姆进入了当代女性和爱情的话题。

从字面上看，两部作品的标题基本是相同的，仅有一个字母之差，但拉佳·阿利姆所用标题的立意却有了很大的不同。伊本·哈兹姆的"鸽子"用的是阴性名词，而拉佳·阿利姆用的"鸽子"是阳性名词，也是"鸽子"的统称，其中潜含的女性主义意蕴令人掩卷深思。在伊本·哈兹姆《鹁鸽的项圈》中，贞洁是他所要强调的主题，但是"贞洁"对于生活在现代世界的拉佳·阿利姆来说，却是对女性深深的桎梏和束缚，小说中提到一个古老的故事：一个女孩出生在一个疯狂注重贞洁的男人家里，这个男人为了保持女孩贞洁的思想，把女孩关在自家的地窖中，完全切断了她和外部世界的联系，甚至极端地把男性的、阳性的任何痕迹都抹掉了，她不仅见不到除了父亲以外的男性，甚至她的所有用具都不能是带有阳性性质的物件，由于小碟子是阳性名词，所以给女孩送食物的时候从来不用小碟子（طبق），而是用大瓷盘（صينية），因为瓷盘是阴性名词；因为羊羔是阳性名词，所以，女孩从来就没有吃过羊羔（الخروف）肉，父亲给他吃各种牛肉，因为牛（البقرة）的复数名词是阴性的；她也不能睡在床上，因为床（السرير）是阳性名词，父亲只让她睡在敞篷的轿子（阴性名词）里；她也不能戴项链（طوق）和耳环，因为这两个词也都是阳性名词，她只能戴词性为阴性的手镯……"就这样，他让一个老太婆在女性世界里照料她。女儿在这个世界里长大，但是这个世界的阳性特点并未消失，因为"世界"一词是阳性的，此词创造时即是如此。这个女孩就是在这样一个纯工具，从而使她能够看见外面的世界。"这一情节让我想起了英国"纯洁的"维多利亚时代怕桌子腿容易引起人们对"腿"的性幻想而将桌子腿用布匹包裹起来。拉佳·阿利姆不仅叙述了这样的"保护""贞洁"的故事,还借助小说中的人物优素福之口直接抨击那些道貌岸然的男人们:

是你们,偷去了我的生命。你们扼杀了街上每个年轻女子的生命。你们是反对生命的背信弃义的、虚伪的集团。你们毒害着我们人头巷的年轻人,你们变成了这条街上的奸细,侦察着我们最强烈的愿望和最美的梦想,你们成功了,把专属于我们的时刻变成了地狱。尽管如此,你们还敢于用麦克风做礼拜,每天五次!你们祷告,请求安拉让你们进入他宽广的天堂中的花园。你们已经让我们生活在窘迫、狭窄之中……

除了与《鹣鸽的项圈》的互文性容易让人们联想到这一部非常经典的古代作品并引发人们对爱情的思考之外,拉佳·阿利姆还采用了非常独特的叙事方式。小说采用了第一人称的叙事,然而叙述者不是作家本人,也不是其他的什么人,而是伊斯兰教最神圣的地方——麦加老城的的一条巷子,这条巷子被作家命名为"人头巷"。小说这一怪诞的地名和独特的叙事者令人耳目一新,一下子就吸引了读者的注意力。作为叙述者的人头巷在作家的拟人化手法下时不时就幻化成一个具有人格特征的存在:

我,人头巷,与那一切无关。
有时,我独坐祈祷,是的,不要吃惊,所有的一切都做祷告。有时,我闭上双目,在治疗遗尿症药物的作用下，任思想驰骋。服用这种药时，抑郁症患者应吞下几大口，遗尿症病人则吃上几小口。我拿了一个50毫升的胶囊，将其中的粉末分成五份，夜里加倍服用，其他时间减量，直到我的胃壁受到腐蚀，于是我把药停了，遗尿又开始了……

作家以"人头巷"作为第一人称来叙述，这样的构思使得小说自然而然地具有了一种全新视角，因为在这条独特的巷子里发生的一切事情，在这里居住的所有人物，对于这位独特的"叙述者"来说，是最清楚不过的了。

女作家还成功地引起了读者对宗教圣地麦加的关注。她把故事发生的地点设置为麦加。在以往人们的印象中，麦加是一个神圣的地方，它不仅对于阿拉伯人是神圣的，而且对于整个伊斯兰世界的穆斯林来说都是神圣的。但拉佳·阿利姆却出乎意料地砸烂了人们对麦加的固有印象，向人们揭示了一个隐秘的世俗世界，甚至是一个不乏种种阴暗的世界。在拉佳·阿利姆笔下，麦加同世界的许许多多城市一样，也有腐败，有犯罪行为，有妓院，甚至有黑社会。故事开头就引出了人头巷4人被砍头的情节，暗示了一个颠覆人们想象的麦加老城。有些故事甚至就发生在麦加清真寺里。如此大胆的书写在沙特文坛上不多见，尤其是在女作家身上更是少见。

小说的另一个引人之处是苏菲神秘主义方式和魔幻式的书写。比如在描述优素福在清真寺里被人们抓起来以后，三天三夜都没有去过厕所，也没吃过一口饭，只是喝了几捧渗渗泉水，但3天没进食不仅没有把他饿死，反而让他的身体发生了神奇的变化，他发觉自己变得轻巧透明。而当他站在禁寺的院子里通向克尔白天方的大理石走廊上的时候，"人们从他的身体中间穿过，竟如在一束阳光中穿过一样。他的身体已然成了一种没有密度和深度的存在，当人们从他的身体穿过时，他的身体好像 X 光，透视着他们的身体内部。"

　　小说能这么快就翻译成中文出版，是各方努力的结果，包括沙方政府相关部门和中方政府相关机构以及五洲传播出版社，但最为关键的是译者王复女士。五洲社的编辑曾经希望我能承担这本小说的任务，但是我经过慎重考虑，婉拒了，不仅仅是因为自己时间无法保证，而且也因为小说篇幅超长，语言风格多变，其翻译难度可想而知。但是王复女士作为一位经验丰富的翻译家毅然承担了该小说的翻译工作，委实令我敬佩不已。她也同样很忙，承接这一翻译任务期间正在承担《习近平谈治国理政》系列及其它重要书籍的阿拉伯文翻译工作，但出于对阿拉伯文学的热爱和强烈使命感，她不辞辛劳地应承了这一翻译任务。也正是她，才有可能使得这本小说这么快就与中国读者见面，因为她翻译和校对过 100 多部中、阿文作品的翻译经验和语言能力，使她得以用比其他译者快得多的速度将这部 600 多页的巨著在短短的几个月时间里就完成了译稿。

林丰民

2020 年 11 月

于北京大学外文楼

为了爷爷阿卜杜·拉妥夫的宅子

  这宅子的外墙上被画上了一个红色的 X，说明它将要被拆除。不久前，这里开始变成了那些奇怪的、俨然要占据整个麦加①的四轮家伙的停放处。圣训里讲到世界末日的征兆时说：黄金丢弃在各条道路上。小时候读到这句话的时候，觉得那是一种根本不可能的奇谈啊，可今天，看看行驶在一条条道路上那些数量比麦加人口还多的天价汽车时，我们真的看到了黄金被抛撒、被遗弃。山丘崩塌了，消逝了，吞噬了古老的建筑，那其中就有爷爷的那座宅子，一个坐落在麦加城伊斯坦布尔地区禁寺周围高地上的老宅。现在，昔日纯朴的一切已杳无踪迹，只有这本书里还留存着它的一丝气息。

  我正在为我的老爷爷——麦加人优素福·阿利姆读这本书。以前，他经常把面饼放在禁寺的礼拜毯下，让它变硬。当然，如果我们觉得，如今敲一下键盘，就把邮件从麦加发到中国是一种懒惰的话，那么，他那种方法，真可以说是典型的偷

---

  ① 麦加，伊斯兰教的第一圣地，它坐落在沙特阿拉伯西部赛拉特山区一条狭窄的山谷里，面积大约 760 平方公里。四周群山环抱，层峦起伏，景色壮丽。1932 年沙特阿拉伯王国建国，麦加被称为"宗教之都"。旧城称为"易卜拉欣洼地"。

懒了。是的,我的这位爷爷,就是那种只用一瞥目光便可走遍一方土地的人。

阿利姆坚信,被转传的知识是亡人从死者那里弄来的学问。死亡是后天发生的,内在的生命是被馈赠的,充盈在生命之海人对造物主认知的精神世界里……所以,我这位老爷爷规避一切可传递之物,执着于生命之海中的一切学问。于是,他礼拜毯下的面饼越来越多了。他相信他脚下的土地,相信包括我父亲穆罕默德在内的自家孩子们脸上闪耀着的熠熠之光,可以让眼睛看到隐藏在视线背后的事物。

目录

上　部

人头巷

本书中唯一确定无疑的，就是尸体所在地：一条被叫作人头巷的狭窄的小街。这里所指的人头，绝不仅仅是一个，而是几个。

除了我自己，又有谁敢动笔来写关于这条与几个人头有关的街巷的事情呢？我，人头巷，是麦加城边副朝①集合地旁的一条小巷。在这个集合地，准备做副朝的朝觐者们要用净水清洁全身，除却旧年的罪恶，为新年可能发生的过失备留落脚之处。

我，人头巷，喘息之王，由于我擅长应对那些难以应对的事情，因此得到这样一个绰号。从未有人关心过我是否得享光明，不过，我早已经学会了在黑暗中麻木地长坐。我的鼻孔里充塞着发酵的粪便、下水管的污秽混合在一起的味道，如同被遗忘的使徒们身上散发出的的那种气味。我用这样的鼻孔深深地吸着气，然后屏住呼吸，几分钟后，再将这种污秽之气从口

---

① 副朝，伊斯兰教朝觐的一种。伊斯兰教朝觐分正朝和副朝，正朝时间是伊历 12 月 8—12 日，这五天中完成教法规定的全部朝觐礼仪。副朝不受时间限制，除正朝外的任何时间都可自愿履行。

中呼出，使其变成流言蜚语、迷信胡说、谬语妄言，使我这里的居民窒息。这些居民既无法承受艰难的现实，也无法明白将要把他们践踏在地的原子时代，只能从历史中挖掘能安定自己神经的镇静剂。

也许，在主尔胡木和阿马里克^①时代，我尚未存在。但是，那伴随着战争和噬血的王国更迭的历史，就是我生存的见证。希贾兹地区最大的河谷滋润了干涸的我。这条河谷被叫作努阿曼。在《孟吉德》辞典里，努阿曼一词有"鲜血"之意，或许，那河谷就是嗜血王国的一个面罩。

"人头巷"这个名字还算可以吧。最令我嫉妒的街巷，大概就是"臂肘巷"了。据说那里曾经有艾布·伯克尔^②的一个店铺，专卖丝绸和毛料，他的宅子也坐落在那条巷子里。那宅子对面的墙上有一块石头，人们经常去抚摩，据说，那是伊斯兰教先知摸过的石头，或许就是先知所说的，在他被派遣的那些夜晚向他问候的那块石头吧。那块石头就在麦加。这块石头左侧对面的墙上有一块石片，石片中间有一个小坑，那个坑能容下一个臂肘。探访这个地方的芸芸众生确信，当初先知就是倚靠着这面墙，对右前方的石头讲话的，他那高贵的臂肘曾经嵌入石片之中。还有人说，若有哪个麦加人不育，从先知的妻子赫蒂彻住的宅子走到这块石头处，便可多生多育。是的，我真希望自己是那样一条街，神奇的想象为那里的墙壁创造了言语之口，可以问候过往者，和他们交谈，回应他们的抚摩。也许我无法与神话历史上的任何一条街巷竞争，但我起码可以超越不少的街巷，比如说"拥抱我巷"，如果两个人想同时穿过那条街巷，就必须拥抱而过；还有"葬礼之路"，那充满忧伤的街

① 主尔胡姆人，古阿拉伯部落；阿马里克人，古巴比伦居民。
② 艾布·伯克尔，伊斯兰教史上第一任正统哈里发。

巷，一生只能经过一次。我不是"米哈拉斯"巷，一条鼓励自由滋生繁衍的头颅粉碎的街巷。我也不会成为"可怜人之巷"，让那些衣衫褴褛的乞丐们和为自己的权利赞主乞讨的修道者们围坐在火堆旁；我更不是"煤炭巷"，或是以拥有结出血色果实的稻子豆树而自傲的"红巷"。

我，人头巷，与那一切无关。

有时，我独坐祈祷。是的，不要吃惊，世间万物都是要做祷告的。有时，我闭上双目，在治疗遗尿症药物的作用下，任思想驰骋。服用这种药时，抑郁症患者应吞下几大口，遗尿症病人则吃上几小口。我拿了一个 50 毫升的胶囊，将其中的粉末分成五份，夜里加倍服用，其他时间减量，直到我的胃壁受到腐蚀。于是我把药停了，遗尿又开始了……

对于那些可以改变我的命运、使我在麦加的地图上有踪迹可寻的名人来说，我，人头巷只是一条无声无息的街巷的名字而已。

天房幔帐

　　人头巷！为什么我名字里的"人头"是表示多个人头？难道是代表人头相互碰撞吗？在我还没出生的时候，人们在这里，在副朝集合地的周围，发现了四个被埋的男人的头颅。不过，你们要注意，我说的不是这部小说里那颗打破了我的沉默的女人的头颅，我这里讲的是四个男人的头颅，在某个时期被砍下的四个男人的头，也许是在奥恩酋长时期，也许是在哪一个土耳其统治者掌权时期。当时，人们正在迎接从埃及台尼斯城来的护送天房幔帐的队伍，他们送来的绿色绸缎的幔帐上饰有红色的图案。趁着这位酋长和他的护卫们出来迎接麦加头领和官人的时候，四个男人偷了旧的幔帐。当时，天房的仆人们已经把旧的天房幔帐卷好，放在麦尔卧方向的法塔赫门上，等着谢班家族①的人将其拿到漂洗场，除去上面用金银线刺绣的安拉之名后卖掉，换钱为生，这可是麦加对谢班家族一年一度的馈赠。四个男人把偷来的幔帐放在骆驼背上，向副朝的路上奔去。当酋长的卫队追上他们时，他们已经把幔帐变成了一个

---

① 谢班家族被誉为天房的"守护者"，该家族持有天房钥匙长达 16 个世纪，伊斯兰教之前的蒙昧时代时，谢班家族就负责掌管天房的钥匙。

帐篷，住在里面，同时，还收留了一些穷人、病人、疯子和有残疾的人，他们赤身裸体地在帐篷下进进出出，以此减轻自己的病痛和忧愁。天房幔帐被偷以及幔帐具有神奇功能的消息一直被隐瞒，以免引起异端之说或者引起贪婪者效仿。当时有传言说，这四个人像那些西方旅行者和不信教的人们一样，穿着朝觐者的衣服偷偷潜入麦加。他们当中的一个是犹太人，另一个是基督教徒，第三个自称先知，第四个是拜火教徒。这种情况，麦加法官只能迅速做出判决：因拜物多神，他们犯下杀头之罪。一天夜里，他们的头被砍下，躯干被扔进了雅乎尔井，那里堆积着被洪流裹挟而来的麦加的垃圾。那几颗人头则被挑在一捆长矛上，放在他们被逮捕的地方，作为罪行的见证。说到这里，我要讲讲那个女人了。她光着双脚，从麦加走到了那几颗人头的旁边，坐在头颅下面，哀悼着他们，有时，还会背诵《古兰经》国权章。据说，她曾经是这四个男人的情人，每天早上，她都迈着被麦加的沙子烧烫的双脚，来到这里，坐下和这些人头开着玩笑，让他们彼此争抢她的情和爱……夜幕降临的时候，她又返身离开，以避免人们说三道四。这条街巷就是从这个女子悲伤的玩笑中站立起来的，而必须承认的是，我就是女人下体里的欲望之水，或者是她心中或手掌间的溃疡之处。虽然乌鸦们争相撕啄这几个人头眼睛周围的脂肪，但是，那个女子却不曾把一滴泪水撒在人头上，她只是在号丧和吐气，以致于这条街巷都被撕裂了。现在我可以说，撕裂这条街巷的是情感。这种情感始于那些成群地集结在利德瓦清真寺的焦虑的副朝者，它的尽头则是乐器店中令人沉醉的声音，它的中部是一段把头颅掩埋在沙丘中、让精灵的演奏声回荡或者消逝的历史，它的四周是为悲伤开启的入口，它的窗户为爱紧闭，它最大的一扇门，就是这扇可以偷偷张开的门，那扇迷恋和相思之门。它就在第一位或最后一位酋长（奥恩或侯赛因，绝无什么区别）营建的供人休憩的果园，如今，它俨然变成一块让焦渴的人垂望的小小的湿地，吸引着那些求水之人，同时，也在保护副朝之路不受酒鬼和强盗侵犯。

尸体之前的事情

我说过，这个故事是从一具尸体开始的，但是，因为这个故事是我的故事，所以我选择忽略这具尸体。我们绝不会像关注活人那样去关注死人。在这具尸体还没有将我们的丑陋揭穿之前，我一直把恋爱和复仇的情节隐藏在那些门扉之后。现在，当我提起阿札，或者说，我要揭示阿伊莎的浪漫情史时，我并不是说那具尸体是她俩当中的一个。其实，说那具尸体是人头巷的任何一个姑娘都未尝不可。但是，我应该做到准确无误，不能混淆了姓名和称谓。在了解故事的详情之前，在考证那可疑又暧昧的四颗人头的眼睛里反映着什么东西之前，不应该匆忙指证凶手。这四颗人头上布满了黑色的煤灰，这成了隔在我和它们之间的面纱：

酷爱历史的优素福，他所持有的历史学位证书上，有院长的绿色签名和不可伪造的乌姆·古拉大学的蓝色印章，这是他对麦加山上历史悠久的尖塔进行研究的结果，而他自己则登上了人头巷的热恋尖塔，为姑娘阿札和麦加宣礼。还没等他从那些尖塔上走下，他就陷入了梦呓之中，以至于把阿札和麦加合二为一了。

那个名叫穆阿兹的人，一直在学习、锻炼，以便继承父业，

9

成为清真寺的伊玛目。同时，他还偷闲，兼做照相馆的伙计。名叫海利勒的人，有飞行驾照，但那个驾照已经被作废了，当然，他也因此有了被私人航空公司拒绝任职的信函。还有一个人叫台斯·艾俄瓦特，是患夜盲症的伙夫的养子，他有时会捡拾一些人体器官，来满足自己不正常的欲望……正像穆扎希姆老爷子确定的那样，这些人的脑袋都可以被挑在矛枪头上。1926 年，麦加被长期围困，未经战争就投降后，伊本·沙特与阿里·本·侯赛因国王达成协议，后者交出了吉达。随后，伊本·沙特展开攻势。穆扎希姆就是在此次战事之后来到了麦加，在图尔白战役中，十五岁的他变成了孤儿。酣战的消息使得希贾兹①地区也毫无抵抗地投降了。他在那里住了很久，直到目睹那些被杀死的亲属们成堆的手指脚趾被风吹落在沙丘上。现在人们因为银子对他的历史和老年生活进行指责评说。那些银子是他逃离希贾兹之前收集起来的。他在一个死亡亲戚的衣服下摆上弄出一些和银币一般大小的洞，把银币藏在里面，然后把尸体埋在他售卖米面糖茶的店铺的地下。简单来说，穆扎希姆就是一个专门经营日常生活用品的商人，他患有慢性便秘，不得不经常把蘸上扁桃油的食指伸进肛门。每到斋月，伊历②十月的新月尚未出现，他的肛门就已溃烂，肠子硬得像石头一样。他甚至想从教法上确认一下，把扁桃油放入肛门，对开斋到底有没有影响，是否会破坏斋戒。

---

① 希贾兹，又译为"汉志"，位于沙特阿拉伯王国西部沿海地带。因其辖区有伊斯兰发祥地麦加和麦地那而闻名于世。

② 伊历，在中国也被称为回历。

尸　体

　　受过训练的摄影师穆阿兹从一个平台跳向另一个平台，当他俯身向下看的时候，身体竟然像被麻痹一样停在了半空，在两座房子之间幽深的夹道处，他看到了尸体，一具暴露出精美下体的女人的尸体，一条腿弯曲，另一条腿伸展。瞬间，几只眼睛盯住了低矮树丛中的这个血色花苞。

　　"这种死亡的画面多么完美啊！"穆阿兹轻声呼叫着，摁下了相机快门。

　　一个像企鹅一样的女人出现在巷子入口，白色丧服上的罩袍鼓了起来。于是，巷子尽头的奥德琴声沉寂了，一个鲁莽的鼓手敲出的鼓声响了起来。只见那个女人在尸体旁边转着，说：

　　"敬畏你们的主吧！把死者的下体遮盖上吧！"乃札赫的妻子，乌姆·穆哈吉尔·艾哈迈德的母亲一遍遍地重复着这句话。

　　人们在她身后挤来挤去，因为她的驼背挡住了他们投向女尸的视线。

　　一个长着橙色胡须的老头拄着手杖闯入了这个画面，那双生着白内障的眼睛发出的目光刚一落到宛如被分割于两岸的两个乳房的乳头上，他的心中顿生恐惧：

"不能让我的女儿阿札长出这种到死都不知羞耻的身体。"

为了排除这种可能，穆扎希姆内心反复思忖着："阿札是一只鹰，昨天，我给了她一个嘴巴，她就用她的目光狠狠地蜇了我一下。阿札不会这样轰轰烈烈地活着，也不会这样丢人地死去！安拉啊！我祈求你让她平安而去，并在美女之中复活。"

在那些窗子后面，女人们的啧啧声不断，妈妈们都在冲着那具尸体吹着气，不愿让这灾难继续延续，牵连人头巷的姑娘们。

我被嘈杂的声音包围了——人头巷狭窄的入口处的尸体，引出了一位警官、两辆警车和一辆救护车。当官方的记录需要死者姓名时，一切又顿时归于静寂。

已经成为无名女尸的那个女人，身无遮盖地躺在巷子里众人的目光之下。他们把白布盖在她的身上，将她抬起时，她修长的右腿耷拉在担架的边上，蹭着地上的土。她被抬到救护车上，护士把那条腿收回去，塞进了车里。

这具尸体只把她那只脚的印记留在了我的背上，让人们看见了她精心修剪过的、涂着玫瑰色指甲油的脚趾，还留在穆扎希姆老人和女教师阿伊莎两家之间的空地上的水滴。

瓮罐内

　　哈丽麦的目光在自家平台和周围住房的墙壁之间游移着，看着我这里，也就是这条街巷里，显露着贫困，散落着破旧家具的平台和她家那个只有蓬草生长、近乎裸体的平台，对我这条街巷里那些居民的行为颇觉奇怪。他们竟然把朽坏的椅子、开裂的沙发随意丢弃在这里，任由风吹日晒雨淋，任由时间恣意摧残，潮湿的破沙发和碎毯子引发出的愁苦就这样集聚在心里，她想起阿札，心里因为那个录音带中的内容而感到疼痛……每个家庭都在保护自己的女孩子，想让自己的孩子远离发生在那具女尸身上的丑闻。

　　她始终沉默无声，直到一只乌鸦掉进了平台边上的一只瓮罐里。那个罐子的盖子就像一个摆设，乌鸦挣扎着，终于像一团黑乎乎的影子一样逃了出来，随后，竟然有一只麻雀也从罐子里飞了出来。

　　哈丽麦揭开那个已经潮湿腐坏的盖子，发现罐子里装满了用废塑料袋包裹着的纸张。那些发黄的纸页噬咬着她的心，她的手也在颤抖。"这不是我的孩子优素福的文章手稿。"他的文章都收拾得很整齐，分门别类地堆放在房间的一个角落里。哈丽麦急切地翻动着那些纸页，把纸拉到脸颊和鼻子旁边。优素福手上的汗渍，他被压抑的思想，甚至他的疯狂，全都扭动在那些字母里，从最上面的那张纸到画着一个孕妇肚子的水泥纸袋，都写满了那些字母。她的目光停滞在了用炭笔画出的那张图上。那张图画的是一个女人从腰到膝盖部分的躯体，那两条又粗又肥的大腿和圆滚滚的肚子，看上去就像一个丰满的大梨。

哈丽麦是个文盲，全然不知那些标注着日期的纸页上究竟写着什么东西，但是她的感觉与记忆力却非常惊人：那些滔滔不绝地涌出并在天际消逝的字词，像一串驮着重木的驼队；那些点状的笔画像跪卧的骆驼留下的印记；那些像发情季节的猫一样跳跃的字词让她感到烦恼，显然，那些猫尾巴上的毛已被拔掉，甩动出了许多墨迹，还发出猫叫的声音；有些纸页中间的小洞，或者纸页上快要掉落的角，很像风化的岩石；还有一些字迹，看上去就像破碎的绳结纠缠而成的网。

哈丽麦意识到，在这些纸页里，那具女尸把她流离失所的儿子的五脏六腑都抓在了手里。

令她吃惊的是，几十页水泥纸袋上，到处都是车轮印和黑黑的煤灰，这些印记留下了人和摩托车的影子，还有被霓虹灯照亮的招牌，而那些暗影里的牌子却锈迹斑斑，和人头巷里众多店铺的牌子十分相像。

哈丽麦把瓮罐举到鼻子旁边，感觉到一股潮湿的煤的气味冒了出来。她的恐惧感油然而生，心怦怦地跳个不停……她急忙把罐子紧紧盖上，背对着它，自言自语道：

"但愿我能认识那些字……"

天使姑娘

当调查的风暴席卷我的各个角落、吹进所有的宅院时，我，人头巷，紧紧闭上了眼睛。所有的人都被传唤到警署接受调查。闯入，搜查，没收，没完没了。咖啡馆里所有的录像带都被查抄了；所有的乌鸦，特别是穆舍白布果园的乌鸦都被吓得飞走了（女尸出现的前几天，穆舍白布的一宗买卖亏损后，这座果园就变得空无人迹了。）穆舍白布没影儿了，优素福也不见了，因此，传唤他的摆茶水摊的母亲哈丽麦到警署进行调查，绝对是在意料之中的。我，人头巷，阅人专家，注意到那些从警署回来的人，个个黑着脸，食指上都留下了按手印的墨迹。哈丽麦就像要为客人们倒茶那样，准备好了接受调查，还用指甲花给手掌重新染了色。当她走进刑侦警官纳赛尔的办公室时，两个人同时愣住了。她原本以为会看到那天早晨最先接触尸体的警官阿里。那天，阿里漫不经心、有些懒散地围着那具尸体转了转，耳边一直没有离开手机，因为他正和那手机里说话的那个女人调情逗趣，他只是用目光扫视着那里的人们，然后向助手发出指示，然后又让助手将尸体搬走，结束现场勘察。

"可是，你不提取指纹吗？"出租车司机哈利勒用一种嘲讽

15

的腔调说着，引起人们的注意，那种官场上例行公事般的的微笑突然在炎热中凝固了。阿里警官并没有挂断手机，而是立即反问道：

"你们当中有人是死者的亲戚吗？"他瞪着眼睛，把周围的人们扫了一遍："请跟我们一起走吧，做一个基本的调查，进行立案登记，把指纹提交给专门的检查机构。这都需要这位亲戚到我们那里。弄清这个案子需要时间，一个月，一年或者……只有安拉才知道……案子可能会涉及很多人……我们这可不是在看电视连续剧……"众人退却了，阿里警官指示助手清理现场。

哈丽麦打量着面前的纳赛尔警官。他没有阿里警官眼中那种由于肤浅幼稚而形成的高傲自大的目光。看上去，他就像是一个被自尊包裹起来的干巴巴的东西，他的身后，有索尼空调，有在房间的各个角落都能吹到脸庞的吊扇。房间的电线和插座上，到处都是蜘蛛网。当这个男人面对那些死者一张张冰冷的脸，对于同样的问题进行质问时，那张蜘蛛网似乎也爬上了他的脸颊，使他脸上的皮肤变得粗糙起来，仿佛屋子里那块棕色骆驼绒地毯的纤维延伸到了他的脸上一样。纳赛尔的祖先是也门的盖哈坦人，他已经在刑侦部当了二十五年的主任，被他调查过和与他打过交道的人不下几千，这些人对他的印象是：如果他本人不是世界末日来临时吹响号角的那位天使，那他一定是那位天使的一个助手，借助天使的神力，隐身在那部索尼空调里，冻结嫌疑犯的面孔。这个纳赛尔神经有问题——哈丽麦产生了一种同情的思想。纳赛尔把他的转椅向右转了半圈，佩戴着肩章的肩膀正好转到了桌角，躲开了这个女人的目光。这个女人让他想起了自己的姑姑阿特拉，斯拉特山中的米哈里姆谷地的女王。阿特拉嫁过半打男人，他们的年纪都比她小很多。她像一条毒蛇一样有名，只要眼睛一瞥，就可以让一个男人坠入情网……他们说，她可以直接看到男人的精液通过脊椎。她知道控制男人精力的触点。她说，她在临死前，将把她知道的这些秘密告诉米哈里谷地情欲最盛的姑娘，但是那个姑娘必须认字，能够把这些触点记录下来，并且传布出去。当时，米哈里谷地那些行将就木的老头子们争相得到阿特拉的友情，就是希望找到他们精力所在的秘密，并获得重生。

阿特拉经常出现在他的梦中。他经常梦见最后的场景：在他的姐姐法蒂玛的葬礼上，阿特拉竟然大胆地冲撞他的父亲。纳赛尔面色苍白，他的办公室里散发着昔日的血腥气味，那是从裹着白色尸布的法蒂玛身上散发出来的气味。除却那块白布，深埋在他记忆中的，只有法蒂玛的一对乳房。当时，纳赛尔只有五岁，那一天的一切都早已没了印象，只有那显示着危险的炎热的气味，还有那对乳房上边那两个直径三英寸的黑色圆圈，深深地嵌入了他的记忆里。这一切都发生在塔伊夫烈士区里那条尘土飞扬的街上。纳赛尔看见男人们都把惊惶的目光集中在那两个黑圈上，这让他的父亲怒火中烧，边跑边脱掉身上的白袍，把它扔到法蒂玛的身上，然后像发疯了似的，把尸体裹好，向自家拖去。他经过过道进入院子，然后用一段树枝把自己那件袍子挑起，并扔到远处……父亲的手落到离他最近的一个器皿——咖啡壶上，随即响起了沉闷的打击声，法蒂玛的身体挺了起来，咖啡壶嘴砸到了法蒂玛的脸颊上，血突然迸涌出来，流满了她的面孔和脖颈。父亲竖起食指，大声喊道："你们的姐姐得哮喘病死了……"然后，他站起身来，把自己过节和参加聚礼时穿的那件袍子烧了。法蒂玛那张脸，还有她当时的样子，永远留在了纳赛尔的记忆里。

他们的一位医生亲戚给法蒂玛开具了死亡证明，他理解这位父亲面对的灾难，只能勉为其难地、头也不抬地写着。他带来了这样一种传言："这位父亲不接受女儿与邻居的爱恋，而那位已经与女儿订婚的侄子，听到她女儿爱上别人的消息，立刻解除了婚约。可是，他的女儿有一颗友善的为爱跳动的心，正是这颗心，让她痴狂，把她赤身裸体地丢在了大街上。"

对于隐瞒丑闻的技巧，所有的邻居都十分精通。他们来到死者的家里，与死者的父母一起哭嚎，讲述着那些因哮喘而死亡的病例，还有被蚊虫叮咬而死的事情……直到把死亡说得只是一丝没喘过来的气息那样简单……但是，深深的哀痛和悲愁始终都在妹妹们的眼神中游荡，因为姐姐法蒂玛的丑闻就是她们美名的终结，是她们丧失结婚和各种生活机会的开始。只有她们的姑姑阿特拉发誓再也不踏进这个家门，然后径直跑向警局，报告了咖啡壶事件，为死者送上真诚的怜悯。她知道自己能够打破吉尼斯纪录，但是，她却不可能打碎那些热衷于详查人们隐私的头脑，而这隐私恰恰关乎人的名誉。

这件事情已经过去四十年了，那场悲剧以他父亲的离世而落幕。他父亲并非因法蒂玛之死而悲伤离世，而是因为对个人名声的哀悼而离开的。纳赛尔成了孤儿，背负着卑劣的名声悄无声息地成长着，待他发现了第一个可乘之机后，便逃往麦加，从他家里的斑斑血迹中逃离。因此，当他的手触摸到人头巷尸体的卷宗时，第一个感觉就是觉得要弄清那究竟是谁的尸体，是谁把它抛到了街上。于是，他立即开始了调查。

哈丽麦的目光穿过肩章，直接进入了他的心里，进入了那个因姐姐的死亡而隐藏痛苦的男孩的心里。汗水流下，落到了双肩和双鬓上。"你的儿子优素福是嫌疑人之一。"他用嘶哑的声音说着，努力重现几十年前的危险情形。尽管如此，哈丽麦却以一种同情之心，为他进行着选择。茶炊已经烧开，杯子已经擦得闪亮，她拿着同样的铜制咖啡壶，开始编织关于人头巷的事情，并把这些故事收入自己的百科全书中。

"优素福的心很温和，看见有人死在墙下，他都吓坏了。我这个孩子像和面做饼一样，学习和研究历史，获得了乌姆·古拉① 大学优秀的文凭，然后在《乌姆·古拉报》工作。"纳赛尔没有打断她，只是听着索尼吊扇不停转动的声音，从她的咖啡里记起了他对麦加的热爱，"我已许愿终身保卫神圣的麦加的荣光。"

这时，哈丽麦又往咖啡里加了一点姜粉：

"穆舍白布是他的同伴，他们有一样的信仰，一样的习惯。自从我们认识了他，他就时不时地过来，来的时候总带着件礼物。"水刚一烧开，她就把壶从炭火上挪开了：

"'火啊，你对易卜拉欣变成凉爽的和平吧！'② 人头巷的姑娘们，天使们还在嘲笑她们，整个宇宙，都没有她们的声息……"

"阿伊莎，阿札，真是拿她们没有办法，就说阿伊莎吧，就住在一个盒子里，面对着一个电脑，而阿札，要不是我用一些布料去分散她的注意力，她早就被那些纸和炭笔淹没了。"

"在人头巷，没有哪个姑娘应该是被杀死的。"

"如果你把《古兰经》放在我面前，我可以发誓，优素福连一只蚊子都不敢杀死，他已经完全被纸墨占有了……在这个世界上，他继承的遗产就是那堆被瓮罐里的湿气和平台上的乌鸦腐蚀弄烂的纸张。"

---

① 乌姆·古拉，即麦加。
② 《古兰经》众先知章：69节。

查抄的纸页

2000 年 4 月 6 日

阿札之窗

阿札是我生命中的第一个奇迹。我写她，陷入了对她的爱恋。

我为什么爱上了阿札？

我一直在观察她，注意她，发现她把自己的秘密藏在平台最下层台阶上的一个破旧的收音机里。在我九岁时的一天，她发现了我写给她的第一张纸页。

那是一张图画，画的是一个三角形的小姑娘，发辫就像七根刚刚断了的琴弦。那天，阿札第一次拿起炭笔，想和那个小姑娘说话，于是，只用了三条线，就照着小姑娘的样子画出了一个小女孩，随后，我画了一个头发更短的小女孩。这张纸就这样在我们俩之间传来传去，最后，她竟画了一个男孩，并把他叫作"优素福"，这一下子打破了我心中的平静。我感觉到了她的第一次触摸，不可言状的触摸。画面上那个男孩的到来，俨然成为最有罪恶感也最令人迷恋的事件。

没有阿札，我绝不会尝到恋爱的滋味。在那样幼小的年龄，我感受到了爱给我带来的第一次激情，阿札变成了所有的姑娘，变成了我看到的每一个女子。

那时，我看到那个男孩已经把像鸽子一样的小女孩释放出来，抚摸着它的脖颈，闯进女性世界的禁地。但是，直到我把它从藏身的破旧的收音机里放出的时候，鸽子都没有向后面瞟上一眼。我用手指在它的双眼处写上：阿札有一双仙女的眼睛。

纸页被弄皱了，情话让小姑娘的心紧缩起来。我听见鸽子笑着说："如果，我打开脖颈上的项圈，用我的尾巴剪掉这个小女孩的头发，我就要吞掉这个男孩，然后飞走。"

纳赛尔警官翻弄着优素福的一堆日记，有些纸上标明1987年及以后的一些日期，有的则标明伊历355–1120年，这是它们从平台的瓮罐中被发现并被查抄的日子。这些纸页中最重要的是一份报告，上面有检查这些纸页的专家留下的文字：诉讼人优素福将他的日记称作窗子，并按以下题目将其分类：阿札之窗，写的是他的恋人居住的巷子；麦加之窗，是对历史的挖掘。

此时已是夜半时分，年轻的警官纳赛尔还在办公室，注视着那成堆的审讯记录。侦查进入了死胡同。每天都会有几十桩案子经过他的手，有的以杀人罪结案，有的则是强奸罪，没有找到罪犯的，案子便被挂了起来。但是人头巷的案子不同。这条街巷里的人都十分清楚死者的身份，却不肯揭穿，这让这位带有传奇色彩的调查警官产生了疑惑。他本可以马马虎虎地对待人头巷的这桩案子，让它和优素福的日记及阿伊莎的那些信件一起被档案吞噬，但是，那些纸堆中有一种隐秘的东西似乎在向他挑战。于是他重新进入这个案件，留在办公室夜以继日地工作，一顿顿的快餐，让他的血脂血糖都在升高，但是，这种坚持，却让他越来越接近事实真相。

纳赛尔推迟了标有"阿伊莎电子信件"档案的审理。这些信件是他手下的人从失踪的女教师电脑中标有"—"的文件夹中下载并复印的。档案里是这样写的："这些信件来自某个方位，通过电脑写给一个不知名的人。"这些信件里有什么未知的沉睡的东西？谁将会唤醒它，又会以怎样的爆炸性的方式将其唤醒？

2001 年 8 月 30 日
阿札的殓衣

如果大地是一卷布匹，那么，我们需要多少米布匹来包裹自己和一个或两个孩子，还有阿札？

我知道殓衣是一块八到十米的白布，用它裹尸体时，在下半身处分开，头部打结，嘴也会被遮盖起来，因为嘴是丑陋的，即便在人死的时候，也不会吃饱或满足。我觉得殓衣是把我们与自己生活的尘世分离的最残忍的一种东西。已经穿上殓衣的阿札，还能允许我梦想与她同居，生下一个孩子吗？

我打量我和母亲用硬纸板搭建的空间，那是你善良的父亲穆扎希姆老人家，让我们搭建在平台上的。我已经二十八岁了，每长一岁，便可占据十平方厘米，现在我有了二百八十平方厘米，卖茶水的母亲占据的面积比我的多一倍。这个空间包括一个房间和一个角落里的厕所。为了让自己感觉不到卑贱和困苦，我们把变质的腐肉和茶叶的残渣一起煮，让所有的恶臭都冲上天，把我们自己变得如同天使一般。

我坐在母亲的茶摊前，周围是擦得发亮的茶炊和茶杯，透过闪亮的茶杯，我在扭曲的脸上看到了想象中的那些天使，这是我非常痴迷的游戏，我用它来增强我的自尊心。

当我凝视着呈现在茶炊上的你的幻影时，我准备写一写面纱，写一些遮障之物，如果我描写死亡，你会不高兴吗？我在母亲腹中产生第一次躁动时，死亡就把我和父亲隔离开了。阿札，我给他写信，是为了能来到你的身边，撕破那如同黑夜一样挤压我的面纱。

我努力用最朴素的文字，像我第一次到你身边时你穿的衣服一样朴素的文字来书写，那是件黑色的开身袍子，两肘处是剪开的。

当我书写时，不要嘲笑我。

这个男人坐在那里开始书写，以此干扰那些死者，不让他们对自己的死亡感到满足；他选择书写，是想给自己梦想的生活一种补偿：他的孩子们都在一起，他们心悦诚服地认为，他的奋斗、沮丧都是为了大家，他是一个没有勋章的英雄，他们是他唯一的所有。在他书写的时候，最痛苦最痴迷的东西都是关于女人的，他希望她们能够把未曾给他但也不会给予其他男人的东西留给他。这个写作的男人太可怜了，当他成为一名职业作家并写出整本整本的东西时，他发现自己是在一条文盲街巷里写作，他写的东西根本没有人读，那些历史的卷册不过是蛀虫的食物……

我们写作，是为了让人活，也是为了让人死（你

23

应该这样看我）。

我知道，我不是在和你讲话，我是在和那个在你之后来读我日记的人讲话。他一定会来，在字句之间窥探，为那些接踵而来的想要弄清我是谁的人进行侦察。我要说：我就是那些东西的撰写者，是记录历史的人。我是近乎机器一般的的优素福，二十八岁，我被错误地诅咒，以丑陋的面貌生于八十年代，生活在二十一世纪。

但是，我要在这里写下我的秘密：读者，我向你发誓，我以健美的身体生于五十年代，活过了六十年代，就是在那里，阿札遇见了我，爱我，与我一起徜徉在幸福的时间之中。

你不要去询问任何事情的真相。

你说，你在为一个在二十一世纪转生的东西阅读。那个东西正在不断扩张，就像那些有限的和无限的商业集团一样，都是一些恐怖的妖怪。

我的笔名是优素福·本·阿乃格，那个伸手可以从海底抓鱼，然后把鱼送到太阳那里烤熟的巨人。这个巨人驱赶着一队人马走了很多天，从他的头顶走到脚底，他想让这些人马驱赶他身上的苍蝇。可这队人马发现，他的身上并没有什么苍蝇，撕咬他的身体的，是很多很多的狼。这个巨人经历了努哈时代的洪水。在洪水还没淹到他的腰部的时候，他逃了出来，在时间中行走，碰到了迷途中的以色列人，于是，他举起一块山体般大小的石头，想把那些人砸死。如果没有摩西为他们祈祷，那些以色列人早就丧命了。结果，那块岩石碎了，从上面掉下来，像一个项圈一样

24

套在了他的脖颈上。我在《乌姆·古拉报》使用阿乃格这个名字，只是出于对这个阿沃吉·本·阿乃格的问候。

纳赛尔警官觉得，这个叫优素福的人写这些东西，是想让人读的，而不是要隐藏什么秘密。他在向掩饰挑战，他将自己的目光置于读者的眼中，公布人们习惯于隐藏的东西。这让纳赛尔心里感到一丝不快，曾有一刻，他不再想读这些纸页，不想让人们去了解这些对往昔的回顾。但是，他内心的感觉仿佛在对他说，他有能力处理最无辜的坦白，并从中抓住隐藏的罪犯……于是，他以挑战的心态继续读了下去。

2004 年 9 月 20 日

阿札之窗

啊，阿札，我来到了窄巷之中的家，把你家卫生间的小窗作为我的朝拜之向，在那里寻找我们约定的标志：挂在小窗铁栏杆上的布条，那个布条可以告诉我你父亲穆扎希姆的动向。

远远的，我看到红色的布条在大声呼喊着：

"危险，不要靠近！"于是，我把位于你房间门下的窗子关上，来到位于你房间之上的的那个屋子，在里面用力地跺着脚，想呼唤你的头和躯干，然后住在孤独的你的身体里。

我应该不再给你写这些东西了，我们早已不像开始游戏时那般年幼。那时，我的秘密微不足道。我还记得我四岁时给你写的两个字：结婚！

当我看到你在读它的时候，热血涌到我的脸上，让我两耳发烫，我认为这两个字的意思是拥抱或是性交！你知道这个词是怎样以欺骗的方式表达它的含义，并保持它最初的暗示的吗？

这个词就这样敲击着我的心，我们的身体也在这种敲击中逐渐长大。无论语言老师怎样解释，这个词都一直在鼓动我，说：拥抱她，直到肋骨断裂，直到你们的距离消失。

我一直在搜寻那些字面表达与实际含义不同的字词，搜寻那些遮挡着其他面孔的面孔，还有那些将我们藏入另一个梦中的梦想。那些梦想不愿意接纳我们，因为它本来就是另一个存在，而这另一个存在不愿意把它从梦想的图书馆中借出，这个图书馆中的梦想，曾经是那些成群结队来到这里的人们最大的希冀。

我这样胡言乱语，就是要说，我要用我的方法揭开面纱，首先就是你的面纱。

啊，阿札，你真的变成了一个女人吗？正像你对我发出的警告那样：优素福，现在你我之间隔着一层面纱！好吧，作为一个男人，我和人头巷里的男人们一样，也需要一块遮羞布，我不想让你的眼睛看到自己被暴露的样子。

你如何指望一个男人成为向你表白的一页白纸？那个我许诺给你的男人已经被我弄丢了，他身上所有的插头都被拔掉了。

我应该继续呼吸，为你的胸膛送进氧气。我听见自己正在开裂，就像我和你在一起煽动你的情欲时那样。

我坐在一辆公共汽车上给你写东西，忽然感觉自己的灵感像被掏空的塔一样轰然垮塌，这种宿命的结局让我停在汽车中间，我手上的纸页散落一地，工人们用落满尘土的眼睛盯着我。背井离乡的恐惧，没有阻挡他们追逐梦想，可是我呢……

　　我现在多大了？

　　汽车上坡下坡的时候，每停一下，都会让我的头晃动起来，撞到旁边的人身上。我和所有同属石油一代的人一样，需要把自己身份的碎片拼合起来。

　　你知道那些流着湿漉漉的汗水的身体是怎样和你讲话的吗？

　　一个满身汗水的男人拿着一只装着大米和鸡的塑料袋子，一屁股坐了下来，说他正处在两难的境地。他要赶快去建筑工地。昨天，他的一个同伴从脚手架上跌落，他们在那里等着手推车或者随便什么车，足足等了好几个小时。最后，他们把他抬到了一辆卡车上，开始与死亡赛跑。他们把他送到了最近的一家诊所，可他还是死了，花了四百沙币，只留下了一份病例档案。

　　男人身上的汗液想和我尽情畅谈，再从我这里发散开去，他说：我们都在从一个建筑工地奔向一个坍塌之地。

　　我偷偷地看着那张画着你的眼睛的纸，还有前方的道路。抬眼望去，人群、店铺和各种各样的颜色都像闪电一般呈现，我敢打赌：任何一个只有两米宽的地方都不可能聚集起如此多的皮肤的颜色。麦加就像一只鸽子，脖子上缠绕的项圈五彩斑斓，颜色种类早已超过了人类的光谱。

你能和我一起看到那些店铺垂挂的招牌显示出的执拗和缠绵吗？侨民，陌生人，正在孵化着新的后裔，使麦加的地理结构变成了两大片：一片是杂乱无序的经营之地，另一片则是宗教气氛浓厚的消费之地。两片地区交流不断，一个月的交易量竟达五十亿美元。人们喝着奶茶，加了松子的薄荷茶，浓的咖啡，七喜和百事可乐，还有动力饮料，狼吞虎咽地吃着印度香米饭，出手阔绰地购买地毯，据说，跪在那种地毯上面祷告，一切愿望都可以实现。我的母亲曾经警告我说："做完祈祷，就把毯子卷起来，不然魔鬼会站在被忘记卷起的毯子上礼拜……"公共汽车穿行着，我则看着魔鬼们正在橱窗前的地毯上祈祷，这让魔鬼也有了点现代商业的味道。啊，麦加的地毯，如果他们能给予我一块，那么，我站在它上面所祈祷的一切都可以实现。

"麦加男人刮胡子，只用长剑胡椒面，鬼精商人处处在，影子空气都能卖。"

一说起这个顺口溜，我母亲哈丽麦总是乐不可支，用她的笑声表达她对麦加山丘的崇敬。

我结束了在伊拉夫控股集团公司人事部的面试。这个公司承担着浓缩铀的开发与投资工程。

我希望得到的职位是历史研究员，对禁区内被建议进行开发的地段进行考证，并论证如何保持其原有的历史特点。

这次面试要求提供所有的资格证明，包括外国大学毕业生被优先录用的证明。人事部的主任即项目发展部的行政经理问我：

"你是优素福·侯朱比？"还未等我回答，他便接着说："如果我们认为你合格，你可能需要一段实习时间。如果我们让你当一名助手，你能把麦加被遗弃的宗教产业进行一个统计吗？包括那些有继承纠纷或者已经占有却没有进行经营的产业。"他提问时那副目中无人的样子，让我真想敲碎他的脸。于是，我回答说：

"我的专业是历史，不是处理家庭纠纷……"

他的眼睛瞪得更大了，说："留下电话号码，我们会和你联系的！"

他仿佛推倒了横亘在我们这两张脸之间的一堵墙，击碎了脸上的一切：两个鼻子，还有你如鲜桃般丰满的两片嘴唇。

回来的路上，我去了阿里·穆舍白布的家。一听到研究被遗弃的财产这件事，他顿时产生了怀疑。我和他一起坐在他的电脑前，开始搜索"伊拉夫控股"，结果发现了一张无处不在的网，触角延伸到公司、工厂、宾馆、医院，还有私立大学，就像一只巨大的章鱼……这是一个日不落王国。穆舍白布认为，必须实地关注伊拉夫的活动，也许它能告诉我们什么。我对他说，仅仅写出这些怀疑就已经让我大开眼界了，我已经看到了一张在我们脚下被重新绘制的地图。

我不会继续穆舍白布的思路，今天，我已如同一条被割断的弦。

昨天我在梦中看见了一条白线。我把线的一头放入你的手掌里，带着你飞。你像坐在椅子上一样，我用那一条细线，带着你飞到山上，一起观察已经醒来的麦加。说麦加醒来其实不太恰当，因为它从来就没有休眠……祷告、环游天房的脚，就是它的梦……还有这只鸽子，我们解开了它颈上的项圈，它在水中颤抖着……你我之间的那条线，化作鸽颈上的一道彩虹，向麦加的天际伸延着。

我太渴了，这么炎热的天气里，你父亲竟然不去睡觉！

我如坐针毡地期待着你的窗口上出现黑色布条，它会对我说：我父亲永远不在家。

在这些日记中，我与自己的谈话比与你的谈话更多。

一个男人，他的思维迷失在阿拔斯时代初期，穿越到了安达卢西亚，在一个夜晚和格拉纳达一起陷落，并交出钥匙，有谁会雇佣这个男人呢！我们经常回到那枚总结我的噩梦的钥匙那里，我在寻找一只没有钥匙的、对你我关闭一切的锁。

纳赛尔急切地拿起了另一张纸。他早已口干舌燥，便小心翼翼地读着，仿佛偷偷潜入一处禁宅的人，袭击所有的人，使他们背上罪名，而且毫无恐惧地从他们的头脑中穿过。纳赛尔手上的纸页是《乌姆·古拉之窗》：

屋顶，是我们祖辈人的忧虑，一个麦加人，当他建好给后人遮风纳凉的屋顶并感到安心时，他就可以放心地死去。有一些麦加人把他们的房子和土地捐给了安拉,将土地的产权归还给安拉,他们和他们的子孙们只有建设、居住和租赁权,但不能将其变卖换钱。因此,他们的后代被禁止出卖和挥霍禁寺周围的土石。祖辈们的智慧是:只有购买土地时,才可使用土地(也就是变卖土地得到的资金一定要用于购买土地,以捐给安拉……)

但是,这种智慧正在被侵蚀,这片宗教产业地图上最大的空地也在被侵蚀……

脚的阅读

　　哈丽麦顺利地下滑到了禁寺里环转天房的地方。圆月高悬中空，银光浸润心肺。巡游天房的头两圈，她听到了一个波斯人的笑声，那是一个伊朗青年在带着四个女人，这四个女人仿佛被塞进了面缸，浑身散发着潮湿的面团的气味。同时，轮椅的声音又从禁寺的上层传来，那些不能行走的老人是需要坐轮椅来巡游天房的。哈丽麦知道，优素福肯定在帮人推轮椅，作为临时的生计手段（减价之后，推行轮椅做一次副朝的价格是两百沙币）。

　　哈丽麦转着，呼唤着安拉之名。她设法推开挤上来的人们，瘦弱的身躯不断摇晃，只能张开两手祈祷；继续转完第七圈，呻吟着：奉安拉之名，安拉至大……当她抬眼望向克尔白①的时候，看到安拉的卫士们身披金光出现在黑色锦缎的天房幔帐上。她并没有顾盼她的陪行人，只是把放在掌心的手握成拳头，然后像出生以来就经常做的那样，把拳头举到胸前，以包容疯癫思维的波浪，让宁静渗入心中。

---

①　克尔白是世界穆斯林礼拜的朝向和朝觐中心，即天房，坐落在沙特阿拉伯麦加城内禁寺中央。

32

"你睡得好吗？"优素福已经听惯了她这永恒不变的问题，眼中疯癫的红光也变得微弱了。

"我把你的那些纸页交给他们了，请原谅我⋯⋯"优素福没有回答。她只觉得他的脚步突然变轻，像一只鸟儿一样，拉着她的手，向留有先知易卜拉欣脚印的地方飞去。那两个脚印被涂成了银色，上面镌刻着《古兰经》黄牛章里的两段经文，与天房钥匙为邻。哈丽麦尽量不去注视儿子那炭火般的眼睛，一心想看优素福那些纸页上写的那把钥匙："亿万人都在阅读这两个脚印和钥匙，读到时间的尽头，那里隐藏着怎样的使命呢？"她渴望跟随钥匙和脚印，走进不可能之门，哪怕只是走上一步也行，那是让她的儿子和像她儿子一样迷失的人们以其为家的不可能。"我生命的轴心就是这些门和这把钥匙，还有它们在我们面前打开或关闭的一切。"

优素福的瘦弱和愁苦加重了她的负罪感，她急忙放开他的手，说：

"他们在找和那尸体有关的人⋯⋯"然后又支支吾吾地告诉他："穆扎希姆可能会让我们离开平台和那间房子。"她从优素福的脚步里感到了他的愤怒，这让她有些惊慌失措，但她还是接着说："他们对他房子的产权有争议⋯⋯穆扎希姆说，他们对他的产权证有怀疑。你知道，这个房子原来是我父亲的，他把房子卖给穆扎希姆。现在有人说，他有更原始的房产证⋯⋯"

"现在，穆扎希姆哭着喊着，想让整条街都知道，他是在为一个高尚的目标奋斗，他绝对不会让任何人偷走他的一粒沙石。而对于你来说，他是你永远的救星。"

"对，事情还没有了结。如果事情无法解决，尤斯莉娅让我去拉巴特⋯⋯"

"拉巴特？我的妈妈呀！你是一个在倒茶中享受歌舞欢乐的女人，拉巴特的压抑气氛会让你死去的。也许麦加正在激怒我们，因为我们是一小撮口是心非的人……"哈丽麦只觉得优素福的话语像电火花一样啪啪作响，这让她她想起了上个月的那个黎明：那时，伊玛目达乌德正在人头巷的清真寺里领拜，诵读《古兰经》筵席章的第32节："凡枉杀一人的，如杀众人，凡救活一人的，如救活众人。"听到这一节，优素福的脑袋里好像有什么东西突然爆炸了一样，他离开平台，一步跃到街上，目光像受伤的野兽一样，拼命地敲着清真寺的门，闯到那些不理会他的礼拜者中间。优素福把礼拜的行列搅乱，冲到空调前，把它关上，又关上了灯。做祷告的人们只觉得他的身体像炮弹一样，从一个机器飞到另一个机器，最后，这发炮弹落到麦克风前，把它从伊玛目达乌德鼻子底下抢过来，还大声喊道：

"你们，街坊邻居们，我喜爱的、写文章讲述他们失败事业的人们。"他的眼光掠过一排排惊恐的面孔，继续说道："是你们，偷去了我的生命。你们扼杀了街上每个年轻女子的生命。你们是一个背信弃义的、虚伪的反生命的集团。你们毒害着我们人头巷的年轻人，你们变成了这条街上的奸细，侦察着我们最强烈的愿望和最美的梦想，你们成功了，把专属于我们的时刻变成了地狱。尽管如此，你们竟然还敢用麦克风做礼拜，每天五次！你们祷告，请求安拉让你们进入天堂的乐园，可是，你们却已经让我们生活在窘迫的困境之中……"优素福躲开了厨师阿卜杜·哈米德·阿什同情的目光，面对穆扎希姆长老鄙夷的表情，继续喊道："你，在你的左边建了一座监狱，又在你的右边盖了一座清真寺，你布道，传布信仰，那是什么信仰？你的信仰就是天天扼杀女婴。世界末日到来的时候，安拉一定会对你这种卑劣的行为进行清算！而你……"优素福又把目光转向了淘粪工亚比斯，说："你想从那些粪便中走向天堂吗？你每天都在自杀，觉得在屎尿中得到了满足和快乐。你这种追求给我们和你的孩子们树立了什么样的榜样？如果我们步你的后尘，变成在这条街上的粪便中生活的屎壳郎，我们将会怎么样呢？我本身就是一个叛教的人，我们中间没有一个人明白，我们与禁寺为邻意味着什么？是要求我们为生命欢庆还是与生命为敌？"优素福爆发式的愤怒从清真寺里的扩音器中传到了外面：

"这是被诅咒的魔鬼在说话。"

"这孩子中毒了，你们看他那眼睛……"更多的人听到了扩音器里传出的声音。街头扬起了尘土，人头巷各个角落的人们都向清真寺的方向奔去，人们都想一探究竟，就连那些从不起早做晨礼的人也都想去看看这个魔鬼。

一些做礼拜的年轻人小心翼翼地想把扩音器从优素福颤抖的手里拿过来，突然，阿札不知从什么地方冒了出来，拖着她那和人头巷一样长的袍子奔跑着，然后，踟蹰在清真寺门前，想要，不，是强烈地期望能推开那些男人，到优素福面前安抚他，让他平静下来，但是，一种像被惊吓的鸽子一样的恐惧阻止了她，她听到了：

"喂，你们这些所谓的信士们，你们在做什么？你们在这里躬身跪拜，可是信仰却在外面，在大大小小的宅院和街道里，在你们的工作里。"清真寺里极其闷热，让人觉得礼拜毯上的条纹都开始错乱，像波浪一样晃动起来。汗珠滴落在人们肩头，又滑落到地上。一群年轻人把优素福围住，他已经向第一个攻击者送出一记重拳，打破了身边的包围圈。

"安拉给了你们信仰，不要让魔鬼把你们吓住，动摇你们的信仰……"从最后一排人中传来的声音，在鼓励那些向优素福进攻的人。优素福高声作答：

"愿你们的信仰是对生命的信仰！安拉从他的灵魂中赐予了生命的芬芳……不要与安拉赐予尘世的芬芳和幸福为敌。乐园从这条道路开始，在这座清真寺结束。"

"穆斯林兄弟们，不要听这个魔鬼的走狗优素福在这里聒噪胡言……"

扩音器里传出的儿子愤怒的声音把哈丽麦从沉睡中唤醒，她一骨碌起身，抓起袍子披在身上，向街上跑去。当人们把优素福围堵在一个角落里时，清真寺都已经被砸碎了。

"好好看看你们与魔鬼签订的合同吧：监狱为生命而立，乐园属于死亡。"扩音器传出的声音撕碎了人头巷的胸膛，优素福叫喊着，一双双充满仇恨的手在抓挠捶打，那些脚在踢踹他的脸、肋骨和膝盖。他们正是在殴打魔鬼，终于，愤怒彻底压倒了优素福，他的身体崩溃了，胸膛里的呼吸也停止了。

哈丽麦冲破重围，看见儿子被绑在清真寺的铁丝网上，脸上被裹上了红色的男用头巾，这是为了不让人们看到魔鬼的面孔。

"看着点儿路，别让那个魔鬼碰到你……"她不顾人们的警告，在男人堆中冲出一条路，奔到已经失去知觉的儿子身边，坐在地上，将优素福被打伤的身体拢在自己怀里。此时，她的袍子已从身上滑落下来，见到她裸露的前胸，男人们纷纷后退，但是，急救车在人头巷口出现的时候人们又再次骚动起来，哈丽麦也被打昏在地。醒来时，哈丽麦发现自己已在清真寺外，瘫倒在阿札的手臂间，穆扎希姆长老晃动着橙色的胡须，为男人们的行为火上浇油：

"敬畏你们的宗教吧，魔鬼就附在这个被诅咒的孩子身上，不要怜悯，把他投进地狱吧！"他拿着黑色念珠的手在发抖，鼓励那些急救人员和警察清除这个魔鬼，伊玛目达乌德也在重复着他的话：

"魔鬼的走狗，谁阻止人们在清真寺里做礼拜，破坏清真寺，他的生活就只能是一种耻辱……"他的儿子把空调重新打开，终结了优素福制造的罪恶。

优素福被拉到塔伊夫城，送进了希哈尔精神病医院，他们用床单把他绑在了床上。那个病房里住了六个病人，都被淹没在自己的屎尿里，随着他们对护士们发出的一声声嚎叫，那些污浊之物散发着恶臭扬散开来。优素福已经愤怒到了极点，这种命运简直比死亡还要黑暗：他竟然被关进了希哈尔医院，这个医院的名字本身，就是对麦加人头巷的一种羞辱。在这里，未婚的女护士突然就生了孩子，健康的人旦夕之间就成为亡灵，住在这里的人，思维渗进了下水道，头脑不知自己的属性，痴呆、惊慌的洪流冲刷着人的面孔。

"我的头脑从未如此清醒，请你们听我说，你们不要在我面前躲避，我们都是叛教者，是撒谎的人。"让护士和医生吃惊的并不是优素福这些话，而是他那一对带着闪电之光的眼睛，那双眼睛瞪得很大，永远都不肯闭合。他被注射了不知多少镇静剂，那是足以让一只骆驼倒下的镇静剂。他的身体已经瘫软，舌头也不能动了，但是，那双眼睛却夜以继日地以火一样的光芒穿透每一张面孔！进行治疗时，医护人员把他的头扭向电线的一边，避免与他如同尖刀一样刺破周围人脑袋的目光对视。电流通过了他的身体，穿透了他的大脑，他抽搐的身体弹起了几公分，但是，他的眼睑却没有闭合。电流再次增强，几乎可以嗅到躯体烧焦的味道了，但是，那两只眼睛还是睁着。

整整一个星期，他们一直在用电击疗法，但还是没办法让他闭上眼睛入睡。他的记忆变成了创伤的碎片，仿佛有一只不动的鸽子，出现在他身体上不同的部位上。他们把他独自关在一个像金属立方体一样的屋子里，对他的情况进行观察。随着电击次数的增加，失败也接连不断，而那个房间里集聚起来的愤怒，更是对他的血液产生了直接的毒害，他的皮肤甚至变成了紫色。

当优素福成功地控制了入侵的毒素，让自己变得安静下来的时候，他被带到了主治医生面前。他提出了一个要求，请求医生允许他打一个电话。

优素福被送到希哈尔医院的第七天，阿什陪着母亲哈丽麦到医院来看望他，优素福说："我的疯狂程度，比不上你们任何一个人。"阿什看到，优素福被绑在一个白色凳子上，脸上满是胡子茬，电击带来的非人的痛苦让他的脸变得有些扭曲。探视室的中央空调已经把他们的脸吹得冰冷，但是，汗水仍然像排水管的冷凝水一样，从哈丽麦的两鬓流到下颚，然后又垂落到她的胸口。这汗水里有一种东西，让优素福眼中的玻璃体更加明亮。他黝黑的躯体僵硬而又敏感，像是被内心的火花点燃了一样，而他胸口发出的嘶嘶的声音，又将阿什和哈丽麦包裹在了一堆粗糙的记忆碎片之中。

"我被绑在床上，像一只牲口一样躺在自己的粪便里。这就是一个牲口棚，所有的牲口都昏睡着，又拉又尿……现在，你是能让我从这种卑贱的境地逃离的唯一的希望……"阿什以询问的目光盯着哈丽麦，母亲回应说：

"这还用问吗？这哪里是人待的地方！"有生以来的第一次痛苦撕裂了哈丽麦的声音。

"我只求你们把我带到禁寺，把我放到那里。"优素福乞求着。

"他的脑电波达到95度，另外的5度没办法让这个年轻人恢复理智。"医生向阿什和哈丽麦解释着优素福危重的病况。"正常情况下，β值应为每秒15-40度，这样才能让大脑处于活跃状态，可是你们这位亲戚的……"阿什被这些他弄不懂的医学知识包围着："32赫兹的β电极不间断地产生，超过每秒40赫兹。大脑需要优质的睡眠，没有梦境，以产生可以恢复体内生物钟平衡的电波。最强的镇静剂都不能让你的儿子入睡。我可以肯定，如果他在这种情况下出院，就切断了他和理智的最后一丝联系。"这一大串医学词汇，让阿什和哈丽麦明白了，优素福应该去的地方是禁寺，这才能平衡什么β还是什么鬼电波！医生发现自己的一番恐吓没有起到作用，只能在出院单上签了字，并吩咐把优素福弄到正在等着他们的海利勒的汽车上。

一出医院门，阿什立刻把捆绑着优素福的东西解开。一周来第一次，优素福闭上双眼，在汽车的后排座上睡着了。海利勒从后视镜里看到了这一切，那些尖刻的话语随即从他的头脑中消失了。汽车沿着大道，走向阿拉法特，穿越塔伊夫城。哈丽麦、阿什和海利勒听着优素福震天的鼾声，一呼一吸之间，他似乎正在吸入生命，把他丢弃在希哈尔的理智和自我重新吸入体内。但是，刚刚到达麦加的禁寺，汽车还没有停下，优素福就醒了。他敲着车门，随后跳下车，推开众人。哈丽麦拉住阿什·穆阿兹的胳膊，不让他跟着优素福，说：

"他现在在安拉手中。"她并没有再去寻找儿子，只是让阿什提醒优素福睡觉。整整三天三夜，优素福都没有离开禁寺，甚至没有去过厕所。他几乎没吃什么东西，只以几捧渗渗泉水为餐，愈发觉得自己变得轻盈而透明。他站在禁寺的院子里，挑选了一条通向克尔白的大理石走廊，站在进来的人们经过的路上。人们从他的身体中间走过，竟然如同在一束阳光中穿行一样。他的身体已然成了一种没有密度和深度的存在，人们从那里穿过时，那副躯壳就像 X 光，透视着人们的精神与内心。

穆阿兹远远地站着，观察着优素福，看他每天在禁寺的门前都做些什么。每当宣礼声响起，优素福都会在门前欢迎前来的人们，以孩童般的喜悦，抓住陌生人的手，鼓励着每一个人："你是个好人，我祝贺你。"

有时，他会像卖牙刷树枝的商贩一样，在禁寺的走廊里驱赶一些人，并对他们怒吼道："你是个坏蛋，我看到了你身体里的恶魔……"

人们纷纷从他面前逃走，无论是被他祝贺的人，还是被他诅咒的人，都感到惊恐不安，所有的人都在设法躲避他。看着优素福像个幽灵似的追逐那些躲避他的人，穆阿兹非常难受。或许那些人影只是存在于他脑海中的幻影吧。于是，他打起精神，向优素福走去。一见到他，优素福就热情地抓住他的手，说：

"我能从新的视角看见你，是多么高兴啊！穆阿兹，我认为你是我身体的扩展，就像是不可被敲碎的第三个膝盖。我对那些祷告者所做的一切都没有碰撞到你，我在你那里看见的，正如我在他们那里看见的……"

"优素福，我不知道你做的这一切是否正确。我不明白，你为什么重谈穆扎希姆长老的老调，为什么要把人分成天使和魔鬼？"

"不，穆阿兹，不是我把人进行分类，我已经没有了躯体，我变得十分轻微，像光线一样……赶快抓住我。"穆阿兹向后退着，觉得优素福要从自己的身体穿过。

几天后，优素福出现在人头巷时，就像坟墓一般寂静又沉默。他睁着眼睛度过了一个又一个夜晚，眼里闪着吓人的光。他没办法坐下或躺着，无论白天还是夜晚，只是撕扯着他的那些纸页，从自己的身份证开始，然后是有着乌姆·古拉大学签字的学位证书，他写给乌姆·古拉报的尚未发表的文章的草稿，他关于麦加的日记，还有大学同学给他拍摄的为数不多的个人照片：

"我绝不留下只言片语，我一定要摆脱将我偷盗的虚伪的人生。"

母亲哈丽麦默默地看着他一次又一次地把那些记载着他无辜过去的纸页疯狂地扔到街上。人头巷每天醒来时，都会踩踏着一堆涂抹着优素福生命的纸页。

这一切发生在阿札第一次背叛之后。

在禁寺的院子里，一只鸽子落在他们两人的脚之间，哈丽麦重新回到了现实之中。那只鸽子飞着，转着，咕咕地叫着，将火一般的目光深深刺进优素福的眼中。前面有一个读经的盲人，转动着双目中的眼白，膝头上放着的《古兰经》正打开到光明章的这节经文："安拉是天地的光明，他的光明像一座灯台……"在他诵读的时候，眼白变得更加醒目。

突然的拥挤打破了禁寺的安静，打断了他们的思路，人们四散开来，拥挤着向后退去，他们面前的玻璃瓶碎了，优素福立刻意识到发生了什么事。一个蒙面男子弄碎了先知易卜拉欣脚印处的穹顶，然后转过身来，手持电锯，威胁着守卫人员。随即，骇人的叫声响了起来：

"天房的钥匙被偷走了，快抓住那个叛教的人……"守卫人员不知所措，怕那把电锯会伤到众人，但那个人还在向前奔跑着。优素福立刻走向最近的一条路，向渗渗泉的水龙头处跑去，他的轮椅就放在那里。当小偷向麦斯阿的外门方向跑去时，优素福的轮椅正好挡在路上，小偷撞上轮椅，手里的那把电锯被撞飞了，落在了追在优素福后面的哈丽麦的脚上，只听她喊道：

"贼！小心点，优素福……"两个身体相撞的瞬间，她的呼喊似乎被卡住了。优素福和贼滚在了一起。众人看着这两个力量完全不均衡的身体，看着孱弱的优素福以一种疯狂的力量和那个身体强壮的贼进行搏斗。钥匙掉在了大理石地面上，滚动几圈之后，掉进了泉水附近的一个排水坑，随后，优素福掉了下去。坑里的水在不停地旋转，人们惊恐地尖叫着，看着水流逐渐将神圣的钥匙吞没。优素福的一只手落在坑里，那个贼却消失了，仿佛从未出现过。当警察叫来维修公司的人来坑中寻找时，却什么也没有发现，没有优素福，也没有钥匙。连那些目击者都在怀疑，他们是不是真的看见钥匙掉在了坑里。

凝重的沉默降临禁寺，鸽群僵硬地站在回廊的一座座拱门上，易卜拉欣脚印处被打碎的穹顶因其遭逢的灾难而被宽恕，两只脚印就这样暴露在麦加的黑夜里，仿佛先知之足正热切地准备完成自己永远的行程。

第一个可能：是阿伊莎的尸体

当调查警官盖哈坦尼·纳赛尔面对着已经变凉的咖啡、用手玩着椰枣核时，我，人头巷，让咖啡馆的阴影遮住了我的嘴，在那里装死。警官躲在荫凉之中耐心地等待着，让自己厚厚的警服吸收太阳的灼热，带着满身汗水，监视着待在自己店铺里的穆扎希姆。当日挂中天、伊玛目达乌德的宣礼声响起时，穆扎希姆拄着拐杖，走向清真寺去做礼拜。这时，纳赛尔一跃而起，蹿到街上，没费什么力气就溜进了长老店铺的小后门。进入后面的库房，他立刻被一个个小房间构成的迷宫吞噬了。小屋里堆放的粮袋快要碰到天花板了，屋里只留下了能让一个人站立的空隙。闷热的气息和过期食品的味道引导着他往前走。他看见了一台旧的收音机，形状就像一个很大的空箱子，藏在通往平台的狭窄的台阶下面，哈丽麦和她的儿子优素福就住在那个平台上。优素福的信就是被阿札藏在这个收音机里的。纳赛尔向最后一排库房走去，那里有阿札的厨房。他看见一张低矮的灶台上支着一个小的炉具，灶台周围有铜壶和一些不易打碎的仿瓷盘子。这些物品正对着天花板上的一条裂缝，阳光从上面照射下来。一根滴着水的锈水管从剥落了墙皮的阿拉伯式厕所里伸出。纳赛尔抬眼打量着靠近天花板的厕所里那扇狭长的窗户，在窗栏上，他看见了阿札给优素福报信的布条。在一堆布条里，他发现只有一块布条是红色的。他不明白那些信息，但是，那些破布引起了他的注意。它们像被洗过的尿布一样晾在那里，现在虽已干如柴草，但仍带有难以除去的血腥气味。潜入阿札的房间安全吗？纳赛尔站在狭长的空间里，望着那些破布，感觉自己正在被人监视。

监视他的是一个房间。这个房间位于库房中间，那肯定是阿札的房间，唯一监视他的房间。他推开房门，房间里空空荡荡，这让他感到有点意外，这种状况似乎是在嘲讽他的警服，监听他踏在水泥地上的脚步声。房间里没有任何生命迹象和与人有关的东西，没有衣服，墙上没有留下手印，塑料衣橱的拉链早就坏掉了，里面已经完全敞开，看上去骨瘦如柴的样子，仿佛阿札已经把她的生活全部剖开了。一个棉制床垫被扔在窗子下面的长台上。纳赛尔屏住了呼吸。房间里空空如也，没有一点女人生活过的痕迹。纳赛尔是个经验丰富的警察，善于嗅到被害人汗水的气味，但在这里，他的感官却失灵了，不仅没有捕捉到一点汗水的气味，而且在房间的任何角落都没能发现一根发丝，这真是一处典型的现场，所有女性的痕迹都被抹去了。尽管如此，这里依然吸引着他。他坐在床垫上，想象着阿札被绑在那个平台上的样子。曾有一刻，他伸直了腰背，结果，所有的想象都不见了。于是，他又闭上眼睛，咒骂着自己，强迫自己的双腿支撑起无力的身体，让自己集中精力面对周围的现实。宣礼已毕，清真寺的晌礼开始，四次跪拜之后，穆扎希姆返回自己的店铺。纳赛尔再次看了看窗子，窗子的木制横栏已经被打碎了，生锈的钉子就耷拉在那里。优素福曾在自己的日记里写到，那扇窗子是钉死的，从未打开过。难道阿札被杀之后是被人从这破窗子扔出来的？

纳赛尔在坚硬的床垫旁跪下，发现了长台上藏东西的一个洞口。在那个洞口的中央，蝙蝠侠的一双眼睛正盯着他。那是一本旧的蝙蝠侠杂志，由于长时间经受屋子里和街道上的暑热，封面的图画已经泛起了越来越重的黄色。

纳赛尔探下身子，想看看那个深洞里的东西，突然，不知什么东西跳落在床垫上，将他推进洞口，他的脸撞在了蝙蝠侠的脸上，而那个攻击他的身体，轻轻而又飞快地推开墙上的门，躲进了库房。此时，他只觉得两个黏湿的膝盖插入了自己的后背。血腥味立即充斥着纳赛尔的口鼻，曾有一刻，他觉得自己的脖子被一个玻璃瓶似的东西敲击着，血像蝙蝠侠的面罩一样在他的脸上散开了。他惊恐地停下来，环视四周，却不见人影，空气和开着的门，都有一种破碎的感觉，他向那攻击他的那个东西冲去，惶惑地站在库房中间，所有的门都大敞四开，落满灰尘的门槛上没有任何脚印，只有一些类似山羊蹄子的痕迹，这些痕迹将他带到了最后一间屋子。这屋子像是一个旧的厕所，敞开的门增加了纳赛尔的怀疑，他把自己的身体挤进散发着臭气的黑暗中，想进到屋里，但是门却无法开得更大，一些麻袋挡住了他，那狭窄的缝隙连一个人都不能通过。

扩音器里传出了嘈杂声，说明礼拜已经进行到最后一次跪拜了，纳赛尔知道，自己应该立刻离开。这时，屋子一角的暗处有了响动，把他引到一堆装着煤炭的袋子后面。他把头贴在狭窄的门缝上，觉得也许会有人把他的头砍下来。但是，他瞪着冒火的眼睛，看见的却是一只硕大的老鼠。那只人头巷的老鼠，无视纳赛尔充满嫌弃的眼睛，歇斯底里地啃着，咬着。嘲讽的笑声从街上传来，结束了礼拜的伊玛目达乌德把纳赛尔从穆扎希姆的仓库里拽了出来，咖啡馆里那个苏丹会计用嘲笑的目光看着纳赛尔，这位警官在中午的阳光下快步奔跑，满脸是血，眼睛紧紧追随着鬼魂。

纳赛尔简直无法相信发生在穆扎希姆店铺里的事情。莫非是阿扎把蝙蝠侠藏在她的床垫下，而这个蝙蝠侠又用一块有毒的肉欺骗了他的警犬？

经过二十年的艰辛工作，纳赛尔赢得了最佳警探的声誉，逐渐完善了分析犯罪行为中的消极现象、运用不合逻辑的证据的一套理论。

纳赛尔就像一只稀有的良种警犬，具有超强的嗅觉，跟在没有留下任何痕迹的人身后，只通过手印，就能判断谁是凶手。他确信，罪犯的气息和汗味都会在他经过的地方留下痕迹。他的同事们说，他像是在借精灵之力侦破案子，证明就是他在案件分析图板中间画的圆圈。每次侦破案件，他都要画一些圆圈：中心是受害者，周围是像旋涡一样扩展的更多的圆圈。他通常是从逃到最远点的人物开始入手，逐渐寻找那些能够让他们重回中心，也就是受害者那里的隐蔽的线索。这个圆圈看上去简单幼稚，却能让助手们看得明白，而且，他们都相信他这种神秘的方法。

纳赛尔一直坐在咖啡馆里，围绕着那个神秘的圆圈反复思索。让他感到迷惑的是，圆圈的中心是缺失的，他不能让它成为空白，于是，他把我，人头巷作为了受害者！那么，最远的点在哪儿呢？他把我，人头巷，也放了在那里。纳赛尔审视着自己的天才之作：凶手和被害者都是我，人头巷。这种方程式令人嘲讽，但它却是对我的吹捧。我成功地为纳赛尔周围令人窒息的凝滞增加了一些沉重，这让我觉得自己很危险。

纳赛尔把那些给人头巷定罪的人物和房屋画在了那些圆圈上。他把他的案件设定在一个永远的轴心：从天堂落下来的哈娃（夏娃），所以，他特别注意女性人物以及她们和那些轴心的关系，如阿札，阿伊莎，因为不可否认，她俩是同时从这条街巷消失的，那些纸页当中也有太多关于她俩的记载，所以，他让她俩漂浮在圆的中心和第一个可疑的范围之间。

纳赛尔开始把有关这两个女人的各种细微的信息加入将她们与其他圆圈联系起来的大量材料中，结果，优素福日记中的一个描述吸引了他：优素福说阿伊莎是"冰冷的"！！

她怎么会是一个冰冷的女人呢？在纳赛尔的头脑里，"冰冷"一词是和性交联系在一起的，像一个未能成功挑逗其在镜子里的幻想的女人一样。他身体内那条狗的嗅觉提醒他，他正在分崩离析，但是体内的"男人"却鲁莽地让他无视这种提醒。不过，片刻之后，他又开始思索优素福信中所写的"冰冷"的含义。他读到：

2004 年 10 月 12 日

我将把阿伊莎除掉，不再写她，因为她是冰冷的，按照我的标准，她已先于她的家人死去了。有时，我觉得她正接近不会让男人落入任何圈套的年龄，尽管她在我之前就有了许多书，但我认为她并没有阅读；尽管她是一位教师，但是她也并没有写什么东西。阿伊莎是一个话语的储藏箱。现在，有洁癖的阿伊莎已被刻进了人头巷的记忆：从前，当她从女生校车下来时，我们曾赤着双脚等待她，跟在她散发出干鱼气味的身体后面，注意着她的左脚腕处，期待着看见我们曾有一天看到的染红她的袜子的那条红线。我们已经知道，她比人头巷的其他女孩子更早地来了月经，就是那些女孩子，把学校的校车变成了一个干鱼罐子。

让阿伊莎自己在空白处写吧，我已经决定不再接
近她了。

"冰冷"和"先死去"吸引了纳赛尔的目光，他急忙翻阅阿
伊莎电子信件的文档，在以"一"为标题的草稿中，发现了她写
给一个未知的德国人的信件，他在第一页中读到：

阿伊莎的第二封信

你说你二十四岁时在那家医院工作，把存放在冰
柜里的尸体抬到他们的亲人面前。你遵照那个老年工
人的嘱咐干活，也就是把那些尸体想象成干柴，以战
胜心中的恐惧。

你如何想象我们往来于一家德国医院和阿拉伯半
岛的一条街巷之间的通信呢？

我已经病了一年了，我的病会让我神志不清、胡
言乱语吗？

我们孤独地病卧床榻时，为什么感觉自己像是迷
失的孩子呢？

难道棺木只属于我们吗？

我可以闭上眼睛，谛听脂肪在遮挡腹部的幔帐上
发出的噼啪声。

从前，我们六个人睡在三平方米的地方。

他们说，那里有眼睛看不到的东西，无论是用水，
还是消毒剂都不能把它去掉，它就藏在我们的被褥
里，吃着我们的身体。我们活着时就会被吞食。这可
能吗？

我在远离你的地方，独卧病榻，背负着被想象成

木头的死尸来往穿梭，解剖自己的头。

　　我对你说过？在阿拉伯语中，阿伊莎这个词的意思是生活，不是活着！

　　纳赛尔口中的茶叶已经变味了，这个谈论着身体和啃噬身体蛀虫的女人，让他把加在茶里的太多的糖（四勺）都粘在了舌头上！他的警察的直觉和身体的反应，都集中在了那张纸上，蛀虫在吃着什么样冰冷的东西？腐蚀源自热的分解……突然，他觉得空调和电扇都不起作用了……他继续读着：

　　地球上到处都是来往的信件。光的世界已经被打破，奔波于各地寻找爱情的人们，都在交换笑声或者陪伴……

　　我的话语就在寻找逃离之地的失望的声音之中。

　　我在互联网上学习怎么和男人对话。你会因此把我看得幼稚无知吗？

　　一天，一个离了婚的女伴对我说：

　　"我是一个在女人堆里长大的孤女，一辈子都没和任何男人对视过，那么，我怎么会知道如何处理男人的衣服？我怎么能知道浆洗用的淀粉会使男人的白色头巾变得像额头上的鸟巢？这鸟巢又有什么意义？我怎么会知道什么样的水温去洗男人的衣服才不会让它变硬？男人的衣服，他的身体，他的头，对我来说，都是一种玩具，我不知如何保养它，使它光亮！我不知道男人迷恋汽车、足球和视频中的舞女，那都是些诱人的狗崽子！我生活在这个世界之外。"

　　那天，在这个离了婚的女人面前，我产生了一种优越感。我不会梦见一方白色头巾休了我。熨烫男人的衣服不过是一种小手艺，六个兄弟的衣服都被我烫得像纸一样平，他们的白色方巾也被浆洗得像水管一样，礼拜时无论怎样跪拜，都不会变形。

但是，当一个男人想以身体占有我时，我对于其他男性的语言，那些与男人打交道的生活语言，却一无所知了。

那里有一个已经被遗忘的古老的故事：一个女孩出生在一个狂热地注重贞洁的家庭里。从出生起，她的父亲就把她关在他在自家地窖为她营造的世界里，那里没有任何与外界联系的通道。在那个世界里，所有关于男人甚至阳性的痕迹都被抹掉了，任何属于阳性名词的东西都不允许进入这个世界。给她送食物，不能用小碟子（名词为阳性），只用名词为阴性的大瓷盘；不能给她吃羊羔（名词为阳性）肉，只能给她吃各种牛肉（牛的复数是阴性）；不能让她睡在床上（名词为阳性），只能让她睡在敞篷轿子（阴性）里；不许她佩戴阳性名词的项链和耳环，只能戴阴性名词的手镯……一个老太婆在女性世界里照料她，这个女儿就这样在这个世界里长大。但是，这个世界的阳性特点并没有消失，因为"世界"这个词是阳性的，从这个词创造那天起就是这样。这个女孩在这样一个纯粹的、无可争议的女性世界里生活着。一天，一把剪刀掉进了这个地窖，落在了姑娘手上。姑娘的手触碰到了剪刀（阳性名词）带来的阳性因素，她知道这很危险，急忙把剪刀藏了起来。当然，剪刀变成了她在地窖里挖洞的工具，这让她看见了外面的世界。

她听见有人在讲不可战胜的、俊俏的哈尔吉·本·迈尔吉王子的故事。他骑着马，头发有七十多重波浪。毋庸置疑，女孩手里唯一的阳性工具足以让她逃出，她用这锋利的工具与那位王子交锋并战胜他。她的逃脱，是生活在二十世纪的人头巷里的姑娘无法做到的。我们生长在近乎地下的世界里，在我们被允许外出时，一定要用黑色的面纱把脸蒙上，用黑色的袍子把我们遮住，我们要把自己变得不复存在，让男性看不见我们。我们已经被驯养成男性面前的瞎子，而这种男性，竟然和哈吉尔·本·迈吉尔一样，丧失了使我们解脱的能力。奇怪的是，这种要求女性遮盖自身的决定竟然是人头巷现代化的一个表现，因为，无论在历史上，还是在二十世纪初期，人头巷的女人一直是在阳光下抛头露面的。

　　为了在那些没有任何东西促使我睁眼的清晨醒来，我会去想想椰枣的味道。在希贾兹地区的历史上，椰枣是被尊崇的偶像，吃椰枣时不会有负罪感，而是带着绝对的信仰。

　　麦地那产的黑色椰枣让我崇拜，虽然它的外皮有些干，但里面却是软软的，令人垂涎。麦地那的椰枣承载着一个城市的思念，呼唤着那些追逐信仰的人去跟随它。所以，那里的椰枣更加甜美。

　　我就是这种椰枣，正在你的舌边，需要认真咀嚼，所以，在你寄给我的那些图画里，我看到了会说话的颜色，这让我的面庞沉浸在春日清晨的爱的拥抱里。啊，这么简单的信函怎么会给予我们如此多的秘密和欢快啊！

请你对我说，你为什么执意要找到我们特有的语言？你不懂我的阿拉伯语，还是我不懂你的德语？或者我们就用这支离破碎的英语吧，这样可以把那些语意不详的东西归结为语言本身，而不是知识浅薄，这可是上天的馈赠。

把我们的背影留给闲谈碎语，让我们像那些在森林中迷失的人一样谈话吧！

不要佯称你理解自己所在的森林，你行走其间，双脚陷进被雨淋湿的泥土，带着昨日露珠的枝条抚摩着你的额头，从未被触动的新芽和嫩绿的芬芳弥漫在你的脸上，于是，你的脸投降了，向轻柔的呼唤和隐蔽的微风投降了……

这就是我希望我们都能了解的语言。你跟我讲话，如同对路发声。走进我体内，在我身上走吧，默默地或是喧闹地走吧，奔跑或者漫步，或者爬行，用你腹部的肌肉，让我吸尽你的苦。

如果你还在我面前，像我在医院接受治疗时那样，那么，你的手就可以拿起我的手，抚平我的不安，对我进行指引。每当我准备放飞我的梦想时，在我的头脑里，你的名字是充满活力的葱郁之树，是在黑暗中包容着我的星辰；每当你的面孔挑逗着我时，从我身心深处散发的芬芳画出了我的面庞。你已然变成了我的镜子。为什么？为什么我对你的思念总是环绕着我的双眼？你的愿望如何变成了散布在我额头上的痘痘？

请你对我说："我依然像沙漠中的明月，美丽清新。"你说这句话那天，波恩下雪了。我对你的依恋和缠绵把我变丑了吗？

你的轻抚落在我的肩上，你说着我的当下、昨日和明朝，话语如梦，那些让人昏昏欲睡的词语让我在你的手中入眠。我俨然娇小的新娘一般坐在这里，又如被娇惯的女孩，在那里蹦蹦跳跳。

签名：阿伊莎

刑侦调查警官纳赛尔把这封信扔在一边，然后把阿伊莎的名字置于那些圆圈的中心。他身体内的那条狗说：她应该被判死刑。他抗拒着体内的欲望，把手指伸入喉咙中，吐出阿伊莎的邮件引起的那些酸水。阿伊莎把这样的信写给了一个人头巷的陌生人。信的词语不多，却充分表现出了阿伊莎被点燃的欲望以及永远伴随着这种欲望的背叛。从刑侦的实践中，他知道，这种背叛埋藏在他所侦察过的每一个女人的心里，这对于他了解谁是杀手，或预测反向推断的零点，都没有什么帮助。

他体内那条狗的躁动愈发强烈，驱使他的男性本能在不断增强、扩散，让这个放荡的女人赤裸裸地暴露在眼前。纳赛尔警官发现自己被一封没有标记页码的信件里的一个短句子吸引住了：

来自阿伊莎

你用"我正看着你"这句话，回答了我对你情长意久的一切怀疑！

这是我的脸，难道我们是在自己的皮肤上绘制地图的人吗？我们东方的面孔带着忧愁，而你们的脸，却像没有皱纹的塑料吗？我相信我们的灵魂是老旧的，是被使用过的，承载着有关生死的沉重的知识。

在我年少的时候，我读到过这样一种说法：痛苦是为了烧却杂质，显露我们拥有的黄金。

我经常一人独坐，尝试痛苦。谁又会没有痛苦呢？

以前，我有比痛苦更深重的东西，那是一种需要，在这里。

我保留着一张树干的照片，在春季交配的季节，羱羊在树干上磨刮自己的角，为交配做着准备。

我投向树干上的每一次目光都得到了比痛苦还深重的东西的回应……

我从未想到，有一天，我会对你说出我现在说的话，因为你不会读我的阿拉伯语，现在……我不想说痛苦，因为它比痛苦更为重，但它躲藏在痛苦之后……

我的面孔变得像日本面具舞中的面具了吗？

签名：阿伊莎

纳赛尔继续翻看着那些纸页，想先于那个德国人走近这个被暴露的女子。他从刑侦记录里知道，麦加女子对自己的爱恋、钟情总是哑然无语，因此，在调查过程中，他需要依靠各种压力和威胁，才能让那些久远的秘密汩汩流出……线索断了……这个女子，竟然用自我谴责的口吻记录了对自己的暴露，尽管这些字符在电脑的"草稿"栏下，但是这些字符不应该是来自圣城的女性的"脱衣舞"。如果阿伊莎是受害者，那么，纳赛尔还是第一次遇见通过死亡的幔帐留下罪行的受害者。

一个士兵进来，告诉他值班时间已经结束，纳赛尔产生了一种罪恶感，便问那个当兵的能否读懂他的罪恶："求安拉的恩赐吧！"

但那个当兵的却抢先说："你听说了吗？阿里警官负责偷天房钥匙的案子，人们在麦加城外的乌姆杜德发现那贼已经被杀死，野狗把他的尸体吃了。"

"真的？"士兵简单的叙述让纳赛尔感觉到了烦躁。

"先生，他们应当把这个案子交给您。刑侦处里所有的人都说，只有纳赛尔警官才能处理这个案子……"

"谢谢，但我手里的工作很多。"

"必须诅咒那些没有找到钥匙的人。要是我，一定会在攻击窃贼的那个年轻人周围张开一张网，如果钥匙在他那里怎么办？维修公司在那个坑里和管道里都进行了寻找，可什么都没发现。"

"你的想象力太丰富了，可以成为一流的侦探了。"

那个士兵满脸通红，纳赛尔体内那条警犬叫了起来，意指偷天房钥匙的事件，但是，纳赛尔并未留意，独自面对那些暴露的信件，已经耗尽了他的耐心。

"如果找不回天房钥匙，穆斯林会遭遇什么呢？难道安拉会在我们面前关闭他的家门？我们会被诅咒吗？"

"办法是，当被盗钥匙的秘密解开时，他们再造一把新的钥匙。"纳赛尔说，想结束谈话。

"先生，他们已经做了，做了不止一把新钥匙，但是，开锁的时候，那些钥匙全都碎了，也许，需要把整个门都卸下来……"

"他们需要一个铸造专家，这就是事情的全部……"纳赛尔向门口走去，士兵也只能离开。但是，纳赛尔离开的脚步忽然有些犹豫，于是，他重返办公室，拿起了装着阿伊莎信件复印件的纸箱，径直走出，所有的询问都未能让他停下来，仿佛那一切都与他无关。他上了自己的汽车，体内的那条警犬又叫了起来：这样的做法，正是你被卷入的开始。

片　段

　　他拿着那些纸页回到了位于扎希尔区的公寓。这间公寓只有一个宽敞的卧室，角落处有个灶台，左侧是一个狭小的卫生间。在这里，他度过了自己二十年的青春。

　　那些信件和日记里的话语依附在他的身上，触碰着他的皮肉，不停地挑逗着他。他把体内的那条警犬拴好，自己掌握了行为的主动权：他把那些纸放到床上，把制服搭在椅子背上，脱下裤子，然后望着自己的五短身材，抚摩着身上的肌肉，再把手放下：

　　"像阿札或阿伊莎这样的姑娘，对这种健壮会有什么看法呢？"他需要时间，把那些面对他的青春活力而发抖抽搐的目光和手移开，使其变成痛苦的欢乐。自我沉醉结束了。他环顾四周，向他臆想中的群众道歉，用那条狗不经意的目光打量着自己。然后走进卫生间，故意不去看那个只能照出脸和双肩的小镜子，打开淋浴，让强劲的水流冲掉他卷入的痕迹，随后裹上浴巾，返回卧室，以最快的速度为自己准备好一杯普顿红茶、一块奶酪，还有一小把苦菜，一碟黄瓜。这时，他仍然处在一种亢奋的状态，不想穿衣服，于是，他光着身子，把自己塞进了乱七八糟的床单里，让整个脊背和双腿都去感受绵软的枕头和床单，他的脸则对着 45 英寸的电脑。他以三年分期付款的方式买了这台电脑，使他能在狭小的卧室里看见大海和山岚，看见黄昏时分妖娆行走的女人们。他在电脑机旁边的桌子上打开信件档案。他的脚下，有一个潮湿的箱子，箱子里那些日记上有他的签字，纸页已经开始被蛀蚀了。他用一只耳朵听着体育频道，用两只眼睛看着那些日记，让每一张纸、每一个字去洞察他的裸体。他继续读着阿伊莎的信：

阿伊莎的第三封信

不知有多少回了，每次做完按摩治疗后，你都用你的食指肚，轻轻触摸我的面庞，将我从安眠中唤醒。

你知道吗？在你之前，从未有人轻柔地抚摩我的肩。在我的家里，爱如同家门外的刺猬。爱在我父亲的衣兜里，在我母亲的饭锅里，父亲要算计他为你花了多少钱，母亲要估量她给你做了多少饭，以此来判定你的可爱程度。

学校教师的工资，不允许我父亲奢侈，但他总是设法给我们制造一些小的惊喜。每逢周五的晚上，我们总会有一个小小的聚会，父亲会给每人买一只鸡肉卷和一个芝麻面包。我们把鸡肉卷的肉分别放在两个面包里，以填饱饥饿的肚子。奶奶说，我们的肠子里有许多蛇，把我们吃的食物都吞掉了，所以我们总是不觉得饱。不过，父亲却总会想方设法让那些蛇吃饱。

我们的礼仪是神圣的，水果是其中的一种方式。父亲努力让我们每个人每天能吃到一个柑橘，每周吃到一个桃子，每个夏季能吃上一串葡萄。父亲最宠爱小弟弟，整个夏天，他每天都有桃子吃。我们像乌鸦一样盯着他，在他不知道如何把桃核啃干净而丢弃它的时候，我们把那个没啃干净的桃捡起来，替他完成任务。

你说，你也是在这种被排斥、被丢弃的感觉中长大的，你六岁时，父母便把你送进了寄宿制学校，一直到十八岁毕业。你在生活中没有接触过温暖的心……

你说，你生来就是难以驾驭的，但是，你还没有达到早餐时吞食母亲冰冷的心的程度。我认为，你是一个孤独者，现在，你需要一片森林，我也在那片森林当中，而你正向坍塌的桥梁奔去，这些桥梁把你带向了不肯回头的空旷之地。

在你的双手之中，我也进入了空旷之地，脖颈上就像背负着一对双胞胎，不过，我的痛苦依然存在。

你的手按压着，探寻着我隐秘的痛苦，此时，我的心突然在半程之地醒了过来，趁我疏忽的时候，以每分钟八十英里的速度逃脱了。我口中的唾液干了，双唇上只有咸涩。

你的手肯定遭遇了我的心的第一次踢蹿，随后还会有更多的踢蹿。这是我注意到你之前，我的心在第一回合中表现出的放纵。

就在你的手按摩我被撞碎的骨盆那天，我的心又一次逃离，对我的身体进行了提醒。我已经不知道我的骨盆哪一部分是金属制成的，哪里是原来的骨头。我觉得它正在变热，变得十分敏感，灼烤着你的大手上的手指。你说，对不起：这只手完全不符合人手之美的标准！

我想象着，那是一只修长的手，从波恩伸到麦加。它以轻快的动作被创造出来，与那些饱含水分的软泥连在一起，几个月之后，我依然能够感觉到你的手指柔软地在我的脊椎上滑动，轻轻地揉着它，我简直不敢相信那是在我的身体上。

　　你的手在我的脊背上揉着。你是那样小心翼翼，我已经习惯了那只手的温存，那是一种似乎只有对孩子们才会有的温存。你把自己的电子邮箱告诉我时，我们对很多事情的看法还不大一样，不过你确信，我们的道路将在未来同途。

　　我应该停笔了。如你所知，晨曦出现之前，我的眼睛总是睁不开的，浑身总是充满着奇特的活力，于是，我感觉到，每一个黎明，我都会陷入爱情或者死亡。

　　在认识你之前的那些年里，我已习惯在晨光出现时站在家门口，一种莫名的兴奋让我总是焦急地等待出租车司机海利勒接我去学校。如今这件事情把我放进坟墓，但是，我依然清醒，依然保留着青春的冲动。我要坦白地告诉你，当我摆脱了忧郁女教师的角色时，真是长长地舒了一口气。我说过我是女教师吗？真是太滑稽了！我只是人头巷那条章鱼的一只触角，那个大章鱼有无数只触角，每一只都在扼杀时间，扼杀那些姑娘们。

　　曾有一段时间，我差点就当了校长。所谓校长的任务就是负责敲课间钟。在我和那位可怜的老处女校长之间，竟然发生了一场争取敲钟权的小小的战争！

　　最终，我也学会了解脱的艺术。那时，每天早上我都像一尊雕像一样站在操场的台子上，注视着学生的队伍。二百个燃烧着生命力的女孩子，像木乃伊一样整齐地排列在我的面前，听着早间广播。她们要站上整整一个小时，佯装认真地听着那些过时的陈旧谚语，蒙昧时期的诗文，还有那些二十一世纪初的奇闻轶事！那是两百张花岗岩一样的面孔，任何一个送出微笑的念头，任何一个有特定含义的眼神，任何一件简单的首饰或者彩色发带，任何一点指甲油的残余以及任何想要进行自我表现的企图，都会让那个女孩被拖到我站立的台子上，让我当着二百双受到惊吓的眼睛，在她生命的苞芽尚未绽出之前，将她的自我撕得粉碎。

在玩偶工厂里，我是死刑的执行者。她们的身体是一种私有财产，我把它们从头到脚都涂上了灰暗的忧郁和愁苦。我让她们穿上黑色的鞋子，用白色的带子扎起头发。

靠着这种天生的严厉，我博得了校长的信任。她既没有阐明原因，也没有点头表示同意，但是，我总算敲了几下课间的钟。

难道人头巷与女孩子们过不去吗？问题出在哪里？可能是这样：生命就是蝎子卵，它从母体上孵化出来，可是，当它长大时，它就开始蜇刺自己的母亲，直至母亲死亡。

我们的每一个动作都是对人头巷、对那些人头、对那些章鱼爪子的蜇刺。你可知道，在我们敢于砍下人头的地方，又会有多少个人头生长出来？凭借这个人头，人头巷把我们想象成不可触摸的贞洁之女，凭借那个人头，我们又被想象成性的玩偶。

我们面对的挑战是，如何成为超级女人。这种超级女人一半是我们那些过着游牧生活的老奶奶们，她们即使在和丈夫一起吃饭时，都不摘下面纱，另一半超级女人则是视频中的歌女、舞女。我觉得我的身体里住着的，是一个石头女人。

给你写信，是我的逃离。

又：

我想起我父亲的一根棍子，他已经去世了，但棍子依然存在。

我们和人头巷的孩子们一样长大了，每个人头上都有一根棍子，放在自来水龙头那里，流淌的水，啜饮着我们的血液。

我刚从波恩回来时，独自一人走进位于头顶上方的宅子，放在走廊水龙头旁边的那根棍子让我停下了脚步。那个水龙头上安了一根通到街上的水管，上面有一个水箱，可以让来往行人饮水

当时，我父亲希望能带着那条路的清凉进入乐园，那条路上有他心中的棍子。我母亲希望能和父亲一样溜进乐园，所以一直在清洁水龙头。

我怀着恐惧向那根棍子看了一眼，把它从带着水的地方取下，扔在入口处右边的架子上，让它干渴地开裂。

又及：

在我第一次触摸到你时，我把我的手掌放到了你的命根之处，但是，你的话却使我十分意外，你说："我想把这个送给我母亲！"你的话把我的内心击得粉碎，但是我没有回应。你知道我现在多大了吗？我是三十岁的人，结过婚，但却从未遭到一个男人如此的

拒绝！这是对男人存在的掌控。我现在明白，手被创造是为了抓握这个生命之根，它能让你感到一种从头到脚的兴奋……但是，你当时没有意识到，这件事对我来说是多么新鲜，这是一种翻天覆地的撞击。无论是在你的过去，还是在你母亲那里，你都是一个缺席者。你说过：

"直到最近，我母亲才承认，我比所有的兄弟们都更爱她！但是，我生性难以驾驭，我是天赐之物，而她只是一个像泥土一般寒冷的农妇。三岁时，我在农场附近的森林里迷了路。太阳落山时，他们才来找我，整个白天，我都独自一人游荡。那里人迹罕至，我几乎被浓密的草木吞没了，而我的母亲，身为孤儿长大的母亲，已经丢失了她的心。心所在的地方是一个球，对生命的恐惧和生活的快乐都甘之若饴的球。"你继续说着，而我，稳重的阿伊莎，则如痴如狂，努力排解着你的忧伤。

"听我给你解释：我出生时，太阳正在双子座，双子座的人对待双重、双数，总是有问题的。他们认为生活给予他们的各种选择都是可能的，没有什么是不可能的，他们可以无区别地拿取给予他们……但是，太阳却清楚地解决了这种双重现象，让他们看到，在多数的后面是一，单一……"

我可以说，在西方，你们是双子，而我们则是被以枷锁的平衡吗？

有一次，你说，阿伊莎，你是一只鸟儿，只要你能快乐翱翔，我就是你的天空……

签名：你的鸟儿阿伊莎

63

读着这些话语时，纳赛尔感觉到自己的身体就像被埋在了一口没有底的井里，埋在一堆堆调查材料和一件件凶杀、背叛之下，现在，阿伊莎的这些话让他挣脱出来，他发现自己还活着……

接受治疗师的手在自己的脊背上按动，他，纳赛尔同样是趴在那里，背部朝上，让那些与时世相连的肌肉接受着按摩，使其僵硬变得柔软。

纳赛尔让自己的身体从那晴朗夜晚的躺卧之中抽出身来，自我愠怒地站了起来。当他去解身体里的那只狗的绳套时，发现它已经酣睡了。于是，他关上灯，躺了下来。当晨光出现时，他还在辗转反侧。起床之后，他连早饭也没吃，穿上结实的卡其色制服，走出了家门。

在路虎车里，纳赛尔的肩章使他迅速地拍了拍他体内的那只狗，那狗向他肯定，他昨日的软弱，只是他自童年时起就梦想的神秘结构的一部分。这也是动画故事里的超人和那些被追得气喘吁吁逃命的罪犯的杂技式动作的区别。他经常把罪犯们列入非人类的物种。既然他不是他们中的一员，那么，他就选择用心去训练他的耳朵。那颗心是被杀害的人和杀死他们的人最先打开的，于是，他的耳朵听到了任何耳朵都无法忍受的残忍的心跳。他听到的一切，帮助他找到了被侵害的腐烂躯体里隐藏的真相。正是出于这个原因，他当上了刑侦警察。这种工作让他的内心变得无比强大，无论是面对严重的罪行，还是恐怖的尸体，他都可以平静安心，就像睡在坟墓里那些人一样。同时，和那些罪犯一样，他也选择成为非人类。

王 子

　　驻阿拉法特山[①]的时间即将结束，一位在副朝路上等待的巴基斯坦电工已经被正午的太阳烤焦了。当他看见一辆鲜黄色的出租车放慢车速时，立即奔跑过去，拉开车门，一屁股坐在副驾驶的座位上，他的身上，散发出一股咖喱的气味。当他把目光投向司机时，血液似乎立刻凝固了，他下意识地把手伸向车门，想开门下车，但是，车正疯狂地向前开着。

　　"请原谅，先生，这是出租车吗？"这愚蠢的问题引起了海利勒的嘲笑，让他觉得很有趣。

　　"当然。你要去哪里？"

　　"先生，去俄扎市场……"巴基斯坦人有些结巴了，他的手没能打开车门。

　　"那是自动落锁的，你别弄了……"海利勒坏笑着。巴基斯

---

　　① 阿拉法特山，伊斯兰教朝觐圣地之一。位于沙特阿拉伯麦加以东40公里处，为一座小山。山下平原约7公里宽，13公里长，亦名阿拉法特平原。相传阿丹和哈娃（即《古兰经》中所载的人类始祖）因犯禁被安拉处罚离开乐园后失散，后在此山重逢。阿拉伯语"阿拉法特"含"相认"之意，此山因而得名。进驻阿拉法特山是穆斯林朝觐者集体参加的大典仪式，俗称"上山"。

坦人努力搜寻着能将自己从窘迫中拯救出来的话的话……

"你是在 joke？请原谅，先生，你像……像个沙特王子……"这人的不安，让海利勒更觉得有趣。

"不，我不是在隐形摄像机拍下的节目里，你面对的就是一位沙特王子，开着车，带着你，尘世正对你微笑……"海利勒微笑着回答。

"先生，你是 serious（认真）的？你为什么穿得像一位头人？"巴基斯坦人用眼睛打量着海利勒，只见他洁白的方头巾上，缠着华贵的黑色头箍，身上穿着灰色的有金银线刺绣的外袍，擦得锃亮的尖头皮鞋踩在油门上，让汽车发疯似的向前跑。

"慢点，慢点，先生……please。"

"为什么你不喜欢王子的开车风格？"

"Sir please，我在巴基斯坦有六个孩子，我母亲已经病危……"

听了这些话，海利勒把脚放在了刹车档上："出去，安拉不会回应你、你的孩子和你的妈妈。"

巴基斯坦人推开车门，带着不敢相信的神情从车上跳了下来。海利勒从车座下拿出一瓶饮用水，一口气将水喝光，再一次发动汽车，准备去征服更多的人。

下一个牺牲者是一个女子和她年少的儿子。那个女人戴着黑色的面纱，一件长袍从头盖到脚，脚上穿着黑色的袜子，两只手臂也被黑色的手套遮住了。这位母亲和她的儿子坐在车的后排座位上。海利勒重重地踩了一脚，所有的车门都被关上，那只脚落到了油门上，汽车被疯狂地驱动，恐惧感也在那个女人脸上油然而生。

那孩子想打开身旁的车门，但是打不开，所以他只能尖叫着，传达着他母亲的命令：

"停下！让我们下去，请让我们下去！"

"兄弟……"母亲充满恐惧地说："放了我们吧……"

"在你脱下袜子，摘下手套之前，车是不会停的。你就当我们是在朝觐的路上吧。"海利勒的笑声重重地撞击着那位母亲的耳膜。

"什么？敬畏安拉吧……"

"我的神经不正常……"海利勒简短地答道："一见到黑色，我就会抑郁，也许我会撞在最近的墙上……"汽车开得更快了。

"把你的黑手套摘掉吧……"男孩急忙摘掉他母亲的手套。

"看见了吧，车速已经开始慢下来了。你把黑袜子脱下来的时候，车就会停下来，车门也会自动打开。"

男孩急忙把他母亲的袜子脱了下来。当那双手套和那双袜子被先后扔到前排座位上时，刹车声猛然响起。

海利勒一边把车开远，一边看着那个女子。只见她踉踉跄跄，四肢暴露在阳光之下，她在极力蜷缩、遮盖，想让自己的皮肤不被眼睛看到，不被阳光照到。海利勒美滋滋地笑出了声："像个吸血鬼一样！"然后，他放慢车速，把那几只黑色四肢一样的袜子和手套扔到路边。

第三个牺牲者是个年过六旬的男人。他长得很壮实，身上穿着斯迪尔式的袍子，戴着白色的帽子。

那个男人一声不响地坐在后排座上。海利勒设法挑逗他，加快了车速，然后又多次急刹车，车里的东西和这个乘客互相撞来撞去，这个人的脸时而向东，时而向西，一会儿又向南。每到一个红绿灯前，海利勒都要停下来，照着镜子，整理头巾上的黑箍，向后看看那张冰冷的脸，任凭堵在他后面的车子发出抗议的鸣叫。终于，在尚未到达米那的一个地方，他停下了车，命令道：

"到了，马上下车！"

那个男人看着眼前光秃秃的山，还有为了建朝觐营地而铺上沥青的空地，说：

"在这儿我该怎么办呢？我说的是到鲁绥夫。"

"我说，就是这里。"

"你要么把我拉回上车的地方，要么我就坐在这里，直到世界末日。"

"随便！"海利勒熄了火，两人开始了沉默的对抗。

"你简直是神经病……"那男子说，然后又补充道：

"要是我会开车，早就把你踢到车外，自己开车到想去的地方了。"

"现在你只能下车，别无选择。"

"你们的部族是不是被魔鬼附体了？你开车的样子简直就像一个魔鬼一样。"

"哎呀，你真是好眼力！"海利勒笑了："我几乎要喜欢上你了。"

"你连自己都不喜欢……"那男人打量了一下海利勒，说：

"看看你穿的是什么？你只能自我嘲笑了……"

"真的吗？不久前，我还扒掉了一个人的衣服。有的乘客尿了裤子，把你现在坐的座位都尿湿了，所以，我用塑料布把座位包上了。"

"你只是一个长着男人身体的孩子。"

"对，有时这个孩子会像你一样，穿上希贾兹地区的传统服装！在这辆车的后备箱里，有很多化装用的衣服。我可以变成动画人物，让你这样的成年顾客高兴一下。"

"你只是一个会出声的可怜的鬼魂,这是我对你的判断。"

"没关系,我没有魂。"

"你以此为荣吗?听我说,"男人调整了一下坐姿,把自己的话吐到了前排座的海利勒的脖子上:"我这个人专门研究精灵甚至鬼魂。我把我三个年少的孩子都埋葬了,他们刚刚二十岁,就被死神抓去了。他们都死于交通事故,这是这个时代的鼠疫。所以,没有什么能吓住我。如果你愿意的话,我们就待在这里,直到乌鸦把我们眼睛啄食掉,没关系。但是,你如果想把我拖出来,你自己可就难逃火狱的种种煎熬。"

"你是说,我这一通低劣的表现没有吓到你?"

"如果你需要一名心理分析师,那就好好听着。如果我的妻子和家人失去了和我的联系,他们就会设法把我弄到他们中的某一个人那里。"

"我正在寻找像你这样的人。"海利勒以控诉的口吻说着,"一个像我父亲一样,受着麦加庇护的人。你们都一样,是没有水就会死亡的鱼,处在禁寺旁边的狭小的地区。但是,你们还是能够跳出这个狭小的圆圈,敲断你们孩子的脖子。在像鲁绥夫这样一个现代的塑料城区,你还想要求什么呢?"

"我曾想过再要一房老婆,为死神生养更多的孩子,但是,我第一个老婆不肯帮忙……"

"我仿佛在听我父亲说话。"海利勒苦笑着。

男人的目光集中在他能看到的海利勒的脸上,他问道:

"你是谁?你想干什么?"

"有时,我是一个很体面的出租车司机,但是,绝大部分时间里,我只是毫无目地开着车,拿那些小人们开心……"

"小人?你听着,小伙子,有一天,你会与死亡面对面,你会知道,小人这个词不适用于有灵魂的人。"

"你几乎要说服我了。"海利勒回过头来，看着男人的眼睛。"你并不像你给人的印象那样糟糕。"

"面对像你这样的人，我就像是在照镜子。"

"现在，你开始让我厌烦了。"

"那就摆脱我吧。把我拉到最近的有出租车的地方！要知道，你不可能把我扔在这种荒野之地的。"

海利勒发动了引擎："也许我会送你到目的地。"

"不用，谢谢。"那男人急忙说，"当死神把出租车变成赛车时，我不会再去想为这个世界生养孩子。总有一天，你会亲手扼杀自己的生命。"

窗之窗

我，人头巷，我以我的每一个人头具有的古老的邪恶，引导着纳赛尔在两个窗子之间度过了他的早晨：那是已经被钉死的阿札的窗子和被空调机堵死的阿伊莎的窗子。最后，纳赛尔在咖啡馆里坐下，根据阿伊莎信里的描述，通过对我的地理环境的比较，发掘出了我的秘密。他读到：

阿伊莎的第四封信

啊，

像凉爽清晨的咖啡一样，你的名字令我神清气爽。

你还记得你拿着字典想了解我的城市麦加的那一天吗？

啊，它是宇宙的中心，这令你感到惊诧。

字典里的麦加位于我们街区的地理环境之外，

人头巷则是沉睡的苦难之地。

有一次，我梦见人头巷是一个被扔在路边的女性的形象，它的天空仅限于那块居中的地方：那是易卜拉欣谷地中间有着古老荣耀的果园，是欢乐和水的情人，是一块珍宝之地。它的右边是里德瓦清真寺，左边是批发商穆扎希姆的家，哈丽麦婶婶住在他家的平台上，我们家就在他们住处的下方。这个地方从上到下，都有着世界化的躯壳，祈祷时间，歌舞全停；朝觐季节，临时的服装摊位会为朝圣者服务。所有的乐器哑然无声，所有的场院被腾空出租，而那些如街巷里的老太婆们说的"魔鬼在食物上撒尿"的厨房，旁边的场院也被利用起来。面对陌生人做出来的食物，那些老太婆们也都偃旗息鼓了。

寻找人头巷的历史，你会发现，它和做副朝的人们一起消逝了。市政府进行的城市美化工作，让它的名字不见了踪影。它的历史消失了，它的名字变成了光明之路，人头巷留给我们的，只是那块湿润之地，它在以一种不知来源的温暖指点着人们。但是穆扎希姆来了，让他的记忆闯进这块地方。并彻底摧毁它。他说：

"在人头巷，我们听不到赞颂安拉的声音，就连你们中间洗净了手的天使都没有发出这种声音。"作为一个批发商，穆扎希姆自己并没有被折磨弄得神魂颠倒，他把折磨放在了我们的鼻子下面，无论是钻进被窝，还是随着鸟儿的鸣啭睁开眼睛的时候，我们都能嗅到折磨的气息。穆扎希姆为我们准备了纯正的曲子，也准备了慌腔走板，并且把它们混合在一起，像人头巷上空的一群乌鸦一样，向我们散布出火狱的信息。

出于对阿伊莎的厌恶，纳赛尔停了片刻，然后继续阅读：

"你们如此赤裸裸地把天使们从这条街上赶走，

72

街巷因穆扎希姆而被割裂。"

"麦加的土地贵如黄金，穆扎希姆开始占有天堂，要求给他一份馈赠，以批发价格在这块土地上，在天堂的房子对面建造了他的清真寺。他让达乌德·哈白什当了伊玛目，用街巷的施舍作为他的报酬。"于是，宣礼塔上的扩音器多了起来，街上，人们坐在一起闲聚的地方，不时传出铿锵激昂的即兴式的训诫演讲，而包围着这些坐处的，则是那些非同寻常的大老鼠和一些似乎从未见过的啮齿动物。

为什么我对人头巷的态度如此残酷？莫非我是在用你的眼光看待他们？

签名：阿伊莎

阿札：最大的可能是她的尸体

那是只有子夜之后才会有的沉寂。纳赛尔的想象从中而生，于是，他独自潜行，去了解人头巷的各个角落，他的脚步踏入成堆的垃圾，走入那些几乎无人经过的荒凉的通道入口，查看迷失的牲畜和妖怪所在的空场和围栏，希望能找出这条街上彼此牵连的人或物。他下意识地走着，人头巷，终于把他带到了那个老头那里。那个老头正在一处破门前的石台上打盹，却感觉到了纳赛尔的脚步。纳赛尔拼命睁大那双被雾霭遮蔽的眼睛，被一路拖拽着，离人头巷越来越近。他环顾四周，想找到一个可以摆脱这种窘境的出口，但发现这条街就像电视天线组成的刺猬一样，把他围了起来。要知道，这些像盘子一样的天线，几乎是从所有的地方伸出来的，从每一个残破的院落，从所有冷饮和本地食品的箱子里。

"像我一样的街巷里没有什么新的东西。"纳赛尔的肩头突然松塌下来，强烈的疲劳感让他坐在了这个没有年龄的身躯旁边，他说着，仿佛从他坐的台子上再现了人头巷的声音。

"今天的面包是用昨天的酵母制作的。从我的历史中吸取教训吧。那些魔鬼们开始住在我这里，并与哈娃结为联盟。麦加是乐园里一颗璀璨的珍珠，坐落在远离易卜拉欣谷地中心的地方。那天，哈娃在禁寺外面对阿丹（亚当）进行了引诱，使阿丹离开了禁寺。我怀疑，哈娃只是用她的膝盖引诱了阿丹，然后，又将她的双腿从赛法山边伸到了麦尔卧的尽头，（从吉拉勒山顶到吉玛勒谷地）。于是，被迷恋的心开始在这两地之间疾走奔跑。"纳赛尔的疲惫，引来了人头巷的嘲笑，它继续着自己的历史课程，说：

"安拉创造了阿丹，让他住进乐园，除了死亡之外，并没有忽略他的形象的完整。安拉打开阿丹的胸膛，取出一根肋骨，把它弄弯，让它旋转，最后让这根肋骨在阿丹面前摇动。阿丹大怒，想把自己的肋骨要回来，在他用力将肋骨放回到原来的位置时，他已经把死亡植入了身体。因为这根肋骨在阿丹体外时，就是死亡本身……"人头巷在纳赛尔胸口发出了蛇叫一般的咝咝声。"我们必须把哈娃所有的女儿们都掐死，把我们的肋骨取回来，以填补她们在我们胸腔造成的空缺。"女人，女人，纳赛尔感到不安，人头巷像磁石一般，让他昏昏欲睡，他的四周充斥着长老和伊玛目们的高傲和霸道，正是他们从这个高台上，斥退了人头巷正在响起的新声。

"你如何以无限遥远的过去和对未来的展望来熔炼当下的时刻？让我告诉你解开这个谜团的钥匙：死亡只是世界末日时现身的羔羊，而生命的表现则是有着一千只透明翅膀的高大健壮的骏马。在世界末日的恐怖结束时，火狱的人进入地狱之火、乐园的人们进入乐园之后，羔羊被宰杀，马则被放开，自由奔驰，不受任何阻挡。纳赛尔！"纳赛尔弄不清这声音是从他前面还是后面传来的，或是像诅咒一样从天而降，只是听到了老头对他的指责："你把那些故事都集中起来，然后就可以发现，无论是羔羊，还是马，都来自阿丹的胸膛。阿丹超越了自己的想象，杀死自我，就像你现在调查的案件一样。马也是阿丹的肋骨。现在我们要问：在这条街巷，谁有可能像我们人类之父阿丹一样自杀？相信我，只有优素福。但是，谁又是那匹马呢？"

没过多久，禁寺的七个宣礼塔深深地吸了一口气，结束了祈祷的呼唤，可以休息了。在宣礼和祷告的休息间隔中，麦加的街区倒映在小净的水里，人头巷趁此寂静之时，抓住了纳赛尔：

"你听到那些男人的血管里汩汩流淌的鲜血的声音了吗？我用黑金（石油）把他们引诱到这里，让他们抛家弃子，像虱子一样住在我的这些人头上，吸吮我的血液。而我在这些破败之处，在这些杂乱无章的箱子里，吞噬着他们的岁月和梦想。我是个坏老头，用我的老朽置换着他们的青春。他可不像黎明那样能唤醒人们的相思，那些人为了美食和暴富的情欲，已经牺牲了心中的理想。"

纳赛尔想站起身来。"你为什么执意寻找一个杀死女人的凶手呢？你认为，在这火箭时代，你只凭一人之力，就可以保证像我这样的街巷有一个干干净净的未来吗？我，人头巷，就像是厕所组成的圆圈，建在米那、阿拉法特和穆兹代里法的入口处，那些数不清的厕所都是四方形的水泥建筑，接纳着朝圣者的粪便。纳赛尔，我警告你，不要通过挖掘记忆去寻找凶手，你将落入无法逃脱的水流之中。"

在祷告开始前的那一刻，万籁俱寂，等待安拉的名字响起。在记忆最遥远的地方，人头巷回想起了一个蹑手蹑脚的歹徒。在那具尸体出现之前，他总是用轻轻的脚步踏过街巷的黎明，直到那具尸体倒下、优素福日记里的鸽子迷失了为止。

人头巷狡猾地对纳赛尔隐藏了优素福大脑充电的那个夜晚。那天晚上，匆匆而过的脚步声打断了优素福的睡眠，他像鸽子近地而飞那样穿过街巷。在平台上，优素福看见一个姑娘披着黑袍向他跑来。为了忠诚于穆扎希姆的女儿阿札，他从不注意那些突然出现的女人的身体。但是，那个姑娘黑袍子里的什么东西吸引了他的视线，他觉得自己好像认识她，但是，她又没给他认清的机会。当伊玛目达乌德领拜的声音响起时，她消失了。而伊玛目那嘶哑的、虔诚的声音，把整条街都变成了绣花的棉布衬里。当时，优素福正在把微现的晨曦变成写给阿札的诗篇，记在纸上。他扔下手里的纸，逆着前来祷告的人们的方向，瞬间冲向阿札家门前的台阶，去追踪那个女子的足迹。他飞驰的步伐，将他带到了穆舍白布古老的果园。他认为这个穆舍白布就是个魔鬼，总是在黎明时用珍藏的宝物引诱街巷里的姑娘。

　　人头巷绝不会忘记，这扇门总是敞开的，招呼着每一个过往的人。可是在这一刻，它却关闭着。优素福推开门，自己走了进去，立刻就看到了在昏暗中迎接他的穆舍白布闪亮的眼睛。对方正用乳香熏过的潺潺泉水漱口，躲开了优素福质疑的目光。空气中有什么东西表达出了他对阿札的相思，而他对阿札的感情，他甚至对自己都不敢承认。他想用关于阿札的谈话冲撞一下穆舍白布，但是什么样的话才能像雷霆一般震动他呢？对他说，自己生前就在思念阿札，她在前世就已经将他迷惑？说她像花粉一样附着在他的身体上？母亲哈丽麦告诉他说，阿札的母亲亡故时，穆扎希姆把她埋在一个黑暗的地方，阿札出生后，曾经进入过那个地方。优素福给予阿札的快乐，远不及他带给她的冰冷和忧愁，那种忧愁就像疼痛的呻吟。朝圣季节的流行病，如流感、霍乱、乙脑，都没能让优素福这样接连不断地发烧，他染上过各种病，病愈时就像面粉做成的毛发一般脆弱。麦加的流行病是大自然慷慨赐予的病毒，杀死过几千人，像优素福这样打过疫苗的人也未能幸免。历史上，麦加的登革热曾让男男女女的人统统病倒。但是，优素福的关节非但没有损坏，反而变得如钢铁一般坚硬。如果麦加流行病的第一次打击能让你免于死亡，那么它的第十次、第一千次乃至最后一次爆发，你都不会丧命。因此，麦加人把他们的孩子们扔在被朝觐者堵塞的道路上，任他们爬行、磕绊，与那些生病的人为伴，卷入巡游天房的人群或商贩当中，结果，死亡像一种现代工具一样进入了人头巷，敲碎了优素福的膝盖。因为麦加的年轻人，都像住在街上最里边的那位布哈里老太婆说的那样，都在用魔鬼工具谋生，比如那些摩托车。

"作为禁寺的人，阿札和优素福是一个卵子分裂而成的双胞胎……"哈丽麦笑着说，"当禁寺人们的卵子停止分裂时，魔鬼就要继承这片土地了。"

唯 一

　　警官纳赛尔翻弄着堆在床边的照片，稍微觉得有些倦意的时候，他就觉得有蚂蚁在偷．窥他，那些蚂蚁从优素福的日记和阿伊莎那些泛溢着挣脱愿望的信件里，噬咬着他的四肢。一种近乎神经质的惶恐将他推向对解脱阿札气味的渴望。于是，他拿起了一封信：

阿伊莎的第五封信

　　我躺在床上，打开了斯凯普照相机。

　　在镜头里，一种波浪般的动作将我带入了我不想去的地方，使我正在达到高潮，这是我和丈夫艾哈迈德没有达到过的高潮，我已经让他瘫痪了。

　　啊，大卫。

　　我将用符号来称呼你，如果我的信件被发现了，你应该藏匿消失，因为你也要被发现了。求求你用开启身份的唯一的钥匙，处决这封信吧。

　　你的信是光，再过一会儿，我绝不会在我的血管里看到其中的任何一个字。

　　因此，我把你的信件以"唯一"命名，保存在我的邮箱里。

你像我呼吸中的烟草的味道，我用柠檬香气对它进行了遮盖，但它却在我的肺里咝咝作响，所以我一个人在夜里总是不断地咳嗽。

我的哈丽麦婶婶问我：是干咳还是有痰？说完喂了我一勺香油。

我们怎样才能把我们的心悬挂在大地的尽头，然后重新返回，而不是死去？

看着在手电筒旁边飞转的萤火虫，我闭上了眼睛。萤火虫抓住我的手跳舞，带着我旋转，就像那个清晨，我们在理疗大厅里旋转那样。

我将挑选一些会把我带到喜欢的地方的字词，我将用粗体写出它，让它像石子一样散落在你的路上，有时，它可能让你的脚淌血（我肯定会把石子抛撒在这里或那里，让它刺伤诱惑我的东西）。我是不是说得太多了？从前，我总是缄默不语，从不允许任何人潜入我的头脑。那么，我的心在哪里？一定是在我胸膛里没有知觉的地方。

在我和太阳之间——我看不见的太阳，有一种说法，啊，请想象一下，我是一个国家里被阳光照耀的女子，这个国家的位置，在地图上是用一个微笑的太阳做标志的吧。

我对那个太阳的了解，只是语法书上无始无终的一个名词，太阳照耀，月亮放光，它们都会进入我的房间，穿透我的面纱，给单词打上代表格位的符号，对句子进行语法分析。在我们日不落的国家，我服用英美生产的维生素 D 和钙片，来治疗骨质疏松。这些药其实都是从远东的海产品中提炼出来的。

你要说"你的太阳照亮了我的房间。"按照我的经验，这样动词句就没有了。

汗滴在我的双唇上集聚着，甚至沾湿了你的脸庞，就像那天我看见你时一样。那时，你在医院门口向我告别，使馆的车要把我送到机场，让我返回祖国。

"她已经痊愈。"出院报告这样写道。但是，事实上，我是在走私。我不是从病痛中逃离，而是走私了一个男人。你在我的头脑里，在我的肌肤中，吉达机场检查走私品的机器对我的走私品都没有任何反映。

你的剃须皂的清香仍在刺激着我的感官，挑逗着我，让我在早晨清醒过来。

我转过身来，从镜中看着自己的后背，看着那条长长的疤痕。那条红色的缝针的痕迹，就像鸽子蹒跚迈步时留下的脚印，你一直在用凡士林油为它按摩。我不禁自忖，你怎么能如此轻柔地抚摩这道伤痕，怎么会如此温存地对待这令人作呕，连我自己都会感到恶心的丑陋的东西呢？你说，肌肉组织需要时间才能平复，但是，你我的融合却并不需要时间。你应该把自己的信也加上号码，注意不要让我们的目光沉到深潭，不要让我们的一切被遗忘。

难道死者不需要时间陪伴吗？

签名：阿伊莎

每天傍晚，烤大饼的香气都会从人头巷的家家户户散发出来。那天晚上，纳赛尔和每天一样，从街巷的窗子下经过，包括艾布·沃南在内的人们都开始嘲笑他，因为他们听到了警车的鸣笛声，并从中知道，证人的手指正在指向他们每一个人。

突然，人头巷听到了窥视的声音。纳赛尔推开了无人居住的阿伊莎的家门，潜入了昏暗的走廊，在那个干得没有一滴水的水龙头前停了下来。他把阿伊莎父亲的那根棍子，那根在很多人身体上留下岁月痕迹的棍子移开时，他们并未想去阻止他，而是决定让他亲眼目睹阿伊莎的悲剧。他的那双眼睛让他们想起了面罩后面的蝙蝠侠，因为他总是想走进指控者和嫌疑人的心里，那眼睛已经变成了黑洞。

刚踏上阿伊莎住房的平台，纳赛尔就迷失了方向。突然敞开的地方让他眼前一片模糊，不知所措，觉得有什么东西或某种气息向他走来。朦胧中，阿伊莎出现了，她蜷缩着坐在那里，那张脸和她的姐姐法蒂玛一模一样。法蒂玛的脸真是太阳光了，以至于人们把她叫作"清晨"。他几乎能听见阿伊莎写信的声音，而且，阿伊莎还在问他："难道死者不需要时间陪伴吗？"纳赛尔急忙驱散了这些迷蒙，走到平台边上，计算着从他那里到发现女尸地方之间的距离，"有可能是从这个平台上落下去的吗？"他的测量结果，显示出了一个弯曲的角。如果尸体在坠落时没有改变方向，是绝不可能落在那个远远的、但又离街巷最低处最近的角落里。

突然，他听到脚下有玻璃破碎的声音，于是低下身来，看到了一些水晶碎块，一粒一粒的水晶在角落里闪着光亮，在它们的左侧，有一堆纸箱，随后，他又发现了另一些水晶颗粒，大约十二毫米大小。他翻动着那个纸箱，发现了一只被扯掉的衣袖，白色的花边上落满了尘土，腋下的汗水使喷洒香水的地方变成了一种暗沉老旧的颜色。在这种女性的气味中，纳赛尔忘记了自己，他内心的那条狗知道这种气味：这是阿伊莎！他不想扰乱这种认知去询问：是谁、什么时候从她的胳膊上扯下了这只袖子？这种汗味为什么会是死亡的汗水？如果他懂得汗水的化学成分，那他就能知道袖子被撕扯之前都发生了什么，那是恋爱时刻还是惊恐时分？他深深地嗅着，踉踉跄跄，生命已经从他的身躯里逃脱了！于是他把那只袖子塞进衣兜，离开了那里。那条狗死在了那只袖子里，他又找回了自己，并感到头晕目眩。

优素福的肋骨

　　优素福让自己放松下来，合上双眼，想让自己消失在禁寺的柱子之间。介入偷盗天房钥匙的事件，让他陷入被追踪的境地，追踪他的不仅有杀手，还有警察。他用来推送朝觐者的轮椅已被警方没收，没有了生活来源，再也不能找回靠近禁寺时那种疯狂和自在了。此时，他骨架上的身体似乎非常沉重。他独自一人走着，把后背贴在巡游处冰冷的大理石上，听着腹腔中饥饿的声音。他第一次怀念人头巷的穷困，从他睁开眼睛那一刻起就与之抗争的穷困。他望着天房，祈祷着："安拉啊，让我成为一个男子汉，将这尸体从我头脑中除掉吧。"他又想起了阿札，想回到他们之间的原点。她就是那个被杀的人，因为他盼望着哭悼她，而不是鄙视她，鄙视自己。但是，无论如何寻找，他所期待的那一刻都不曾到来。阿札不曾出现。他发现她已经融在自己的血液里，她是自己的一根肋骨，在他目光所及的范围内，他能看到的只有阿札的身躯和那两条踢踏时无比有力的腿。将他从尘世拯救出来的，并不是母亲哈丽麦的脸，而是皮肤柔嫩的阿札娇小的身体。当她还在蹒跚学步，当她走在他的前面，当她长大成人，当黑色的长袍将她包裹起来时，人们都在教导他，应该把那根肋骨从身上折断……突然之间，阿札变成了耻辱，人们都觉得她应该被处死。

现在，二十八岁的优素福明白了被驱逐流浪的真正意义，阿札的消失让他陷入流浪的境地，他并不害怕人们对他进行指控，只是畏惧死者对他的揭露。人们都说，双胞胎会从对方感觉到死亡的临近。他和阿札并不是双胞胎，可是直到现在，他仍然肯定阿札还活着。

但是，自从天房钥匙被偷之后，优素福一直觉得有双眼睛在窥视他，有什么人在潜伏着，将其作为诱饵，只是还没有向他扑来。穆舍白布已经警告过他："那具尸体只是指向我们所有人的一个阴谋的一部分。你先藏一段时间，看看事态发展吧。躲到禁寺里，不要离开，在那里等我的消息。"优素福嘲笑他说："这就是我们第三世界阴谋论的逻辑，如果你没能让你老婆怀孕，你会说那是一个国家的阴谋。"

"我有我的理论。"穆舍白布佯装不解他的嘲讽。"他们需要你，使他们达到目的。这是对街巷里将要发生的事情的唯一的解释。这具尸体意味着超出我们理解能力的更多的东西，它一在人头巷出现，就把这条街闹得天翻地覆了。"

穆舍白布神经错乱了，但是，这具尸体传来的信息却在优素福的头脑里留下了烙印，躲到禁寺就能逃脱吗？他不知道，但他只能这样做。

他就是那个优素福。不能停止行动，不能在一地安身的优素福，一旦停下，就会有人追上来……他环顾四周，看到了禁寺回廊里交错而立的柱子。他是从法塔赫门进入这个回廊的，几经转弯，回廊止于告别门，或是吉纳伊兹门。进入禁寺的人是怎样或是以什么样的姿态藏在这里呢？他把遮盖口鼻的发黄的头巾整理了一下，然后沉入了祷告声中。他发现周围的一些祈祷者正陈述着他们的要求和愿望清单，还有一些人竟然在斗胆陈述诅咒的清单。他清理了一下自己的感官，想把童年时在禁寺碰到过的、和他们一起在禁寺的院子里玩耍的那些天使们找回来。每逢周五，他的母亲哈丽麦都会喷上香水，陪着他和阿札到禁寺来，带着他俩走进面对古老的山脉的伊吉雅德门。在那古老的时日之初，骏马就是从这个门出现的。然后，他们三个人会走到环绕着天房的禁寺院子里。这个院子犹如一块被大理石小桥分割的蛋糕，铺满了用麝香、檀香和乳香熏洗过的石子，后来，白色的大理石替代了这些石子。但是，直到今天，每当他赤足在这些大理石上走过时，双脚似乎仍然会有踩在原来那些杂乱石子上的感觉。

在童年时日的每个星期五，优素福都把头贴在石子地面上，谛听院子里那些女人的声音。

每周五的晡礼之后，哈丽麦都会在渗渗泉的右侧铺开毯子坐下，然后，挑选一些小石子，把它们做为剧场的中心。于是，他们周围的黑袍愈来愈多，妇女们带着自己的孩子坐在各自带来的色彩鲜艳的毯子上，抹去腮边的汗水，用镶着金边的茶杯喝着茶水，吃着瓜子、杏仁，扮演着她们各自的角色：每一个黑袍子组成的圆就是剧场的舞台，主角是她们自己，剧情就是她们对丈夫的厌倦之情，这种感情让她们的戏剧灵感像喷泉一样迸发出来。

"不对，沃杜黛，你应该赞颂安拉四千次，然后将得到的咒符放在水中，让男人们喝，这样逆忤的爱人就会对你服服帖帖了。"

右侧的一个女人突然爆发出了笑声，打断了这个经验之谈；左侧的一位母亲跪祈两次，请求安拉让她随年轻的儿子而去，她刚刚为他举行了绿色的葬礼。于是，他们周围的女人们都在呼喊着，祈求安拉的拯救，期盼天使带着悬挂在长廊里的钥匙和乳香降落。

饥饿的优素福把身体靠在黑石上，把头伸进银色石块上的缝隙里，想识别出阿札的气味。流逝的岁月，让千百万个嘴唇都在那里留下了气味。关于这块石头，母亲哈丽麦把她从祖父那里听到的话刻在了他们的头脑里："天堂里有一块巨大的宝石，有三腕尺长，可是，只要它被扔进水里，立刻就会飘浮起来。至高无上的安拉从阿丹的子孙的背脊中取出了他们的后裔，并使他们招认，还让阿丹吞下了这块石头。世界末日时，他将复活，长着一双眼睛，一张嘴，两片嘴唇，以此证实信士们的忠诚和背叛者的不义。"阿札和那个当兵的勾结在一起，长时间地亲吻那块石头。阿札的口舌没有因为亲吻那块石头而变得尖利，但是，石头上的黑色却印在了她的手指上，于是，她开始绘画。优素福想：以前，我们一直以为她是在用炭笔作画，可实际上，她是在用她在黑石上长长的亲吻作画。

"《古兰经》地震章，念吧，他们应该离开你了……"

"那章，分开的那章，晚饭之后读这一章，好让你们俩分开，崇扬真理，无论是自愿还是被迫，对你的判决都是公正的，包括你最大的仇人……"这些文盲或略识几个字的女人们交流着关于分离的内涵，她们说出来的那些知识，让周围的孩子们茫然不解。而优素福感觉到，天使已从被交换钥匙的地方落下，偷偷潜入女人的衣袋里。那个患有病痛的女人能够打开各层上天之门，要求天使们降临。坐在他周围那些戴着黑色面纱的女人们滔滔不绝地说着，他意识里对女人眼泪的警觉也在增强，他认为，女人的信仰最多不过是面团，做成面包面饼，供自己吃食，增加身体热量，去搂抱丈夫，让他满足，迷惑他的心！这时，那个为了预测未来而专心背记《古兰经》精灵章的姑娘的声音进入了优素福耳中。

优素福带着阿札穿过回廊。忽然，他的目光迷失在屋顶上。在梁柱间的回纹雕饰中，在屋顶上满布的金色的《古兰经》章节和安拉的美名之间，他看见了天使，时光也因之而驻足了片刻。在那古老的回廊中，他理解了与神圣同义的艺术的意义！天使碰了他一下，他便伸开长长的腿，飞到了阿拉法特山残存的石突上，阿札跟随着他，躲开了向做副朝的人们出租剪刀剃头剪发的姑娘。站在那个盛满了头发的大桶前面，优素福陷入了沉思。那些头发的颜色和薄厚各异，像一个个秃鹰一样站在那里，带着人类欲望的气味。在巡游和奔跑的过程中，信徒们是不能带着剃刀和剪子的，因为副朝是为全年赎罪。站在这个装满罪孽和欲望的大桶前，优素福变得神魂颠倒。

在那一刻，身处流放之中的他，袭上心头的不仅是要摆脱自己充满罪恶的头发，更要摆脱落在肩上的使命。于是，他双膝跪下。把头交给了迈斯阿门旁那个埃塞俄比亚小伙子手里的剃刀。剃刀滑动了五下，优素福的头顶变秃，泛出了绿光。然后，他站起来，把脚趾放进禁寺里那些隐蔽的钥匙里，他觉得，其中的某一把钥匙肯定会拯救他，让他不再遭受这噬咬着他的幻觉的追逐。

昏礼之后，初降的夜幕使麦加变成了一个被霓虹灯照亮的大理石碗。这是禁寺最拥挤的时刻，外来的人们纷纷来到这里，消解一天的疲劳。优素福把自己裹在戒衣里，向禁寺外走去。他穿过摆放在法赫德国王门前礼拜者一堆堆的鞋子，再走过外面的广场，看到拉斯维加斯商厦明亮的灯光已经落到了禁寺的各个门槛上。他背对着商厦，面对禁寺前的空地，用戒衣遮住半边脸，等着伊玛目达乌德的儿子穆阿兹。穆阿兹来了，像一个乒乓球一样滚了过来。他穿着中国制造的白色运动鞋和运动衣，胸前又长又乱的大胡子像道具一样，整个人看起来俨然一幅充满现代矛盾因素的装饰画。优素福站了片刻，左顾右盼，没有认出他来，便轻轻地唤出声："穆阿兹。"

穆阿兹吃了一惊，道："我没能在这些朝觐的人中认出你来，你头发都剃光了，还有这戒衣……"

"我累了，穆阿兹，我到处流浪，大理石已经把我的身子磨破了，溃烂了……"优素福的声音仿佛是从很远的地方传来。"如果我被抓起来的，我一定要好好地枕着枕头，躺在床上，安安稳稳地死去。"

穆阿兹打量着优素福，仿佛面对一个幻影。他对优素福说："我知道你的住处……星期五傍晚，在杏德山修车铺见我。"优素福一脸茫然，穆阿兹又说："你知道的，你们一直都不去注意我的车轱辘，现在都坏了，你们又偷一辆自行车……"优素福点头同意了。

穆阿兹接着说："拿着。"他把自己这月剩余工资的一半，两张一百沙币的纸币塞进优素福手里，让他救急用。然后，开始向优素福讲述街巷里的情况：

"现在，人头巷正在进行美化修整，到处都是陌生人的脚步，他们在穆舍白布的果园里翻石动土，寻找那个护身符，还到处寻找那些非法居住的人的住处和用纸箱搭建的窝棚，那种地方是我们想象不到的……他们驱赶孩子、妇女和缺腿断臂的乞丐们，把他们赶出以破布为墙的地窖，那些没有证件的人，还有一台又一台四轮驱动的奔驰汽车，都聚在街口，测量人员一批批地涌进来，不知在进行什么样的奇怪的运动……穆特里·赛义德·奥德把他的铺子卖了，把那些沉香装在卡车上，离开了人头巷……你认为会发生什么事呢？难道这一切就是因为一具尸体？"优素福听着，环顾四周，看见十多个阿富汗儿童张大鼻孔，嗅闻着可乘之机，变着花样地推销念珠、廉价的礼拜毯和帽子，不过，他们都小心地躲开优素福，因为他们都知道他是个疯子。

"我很难想象你讲的这一切。"一阵沉默之后，优素福接着说："如果我们像穆舍白布那样想，那具尸体也许只是旧的段落的终结，但是，我们现在开始书写新的一行……也许这只是正常的发展行为……"

穆阿兹走了。优素福面对禁寺，神情恍惚。他看着鸽子飞上沉香构成的烟云，画出一个圆形，就像每天夜里都绕着天房围观那些人一样。

优素福回到禁寺时，已是夜半时分。他停下脚步，向麦加投去最后一眼，望着充满神话色彩的艾布盖比斯山沉入冥想。山顶一片漆黑，没有为登山者透出光线的窗子，也没有被遗忘在门槛处的灯，所有的峰顶都被剃得光秃秃的，让山体显得格外突出。突然，某个地方出现了一道光亮，毫无疑问，那是闪电，霹雳般的闪电击中了优素福的头，触发了他疯癫的神经，他只觉得闪电的游移闪动像临终时求救的嘶喊。优素福急速向回廊奔去，跑向和平门的柱子，因为他把自己的衣服放在了那里。然后，他迅速脱掉戒衣，换上了黄色的旧布衣服，用头巾包住脸，逃离了他在禁寺的安全之地，去拯救发生在艾布盖比斯山顶上的事情。

在那一瞬间，优素福好像回到了他的童年时代。那时，每个星期六，母亲哈丽麦都会带着他从人头巷去往艾布盖比斯山，路上，总要经过萨厄尔市场。这是禁寺沃达尔门外的一个市场，是离开麦加的必经之地。经过市场时，摊贩们的笑声和招呼声接连不断，各种鲜艳的颜色争先恐后地刺激着人们的感官：一堆堆带着露水的西红柿，一排排绿色的欧芹，散发着香气的薄荷，红色的萝卜，绿色的西葫芦，这些蔬菜都被摆在地上，在人们脚下滚动着。整个清晨，人们需要的各种食物，都从塔伊夫和舍法的果园，从海达，从米哈里姆和法蒂玛的谷地出发，坐在驼背上，摇摇晃晃地到达麦加。

优素福的饥饿感愈发强烈，因为阿札所有的感官都在迎接着小市场里的各种气味，只见她冲到烤肉铺前，想要一个烟熏的肉丸子，卖小吃的小贩慷慨地把蘸着糖和胡椒的炸面球送给了他俩。随后，他俩又站到了奶油煮蚕豆的大桶前，兴致勃勃地看着。那些大桶里混合的麦仁、蜂蜜和香蕉做成的甜食过于黏稠，研钵的木制手柄都被弄坏了。哈丽麦带他们去了麦加最好的卖羊肉的店铺——艾布拉斯。店主艾布拉斯像个雕刻匠一样，给她切了最好的羊头肉，用咖啡色的纸将肉包好，递到优素福的手上，说："替你的母亲和这个女孩把这肉拿好。"

优素福把肉夹在腋下，哈丽麦带着他俩向艾布盖比斯的山崖走去。开始时很容易，他们走过的只是被旧房子环绕的土路。这些房子的平台都有破碎的石灰前脸和坍塌的搁板。由于搁板已经塌落，所以许多房子都是大敞四开的，替代搁板的则是一层光秃秃的木头。后面的路越来越难走，哈丽麦呼唤着"啊，主啊"，鼓励他俩坚持下去，继续向上攀爬。平台上，一些耄耋老人在看着他们。那些老人僵直的膝盖已经背弃了他们，让他们无法行动。他们被放置在平台像停尸板一样的床上，将双腿伸在自己面前，像一只只被剥了皮的兔子，身上散发为治疗关节硬化而涂抹的薄荷油和鸡油的气味，和他们被装入箱子的头巾和褪了色的坎肩一起，形成了一种僵硬的集体记忆。他们待在那里，注视着上来或下去的人，等待着祷告时间的到来，在自己的床上做着祷告前的土净，看着禁寺里祷告人的队伍。

优素福还记得，那些石台把山里的那些房屋分割在山下的禁寺周围，使麦加的四面像陡峭的山岩一样环绕着天房；他还记得那些想要获得知识的男人额头划出的线条，现在，那些线条也都要掉落了吧？哈丽麦推着他俩，向着可以向安拉祷告的空地攀爬。血冲上了优素福的太阳穴，使他的左眼一片模糊，他只好用右眼向天空望去。山下的左侧，就是麦加和禁寺及渗渗泉的拱顶。

　　向上攀登时，阿札的眼睛变得像蜻蜓的眼睛一样凸了出来，能看见所有的方向。当他们到达宝藏洞时，她把自己的血倾注到下面的井里，自己变得浑身苍白。迎接他们的是洞里如同岩石中心一样的一个大厅，空地上山羊的足迹和造访者的残留向他们问候。空地的中央就是那个洞，它就像一片山体，洞口被各种石头堵死，这些石头像谜一样被随意堆放，中空无物，没有灰泥固定。优素福从读过的各种历史书籍中得知，这是先知努哈建造的，用来遮蔽阿丹、哈娃和他们的孩子赛特的坟墓（据说，安拉给了赛特五十页关于幽明和人类命运的默示，他将其藏在那里，等人去发现）。石帘上的裂缝使光线渗入三个人的坟墓，激起了他们的想象，但是，他们中没有任何人敢向洞中窥视。优素福的历史资料告诉他说，洪水之后，岩石变软，努哈的脚印留在了东面山崖上，每个脚印都有一米长。于是，每逢星期六的早晨，就有人在周围攀爬，寻找先知努哈的脚印。洪水退去之后，努哈把阿丹的棺木从方舟上扛下。直到今天，优素福才知道，当时人们躺在上面的那块岩石，其实是一个装满了洪水的池塘，是努哈与阿丹告别时用脚踏地踩出来的池塘。哈丽麦在那个大厅一样的空地上铺开餐布，切开了羊头肉，把舌尖的那块肉给了儿了。在阿丹之子赛特的坟墓旁吃下的这些羊舌，让优素福的写作欲望奔涌而出。他任由自己的笔在塞特赠与他的五十页纸上恣意挥洒。这些纸里隐藏着塞特活了九十年的秘密，人类寿命的秘密，还有他与他父亲一起埋藏在艾布盖比斯洞里的秘密。

哈丽麦向阿札的父亲穆扎希姆解释说，她所以要带着两个孩子去艾布盖比斯山洞，是为了给他俩治病，因为阿札总是在睡眠时惊醒，优素福总是头痛。麦加人都认为，那里的羊头肉可以强心，可治愈慢性头痛。优素福想起了阿札小时候曾用一层水晶包上了臼齿，结果，那些白色的水晶碎裂时，都脱落在了她的舌头上，于是，她不停地把那些白色的东西吐出来。这时，优素福对她说：

"别把天赐吐出来，安拉会生气，让你的眼睛瞎掉的……"她拿一块绿色的葱头嚼着，辣得两眼满是泪水！他望着阿札，希望他们回家之前能看到日落，盼望月亮快些出来，让月亮在人们所说的地方照在她的脸上，因为据说就是在那个地方，月亮照在了先知的脸上……头痛使优素福觉得那些山顶的景象开始晃动，他感觉到他站在阿札旁边，握着她那只像棉花糖一样融化的小手，俯视着令人眩晕的巡游地。这时，他俩竟然比已经消逝的努哈方舟，比阿丹、哈娃和他俩的儿子塞特的坟墓还要高、还要长。

在优素福的历史资料中，天房不仅仅是唯一的圣地，而麦加的山中则隐藏着宇宙和病愈的秘密。

鸽子的咕咕叫声把优素福从过去拉回到眼前的时空。明月未能解除黑夜的忧伤，优素福睁开双眼，发现自己面前有一道遮盖山顶工作场地的木制围墙。他只觉得脚下的岩石在发抖，被黑夜遮蔽起来的巨型机械正在场地里进行碾压。于是，他跳上木墙，受伤的膝盖让他摔进了工地。离他摔倒之处几米远的地方，挖掘机正在挖着那道保护阿丹、哈娃和塞特坟墓的墙。

墙体坍塌，石块滚落，红色和白色的字符分散交错，构成了代表着各种口号和句子的不同的画面。优素福不敢靠近去读这些字符，觉得那可能就是保存在塞特从安拉那里拿到的记录着各种命运的九十块字板。

一个大型起重机的吊臂在挖掘机后面抬起，用交错的犬牙咬着状如方尖碑的殓衣，这金字塔形的方尖碑的每一条棱，都是一个身体。优素福惊恐万分。面对突然的进攻，阿丹、哈娃和塞特的身体相互融合，被起重机从艾布盖比斯山中撕扯而出，举向高空，随意丢弃。

眨眼之间，优素福依靠那只健康的膝盖从地上跃起，一把将埃塞俄比亚吊车司机推开，自己坐在了他的位置上。哨声划破了艾布盖比斯的夜空，无数的车灯向吊车射去。优素福拼命控制着向前冲去的吊车，吊车抛掷着金字塔形的棺木，冲击着那些向他进攻的人们。此时，他已别无选择，只能依靠历史的宝藏从这个工地上脱身。吊车撞碎工地的大门时，他突然看见黄色的光亮出现在自己的右侧，还听到了刹车声。一个出租车司机从几乎要撞到他的车窗里伸出头来，骂着他。虽然他的头脑里充满混乱和疯狂，但是，他的思维却是清晰透明的。他知道这个出租车司机就是海利勒，曾经的飞行员，这么多年来，一直在与他竞争着对阿札的爱。但是，那种竞争是在人头巷里进行的，而不是在神圣之地为石块进行争斗！优素福大脑里的能量之波突然消退了。他把吊车停下来，惊惶地坐在驾驶舱内，清除了所有留下的欲望，脸色苍白地坐在那里，等待着工地的看守人员把他带走。那些追赶他的人也僵坐在各自的车里，远远地围成一个圆圈，没人敢靠近，唯恐这个抢劫吊车的疯子对他们发起突然袭击。借混乱之际，海利勒把他的车开到吊车旁，给优素福打开了驾驶室的门。

"跳。"海利勒以兄长般的温情说："我带你离开这里。"优素福望着他的脸，一股电波从他的大脑中掠过，他不知道海利勒的呼唤是陷阱还是拯救。他知道这个海利勒总是盛气凌人地欺负他和阿札，特别是他们从艾布盖比斯山顶回来时，他总是用充满嫉妒的嘲讽口气对他们说："吃了我们人祖阿丹的脑袋之后，你们觉得好些了吗？你们喝了艾布盖比斯的阿司匹林了吗？"这时候，阿札就会向他吐出舌头。其实，在令人神清气爽的走廊里的凉意将她吞噬之前，她的舌头已经伸出来了。优素福确信，海利勒用嘲讽的目光，可以把阿札的头活活地吞下去。此时，他坐在驾驶室里，打量着海利勒的脸，这张脸曾经被他的母亲哈丽麦比作折断翅膀的老鹰的脸。

优素福用眼角扫过之后，看到追赶他的人们已经离开了自己的地方，向吊车走来，现在，他没有别的办法，只能依靠这位人头巷的同胞了。于是，他纵身一跳，坐到了海利勒身旁。

"喂，疯子！"海利勒笑着，以电影里的速度开着他的车，不停地换挡，飞扬的尘土落在了那些追赶者的脸上，优素福则睁大眼睛朝向天空，凝视着融合在一起的阿丹、哈娃和他们的儿子塞特的身体，像一座方尖碑一样悬挂在麦加的天空。

架子上的记忆

人们为什么要去相信写在泥块和符咒上的东西，而不相信写在纸上的东西呢？他们打量着粘上我的泥土的装着沥青的塑料袋，想知道搅动我的脑汁、让我的那些头重新转动的一切。

纳赛尔继续读着优素福的日记，无视我，人头巷，塞进他行走的道路上的证据和标记。一页又一页的优素福的日记都在说明，他是曾经的弃婴，被叫作"台斯·艾俄瓦特"——天房侍者的公羊萨利赫最亲近的朋友，但是，我可不想让我的任何一颗头颅卷入这种让人头痛的事情当中。实际上，这些追逐着精神分裂的时尚的年轻人，正在把箭镞刺入我历史的臀部。纳赛尔的头脑怎么能够明白，我的悲苦之中，每一个看似简单的想象都有它的根源。比如这个绰号：天房侍者的公羊。所谓天房侍者，是指在麦加的某个历史时期，那些许愿为禁寺服务的阉人。他们有一头公羊，在麦加被称为天房侍者的公羊，用来给人们的羊配种。人们把它借去，放在自己的羊群里，好吃好喝地喂养它，因此，大部分优良的山羊都是这只公羊的后代。

萨利赫五岁时，厨师阿什在厨房的栅栏里捡到了他，他很漂亮，充满活力，于是，阿什和他的妻子乌姆·阿萨德收养了他。但是，事情并没有那么简单。纳赛尔喜欢像现在这样坐在咖啡馆里，呷着咖啡，翻弄那些日记。这不禁驱使我去偷听优素福对于我肩上的这些头颅都编造了些什么。纳赛尔读道：

2000 年 2 月 6 日

像每日清晨一样，我在杂货铺门口碰到了阿什，他像探寻令人眩晕的食物气味那样伸着脑袋，说：

"今天，你的窗口的篇幅比每天的都长。"店里的伙计听着那个顾客对我的文章发表着评论，把目光转到了我身上。

一只猫叫了起来，杂货铺的门夹到了它的尾巴，分散了纳赛尔的注意力。当时，我，人头巷，应该介入，从我的角度完成对这一情景的讲述，揭穿阿什的新鲜事：

像沙漏计时器一样，每天早上六点整，不晚也不早，阿什都会站在那个送报人面前，并将他推到门前，让他站在路边，开始在《乌姆·古拉报》上搜寻。店里的伙计们享受了他的厨房里送出的许多礼物，所以都假装看不见，任由他用手指去丈量优素福的每日专栏《窗口》，这是一个关于乌姆·古拉，也就是麦加情况的专栏。他读着，用手指量出文章的长短，然后，把报纸重新折好，还给送报人，同时，他又把手伸向了官方的《利雅得报》，付了钱，安心地离开优素福的"窗口"。

这个栏目还在。

阿什把《利雅得报》夹在腋下，向自己厨房的院子走去。

当他拉动那个老旧的椅子时，椅子的铁腿在水泥地上发出了响声。他从缠在腰间的毛巾里取出眼镜，分开镜腿，再把双臂张到和报纸一样宽，开始认真地阅读《利雅得报》的第一版。

"阿什已经连接到传导线了。"厨房里的伙计们悄声说着，此时，栅栏门敞开着，所有的过路人和邻居都知道，阅读的仪式已经开始了。这个阅读仪式，让这条街巷成为人流涌动的世界中心。

乌姆·萨阿德把茶放在卡夫奶酪的玻璃杯里，让她的养子送了过来，放在阿什右侧的地面上。当存留着乌姆·萨阿德气息的热茶里的香料气味飘到他的脸庞时，阿什已经开始了第二轮阅读。

乌姆·萨阿德是读者，也是作者。我，人头巷，喜欢把我的头置于这个女人的洪水之外。她不仅可以推倒墙壁，还能扫荡股票市场。但是我喜欢。不过，我睁大的眼睛注意的是那些拙劣的晨会。乌姆·萨阿德的父亲是一位乳香商人，居住在被叫作阿拉伯国家联盟的大楼里。她的公寓就在这栋大楼的一层，而那些晨会是她为妇女们举办的。

这个早晨，她颇感不安。她接待的是乃扎赫的老婆考萨尔。考萨尔的长子叫艾哈迈德，专门给一些大人物做陪同，他就是跛足阿伊莎的丈夫……

警官纳赛尔读到的场景被打断了，用"跛足"来形容阿伊莎使他颇觉意外：

艾哈迈德承诺给侍者的公羊台斯·艾俄瓦特弄到国籍证明，这个"公羊"是在阿什的院子里和那些流浪猫一起长大的，没有任何国籍和出生证明。在我的印象里，艾哈迈德是一个容易头脑发热的中介，经常利用他和那些有权势的人物的关系，去解决我这条街巷发展中的许多难题。他倒卖娱乐场所许可证，以割取我身体上的肉为贿赂，投资了咖啡馆里的电子游戏机，渐渐地把我带进了一系列整修工程，制造了许许多多的混乱，最终使我毁容、变相，就像那个把自己的面孔变成猫脸的女人一样。就是这个艾哈迈德，在他为那些知道从哪里开始啃食我的人物吸吮着我的血时，却说他是在为我服务。

乌姆·萨阿德像一位戴着皇冠的女王一样坐在沙发上，对着打开的电脑，一群女邻居围她而坐，嗑着瓜子，讲述着最新的八卦新闻。突然，她从半靠着沙发的姿势中挺起身来，以钢铁般的果断之心，发出了购买几天前刚刚上市的夏姆士公司一千股股票的指令，然后，又重新放松地靠在沙发上，看着电脑屏幕上的数字不停地跳动着。随着数字的每一下闪动，她这样的股市寄生虫们都在赚取利益。她嘴唇上的口红已经粘在了咖啡杯的边缘，随着股票带来的沙币的增加，她又一次颤抖地伸直半靠着的身体，敲击了卖出股票指令的按键。

"我们已经拼上了全部身家，但总算能从狮子口里逃生了。"女人们发出了共同的叹息。房间里呈现出一片带着炒瓜子香味的云雾。这些女人都聚集在乌姆·萨阿德在股市中竖起的偷盗的大旗之下，把她们微不足道的财富委托给她，把买卖权赋予了她，让她带着她们去获得不可能的财富。这让我，人头巷，特别想敲碎那个脑袋，那唯一寄居在我这个男性人头中的女性的脑袋。

"像乌姆·萨阿德这样的女人，肯定有一个巨大的阴道，可以吞掉股票市场、人头巷，甚至死亡。"这个拙劣的想法控制着这些女人的头脑，注视着只是半靠在沙发上就可以进入股市的乌姆·萨阿德。她们偷偷地给她起了外号，叫"恶棍"。据我所知，如果让人头巷的妇女推荐一个人领导市政，没有哪个男人敢和这个恶棍竞争。她通过敲动键盘的手指，就可以把这些妇女的心凝聚在一起。若不是她张罗养子的国籍问题，事情就变成一种真正的危险了。

"艾哈迈德已经竭尽全力了。"乃扎赫的妻子考萨尔对她说。"可是那些中介就是坚持，先付八万，另一半后付。"

乌姆·萨阿德大叫道：

"出卖善行就像出卖树荫和渗渗泉水一样，这正是以前那些民族遭到诅咒的原因。阿马立克人住在麦加时，享有威严和财富，变得为富不仁，居然出租树荫，出卖渗渗泉水，于是，安拉将他们赶出麦加，让蚂蚁统治了他们，使他们离开禁寺，让他们遭遇干旱。之后，又让他们看到前面有雨云出现。他们追逐雨云而行，从而到达了他们父辈的家乡也门，最后，他们分崩离析，走向死亡。安拉则以主尔胡姆人替代了他们。当主尔胡姆人变得暴虐之时，安拉又将他们灭亡。"这堂历史课并未改变考萨尔想要说服乌姆·萨阿德的念头。乌姆·萨阿德正襟危坐，以这种姿态表示自己的气愤。她从旁边的桌子上拿起一只装满红苹果的果篮，其他的女人略感惊恐。只见她小心地削着苹果，把果皮堆在盘里，然后，去掉果核，让她的客人们吃。那些女人们像执行军事任务一样，一边机械地啃着苹果，一边吃惊地看着乌姆·萨阿德以一种奇怪的欲望抓起那些苹果皮，用她带着红色水滴的嘴巴嚼着苹果皮。她们觉得，她就像一面旗帜，每当她在反对男人暴虐的战役中获胜时，都要高举起这面胜利的旗帜，那是一面她历经的家族恐怖岁月里血染的旗帜。

"报纸就是阿什的大麻，他只读不写，是半个文盲。"侍者的公羊对他的养父这样评价。谁也不能肯定阿什会不会写字。他认真地读报，探索着秘密，非常热心地观察国王阿卜杜拉和王储苏尔坦的照片。更能显示他这种热心的，就是他从副刊上把那些照片剪下来，不顾一切地把它们挂在棚子的墙上。这堵墙就像是一座横在他和那个散发出沥青气味和水汽的让人流泪的炉灶之间的堡垒，而那些照片赐予了他一种感觉，将他的院子和那些他想都不敢想的面孔联系在了一起。

阿什总是以孩子般的职业兴趣找寻足球运动员的照片，每有体育副刊，他都会中断阅读，拿起足足四分之一世纪没有更换的眼镜，每一条新奇的消息，都会让他用毛巾把眼镜擦得更亮。

只有这样，他才能用眼镜把藏在所有角落里的消息都看得清清楚楚，然后，在高声喊出："世界很好"之后，他弯下身子，喝下乌姆·萨阿德为他备下的第一口茶。

直到阳光照到脚面时，阿什才迅速地把胳膊和腿收回来，站起身，把报纸放在对面大门的架子上。

和每天早上一样，阿什背对院子，一边喝着茶，一边浏览着他按照日期和内容堆放的报纸：这一堆是关于恐怖袭击和反恐行动的，有死亡的安全部队人员的照片，还有三十六个被通缉的人的名单。

阿什特别看了看放在双层隔板上那堆报纸上的消息中，主要是关于各个国王亲人的死讯及其继承者的消息，有费萨尔，哈立德，法赫德国王，还有哈桑和侯赛因；也有死者下葬后亲属收到的唁电以及继位者收到的贺电。

偶尔，他也会保存那些刊有奇闻轶事的报纸：当阿伊莎的奇迹出现时，人头巷出现在一条消息里：一辆开往麦地那的公共汽车发生了交通事故，三个家庭的成员被夺去生命，而阿伊莎是唯一的幸存者。随后又有一条消息说阿布杜·阿齐兹王子出钱让她在德国接受治疗。

阿什一直在关注那些关于股市情况的报纸，上面有股票市场和投资的情况，他还关注那些介绍阿卜杜拉国王兴建经济城市的报纸，而且暂时把那些报纸放在外面，想看看它的影响。

这片土地上半个多世纪的尘土都被认真地排列在这里。阿什知道，他是在把自己的记忆排列在这个架子上，他可以失忆，可以衰老，但是，只要他放在这里的东西还在，那么，当他想清理自己的头脑、重返青春和孩提时代时，这些记忆箱子里的东西就会成为他的一种独立的记忆。在这个院子里，他还是一个三岁孩童时，他就开始喜欢上了报纸。现在，他多大年纪了？每当这个问题出现时，他都会飞快地朝架子瞥上一眼，他明白自己与这报纸堆里的王国同龄，发展繁荣的岁月使奥培德的一块沙地变成了阿什的院子。但是，这些岁月只是从这个架子上穿过了我，人头巷的困苦之网，因为报纸上的图片都是什么设施的奠基庆典，头戴花冠的女孩子们拿着金色的带子和剪刀请国王剪彩。那些报纸经过了精心的分类和排列，不仅有上面那样的照片，还有周围乐器铺子快速发展与增多的记录以及王国加入世贸组织和首次进行城市选举的消息。阿什好奇地向靠近最后一排的报纸扫了一眼，立刻注意到了第一张进入沙特地方报纸的沙特女子的照片，那是新闻工作者萨麦尔和她的母亲并肩而站的照片。之后，他又小心地将那些最早闯入报纸的沙特妇女的照片分离出来。这些图片都附有每日或每周的简短消息。再后来，这一类照片不断增多，难以单独分开，他便将其纳入第一个档案之中存放。每当看见这一层的档案，阿什就感觉到女性大军正在前进。到了 2004 年和 2006 年间，他发现这支大军已呈扫荡之势，特别是出现了吉达妇女竞选加入商会的消息……更重要的是，出现了第一个拿到民航飞机驾照的姑娘的照片，那张是她加入机组那天和瓦利德王子在一起拍的。整整两版的篇幅，都是一位名叫胡娜迪的姑娘和她的父母一起站在一架大飞机前的照片，还有埃米尔的祝贺。他小心翼翼地凝视着这些报纸上印出的面孔，但愿有一天，乌姆·考萨尔能在这个大军中出现。对于这样一种可能，他的真实感受是什么呢？他无法确定。如果有一天，乌姆·考萨尔也发表了自己的日记，一定会把我，人头巷弄得天翻地覆。毫无疑问，她将出现在所有报纸的头版上，酿成地震，使花两个沙币买了报纸的每一个人都能看见她。如果那样的话，他不知道那天的报纸会有多少读者。当他们看见那张涂着当今女人追逐的时髦的深色唇红嘴唇的副本出现在报纸上，读者们会觉得他们的两条大腿之间涌动着力量吗？

"今天股市大亏了。"阿什在自言自语，没有听见妻子对股市的评价，因为他对潮汐一般变来变去的数字一窍不通，他所关心的是她以一种可以将人挫败和压倒的力量将他拥在怀里，这种力量来自她宽厚的双肩、扁平的胸和男人般的躯体。他在努力将自己的感官关闭，不要在每夜的辛劳中，让她的子宫将其吞没，然后再在每个早上打开复活。但是，在许多个犹如今夜的晚上，当他感觉到她的不安时，他却试图窥探她的子宫深处，以找到她藏匿其中的防御工事，以清楚地明白"他住进了以前曾经住过的最冰冷的金属——黄金的身体"这句话的真正含义。

我，人头巷，让他恐惧去吧。四分之一个世纪以来，我把她的悲剧埋藏在这个架子上，因为它已经不能再让我感觉到什么乐趣了。当阿什顺从了她令人恐怖的情欲时，他不能忘记，他，这个被招来的厨子，有一种只有乌姆·考萨尔才知道的怪癖，这就是他喜欢发挥女人的作用，以屈服她暴虐的男性般的躯体和她体内的宝藏之洞。

萨吉纳风（平安之风）

　　阳光把优素福照醒时，正好是十点钟，那时，他正枕靠着告别门的一根柱子。他惊恐地环顾四周，能听到的，只有空调巨大的声响，能看到的，也只有天房周围的一群鸽子。他有意不去看艾布盖比斯山，害怕撞见头一天看见的棺木在空气中摇晃。他像一只四肢着地弓着身子的动物，那种丧失母畜陪伴的可怕的孤独，穿透了它的心和五脏六腑，使它弓起了后背。他不愿意去想被掏空心脏的阿丹、哈娃和塞特会在空气中悬挂多久，倒是感觉那个做副朝的人正在盯着他爬的姿势，于是，他挣扎着站起来，踉踉跄跄地向渗渗泉水的水龙头、向他与小偷打斗的地方走了过去。经过几天的封锁之后，那个地方重又开放，水龙头又可以免费供水了。他捧了一捧水，向脖颈后部洒去，想湿润一下他那痛苦的心。他为祈祷洗了小净，向天房中未加盖顶的伊斯玛仪禁地走去。这块地方的开放，可以让人们了解天房内部的情况。他把自己的身体贴在刺绣着《古兰经》经文的黑色丝绸上，闭上双眼，把面孔埋在安拉的两个美名——凹陷的"最伟大"和凸起的"保护者"之间，使追逐的人不能看到他。他知道，只要他离开天房，人们就会发现他。他把脸埋在水槽下面，那是哈吉尔①躺着的地方，任天房幔帐上的檀香和龙涎香的香气吹来。于是，他的血液流动变缓，脉搏和神经活动也慢了下来，整个身体向死亡靠近，等待天房的萨吉纳风（安平之风）吹拂过来。他看见了伊本·萨吉看到的景象：萨吉纳风和易卜拉欣一起来自亚美尼亚，它有一颗猫头和两个翅膀，它的脸会说话，远远望去，就像一股清风飘然而至，一个天使陪伴着它，并为它指引着建造天房的地方。最后，它来到了麦加，伊斯玛仪就在那里。那时，伊斯玛仪正值二十年华，他的母亲已经去世，埋在被叫作伊斯玛仪残壁禁地的地方，天使为他指出了建造天房之处。于是父子俩开始挖地基，易卜拉欣看见地基的每块石头都大如骆驼，三十个人都无法移动它，这就是阿丹的子孙们放下的最初的基石。这时，萨吉纳风像蟒蛇一样盘在这块基石上，并且说："易卜拉欣，在我身上建吧。"于是，易卜拉欣就在它的身上建造了天房。所以，性情野蛮和暴虐的贝都因人都不去巡游天房，所有巡游天房的人，脸上都闪着安静平和之光。

优素福本可以就这样度过夜晚，但是看守人惊动了他：

"给你们的这位穆斯林兄弟腾点地方。"优素福迟疑了片刻，忽然感觉到有一只湿润的手伸到了他的额头，这一动作使他想到了安平之风，于是，他睁开双眼，身边只有那念着保护者之名、颤颤巍巍巡游天房的老头。他不敢摸自己的额头，而是乘着安平之风的翅膀飞上了廊柱。当他以忐忑之心把颤抖的手指伸向额头时，竟在一枚小钥匙周围摸到了一个小的纸卷。他打开纸卷，读到了勉强可以辨认出来的尚未变干的字体：

"27 号储藏柜。"他浑身战栗。他已不能继续流浪，因为他

---

① 哈吉尔：在《圣经》和《古兰经》都有关于先知易卜拉欣与哈吉尔结婚生下了伊斯玛仪的故事。

已经进入了穆舍白布想象的布局当中。突然，他确信，那把钥匙将把他带上不归路。

"27号储藏柜。"这几个字令他绞尽脑汁，这是什么柜子？清真寺的各个门前都有存放祈祷者鞋子的柜子，但是，既无门也无钥匙，而是开放的……于是，优素福不加思索地加快脚步，穿过了为扩大禁寺面积新修的法赫德国王门附近的伊吉雅德门，从那里，走到了门外的广场，经过左侧的陶希德和洲际饭店，向新建的沃达伊大厦走去。这是一个长形的铝制建筑，前脸用玻璃制成，位于大理石广场中部。他准备在这里验证一下自己的感觉。走到门口，一个面孔稍黑的职员叫住了他：

"请你说出储藏柜的号码。"他出示了写有27号的小纸条，职员接了过去，带着他走向一排最后的一个储藏柜。这突然的刺激撞击着他的两个太阳穴，那个职员甚至看到了他在发抖。优素福的身体僵滞了，放在面前这个储藏柜里的，就是那个银色的护身符，形状就像一个半月形的盒子。他一眼就发现了穆舍白布策划的阴谋：出现尸体那天，穆舍白布偷偷对优素福说，他手里有一些文件，他不会把它们放在一个盘子里交给他们，而是会交给他们银色的护身符。那天，优素福对他的说法并没有在意，但现在，他正面对着一个银色的护身符，这说明，他应该拿着这个间接的证据，毫不迟疑地离开麦加。当时，穆舍白布曾明确地警告他说："你拿到护身符之后，按照这个号码来找我，我将带你到我在的地方。任何犹豫都会让你搭上性命……"穆舍白布已经安排了这个任务，优素福一直认为，他的到来只是卡通故事中的一个情节，但是，他没想到这一切竟然是真实存在的。

优素福感到万分吃惊，他迅速地将护身符塞进一个纸袋，然后迅速离开。职员看见优素福正向广场走去，突然一辆摩

107

托车冲了过来，车上有两个用红色头巾蒙面的男子，后座上的男子一把抢过优素福的纸袋，并将他推到一辆大客车的车轮下面，然后加速，在人们的视线中消失了。那辆大客车急忙停下，优素福从车下爬出来，站了起来。这一切都发生在几秒钟之内……当那位职员清醒过来环视四周时，发现过往的行人似乎没有看到任何事情，而优素福也已没了踪影。

此时，优素福站在一条狭窄的巷子里，喘着粗气。然后，他走到电话亭，打了一个电话，说：

"他们从我这里把东西偷走了。"随后就是沉默。在他这里，一切获救的安排都失败了：

"也许是我们操之过急，才会发生这么多事情……我们应该好好反省一下。"对于优素福来说，这件事情非常蹊跷。问题的关键在于，他被推倒时出现的那辆车是什么样的车？又是从哪儿来的？

飞行员

　　如果他们向我调查，我会说凶手是海利勒。他玩弄乘客的情节超出了纳赛尔可怜的想象。他应该在向海利勒进行调查前听听我的意见。他没有能力让一条像我一样卑微的街巷，去揭穿那颗犹如我这几个倒霉头颅中的珍宝一样的那颗头。对于我来说，人们给予海利勒的目光、厌恶以及人们对他的监视和挑战，都是一种享受，否则，我的生活会变得忧伤而压抑。我把海利勒归入机器的类别，没有任何东西能像他那种盲目的设计一样令我享受。他是一个确定了程序的人。我看着他像一条纤细的水蛇一样滑行着，小心翼翼地不去触碰那些肮脏之处。这条蛇想要摆脱和我的关系，总是屏住呼吸，向前伸着头走着，然后站在阿札的窗下，不停地喘着气，重复着那句誓言："你或者属于我，或者属于死神。"然后继续向阿札父亲的店铺走来。到了那里，他并不坐下，阿札父亲也没给他倒上咖啡。海利勒就这样向阿札求婚，但一直没有结果，直到他娶了乃扎赫的女儿拉姆齐娅。那时候，海利勒的脾气很急躁，脸上浮现着丑陋和足以撕碎五脏六腑的愤怒。我会说我以这个海利勒而自豪吗？如果我说了这样的话，我的双肩上任何一颗理智的头都会鄙视我。那么，就让我们说，海利勒是恐吓和行动之王，他对痛苦的痴爱，他那老旧的社会关系，他对于他的代步工具出租车等机器的识别能力，都让我感到恐惧。他要把我——人头巷掏空，他鄙视的目光在我的脸上留下许多疤痕，但是，我以我狡猾的老年人的计谋，在夜晚，医治着他无法归来的乡愁，认真倾听着他用精神分裂的思路，给我讲述他那跨世纪的父亲的神话。他父亲以"飞行员"的绰号闻名，这个绰号的意思其实是旅行者。在海利勒反复地描述他父亲努利·麦利赫的形象时，我应该是听得神魂颠倒的。他说，他父亲有一张像太阳一样光明的面孔，用黑色鞋油抹黑的发缕间的白发日益增多。他是历史上第一个不戴头巾进入公共场所的人，像一个国王那样坐在自己的座位上。从晡礼之后直到半夜，他都会坐在他们家大宅子一层的凉台。这个大家族有许多叔伯和爷爷辈的人。他们俯瞰禁寺，经常被琴声萦绕，那是坐在凉台上的塔希尔·卡特鲁弹出的奥德琴声。过往的麦加男子都会向他的父亲致意，或者驻足听听他讲的笑话，听听他一直传到禁寺外面的由衷的笑声。每天晚上，他这里都坐满了各种各样的人，有名门，也有百姓，聆听他那些似乎永远不会终结的故事。那些故事都是关于魔术和仙女的，她们把珍珠溶解在香槟酒里，让恋爱的人喝掉，或者用美元点燃香烟。他的故事总是充满奇幻色彩。从这里经过的人们，从中还能嗅到沙米叶和盖拉莱初放的椰枣花的芬芳，整个麦加都处在努利·麦利赫的魔力之中，注视着他每一个细微的动作。到了朝觐季节，努利·麦利赫就把全部家当都搬到了平台上，然后将住房出租，那些租金足够他们挥霍一整年。当他被埋进坟墓、他唯一的儿子海利勒圆他的飞行员之梦失败后，海利勒和他的姐姐便从奢华落入贫穷，我，人头巷，赐予了他们栖身之处，因为我的双臂经常为那些没落之家的后人们张开。

就连纳赛尔，也被这个人物的复杂性弄得神魂颠倒。他喝着咖啡，彻夜未眠，在关于海利勒的那些纸张里挖掘着，不肯放过我这里任何一个正在塌落的墙壁。我感到窒息，我所有的拐弯处都变得漆黑，想把他从那里吐出去。咖啡店关门了，抛下纳赛尔一个人和他那加了许多糖的已经变冷的咖啡。半夜已过，他终于站了起来，向他的车走去。

当他经过伊玛目达乌德家的门前时，一桩我无力操控的事情发生了：黑暗中，一个身体狠狠地冲撞了纳赛尔的身体，倒地之前，纳赛尔听到了嘲讽的咝咝声。片刻之后，他站起身来，看到一具破碎的野兽的身体出现在黑暗之中，它巨大的方形脑袋呈泥土色，吼叫着拍打着伊玛目的宅门，钻了进去。纳赛尔冲进去，想追上它，但是求救的声音响了起来：

"有人闯进了伊玛目的家门，吻了和弟兄们睡在一起的萨阿迪娅的嘴唇……"纳赛尔不能相信自己的耳朵，但是混乱突然平息了。当伊玛目达乌德打开门回应那愤怒的敲门声时，纳赛尔却感觉自己是如此愚笨，因为他看见伊玛目打着哈欠，用充满睡意的眼睛望着他。

"你们都好吗？有人闯到你们这儿来了……"问话在纳赛尔的喉咙中停住了。

"我们这个城堡很坚固。"但站在门口的纳赛尔感觉到床上的萨阿迪娅正在屋里舔着她流血的双唇。纳赛尔浑身发热，想冲进门内看个究竟，但是伊玛目平静仁慈的面孔却迫使他后退，让他感觉那只是一种幻觉。

阿伊莎家微微敞开的门引起了他的注意。他推开门进入走廊，沉重的房门发出了响声。纳赛尔在黑如煤炭的走廊里走着，点亮打火机，借着它在因潮湿裂缝的墙壁上留下的长长的影子前行。黑暗中破碎的阴影将他带到了梯级下面，他一脚踩到了什么软绵绵的东西，一种惊恐油然而生。他让打火机的亮光接近地面，在他面前微弱的光圈里，那只有着泥土色大方脑袋的黑色躯体，呲着牙齿，双目突出。纳赛尔的手哆嗦了一下，打火机在黑暗中滚落了。他咒骂着自己的胆怯，弓下身子去摸索打火机，他的双手触摸到的丝绸般的光滑的感觉让他觉得恶心。终于，他又点燃了打火机，待他去查看躺在那里的躯体时，发现那只是一件展开的黑袍子，上面有一个丑陋的面具，粘在面具双唇上的萨阿迪娅的鲜血还没有变干。妖怪的阴影就这样直接出现在纳赛尔的脚下，他确信，这是冲着他来的，但是，究竟是谁用这种威胁的信息来挑逗他呢？他未敢触动地上的怪影，只觉浑身发抖，自忖道：他正面对着阿伊莎的鬼魂。

"这是阿伊莎的鬼魂！"纳赛尔惊恐地跳了起来，从黑暗中传出的声音使他的恐惧暴露无遗，站在黑暗中观察他的穆阿兹的笑声传了过来，纳赛尔真想扭断他的脖子，但是，他却像个疯子一样躬着身子不动。"不要让它把你吓住，这只是我们小时候玩的一种鬼怪，人头巷的孩子谁不知道面具鬼呀？"纳赛尔这才明白自己成了一场骗局的牺牲品：

"但是，他撞了我，莫非是你用这面具鬼逗我的？"

"我可不敢，这是那些大妈和老奶奶们的游戏。如果你问我，我就告诉你，它会让我害怕。是的，这是一种低劣的卡通游戏，但是，它能唤醒那些恶魔政治家们。"

"可是，它是真的，我看见它进了你的家门，那肯定是你。"

"我以《古兰经》向你发誓，不是我。"他收敛了嘲讽的笑声，指着伸展在走廊地上的躯体说："肯定是这个。刚才有个人在这里，唤醒了面具鬼。"他的声音开始变得忐忑不安，楼梯方向出现了一个人，他站在那里，手里拿着蜡烛，烛光将他俩的身影映到了大厅上，仿佛他俩正准备逃跑。一般被烧焦的肉的气味钻进了他们的鼻子，弥漫在走廊里。

"你认为她……"他的声音中断了。

"如果是阿伊莎，她肯定从街上逃走了，为什么要这样惹人注意呢？"纳赛尔努力解除他比穆阿兹还多的怀疑："谁会这样干呢？"

"很难说，唯一可能化装来做这种事情的，就是海利勒。"这不合逻辑的想法撞击着他。"可是，他从来没有关注过阿伊莎，没有关注过智商这么高的女人……"

"可是，这面具鬼又是个什么东西呢？"

"是个面具魔鬼，或是面具鬼，当妈的都爱用面纱来玩魔鬼游戏，当我们不听话时，就用它来管我们。"他站在那里，盯着用黑色炭笔画的面具，那个残破的面具已经烧焦变黑，破裂的嘴唇上还有新鲜的血液。

这是浮泛着幻觉的人头，像纳赛尔和穆阿兹的头一样，不在我的控制中。于是，纳赛尔叫来了海利勒进行调查。

在办公室里等着前来接受调查的海利勒时，纳赛尔又试图从阿伊莎的信中发现面具鬼的线索。

阿伊莎的第十封信

我请求你，在你那里给我的故事留下一个角落。

这个角落不是什么地下室，也不是你们家平台上的储藏间，它应该更像是一个被遗忘的院落中的树上的房子……而作为孩子的你就住在那里，在那里玩着海盗或天使的游戏，在那里藏着他的东西和小小的恐惧，还有那些彩色的卡通冒险杂志。

我和你一起躲藏着，贼头贼脑地窥视周围的那些浴室，在那里，姐妹们面对面地沐浴，还能看到小鸟巢里鲜绿的巴旦杏。这些鸟儿每天早晨都会来到人头巷，以抹去它的疲劳……一个姑娘沐浴时，总是喜欢停留片刻，盯着一个金色球，梦想有一本书，或遥远的男人的手，或者天使或安拉之手，然后，突然弯下身子，站在喷头强大的水流下面……也许她们想用笔在纸上胡乱地写些什么，喷头里的水切断了墨水的叹息，让热水流出……这只墨水笔可能不适合在水中写字，但是，它却适合书写秘密、惩罚和那些抚摩……

我想要一个干草搭建的巢，无须再多……只和你在一起。

签名：阿伊莎

又：

我曾经梦想，这不是我的声音，它是面具鬼的声音，是钻进我头脑里的人头巷的声音。

那是一个银色的夜，我摸索着通向漆黑走廊的路。隐匿的笑声将我引向了台阶。母亲和祖母正蹲在那里，一个装菜的纸袋子摆放在她俩中间，她们正用一只粗炭笔切割着面具鬼的脸。不知为什么，我竟然听到了肉和那件被贪婪啃噬的黑色袍子被切碎的声音，它的肉一块一块地掉了下来，露出的嘴现出了暴烈的愤怒。那幅画面以一种令人窒息的声音结束。片刻之间，面具鬼盯着我的双眼，向我爬来，我撒腿就跑，可是，它那令人窒息的声音却附在了我赤裸的身体上，我这才发现自己竟然一丝不挂。

面具鬼临终时发出的咯咯声在我偷来的房间前追

114

上了我，我失去了任何抵抗能力，像一根蛀空的树桩那样瘫倒在那里。它走了过来，要吸食我的鲜血，这时，我的哈丽麦母亲出现了，佯装保护我，实际上却任它拖拽着我的腿或是手，一股炽热的液体使我的腿变得黏滑，面具鬼没能把我弄走，但我小便失禁了。

你在我的脊背上滑动的食指让我醒了过来。

被面具鬼拖拽的那条腿可能还会麻痹一周。这出戏剧的角色在我母亲和祖母之间进行了精心的分配。为了保证驯服我们，她们把我们的心丢给了面具鬼，任其分割成碎片。由于我们看到了面具鬼的制造过程，所以对它没有丝毫恐惧。它刚刚开始动作，一种超出了我母亲和祖母想象的魔鬼的灵魂就进入了我的身体。

我确信，这是人头巷做的变形手术，以使我们置于它的控制之下；我也确信，我们绝不会除去它那些面具。

面具鬼是隐藏在人头巷女人们心中的镇压意愿的具体表现，是母亲驯服女儿的锁链。

你认为，这就是阿札作画时磨刮她的炭笔的东西吗？或者说，这就是她烈火般的迷恋？

不，阿札从未真正地害怕过。爱情对她来说，也只是一支火炬，"你为什么会认为爱情可以永存？它像其他各种情感一样，只是一种感情。莫非你认为恐惧、不满、愤怒或者悲伤可以长久存在吗？这些都是暂时的，总要消失的。"

对于阿札来说，爱情犹如流感，最多也就是一个难以治愈的毒瘤。所以，她经常在一颗颗心之间飞翔，享受着堕入爱河的狂热，然后以十分愉快的心情和精神摆脱一次旧爱，准备迎接更厉害的、新发生的病毒。她从未以认真的狂热或忧郁去对待生活和男人。

啊，但愿你能理解待在阿札周围的那种享受感，那种感觉就像是不朽画作上描绘的太阳里的暗点一样，永远有存在感，而且永远不会变得干硬。

我是多么同情那些患上爱她的肿瘤的人们啊，比如优素福。

面对阿伊莎的文字，纳赛尔莫名感到如鲠在喉。不过，令他欣慰的是，她把人头巷称为面具鬼。

终于，飞行员海利勒来到他面前。这个年已四旬的男子漫不经心地把自己的身体放在椅子上，用微微下滑的姿态，任由纳赛尔解读他的肢体语言：他穿着铮亮的黑皮鞋，耀眼的白袜子和鞋的颜色形成了鲜明的对比。他的脸很长，鼻子、嘴和眼睛，一起画出了一个规整的长方形，两只耳朵伸出来，就像被剪断的飞机两翼。未等纳赛尔审视完毕，海利勒就单刀直入地发话了：

"我从迈阿密的航空学院毕业之后，我父亲也没有中断供养我，直到他的埃及妻子给她生了孩子，他才不再给我钱。"突然，纳赛尔的怀疑落到了海利勒身上，他就是从阿伊莎的走廊里逃走的面具鬼，"烧了你们位于人头巷的家的大火，真是由于触碰违章电线引起的吗？"

"谢谢你们付出的努力，还有城防人员，他们把车停在街口，未向火灾现场靠近一步。"魔鬼继续刺激他，让他做出挑战："你们现在询问关于尸体的事情。发现尸体的地方到处都是违法劳工和毒贩子，这里经常发生火灾，下水道污水四溢，很多房子都成了快要倒塌的危房。这里像海一样可怕，在这里，治安巡逻车和消防车都成了卡通玩具，根本没办法穿过人头巷，因为没有一条路能通到街巷里面。对于人头巷，就应该像做肛门手术一样，先注射一针，再通过内窥镜切除。"面对如此的厚颜无耻，纳赛尔问道：

"海利勒，整条街都对你感到不安……"

"这纯粹是瞎猜，这条街活在一个时间里，我活在另一个时间里。"他用手指着上方说。

"是什么让你留在人世间的一条街里的？"

"这是暂时的……"他的头上流出了汗珠。如果纳赛尔继续追问他这"暂时"究竟会到什么时候，海利勒将不知如何对答。纳赛尔觉得海利勒没有说出自己的真实年龄。虽说他没有一丝白发，但这并不能说明他还年轻。

"你是因为打了一名空姐，所以被各家航空公司解除职务的吗？"海利勒鬓角处的血管鼓胀起来，海洛因在他的血液中涌流，正是海洛因激发出他的梦想，并将他的生命带向深渊。他过于相信那些制动器，而且过于自信。他总是觉得自己身体里有一个机器人飞行员。那一次，为了清除身体里的毒品，他连续两天没有吸食，在飞机起飞前六小时，他还自以为王。但是，那次飞行的过程中，每一个人都看到了他比平时更大的眼球，也都知道他已经越过了那条红线。他说：

"任何人都不能无视飞机上的职位安排。飞机是天空中的一个王国，机长就是国王，其他的人都是他的臣民。从舱门关闭，到飞机落地，舱门再次打开，所有的人都必须绝对服从他。如果有人反对，他就会向领导提交报告，在空中与机长争执，那就是犯下了死罪……"直到现在，他都不愿意提起他在那次飞行中失去理智的原因，是由于指桑骂槐地阻拦那个土耳其空姐呢，还是因为她小跑着去照顾坐在头等舱的乘客而没有再回来照顾整个航班呢？（他怎么会知道那个耷拉着眼睛的该死的土耳其人是魔鬼的走狗，有着与精灵、魔鬼和超自然联系的能力呢？只因那只爪子的一击，他工作了二十年的职务就失去了。）看到海利勒的眼中闪出了疯狂而又妄自尊大的亮光，纳赛尔突然问道：

"优素福，你和他关系怎么样？"

海利勒嘲笑道："优素福生活在阿拔斯·本·费尔南斯和拉依特兄弟时代，那个世纪，飞机还没发明呢……"这种发泄的口吻在空气中划出许多问号。

"你认为他与那具尸体有关……"

海利勒晃动着身子，继续说："你不要把我卷入对别人的指控里，我敬畏安拉……"

纳赛尔希望自己能听信那些传言，对海利勒汽车的后备箱进行检查，寻找人头巷悄声议论的那些用来化装的服装。

"穆舍白布呢？"

"胡说八道……是迷信……"

"迷信？"

"这条狭窄街巷里的每一张网都是建立在迷信之上的……"纳赛尔还在等待回答，他已经意识到，海利勒正在用这回答将他引入歧途，于是他问道：

"他娶了乃扎赫的女儿。人们说你最近向阿札求婚，但是被拒绝了。"

海利勒抗拒着问："你不同意吗？"

从那眼神里，纳赛尔看到了海利勒谈论人头巷时的疯狂。但是海利勒放弃了对纳赛尔的进攻，以嘲讽的口气进行着自我保护：

"那老头子老糊涂了，他也迷信，对我说，你不能在晦气的时间里向阿札求婚：不能在禁止流血的禁月，不能在生计艰难的伊历二月，不能在伊历五月和六月，这两个月里，运气是僵滞的，也不能在斋月，你知道……"他向纳赛尔挤了挤眼，说：

"信仰和欲望的线交织在一起。为了向她求婚，我得在七月和十月里赎罪，十一月份我坐在家里不动，朝觐的季节里，那老头子去朝觐……你，警察先生，你是不是已经结婚了，但是一辈子不封斋？我的开斋饭是椰枣，甜点，土耳其小吃，埃及糖果……"

面具鬼面对艾布·沃纳

纳赛尔半睡半醒地躺在床上，人头巷里的恶臭一股股袭来，嘈杂昼夜不断，这是对他和阿伊莎将其称为面具鬼的报复。

纳赛尔探起身子向外看，听见人们喊着：

"艾布·沃纳来了。"一群赤身露体，光着脚，脸上的鼻涕和灰土混在一起的孩子们围在他的路虎工作车旁边，车顶上的警灯在不停地旋转，那是纳赛尔放在街口，故意让车上像指证的手指一样的红色指示灯转动的。卖冷饮的小贩跟着他，想让他把警车放得远些，不要挡住过往行人的视线。可是孩子们不在乎这些，他们迅速地在闪亮的汽车上留下擦痕，或者直接爬到车顶，让他们的脸映上警灯的血红色，或者用吱吱作响的雨刷擦抹他们的脸。

半睡着的纳赛尔听到了那个嘲笑他的声音："你，长官，你把自己埋在一页又一页的虚假的人头巷记忆里。他们一步步地把你引入那个记忆，然后，又闭上眼睛，堵上耳朵，把你关进他们头脑里的梦中，这不是什么记忆，这是对失败现实的反攻……"

那天早上他读到的优素福的话又浮现在他的意识中：

1995 年 3 月 3 日

你发现我们正在超越麦加深植的意识了吗？我们正在用消失一切地理证据的方法，把这种意识的地点和男人们变成了一个神话。

旭烈兀在底格里斯河里抹去了世代学者和研究人员的墨迹，减轻了阿拔斯人和他们之前的伍麦叶人的重负。

这里，渗渗泉的井口处只有水管和水龙头，我们也不知道这里流出来的是什么水。在四分之一世纪之前，这水井和水桶上还带着生命泡沫的水滴和穆罕默德民族的吉祥，现在，安拉的馈赠——渗渗泉水已被出卖。

现在，渗渗泉水不再会泛起泡沫，胆固醇和短命威胁着我们，我们开始服用抗抑郁的药，来医治我们的幻觉：

1 号幻觉：以前，我们意识中的穆罕默德的民族是模糊的，其形象是一个高高的迷人的少女，生活在沙漠之中，用她巨大乳房中的乳汁哺育所有的人类之子。她不会死亡，因为我们知道的所有的人都在祈祷她长寿。

纳赛尔把头深埋在枕头里，琢磨着他拿到的那件长袍的袖子。他把这只衣袖藏了起来，像是要隐藏被害人的胳膊、不想将其归还一样，但是被害人散发出的香气，让他觉得那件被扯掉的袍子正在催促他。纳赛尔颤抖着，跟着那种将他击败的香气在字里行间寻找着那只袖子。终于，他的睡眠中断，彻底清醒过来。他把阿伊莎信中每一个令人怀疑的句子都记录下来，并在那些令人怀疑的地方画上了红色的 X，之后，又复印了他选中的那些句子，准备带在身上，重新品读其中隐藏的意义。他觉得每一个词都隐藏着崩溃、虚弱。阿伊莎的文字，正在推翻他心中的那个男人的影子。当她说"找到一本书，就像找到被塞进笔记本里的男人一样"时，他就开始寻找那个男人的面孔。他像自己的面孔吗？她隐藏了多少个男人，让那些人独享芬芳之气？

刚刚从一个不安之夜醒来，他又拿起了一封阿伊莎的信，嗅着它的香气，然后，将其放入床边那堆读过的信件堆里。他光着身子从床上跳了下来。空调让清晨的湿润冷如冰霜。他第一次有意识地让自己的身体慵懒地伸展在世界里。他美滋滋地享受着双腿与灶台摩擦的声音，为自己冲了一杯速溶咖啡，又将自己的思绪带回到床上，第十次拿起了那封信，又拿起红笔，迟疑片刻之后，记下了阿伊莎的信的题目。

恋爱中的女人

阿伊莎的第五封信

有什么东西在驱赶着我，让我看见了它。

这本我已经遗忘了的书……什么时候？在我上师范学院的第一年，它被塞在台阶下面的一个洞里，已经好多年了。

我的女友莱依拉就像是处在最危险地方的最安全的奶粉，没有人注意到她。她说话时，总是把双唇伸长，看上去像个鸟嘴一样，声音带着嘶哑，但还有笑声。她喜欢窥视，就把这本书"走私"出来了。她说，当时这本书就在他们的走廊里等着她，是从他叔父的书籍里掉出来的(她叔父是麦加著名的法拉赫学校的校长)，那时，他正在整理他那座禁止所有人进入的图书馆，过了很久之后，他的儿子才继承了这个图书馆。

"你想得到它，还是想将它埋葬？"那本书的命运就这样和我联系在一起了。

我和莱依拉都受到了被驱赶的威胁，找到一本书，就像找到藏在作业本里的一个男人一样。

那天，我把书藏在我的乳房下面，用这种方法和铅灰色的校服将它盖住，然后用黑袍把自己遮起来（这是女生们一致同意的标志，意为我的衣服上有月经的血迹）。

那天，我和莱依拉像两只蝙蝠，躲在卫生间里，读着书的开头，我注意到了这样一句话："劳伦斯和他的女教师一起逃到了德国。"这话深深地刺激着我的内心，我们俩的目光都开始躲闪，但是另外的一句话却使我们的心脏停止跳动，也将揭穿我们。

和我们走私来的其他书籍一样，这本书犯下了死罪。

把这本书带回家，就意味着自杀，我连看也没看它一眼，就把它偷偷塞进了门侧台阶下的这个洞里，这些年它一直在那里。那天夜里下雨，它才被拿了出来。书页边上粘上了雨水，纸页泛出了黄色，书皮也掉了下来，但是，它仍然带着和很多年前一样的恐惧和吃惊……

我和莱依拉连书的题目都没看，但是封面上那只红色的高筒袜却深深留在我的脑海里。一个女人穿着它，月夜下挟着画本，在那幅画里，啊，我看见了自己穿着红色的高筒袜离开医院，那曾是我双腿的梦想，现在实现了。

《恋爱中的女人》，你相信，那本书就在我母亲、父亲和艾哈迈德的眼皮底下，平静地躺在台阶下面？啊，痴情的女人们！在我偷偷弄到的那些书里，我冒险读了这一本，我倾向于将书名译成《热恋中的女人们》。这本书令我感到恐惧，从我看见那双红袜子开始，我就知道，它将让我付出一切，甚至我的生命！

你知道为什么吗？女人和另一个女人及其他的女人搅和在一起，就会形成雨，女人的雨滴落在爱的液体上，这种液体就会像报纸上那些花边新闻中所说的那些充满嫉妒的男人倒在他们钟爱的女子身上的电瓶水一样，可以腐蚀一切。

现在，我要感谢我天生的睿智，是它让我在那样情窦初开的年纪，把这本《恋爱中的女人》埋葬在楼梯旁的那个洞里。

安拉啊，你看到了吗？英国作者暴露了你的名字，啊，难道是在这段时间里，这些微弱的声音在揭穿我们吗？这些声音突然地不期而至，把我们带到了我们曾经忽略的那些转角，暴露了我们的秘密。

突然，我浑身战栗。读一本书，会从我们的皮肤上剥离一些鳞片，这合理吗？这本书从我的指尖上剥离了我的指纹，并让它准备好，接受再次剥离。这本书把时间分割成像水泥搅拌机一样带着我旋转的一个个圆圈。

我陷入这样模糊的思想里，你说，它该有多么不合逻辑？

你开始厌烦了吗？

有一次，我看见侍者的公羊台斯·艾俄瓦特把一个塑料服装模特偷偷带进他父亲阿什靠近厨房的院子，这令我大吃一惊，并不是因为不知道他用它做什么，而是因为那个塑料人使我想到了自己穿着婚纱的样子，还有艾哈迈德怎样地抱着我僵如木柴的身子。我相信，光着身子的服装模特已经侵入了我们这条街，钻进了我们的躯体，让男人们的想象染上毒瘤。

125

啊，我知道，你还是不认识阿拉伯字母，觉得它像是一幅画。你仍然用图，用一堆英文词与我交谈。我坐在这张太大的床上，让藏在我肌肤下面的阿伊莎，用让我吃惊的动作望着你，与你开着玩笑。但是，她并没有注意到我，你放任地流淌着，在你的屏幕上接待她。当我让你失去理智时，你的德语单词叹着气，让我的身体接受了它。我任你的单词拥抱着我，挤碎我的肋骨，咬着我的下颚，啃着我的面庞，在这里，带着我的整个身体达到了急迫的需求。

我不知道这种暴力要将我引向何处。我不愿意劳伦斯的《恋爱中的女人》偷去你的心。我能够变得更暴力、更残酷、更黑暗，因为你只要看看劳伦斯对爱情的分析，我的目光就落到了"黑暗"这个词上，黑暗的真相……

这里是什么呢？是我吗？我那黑色袍子上的污渍有许多红色。

我不知道这条街巷里的他们，是何时拿着这些生命的图纸来到我这里的，他们要把这些图纸埋在我的头脑里，仿佛我是专事记忆的。我甚至已经把他们忘记，忘记来的都是谁。是那些在我的记忆里留下了太阳黑洞的手术中使用的麻醉剂吗？刚才，谁在我这里？我只能听见穆阿兹在走廊里唱歌，就连这个歌声，也仿佛是他们当中的一个人被遗忘的记忆在走廊里游荡。"他们想解开他们用自己的悲剧套在我脖颈上的死亡的项圈。"

它除去我脖颈上的重负后消失了，我觉得我脖颈上的软骨正在坏死脱落，压到了我的三叉神经。也许我不应该听，但是我想使那些可能很无聊的故事成为你的珍馐，让你高兴。可是，你却想要那些关于我的过去的长长的信件。但是，我把我的身体当作没有任何声音的字典来使用，我用每一个动作来发现我身体上丢失的部分，用每一个行为除去更多的害怕的裂缝和纱布。

面罩游戏结束了。

附1：

我也一样……变得如鬼魂般轻巧。

我们一部分一部分地死去，在我们爱的人之后死去。

附2：

我梦见了这个新生儿，他的脐带还没剪断，额头上写着：

献给这个小孩，他已经进入了这个世界，又被残酷的人工流产手术逐出了这个世界，他突然出现，又突然离去，没有子宫的撕裂声，也没有脐带剪断的声音。

我们没有让他受伤，也未曾给他起名。

附3：

"我很丑吗？"厄休拉问她的未婚夫伯基。他的眼中现出淡淡的微笑：

"不，不丑。"

伯基向她走了过去，像抱住他身上的一个附着物一样，将她搂在双臂之间，她所拥有的太多的美丽竟让人不敢看她。她那时已被泪水洗涤过，现在变得崭新……有一种内在光明的完美……他明白厄休拉不可能知道充溢在他灵魂里的对美的感觉，还有他那极端的幸福感，这种感觉来自他对自己是与她结合的一个鲜活生命的认知。如果没有她，他几乎要和同样的人类一起被卷入机械的死亡之口。他在她那里闪光，在他所拥有的唯一信仰里，他是她合适的伴侣。

在他诚实对厄休拉耳语"我爱你"时，那感觉也不是真实的。他所感觉到的已经超越了爱情，犹如超越自我时产生的快乐。他已经变成全新的超越旧我的存在，这个不曾知道的某个人，绝对不是原来的自己，他怎么能在这时候说"我"呢？这个"我"，这个他生命中的一种构成，已经死亡了……他已绝非原来的自我，而是构成新的自我时对旧有存在的提炼。这种天堂般的存在，来自他们两人的全新蜕变。(《恋爱中的女人》，第416页)

我坐下来祷告，我的心受到洗礼……睡醒之后，又重新祷告，我听见你对我讲了劳伦斯的那些话。

我又钻进被子，向安拉倾诉，以免忘记了如何讲话。

昨天晚上的梦，在我每一个字的边缘摆动着。

啊，你的呼唤在清醒和睡梦之间摇晃着我。如果我有些许厌烦，昨天，我就会以同样吃惊的方式摔倒了。

只要我不开灯，房间就会屏住呼吸，停留在昨日的阵痛里。只有时钟才会告诉我，白昼何时走进了房屋。

我任由偷来的房间沉在夜的错觉里，又拿起了

《恋爱中的女人》，将其视为唾液中的咖啡。强烈的尼古丁令我的手不停地颤抖。

我的灯发出的黄色柔光在书页上发抖，我啜饮着苍白的话语，变得愈发焦渴：

当爱呼唤着我们走出自我时，我们是否丧失了视力？在位于"我"和另一个"我"之间的道路上，有一段盲点，我们已经超越过了它，或者，它将紧随着我们，以抹去我们周围的宇宙！

一个目明，另一个是盲人，爱的结构就是这样完成的吗？

现在，我想用响亮的声音提问，我让我用手机照下的照片安心，我不能说艾哈迈德没有爱过我！

但是照片拒绝作答。

也许逃跑就是爱，就连憎恶也可以成为爱……难道我没有逃跑也不曾憎恶吗？

这意味着，我的接收和发送系统，在感情面前已经损坏了。

当我们说话时，当我们的内心在那些褪色的、挑拨离间的叽叽喳喳的废话前面破碎时，我们不应抱怨或是诉苦。

也许，我们需要训练我们的话语，使其充满慈爱，如水一样流畅，像偶像身体的香气那样沁入人心；

也许我们需要弄一本写满崇拜字词的字典……我不知道……

附：

我生活在其中的偷来的房间的照片。

我们把我的房间叫作偷来的房间，因为它位于两

129

层之间，像个坟坑一样分成两部分，在底部断开，压在我的胸上。这个房子的每一层只有两间纵向排列的房间，两个房子中间，就是那偷来的房间，我的房间。上面的房间是我们全家的卧室，下面的房间是父亲的起居室以及他学习的地方。

正如你所见，我的房间没有容纳爱人的地方，但是，我把你塞在了这里，塞在了我头脑里的空旷之地。我把你藏在我的指甲下面，可以乘他们不备，时不时地嗅着你身体的最初的最香醇的气味。

签名：阿伊莎

读到阿伊莎的签名处，纳赛尔拿来笔和纸，记下了"艾哈迈德"这个名字，并将其写成长长的一排，最后在名字下面画了两条线，"这是阿伊莎生活中的又一个男人，让我们看看，他将在劳伦斯咒语中的何处坠落呢？"在伯基的话语中，他忽视了这样一句话："在他带着一个女人的爱走完最后一程时，产生了超越自我和旧有存在的喜悦。"这句话让他颇感不快，照亮了他头脑中的红线，因为它批判的是旧有存在中最古老的存在，也就是他破旧的存在。他没有看到如此强烈的冲击，这是阿伊莎穿越大洋，从书籍和现实中，在德国为像人头巷一样被遗忘的街巷挖掘出来的……他将这句话放在一旁，准备选择适当的时机再去思考。

爱克斯（X）光

巴布街上所有的店铺都开了，市政工人们打扫着便道，趁着车流停止时，收拾起路上的塑料袋和空的碳酸饮料瓶。纳赛尔看着他们。他们每天都在以极大的忍耐力向他发起挑战。如果是他面对这垃圾山，恐怕早就失去了理智。但是他们，拿着微薄的薪酬，头顶麦加的酷日，身穿破旧的工作服，每天早晨都出现在他们干活的地方，他们的忍耐凝固在他们的动作里，甚至变成了能够使他们对抗一切的武器。

当他看见一名清洁工戴着手套，用一个夹子捡纸时，不由得笑出了声，因为其他的工人们都是用手直接去捡。他向那个小小的新颖照相馆走去，突然看见穆阿兹在擦照相馆门脸上的玻璃，穆阿兹收起擦玻璃的破布，隔着木制屏风，与警官面对面：

"咱们需要坐下来谈谈……"摄影将这个年轻人卷入了被指控的圈子，因为纳赛尔找到了一张破碎的被害人的照片，照片是在书房平台高处的一个角落发现的，摄影者就是清真寺伊玛目的儿子。整条人头巷都在悄悄议论，因为穆阿兹的职业就是照相，但是，人们并没有告诉他的父亲大家悄悄议论的原因，他们并不希望毁掉这个孩子未来的职业之路。

"我不想把你叫到刑侦处，我们需要做一次友好的交谈……"穆阿兹的眼神闪出了警觉，他把纳赛尔带进了摄影室，那里的墙壁上装饰着森林布景。他让纳赛尔坐在布景的瀑布下面，又稍稍敞开门缝，让自己能够看到进门处。

"你是个聪明的年轻人……"这样的开场白让穆阿兹双臂抱肩。纳赛尔明白，这是一个抗拒的动作，但他还是进入了主题。

"街里的人们说，你从宣礼塔台阶上的窗口，偷拍了这条街，我可以说，你是唯一一个可以从高处俯瞰人头巷的人吗？"穆阿兹急忙纠正着纳赛尔的话：

"我不拍高处的照片，而是拍里面的照片！人头巷从来没有认真对待过我，对我隐藏了很多秘密。你知道我背记《古兰经》的结果吗？我变得就像吞下了很强的闪光灯，这闪光灯永不熄灭，揭示着我看到的一切。在我了解照相机之前，我的身体里就有了这种内在的照相机。如果你听到我的伊玛目父亲把我从宣礼塔顶扔下来，你明天将犯下另一宗罪。"纳赛尔简单地一笑作为回应，他想让穆阿兹放松下来，自己也可借此研究一下他的表情。他面前的穆阿兹弓着背，裤子平直，头发塞在帽子里，形成了集现代和古老的贫穷于一体的形象。他的脚上穿着一双中国制造的耐克运动鞋。当纳赛尔再把目光投向穆阿兹时，发现了他眼中的不安，于是发问道：

"关于阿札，你知道些什么？"纳赛尔感觉到他这个问题提得很好，因为对方眉宇之间下意识的动作，说明这个人在隐瞒着什么……穆阿兹扫了一眼面前这位刑侦警官鹰隼一般的面孔，说出了一个纳赛尔从来没有想过的答案。

"阿札是人头巷里的一颗定时炸弹。"相互的对抗缓解了两人之间的紧张，穆阿兹将两个手掌放在膝盖上，开始沉默，他的头脑里充满了那个早晨的声音。那时，他正在宣礼塔台阶上的窗口打盹，一个声音把他弄醒了，现在他可以肯定那是尸体落地的声音。有好一会儿，他并未睁开眼睛，直到一种惊恐的、匆匆的脚步声引起他的注意。但是，那脚步声没有被别人听见，当时的人头巷像块海绵一样，把这声音吸了进去，于是，当时他也以为那是梦中的脚步，但是，他处于高处的灵敏听觉却捕捉到了那种惊恐……待他睁开眼睛时，一切都为时已晚，他只看见一辆黑色的凯迪拉克车停在街口，一只小脚从黑袍中露出，然后，又消失在汽车后座上，戴着格子头巾的司机低下头，关上车门……这是谁的脚？他不知道……汽车发动机的声音越来越远……

那只"狗"捕捉到了穆阿兹头脑里旋转的图片的气味，纳赛尔打断了他的思索。

"你觉得那个被杀的女子是谁？"问题刚一提出，他就嗅到了从穆阿兹身上散发出的带有否定的"化学成分"的气味。

"不知道……她的脸都摔碎了，我的镜头从未照过这样恐怖的样子。阿札面纱后面那张脸非常美丽，能让所有人的心激动不已。你知道信士们在天堂中感到的风吗？阿札去了他们不想让她去的地方……"纳赛尔和外面的清洁工一样，想刮去尸体隐藏的腐层，将其中的骨头扔给他的狗，让它啃干净，直到他找到真相。

"你没有看到引起怀疑的东西吗？陌生人，外来的人，或者有贼潜入了其中的一家？"摄影室的墙上，瀑布散发出冷意。穆阿兹说：

"我听见了落地声……但是我没看……我没想到会是一个裸露的身体被这样扔下来……"

"你说，你背下了《古兰经》……"穆阿兹点头确认，他没有忘记刑侦警官提示中的警告。

"你不要帮助任何人隐瞒消息。你不能在一个姑娘被杀死时隐瞒杀手，任他离去。人们说，你是受雇于女教师阿伊莎的……这你有什么话好说吗？"

穆阿兹感到害怕，他没想到会有人指控他。"不，你可不要说我是一个哑巴鬼，警官，我是一个努力奋斗的年轻人。女教师阿伊莎从德国回来后，我父亲就不让我替他干活了。当时，我只是每周一次给她送去一些生活用品，为她打扫走廊。尸体出现的前一周，她对我说不用去她那里了，她要离开人头巷，去她的一个女亲戚那里，和她一起生活……"

纳赛尔问："你看见她离开了吗？"穆阿兹嘲讽地吹了口气："阿伊莎？她可能是唯一不可能离开的人。警官，阿伊莎是一个生活在电脑后面的光世界里的人。我给她干活时，在走廊里都能听到那种熟悉的声音……当我听到她在那个旧电脑上敲击键盘时，我就会停止清扫。我开诚布公地跟你说，我迷上了那个来自我不明白的遥远世界的轻轻的声音。很多时候，那种敲击声接连不断，我就屏住呼吸，尽量不动，不想打搅她，不想让她离开她沉迷的那个世界……阿伊莎的手指追逐着那个她沉迷其中的世界，我则大着胆子，登上楼梯，去偷窥那个威力巨大的东西。只见她背靠房门，屏幕上的光，让她的头发呈现出迷人的蓝色之光，一个偏向右侧的发髻，插入了一根铅笔来加以固定以免散落。我并没有躲开……盯着那脖颈上的美丽发髻……当我注意到她向前伸着的脖颈时，发现了车祸给她留下的强直，但那不是弯曲能力的丧失，而更像是一种奇迹……我嫉妒她，只觉得难过，要是我能够用她这种速度按下相机上的快门该有多好，这样我就能照下和我从她敲击键盘的声音中听到的世界……"那只狗流出了口水，那个密码让纳赛尔觉得嘴唇发干。穆阿兹继续说着：

"我已经把我头脑中的一切，像曝光胶片一样展示给你了。"纳赛尔肯定了穆阿兹逐渐将其带出人头巷的智慧，觉得这条骗人的街巷正在鼓动大家将他带出迷失。穆阿兹对他说：

"你应该指责我，或是理解我面对世界表现出的软弱无能，我不说那个女人，她是独一无二的女性奇迹……我不能用任何丑恶的话语来伤害她，你想，她是这条街上唯一获救并离开的女人！我试图了解她记忆中的一切，了解她看见并用手指敲击的，究竟是一个什么样的世界……"他停下来，想寻找更合适的描述："那是一种对键盘的情欲……"这时，他头脑中出现的乐园里泉水的形象给了他启示："阿伊莎的手指，就是流淌在键盘的醴泉，这让她变得异于人头巷里这些不幸的人们。你知道《古兰经》黄牛章里关于光明的那一段话吗？那段话已深深地印在我的心底了。阿伊莎是个幸运儿，她的能量是由光的能量铸成的……我仔细地看了看我那些瘦弱的妹妹们，她们的头发都得像项链上的锁扣一样……请理解我，请了解一下我的经历，我是一个自强自立的年轻人。我自学了摄影，我背下了《古兰经》，我赚到了能够帮助不搞计划生育的伊玛目的孩子们的钱财……"纳赛尔像一个梦游者一样，突然停止了倾听，他意识到穆阿兹是那个世界里的一名患者，于是离开了他。他绝对不会带着认为他有作案嫌疑的想法再来这里了。

纳赛尔重新翻阅优素福近两年里写的那些文章，其中有些文章是评价各个行业超出想象的涨价幅度的，比如说房地产、心理医疗，还有美容，还有以骆驼和山羊为主的牲畜买卖等，在文章中，他试图找出这些行业之间的关系。他注意到，优素福以红笔写出了他的朋友侍者的公羊和牲口市场上出卖的公羊的区别，一头种羊的平均价格为 16 万沙币。

在伊玛目达乌德家中举行的背诵《古兰经》的聚会上，纳赛尔看见以"侍者的公羊"闻名的孩子萨利赫。聚会的人坐成圆圈，蓝色的帘子将男孩子和女孩子分开。那个淘气的男孩总喜欢把自己裹在帘子里，这样就可以靠在女孩萨阿迪娅的小肘上。在那些夜晚，他总是把人头巷的火吹向他父亲的炉灶，当然，也吹来了人们对沉迷女孩胳膊的这只公羊的嘲笑。这只公羊被伸在阿什的厨房和清真寺门前的一条短而隐蔽的绳子拴着，这样，警察来的时候，他就无法迅速逃脱。

2000 年 8 月 16 日

阿札之窗

你知道，在夏天，当我们周围的一切都在死去时，人头巷就像一条咸鱼，噬咬着我们想要逃离其腐败与炎热的内心。阿札，每个夏天，在你我之间都会发生激烈的争吵，白昼在延长，而我对你的需求，对麦加紧闭的窗户的耐心在减少。深夜，我总是心甘情愿地除去我的衣服，以减少我们之间的阻隔。但愿你也一样。

我们的诉苦把穆舍白布惹烦了，所以他决定对我们进行讯问。

"你们最怕什么？把它摆在我面前，我会立刻像捻死一条虫子一样把它粉碎。"

"遣返警察……"侍者的公羊因为恐惧而吐起酸水来，"他们有汽车，一旦我在哪条街上被包围了，就根本跑不掉了，就算他们离开了，我也无法认出那些身穿便衣的警察。在每一个拐角的地方，我都觉得他们会向我扑来，把我抓住。他们会把我送到哪里呢？

厨房的院子，切断了我的得救之路，我无名无声，长成少年时才学会说话。无论是死是活，我都不能离开人头巷吗？"

现在轮到我了，但角色背叛了我，我向自我提出了这个尖锐的问题，于是，我意识到：我，优素福，是恐惧之源，我瘦弱的身体里，住着传说中的努哈时代的大力士奥格·本·安格。我被拘禁在古老的年代，是宇宙飞船载我而来，我周围的一切都是机械的，而我的头脑则是蒙昧时期的，是神话式的。

可能我的身体太古旧，需要加速现代化。

我希望他能对穆舍白布提出同样的问题，"穆舍白布，你最怕什么？"但是，我放弃了这个念头。穆舍白布是中心点，如果他偏离或掉落了，我们的圆就破碎了……

已经可以明确的是：可以用妇女的外袍来处理恐惧。

穆舍白布给侍者的公羊蒙上了妇女的外袍，我们陪着他乘上了海利勒的出租车。

接近检查站时，穆舍白布让他用袍子把自己的面孔蒙住。

当兵的漫不经心地用手指了一下，让我们通过了检查站，公羊只觉得后背上爬满了蚂蚁。

我们离开了禁寺的边界，前往坐落在红海边上的吉达。这个被称为红海新娘的城市的许多故事，在人头巷青年的头脑里留下了诸多想象。

"安拉保佑吉达的姑娘……"但是，我们今天去那里，并不是要去享受恩赐。穆舍白布带着我们穿过了吉达旧机场的环形公路。

我们前方半公里处，集聚着各种肤色和国别的男男女女。此时正是太阳已经出来的早晨，世界末日的图像立刻浮现在大家的脑海里。

"石油天堂里的苦行僧都逃到这里来了，这空旷之地是那些劳工们的避难所，他们在那里等待着遣返警察的抓捕。这是一条他们返回自己家园的最快的集散路线……"穆舍白布评论说。

"在抓到他们之前，有的人要等上一个星期甚至一个月，有的人还要贿赂那些当兵的，想让自己快点被遣返。"海利勒补充道。

"你的地狱是另一个人的天堂。"穆舍白布对侍者的公羊说，后者却问：

"你是说，他们在吉达，不抓那些后来的人？"

"他们收取贿赂，负责遣散，在吉达外围驱逐，遣返。"

"下来。"穆舍白布让公羊下了出租车，让他和那些等待的人们待在一起，我们则远远地看着。

《乌姆·古拉报》的版面负责人关闭了《遣返地狱之窗》，说：

"这个窗子在麦加不能向大海开放。"他把文章扔进纸篓之前，已经用黑线删去了这部分：

在最初的几个小时里，台斯·艾俄瓦特失去了谛听和说话的能力，车流突然而至，他的鼻翼上沁出了汗珠，心里想着那个询问："你去哪个国家？"毫无疑问，如果没有去向，他就将在拘留中腐烂。人群中有人反复说着：

"那些一直被拘押的人们，忍受不了长时间的饥饿，竟然去吃毯子上的毛！"（他们用散发着陈腐的外国腔调的阿拉伯语讲述着他们的故事。）

一个斯里兰卡女佣不停地咒骂着她失业的丈夫，十年之间，她不停地把自己的工资寄给他，结果却发现，他又结婚生子了，现在，她要去布拉格教训他。

看到那个埃及大个子，她感到有些吃惊。他把垃圾废品生意和他位于吉达东边萨米尔区和艾吉瓦德区垃圾场之间的窝交给了他的一个亲戚，然后来到这里，希望能被免费遣返，以便和家人一起过一个假期。他计划好了回家路线，先经过哈勒旺的硫黄温泉，在泉水里清除皮肤上那层癣疥，然后再回到家里，让他妻子给他生个儿子。以后，他再设法给她弄一个新的副朝签证，让她和自己一起回到这里，继续收垃圾，或者到金矿工作。在金矿，他每天可以赚五百沙币。这个埃及人在夸夸其谈他那些赚钱的冒险经历，如何用那些地狱里的办法穿越国界和黑市，怎样在新开罗给自己建一栋楼……在那些违法的非洲人眼里，他简直就是一个经济顾问。

一张非洲人的面孔一直在注意着他，这个非洲人两眼泪水，讲述着临终的母亲的故事，她最终未能躲过死神。

还有一个印度尼西亚人在展示那些争夺他的心的女人们：几十个脸上涂抹着白色石膏、描着宽宽的眉毛、嘴唇涂得猩红的女人，正在进行一场残酷的战争。当他带着在外漂泊一年半的积蓄，像个皇帝一样返回雅加达时（他以为一万沙币够花上几个世纪呢！），她们会成为他的老婆,她们彼此争夺,是为了获得前四名的地位,那几位是他的合法的妻子。

侍者的公羊不知道听了多少个这样的故事了。

黄昏已过,咸味的风提醒他,他已是孤独一人,那些人都不知道跑到什么地方去了,这里只留下了混合着失望的人尿的气味,这种具有强烈穿透力的气味来自装饰用的棕榈树的树干后面,来自对面沙特航空公司的蓝色办事处,来自流通量日渐增多的自动取款机,那地方还有一个摄像头。

这个机器的屏幕上反复出现着"欢迎您使用自动取款机",侍者的公羊觉得这是"自动遣返"……

时间已是子夜,他眉毛低垂,头脑空空,他不知道,如果他被抓起来遣返,他该去向何方。

黎明已至,越来越多的宣礼声从天边传来,他想去清理一下自己的肠道,但是,他的双脚并未顺从自己的意愿,整个身体都僵直住了,因为他看见了遣送警察的车。那是他一生中最恐怖的时刻,是他随时可能逃跑或摔死的时刻,最可怕的是,他正在面对这个时刻。

他不知道穆舍白布是真的想把他留在这里,还是想让他被遣送出去。

太阳升起,眼睛再次睁开,故事重又聚集,昨天的那些人不知从何处又冒了出来,而且随时都有新的面孔加入。这个城市让他们流淌的汗水,一滴一滴满是疲惫。

那个不停地挤压着黄色水桶的女人带着困意瞟了瞟他。

曾有一刻，酷热让他产生了幻觉，他觉得有三个女人（黄色皮肤、黑色皮肤和咖啡色皮肤）在触摸他。

晌礼的宣礼声响起时，那辆车窗上装有铁栏的大车来了。人群的躯体上现出了活力，交谈、触碰和抱怨顿时无影无踪，人们都向那辆车涌去。

侍者的公羊的目光停在车窗的栏杆上。

当那些身体拥挤着、推搡着向车上涌去，卡其色衣服下面露出的手又将他们推远时，他看见那些流着汗的手正在递着钱，来获取上车的许可。终于，车上装满了人，车上的轮胎都被压扁了。

车开动了，滚动的尘土使那些面孔变成了土灰色。

这情景让侍者的公羊惊慌失措，让那些错过了解救机会的人不停地呼天喊地。

就在那一刻，他的心像长久闭锁的洞被突然打开一样，各种陈旧的令人恐惧的东西从洞壁上突然掉落，氧气涌了进来，他终于可以呼吸了。刚刚有火光进入他的体内，他的思念之火就燃烧起来。他想念伊玛目的女儿、埃塞俄比亚血统的萨阿迪娅，从现在开始，她将是他思念的目标，是他自由的终点。

他环顾四周，没有看见穆舍白布，于是勇敢地迈开双腿，在陌生的城市里，不辨方向地走着。汽车喇叭的尖叫声，伴着他通过了斯汀大街。在一个岔口处，海利勒的出租车追上了他，穆舍白布不由分说地逮住了他。

"要是我妈知道了，肯定会把人头巷都动员起来对付你俩，把你俩扔进燃烧的天然气里，这可不是说笑话。"

穆舍白布的母亲乌姆·萨阿德健壮的身躯和硬朗的面容，就是他经营乳香的父亲的副本。他母亲房间的屋顶是红色的，摇摇欲坠。她把丈夫的照片挂在那里，那照片像一把刀一样，悬在每一个进入她房间的人的脖子上。每天早上，她的丈夫都不得不用挂在他的念珠上的镊子去拔自己的胡子。

"人们说，2005 到 2006 年间，最新的节育方法是心梗。"这种无聊的评论最适合海利勒，但穆舍白布打断了他的话。

"你母亲，以她是公羊的母亲的身份，已经宣布为一群在代瓦斯尔谷地中毒而死的骆驼服丧，加上股市和南方粮仓里被饲料毒死的几千只良种母驼，她的货币流动已经完结了。你看，你母亲正在忙着这些重大的事情呢。"我们讲着笑话，庆祝自己战胜恐惧的时刻。

诱　惑

看来，只有我，人头巷在关注纳赛尔对什么成瘾。他每天都来到咖啡馆，一坐就是几个小时，读着阿伊莎的信。我从未关注阿伊莎以丑陋的感情塞进电脑里的那些信，在我的历史上，我也从未在意过女性敌手。我知道，女人生来是屈服于现实的，屈服我捏造的现实，但是，她的那些话，却像毒瘤一样，从纳赛尔的头脑潜入了我的意识：

阿伊莎的第七封信

你注意到了吗？我今天以称呼你"我的主人"，结束了我们今天的谈话。

我从不知道我父亲的名字，我母亲总是叫他"比亚"，即"我的主人"，她的声音充满慈祥，有一种力量，让他成为"奴仆"。

我的主人，如果我的声音中也有来自母亲的那种甜美，我就这样叫你了。

夜晚，我把痴情女人们带到我的床上……我的唾液已干，到现在我还在发抖。

我怎么敢把这种东西塞进我的被窝……

那本被译为《恋爱中的女人》的书，又一次令我停了下来。在"恋爱"中，有一只苍蝇，将它的一只苦的翅膀沉入水中，另一只甜的翅膀浮在水面上。

奶茶上有苍蝇在挣扎，也许其中一只已经被淹没，不会再出现。

我在想：谁会把我喝掉？

我觉得我已故父亲的眼睛在后面死死地盯着我。我任家里被黑暗淹没。我经常开着灯，自己躲在沉重的毯子下面，偷偷读着一些句子：

"第一次世界大战之后，劳伦斯开始了他孤独的朝圣，寻找着欧洲的工业文明能给予的最令人满足的生活情趣……"

我仍然没有安全感，于是从头到尾地读起了《恋爱中的女人》。

我在这里偷了个字，又在那里偷上一段。

我用灯照着前言中令人失眠的句子，因为我觉得它正在和我讲话：

"1993年，劳伦斯死亡时，他的恋人法丽达写道：

在给他兄弟的信中，劳伦斯把所看到的，所感觉到的和所知道的关于人的一切转交给他了，包括生命的精彩，对生命的更多的希望，还有那些无法计算和衡量的英雄的礼物。"

灯熄灭了，我扔掉了毯子和所有的东西。我们会从哪里得到更多的生命的希望？这希望又是什么样的？

我审视我的全部生活，寻找着这种更多，哪怕只有一滴。

又：

我婶婶哈丽麦的手掌多么小啊，这真是令人恐惧啊。

一条条平行交错的线。

受伤的手掌，就是无名指上三角形的金饰，哈丽麦都没有钱买它，于是，她用指甲草在手背上刺出了图案。

附1：

你们为什么不买红毛巾？在昨夜的梦里（每一个夜晚的梦里）被我打掉的胎儿问我。

整整两年，我一直在祈祷：艾哈迈德只与我睡了一次，打碎了我脖颈上离婚一词的项圈，仅仅这一次，就让我有了孩子。

现在，艾哈迈德拨通了我们之间的热线，求我与他继续！

是什么在引诱猎人，让他索回那已经忘却两年、正在腐坏的猎物？

签名：阿伊莎

这样的话语一直在向纳赛尔挑战，每当他这样地站在街口处，用空调顶着阿伊莎关上的窗子时，他都会觉得有什么沉重的东西掉在了他的心上。她喜欢将之称为"生命的精彩"，那么，"更多"又是什么呢？

他同时思考着阿伊莎和阿札。她俩谁变成了那具坠落的尸体？周围那些破旧的房屋在向他挑战，纳赛尔觉得，在他的眼光穿透我的身体和我头脑中的疏漏时，他只是一个观察者。

他观察着他们。夜幕降临，他们像坐在展览会的货架上那样，一排排地坐在电视机前，把他的形象植入各种不同的事件当中，然后，把美国连续剧《SCI》中那些侦探和把想象的线索搭在我的人头上的他进行比较，这种比较让他颇感沮丧，让他感觉自己渺小又无知。

尽管阿伊莎向那个德国人奔去使他感到恐惧，但是纳赛尔却能够闭上眼睛，把自己的名字——纳赛尔——放在那个愚蠢的代号的位置上，幻想着阿伊莎是在给他写信。他为什么不可以成为那次洪水中的有关人物呢？他期望用他的头去敲她的头，让两人的思想开始融合。

哈丽麦说过："安拉让你的头碰在他的头上。"这句话征服了纳赛尔，她对另外一个人竟然能够如此开放，像和面一样，把两个脑袋合在一起……

火狱的候选者

纳赛尔把他的车停在我有多个分支小道的入口处,站在那里看着我那些寄生物们醒来,然后向咖啡馆走去。走进咖啡馆,巴基斯坦籍的伙计递上了甜品菜单,他坐在那里,凝视着麦加如洗的天空。太阳初升时的色彩与如血的落日完全不同,他竟然觉得亚伯①每天黄昏时都会出现在麦加的天空,他差一点就触碰到了那正被剥掉的一页,以展示出这座城市命运的透明。每个早晨,他们都能以该隐的气息重新书写,难道这就是优素福的日记所努力达到的目标吗?

咖啡馆的会计是个单身的苏丹人,每天都躺在那个椅子上,蒙上毯子过夜。巴基斯坦伙计把茶壶放在他的身边,将茶杯放进一个大托盘洗净擦干,茶壶里冒出的香气,使会计迅速地睁开了眼睛。

纳赛尔不知道这条街究竟要向他传递什么样的信息呢。他反复思考着,甚至梦中也在寻找答案。咖啡馆门口一个突然的动作打断了他的思路:一个枕地而卧的非洲女子突然跳了起来。

---

① 亚伯和该隐,该隐与亚伯是出自《圣经》,他们是亚当与夏娃被逐出伊甸园后先后生下的一对兄弟,该隐为兄,亚伯为弟。

"早安……"纳赛尔看着她离开了堆放着廉价商品的席子，消失在了人们的视线里。她并没有跑跳，而是这条街的"肚子"开裂，把她吞了进去。就在那一刻，那辆卡车出现了，挂着这座圣城市场监管的牌子。车还没有停稳，车门就突然打开，两个工作人员立刻向那些货摊奔去，掀翻那些盆盆罐罐的炒货，弄得尘土飞扬，又把各种食品的袋子扔到卡车上。这些袋子里有库加拉提（在作坊里加工，除去水分后，就成为多种维生素），叶子已被干缩，可以立即水煮；还有小棍形状的糖果，椰子糖鲁里布布，这是一种由业余劳工在一些临时的作坊里制作的彩色糖果，还有台湾产的廉价玩具。

当卡车深入到我这条街的各个地方时，我染上了活力十足的热病。那些摆满整条街的杂乱无序迅速消失了，成功躲进了各家的走廊，而一群猫已经集聚在一堆堆的袋子上，大摇大摆地舔着，闻着，看看有什么东西值得吞下……

坐在咖啡馆时，纳赛尔看到咖啡馆的雇工都钻进了破旧的厕所，并锁上门，同时，那些厨房则把它廉价雇来的伙计塞进了放煤炭的屋子。而他观察的速度竟然比不上街巷里这种紧急行动的速度，于是，他想，如果天使吹响了世界末日来临的号角，人头巷肯定会把这些违法的货摊和劳工塞进去，准备在号角过后继续它的逆忤，于是，鸡继续串在铁钎上烤着，炉子里是面包圈，还有用油脂煮的椰枣，成堆成堆地摆在那里，准备赚取那些辘辘饥肠在白昼获得的一切……我不否认，这种思想迎合着我的口味，使我充满自豪。

我还没有决定如何触及纳赛尔想控制像我这样的街巷的欲望。他不停地到我这里来，将我的每一个拐弯处和我的惨状都看成是他身体的延伸。是的，我欺骗了他，使他把自己看成是我的一个头。我用我思想的碎片玩弄着他，将其置于我的秘密和罪行的集装箱之外，让他把自己看成是隐瞒真相的人。那些没有正式许可的滞留者，有很多人租着我那些像窝一样的房子，在那些破碎的床垫上轮流获取能得到的享受。他知道迎合人的本性却触犯市政法规的行为，他能够数清那些女人们的叹息声，她们正站在我那些被钉死的窗子前面，观看着现实的连续剧，这些连续剧在不断延伸，最后以罚没和消失结束。

市政的卡车消失之后，纳赛尔去找伊玛目达乌德，后者把他带到了清真寺。乘他开门之机，纳赛尔仔细地把他打量了一番：这是一个精致得如同一个圆球的埃塞俄比亚人，白色袍子上长及肚脐的宽带子从他肥大的肚子垂到两条粗腿中部，遮住了穿着夹趾拖鞋的一双脚，白色的头巾用布扣固定在缠头上，像瀑布一样披在双肩，下巴上的几根胡子有两英寸长，腮上没有胡子，透过眼镜厚厚的镜片，可以看到那双突出的、随时可以捕捉万物的大眼睛。

纳赛尔有些为难，不知从哪里开口，便说：

"人头巷使您处在一种特殊的地位，您的孩子都是在这里出生的，他们都是埃塞俄比亚的国籍，但是没去过埃塞俄比亚，这对他们有什么妨碍吗？"

"我们已经为这座清真寺服务四分之一个世纪了，我们请求安拉把我们从这里的邻居变成了他的家人。赞美安拉吧，因为我不断行善，所以我们有合法的居住证，他们还承诺给我们解决国籍问题。土埋半截了，谁还需要什么国籍？我这样做，是为了孩子们。"

"关于进火狱和进乐园的人的名单有什么说法呢？"伊玛目的眼睛突然僵滞，死死地盯着眼前那面墙上的一个地方。

"去问问大人物基金会吧，那个在人头巷里收取贿赂和捐赠的女人建立的基金会。"伊玛目注意不提乌姆·萨阿德和她的养子侍者的公羊的名字。"愿安拉宽恕她吧！她收取捐赠，是为了向一些当官的行贿，给她的养子弄个身份证，弄一个国籍。"那个和天花板上的吊扇共同奋斗、将毒云从清真寺吹走的老旧的空调，让他想起了他正在自己的办公室里，于是，他继续说道："那个女人就是投进地狱里的柴火，魔鬼把她从无雨的闪电中弄了出来，让她迷惑人们，强迫人们为她的基金会捐赠。你能想象得出，一个从死神伊斯拉菲勒下巴上掉下来的女人，可以干出一切罪恶勾当。"

"穆扎希姆长老也在说从死神伊斯拉菲勒下巴上掉下来的女人，这是什么意思？"

"在面对那些小鬼们之前，她没有摘下魔鬼的面罩……"

沉默片刻之后，他继续说道："她以营销的技巧，把大人物基金会的箱子挂在了她父亲那栋房子的大门上，并且对捐赠人进行监督，把捐钱的穆斯林们分成两类，一类是内心只有空气的，另一类是心怀仁慈的。"突然，他变得沉默起来，觉得这个身穿西式官服的人不会明白他的辩护计划，因为他已经把行贿和受贿者放进了火狱的名单，将那些捐款者放入了将要进入火狱的名单，而拒绝捐款的人则进入了将要进乐园的名单。

"我们发现，那些捐钱的人，多是被欲望蒙蔽的人，他们捐的都是金属钱币，有的是金首饰，这都是硬捐赠。"纳赛尔没弄明白伊玛目的话。"我不能给你解释，他们把什么样的魔鬼念头塞进了他们那些硬捐赠里。"伊玛目坚持用"硬"这个词，让纳赛尔很是不解，但是伊玛目再次陷入了深深的沉默，任天花板上的吊扇磨砺他的暗示，并将其散布在清真寺的黑暗当中。

与死神伊斯拉菲勒相遇的人们

　　我，人头巷的又一个漆黑的夜晚。纳赛尔围绕着阿拉伯联盟大楼，想弄清乌姆·萨阿德从死神下巴掉下来这个秘密。他在这栋大楼和对面阿什的院子之间踱来踱去，目光每次都会落在院墙的一个黑点上，这未清洗也未除掉的黑点，俨然成了阿什好运发达的记录。它是我记忆中的一个污点，记录着四分之一世纪前发生在这里的丑闻。在那个夜晚，当沮丧遍布我的各个角落时，我暂时失明了。沮丧使月亮隐没，为一场悲剧准备着舞台。阴影都贴在墙上一动不动，霓虹灯光聚集在一起，像是手术的帐篷，为即将发生的丑恶一幕做着准备。猫儿藏进了朽坏的房檐和屋顶，鸽子把头深埋在翅膀和爪子下，令狗疯狂吠叫的腐臭气味冲进鼻孔，那些狗就像是一群饿狼，争抢着院墙下的一堆塑料袋。那时，阿什还是厨房院子里为了升迁而争斗的实习小伙计。那天夜里，唤醒他的，并不是他的衣服上沾满的厨房里食物的气味，而是狗的叫声。疯狂的狗吠震动了他位于场院最高处的屋子，于是，他匆匆忙忙地用一条绿色毛巾裹上身体，半睡半醒地走下楼梯，想看看街上发生什么事。刚下楼梯，弥漫在院子里的尸体的腐臭味强烈地向他袭来，他看见一群狗正围着路中央的一个塑料袋。他把狗赶开，用发抖的手指打开了塑料袋，出现在他眼前的，竟是一副人的骨架。我，面孔可鄙的人头巷承认，那情景令我恶心，但我沉默不语，隐瞒着那个令人耻辱的秘密。我无法凝视那宽宽的肩膀上面的一团黑色，因为它实际上就是一个胸腔挑着一副长方形的骷髅，这带着鼠齿般牙齿的骨架子死死地盯着阿什。腐烂气味的冲击，让人像被雷击了一样，无法分辨这尸体是男是女，甚至无法辨清这是一具真正的尸体，还是一息尚存的生命。刺鼻的气味使阿什的双眼充满泪水，他什么也看不清，那些野狗又咬着他的踝骨，想和他分享那胸腔。但是，他挺住了，他开始奔跑，像个瞎子和聋子一样跑着，把腐臭的气味、野狗的狂吠以及那些惊恐的目光抛在身后。追逐他的狗失望了，他继续跑着，终于到了扎希尔公立医院。他们说，阿什把黑暗的命运抱在胸前，寻找着栖身和救命之处，跑了好几公里，终于，将那个重负放进了急救室已经变黄的病床上。氯仿的气味说明刚刚有尸体在这里放过，所有的医生和护士都觉得呕心，可是阿什却在那里大声地喊着："可怜可怜这个人吧！"塑料袋被撕碎了，那副骨架上都是将要脱落的人肉，太恐怖了。抢救人员正在考虑这个骨架是否还有医疗关怀的价值时，阿什却一把抢过氧气罩，把它扣在了那副骨架的嘴上，遮住了鼠牙。实际上，那并不是氧气，而是阿什输入骨架里的信仰，于是，那令人恐怖的骨架有了颤动的呼吸，随之发出了强烈的咳嗽声，并让那张让人觉得恶心的面孔沾上了鼻涕。这些肮脏之物并没有阻止医生们的检查，他们从那个袋子里发现了一个平胸的女人，腹部肿胀，下体部分红肿发臭。护士们用酒精清洗着正在腐烂的躯体，每擦洗一下，腐肉的气味都愈发浓烈。像对待一个有生命的躯体一样，常规的检查进行了一个小时。在医生的手摸到肚子时，那副骨架竟暴怒地向那个试图接近阴道口的手打了过去。

五个菲律宾男护士将那暴怒的骨架子按在床上，给它注射了麻醉剂。变得硬如石块的阴道口让抢救人员心慌意乱，他们正在做着检查的手碰到的坚硬的金属，在沉重地撞击着他们。

站在为这个女人的子宫和阴道做的 X 光片前，整个医疗团队惊惶不已。

"这是耳环？我每天二十四小时站在抢救室里，处理过无数的病人，莫非是眼睛欺骗了我，让我看到了如此这般的疯狂？"

"啊，安拉！这是项链吗？" X 光片上出现的东西令所有的人大惊失色，他们都不敢相信自己的眼睛。医生们决定实施手术时，阿什成了唯一可以签字的亲属。

"阴道像是银行的保险箱，我们在里面找到了纯金的首饰：项链、手镯、耳环，还有精心排列的钱币！"这难解之谜导致了警察的介入，一切怀疑都指向了阿什，但是调查的结果弄清了，"这是乌姆·萨阿德，是有四个儿子的乳香商人的独生女。这个女人的胸平得像一个男人，两个宽肩膀也像男人一样，大嘴里的牙齿像老鼠的牙，这正是这个乳香商人家人的特征。她的兄弟们说她早就死了，他们还说，他们的父亲疯了，就把他关了起来，直到死神降临。"这些都是邻居们提供的材料。

"我们估计后面那间屋子里关着一个人，有头发从窗子上的铁栏杆上垂下来。他们应该是把他们的妹妹关在了里面，只给她一点干面包和苹果皮吃，他们自己则侵占了她应该在阿拉伯联盟大楼继承的权利。他们还证明他们的父亲已经疯了，不让他继续允许人头巷的年轻人在大厦的一层建房。"

"经过多年的监禁之后，他们认为她已经死了，就把她扔在街上喂狗，结果让阿什碰见了。"

"那些首饰是她母亲留给她的，她一直小心翼翼，不让他们找到它。这么多年，他们关着她，饿着她，但她始终没屈服，没有说出藏宝的地方。"

"努哈的宝藏藏在阴道里！！任何人，甚至好莱坞的导演也不会想到一个无辜的少女会制造出这样的情节。"

"就算她的兄弟们有怀疑，谁又敢在这地方寻找宝物呢？谁敢破坏亲妹妹的贞操，进入她的子宫呢？她可真是一个铁石心肠的姑娘！"这桩丑闻的风暴席卷着人头巷，他们说，乌姆·萨阿德从死神伊斯拉菲勒的下巴掉了下来，带着不可想象的战利品，从死亡归来，于是，她被说成这条街里最大的阴道。为了逃避指控，她的兄弟们同意将她嫁给她的救命恩人阿什，并把阿拉伯联盟大楼的一层全部给了她。为了再次抢夺她那份遗产，他们总是惶恐地观察着，乌姆·萨阿德每年都在街上堆放许多苹果箱子，扔满苹果果肉，她自己则去吃果皮，庆祝她英雄般的坚强，于是，她的强硬和饥饿感都变得愈发强烈了。四分之一世纪以来，每当乌姆·萨阿德陷入沉默，阿什都认真地跟随着她走进她的脑海，与她一起度过她被监禁的年月，在那里，她失去了自己的清白，而他，则和那个情窦初开的少女共同坐在黑暗和饥饿之中，她坚持不懈地在自己的阴道里抠着，把坚硬的金属藏进自己的肉体里。她的肚子膨胀变硬，她只等待着逃脱的那天，希望能用这些财富开始新的生活。每每注视着她时，阿什都会热泪盈眶：

"这个女人给予了我生命的宝藏，用这致命的财富，给我买了这个做厨房的场院，还进入股市冒险。"他总是以无限的温存，拥抱着她收藏过宝藏的瘦小的躯体。她付出的昂贵的代价使她的子宫变得像石头一样，不能接受来自初生人类的鲜嫩馈赠。

"什么样有血有肉的胎儿能留在藏着金子的子宫里？这个魔鬼般的姑娘已经把诅咒弄进自己的头脑里了。"我动用了我所有的智慧，不加任何怜悯和同情地嘲笑着乌姆·萨阿德，我看见阿什在他愤怒的夜晚，从灶下抽出燃烧的柴火，在街上跑，威胁着要烧掉我的脑袋，以除去这讽刺的笑声。其实，乌姆·萨阿德并不需要用火击败我，她已经让她体内被蛊惑的胎儿发育起来，变成了她的笔记本电脑和网络卡，把她的手机和电脑连在一起，和我那些有记忆的头脑争先恐后地炒起了股票。

在某个标准时期里，涂抹着暴露出她那血腥手段的唇红的乌姆·萨阿德宣布了她的胜利。那些效仿她的女人们也公开宣布了叛逆。女人们在她身上发现了与男人们进行斗争的榜样，而男人们则热切地想象着她那狂野的阴道，邪恶地希望沉入其中，因此坚持着不断增强的性欲，把坚硬的金子捐进她那个有名的箱子，做着白日梦，追逐着那些住进那个阴道就不再出来的捐款。

"她像孩子一样扁平的胸不会让你们感兴趣的，再往下面看看，那个骨盆才是所有魔鬼享乐的源头。"

"也许她的丈夫阿什被人嫉妒，但是，在大多数情况，他是让人同情的。你想想，哪个少女会用自己的双手抠自己的阴道？她已经不是处女了，什么样的公羊能接受这样的女人？所以，他俩都是被诅咒的，她的固执和愚笨也传染给他了，所以，他俩才收养了那个弃婴——侍者的公羊。"

155

亚比斯·乃扎赫

穆阿兹把进天堂和进火狱的人的名单泄露给了纳赛尔。经过一番研究之后，纳赛尔发现，亚比斯·乃扎赫是唯一不在这互相矛盾的名单之中的下等人。

一群孩子在纳赛尔前面跑着，给他带路。乃扎赫正在清理阿拉伯联盟大楼的化粪池，他赤裸着上半身，腰到小腿中间的部分用一条垃圾一样颜色的毛巾裹着。纳赛尔来到时，他正把一根大的清洗用的管子从化粪池里拉出来，拔开插头，连在水车上。纳赛尔没来之前，化粪池里 90% 的东西已经用机械清理出来了，此时，乃扎赫跳进去，搅动残留的东西。瞬间，沼气雾就将他吞没了。纳赛尔顿时有些犹豫，可是那群孩子们都用手指着化粪池说，"这是口袋妖怪"。沼气雾遮住了纳赛尔的视线，他的眼里不停地涌出泪水，无法看清那个男人在池底干什么。实际上，乃扎赫已经站在了没膝的粪便里，这个从宇宙熔炉里出来的人赤着脚，没有任何手套或面罩的保护，挖掘着一层层的粪便，让他的一个同伴把那些东西装在桶里，池子上方的另外一个人把桶拽上去，再堆放在街边，聚集在那里的蟑螂昆虫都惊慌地逃向各处。纳赛尔亲眼所见的事情让他退却了。我也不禁自忖：为了拯救一条释放出粪便发酵的甲烷气的街道，他做了大量的调查，那么，对于这些调查的作用，他是不是产生了怀疑呢？

纳赛尔并没有在咖啡馆里久留，面对弥漫在各个角落的令人窒息的甲烷雾，他逃离了，觉得自己陷入一个合理时间之外的空间。

当纳赛尔再次出现时，乃扎赫并不在他工作的时间。于是，他去了乃扎赫位于我最后一个拐弯处的木头屋里。他注意到，那房子的门槛有半米高，门前挂着个帘子，对街敞开着。帘子是紫罗兰色的，印着绿色的花，这让他想起了阿札的母亲塞在她窗子上的那件衣服。风掀动了帘子，纳赛尔感觉到了乃扎赫的妻子考萨尔在帘子后面的动静，便敲了敲门，等在那里。纳赛尔佯装不去看这位母亲玛吐盖的床垫的位置，那床垫依然卷着，放在厕所旁边的架子上，散发出死者留在上面的最后的香气，让他忽略了那些粪便的气味……门帘掀起，在见到乃扎赫之前，纳赛尔先闻到了他崭新的紫罗蓝色毛巾上淀粉的气味。纳赛尔假装没有看见他的汗衫肩膀处的那些破洞，那是时间和汗水留下的。樟脑的气味告诉他，在那个帘子后面，进行过葬礼所需的清洗。乃扎赫领着他离开那个屋子，来到了街口的水箱处。纳赛尔仔细看了看粘着腐烂之物的水管，然后，面对人头巷，坐在一个残破的门槛上，单刀直入地开始了谈话："说说你的儿媳妇阿伊莎吧。"

"阿伊莎就在这里。"乃扎赫指着自己额头上面说。"我们的很多孩子学习了读和写，但是阿伊莎的爹妈就是书，她一辈子都在读那本书！我是说，那是不可侵犯的。但是，如果那是化粪池，也不可侵犯吗？只有安拉知道什么是真的不可侵犯，什么是泥土。结果，这让我孩子的身体变得东一块西一块的。"乃扎赫的回答中没有丝毫的仇恨和抱怨，"当然，她是他们家遭遇的那次车祸中唯一的幸存者。"没有伤害到阿伊莎，这让纳赛尔心里感觉有点高兴。"你要知道，她那时是睡在书上的，她的床垫下藏着多如大海的书。"坐在他旁边的纳赛尔并未感觉到他身上那淡淡的腐臭味，他体内的某种东西已经适应了那种隐藏的气味。

"你妻子乌姆·艾哈迈德，当时就在那具尸体周围……"乃扎赫打量着纳赛尔的脸，仿佛正在嗅着这个问题的腐臭之气，也仿佛正在酝酿着对他的指控，但是，他回答说：

"乌姆·艾哈迈德，阿伊莎的婆婆，只要你的宿敌死尸出现，她就会在那里，她是个清洗尸体的人……"纳赛尔被这话猛击了一下，一直盯着乃扎赫。乃扎赫和洗尸体的女人结为夫妻，这事有些可笑，但是他忍住了。这种情况可以叫作自给自足吧……或者称作自我清洁，或者自我再循环……那些歇斯底里的同义词在纳赛尔的头脑里不停地闪现……哪个城市都不能缺少干这两种行当的人，这样才能避免瘟疫流行或者让它自行分解……

"人是软弱的……"乃扎赫用目光扫视着街路两边的人，还有堆满了食品、娱乐品和日用品的店铺，继续说："所有这一切，最后的结果都是洗尸板和污水井……"他边说边用手把水管固定在水箱后面的把手上，然后，随手抓起他的新毛巾擦了擦手，在大腿上留下一片灰土。

他指着自己的身体说："这就是大地的肥料……"这让纳赛尔觉得，尽管乃扎赫面容清秀，头发乌黑，但是，身体的残疾还是欺骗了他，比如说，他的驼背让他看起来就像出现在坟墓里对死者进行惩罚的恶鬼。纳赛尔尽量不去考虑这个问题，只是想，在如今科技发达、管线和下水道遍布的时代，在这座圣城里，是什么驱使一个男人选择了这个职业呢？纳赛尔已是满身汗水，但是回应官方关注的乃扎赫却没有炎热的感觉，而是继续着谈话，介绍了他进行清污的公家建筑的情况，说他对人头巷进行清污的房子进行了统计："乳香商人家的阿拉伯联盟大楼，两天进行一次清污，每桶一百沙币，每个月一千五百沙币，我给了他们两百沙币的折扣，这样，他们每个月的屎尿价值一千三百沙币。你要知道，东西进入人的肚子和从里面出来都是要付钱的……"听到这些，纳赛尔觉得很狼狈，他没想到，乃扎赫竟然觉得他会把这些污秽之物计入他的调查档案。

"我劝他们让化粪池离大楼远一些……安拉命令要知羞，要遮羞，这你是知道的。除了那些公共的管道，那家土耳其裁缝店还有顾客，可是他们根本不去遮盖……"纳赛尔不明白乃扎赫指什么，只听他反复说着："你知道？"从他们二人共同坐着的门槛处，乃扎赫盯着乳香商人的那栋大楼，就在发现那具尸体那天，这里发生了楼房产权的争执，现在，它的地下室的窗子敞开着，像精灵的眼睛一样注视着街道。一个孩子趴在楼前的地上，鬼鬼祟祟地看着地下室里那些鬼魂。它们都穿得像姑娘一样，坐在那几个窗子下面，抹着椰子油的头发耷拉在那些刺绣样本上，鬼魂们竟然在向那个土耳其女裁缝学习打扮自己身体的手艺！乃扎赫想，他的身体不适合穿衣服，甚至殓衣也不适合他。每当他独自一人时，他更喜欢半裸着身子，在黑暗中去清理化粪池，那些粪便的气味就会钻进他的汗毛孔里。现在，他母亲玛吐盖已经故去，他真正变成独身一人了。

"可能你不会从我这里得到什么对你的调查有用的东西。你看我那些孩子们，优素福发疯时攻击我，他是有理的。现在，我生的男孩子们都飞走了，最后一个是穆斯法尔，在他之前是我的大儿子艾哈迈德，有个亲戚收养了他们俩，让他们过上了远离化粪池的干净的生活……"他觉得自己说的已经和案子没什么关系了，但是警官纳赛尔的眼睛却亮了起来，因为他发现了一条线索，艾哈迈德，有人看见他在发现尸体的那个夜晚，曾经快速地走过了这条街。指控他谋杀很容易，于是，纳赛尔想问问，他的妻子考萨尔是否知道那是儿媳的尸体，但是乃扎赫害怕做出回答，只是说：

"艾哈迈德在外边生活，离开阿伊莎两年左右了。在过去的两个月里，街上的人说，他打了她，所以他被指证是凶手，而那具尸体是阿伊莎……"

他继续说道："阿伊莎和艾哈迈德在一起是快乐的……她肯定是快乐的。尸体出现前，艾哈迈德来看过我，因为他离开阿伊莎，我非常气愤，狠狠地责骂了他。他向我保证说，他一定结束他们俩分居的状况……我这个儿子是说到做到的……"

看来，一些隐藏未见的东西比死亡本身更危险，也使案情更加复杂。问题的核心并不是被害者是何许人也，阿札也罢，阿伊莎也罢，总之纳赛尔面对的是一具破烂不堪的女性尸体，而且，他无法把这个被害人与那个精神失常的人或者那个敲着人头巷的门逃走的人分离开来。这是一个挑战。纳赛尔通过对那具尸体的精神 DNA 的检验，否认了阿札自杀的可能性。这种倾向也许会属于人头巷的其他姑娘，但不可能属于阿札。同时，他也排除了阿伊莎。他不会把怀疑的目光集中在那个占据了他的心的姑娘身上的。她那么亲近地和他说话，让他感受到了一种从来没有感受过的女人的亲近，甚至他没感受过的人的亲近……

"阿札是穆扎希姆的女儿，她上哪儿去了呢？你怎么看？"纳赛尔追随着乃扎赫的目光，向阿札那间空屋子和她父亲的铺子望去，只见一只白鸽子飞在它的雌鸽前，用舞蹈求爱，从破烂房顶上的窝里飞去又飞回……乃扎赫打断了他的思路，笑道：“一年里，他们才让我去清理一两次。”

“是因为穆扎希姆的悭吝吗？”

“是他们的粪便太少！那个宅子里，姑娘整天埋在纸堆和画笔里，优素福的妈是个五十来岁的女人，一半的时间都在婚礼上忙碌，倒茶，喝茶，那是一个被茶叶、薄荷叶和她儿子优素福的纸页包裹的乏味的女人。而穆扎希姆，拉出来的东西还不及他吃进去的十分之一，他是靠椰枣和咖啡过活的人，是素食主义者。不在我的工作范围之内。”纳赛尔看着乃扎赫，觉得他像是生活在另一个世界。他寄生在某种黑暗的仪式上，专门暴露别人的短处，就像那些吸吮人们弱点的疾病一样。他和死神一样清理着地面，为新生儿和刚刚死去的人腾出地方。

“对被害人的事情，你就没有什么了解的欲望吗？”

“没有，即使我看见了，也没有。”一种负罪感涌上心头。“这是我们的禁忌。想到女人时，我们就会把目光集中在自己的脚上……”一阵热风吹来，乃扎赫挥动着手，像要把风赶走一样。闷热的风令人窒息，人头巷的毒瘤在一天一夜之间肿大、破裂，又有什么奇怪的？不过，他马上又改变了语气：“人哪，真奇怪！”纳赛尔缄口不语，任他继续叨唠着：“每到过节的时候，人的粪便就成倍增多，当然我的收入也成倍增多。过节时出来清洁，我不在乎，尽管这些粪便带有贪婪的色彩，但它还是给我带来了快乐……”纳赛尔无法苟同他的谈吐，于是设法将他引到了关于艾哈迈德的话题：

“人们都说，你儿子艾哈迈德与一些有关方面关系很近……”

“比如说，我不愿意清理艾哈迈德住的那个宅子里的粪便。艾哈迈德的心里想的都是讨价还价，生意，中介……他的粪便发出的都是同一种气味，人头巷从未有过的食物发酵气味！这事可能与你无关，但是，我挑选我的顾客时，我总爱开玩笑……"

"如果我们请你清理刑侦处的粪便，你看怎么样？"

乃扎赫笑道："如果我拒绝，你不要埋怨我。在大部分情况下，那里的化粪池都是用核材料、化学材料和钢筋水泥建造的……"纳赛尔笑了起来，随后，两人陷入沉默。看纳赛尔如此认真地听他说着这些话，乃扎赫感到奇怪，他继续说道：

"你应该看看那些正在风行的快餐，就是把化粪池清扫一千遍，也不能除掉快餐的气味，比如说汉堡。"

纳赛尔打断了他的话："这条街上，谁有杀人的动机？谁可能是凶手？"

乃扎赫回答说："你听说过抑郁症吗？我们最近才听说，是从乳香商人那栋楼的化粪池里传出来的。那时，阿什的妻子乌姆·萨阿德带着她的养子台斯·艾俄瓦特去心理医生那里。她说，他是抑郁症病人。我们不应该因患有心理疾病而害羞。一个月之后，我们去清洗化粪池，那里散发出一种苦西瓜的气味，那是一种镇静剂，能让肠道排泄物产生一种酸，不用杀虫剂，飞虫就昏迷了，就连我们淘粪工人们闻到那种化学物质，舌头也会麻木，脸和四肢都会抽搐发抖……"纳赛尔自忖着乃扎赫的思维是否健全，但是乃扎赫打量着他，突然说：

"警官阁下，看来你是一个有知识的人。优素福消失后，就没有人听我们说话了……优素福是人头巷学历最高的人，他能听明白我们的话，也理解我们所有的人……他是我们的镜子。我们失去理智时，他去了希哈尔医院，替我们大家接受电击治疗，那种电击对脑子的影响可是致命的。"乃扎赫以强烈的欲望继续讲话，把纳赛尔引向优素福那条线：

"你知道优素福像我一样在挖掘着人头巷吗？因为脑袋里

的一些东西，其实就是肚子里的东西。他把那些粪便垃圾发表在报纸上，把它叫作人类故事。他专门给我讲起了他写的关于革命的故事：伊历 1144 年，在谢里夫·穆罕默德·本·阿卜杜拉时期，麦加的军队和老百姓进行了一次革命。他们驱使着穆夫提（伊斯兰教法官）、学者和麦加的大臣签字盖章，把什叶派从麦加赶走，罪名是他们玷污了天房。他们的教派的观点是，如果有朝觐者弄脏了天房，他们的朝圣就应该结束了。而他们所认为的污物，实际上只是青菜、小扁豆和油脂在麦加阳光的照射下发酵了……我的警官先生，如果那些东西曾令我们垂涎，使我们争先恐后、不计较价格地让它们进入我们的口中和肠胃，那么，最后从我们身体下面的那个口出来的那些粪便又是什么呢？"这时，乃扎赫只有一岁多的小儿子摇摇晃晃地向他俩走过来，抱住他爸爸的膝盖，将口水流在了靠近紫红色毛巾的地方，然后看了纳赛尔一眼就跑了。这个穿着破旧汗衫和橙色运动裤的小男孩磕磕绊绊地在街上跑着，躲避着一辆五十龄牌摩托车，车上载着甘蔗，穿行在两个铺子之间。在那里，卖果汁的小贩已经准备好了榨汁机，把黄色的塑料杯子摆在桌子下面的一个短架子上，那里还藏着一个罐子，顾客喝完甘蔗汁后，他就在这个罐子里把杯子快速地清洗一下。摩托车已经驶过了这个铺子，一群小孩子追在它后面跑着，乘其不备，抓下一根甘蔗。眨眼之间，乃扎赫的小儿子就追上了甘蔗或是闻到咖啡馆里烤鸡的香气了。咖啡店的伙计正在擦桌子，看到那个孩子正站在桌子腿中间，就给了他一块鸡翅膀，那个小男孩就像一只小猫一样退到后面，啃着鸡翅。乃扎赫无限慈爱地看着小儿子，咽着口水。沉默片刻之后，他说：

"有 时 我 怀 疑，我 这 工 作 在 今 天 的 时 代，还 有 什 么

163

意义……"

"是因为有公共下水道？"乃扎赫看了看纳赛尔，点头表示同意。

面对这样的表现，纳赛尔并没有说出他突然想到的结论：天堂不需要乃扎赫（关于粪便的概念正在被否定），因为那里没有什么可以消费、消化、腐坏和分解。难道这是是因为那里留下的都是光明吗？

腐　烂

"乐园里没有腐烂！"纳赛尔说着，向乃扎赫告别。

他并没有回办公室，而是急切地想回到自己的小公寓。他把房门关上时，默默地吸了一口气，径直向卫生间走去。他脱去了全部衣服，把它们扔在洗衣筐里，然后坐在马桶上。他大笑了一声，因为他今天更加明白了他排出的是什么："一些人们的灾难是另外一些人们的受益……"在拿起那个痴情人的信件之前，他没有忘记用滴露洗手液认真地洗手，信中有他的人情味和他的天堂。

阿伊莎的第八封信

这里的时间是个洞。

我站在我的床上，可以看到被空调堵死的窗户。

我从长形的洞观望这条街……

它像一只刺猬，背部全是图形天线……这是对逃离的集体向往……我们活在和死在这同一条街的同一个地点，当我们同样的气息与另一个人的口水混合时，我们损失了多少？一个氧原子和两个氢原子可以形成水，但是，到现在，我都没有制造出我的水……

附：一张照片

这个漂亮吗？它钉在了穆扎希姆伊玛目铺子的门上。

她的衣服没被打湿，只是胸前有些油渍。她面容苍白。如果我们品味一下这个美人，便会注意到她身上散发出的郁金粉的香气。你可以看到，她正用袖边擦抹嘴唇，一丝口水正从嘴角流下。这个姑娘，她的口水正在作恶，融化着伊玛目穆扎希姆脚下的土地。

又1：你听见了从我的走廊里升起的歌声了吗？这是伊玛目达乌德的儿子穆阿兹的歌声。

每天太阳升起时，他都会来打扫走廊，他把水和珍珠般的水珠喷洒在那里，我则拿着檀香香炉站在最高的一层台阶上。

我会连续多日点燃那根粗粗的香，而且都是从一头点燃，以免冒烟。

他最后清扫宅子的前面，像我父亲经常做的那样，为了留住阴凉。

又2：阿札还是个小小孩时，常有蚂蚁爬进她的尿布，我母亲哈丽麦就唱着歌说，她的尿是甜的。我总想但又不好意思问：那我的尿是什么味道呢？

我刚刚长成，就经常待在卫生间里，惶恐地看着我的身体，没有任何控制地发育着：胸部变成球状，腹部有些下垂……现在，当我把这些告诉阿札时，她竟然笑了起来，说："奇怪，我的身体可没有什么让我感到为难的……"于是，我自我解嘲说："我应该关注我的身体，并把它隐蔽起来。以前，我害怕它会变成一个妇人的身体，我特别注意不让我的女教师和我母亲看见我

166

的裸体。"阿札打量看我，觉得我是一个怪怪的人。我现在明白，她身体上那些危险的变化为什么没有让她感到难为情，因为她就像是在诱惑他人。在她还没有这种意识的时候，她的身体成分里就自带妖媚，成年后，这种危险性也在不断加强，她穿着火箭式的胸罩，让她的胸在众目睽睽之前高耸……她无论穿什么，都在腰间扎一根腰带，让胸部显得更加突出……即使没有扎腰带，只是站在那里，她的妖媚也毫不逊色。她两手叉在腰间，仿佛要唤醒沉睡在她身体里的那股妖气……我可以说，连她的汗水也带着一种呼唤吗？

再：你的身上还散发着木头和迷迭香的气味吗？你说，为了知道你今天情绪如何，我可以舔吮你身上的哪个部位？

你说，为了开始那被禁止之事，你的内心深处还有什么不可触碰的吗？

当烧烤准备齐备，我们在月光之下喂着猫儿时，你会喜欢那里的许多东西的……

你仍然赤着脚在花园里走吗？如果哪一天，我引导着你的双脚时，你将会在玫瑰水里看到，你的双脚就在我的胸间，在我的双手中间，你是多么像我啊……

我现在的祷告就像一扇开启的门，你可以偷偷潜入，我们进行一次卿卿我我的交谈，就像我与你同享美梦……我正在期待在安拉御前的时刻，让你站在我面前，展示我们之间最亲密的交谈……想想吧！

签名：阿伊莎

苹果味水烟

　　刑侦警官纳赛尔离开他居住的楼，环顾空旷的四周，第一次想认真看看这耗尽他二十年青春的地方。这个地区是在发现石油之后，在最近二十年才发展起来的，虽然还是个新区，但已经开始被侵蚀。这一座那一座的建筑物，孤零零的，彼此之间处在隔绝的状态，无须多看，所有的楼房都如出一辙，出自没有任何想象力的脑袋。狭窄的窗子，每一排柱子都有一个自上而下的水泥框架，每栋楼的前脸都有三到四排这样的柱子，上面是金色的铝制横梁。这条街就像冒着热气的尸体，没有脚从上面走过，路的两边各有一排汽车，汽车的乘客是那些人眼看不见的鬼魂。一辆辆汽车消失了，然后又会再次出现，车上布满灰尘，连前面的挡风玻璃也不例外。

　　纳赛尔专注于人头巷，想让自己成为这条街的一部分。这条街发散着古老的气息，它的喧嚣，它的活力，对四分之一世纪机械的法律，机械的死亡进行着挑战。

　　纳赛尔坐在人头巷的咖啡馆里，电视连续剧《阁下》的场景在他眼前晃动。这是一部深得患有抑郁症的家庭主妇喜爱的电视剧。他深深地吸了一口水烟，苹果味的烟料燃出的香气让他感到很舒服，他和别人谈话时，特别喜欢这种味的水烟。他打量着穆阿兹。每每看见他坐在那里，穆阿兹都会一声不吭地坐在他身边，跟他一起观察。我，人头巷，不满意纳赛尔玩弄我这些年轻的头脑。在穆阿兹进行了最后的交代之后，他俩之间原本脆弱的信任被加固了。纳赛尔觉得，穆阿兹正在准备告诉他点儿什么，但又吞吞吐吐，最后只是谈他自己，也没有回避谈他的家庭隐私，他说：

今天的晨礼进行了一刻钟，我的伊玛目爸爸在背诵经文时突然结结巴巴了，我当时站在他身后的一排。他听到了各种背诵的声音，然后抓住了正确的诵读，拄着拐杖继续读起来。那一刻，我的思想开了小差，想到我的那些姐妹，她们像我一样，害怕父亲忘记了《古兰经》的章节……他那个恐惧的声音在我耳边响起：

"没有《古兰经》，他们就不会让我当伊玛目了。"

"为了孩子和清真寺，你的头发都白了。"我看见他把手指伸进我母亲的白发中间，并对她说：

"你的这些白发将遵从安拉的命令消失，只是要忍耐，把这些当作在乐园里度过三十三年的酬金吧。"

"三十三年？"

"那是一个活人最好的年华，是尔萨（伊斯拉教的先知）的年龄，他就是在这个年龄升到了天上，我们也将在这期间复活，成为乐园的居民。"

清晨响起第一次敲门声时，妹妹麦依姆娜去开门了。正像父亲说的那样，她想让好运降临到她的手上。在人头巷未坍塌之前，我们已习惯了侍者的公羊一大早来敲门。他说：

"我的父亲阿什已经把这只锅腾空了，拿去吧。"看到伸手接过锅的是麦依姆娜，而不是萨阿迪娅，侍者的公羊失望了。这只坏公羊用脚尖推了推门，试图偷看里面的萨阿迪娅。他看到萨阿迪娅正用一只手揉着睡肿了的眼睛，另一只手清洗着锅里的盘子，尽量不去触碰锅底烧焦了的锅巴。她用手抠抠这里，刮刮那里，大清早的这个礼物点燃了她胸中的怒火。她昏昏欲睡时，总是梦见那些米饭团变成了炸弹，她将它们投向了那些人们在腐烂的边缘才会想起来的大善人们。这就是新的一天开始之前来自前一天剩饭的善行。她眯起一只眼睛，用另一只眼睛看着卫生间水道外的蛆虫，那些蛆虫在她两脚之间的一个坑里聚集涌动，不知会去向何处。

"如果你们不坚持信仰，当你们躺进坟墓时，这些蛆虫就会吃掉你们的身体。"我母亲的食指快把那些虫子捏死了。萨阿迪娅把没有擦干的锅递给了侍者的公羊，锅上的水并没有让侍者的公羊的颤抖停歇下来，于是，她悄声对他说：

"愿安拉赐福给你们……用它来衡量你们的善行吧。"

我明白她嘴角上露出的微笑是什么意思，因为她正想象着，按照礼物的油腻和酸臭程度，用蠕动的蛆虫，来称量他们的善行。

纳赛尔问："那你父亲呢？"穆阿兹接着说："我的伊玛目父亲的日程是一成不变的，太阳出来后，他停止诵读关于生计天使的祷词，晡礼之后，再诵读让穆罕默德民族世代繁盛的祷词。每年我的父母都会生个孩子，我父亲也因此变得更穷，眼睛也更瞎。人头巷里的人们偷偷地斜视着他，嘲笑他，但同时又嫉妒他，因为他绝大多数的家人都是《古兰经》诵读者。他的重负并非来自这一大家人，而是来自刻在他额头上的悲伤，因为他看见了人类遭受的折磨。萨阿迪娅确信，我们的父亲背下了所有关于磨难的章节，知道了所有叛教者必经的艰难之路。"

糖尿病熄灭了我眼中的火炬，糖似乎不信教，让这个人失去视觉，又带走另一个人的意识和远见。陷入疾病中一步，就向死亡走近了好几步，心中充满对磨难的恐惧，脑子里闪现的，都是别人的白眼，于是，他从《古兰经》中舀出甜美，铺衬在他的坟墓里。

从他俩坐着的地方，纳赛尔看见伊玛目正走进清真寺。穆阿兹躲了一下，不想让父亲看见他在咖啡馆里闲着。伊玛目的身影消失后，他又继续说着：

"只有面对那个架子，我父亲的表情才会松弛下来，架子上是行善者捐给清真寺的各种版本的《古兰经》。太阳落山时，父亲会仔细地检查那些捐赠的《古兰经》，嗅着封面油墨的气味，然后挑出其中罕见的版本，把它归入他摆满了各种版本《古兰经》的架子。我的大哥叫叶尔孤白，是乌姆朱德清真寺的诵经人。他戴着镜片像杯子底一样厚的眼镜，取下门左侧架子上的一本《古兰经》，坐在我父亲对面，而我们，所有的男孩和女孩，则分成两片，坐在两人中间。父亲先选择了圣训中的那一段话，

'如果人死了……'

每当我们坐下背记《古兰经》时，父亲那正在变瞎的眼睛就在我们身上扫来扫去，然后又对我们说：如果有一些段落没记住，你们要把它重新背记在心里，然后，带着它到我的坟墓里。我和兄弟们都闭着眼睛，晃动着身子念着。于是，父亲的竹棍落在了我们身上，说：

'别闭着眼睛瞎念，既然你们有眼睛，那就看着手里的经文。'

于是我们又开始盯着经书，努力去看一个个章节，但是过不了多久，我们的眼睛重又闭上，继续摇晃着身体，俨然我父亲的缩小版。"

"那时候，侍者的公羊也去你们家，学习背诵《古兰经》。人们都说他爱上了萨阿迪娅，是吗？"

穆阿兹笑了起来："他是爱上了她的胳膊肘，我是第一个注意到的。我坐在那里，了解他们所有的人，我是被父亲的竹棍打得最多的人。我当时没有按照规定的位置坐，而是坐在了他们那个圈的最后面，从那里，我可以向门外张望。我用手指玩着席子和落在我们围坐的圈中间的光点，有时还在圈子中间放开喉咙，不按节奏发出声音。我父亲看见我没有认真诵读，而是随着经文的音节摇来摆去，让经文的甜美滑过我的喉咙时，竹棍就会落在我身上，伴随而来的，还有他那令人害怕的吼叫：

'小子，按照《古兰经》的抑扬顿挫来读！'"

"穆阿兹，你是在唱歌……"纳赛尔笑着打断了他的话。

但穆阿兹却说："不，我是在哭……我是按照音阶诵经，我在诵经声调的规则里，使我的声音达到了新高度。"

穆阿兹两眼放光，说：

"我姐姐麦依姆娜诵读高兴时，总会流泪，可是眼泪只从她的右眼里流出，这让我们感到很诧异。而且，她的眼泪不是从眼里流到面颊上，而是落在她胸部的最高处，落在我妹妹的肩膀上。萨阿迪娅说，有个天使拿着个喷泪器，坐在麦依姆娜的眼睛里，把甜的泪水撒向我们。如果有一滴泪水落到父亲手上，他会感到十分幸福，说：

'安拉啊，不要让火烧到流出《古兰经》甜美泪水的眼睛，麦依姆娜，火绝不会伤害你的眼睛。'于是，萨阿迪娅保存了一滴落在她脸上的泪水，以免遭到火烧。"

穆阿兹一反常规，流利地说出了一个个女孩的名字，令纳赛尔吃惊。穆阿兹盯着前面的电视，沉默片刻后，又说：

“有时，我自己问自己：我的姐妹们过的是什么样的生活？对于她们来说，电视节目都很奇怪，你看……”他让纳赛尔看伊玛目房门上密密麻麻的黑色三角形，他那些穿着超长拖地斗篷的姐妹们，就是透过那一条条细缝，偷看着咖啡馆里的电视。

“她们躺下入睡时，我希望能看见她们眼皮底下有什么，我想看看没有卫星天线，她们都会做什么梦。我曾听见她们偷偷地说：‘谁会和我们这条街的男孩结婚呢？我们给他念伊迪叶？’”

“侍者的公羊？”

“别叫侍者的公羊，他叫萨利赫。”

“优素福？”

“优素福被抓走了。”

“穆舍白布？”

“你爸说这个人是荡子。”

为了让优素福重回街里，麦依姆娜把《古兰经》的雅辛章读了四十一遍，想让它把优素福带回来。

“是雅辛的伊迪叶吗？”纳赛尔问。

穆阿兹看看纳赛尔，奇怪这个警官竟也知道这些仪式。

“你知道？”纳赛尔答道：

“我还是个孩子时，就有人用伊迪叶吓唬我，所以我害怕魔鬼姑娘缠住我。”突然，穆阿兹不再去听对方讲话，而是转过身去，注视着一个瘦老头。那人穿着蓝色的羊毛长袍，戴着红色的格子头巾，出现在街的尽头。纳赛尔跟着他的视线，问道：“这是谁？”

“穆夫拉赫·俄脱法尼，穆舍白布的朋友。”纳赛尔把五十沙币的纸币放在桌上，丢下一脸惊慌的穆阿兹，迅速地跟在那个人身后，直到走进穆舍白布的果园，才放慢了脚步。他看见那人进了果园，在架子上、枕头下仔细翻找着什么东西。纳赛尔才问道：

"主人不在，你找什么呢？"

那人一脸狼狈，说："找我的东西。"

"我是警官纳赛尔·盖哈坦尼，负责侦查杀人事件。这里的主人涉嫌卷入此案，正被通缉。既然你在这里，我们也有充分的理由把你纳入调查范围。"

"请听我说，警官先生，我和这条街及街上的人都没有任何关系。我曾经把一个护身符丢在了穆舍白布这里，现在我来把它拿回去。"

"护身符？"

"一个旧的、银制的护身符，形状像一个空盒子，可以挂在腰带上。我是从我爷爷那里继承下来的。现在我想把它卖了，给我孩子们的母亲买个金戒指。"

"你为什么会到这里来？"纳赛尔问。

那人的眼睛亮了，用一种反抗的口气答道："穆舍白布搞收藏，想得到这个护身符，让我把这护身符先放在这里，容他好好研究研究。你是说他逃跑了吗？"他眼中的狡猾和凶残告诉纳赛尔，这个人给他投下了揭露真相的诱饵。于是，警官对他进行了检查，发现除了恶意的微笑，他什么东西也没拿。

"找到你要的东西了吗？"

"你没给我机会。我现在可以走了吗？"

"留下你的地址，需要时我们会传唤你的，这个地方是处于监管之下的。"

穆阿兹 / 不可知的未来

那个早晨，优素福和穆阿兹在辛迪山下汇合。那里原有的沃莱德希尔麦店已经关闭，取而代之的是一座新的建筑，房子上有玻璃门和简单粉刷的四壁，门脸上有一个巨大的广告，是关于出租单元房的。优素福不屑地想，这一类建筑是绝不会长存在历史上的。

两个人默默地登山，穆阿兹在前，优素福在后。优素福不愿意去看那些房子，当他还是个少年的时候，经过沃莱德希尔麦店的梯级时，就知道那些房子在那儿……他皱着眉头，两眼盯着地面……但是，有声音传进了他的耳朵，一群孩子像羊一样，笑着，叫着，往山上爬……熟食的气味，像呼唤晨礼的声音一样，从那些小房子里飘出……女人的声音，外地口音的麦加话，匆匆打开又关上的窗子，登山的人，远远的敲击声，盘子汤匙碰撞的声音，还有喇叭里直播的智力竞赛……唱歌的声音……咳嗽声……石头的滚落声……所有的声音都交织在一起……山上的台阶，有的还在，但大部分都不见了……

"到了。"穆阿兹说。优素福抬起头，看到了那扇旧的木门，门的每一个方向都雕刻成清真寺窑殿的样子。窑殿外有一个门环，像一只飞起的鸽子，用它的喙敲击着铜片。上方有一个位于辛迪山上的高大的老宅子，它的平台与方形的辛迪山城堡的围墙平行，这座老宅隐藏在阿布赫布山坚固的岩石中。房子大概有七层，优素福没有去数。优素福发现穆阿兹手里有一堆钥匙，他拿出了形状像窑殿柄的最大的那一把，哆哆嗦嗦地插进了门上的锁里，门开了……一股寒气随着开门的吱呀冒了出来，长期弃置的霉味和灰尘，让他俩感到毛骨悚然。

"优素福，这里有我的宝藏。"

优素福口干舌燥，走进那个宽大的走廊。两处有座椅的地方，窗子都向两边敞开着，他甚至没敢看一眼望不到边的天花板。走廊尽头的左右两侧，是通向地下室或地窖的台阶，中部则是宽阔的楼梯。

就像从前这个房子的女主人玛丽带着他那样，穆阿兹带着优素福走向走廊右侧尽头的房间，陪着他见到了那位女主人。那天，当女主人让他替代将要离开的巴基斯坦用人、成为位于辛迪山上的莱巴比迪家的男仆时，他确信自己看见了盖德尔夜 ①。"这正是我在几年前对我当伊玛目的父亲说出的理由，我用对方提出的工资标准说服了他，让他同意我放弃高中学业。我在这里所知道的，正是我将在一生中寻找的……"穆阿兹走进了一间小屋子，优素福紧随其后，发现屋子空空如也，屋里全部的东西就是地上的一张床垫。

"这是我原来住的地方……"穆阿兹说。"没有人会在这里找到你的……"他有些犹豫地把全部钥匙放到了优素福手里。他原想自己拿着外门和房间的钥匙，因为他有点舍不得那些形象相似的窑殿的钥匙。不过最后，他还是勉强地将所有的钥匙

---

① 盖德尔夜，伊斯兰教节日。盖德尔夜之意为前定、高贵之夜，在伊历九月中。

都给了优素福，同时略显伤感地打量着这间他为摄影师莱巴比迪的妻子玛丽服务时住过的简陋的屋子。突然，响礼宣礼的第一声召唤传到了屋里，结束了穆阿兹的犹豫不决，于是，他从优素福手里重新拿回钥匙，说：

"来，我带你看看这宅子……"优素福随他走到了走廊中间，登上了宽宽的台阶（每一级不到十厘米高）。宣礼声尚未结束，他俩已经到了最高的一层。穆阿兹要在这里带着优素福开始他曾在这个宅子里进行的第一次参观。

穆阿兹的回忆和优素福的亲眼所见交织在一起。当他俩像穆阿兹当初一样到达平台时，看见台阶通向一间屋子。那间屋子的三面墙壁都有雕花的木窗，另一面墙壁上有几个麻栗木的拱形装饰，但是，两人谁也没看到墙上有门，只看到了布满灰尘的吊床以及鸽子粪和羽毛。当年，就是在这里，穆阿兹遇到了那位黎巴嫩人，她既不像街上穿黑袍的女人，也不像她那些像肉桂树枝一样憔悴的姐妹们。这个女人并没有浓妆打扮，却十分迷人。她吸着一根粗粗的香烟，吐着烟圈，这就是他第一眼见到的情景……

穆阿兹和优素福站在篷子下面平台的入口处，周围的几十座宣礼塔都传出了响礼开始的声音，仿佛已经将平台承托起来。穆阿兹想让优素福看看他在那遥远的一天看见的玛丽。那时，一个巴基斯坦少年把穆舍白布带上了玛丽的平台。从站在平台那时起，她翘起的二郎腿就把穆阿兹迷住了。那个六十岁左右的女人看上去竟像是四十岁开外。穆阿兹并没有看到她双膝周围略显松弛的肌肉，倒是丝袜的亮光引起了他的注意，她那裸露到膝盖的像蔗糖一样洁白的小腿就裹在这双丝袜里。这一瞥，让他倍感吃惊，他没想到女人圈里竟有这样的女子。在他身后，平台最末端那间屋子的门敞开了一条缝，从那个门缝

177

里，他看到了黑暗的房间里的一条晾衣绳，他知道那是一条冲洗照片用的绳子，也不知那些照片何时才能晾干……

穆阿兹带着优素福站在台阶最高处，站在这家女主人的照片前，像当年一样，为优素福介绍着：

"玛丽……"穆阿兹以一种掺杂着害羞之情的崇敬介绍着：

"他是我的主人莱巴比迪的妻子，莱巴比迪是麦加最老的摄影师，从二十世纪初开始为麦加各处照相，直到 1979 年去世，那时他年近百岁，死在朱希曼^① 逃进麦加禁寺的时候。他用照片给妻子留下了关于麦加的真实档案。"以前，优素福和穆阿兹都不知道穆舍白布访问这个女人的秘密。她违反麦加妇女的习俗，取了个基督教徒的名字"玛丽"。她放弃了基督教，只为陪着丈夫进入禁止非穆斯林进入的禁寺。不过，她并没有进入禁寺，只是把照相机架在土耳其浴室宣礼塔后面的三脚架上，从与辛迪山城堡平行的高高的平台上摄影。当年，她六十多岁的丈夫在贝鲁特遇见了十五岁的她，并爱上了她，那是一种命中注定的缘分，两人一个是伴随着广岛原子弹爆炸声出生的姑娘，另一个是出生于二十世纪初的麦加青年。年轻人的父亲是商人，也是战士，他随着父亲在希贾兹和叙利亚之间奔波，经历了两次世界大战，以摄影为职业维持生活，相信马赫迪^② 所说的"战争能将沙漠变成乐园"。

曾有一刻，像当年那个女人为他介绍时一样，穆阿兹陷入了深深的痴迷。那时，来自小街小巷的穆阿兹情窦初开的目光，不可能明白那些矛盾、斗争、变革和爱恋，而正是这一切塑

---

① 朱希曼，1979 年 11 月 20 日，伊斯兰教圣地麦加发生一起暴力事件，几百名武装人员攻占禁寺，朱希曼是此次武装事件的头领。

② 马赫迪，阿拉伯语音译，又译麦海迪，意为"受安拉引导的人"或"被安拉引上正道的人"。

造了这个女性偶像。当玛丽以流畅的动作站起身来的时候,他的心不经意地颤抖起来,他想,如果能给她拍一张照片,她一定会像流动的水珠一样,从浆过的薄纱制成的小帽子上滴落。她在前面走着,带着他俩从这个老宅子高高的楼梯下去,再将他俩带进梦幻般的起居室和后面的房间,如密室、单间宿舍等。玛丽带着他俩每走下一层,都有一个佣人打开起居室的大门,那些高大的天花板上面的圆拱,圆拱两侧镶嵌在鸽子雕塑之间的镜子,都反映出这座圣城一百年间的记忆。

这座有着三百年历史的高大老宅自二十世纪初就已无人居住,这里能看到的,只有那些布满墙面的大小不等的照片。

穆阿兹不仅为优素福描述了那个女人,而且希望能用相机拍下动态中的女人,使她能像当年带着他一样,带着优素福参观。

在最上面一层,就像他现在带着优素福一样,当年,穆阿兹和穆合白布,通过照片找到了禁寺中巡游天房的院子。那里人头攒动,永无休止的人流在黑石处涌动,那些人或在天房外的哈推姆①处跪拜,或祈求保护,或用渗渗泉水洁净身体,做着深夜的祷告。光阴荏苒,一切都在重复,周而复始,没有终结。世界末日撼动着他,优素福感觉到它在逼近,因为他看见了天房的院子,并且认为自己已经失去了它。

穆阿兹站在下一层的门口——就像当年穆舍白布那样,让优素福自己去欣赏二十世纪初禁寺的稀有照片。那时,禁寺尚未扩建,那里还有渗渗泉水及穹顶,有白尼谢班人门、易卜拉欣立足处(伊玛目沙斐仪立足处),还有哈推姆和哈奈斐、马立克和罕伯里站立处,附近还有可俯瞰禁寺院子的建筑:政府大

---

① 哈推姆,即天房北侧的残壁,又称伊斯玛仪石。

楼哈姆迪亚，三层的艾吉亚德城堡和它后面的塔楼，带有两座尖塔和三个拱门的政府办公室。

像当年穆阿兹一样，优素福准备看看麦加的全景，看看行走在老区的人们，这些老区包括塔拉克山、辛迪山、阿富汗苏莱曼区、马格里布街、布哈里街。各种各样的人，包括非洲人、爪哇人、库尔德人、信德人、沙姆人、也门人和哈德拉毛人都聚居这儿，一条条街巷组成的网，像人头巷一样，尽是优素福和穆阿兹在路上不会看到的面孔。那些长着细细的小眼睛的黑色或白色皮肤的少年，在光着脚玩耍，还有那些成群的奴隶们，戴着牛角或木制的铠甲，弹着琴，跳着舞。那些印度商人，穿着白袍黑坎肩，在和土耳其军官讨价还价，做着皮革和镶嵌着饰物的刀剑的交易。纯种白驼身上覆盖着绣有银线的饰带，那些出身显赫的孩子们（先知的后代）脸上现出收敛的微笑，短外袍的下面，露出高筒靴。他们都扎着金色或银色的腰带，戴着镶珍珠的土耳其式高帽，那些地方长官和重要的头面人物的孩子都佩戴着铅灰色皮条拴着的长刀或镶着各种金石的匕首。天房的守护者，谢班家族的孩子们穿着金银线织成的外罩，华丽的长袍和镶有金线的头巾上的结扣，尽显尊贵。那里还有伊本·宰比尔家族的宣礼员们，带着塞加西亚人（今格鲁吉亚）奴隶的商人们。而那些女人们，或倚靠在果园边吸着水烟，或匆匆地穿街而过，身上穿的都是拖地的长袍，上面有缂丝条纹，面罩上有白色的小孔，装饰着金币似的圆片。麦加的新娘则钟情珍珠项链。那里还有众多的朝觐者，来自印度、巴格达、喀布尔、巴林、马六甲、巴尔干、婆罗洲、爪哇、苏门答腊和桑几巴尔。来自布哈拉的修行者们穿着短衣，扎着宽腰带，即使在麦加炎热的夏天，也戴着锥形的皮帽子，无论走到哪里，都拿着棍子，摇晃着钥匙环，为自己开路。来自也门的求学者们，手里拿着鼓，在通往禁寺的路上一路敲鼓，一路跳舞，以这种方式赚取他们在麦加求学的吃住费用。

每当他们小心翼翼地离开一层楼时，穆阿兹都学着当年守护着这些宝物的巴基斯坦少年的样子，在优素福身后把门关上，让他不可能再回转身去，沉湎在麦加昔日的时光里，因为每一层都是麦加诸多面孔中的一张。两个人都觉得，他们远离上面各层时，乡愁之痛会加重；而每往下走一层，又感觉麦加的芬芳正在消散。旧的街巷被照亮，为使麦加湿润而码放的石头水道也已变干。他俩到达最底层时，发现木制的天窗和平台已从各个院子里消失了。哈瓦利吉派一直坚持斗争，打开那些无主的天窗和平台让穷人们居住。山坡已经破坏，沥青将街巷割裂开来，优素福不明白，就像当初穆阿兹不明白一样，他是被现代麦加的道路吐出来，还是迷失在摄影师和他妻子的照片中？穆阿兹睁大眼睛，看着优素福，希望让优素福知道，他已经看见，或希望他看见周围的世界如何变成一个浑黑的长方体。然后，他想去寻找一把锋利的刀，除去这些老旧房子的石头墙，让它悬空而立，没有楼梯，没有已经离去的脚步，只有对那些摇摇欲坠的天窗和希望在梦中栖身的平台的回忆。起居室开裂的座椅已经被扔到了外面，这一截是座椅的扶手，那一段看起来就像夜谈人的一条小腿。被遗弃在这里的，或许还有奥德琴弦奏出的激情，不过，音乐的旋律和残留的笑声，早已被挖掘机咬断了。被咬断的，还有沥青、水泥，一张张铺开的照片，和空调挤在一起的狭窄的小窗……穆阿兹带着优素福站在最底层的一个挂满照片的房间，当时，玛丽允许他把他拍摄下的黑白照片也放在那里，那是他最后看到的麦加的照片，也是他在这里工作的最后一段时间里拍下的照片。在这里，优素福看到了穆阿兹如何在照片中跑来跑去。这最后一层的照片仿佛把他俩带进了一个坑，在他们周围，麦加中心变成了一个铺着大理石的院子，小市场和麦斯阿和姆达阿市场以及夜市和朝觐者进入禁寺的撒拉姆门（东南门）都不见了，两个庭院也不见了。这个院子像是宇宙之坑的坑底，周围耸立着玻璃塔楼，噬咬着光秃秃的山体上残存的一块肉。在那个坑里，在禁寺周围求知的麦加人的面孔消失了，取而代之的是那些商贩，他们从四面八方涌进了麦加，进入了如念珠串的珠子一般排列的店铺。这些店铺接待着从舒海达和乌姆杜德墓地方向涌入麦加的人们，所有房子前面的座椅都被开膛破肚，装上了陈列中国台湾、大陆以及其他国家生产的衣服的玻璃柜台，原来售卖用红花染色、手工刺绣的帽子和袍子的临时摊贩消失了，那些堆积如山的装满渗渗泉水的白色塑料桶和瓶子中间，是一个又一个卖快餐和饮料的店铺和小摊。

　　站在透着寒气的走廊里，像以前穆阿兹意识到的那样，优素福意识到，他正在一种被禁止的存在中游动。在一个神圣的避难所里，古老的麦加已经收敛起它的历史，它的人们和它的石头房子，来到这里避难，这是莱巴比迪的家，而他自己，也是一个避难者，流浪至此的避难者。

　　优素福知道，穆阿兹已经先于他来到了这个拿走他生命的世界，以混乱的思绪，试图将它纳入自己的语言当中……可在这里，它却以更简约的方式，在照片里呈现出来。

天房院内的宣礼塔塔楼

　　从昨夜开始，纳赛尔就觉得不快，他觉得自己不仅仅是在被监视，而且似乎有人在引导他们的行动，就像在用遥控器操控一样……那个幽灵在替他思考，引导他去挖掘事件及有关的人，甚至人头巷本身……不仅仅是优素福的日记和阿伊莎的信件在这样做，纳赛尔觉得，自己正处在一个哑谜之中，一个玩家将他视为哑谜的重要部分操控着，到这里或那里，重建或毁掉那个案件。

　　这天早上，这个哑谜引导着他继续跟踪优素福在每星期四的《乌姆·古拉之窗》栏目中发表的东西，那是一条没有中断的线索。优素福已经变成了一个鬼魂，他俯视的古老的麦加令人震惊，遍布麦加各处的网吧都在为他的报纸做着通讯。他的最后一篇文章已经被禁了，但是纳赛尔还能在一个叫作"造反的流浪者论坛"的地方读到那篇文章，这让他有了一种优越感，因为他可以以特别代理人的身份，使用打击信息犯罪的系统。系统里有这样一句话：

　　"此网址不可用……如果你认为不应该屏蔽此页，请点击这里。为了在王国里获得更多的互联网服务，请使用下列网址：www.internet.cov.sa。"

纳赛尔读道：

　　昨天，当我进到禁寺的院里时，竟没有看见天房，于是，我开始寻找那位能让埃菲尔铁塔和自由女神像失踪的魔术师大卫·科波菲尔，怀疑他在那里欺骗着巡游天房的人们。但是，当我摸索着行走时，我的手指却穿透我和那些做副朝的人们的气息，触到了天房。那些凝集起来的呼吸如此浓重，山间的空气也不能将其驱散！我滑动着，围着天房走完第一圈时，仰首向天，竟不见月光所在。那月光曾与院内的宣礼塔塔楼并肩，沐浴着我，将银色之光撒满天房的院子。现在，这里没有了空旷之地，只有卡在裸露火山肌肉间的塔楼。我不知道麦加是如何呼吸的。据历史所载，它是通过它附近的山进行呼吸的。我意识到，天房消失的一天不会很遥远，它或者被窒息，或者使敢于来巡游的人窒息，或者被众所周知的暴雨冲进易卜拉欣山谷。易卜拉欣曾经扛着一只骆驼来到天房的讲坛处。很快，他将会从环绕着天房的摩天大楼顶端滑落到坑里——宇宙之心的幽冥之中，我们的眼睛会先于自己的身体看到天房的幕帐，却不可能看到他，我们需要使用红外线夜视镜。

纳赛尔读着对这篇文章的评论：
"年轻人，你为何如此偏执……别这样骂阿德南和盖哈提！"
　　嘲讽的微笑出现在纳赛尔唇边，他在搜寻这位总想在互联网上留下痕迹的鬼魂式的人物。同时，他也绞尽脑汁地想着，这个像魔术师大卫·科波菲尔一样的神秘玩家，究竟在烹制一个什么样的计划呢?

扬 琴

阿伊莎的第九封信

啊，阿札使我有了负罪感，当她把一切告诉了我，而我却没有透露一丝关于你的情况时，我都会感到一种内疚和恐惧。现在，我就把她说的告诉你，她说：

我是个小女孩，我想玩耍，对一个出生在盒子里、从母亲胸前吸吮产妇忧郁的女孩，你能做何设想呢？

穆舍白布并非淫荡野蛮之人，他和我一样，是一个孩子。

优素福写了关于穆舍白布的事，写出了他们家古老的荣耀，这就像是孤独的胎儿和胸中的跃动，促使我在梦游，终于在那个夜晚，走向了他的果园。

你不要笑，我们小时候，大人们给我们讲的故事里，姑娘们都是被抢来的。你知道为什么吗？因为人头巷的女孩都出生在盒子里，只有魔术才能使她们站立起来，让她们在家门口透气喘息。

不止一次，我的梦游差点被发现。那时，我面对暴怒的骆驼，充满恐惧。那些黑色的骆驼向我冲过来，把我堵在街上，但是，我并没有闭上眼睛，也没有退后进行自我保护，而是直接向骆驼高大的蹄子中间冲了过去。就在冲撞的瞬间，骆驼消失了，汗水从我的两鬓流下，血液充塞着我的咽喉。我经常遇到的情况是，骆驼群越来越大，而且，还有很多房子不断塌落在我行走的路上，于是，我知道，总有一天，我将会被这一切无情吞噬。

我品尝着血液和汗水中的咸涩，直到敲开了果园的门。

只有脱掉鞋子，任我的双脚埋在沙土之中时，我的内心才会如玫瑰般绽放。

我的体味发生了变化，一种滚烫爆发在我的脊背和双乳之间……我不知道该如何向你描述。穆舍白布说，那是诞生之水的灵魂。和所有的男人一样，穆舍白布是幼稚的，他怎么会知道那种气味呢？我感觉到了它的作用在持续，在我的睡眠中，几天几夜，用精灵的毛发和美丽的花香进行着组合和重塑。

你知道纤小的棉花花粉吗？其中有一粒抓住了我，于是，我变成了烟尘。在那座果园里，我自我旋转，穆舍白布笑出了声。阿伊莎，你绝不会知道，我在那座果园里发现的阿札有比我修长的四肢，比我的眼睛还要大的欢笑，被那个盒子劈开眼睛的阿札知道你那些令我害怕的书中不曾描述过的娇媚和迷人的话语。

果园里经常会发生一些小事情，仿佛从你出生之时，它就认识你，直到让你产生一种感觉，你可以与它一起背离时间而行。每次我在夜晚造访果园，都会发现那里有值得品赏的珍品文物。有一次，我看见了一部巴士拉的扬琴，琴上镶嵌着贝片，精致的琴架，让琴弦发出的声音更加厚重，传得更远。当我用两个音锤试着敲击它的时候，那柔美醇厚的琴音竟然从我不敢面对的遥远的思念中走了过来。还有一次，我看见了一个举办沙龙的地方，许多旧书零乱地堆放在那里，穆舍白布用心地把它们分类摆放在书架和箱子里，把那些最古老、最精美的书收藏起来，外面只留出最普通的几本。他收藏东西的爱好真的让我发疯。我对他进行了嘲讽，但他并不在意。许多个夜晚，我都看见那个护身符被藏在门柱下面的箱子里。我偷偷望去，发现它是纯银的，形状像半个月亮，上面雕刻着几个互相交叉的菱形，还有咒语式的图案。这让我想起了我的哈丽麦妈妈的手镯，那是她唯一的一只手镯，从来没有戴过，她只是将它挂在床垫上，并因为那是丈夫送给她的唯一的礼物而感到自豪。那个护身符是也门的犹太人打造的，而月亮的形状正是先知苏莱曼的女儿们出生时印在她们手掌上的月亮的样子。

除了那个护身符，随着春天的到来，一些混乱摆放的木制拖鞋也吸引了我们的注意力。那些拖鞋，有的镶嵌着贝壳或珍珠，有的则包着印度织锦，但都是用散发着香气的檀香木制成的，无论是去洗澡，还是走上平台，麦加的女人们都爱穿着这样的拖鞋。发现这些拖鞋的那个晚上，我们把铺在地上的波斯地毯挪开，然后，穿着这些拖鞋，在客厅裸露的地面上，跳起了伴随打击乐节奏的舞蹈。当黎明以十分轻柔的声音潜入我们这里时，我突然注意到时间已经飞速掠过，并将把我们暴露出来（一切进入穆舍白布果园的人都会走入梦境，这个梦只是所有梦境中的一个)。

闪光不断，有去有来。我没有询问，也不会有什么答案，告诉我，是谁会把那些剩余的带来，然后再次离去。已经有很多次，我都看见铺在果园的床垫上有一些人的躯体，但很快又消失了。我无法想象，在深夜，果园的土地上会坐满了人，他们在等待着清晨的来临，然后又离散而去，寻找生计。这真的无法想象。在某一个黎明之时，我很想藏在他们中某个人的衣领下，看看他们究竟会去哪里。

那些面孔都消失了，只有我和穆舍白布的脸还僵滞在那里。阿伊莎，如果你能看见那果园，那么，你会发现，从外面看来，围墙和时间使它成为一个有限的空间，但从里面看，围墙和时间都是不存在的，消失在后面或前面。对于我来说，它就像是从天而降的空间。我明白，我的游戏应该在丛林的开端结束，但是，它却走出了更远的一步，并且它已不再是游戏……我不敢独自穿越那个地方，一定要穆舍白布站在走廊开始的地方陪伴着，或者带我返回，并且在合适的时间，在黎明尚未到来之时，让我回到家。那时，那里总是弥漫着一种气味，像牺牲之血一样的气味，奉献牺牲的人是留在果园里的一个老男人。突然，我无法控制自己，发出了一声喊叫。

那个夜晚，我在无人预料的情况下来到果园，看见了那个客人。对于那些站在街口等待他的看守们来说，他是个危险人物。我偷偷地跑了，但是他们还是看见了我，并做好了准备。穆舍白布在慌乱中碰到了我，把我藏在果园的一边，然后，和他的客人道别。

等待他回来的时候，我壮着胆子向通向东北方向的走廊走了过去。路的尽头，是一片干草丛，我刚刚走到那里，就感觉一个手掌在我脸上张开，拉住了我。虽然我没有看见这只手，但是却感觉到了它。我没有反抗，偷偷地向树枝中间的缝隙处望去，看到三个白色的身体在赤裸裸地盘旋着。在那一刻，我感觉到有一种力量正在威胁我，我既不敢前行，也不敢后退，只希望他们感觉不到我的存在……当穆舍白布的嘴唇触到我的辫稍时，我发出了恐惧的惊叫……

　　你以为我在虚张声势、夸大其词吗？我真的感觉到了那个嘴唇在烧我的辫稍，而且嗅到了烧焦的气味……穆舍白布带着我往回走。我们到达沙龙的时候，他让我坐在路易十四的椅子上，那是他从老拍卖场为我挑选的，而且一直放在正对着沙龙的院子里。这时，他对我的好奇进行了解答："你的想象太疯狂了。你看见的只是三个柱头。禁寺里哈乃斐立足处和渗渗泉水处的柱廊被拆掉以后，这三个柱头就被遗忘了。可是，某一天它们突然消失了，没有了任何线索，直到一个有权有势的朋友把它们带到了我这里。"为了解除我的怀疑，他继续说道："这中间最完整的是那根渗渗泉井旁的柱子，上面有灯，可以照亮巡游处。这根柱子的记忆永远活在信士们的脸上，只是大多数人类心里没有信仰……"

　　触摸那几个柱头的想象令我战栗，让我产生了一种不敢解释的快感。你，阿伊莎，你可以一头扎进书堆和作者的头脑里……而我，你要知道，我只活在这斗室里，四壁只能映出我自己的面孔。在这间屋子里，我不能面对各种细微的小事，不能承受各种情感波动和哭声。我不能想起那扇窗户，那窗户是钉死的，而我是从优素福虚构的纸页中经过的……你知道我需要什么吗？扔石块，只有那些石块才能逼迫我飞翔的心在空气中跳跃。

每去一次果园，我对远行的思念都更加强烈。

你可能会笑，但是，我真的想用双唇吸吮乳汁，直接从母亲的乳房吸吮乳汁。当初，人们无法让优素福断奶时，他就是这个样子。他的母亲哈丽麦把芦荟和辣椒掺和在一起，抹在乳房上，但还是没能让他断奶。于是，哈丽麦把他赶进穆舍白布的果园，让他和小山羊一起去吃山羊奶。那些羊奶混合着羊粪、羊毛，还带着生命搏动的温热，你想那该是什么味道呢？

穆舍白布坐在我脚下的沙地上，手里的乐器弹出了一种被称作也门的音乐旋律，一方沉默而透明的手帕飘浮在我们中间的空气中，离地面越来越近，就在它要落地时，黑夜的风又将它吹起……

“你还不抓住它，穆舍白布？你亲爱的人在时尚学院的电视直播里吗？”

每当我的向往在内心苏醒，我就会捉弄穆舍白布。

他回答道：“当美丽的天使打开门，沙特阿拉伯小姐出现时，你就在这些天使们中间，我们就可以和你说话。明天，你就要离开被珍藏的妖娆美女了。”

“穆舍白布，在你那里，整个宇宙到处都是宝藏和钥匙！”

他站起身，放下手里的乐器，开始把我的脚当作琴弦弹奏起来。当他弹拨到我的脚踝时，我的身体上似乎又衍生出了很多新生体。穆舍白布叹息着，跌落在自己的放荡所带来的灾难之中。这是对魔鬼顺从的灾难，他在其中蜕变脱皮，把自己的每一根神经都暴露给了手舞足蹈的鬼魂。

"你的脚就是宝藏，也是开启它的钥匙……"我觉得他的心正在我的脚上开裂。我感到很狼狈，只能吞下自己的笑声。如果有一个男人崇拜我们，我们为什么不能笑？我感觉到了他的低语：

"男人们都梦想亲吻你的双唇，而我只梦想亲吻这只脚，就像这样，它在我的嘴唇上，清洗着我的脸。"对安拉的敬畏使他战栗着。他害怕自己隐藏着失望的沉醉将我激怒，正是这种失望，使他的爱意不敢超过我的脚。他站起来，颤抖着，用迷失的眼光看着我，眼里现出对于我可能对他做出的举动的恐惧。

挑选阿伊莎的信件的，并不是纳赛尔，而是那个谜语的玩家。他大声地为纳赛尔读着信件，让他陷入一种挫败感。纳赛尔把穆舍白布当成了一个嫌疑人，被对手记录在那些纸页里，所以，纳赛尔决定在阿伊莎的信里追踪他，看看阿伊莎是否也被他迷惑。

女人们用阴谋合伙敲碎男人的脊背，这令他觉得恐怖。他开始挖掘更多令他气愤的刺激，挖掘那些放荡的抚摩。谜语玩家将他扔进一幅令人窒息的图画，只有将阿札和阿伊莎赤身裸体地扔在路边，他才得以喘息：

又：

你用我的身体，为我揭示了男性的阳气之河和女性的阴气之河。河水犹如录音带，记录了我自童年起所有的痛苦和欢乐，而那些聚集在一起的悲伤时刻却堵塞了河道，阻止了水流。

我的身体在燃烧，承接着你落在我的裸背上的手指，你在我的脊柱上弹奏的是能量的按键，有时是腰椎骨，有时是第七节的颈椎骨……我在追随你从我的脊背上升起的空间。突然，河道开裂，流动的氧气以从我脊柱发出的节奏扩展着，进入到骨架的最深处。那时，你叹息道："啊，是的，深深地吸一口气，然后再吐出来，将那只被禁闭在脊柱里的企鹅释放出来……"

我把我的感觉释放出来，让它抓住第一个把你抓住的东西。突然，我闻到了多少年来第一次进入我体内的气味，你的气味……那是你手腕上松柏油的味道……

啊，你在我的身体上玩弄阴和阳吧，提高阳的节奏，将我变成一个火球，然后，你再返回，提高阴的力量，将我化成一个水球！我可以在你的两手之间达到一种什么样的平衡呢？

现在，我明白生在秋天是什么意思了，你说过："这是最强的女人味。"

签名：阿伊莎

蒲绥里的斗篷 ①

　　纳赛尔突然想起了一首渗进了用乳香薰过的渗渗泉水的一首诗，在高中学习时，他并没有特别注意这首诗，但是，现在优素福日记中散发出的气味，让他想从优素福写给阿札的日记里探寻这首诗的踪迹：

　　　　阿札，我将陪同你去参加今年纪念先知穆罕默德诞辰的聚会，每年伊历三月十二号，穆舍白布都会举行这样的活动。

　　　　地点：穆舍白布的果园。　时间：昨天。

　　　　伴随着禁寺的几次宣礼声，我进了果园，地上已经铺上了礼拜毯，座席之处和果园出现了一排排叩首礼拜的人们。

　　　　天使翅膀上的羽毛远不如那些温暖的叽叽咕咕的

---

　①　蒲绥里，中世纪阿拉伯诗人。全名穆罕默德·本·赛义德·本·哈马德·蒲绥里。祖籍马格里布，柏柏尔血统，生于埃及代拉斯城。幼年时曾受伊斯兰传统教育，酷爱诗歌和历史，靠自学成才。他的著名诗篇《斗篷颂》，一译《衮衣颂》，流传最广，全诗163首，颂扬了伊斯兰教先知穆罕默德传教的功绩和高贵品德，赞扬了其家属对传教的贡献。

声音。

祈祷结束时，人们组成了纪念先知的圆圈。穆舍白布转悠着，从手臂到肩头挂满了一串串念珠，有的念珠串上竟有上千颗珠子，那些念珠平时总是放在镶着象牙、薰着龙涎香又浸满汗水的箱子里。

每一次先知诞辰纪念时，穆舍白布都会拿出他的念珠。那珠子是用蛇骨头制作的，每当他用大拇指和食指拨动珠子时，骨头都会发出轻微的响声，道出世界末日的秘密。

我拿着的念珠是琥珀色猫眼石制成的，侍者的公羊拨动的念珠是沉香木的，这些念珠会使他记得他是属于火狱的。我知道，如果你也在场，你会和穆阿兹一样，挑选一串用黑木做成的念珠。

穆舍白布在右边坐下，所有在场的人从他那里开始，坐成了一个新月形，我，穆阿兹和侍者的公羊站在沙龙门旁树枝下志愿者们形成的阴凉里。这些志愿者的任务是拿着装有渗渗泉水的杯子旋转而行，准备把斗篷的灵魂和赞颂之意纳入其中。

你，阿札，那时你将站在我父亲身边，面对沙龙和后面的一切，那里的志愿者们正在点燃火坑，烤热一面面大手鼓，然后，白色的头巾和长袍组成的圆圈合拢，呼吸声密集而急促，金色的靠垫，天花板上的木制装饰和残存的柱头，都开始离开了我们的意识。

"啊，先知，明亮的星，你是我们面前的伊玛目……"

参差不齐的祈祷的声音响起，所有的手指都指向天空，以示千万次地为先知穆罕默德祷告和祈福。

念珠窸窣作响，灵魂轻轻叹息。祈祷在大拇指和食指之间盘旋，环绕着窖殿飞转。

祈祷时将手指举起的意思是"一千次，一万次，十万次……"让享受诞辰纪念的先知接收五十万次的祝福和平安，直到时间倒退。随后，人们的身体直立起来，他们的手围成一个圆圈，彼此交叉。

"欢迎，我眼中的光明……"

随着虔诚的祈祷，蒲绥里的斗篷披到了我的身上，我离开地面飞起，我的面孔进入了冰冷的洪水之中。穆舍白布的声音又让我重新返回，他在我耳边悄声道：

"优素福，优素福，为先知祈祷吧。"同时，他把杯中充满斗篷气味的渗渗泉水洒在我的脸上。

"这年轻人挺可爱的。"我嗅到了与沉香、乳香混合在一起的黄油和牛奶的气味。当我睁开眼睛时，看见有六千只手正放在那些用牛奶和黄油搅拌在一起的阿拉伯米饭的盘子上。

那些手的皮肤长满斑点、疣子，薄得透亮，青筋暴露。

这些手沾着油脂，指甲下面是辛劳的脂肪。与之为邻的则是那些染着指甲的手，碰到清凉饮料便闪闪发亮。现在，这两种手牢牢地抓着盘中的米饭。

白天，不同的爱好把这些手分开，但此时此刻，所有的人都是热爱美食的一家人。

我抛下了穆舍白布。富足让他的嘴角已经变得松弛，他的绣花衣服也粘上了肉和油脂。他说，身边有一块天房的幔帐，让他感到愉悦。

我把身后果园的门关上……穆舍白布就在门后，不知道他为什么又回来了。

他的个人生活是紧锁的秘密，有时，我可以稍加窥视。

阿札，我像搂抱那件粘着唾液的斗篷那样搂抱着你。有一次，我听见穆舍白布口若悬河，说："这首诗歌（蒲绥里的《衮衣颂》）死亡时，人就变成了孤儿；当它被丢弃，变得破碎时，人就无衣蔽体。"

人们说，蒲绥里原本瘫痪，后来梦见先知，先知为他吟诵了那首诗，并把自己的斗篷披在他身上，他醒了之后，疾病就痊愈了。阿札，现在我把这件斗篷披在你身上，让它给予你它全部的好处，然后把斗篷和你绑在一起，让我带着它飞转。我会让你清洗，让你受戒，再让你开戒，就像喝下渗渗泉带着咸味的饮料。当我们完全解脱，它的诗行就会变成你唇边的蜜汁，让你走进它安放在你没有阴影的房间的帐篷里。

优素福的这些想法把纳赛尔弄得筋疲力尽，他几乎可以断定，优素福只是把阿札看作是众多字母灵魂中的一个，他把这些字母置于他的权势之下，然后把它塞进麦加的历史，再将其抽出，重新编排在一首诗里，让它服从于他的邪念。当它违背对他的顺从时，他又用笔残酷地将其删除，从这条街巷中抹去。为什么不呢？

阿伊莎的第十一封信

（这是劳伦斯写得最好的作品，是关于两姐妹葛珍和厄修拉的生活和感情纠葛的。厄修拉爱上了伯基，而伯基恰是作者劳伦斯的翻版。葛珍和杰拉尔德进行了一种魔鬼般的悲剧的尝试。这些思想冲突和感情纠葛是对现代社会爱情的概括。）

啊，我已变得越来越厚颜了！

我坐在门前的台阶上读着小说《恋爱中的女人》，仿佛在等待我父亲的新婚之夜。

葛珍将我置于一种对抗的情绪当中。我发现我总是希望成为一个普通人，像厄修拉那样，而不要成为反抗的葛珍。

我不能理解这些女人们的钟情，还有她们的生活。作为一个离了婚的妻子，我无法理解。也许你在我体内的存在，能够使这些斗争升华。

晚上，书的第10页中关于葛珍的叙述令我感到突然：如果一个人从边缘之上跳下，他一定会落在另一个地方。

如果说我们现在应该跳下去，以期发生变革，打碎人头巷里的人头，重新连接所有线路，改变这片土地的命运，那么，又会发生什么呢？

如果我从这里跳到波恩，我的生命将在这里结束。我拿到的是一次性的旅行签证，需要有监护人才能获得延期，可我没有任何男性亲属，我也不想费力地去期望这个奇迹发生。在机场，那张写着"我允许她出行，并保证她返回"的监护人证明，将阻止我出行。这个证明会激起所有男人血液里权势的欲望，你试着从丈夫、父亲或兄弟手里弄到吧。你将会明白天空关闭的含义。没有这张纸，我不会再选择跳出了。

难道字词在使用之后就会被丢弃吗？读过之后，

字词将在哪里结束呢?

字词有的有毒,有的无毒。

读了一些字词之后,我口水的味道正在改变,我皮肤的颜色也在改变,变得发蓝,并染上了愤怒和欲望之毒。每当我咀嚼着这些有毒的字词时,这些欲望都会不断攀升……

有时,我会闯进这本书最后部分的字词:

(胡里戴读着伯基关于黑暗的聚集和堕落大军的信:

每一个民族的历史上都有这样一个阶段,他们毁灭的愿望超过了一切。对于个人来讲,这种愿望就是自我毁灭,即通过毁灭和堕落重返根本。《恋爱中的女人》,第432页。)

如果死者的灵魂融入我们的灵魂,揭露了我们的思想,又会发生什么呢?毁灭的愿望会毒害我的父亲吗?

又:我关上电脑,关上了房间里所有的灯,把自己沉浸在浓重的黑暗里。

闭了一会眼睛后,我又睁开双眼:黑暗之中,我看见了一条条光的走廊,看到了更多的聚集的光。

我想:坟墓前的情形应该是这样的:当人们关闭了你的墓穴,你的感官确信没有人造光进入时,光明将从黑暗深处诞生……你的眼睛将看见后面的一切。

黑暗世界是有人居住的。

签名:阿伊莎

警官纳赛尔有意忽略她所说的"跳"和"毁灭"。整个晚上，他都在琢磨阿伊莎和她说的"融入死者的灵魂"，觉得谜语的玩家，那个将他拖进游戏的玩家，正在通过阿伊莎的信来读他，揭示他的内心，揭示那个清晨他和乃扎赫谈话的最后一部分。直到现在他也不相信，当乃扎赫突然向他提问时，他是怎样表达出他的想象的。

"你的妻子，艾哈迈德的母亲……"他没敢直接说出他妻子的名字考萨尔，"优素福写道，她能知道灵魂的温度？"他把问题打住了……当他看到乃扎赫眼中的悲伤时，又继续说：

"二十年来，我一直身处犯罪现场，目睹死尸，我能够理解一个知道死者灵魂温度的女人说出的话……"乃扎赫空洞悲伤的眼睛动了动，用手捂着被刑侦警官搅动的心。以前，纳赛尔从未对任何人讲起过那些琐事："绝大部分案件，我们看到的尸体都已经腐烂了。但是，在一些突发事件的现场，你会看到被害人还在挣扎，然后在你双手之间死去。你可以在自己面前，在空气中画一个灵魂的气泡。有时，正在死去的被害人还会在你耳边说些什么，但是，灵魂出窍，替代了他们说的话。你知道那时候的灵魂会怎么样吗？它就像一捧热气进入你的脑子，片刻之间，你就会感觉到另一种存在正在你的体内穿行，在那种存在从你体内消失、灵魂腾飞之前的瞬间，你会觉得，你有两个灵魂，以两个生命生存……"

驴女皇

一个被色彩包围的土耳其女人来到了他面前。她涂着蓝色的眼影，红色衣服的开襟处有一块红宝石，像一只卧在两只巨大的乳房之间的鸽子蛋。头上的头巾脱落时，两只齐肩的耳环清晰可见。她把头巾拉起，重新遮住她精心修剪露出双耳的黄色短发，一些短发像狮子的鬃毛一样散开在她的前额上，额头上疏落装饰的花冠似的亮片闪闪发光。纳赛尔并没有特别注意她如此隆重的盛装，只是看到了她替代斗篷的外袍，那件外袍的边上有很多红色的金属片，中间还点缀着绿色的装饰。纳赛尔和谜语玩家都清楚，在这间小小的办公室里，在世界末日来临时吹响号角的天使伊斯拉菲勒正在遭受怎样的酷热煎熬。那个女人火一样的头发在他俩交流时不停摇动，甚至影响到了他的喉咙，于是，他咳了几声，抢先问道：

"你是女皇？"还没等他问完，对方就发出了暧昧的笑声。

"我是驴女皇。"纳赛尔哆嗦了一下。驴女皇是刽子手，尸体出现后，这句话被写在了我的地下室的墙上。我估计这里有某种指控，街巷里的小捣蛋鬼们想用它来诋毁从我的地下室里走出的新时尚。

"我是土耳其人，时尚女皇，我发过誓，要对抗奥斯曼人对这个国家女人权利的侵犯。我驱散隔绝，割断面纱，捣毁帐篷。这些帐篷下面，都是那些悲惨档案中被遗忘的长裤短裤和爪哇毛巾。我是带着欢乐进入人头巷的，带着时代之风和被压抑的愤怒，那里的男人们说：这个土耳其女人带着好运出现了。"说到这里，她低下头，现出厌倦的目光，继续说："我并不否认，阿伊莎和她那件衣服是我来到人头巷的开始。在她之前，我本想面对整个麦加。通过我的手，她变成了第一个违反希贾兹常规的新娘。若不是我，人头巷还要停留在十一世纪，新娘们身被那些装饰着水果项圈和银铸钱币的传统婚纱，忍受着窒息。这种粗暴的习俗，根本无法与现代轻盈又优美的婚纱竞争……"她停了下来，让自己的话语充满整个房间，然后，又继续说道：

"阿札？那些我与她联系的破布，是我从她父亲为她织就的蜘蛛网里弄出来的。我不知道她把这些破布弄到哪里去。人头巷就是这样没有信仰，尽管我们把自己的手指脚趾都当作蜡烛来点亮它，它还是没有信仰，没有……"

姑娘们的彩礼

纳赛尔打断了她，直接问道：

"说说那件袍子……"土耳其女人抬起头来，露出诱惑的微笑，抬起了深深描画的快要接近发际线的眉毛，用咝咝的声音问道："袍子？我告诉你，袍子就是穿在什么上、什么上的……"她笑出了声，声音颤抖了一下。纳赛尔并没有注意她的动作，倒是有些吃惊，不知为什么自己竟然没有掌握好问题。

"我说的是女教师阿伊莎的婚纱，人们说，那是你设计制作的……"她自豪地抬起头，大声说道："她和我一起挑选了那种式样，那是从我见到的法国和俄国的宫廷婚纱样式中挑选的，肩部有两朵玫瑰花，塔夫绸的手套是带花边的，长度一直到肘腕。我没有向她描述更多的细节，因为我想让她看到我精湛的制作艺术。阿伊莎让我停下手里的工作，想和她父母一起，当着街里人们的面，试试婚纱的样子，于是，我不得不谢绝了其他的顾客，为她的婚庆做准备。那天，我让她的父母先离开，我和她单独留在试衣间。我关上房门，带着她向那个旋转的台子走去。那个台子和摆放水果那种转台差不多大，直径不足一米，高出地面差不多半米。我让她像盘中的水果一样离

202

开地面，然后脱掉她那件把身体包裹得严严实实的灰色袍子。我有意地挖掘她的潜意识，让她知道我在剥离她，我正在撕开束缚她的丑陋的茧，解开她的锁，将她变成一只成熟欲裂的鲜桃……"

那个土耳其女人表现出来的强烈的情欲，在干燥的屋顶上催生出一个潮湿的斑点。她继续说道："我打造着她，以将她送给新郎。我知道，那灰色长袍下面被我鼓动的和被我丢弃的一切，都会被引导，被挖掘，从而变成端庄的、有涵养的存在。姑娘有些不安，因为我把那些皱褶和装饰物一股脑地拿过来，根本不管它是沙沙作响，还是强势凶悍。那些东西就像从一个没有生命的坑道里倒出来的一样，随后，它们又用云一般的轻柔，遮盖着她散发出生命芬芳的颤抖的身体……我有意地唤醒她尚在苞芽阶段中发育的乳房的感觉，让花边发出摩擦声。我让塔夫绸系着她的小腿，让多层的棉质裙撑和浆过的纱网触摸她的臀部和丝一般光滑的大腿……我瞄准了降落在她心中的愿望，用遮盖和裸露的汇集，重新铸造了她的模子，让她的新郎神魂颠倒，不知所措……"土耳其女人沉默了，狡猾地注视着纳赛尔。她的笑声让他从禁果后面的幽冥里醒了过来，而土耳其女人则自鸣得意，她仿佛正在街心的转盘处向他讲述这一切。纳赛尔注意到，她在选词酌句，努力地锤炼它，然后，将这些话语灌进他的耳朵，带着让他体内的女精灵变得模糊不清的蒸汽，发出奇特的响声。纳赛尔抬起双眼望着她，她则厚颜无耻地直视着他。他意识到，她正在为他打开一条直线，让他直接向前。但是，就在那一刻，她又让他满腹疑惑，自己回头讲述缝制婚纱的过程：

房门被推开时，风夹住了阿伊莎缀着珍珠和透明纱做成的玫瑰花的头纱，她裸露的双肩呈现在父亲面前。父亲吃惊地跳了起来。站在那颗炫亮的星星面前，雪一样纯净的白色环绕着他的女儿，她的身体出落得俨然一支百合花。在她面前，这位父亲显得矮小，无足轻重，只能以七个小矮人一样的活力蹦跳着。女儿的女性之美令他震惊，这种美正在迸涌而出，自我显露，而且越发丰满……我笑了，这是我的杰作！我听见他漫无目标地说：

"更亮的在哪里？更多的在哪里？"

我不知道他说的是更多的身体还是更多的衣服。他的这些话，把我对人头巷的了解做了一个摘要……我在煽动热情，我在鼓励穿透受伤者伤口的愿望，即使这伤口已经被鸟儿的翅膀带向高处。

可怜的父亲还在嚷着："小粒粒在哪儿？更亮的在哪儿？"

我问他："你想要水晶颗粒？我把它镶上。"他的贪婪愈发强烈，说：

"只是一些颗粒？"他拿腔作调地向我解释说："你知道吗？新郎，也就是乃扎赫的儿子艾哈迈德，是一些举足轻重的大人物的陪同，在这条街上，他付出的彩礼最多，我希望我们能与他处在同等的水平上。"说完，他又做了一些叮嘱，然后就走了，剩下阿伊莎孤单一人。这位父亲用他的叮嘱，摘掉了女儿的手套，给她的婚纱加上了遮盖前胸和肩膀的布片，用两只袖子去承接水晶珠片。这些水晶，无耻地遮蔽了她身体内透明闪亮的星星，让它们一颗又一颗地陨落，每一颗坠落的星星，都在猛烈敲击着她的颈项。

结婚那天，阿伊莎出现在女人们面前，她们在闪亮的水晶后面，嫉妒地伸长了脖子。啊，可怜的姑娘，两个月之后，她的新郎就离她而去了。整条街都在背后把这次灾难归罪于我，把她家人死于车祸的罪过算到我头上，并说那件婚纱是不吉利

204

的。每当你们中东地区遭逢什么灾难，它们都会把自己的罪愆挂在我的脖颈上，我和奥斯曼家族！当我们用面纱、面罩把你们的女人们遮住时，你们大喊大叫："你们让我们染上了黑色鼠疫！"当我们让她们露头露脸时，你们又吵嚷着，说："你们在用嫉妒折磨我们！"我们在她们脸上的面罩上留了一些小孔，你们的沙漠像洪水般袭来，把那些小孔给堵死了。

土耳其女人继续说："我是你们这里的局外人。"还向他挤眉弄眼……纳赛尔不想让她的举动把自己带入另外一个圈套。

那个夜晚，他一直在阿伊莎的信中挖掘关于婚纱的信息：

啊，……

我从婚纱里解脱出来，整个夜晚，我都在把花边上的水晶珠抠掉，扯掉了两只袖子，当我裸露着双肩站在镜子面前时，我沉醉了。然后，我走上平台，站在一只小小的桶上，将其视作我试婚纱的第一个台子。我任麦加之夜交替，任花边舔吻着我的身体。我光着身子，直接穿着这件婚纱，将我轻柔的双肩伸向天空，如同在我梦中那样，准备飞翔。

橡胶膜

大卫：

我在《乌姆·古拉报》中的"优素福之窗"一栏中读到的一句话始终在我头脑中旋转："克尔白黑石是如何剥去了第一个幔帐的？那个幔帐是也门希木叶尔国王土伯尔呈献的，用粗毛布和皮垫制成，后来，因为担心影响天房建筑，就给它披上了也门制造的条纹细布。"

请相信我，专为折磨而备的长袍是存在的。

我想起了新婚的翌日清晨，父亲突然出现在我的卧室时穿着的那件外套。当时天气闷热，他完全没有必要把那件外套穿在自婚庆就没有脱掉的皱皱巴巴的长袍上。当时，我还躺在床上，艾哈迈德离开时，我已经连弯曲膝盖的力气都没有了。半夜时分，我听见他愤怒地离开我，把门摔得很响，在我父亲出现前一个小时的黎明时分，他又回来了。这些细节一直留存在我的记忆里，只有这样才能解释我脑海里不敢面对的他藏着那把刀的场面。我还记得，我父亲连门都没有敲就走进了我的房间，靠在两根柱子之间，仿佛要在那间小屋子里，在我的床上包抄艾哈迈德。他一言不发，亮出了一张纸。我立刻明白了，因为我知道这张纸。我还记得当时血液是如何凝固在我父亲脸上的，那已经是他第二次心梗了，而第一次心梗时，他的脸呈现的还是新鲜肝脏的颜色。当血带着热度从我的双腿间流出时，他倒在了接血的容器上。当时，我十二岁，已经开始经历痛经之苦，连续三天，初潮之血不肯流出，私处出现了凝结着血块的葡萄肿，浑身发烧，医生和女护士都来到我家，决定使用手术刀了（大卫，你看，我有与手术刀有联系的历史）。就是在那间屋子里，他们把我按倒，我闪动着发光的好奇的双眼，当针刺进血管时，我的眼前一片迷蒙，感觉整个世界都在向后倒退。

有一个声音在命令我挺住，我挺着，任母亲将我的双腿劈开，手术刀的一次切割，就引爆了新世界，将其变成了我双腿之间的红色泡沫！

十二岁，待我醒来时，身边只有我们的邻居哈丽麦看见的那个接血的容器，在我子宫内受禁的血还在热辣辣地流淌着。

我父亲把那张纸给了被欺骗的艾哈迈德，他毫无表情地看着："盖章并签了字的医疗证明……"这是他的单方对话。当我看见我父亲藏在外套里的那把刀时，不明白他要在我新婚的第一个早晨用这把刀做什么。艾哈迈德完全沉默了，房间里也终于安稳下来……现在，我有时还会想起我父亲，那个惯于喊口号的小男人藏在衣袋里的那把刀，还有那个划出一条生死线的盖了章的证明。那时候，艾哈迈德并未意识到，他只需向那张证明投上嘲笑或怀疑的目光，就足以使我们中的某一个人跨越那条线。

父亲原本并不是非常关心那个证明，母亲在那个清晨把它找出来，塞进了父亲的衣兜，而他那时已经藏了一把刀！艾哈迈德，那位医生，那位护士，或者是我，究竟谁是父亲在最后时刻也未敢捅出的那一刀的报复对象呢？

"橡胶处女膜"，我第一次将这新奇的创造带到了人头巷，艾哈迈德差一点儿将它吞了下去。父亲把他的怒火喷射到对蜜月的理解上："想把她带到很远的地方，对她为所欲为？不，绝对不行。"那是他的噩梦。

直到现在，我的经血还在我的双腿之间和他的双腿之间燃烧。

签名：阿伊莎

又：

手术刀刺入的那一刻，我的私处开裂，血一直冲到我的鼻子，直到现在，我还觉得喉咙里有血腥味。那是从一个橡胶门流出的。但是，世上还有更多的欺骗之门，那些门，连手术刀和医生都无法穿过。……艾哈迈德失败了，两年之后，你出现了，那个门将由你开启。

包袱姑娘与恐龙时代

　　关于海利勒在他的出租车里搞化妆游戏的消息开始多了起来。纳赛尔有意不去关注，毕竟他俩之间只进行过一次令他不快的会面。但是谜语的玩家一直在加深他对这个人的怀疑，同时，他体内那条警犬也让他不能无视这个人。这个曾经自杀过的海利勒，在五十岁之后还会做出什么事情呢？这个男人在生命的转弯处，开始了各种算计，急切地想要抓住已经逝去的东西。那么，应该如何去围堵一个生命力旺盛、满腔愤怒又有挑战欲望的男人呢？

　　在这条街里找到海利勒是不可能的。他过去并不住在人头巷，随着乳香商人的阿拉伯联盟大楼在拆除过程中发生的各种事件和争斗，飞行员海利勒已经没有了住址。令人头巷感到突然的是，一天夜里，他把他那象征性的妻子丢在父亲乃扎赫的门前，然后就消失了。正当纳赛尔觉得寻找无望时，哈丽麦提醒他说：

　　"不是有尤斯莉娅吗？让她帮你们找。海利勒的姐姐尤斯莉娅住在拉巴特的哈吉萨拉赫达尔，那里谁都知道这个飞行员，不管他藏在哪里，躲在何处，一定会回到尤斯莉娅那里。他需要她，她也需要他。"

海利勒没想到，我，人头巷竟迫使他深入到这张噬咬着我的肢体的不体面的网里。他带了些罐头和小袋的大米，把他的汽车放在我入口处的咖啡馆附近，跟在一群孩子后面，去找尤斯莉娅。带路的孩子们打闹着，争抢着走在前面，把他带到了快要倒塌的墙壁前，激起一片厚重的尘埃。纳赛尔跟在他们身后，到了一片不属于他管辖的地方。孩子们带着他穿过一条又一条街巷，行走在那些破旧的建筑下面，他觉得，那些房子随时都可能倒塌，砸在自己的头上。最后，他站在了那座有百年历史的房子面前，墙上写着"哈吉萨拉赫达尔永管业"，门右侧的高台上躺着一个也门看门人，孩子们欢蹦乱跳地向他身上投着小石子。纳赛尔想跟他说话，却发现他的精神不太正常。他高兴地张开大嘴，露出被蛀蚀的黑黑的牙齿和牙龈，口中竟然没有舌头。看门人重复着他一个检阅式的动作，他的嘴里发出深沉的呼呼声，孩子们的嘲笑声，让他显得十分自豪……他明白了纳赛尔用手比划出的意思，便把纳赛尔带到门前，敲了敲门，随后，从门里传出三下响亮的击掌声……紧接着，一个女人的声音问道："记者？还是什么社？"纳赛尔头也不抬地答道：

"飞行员海利勒让我给尤斯莉娅带点儿吃的。"一道门缝打开了，一股潮湿的气味冲了出来，躲在一扇扇门后的女人们都用洞中人那种野性的目光盯着他，看看他带来了什么。这时，一个高个子女人出现了。她宽宽的肩膀上裹着一条布单，蓝色的环扣上带着白色的光。她把布单的一边往上拉了拉，只露出两只眼睛。她一步一步地走着，打量着这个男人。布单滑落时，几根白发从她用绿色头巾精心包裹着的头发中露出。她那优雅的问候方式让他感到有些突然：远远地握手，拇指贴着手掌，其他的三根手指轻轻虚晃一下，小拇指则优雅地翘起。她

210

带着他向自己的房间走去，那个房间位于一层黑暗走廊两侧的第一扇门内。

纳赛尔问："海利勒最近来过吗？"

她试探着问："你是记者？""不是。"他让她放心。但是，她好像没有听见他的回答，或者，她并未等待回答，只是对她的问题进行解释，她说："因为不允许对媒体讲。"然后接着说："海利勒说，他在塔伊夫有个案子，他要去那里，把它办完。"

纳赛尔吃惊地问："塔伊夫？"她把位于他俩之间的门留了一个缝，然后拿来一把椅子，让他面对她的屋子坐在走廊里，而她则坐在与门平行的一个破凳子上，正好在他前面。他们开始了对话。在她裹着的那个布单的遮盖下，她翕开的嘴唇就像一只蛹，每当他提出一个问题，她那些陈年的记忆便涌流不断。曾有一刻，纳赛尔觉得和他谈话的不是尤斯莉娅，而是那个谜语玩家。她为他打开了女人的头颅，将他引进了她们记忆的仓库，而她们的记忆正和她住的地方一样被侵蚀，与她们被忘记的身体一起塌落……与外界的变化相比，她的热切与力量都已经成为无足轻重的记忆，但这种力量还是让纳赛尔感到吃惊。与他的心急形成对比的是，她的叙述非常缓慢，纳赛尔希望获知更多的细节，还有细节中的细节，于是，他认真地听她说着：

海利勒心里有黑色和白色的恐龙，他会非常详细地告诉你，当初，我们的父亲是如何带着他，穿过塔伊夫的南烈士河谷到电影院去的。六十年代，他和祖父以及朋友们一起到那里看电影，可是，多么不幸啊，那里重复放映的唯一一部电影是关于恐龙的，银幕上那只恐龙用它巨大的双脚踏平了许多城市。谁能相信，在六十年代，我们的父亲就能坐在电影院里，看银幕上那些故事呢？直到现在，在盛产石油的胡布尔和非常发达的吉达，还很难享受这种奢侈呢。我们的父亲那时真是在烧钱，不是弄石油，而是把海利勒送到了美国最高级的飞行学院……他总是说，我们应该装上翅膀飞翔，在有尊严的岁月里，以宪法之名，在希贾兹地区光脚的放羊人头上撒尿……正是这句话让他去了埃及，他失败了，钱也花光了。父亲的希望之梦在尼罗河终结了。他退休了，飞走了。我离开了他们，海利勒则对"恶"说：快跑……海利勒一生遭遇了两次变故，一次是从美国回来，一次是被航空公司解雇，愿安拉保佑他不会遭遇第三次……在他越过大西洋回到麦加时，俨然悬挂在天堂和地狱之间。他就像一条被人们从水里弄出来的鱼，在令人窒息的街巷里扑腾挣扎，唯一能拯救他的就是电影。当时，海利勒像一头笼中困兽，从麦加奔向吉达，只为去那里的英国领事馆看电影。他邀请哈达拉毛最后一位苏丹的儿子和他们全家来到吉达。海利勒去佛罗里达的时候，在希斯罗机场遇到了这位苏丹的儿子，两人成了朋友。在苏丹的儿子离开后，那个电影院也对海利勒关闭了。同时，在外侨的威胁声中，所有使领馆都取消了音乐表演和艺术展。

尤斯莉娅蒙在头上的布单滑落下来，露出了发暗的嘴唇，她咳嗽起来，优雅地用手指在嘴边晃动了几下，然后，又在丰满的胸部拍打了几下。她并没有遮住嘴，依然饶有兴致地咀嚼着自己说出的每一个字：

海利勒把自己归入被捞出海底又在焦渴状态下被送回的一代人。这一代人逃进美国电影，以抹去印在他们脑海里埃及电影的记忆。是苔哈亚·卡里奥卡还是乌姆·萨米叶·吉玛勒？我忘记了……她从自己被磨亮的鞋里弄出黄色的饮料让帕夏喝了，结果帕夏就像狗一样在她身边爬。海利勒自己说，他觉得自己已经投胎转世，变成了帕夏那条狗和绿色野兽的混合体。他向我们肯定，他并不是面团一样的简单人类，而是由电影角色和宇航员共同组成的新的混合体，他应该生活在科幻世界，但是，不幸的是，他们剥夺了他的飞行执照，让他开着出租车穿行于麦加的街巷。他对我说，在飞机上时，他会变成寂静暗夜中的一滴水，一滴游动的透明的水。获得自由三十年后，他在内心寻找着那位让他钟情迷恋的姑娘……我对他说："海利勒，你看见的只是她那件斗篷的幻影！"可他说："她在舔舐着我的理智。"他闯进佛罗里达和洛杉矶的舞厅，变得神魂颠倒，脑袋里满是艾布·努瓦斯夜总会和吸食大麻的修道士破衣烂衫的记忆。他做什么都非常过分，那些关于草料下面偷偷流过的水的白日梦也是如此。他寻找的是那个年龄只有他一半大的傻姑娘阿札……海利勒的哲学无始无终，他在寻找一个没有气味的女人，他认定，那就是阿札。他觉得，她不是在自己的飞行中品尝过的那种女人。女人身上最令他恐惧的，就是随心所欲的开放，这种恐惧在扩散，令他心生厌恶。他说，这就是恐龙在醒来，在对人类进行无情的践踏。我还记得第一次放映恐龙电影的那个夜晚，海利勒穿着他九岁时父亲给他弄来的恐龙的衣服。第二天中午，他穿着那件衣服走出家门，把在我家门口卖西瓜的泰国摊贩吓坏了。他开始滚动一个个西瓜，又把它们扔到街上，那些西瓜像炮弹一样在爆炸。泰国商贩的吼叫声惊动了天窗后面的母亲，于是，她威胁我们说："让你们的父亲看看，你们都干了些什么？"

尤斯莉娅用手掩住嘴，笑了：

突然之间，恐龙变成了一只瘫痪的老鼠，躲在角落中，等待它被处罚的结果。我父亲醒了，跳起来，给了我们一顿揍。我们的肩膀上、脚上、后屁股上都是新鲜的伤痕。而那个结果成了我们和父亲之间唯一的语言。"锁在链子上的猪"，这是海利勒对父亲努里那种残忍的最形象的评价。奥斯曼统治时期，这句话在麦加很流行，后来，这句话传到了我们的爷爷阿提格那里，然后是苏莱曼，再到父亲努里，最终让备受折磨的海利勒用上了。

经过一段时间的隔绝和折磨之后，两人之间的关系出现了缓和。父亲陪着他，出去寻找我们从不知道也绝不会知道的叔叔伊斯梅尔。

海利勒从来没有中断和我的来往，每周四他都会过来，在我面前倾诉他的心事。我和他都是火上的油脂……还是让火变冷吧，在遭受惩罚的时刻，我们辗转躲避，父亲的棍棒留给我们的伤口，让我们的身体彼此靠近。

海利勒身上有一种残酷的东西，连他的爱也是残酷的。已经这个岁数了，他还想用那种冰冷来禁锢我。但是，自从那次火灾之后，我已经厌倦了新的尘世。我应该坚强。我跪拜，祈祷，为我的姐妹们服务。我关照那些老年女人和病人，让她们瞑目时能够安心……我知道自己正在走的路，在这里，我和这些无助的姐妹们在一起。二十七名姐妹生活在两种黑暗之中，白内障导致的眼前的黑暗，还有她们可能三十年甚至五十年都没有离开过的那个房间的黑暗。

尤斯莉娅像一个等待宣判的人一样，将目光转到纳赛尔身上，随即又放松了下来，像知情人一样，笑着问道："关于你的故事呢？"

纳赛尔显得有些狼狈，他迅速回答道："我没有什么故事……"但接着又说道："我也有一些关于女人的噩梦。"他想要重复一下在他胸中回响的话，但是，那个女人并没有倾听。她耳朵失聪，但从他的表情上，她明白了他的意思：

"这是她吗？"

"不，是她的同伴。"她用奇怪的目光打量着他，很快就表露出了同情：

"是她，她。"她又重新回到了她的记忆：

在外祖父家里，我和海利勒可以从父亲努里的残暴中解脱出来。外祖父是负责穆阿拉特墓地的。我们见到过麦加所有的葬礼。当时，我们争相辨别着死者是什么人：老年人葬礼中使用的棺木幔帐有别于年轻人用的绿色幔帐，逝者如果是儿童，棺木幔帐则是浮花锦缎的；如果是妇女，棺木上就只有笼子，这是外祖母告诉我们的。

棺木罩上笼子，在先知女儿法蒂玛时期，就已经是一种流传的习俗。在伊斯兰时期，她是第一个让自己的棺木罩上这种笼子的妇女，让她这样做的是阿米斯的女儿艾斯玛。她说："难道我没让你看到我在埃塞俄比亚土地上看见的事情吗？"她让人弄来新鲜的椰枣树枝，把它弄弯，在上面盖上一块布，形状就像新娘们乘坐的驼轿。我们认为，先知的女儿法蒂玛从未允许任何人触碰她的尸体，她不会带着污点进入新娘的驼轿。海利勒吓唬我说：我觉得你是住在女人棺木笼子里的新娘。是的，我现在是一个未婚的女人，没结过婚，未进入尘世，我在这里，在笼子里等待，等着从我的葬礼里出来。从那时起，死亡就会一直陪伴着我，我也同样会陪伴着死亡。

当时，我和海利勒从外祖父家的窗子里观察那个也门墓工，只见他一只手把台米斯面饼和韭菜往嘴里送，另一只手则把刚埋了一个月左右的尸骨收敛在一起，把它们埋在远处的集体墓地。我们只知道，那个埋葬着麦加所有尸骨的坟墓，每到天气变冷时，骷髅的牙齿便会发出咯咯的声响，让我们心惊肉跳。天气炎热的时候，我们会看见那个墓工缠着红色头巾，戴着轻便的白帽，光着脚，在到处都是死尸的滚烫的地上走，冒着阳光的炙烤，往坟墓上洒水，让死者享受一些清凉，也有可能站在新挖的墓坑前，任强烈的腐臭气味将他熏倒。

我们在死亡和残忍之间度过了自己的童年。我们经常来往于禁寺最古老的节庆市场，我们认识夜市里所有的商人。因为我们是穆阿拉特·沃哈达威长老的孙辈，所以又被称作"沃哈达"球队的头号球迷。

那时，海利勒总是穿着红白两色的沃哈达球衣去外祖父家，为了让外祖父感到骄傲，与我进行着永远的竞争。不过，外祖父总是把我叫作"包袱脸"，并拿我来炫耀。他拉着我的手去逛一个又一个市场。这些市场始于麦斯阿土耳其卫生检查处的艾布·苏夫扬的宅子，然后穿过白德街，那里售卖各种家禽笼子和手工制品，我们喜欢站在那些装着红眼睛兔子的笼子前面。然后，我们转到哈拉吉的夜市，随后到萨俄街，再向东拐到加沙街，简直就像参观木匠和刀具匠们收藏珍宝一样。迎接我们的是从街巷两侧传来的问候：

"安拉保佑你，老人家！"丝绸商巴夫吉大声问候着，随后是香水商人法德勒，我外祖父则回答着说："保佑我们，也保佑你们！"

外祖父的声音愈来愈响，我的眼睛也自豪地愈瞪愈大。外祖父带着我向北边的穆德阿市场走去。

刚一走进市场，称重的老大爷就跟我打招呼，那里有好大一片地方专门卖吃的和香料，还有许多卖坚果和棉布的铺子。他大声地说着："金子做的咖啡壶，好姑娘……"

尤斯莉娅叹了一口气，说道："怜悯我们过去的那些日子吧，我们把杏核放在盐里，靠着它才能吃饱饭。现在，我在这里和姐妹们分享这些记忆，让它给我们带来一些喜悦……那时我们不需要什么电视，看到电视的光就会睡着了。我们只需要一个能发出黄光的小灯泡，只要它的电流晚上不断就行了……"

她的眼睛闪闪发亮，想起了远处传来的黄色的光：

"伊历三月十二号，外祖父会带着我们去巡游，从先知诞生的本·优素福的宅子开始。这座宅子位于艾布·盖比斯山脚下，在夜市尽头的阿里小道开始的地方。在那里，外祖父给我们描述着昏礼之后聚集在那里的火把、蜡烛和灯笼，并停下脚步，说：'你们俩要记住，在库尔德图书馆下面，就在这个地方，我们亲爱的人穆罕默德出生在这里。'在他把我们带离那里之前，他会用一只手拧着我的耳朵，另一只手拧着海利勒的耳朵。接着，我们会去阿贾伊布市场、朱代利叶市场，还有鞋匠市场。市场里有许多工匠制作各种颜色的被子，我们会在那里站上几个小时，看棉花弓是怎样在棉花上弹奏的，还能看到那些鞋匠如何做鞋和皮具。最后，我们会到买阿拉市场，那里卖粮食，还有蔬菜、苜蓿、煤炭、木柴。每个周五，我们还会去时代拍卖场，那里陈列着许多旧家具。这个镶着叙利亚贝片的凳子就是外祖父给我买的。那次大火，我都没有顾上我母亲，只把它抢救出来了。我下决心让它在这里陪伴着我……小时候，我就是坐在这个凳子上，等着外祖父带我出去进行各种巡游。"

纳赛尔打量着她。她已经把纳赛尔从刑侦警官变成了一个见证人……他咕哝着问："你还没有忘掉那一切吗？"她没听见，也没有回答，只是站起身来，让他等着。她自己走进屋子，然后拿着一个包袱回来，把它塞进怀里，不作声了。后来，她摊开双手，像一只鸽子一样紧盯着包袱说：

"这个包袱里有我珍爱的一切……看，它会让你高兴的！"

说着，她把手从包袱上挪开，呈现出一幅刺绣作品：包袱皮上绣的是栽在花盆里的各色玫瑰，所有的花盆都是倒置的，底部对着包袱的一角，花枝倒向中心。中心的空白处，站着一位女子，身着裙摆散开的现代裙子，手指上戴满戒指。她乌黑的头发卷曲着，像埃及老电影里的明星一样。她涂着深红的唇膏，嘴唇翘起，一只手捧着一束鲜花，穿着黑色的高跟鞋，正准备向旁边迈步，送出那束绿色的玫瑰……送给谁呢？……她正在向谁走去呢？组成那个名字的字母走了出来，通过这样一件织物来宣告它的主人是谁。这唯一的名字，像蜜蜂的尾巴一样，刺进纳赛尔的皮肤。

尤斯莉娅从包袱里拿出一个环绕着圆圈的金色翅膀，说："这是沙特航空公司飞行员的徽章，这是他的帽子，上面有同样的标志。海利勒把它扔在我这里，自从他被解雇之后，再也没有去找过它。"

敲击墙壁的声音打断了他俩的谈话。一个嘶哑的声音问道："姐妹，这是慈善协会的代表吗？你们怎么还没有把尿盆送来呀？整个晚上，我的姐妹们都在不停地把我从厕所里拽出来。"尤斯莉娅也敲着墙回答，然后，传来了安心的声音："我们出生在盒子里，即将死在一块布里……给我们这里光明吧……为我们交电费吧……交电费吧。"

"好……"纳赛尔站了起来，不知道自己做了什么承诺。但他立刻看见一个帘子动了起来，从中露出了拉比娅的脸：

"我有三十年没有离开这间屋子了……来看看我们，好小伙子，别忘了看看我们……你想象不到，连这个帘子，我都没离开过……"

纳赛尔离开时，喃喃自语道："纳赛尔，你应该回到这里，这不会费什么的。"他想起了在网上读到的一个慈善家的话："四分之一的鸡，一捧米，一块甜食，四颗椰枣，一瓶水，一小盒牛奶。300沙币就可以帮助二十七位住在慈善机构里的女人，和一个餐厅签一份合同，每顿饭的价格为 6 沙币，这真不是什么破费。"

"你应该每个月都来这里一次，一年要做一次慈善，纳赛尔，这绝不会给你增加任何负担的。"他继续想着。

阿伊莎的第十封信

你和你妻子的斗争令我吃惊，这斗争竟达到了她与任何一个男人的斗争都未曾达到的程度……

四年，用尽专业人士有关夫妻关系的书籍和黄色电影中提到的所有可能的刺激手段，经历了不能满足的欲望隧道中毁灭性的努力，四年的斗争，完全摧毁了你作为一个男人的士气……

我现在认为，那是一个将你变成现在的你的地狱……

我不知道你在搞什么魔术，但是你让我围绕着一个中心展开了翅膀……这就是飞翔……一个女人的身体在飓风风眼小睡，你可知道它的动力在哪里？它蕴藏在铺展开来的宇宙里，与翱翔一样的开放……

越来越高，越来越高，磨利了闪电之舌，从翅膀的各个边缘伸出，插入中枢。

我近乎死亡一般挣扎，翅膀在肋骨间，在腹腔上，在两腿之间鼓掌……

暴风眼睁开了，吸吮着世界，并渴求更多……

男人的肉体不会超过射出，而女人的肉体则要吸入宇宙！

一个小时之后，我腿上的一块肌肉还在颤抖……

我在你面前像个初次尝试者吗？我可以为你

解释……

我觉得闪电之树仍然根植在我的周围……

签名：阿伊莎

又1：

你还记得我们在公共图书馆第一次偶遇的那个清晨吗？我的目光撞上了你，你却反应迟缓，只是在我的电脑屏幕上读着，寻找着一个业余爱好者偶尔发现的死星，那颗星被绿色的光晕环绕，带有心中的洞……

你目光焦急地望着门，我知道你和一个女人有约会。我同情你，想排解你的焦虑，便对你说：

"那里是宇宙里的黑子，是那些尚未圆满的星星的目标……"这话使你笑出了声，然后你挤着眼睛说："一个像我这样的业余爱好者让它有了生命？"

又2：

此时，我想起了我母亲和哈丽麦妈妈唱的一支关于初生的人的歌曲："水与水混合……"她俩唱着，笑着说："那时，我们还都是小孩，却公开唱这支歌，有多么幼稚无知啊……"

签名：阿伊莎

眼睛和眼睛

穆阿兹一直在等待闲暇时间，想去看优素福。虽然他知道自己已经引起了人们的注意，但是，他无法远离那些珍宝，他已经乖乖地把珍宝的钥匙交给了优素福，心中产生了一无所有的忧伤感觉，觉得那个世界已被夺走了。

他走在莱巴比迪的长廊里，觉得宅子的灵魂已大大改变……仿佛优素福和宅子共设阴谋，让他进入了自己从未进入过、也从未在那些照片上见过的地方。

穆阿兹的第一反应是要在宅子外面狠踢优素福……他压抑着自己的愤怒，想把优素福关进长廊里的屋子，从他那里拿回上面各层的钥匙……

然而，《古兰经》的保管人进行了干预，对优素福大施善行……妒火燃遍他的全身，他想："优素福有什么好，能让这个宅子选择他，而不是自己？"优素福躲开穆阿兹指责的目光，隐藏着深深的负罪感。他独自一人留在那个宅子的日子里，陷入了一种荒凉的孤寂……于是，他偷偷溜进了那个有许多面孔的地方，因为他太需要与那些麦加的面孔会合了。有些面孔他必须认识，而那些他认识的面孔，毫无疑问地能够使他回归……其中的一张脸可能会保证给他一个地方，让这个地方成为没有被破碎的景象体系清除的古老中心。他没有放过一个墙壁，注视着每一幅照片，并和它们说话，挖掘着能够判断他属于麦加或是人头巷的每一条线索，仔细观察已经过往同时又将他带到流浪境地的每一个事件。但是，他同时意识到，那些并不适合穆阿兹的口味。可是，这座宅子对他来说，就像一个引诱他的人，一个喜欢任由自己的记忆重新挖掘、重新生活的人。

穆阿兹死死地盯着优素福的脸，对方的眼睛躲避着他。难道优素福用了历史的眼睛去观看隐藏在那里的麦加？而他，穆阿兹，却是用艺术之眼，即莱巴比迪之眼来看待这一切的？艺术之眼是明亮的，创造性的，而历史之眼却是在揭示伤疤。为什么他允许那只普通的眼睛进入他们俩的珍宝？不知不觉地，穆阿兹先于优素福去揭示那个世界里最大的伤疤，他说：

"在这个平台上，我已经把记录着我的罪愆的本子扔掉了……"然后，他停下来，看优素福的反应。可是，优素福并不是他那位热衷于罪愆本子的父亲，于是，他接着说："我是为了回应玛丽让我负责这些楼层的钥匙时涌动在我胸间的自豪。当时，她警告我说，没有她的授权，我是不能走进那些楼层的……"优素福默默地看着穆阿兹手里的掸子，明白穆阿兹的声音里有对他大胆进入座席的责备：

"用这把孔雀毛做成的掸子，我拂去了麦加时光上的灰尘，我扶正照片，清理冲洗照片的池子，换上红色的灯泡……"他想点亮红色的灯泡，试了一次又一次，都没有成功。见到这种情形，优素福深感同情，对他说：

"他们肯定早就把这个宅子里的电切断了……"穆阿兹沉默着，在他面前走来走去，没有找到适合表达内心的词语。这是他在这个宅子里碰见的诸多面孔中的一个。

你知道《古兰经》黄牛章的第 260 节吗？当时，易卜拉欣说："我的主啊！求你昭示我怎样让死者复活。安拉说：你取四只鸟，让它们倾向你，然后，在每座山上安置它们的一部分，然后，你召唤它们，它们就会飞到你的面前来。"我原来就是那只鸟，我被肢解的身体的各个部分散落在麦加的山上和人头巷的年轻人中间。但是，这座宅子出现了，这个照相机将我肢体的残骸收集在一起，使我成为一只完整的可以飞翔的鸟……他努力想让优素福改变对这个宅子的错误认识，继续说道："这就像一个寻找宝藏的游戏……我们……我是说……我们中间的一个人，他的肢体散落在洞里、山上和沙漠中，在许多地方，在整个大地上。我们……我是说，我们中的幸运者，他找到了一件又一件的珍宝……我在这个宅子里，找到了很多很多我的珍宝，那是玛丽允许我从照相机的镜头中发现的……另一部分是从我背记的《古兰经》中找到的……不，《古兰经》是力量，是信仰，我以它来呼唤，让那些部分来到我这里，让我变得完整……"沉默片刻后，他继续说："优素福，你原来没有看见我，你们都是人头巷里光鲜出众的年轻人，我就像是你们的影子。我是你们形象的一张底片，是你们在上面描画你们英雄事迹的底片……在这里，我发现我自己是黑白的穆阿兹，不仅仅是为你们存储、编程的穆阿兹。我展示的世界，是这个世界的继续。这个世界已经等待了许久，等待着我的镜头，等待着我的曝光，等待着我的耐心，像一个艺术家一样。玛丽以训练有素的眼光看见了我所具有的这一切，把专业摄影师的照相机给我，说：这是你的！照相机来到了我这里，就像我身体上丢失的一部分被找回来一样，我未曾想到这一部分会重回我的身体，让我变得完整……我在这些楼层间活动的全部时间里，莱巴比迪让我转生，将我隔离……玛丽认真地教我使用这个照相机，每当快门响动时，我的身体都会为之战栗……你知道吗？

当我的身体感觉到这个丢失的照相机时，我也在长大。我感觉身体里有一个空间，那个空间就像我的双胞胎兄弟，随着时间的推移，那个空间变成了真正的机体，也就是这个小小的照相机，对光敏感的照相机……玛丽教我如何看，应该看什么，而《古兰经》则教我如何在黑暗中看到光明；玛丽教我如何如何抓住并表现出光明。我带着我的照相机飞到了那座城堡的外面……我的脉搏剧烈地跳动着，我对自己说：我将从莱巴比迪开始之处起步……我将抓住平静的、充满活力的美，以证实我的能力……但是，我用手中的相机拍下的第一张照片却让我立刻看到了区别，现实给了我沉重的一击：莱巴比迪的镜头表现的是建设，我的镜头下出现的却是毁灭……在寻找的过程中，我的相机不仅看到了发生在城市身体里的变化，还看到了发生在其灵魂中的变化。以前他们搞法术，是让被期待的指路人现身，现在搞法术，却让牲畜的灵魂出现，然后，再把它们活埋……按下快门时，我的眼睛在一分钟里眨了几千次。我的镜头里展现的是坍塌的围栏，残破的宅院，被掩埋的座椅和聚会装饰，留有过去那个时代工匠印记的紧闭的门扉。废弃的院子里，那些被随意丢弃的刻有经文和诗句的石膏及木制品残块，似乎等待着在灰尘中复活。我拍得出城市的毁灭，却拍不出窃取这座城市灵魂的投机者的目光以及他们对城市血脉的腐蚀。

现在，我觉得玛丽正默默地带着哀伤的目光注视着我，她希望我看见，希望我经受并且了解来自愚昧和恐惧的荒漠带来的灾难。这些荒漠正在被摧毁，也正在接近玛丽的心。她不想让这荒漠接近我的相机，于是，作为一种必然结果，她开始教我冲洗照片，用这种方式宣示她的纯洁无辜。在这种情况下，她像是一个令人失望的存在……被遗忘的……迅速掠过的……各种各样的存在出现在莱巴比迪的世界里……我慢慢地和她一起倒下了……令我害怕的是，我拍的照片是从死亡开始的……后来的好几天，我都丢弃了照相机，玛丽没有做任何评论……她进入了沉默……"

穆阿兹告诉优素福，他怎样醒了过来，发现自己躺在莱巴比迪大宅子平台厨房的磨盘上，他还给优素福讲述了自己心中的躁动：或者进行一次从外到内的扫荡，使自己成为这个宅子的脉搏，或者是将这脉搏清除，使之融入现代大街的脉搏之中，把它们联系在一起……他决定从后者开始。

当他站在那里，从黑白世界中进行挑选时，感觉自己失去了勇气……他所想做的只是把三十年代一些朝圣者的面孔融进逝去的禁月里的照片，然后带着这些照片离开。

带着那么多旧日的身影，行走会很艰难。这些身影从大地的尽头步行而来，进行朝觐。他甚至想过要创造一个英雄壮举，将那些身影释放出来，让他们继续在麦加过他们的精神生活。他不知道这一切从何处开始。他的脚把他带到了小学校的老师那里，在那里，人头巷的孩子们在接受教育。他想，一定要把那些照片展示给所有的学生们，让它们进入他们的书写和阅读，和孩子们一起长大。

发现老师抬起头来看着他那些照片时，穆阿兹问道：

"这些人，还有石头和树木，都将被问起：在末日清算的时候，你能为它们注入灵魂吗？"

当时，老师正在朗读关于世界末日的内容，穆阿兹的脑海里出现的，都是那些科学图册里动物脖子上的红线。他想象着，这些红线正在那些出来奔跑的先生和朝觐者的脖子上爬。于是，他意识到，他绝不会等到世界末日了。他抓起那堆照片，消失在他的城堡里。在那里，那些面孔已经没有了另外的生命。

经过长长的表白之后，穆阿兹已不能离开这里，他急急忙忙去找留在莱巴比迪宅子里的优素福，要说给他听，他害怕如果自己不说的话，这个宅子就会变成优素福的了。他俩的行动很快引起了警官纳赛尔的注意。趁着午饭的时候，穆阿兹急急忙忙登上了去往辛迪山台阶的公共汽车，纳赛尔紧随其后。那座尽是广告的大楼下面，有很多出租房，纳赛尔看见穆阿兹正与一个高个子的年轻人会面，这让纳赛尔想起了优素福日记里提到的鬼魂，不由得心跳加速，仿佛碰到了债主，于是，他急忙关上自己的车门，向他俩冲了过去。他急促的脚步引起了那两个人的注意，于是，他们也加快了步伐。当穆阿兹面对纳赛尔时，后者拦住了他，问道：

"这是谁？"穆阿兹沉着地回应着这种指控的语调："谁？"

"你刚才和他说话的那个人……"纳赛尔回过身，却看不到年轻人的踪影，也不知他走的是哪条路。大山把他吞掉了。

"一个打听萨拉姆宾馆的人。"

"你跟他在干什么？"

穆阿兹指着手里的购物袋说："给我爸买椰枣。"

穆阿兹消失后，那种令人缄默的眼光停留在纳赛尔的心中良久。纳赛尔警察的鼻子已经嗅到了寻找已久的气味，两鬓上热辣辣的感觉正在肯定着他的怀疑。他冒着中午的酷热，在山里转来转去，观察着所有的住户和一张张面孔，走近敞开的厅廊和废墟，寻找那个高个子。他知道，那个人就在这个迷宫里。

那个晚上，穆阿兹拼命地跑了回来，因为有一件十分重要的事在等待着他。他要明确地告诉优素福，也告诉那个宅子。他俩摆脱不了纳赛尔，就算他们两人齐心合力，与那些阻止自己走向珍宝之路的对头合作，他们也摆脱不了那个警察。

辛迪山安静了，他俩留在莱巴比迪宅子外面。穆阿兹眉头紧皱，坐在土耳其浴室宣礼塔下的平台上，监视着优素福和这座宅子，希望能像已经习惯的那样，沉浸在黄昏的静谧里。在长时间的沉默里，陈旧的苦痛向他袭来，突然之间，他不再需要嫉妒，也不需要更多的辛劳。两人做完宵礼之后，他仍然面对礼拜的朝向，向优素福讲述了他最重要的秘密：

　　"发现人头巷里的尸体那天，我回到这里，看见玛丽翘着二郎腿坐在那里，头靠在大马士革靠垫上，身体倾斜，靠垫上的金刚石玫瑰花贴近她左侧的乳房，头上的纱布大礼帽，罩着黑白两色发辫上散开的头发，看上去就像落在玫瑰花上的月亮。那时，我的镜头还在因为人头巷的尸体而发抖，于是，我坐在她面前的地上，战栗着。时间过去了很久，可能是几个小时，也可能是几天，她一直没有回应。我抬起眼睛，明白了，在这里，我面对的，是一种新的遗失……我也明白了，出现在我面前的，是一个世纪的死亡与凋零，我不敢向她伸出我的手。

　　直到现在我都不明白，是我杀了她吗？我带着死亡的病毒来到她面前，并且闯入了这里。我毁灭了她的世界吗？

　　那天晚上，麦加的天空犹如一面空无色彩的镜子，照不出麦加的人们，镜面的裂痕，像天上四处延伸的一条条道路，朝觐的人们像围绕着蜂巢的蜜蜂一样通向禁寺，无法分辨哪些人在走进，哪些人在走出。我进入了她的时光，但我知道，她希望留在她的地方，俯视她耗费半个世纪的时光为之留住影像的禁寺。但是，我害怕侵犯了尸体的权利，于是，把她的座椅原封不动地拖到了平台尽头的暗房里，为她诵读了《古兰经》国权章，然后把门关上……我重新整理了内心罪恶的想法后，走下楼梯，把那些要被砍下的头颅关在莱巴比迪大宅的门内，把一捆钥匙和它们堆积起来的窑殿埋在了人头巷宣礼塔最高处的

227

楼梯上，又在上面放上了我父亲的《古兰经》。它从来没有被拿出来，直到你，优素福需要一个避难处的时候……我把自己的心闭锁起来，在哈达赛照相馆里做了伙计。两个人同时死去，这可是个了不起的结局。你不这样看？"

他们周围的空气在颤抖，那种想获得赞赏的强烈的愿望使优素福心里感到不安……穆阿兹和这个案子有关……这合乎逻辑吗？……他中断了自己的思想，有意不再想下去：

"我知道，你到这里来，太难为你了……"

"但是，这并不比走到那里更困难。"

"他们找到天房的钥匙了吗？"优素福想排解他的悲伤。

"没有，但是他们在土耳其又制作了一把钥匙，并且说，在朝觐时间到来、举行清洗天房黑石的仪式时，钥匙就会铸好了……"

服装模特

"优素福之窗"中关于被人们称作"侍者的公羊"那个人的描写引起了纳赛尔的注意。这个人每天都在宰羊,仿佛那是他每天举行的一种仪式。优素福所写的能够证明,案件发生时,他并不在这条街上:

我怀疑,当我用"啊,阿札!"这个声音呼唤时,你能知道那是我吗?

我在镜子里,丢失了最重要的面孔,丢失了侍者的公羊。

没有一个人能像侍者的公羊那样看见我,一切投向我的目光都在说:"你存在,你是一个公民,你属于这里,你是历史学家。"

当他把非法屠宰物走私到人头巷的厨房里时,他们抓住了他!

啊,阿札,《乌姆·古拉报》上的照片和庆祝是为那些英雄们进行的,他们在这一天的黎明时分对持有进入神圣之都护照的外来人口进行了突然袭击,目标是清理非法无序的屠宰。

当炭笔在你的指间滑动作响时，我正在你的窗子里，用我的声音读着，你的身体逃离了屠宰场吗？你是否给它盖上兽医的印章，将它运走了？我无法停止阅读：

查获了40吨已经腐坏的、准备销售的肉，抓到了专门屠宰母驼和母羊的工人……确定了要有兽医盖章才能对母畜进行屠宰的重要性……专家们的报告一致强调了不重视病畜的危害，指出了200种人畜共患的疾病，如马耳他热、裂谷热、炭疽病、肺病、狂犬病、绦虫等，这些疾病中的绝大多数都在与人头巷的人们和平共处，与他们共享病毒。

啊，阿札，正像你在专家的报告中所见的那样，侍者的公羊传播了不少于200种的瘟病……

更清楚的是，他们在撒谎，到处说侍者的公羊偷窃了大领导的箱子，挥霍了所有准备认证的捐款，用于走私。

"你难道不同意我的看法吗？这是一个荒谬的情节，股票市场公布的信息和发现伊朗反应堆的消息竟然同时同步……"

人头巷在嘲讽着，并到处散布着说，乌姆·萨阿德的阴道把她的养子吞食了。毫无疑问，散布这种流言时，那场大火的浓烟已经刮到你那里了。阿什知道发生了火灾，就把养子的有关材料烧了，乌姆·萨阿德则光头光脸，没有涂上深深的唇红，就从家里跑了出来，她的神经崩溃了。阿什迅速地要了一辆出租车，带着老婆离开了人头巷……

纳赛尔带着满腹疑惑，离开乌姆朱德区的遣返警察处。此时，太阳正挂在中天，他写下了那些需要更换的名字：人头巷被改成光明路，乌姆杜德（虫子）改成了乌姆朱德。这种改变是为了美化历史。纳赛尔明白，如果他长久地停留在处理伪造文件、负责遣返以及办理护照国籍的那些部门，虫子就会在这发生混战的地方，啃噬他的骨头。

纳赛尔漫无目的地开着车，满脑袋都是那些穿着卡其色衣服、流着汗水的面孔和没完没了的遣返名单。他费了好大劲，也没有在名单里找到萨利赫·艾俄瓦特（侍者的公羊）的名字。这个年轻人并未使用这个诨名，被抓住之后又逃脱了。他一定是行贿了，或者用他的轻浮和美貌勾引了哪一个当兵的，也许只是命好，逃脱了。对于"侍者的公羊"这样一个外号，纳赛尔陷入了沉思。他能够把这个外号交给某一个调查者或是内政部门以外的某一个官方部门吗？阿什和他的妻子已向文档局提交了相关的材料，并进行了公证，阿伊莎的丈夫，乃扎赫的长子艾哈迈德，作为中介，收取了贿赂，还能继续完成与这些材料有关的后续工作？纳赛尔请了在内政部有关部门工作的朋友们帮忙，都没有找到给"侍者的公羊"或者"土耳基""萨利赫""乃赫沃立"和"麦尔麦尔"入籍的材料。这些名字都是那个快乐的土耳其人在人头巷活动和生活时使用过的。花哨的名字，乐天的性格，再加上白皙的皮肤和美貌，都使他成为让人头巷的姑娘们受孕的候选人！

纳赛尔写下了他的看法："侍者的公羊仍然是凶案嫌疑人。"

纳赛尔开车来到人头巷，从阿什厨房的后窗溜进了装柴草的屋子，又从那里进入了寒冷的庭院。院墙上有一层层的油脂，锅被悄无声息地扔在灶台上，存放羊肉的坑成了猫儿的家。这间厨房的沉默仿佛始于时世之初，而不是开始于近期乌姆·萨阿德的精神崩溃。街上的人们是这样解释她的精神错乱的："侍者的公羊被抓，股票市场崩盘，没能继承阿拉伯联盟大楼，哪个人的脑子能承受这样的三重打击呢？"

"乌姆·萨阿德是从死亡中站起来的，她的养子是她崩溃的关键……"

除了坑里已变成猫儿温床的碎报纸和下水道里的渗水外，庭院里已经没有什么能引人注意的了。纳赛尔把手伸向一堆炭灰，发现了报纸上一段黑体字的报道：米勒塔，高1600米，如同插入红海土壤里的巨型长矛，耸立在吉达的天空，价格500亿沙币，与比克提勒公司签下合同……旁边还有一些其他报道的残片，被风吹来吹去："股市崩盘""全世界在牺牲者面前沉默……""妇女驾车处在外部压力和……""食品、奶、糖和大米涨价30%—50%""石油突破每桶一百美元大关……""30亿，将麦加禁寺扩建至……"，那都是一些残片，不足以说明什么，风只是使他个人记忆的档案变得更完整。突然，火坑的底部引起了纳赛尔的注意，于是，他在最近的一个火坑旁蹲下，把手伸向坑底。摸到土时，他感觉很奇怪，铺在坑底的不是土，而是一种很厚的东西，感觉像是包着毛皮的塑料，仿佛一半是塑料，一半是什么动物。总之，纳赛尔很难判断那是什么东西。

纳赛尔决定不去挖掘阿什的记忆，他来，是要调查一个人，即侍者的公羊，他没有找到藏匿在这个庭院里的路，只能面对那些记忆的恶臭，不知所措地站立了几个小时。

纳赛尔走向上面的房间。在优素福的日记里，那个房间是属于侍者的公羊的。门关着，他用双肩推撞，门突然开了个缝，并将他带进屋里。纳赛尔踉跄几步，跌落在一些肢体被切割的女人的身体上。那些身体已经木化，死亡发生在久远的岁月，但是她们仍然穿着镶有花边的晚礼服，刺绣上缀有珠子和水晶，身上还有丝绒的腰带和丝绸的面纱。是哪一个疯子弄了这样一个屠宰场准备去参加狂欢？瞬间，头痛让他看不见任何东西，当他的感官让他正视这次撞击时，他发现自己正被软木制作的服装模特包围着。纳赛尔端详着这精彩的女性组合，可这些女性却丝毫没有注意他。这些模特又能给他的侦察增加点什么呢？对一个没有国籍，似乎不曾存在就已经消失的年轻人头脑中的偏狂，人头巷又能说些什么呢？

那天晚上，纳赛尔在优素福的日记里找到了那些模特。

2004 年 3 月 2 日

当穆舍白布让他摆脱了对于遣返处的恐惧后，侍者的公羊完全变了个样子：他在麦加尽情奔跑，不再去偷窥遣返的车辆，他的身体尝到了自由的味道，那味道，像是在他的牙齿和双唇间爆裂的黑胡椒粒，也像是他在咀嚼肉桂和石竹时享受到的辛辣的芬芳！

与侍者的公羊相比，作为一个撰稿人，我变小了。他感觉到的麦加是我从未感受到的。最值得他庆祝的，是他把自己的身体置于人头巷的地方性之外，走向了市场的世界性之中。这种世界性让他体会到了频繁刺激着他的拥挤。他已经意识到，把自己的身体扔进不停推挤拍打的人群的糨糊当中，让他十分着迷。他不去抬眼看任何一张面孔，因为他知道，他已经被粘在一些身体的某些部位上了。啊，阿札，你不要笑，他只是一个厨房里的伙计，他的乐趣就是宰牲、剥皮，在炉灶里进行烹制，或者将其切碎，放入锅里。他的感官训练他进行切割，并以肢解切割为乐。每当他的目光落到一只小腿或臀部，或者是一个人的后背上，他都会觉得他的小腿正在回应那只小腿，他的臀部已经插入了其他的臀部，而他的背部也会不知不觉地加入那些人类的脊背！他只是等待加入他所谓的身体的微小的粒子。

夜色降临，纳赛尔的身体已经屈服于油脂气味和那些模特的身体。我，人头巷，发现了溜进那个屋子的机会。我让纳赛尔坐在门槛上，在他耳边用唑唑的声音说着优素福的一句话："我是侍者的公羊，是剩余的头颅中的一个，向你展示，让你走在它的舞台上……"纳赛尔继续读着：

2004 年 3 月 11 日

那个星期五的晚上，他漫无目的地穿过加沙市场，玻璃橱窗密集的灯光已经蒙蔽了他的双眼，他在这个窗前经过几十次了，但从来没过这样的感觉，今天这橱窗竟然像一个有人居住的地方。侍者的公羊驻足窗前，发现自己生命中的二十八年就是一部从头到尾尽是黑色的巨大的百科全书，书的封面上写着：妇女百科全书图集。每当他打开一页，寻找（X）时，出现在眼前的就是黑色的污点，（X）图片是黑色的，（XXX）是黑色的……整个少年时期，每当他做着白日梦，幻想着女人的臂弯、腿或者……出现在他眼前的都是一片黑色。那时，他会坐上几个小时，渴求温柔的出现，但是，那个百科全书总是抢在前面，以黑色的污点否认这温柔的存在。

然后，随着各种事情的发生，还有苏联潮、吉哈德运动的高涨，百科全书的内容愈加膨胀了，包括XXXX和XXX和XX，一层又一层的黑色，一些势力与另一些势力的结合，席卷世界……侍者的公羊的对于女性的印象没有超出他的养母乌姆·萨阿德的样子：宽宽的双肩，扁平的胸，狭窄的骨盆，如果侍者的公羊再加把劲，他还会在他的参考资料中加上萨阿迪娅那只被帘帐包裹着的细细的胳膊。

现在，没有任何准备，无需任何条件，那些女人从天而降，来到了他面前，光鲜夺目地摆在这个玻璃橱窗里。侍者的公羊足足站立了几个小时，任他的百科全书从浅粉色的软木中吸吮着女性：光滑的两乳之间，网纱上有一个三角形的开口，透明的花叶从左乳伸展到肩头，使乳房的上部和右肩完全裸露出来，紧致的腹部裹以罗马丝绸，一袭薄纱像瀑布一样，从纤纤腰肢流向两腿之间，或在臀部左右两边的高处间冲刷出狭道……情欲的痛苦挤压着他的两肾，他站在那里，像一根木桩，浸淹在从肚脐到双乳上方那透明得似乎溶解的薄纱的罪孽之中，看着刺绣上面垂落的水滴，抚弄那两只小脚上的脚趾。这些脚趾拖着长长的裙裾，在睡梦中跟随着他。一辆牵引车拉着一卷卷布匹经过，无意中将他撞得跟跟跄跄地跑了几步后摔倒了，但是，他并未站起身来，而是斜着身子去看模特细腻的胸部，这酥胸正在从他的身躯里挤压着曾一股脑涌出的精液中的最后一滴。于是，他明白了，女人的身体，是我们不敢去说清楚的秘密，它是在他的手触到它之前的愿望，如果他这样望着她，他自己的身体就会冲破脊柱，带着他的欲望穿过一段又一段的距离，而这里，正隐藏着他的百科全书被加以黑色封面的秘密。

卖茉莉花的阿富汗男孩走了过来，将花束靠近他的鼻子。他苏醒过来，睁开眼睛打量着这个男孩。他看到这个阿富汗男孩双颊通红，眼中充满疲惫。他微笑着离开了，茉莉淡淡的香气跟随着他，穿过灯光通明的市场的一条条走廊。茉莉的悲伤燃烧了侍者的公羊触摸的欲望。

第二天，侍者的公羊壮着胆，走进了布匹店，但一阵阵眩晕却向他袭来。他确信自己已经变残了牺牲了，随后又在天堂里复活，周围都是天堂里的美女，还有许多有裂缝的躯体在发出叹息。穿着蓝色衣服的巴基斯坦侍卫踢他，然后把他扔在路上。他从父亲的庭院中消失，身上刮下了一层油脂。已经好几天了，他没有东西吃，只在一个个布匹店里游荡：斯拉尼、巴格里、本·绥迪克天堂，他知道，他终将老去，但是，在这个禁地里，他的女人们却不会衰老也不会被遮盖起来！之后，各种布匹展销又变成了他的目的地，闯入这些地方产生的快感胜过了战胜梦中出现的魔鬼的快乐。他徜徉在绿色的绸缎之间。这种绿将遍布整个阿拉伯半岛，染遍的河流和在夜晚奔跑的鸵鸟，还有那些他经过奋战将其放出地狱的美女。我们这条街上的孩子们，梦中看不到教父教母们的故事，只有来到我们的土地、把半岛变成乐园的马赫迪的故事。我们的梦里出现死亡，在复活之后，我们变成了半岛河流里的天堂美女。

侍者的公羊希望话语、宇宙和女人都能忘记他。

他甚至拒绝优素福让他重回父亲庭院的一切努力，以及他关于美女的哲学以及一如既往地通过历史对其进行考证的努力：优素福将侍者的公羊与他的现代史联系起来，他把这个现代史叫作"气味"：多年来，这种气味已经从这个城市和宗教讲演中消失，融入了波斯尼亚和阿富汗的吉哈德运动。优素福为他画出了阿拉伯精神和经济储备收缩的地图，这种收缩不仅发生在八九十年代，发生在太空百科全书式的高潮之初，发生在两次海湾战争之间，也出现在每天的现实中对于图像和感觉的百科全书式的追踪。在这个过程中，百科全书的捍卫者们倾向于剥夺，一切陆上和海上的关卡，都有印刷品的卫士坐在那里，用中国黑墨抹黑所有的广告，甚至包括衣服设计图样中显现女性的内容。只有极少数人工制造的模型，出现在胡布尔、吉达等地无视法律的店铺里，其余的都被秘密烧掉了。优素福将他的观点总结为："大力士妖怪从瓶子里出来了！这是妇女的英雄。"之后，优素福继续画着开放的示意图。

"随着第三个千年西风掀起的呼吁无主的风暴，我们发现自己正处在妇女百科全书开放的浪潮之上：女性出现在商会的选举中，出现在文化、广告、记者工会和官方的代表团里，出现在政治、教育和发展的方方面面，妇女主持人权机构——这些模特们的进攻席卷我们的大城市。"

在布匹展销会上，一个黎巴嫩蠢货令侍者的公羊遭受了当头一击：服装设计师的形象惨不忍睹，但是加沙、斯廷、阿瓦立市场里的布匹展览竟以每小时300

美元的价格雇佣他，只是让他为那些软木的肢体注入活力，用布匹玩弄，唤醒妖媚的魔鬼。

待者的公羊观察了好几天，发现这个黎巴嫩人多在市场关门时出现。店铺主人们对他的热情令他吃惊，他们把库房的钥匙交给他，把美女们的身体堆放在他的周围，然后，留下他自己，纷纷离去。站在那些关闭的店门外，待者的公羊犹如身处地狱，好几个夜晚，他都在想象那个蠢货和那些美女之间发生了什么，一种盲目的嫉妒让他的喉咙间冒出苦水。于是，他偷偷潜入库房，跟在那个黎巴嫩人身后，计算着他独自一人待在最大的展场里的时间，那里有最苗条、最迷人的美女。报复的念头燃烧着他的心，多少次，他都想和有关的办公室联系，让他们进入那个黎巴嫩人独处的地方。

那天夜晚，乘晌礼间歇之机，他潜入了斯拉尼大展场的库房，耐心等待着祈祷之后继续开放的卖场，忍受着一卷卷布匹和一个个包装箱给他带来的窒息感，随时准备着在伙计进入库房拿取布匹时揭穿那个黎巴嫩人。终于，在十二点店铺关门时，他听到了热情的问候声，知道他的仇人来了：

"亲爱的，注意把门锁上，我们不想和管理方发生什么麻烦，看着你和这些赤裸裸的身体在一起，他们肯定不高兴……"说罢，店铺看管人熄灭了库房的灯，离开了。

藏在布匹中间，待者的公羊觉得自己正赤身露体地面对敌手，但是，他无法宣布自己的存在，甚至不敢抬起头来，更不敢跳起来攻击敌手。仅仅几分钟的时间，似乎长如几生几世，他觉得他恐怕要死在他藏身的地方了，翌日清晨，人们也许会在那些进口布匹堆里发现他肿胀的尸体。展卖场里的温度不断升高，他意识到他所估计到的事情正在发生，一股怒火让他变成了瞎子，他浑身哆嗦着向展卖场的方向爬去。他看到那个黎巴嫩设计师正站在一个闪着紫光的地方，面对十二个美女。从下往上看，当黎巴嫩人弯下身子时，侍者的公羊感觉到这些美人轻柔的呼吸在加快，他看见那个黎巴嫩人闪着金光的发绺正轻轻地触碰着其中一个美人的乳房。他整理着她身上的绸缎，解开裤带，装上珍珠饰物。瞬间，那个美人的内裤，还有圆圆肚脐旁的一条带子都露了出来。侍者的公羊的心都要跳到嗓子眼了，喉咙感到了从未有过的焦渴。再一看，他看到那个人将一只手放在模特的双腿之间，另一只手放在她双肩的后面，把她从地上抬了起来，这简直让侍者的公羊血液凝固，让他的面孔和整个身体变成了深红色的玻璃碎片。他瘫痪了，但又挣扎着，不让自己的脸趴在地上。他抓起倒塌的一捆捆布匹，可是，那个黎巴嫩人却像中了邪一样，连眼睛都未抬一下，根本没去看看发生了什么事。他把那个美人，把她放到一张用来展示鲜艳布匹的矮桌上，她的身体赤裸着、颤动着，等待着下一次抚摸。这时，那个黎巴嫩人以一种潜在之力解开裤子，露出两条大腿，然后，那条裤子在空气中飘荡起来，又像一朵炽热的丝绸云向下飘落。那个黎巴嫩人被野蛮的需求催动着，把他的左膝插入了她的双腿之间。又推了一下，左边的小腿竟与身体分离，掉了下来，撞击在侍者的公羊身上。美女的手指插进了侍者的公羊的胃，他身体上的一个魔鬼从那里蹦了出来，让他完全沉浸在体内的快感之中。片刻之后，他屏住呼吸，穿过那个闪着紫光的地方，结果发现，那里根本没有任何真正的敌手。

他与自己身体进行的挣扎并未让黎巴嫩人感到突然。他像看另一个红色模特一样看了看侍者的公羊，向他伸出了求救的手。于是，两人在沉默中，协调地进行着工作，一起把模特身上的衣服一件件剥掉，使之变成裸体。侍者的公羊不敢让自己的身体去触碰那些模特，只是用指尖去轻轻抚摸。当手指深入肩头和手臂时，他的指尖如燃烧般炽热，身体僵硬，变得像一个真正的模特。这时，也只有在这时，他才注意到，这位女性右眼周围有一道深深的伤痕，像一道刺青环绕着眼眶，延伸到左耳下面。他真想去舔舔那道伤痕，使之痊愈平复。他还看到了她的腰部有一道旧的伤口，不由得张开双臂，对她环腰而抱。又是一个受折磨的伤口，把那个身体劈成两半。这让他想起了他父亲助手的老婆，她是个印度尼西亚人，承接着人头巷里所有秘密的欲望。她有一句名言："这……"她指着自己身上从头到腰的部分，说："这是属于我的主的……""而这……"她指着腰以下的部分说："属于我的爱。"侍者的公羊不想让黎巴嫩人给模特装上他手里的那只断腿，想要抱着它逃跑。在他与黎巴嫩人面面相对时，后者把一只手伸到他的双腿之间，另一只手抓住他的后背，一下子把他扔到了店铺外面。侍者的公羊撞到了路边，没有了呼吸，好几个小时都没能从市场的地上爬起来。他的身上淌着血,把那个女人扔在一旁,那是他从竞争者手里夺来并轻轻抚摩过的第一个女人。现在,他搂着她的脖子和她腥红的腰肢,发出了挣扎在现代牛仔和肚子上绣花丝绸之间的叫喊。

从那个夜晚开始,侍者的公羊把那个黎巴嫩愚货当成了他的头号敌人,每天站在对他关闭的那些门外哭号,想象着在那些门后,那个黎巴嫩人把她们剥光,然后给她们穿上更加勾魂摄魄的衣服,知道哪里可以摸,哪里应遮盖,哪里应裸露。这种想象强烈地刺激侍者的公羊的感官。挑战着侍者的公羊的原始欲望变成了燃烧的仇恨,他要消灭这个擦着脂粉的敌手。每当看见黎巴嫩人梳成马尾状的头发飞舞起来时,侍者的公羊的头发也在疯长。每个星期五的黄昏,这个黎巴嫩人都会到小市场,让那个面容俊俏的理发师,把他的头发梳洗、吹干,扎成马尾的样子,放在那顶带有 NY 商标的帽子里。深深的仇恨,让侍者的公羊计划在那个星期六发动进攻。他花了整整一周的时间,在筹划着如何使他的竞争者和管理机构的通用商务车相遇。那天,下午两点的骄阳使街上仿佛出现了蜃晨,突然之间,侍者的公羊领着一群人头巷的孩子出现在黎巴嫩人面前,见到这个阵势,那个可怜的人撒腿就跑,追赶者的石块不停地落在他的面前,就在这时,专门监视放学后的中学生的管理机构的通用商务车出现了。那个黎巴嫩人不明白发生了什么事,也不知道为什么这些调皮鬼用石块打他,更不知道大地怎么会裂开,让他与灰色的通用商务车面面相对……一名警察和三名留着胡须的老人将他围住，命令他摘下那顶带着 NY 商标的帽子。

看见那个马尾巴在抓捕人的眼中激起愤怒之光时，侍者的公羊非常解恨。他们以鄙视的态度迫使他冒着下午两点的酷暑，在下班的人们和放学的学生的众目睽睽之下，跪在斯廷街边，被剃光了头发，也剃光了尊严，以示对其他人的教训。人们说，管理机构在突袭式检查中，把那个普什图理发师叫了过来，他原本是专门剪羊毛的。但是，被剃光头发的黎巴嫩设计师仍然以尤里鲍里索维奇（俄罗斯演员）式的高傲，继续着他的工作。

一个月过去了，侍者的公羊忍耐殆尽，全无头绪，开始了盲目的第二步计划。他发现自己颤抖着用双臂抱住了热恋的人儿的身体和双腿（喂，侍者的公羊，恐惧和钟情让你失去理智，你的手指已然瘫痪，像冰箱里的死鱼一样寒凉！），静静地用酒色的细纱布将其包裹住，通过狭窄的加沙街巷，向麦斯阿逃去。在路上，他看到一辆正要开动的公共汽车。他简直不敢相信，他竟然如此轻松地把那个身体抢到了手。当他到达自己位于厨房最上面的房间时，人头巷清真寺里的昏礼刚刚结束。他躺在她那两只神话般的脚下，长长地出了一口气，说："这芬芳的脚从未踏过泥土，这是处女之脚，脚趾还没有分开。"

他如同置身于七重天，云里雾里，一天又一天都在抗拒着打开酒色纱布见到辉煌真相的愿望。他觉得口干舌燥，未在厨房的庭院里出现，既没有回应养父阿什的召唤，也放弃了与养母乌姆·萨阿德共进午餐的机会。当他的抗拒彻底崩溃时，他四肢冰冷地跪在他双脚之间的地面上，颤抖着掀起了那衣服的一边。眼前所见令他大惊失色：那双脚所在的地方是一个坚硬的木制基座，那两条腿只是冰冷的金属棍。他的血糖急速下降，眩晕袭上两鬓，于是，他用牙咬碎了那个肩膀，扯碎了那块酒色的布，感到了走向女性，走向这个衣服架子的恐怖，在它倒下、被打开、散落之前，原本是一个女人的身体！

浑身燥热的侍者的公羊躲在斯拉尼展卖场里，向他最大的竞争对手，向本·绥德基市场里的那些大的店铺走去。当着看门人的面，他弯下身子去看离门最近的一个女性的脚，他确定这双脚确实娇美动人，就把她的左臂拢在自己的肩上，扛着她离开了。看门人在店铺另一端呷了口茶，没有进行干涉。除了模特的所有者，谁会有这样的胆量把它扛走呢？

侍者的公羊扛着他的战利品全速向人头巷奔去，只觉得舌头滚烫，像着了火的丝绸一样。他听不见汽车鸣笛和刺耳的刹车声，奋不顾身地跑着。当一种巨大的力量把他的身体扔到路边，一种黄色在他身边炸裂时，他才从迷茫中清醒过来。他那个美人的黄色的纱裙已被碾到一辆出租车的轮胎下了，嘲讽的大笑在抽打着他，但他却没有抬起眼来，只是拼命地想把美人的身体从轮胎下拽出来。他用拳头和脑袋撞着出租车门，整个脑袋都胀得通红。海利勒走下车，抓住侍者的公羊的长袍，把它推向滚烫的车身，然后用嘲讽的语气对这个可笑的土耳其人说："我是不是应该让你看看关在你身体里面的女人？这只是个模特，是个衣服架子啊?"但是,侍者的公羊仍然歇斯底里地拍打着,还用脚踢着汽车。海利勒觉得好笑,于是把他扔在路边,又把车向后倒了一米,说:

"当我还是天上戴着王冠的君王时,就非常清楚这个国家需要什么,我利用我和航空公司的关系,给裁缝店走私这种模特……"咒骂这个年轻的对手,让海利勒心里美滋滋的。"每次我弄到一个或两个模特,就把它们拆开,放到行李箱里。离开海关之后,再把它们重新安好。国外的模特比国内便宜很多……你可以试试从阿富汗弄这些东西,也许可以发财……"争斗的过程中,侍者的公羊的衣服已经被扯破了,但是,重组美人肢体的愿望还是让他满脸喜悦,心中充满了爱,于是,他带着那个模特,头也不回地走了,身后的海利勒坐在方向盘后面,用嘲讽的目光看着这个可笑的身躯在白色的长裤里扭动着,渐行渐远。热风撕扯着那黄色的绸缎,让他飞一般地不见了踪影。

侍者的公羊独自一人面对着两条大腿和双膝间那种令人恐惧的完整!他从来没有想过自己可以无视那个女人身体的破碎,他的心能够融化在两膝之间,并保持沉默。

那时,他才发现,自己被脚趾不能分开、嘴唇不能开启的女人控制了……那是无法进入的女人!不管如何努力,他的唾液都不能使那软木变软,那些脚趾也没有任何反应。当他第一次举目乞求她的目光时,才发现那里既没有眼睛,也没有头……

"诅咒美国的民主吧,他们竟然不给橱窗里的美女们装上头颅和四肢……软木胳膊和腿的民主不能搂抱男人的腰和颈，让男人给它一个熊抱……"

他开始对那些身体上了瘾，无论在哪里看见它，都要把它弄回来，绝不后悔。对这些美人的矛盾的感情耗干了他的精神，她们的皮肤不出汗，不渗水，使他变得皮囊空空，每天早上都会眩晕恶心，于是，他把解脱的希望寄托在伊玛目达乌德的女儿萨阿迪娅身上（她的皮肤从头到脚像裹上了一层黑纸，服装设计师的手指对她无意，电视里的爱的场景也与她无关）。萨阿迪娅让他像一个从未被人爱过的男人一样被爱上。侍者的公羊对自己发誓，自己要接受她的爱，全心全意向她投降，以补偿他在充斥在自己房间里的美人们那里遭受到的拒绝。

站在门后，纳赛尔就开始打量一只细细的胳膊。张开的手掌上的食指指向从小窗户射进的光，模特手指的纤纤动作招呼着他向它走去，纳赛尔闭上眼睛，血味充斥他所有的感官……毫无疑问，那是侍者的公羊的血。纳赛尔抗拒着侍者的公羊想象中的吸引，那是来自模特身上的近乎女性的吸引……

发现号

阿伊莎的第十一封信

那只鸟鼓起全身的羽毛，啾啾叫着，啄着空调机，在那里筑巢。春天已经到了吗？我大声询问着，它不回答，只是去了又来，像你一样。

自从我的脊背熟悉了手术刀和像乌鸦脚步一样缝针的刺伤，每个星期天，我的心都会觉得它被扔在窗下那个凳子上等待，独处，直到与我进行对话。

你出现了，给我披上了那件带着松柏芳香的厚重的外套！

你带着你所有被撕烂的碎片跪在我的面前，为我修补因踩踏椅子而受伤的脚。

你的嘴唇突然亲吻了我的膝头。

你跃身跳起，重又站在我的背后去推动轮椅。

那些狭窄的路上，所有的店铺都关闭了。

我们来到了河边。

在位于许多摊贩之间的小小的乡间空地上，你让轮椅的轮子随意旋转，那时，我发现，这些轮子比双脚更勇敢，更具优越性。

那边亭子里有一个织袜的老妇，你将我引向她手中的红色。

在你之前，没有任何人为我指路。

为什么我们不去指引我们爱的人和被他指引呢？

签名：阿伊莎

附：

哈丽麦大婶茶炊的照片，

还有她那面鼓的照片。

她反复对我讲着这面鼓的作用，说：

"这面鼓上有发现号为我签的字。"

发现号，啊，她是人头巷的碧昂丝，她和她的乐队以及全部现代乐器都盘踞在哈丽麦大婶的心头上。

"喂，她的丈夫，啊，她妩媚的步子，啊，她的青春，犹如带皮的栗子一般闪闪发亮。"

在喜事婚庆时，她和那些乐队的痴迷者们一起用"发现号"的歌词唱着。

又1：

我单独与一个陌生男人在一起，在塔勒格树下，第一次共同进餐，这让我充满思念地将身体蜷缩起来。

又2：

阿札非常喜欢我和你为她挑选的手镯。那天，当我要求把我和她的名字的第一个字母（A & A）刻在手镯上时，你曾笑话我太幼稚，我觉得没有必要解释为什么要这样做。但是，那天我还是对你说：一个A就够了，因为当我在人头巷之外进入梦境时，我就是那个梦想变成我的阿札。

签名：阿伊莎

释 放

　　优素福在第三层的起居处发现了一个小小的空间，莱巴比迪用它来放置造纸工匠协会和麦加书店的照片。那两个地方位于从禁寺到麦斯阿左边的大小和平门之间，那里有最古老的书店和古籍，有继承了九世纪著名的鲁巴提眼药和香料的商铺，还有各种伊历十三、十四世纪的启蒙读物。书的河流掺和着香料，从禁寺涌向麦斯阿的左侧。

　　在右边，在空处的墙上，优素福读到了一行镌刻在那里的文字：香料市场，是书的灵魂，是脂肪的灵魂……迷恋书的人们认为书中的字句赋予香料以芬芳，而香料商们则认为，是香料用它的妖术使书中的字句有了香气……那些香料，就是被化解在空气中的人类的灵魂……

　　一个又一个夜晚，优素福打量着那些照片，半睡半醒地从萨德莱拉巴特（求知处）开始，行走在无数的小书店（法达，巴兹和麦尔扎）之间。书店的门上有古老的阿拉伯式拱形装饰，室内狭窄黑暗，麦加的男人们坐在门口，被一排排书籍包围着。优素福停下脚步，仔细打量着一张黑白照片。照片上的人是书馆的创建者法达·本·阿丹·克什米尔（这个长命百岁的人风尘仆仆，脚上沾满他为了收集和印刷图书而踏遍伊斯坦布

248

尔、埃及和印度的土地所留下的灰尘）。他看到一本解释沙斐仪教派教法的书残缺不全时，立刻将这本书扔给了他的孙子。后来，当他访问自己的邻居时，邻居给他带来了完整的这本书，他立刻接受了，没有任何讨价还价。

时光交错，昏礼之后，优素福又来到他的书店，听到高鲁特、巴席德尔、高里、吉姆比、阿什·米尔达德和艾尔白因等长老们以最甜美的声调诵经。黄昏时分，一段诵读结束，另一段诵读立即开始。待宵礼结束时，书店里响起歌唱家们的美妙声音，佳瓦、艾布·海舍白、布哈里用他们的歌声向夜晚致敬。优素福走过一个又一个书店，看到了穆罕默德·法尔西长老培训出的书法家们……他停下来，好奇地读着墙上所有的广告，读着拱门上镀了颜色的关于经书、宗教书籍和阿拉伯文学的广告牌，看到穆罕默德·萨利赫·吉玛勒长老文化书店里的小商人正在解决纠纷，然后，他走进了库特比耶长老的儿子阿卜杜·凯利姆·本·巴兹那间书店。那间书店的门脸很小，按照阿卜杜拉·欧拉比的愿望，那里已变成了一个思想中心，一些喜爱宰姆海舍利和赛巴邑及阿卜杜·吉巴尔诗歌的年轻人，经常在那里举行诗歌比赛。

优素福从书店的后院走向了宽大的广场，那里演绎着艾布·宰德·希拉勒人迁徙冒险的故事。左侧，每周四都有苏勒特学校[①]的演讲，那里充满了麦加古老的学校以及在麦加教书、在禁寺担任教长、进行演讲的大学者们住宅的气息。优素福仔细地看着租赁的契据以及店铺里所有的地方。这个契据让他的书籍能够在店铺里占有一席之地。为了保持书籍的体面，这个店铺在库特比叶的拥挤中挣扎着。

夜幕降临，店铺关闭，优素福独自站在那里。轻柔的晚风

---

① 苏勒特学校，沙特阿拉伯王国最古老的正规教育学校，在麦加。

吹来墨香、旧纸的气味和香料的芬芳，朗读的声音不绝于耳。在一间间店铺组成的网中，优素福面对胡白勒①偶像而立。这个偶像被推倒在地，和那些蒙昧时期被崇拜的偶像一样，都已经被砸碎。莱巴比迪的照片是从表现这个偶像骇人状态的角度拍摄的，它的头部、眼睛和鼻子都被推到了书店的下面，躯干部分被扔在一块残破的巨石上，手臂已经被弄掉了。那只手臂原本是用金子制成的，卸掉之后，被重新融化，制成首饰和流通用的钱币。它庞大的躯干被丢在那里，任由进入禁寺的人们随意踩踏，或者将他们的鞋放在上面，以示鄙视。禁寺扩建时，这个偶像突然不见了。

借着微弱的灯光，优素福在图书广告中看到了一条有趣的广告：麦加麦斯阿的阿拔斯·凯拉来可进行无痛拔牙和镶牙，还可以低价镶金牙。

在莱巴比迪的照片里，优素福看到了他给阿札带来的危险……

优素福十五岁时，曾带着阿札来到阿卜杜·拉兹格德的铺子里。那是一间面积不到四平方米、充满书香的店铺。一个夜晚，那个身着白袍、头戴白头巾的严肃的长者向他们打了招呼，但自己的眼睛却不曾离开一个旧书架，因为他正在阅读一本烫金骆驼皮封面的关于万物奇事的书籍。

这位长者仿佛来自久远的、未知的时代。他背靠书架，那里有许多古籍，包括伊本·西林的《解梦》，贾希兹的《动物》，伊本·盖仪姆·昭齐的《灵魂》，伊本·哈宰姆的《鸽子项圈》，同时，还有苏菲派的赛赫鲁尔迪手书的《奴隶》，乃夫里的《立场》和伊本·阿拉比的《麦加的启示》等。

---

① 胡白勒,伊斯兰教以前,古莱什族人供在麦加克尔白里的偶像。

250

晚上，阿卜杜·拉兹格的世界俨然是一排排凳子，求知者攀登而上。当他们带着记忆和回想从禁寺来到这里时，可以从各种阿拉伯人的手写本中获取大量知识，从各种深奥的知识中了解到许多自然科学。优素福久久地停留在那位苏菲派大师的著作里，想探索其深奥的哲理，于是，阿札设法摆脱了他的手。见此情景，他只好陪着她去看那些漫画杂志了。

趁着那位长者去禁寺做晡礼时，优素福鼓动阿札和他一起下到隐藏在低洼的房子之间的库房里，那里是现代智慧的宝库。他带着她，让她了解诗人哈菲兹·易卜拉欣翻译的《悲惨世界》，马克思的《资本论》，康德的《哲学》，黑格尔的《哲学百科全书》，还有精神与物质的统一，以及关于矛盾相互作用而产生新事物的唯心主义的书籍，也有堂吉诃德与大风车的斗争，等等，这些书都在仓库的右边。左边的书则是关于世界历史上各种战争的，如海明威的《丧钟为谁而鸣》，托尔斯泰的《战争与和平》，狄更斯的《双城记》，高尔基的《母亲》，还有那些席卷人类思想风暴的亚、欧、美的作品，如布斯塔尼翻译的但丁的《神曲》，古希腊的《伊里亚特》《奥德赛》，弗雷泽的《金枝》，萨特的《苍蝇》，西蒙娜·德·彼伏娃的《第二性》，哥德的《浮士德》，乔治·奥威尔的《动物庄园》，还有兰博、马拉美、莫泊桑、契诃夫、屠格涅夫、大仲马、莎士比亚、威廉·福克纳、埃德加·爱伦·坡、赫胥黎、雅克·普莱维尔、巴尔扎克、加缪等人的作品。

蕴藏着人类思维精华的发黄的书页令阿札咳嗽起来，于是，优素福开始用那些幼稚姑娘的故事和有限世界中无穷的变化来吸引她，如拇指姑娘，长发公主，还有灰姑娘的故事……仓库里应有尽有……

在莱巴比迪宅中的沉默里，优素福变成了一个孤寂的灵魂，脱离时空，迷失在黑白世界里。在那些墙面上，麦加的过去与现在融合,照片中的景象与他透过宅子窗扉看到的一切也没有了界限。除了纳赛尔警官热衷于阅读的那些日记以外,他的生活已经没有什么可以与现实联系在一起了。而警官对于那些日记的热衷恰似优素福对那些照片的痴迷。

纳赛尔读道:

1995 年 6 月 6 日

"阿札,你对卡通杂志的痴迷令我吃惊,我指的是第 135 期的蝙蝠侠,蝙蝠侠遇见了蝙蝠女……你对它的感觉让我嫉妒……我现在明白,就是它的突然袭击,引导你在自己的画中画出了逃跑的身躯……"

那时,阿伊莎是我不败的竞争者,我和她之间隐蔽的竞争长达 20 年(她可能并未意识到)。那时,她让她的兄弟们抢先跑到萨拉姆书店,去寻找我没有想到的一些书,再把那些书买下,放进购物袋,在他们父亲的眼皮底下,把书拿回家里。他们的父亲禁止他们买书回家,担心书会把白蚁带入人头巷。

全家人都入睡之后,阿伊莎借助烛光在床上读书。我经常想象着她是在钢筋水泥建造的家(像高压锅一样)里读书,而我却是在用泥土建造的平台上读书,在享受市政灯光方面,我超过了她,只需一个夜晚,我就可以浏览整整一本书!在她设法躲避她的父母时,我却可以独自一人,公开地表达对书中一切的迷恋,因为我的母亲哈丽麦确信我的护身灵是纸,图书可以使我远离我这个年龄女孩子的不良行为,如吸烟,打听女人们的奇行怪闻等。

在当时那场竞争中,我最大的损失是马塞尔·普鲁

252

斯特的《追忆似水年华》，我不知道究竟发生了什么奇迹，让这本书落在了阿伊莎手里。这件事的影响如钥匙孔一样长存在我的心上，我的时光也从这个钥匙孔里溜走了。有时我会觉得，如果当时我拿到了那本书，我的生命会发生彻底的改变，时光也不会如此背叛我。

在莱巴比迪大宅的最高处，优素福明白了阿伊莎对他的生命的毁灭的影响。他现在明白了，并不是阿札背叛了他，而是这个阿伊莎，这个他从自己的日记中抹去，让他憎恶的阿伊莎，把他最重要的东西掠走了。

优素福想立刻潜入阿伊莎的房间，去寻找普鲁斯特的《追忆似水年华》，他的想法让他颤抖，但是，他坚信，正是她的胆量和奸诈，让她拿到了那本书。他打量着蜘蛛侠，自忖着，是不是蜘蛛侠把阿札偷走了？你觉得让她记起优素福的，是这个蝙蝠侠，还是一个利用雷达穿越黑暗的夜行生物？

优素福变成了一个踉跄挣扎的蝙蝠的残肢，第一次明白了少年时期他在康德的文章段落所画的红线的意义，那篇文章说："寻找时间和空间，结果发现二者无边无际，同时又有边有际。从物质存在处寻找物质，结果物质被分割成了没有终结的和有终结的。寻找意志的结果是，意志不能同时拥有活动与自由……"他在莱巴比迪大宅的平台上呼唤着阿札：

"喂，阿札，你就是所有的矛盾：没有终结的，超越表象的终结和分割。我不应对你的存在感到失望，我将继续寻找你，直至死亡……你的死亡就是我的死亡……"

优素福多么想写他的日记来纪念阿札，但是，他很清楚。命定的时间已成过去，他现在的生活里已经没有它的位置了。

圆形线路

通过查看沙特航空公司星期四和星期五的时刻表，警官纳赛尔发现，阿伊莎的丈夫艾哈迈德在发现尸体那天的黎明时分，搭乘了飞往卡萨布兰卡的飞机。艾哈迈德的突然出现和离开，有可能确认死者就是阿伊莎，但是，他害怕追踪这条线索。

在通往禁寺的巴布街区的斜坡上，纳赛尔的汽车被困住了。四排汽车堵在那里，发动机呻吟着，把大量的尾气送进麦加的炎热中。和那些公共汽车、货车、食品冷藏车及旅游车竞争的司机们踩着油门，在拥挤中冲撞着，恐吓那些想插空进来从瘫痪的交通中逃离的小汽车。在这样的季节，特别是斋月中的副朝季节，那些大型客车的车窗玻璃总是黑压压一片，里面尽是朝觐者的脑袋，而客车则显出一副英雄气概，像传说中的野兽一样，在人海中劈风斩浪。麦加本地居民也把他们的城市中心让给做副朝的人们，他们自己穿过一条环绕着禁寺外围的环形线路，可以到达第一条和第二条路带边上的任何一个地方（商业网从这两条环绕着中心的路带伸向所有的方向）。

纳赛尔让发动机继续转动，自己从车上跳了下来。他走进艾布纳尔的点心店，买了有名的"莱德沃"甜点，那种球状的点心是用鹰嘴豆粉和葡萄干制作的，掺有小豆蔻香料。卖点心的人见他把六个如高尔夫球大小的点心塞进一只长型面包里，感觉很奇怪。当然，他像大多数殷实之家的子弟一样，正受到糖尿病的威胁，但他还是喜欢把这些食物当作早餐和晚饭。他回到车上，坐在方向盘后面，开始享受他的美味。这时，他发现自己几乎被困在了那里，一辆大客车挡住了路，卸下从其他城市来到这里朝觐的人们（这些人在麦加固定的停车地点租车，然后公共汽车将他们拉到禁寺前面，当他们做完副朝的功课时，公共汽车再将他们送回租车的地点）。望着如海洋般的人群里男人裸露的肩膀和不戴面纱的女人的面孔（如果这时戴上面纱，则需要宰牲），纳赛尔感到十分奇怪。为了宗教仪式，女人们此时可以露出面孔，不戴面纱，而他自己，正是面纱和矛盾的一部分。他发现，因为看到了这些女性朝觐者，他的心脏不跳了，巡游也走不动了，身体变得特别僵硬。他觉得那些面孔是属于第三性的，非女非男，而女人的一个眼神，就可以让他浑身瘫痪！这时，他忽然梦想能在巡游天房时见到不戴面纱的阿伊莎或阿札，踏在她俩踩过的大理石上！他没有了胃口，把剩下的半个面包用纸包上，扔在副驾驶座位上。前面汽车的长河被两边的店铺包围着：哈吉努尔食品杂货，努尔绿洲，努尔台米斯饼，努尔烤肉，努尔果汁，哈娃粮店，萨拉姆（平安）饮料……接着是各种关于巡游天房的广告，向导的办公室灯光闪闪，上面有麦加和麦地那及国王的图片，等待迎接来者的向导们坐在铺着海绵的长椅上。这时，纳赛尔在一个小书店前面的报架上看见了《乌姆·古拉报》，书摊上还摆满了《古兰经》和有关的传记。于是，他又一次推开车门，用三个沙币买了一份报纸，然后回到方向盘后面。道路依然堵塞。于是，他开始在报纸的页面中寻找《优素福之窗》。令他吃惊的是，他看到了这样一个题目：俯瞰穆阿拉特。他读道：

255

他们正在把穆阿拉特变高，将其变成多层高楼。

作为现代艺术和理念艺术的支持者，我们希望它能在眨眼之间变成一座塔楼。

很快，我们将以我们的死亡走向现代或后现代。

当更多创新的承诺者来到时，将在玻璃之底建设更高的楼层，我们将躺在那里，目睹现代的同事们分解或死亡。

我变得害怕在穆阿拉特进行晨间散步。

（在麦加，我们搞宗教旅游，我们的任务是让死人旅行。尸体们知道这一点，这些尸体是扩建禁寺的公司毁掉舍比克墓地时弄出来的。这些尸体被赶出来，住在其原来地方的是一座座塔楼、高级宾馆和停车场。

尸体的一条条腿伸在大型货车车厢外，这种现象仍在继续着。我们看见它们就在露天之中，在我们面前，顺着玛金湖的水流向下驶去，不知道在什么地方才能把那些尸体埋葬）。

车流开始移动了，一辆摩托车从狭窄的缝隙间穿过，将尾气喷到了纳赛尔脸上。他急忙关上车窗，打开空调，嘲笑自己需要的是活着的空气，而不是裹着尸布的尸体的空气。在他看着摩托车后座上那个人剃得光光的秃头时，飞奔的摩托车让他的戒衣飞了起来，碰到了摩托车司机的头盔和他的运动服。摩托车的任性激起他的愤怒。这些摩托车在最近几年变成了一种载客的交通工具，在拥挤时替代出租车（50 沙币往返），造成了无数的交通事故。纳赛尔的目光重回报纸时，落在了"革命"一词上：

也许死人享有组成反对战线的优先权，因为在麦加，死人是有战线的。麦加的墓地有抗税的历史，最著名的是墓工革命，发生在穆罕默德五世，即穆罕默德·理查德当政时期，联合派获胜。伊历 1326 年时，麦加和希贾兹地区确立了宪法，奥斯曼人中的宪法派人士首先规定了死人埋葬税，税额为五个沙币，用于修缮墓园。人们把墓工的头领找来，向他转达了死者家人的不满，他则开始对这项税赋进行谴责。他从政府办公地走出来时，发出了著名的叫喊："穆阿拉特的居民们，昂起你们的头，奋起吧！今天死亡免费，明天死亡交税！"他的叫喊声煽动了众人的情绪。那时，希贾兹人没有接受宪法派的原则，也没有接受他们对哈里发进行的革命，于是，人人都在高呼为安拉而战，所有街区的年轻人，拿着他们的武器倾城而出，高喊着要革土耳其人的命，在各个市场里与士兵发生了冲突，双方都死伤了一些人。几个小时之后，在当地一些贵族们的帮助下，土耳其人终于平息了骚乱。当时麦加的行政长官阿里·本·阿卜杜拉帕夏被指控策划和帮助了这次革命，于是被革职，侯赛因·本·阿里获得任命。这个侯赛因属于强硬保守派，不承认赋予老百姓些许统治权的宪法原则，认为那些原则不符合传统的将统治者和被统治者完全隔绝的传统。

交通堵塞终于缓解了。挡住他前行道路的是一队朝觐者，一个少年向导正带着他们穿过拥挤的人群，向禁寺走去，跟在他们身后的一个阿富汗孩子，向他们兜售着他袋子里的货物，主要是绣着天房及周围院子图案的手掌大小的小块礼拜毯。刑侦警官纳赛尔把车开向哈法伊尔方向，不过，他没有什么明确的目的地。自从他接手这个案子以后，麦加一直珍藏在他的心中（他是离开家乡塔伊夫到麦加居住的），他不止一次在茫茫夜色之中像这样漫无目的地开着车。他只是想要安心，确定麦加仍然在那里，确定天使并没有让它飞走或者把它隐藏起来。他希望天使不会让他们看不见麦加，不会把这作为对麦加居民的诅咒。

刚刚过了曼苏尔街，闪光的黑色面孔就出现在他的周围。走进这条窄巷，他有了安全感。这条街是"赛义德山吉特"（山吉特先生）街。他觉得这位众所周知的苦行僧大概不知从什么地方出来，在这条街上转悠，或者坐在清真寺的屋檐下，带来什么奇迹，然后又消失了。纳赛尔把汽车停在山吉特小寺对面，然后走下车来，看着周围，不知道自己能找到什么。他在寻找能使山吉特从他的隐藏之处出现的灾难。他觉得山吉特正在从高空窥视，想讨回自己的尊严。正像那个关于父亲的故事里发生的事情那样：父亲关车门时，把小儿子的手挤烂了。随着孩子惨痛的叫声，山吉特出现了，口中念着什么，然后向孩子的手上吐了一口，那只手立刻痊愈如初。或者像骑摩托车人的故事那样：一辆汽车把他的腿撞成粉碎性骨折，山吉特出现了，口中念念有词，然后向骑摩托的人吐了一口，那条腿上的伤口立刻痊愈，骨头也完全长好，骑摩托的年轻人立刻站起身来，收拾好车子的碎片，向最近的一家修车铺走了过去。纳赛尔想，山吉特正在修复算命和用魔法治病的天线软件，还能通过神奇的美容术，把丑陋的大鹅变成天鹅。

纳赛尔环顾四周，搜寻着追踪他的侦察方向的谜语玩家的目光，不过，他没有找到优素福在曼苏尔街挖掘的任何迹象。在麦加从前的历史上，人们把这条街叫作菊花（乌格哈瓦纳），在二十世纪上半叶，这是一条时尚街，如同伦敦的海德堡公园、纽约的中央公园和巴黎的香榭丽舍大街一样，每天黄昏时分，麦加人都会来这里散步、休闲，以彩虹般鲜艳闪亮的斗篷和服饰，争相炫耀自己的高雅品位，让土耳其当权者的服饰黯然失色。

穿过这条窄巷，一个黑人站在那里。那里有一间坐落在街路尘土之上的屋子。纳赛尔看见一个红色的沙发和几个开裂的富美加牌的架子，架子上有一些剩余的干面饼和吃了一半的食品罐头。那个黑人向他走过来，张开双臂，想与他握手。纳赛尔伸出了一只手，他发现对方的手掌十分柔软，自己的手像陷入不能自拔的泥里一样。那人紧紧地握住纳赛尔的手，盯住他的眼睛，说道：

"女人，带着许多刀……我们有些人看到了她厉害的目光……你会……但是，别着急，别用你的心去读……她的事情与我们无关……女人……"说罢，那人丢下他，消失在街巷里。

纳赛尔的不悦愈发增长。他确信自己以前见过这张面孔，但又记不起来是在什么地方……他想跟着那个人弄个明白，但是，那些模糊不清的话语挡住了他的去路。

这一切让他心烦意乱，于是，他继续开着车。当他到达拉绥夫街时，关于刀的话语重新回到他的头脑之中，优素福发表在互联网上的昔日之窗，已经开始挖掘那些刀的痕迹。

2002 年 6 月 20 日

八十年代，一个女人给麦加的管理办公室打了个电话，说："我是麦加人，是一个麦加人的女儿，我发现我的丈夫藏匿着从市场买来的刀，询问原因，结果发现，大刀和利器不断消失，是因为非洲的劳工们带着狂热在购买这些刀具！"这个评论惹来了办公室工作人员的嘲笑，但也引爆了一个暗中酝酿的事件。副行政长官发现他的助手巴·阿里参与了以他的名义清除古布吉家族位于拉绥夫街的一块地的行动。那里已经变成了遍布外来人口的一张网，市政部门无力将居住在那里的人赶走，于是，便和助手巴·阿里合谋，动用公安部队，包围了那些暴乱的街巷，用武力把那些不速之客赶了出去。这次清理是秘密进行的，麦加其他地区的人并不知情。进行反抗的人使用了刀具和石块，在清除行动收尾、准备发出结束的命令时，造成了士兵的伤亡。最后，堂皇雄伟的建筑在拉绥夫街不断出现和扩展着，助手巴·阿里的好运也随之结束。

"女人！"纳赛尔冷笑着，想起二十年前就保存在他上司的档案中的一封信。那时，一波进行忠告建议的出版物浪潮冲击着各种中心，包括安全中心、朝觐研究中心、各大学、地方政府和国王办公厅，这些出版物建议的署名都是"行善的法丽达博士"。一则主张进行经济清理的公告说：为了应对自朝觐季节开始出现的落后无序的劳工大军，我们向负责方面提出下列建议：在沙漠中心设置营地，在努夫德沙漠设立妇女营地，男人的营地设在鲁布阿·哈里沙漠，所有被抓捕的、没有正式证件的人，都应该被送到这两个营地。如果文明世界的国家提出抗议，那么，那些反对的国家应该开放其边界，接受这些劳工，否则，我们就拿出我们的一部分预算，用在营地建设上，直到那些被捕的人死亡。我们相信，依靠我们的隔离政策，还有在那些怀揣梦想从世界各地蜂拥而来的人群中广为传播的两个营地的照片，走进这两个营地的人数绝不会继续增加，当然也不会继续加重我们的财政负担……

这种女性的凶残让纳赛尔感到可笑，他想导演的电影的场景已在他脑海中展现，电影的名字是《晶体管国家》。电影的故事发生在一个妇女统治的国度，其中有一个情节，是监管刀具市场，买刀具的人需持有过境护照，另一个则是通过人类性别的统一，使沙漠发展为人居之地。

等绿灯时，穆舍白布的黑白照片浮现在他的脑海中。那张照片挂在他的沙发右侧的墙上，看起来活脱脱就是苦行僧山吉特那张脸的复印件。信号灯转绿，纳赛尔全速发动汽车，返回人头巷的果园。

一路上，他与那些流浪的猫狗同行。回到果园，他推开园门，穿过院子。在沙发右侧，他发现那张照片已经被摘掉了，墙上只留下一块长方形的空白，涂着和周围墙壁一样的深黄色涂料。纳赛尔觉得受骗了，急忙返回曼苏尔大街，那间坐落在街路尘土之上的屋子消失了，所有的警告工具都在他脑子里闪着红光嘶叫，那里有人在玩弄他！那个与他握手的苦行僧不是别人，就是穆舍白布！纳赛尔觉得自己太愚蠢了，他怎么能让留住敌手唯一照片的机会溜走呢？

纳赛尔重新振作起来，返回自己的办公室，翻找着曾经经手过的关于苦行僧山吉特的案子。在卷宗里，他找到了一个在拘留中逃跑的奴隶的供述。这个奴隶是因为给一位显赫人物的女儿走私大麻而被拘捕的。这位显赫的人物就是哈立德·索比汗谢赫。山吉特消失了，报告中说，他具有神秘之力，能够在追赶者眼前消失。

纳赛尔将这些和他在阿伊莎的一封信里读到的内容联系起来：

阿伊莎的第十八封信

你问我是否有负罪感，那会不会造成我们的分离吗，我想说，这是不是要与你生长的根基进行比较？

你想知道，我或者是你，是否以这种或那种形式受到来自人头巷的威胁。我已经向你肯定过，除了我，我的身心构造没有什么能威胁你。

葛珍说：如果人能在德国的野兽生活中扮演一个角色，那将是很有趣的……我确信自己不会在德累斯顿找到长生不老药，这一点，我绝不会欺骗我自己。但是，我将会逃离，从那些有着自己的家、自己的孩子、自己的朋友的人们那里逃离，从一切属于自己的那里逃离……我将与那些一无所有的人在一起，没有家，没有用人，没有社会地位，没有学位，没有朋友圈的人们在一起……啊，上苍啊，这些小齿轮属于众人组成的大齿轮，它让我们每个人都像钟表一样，以机械的毫无意义的疯狂滴滴答答地旋转着。我是多么地厌恶这样的生活啊！我深深地厌恶杰拉尔德们，除了那些之外，他们不能给予我任何我想要的东西。

思考一日接一日地机械地接替，没有终结，日复一日，这是葛珍的心几近疯狂地跳动的原因之一。

杰拉尔德未能以身体和行动拯救她，他的生活也同样是那种滴滴答答的旋转，是指针在钟表盘上的颤动，那是一种机械的、恐怖的向前的颤动，你能够听到它的声音：滴滴答答。

如果她在一个清晨醒来时白发苍苍，你不会感到吃惊。因为，你经常感觉到在她处在不可知的思想和感觉的重压之下。她的头发肯定会变白。但实际上，她的头发始终是咖啡色的。她这样站立着，正是康复的象征。

也许她这种持续的康复揭示了她的真实状况。如果她是个病人，肯定有她的空想和幻境。但是，此时的状况表明，她并未给自己留下逃避的空间，她将永远看见，永远了解，永远不逃避。(《恋爱中的女人》，第 522 页)

葛珍将我置于这种混浊的情绪之中，我不能承受她为她的男人和在她的男人们中间开辟的这一空间。

我在内心里嘲笑你的幼稚，但愿你能知道人头巷的姑娘们的身体是由什么制成的！那是糅合在一起的许许多多小小的谎言，谎言在她们的身体上挖着坑洞，而每天进行的对于职业需求的挖掘，在一层又一层的禁止出行、禁止存在的警告中寻求解脱，偷偷地走向生活。

签名：阿伊莎

附1：

"我已经被休一次了。"

"我丈夫已经是第二次说，要休了我。"

"我丈夫已经是第三次说，要休了我。"

"我丈夫已经是第四次说，要休了我，我们正在找有关法律部门，让法官做出裁决，让我不被休掉。"

"我已经被休五次了，现在，他正在找人，让我们的计算器归到零点，重新开始。"

"你，阿伊莎，你是站在什么数字上呢？"

为了离婚，我被抛弃在这个音阶之外……

签名：阿伊莎

接上：

阿札心烦意乱，焦虑不安。她听人们说，穆舍白布因为给一个名人的女儿走私大麻被捕了……

附2：

告诉你穆舍白布给阿札讲的故事：

穆舍白布走近那座大官殿的门，仔细打量着八米多长的森严的院墙。看门人从大门右侧警卫室的窗子里盯着他。穆舍白布清楚，他的小主人知道他会来，还会命令看门人接下他带来的包裹。刚一看到包裹上的名字，看门人立即机械地伸出手去拿那个包裹。看门人脸上有意躲避的目光使穆舍白布立刻意识到自己中了圈套。还没等大门打开，警车和警察就向他奔了过来，把他狠狠地塞进了警车。于是，穆舍白布像看着慢镜头一样，眼见那个包裹从一个人手中传向另一个人手里，却没有一个人关心包裹里是什么东西。在那里，他被踢得失去了知觉，当他清醒过来时，发现自己被扔在麦加通往吉达的路上。于是，他挣扎着站起身，回到他的果园，在地窖里藏了个把月，没有引起任何追打他的人的注意。他被打断的肋骨只是对他在那个公馆里所见到的一切的一个教训。

"可是，那是为什么呢？是什么促使你做出如此轻率的举动呢？"阿札抚摩着包扎在被打断的肋骨上的绷带。

"你要是看见那个姑娘……还不到二十四岁……那简直不能活了……她生活的环境比关塔那摩监狱还要残酷。她是国际金融大鳄的女儿，却不能使用连她

264

的仆人们都可以用的手机。她每天都被监控着，亲眼看着自己的生命从她的手间慢慢溜走。"阿札没敢再往下想，他就是为了一部手机，去走私那个包裹？

"我能问问吗？你是怎么认识这位冒险电影中的姑娘的？"

"她的父亲是我的一个客户，每次他为自己的外国客人们安排民俗晚会时，我都为他提供地道的民间舞蹈团队。"阿札向他投去了嘲讽的一瞥："你也向他的女儿提供同样的服务？"

这种嫉妒使穆舍白布心生快意：

"这一切都源于她父亲来找我。他对我说他女儿患有严重的抑郁症，在过去的十年里，多次想自杀，心理医生已经束手无策。他听说，我可以利用《古兰经》给人治病，便来求我帮忙。其实，我一直避免卷入权势界，但是，我拒绝未果，他们已经定下了日子，让我去关照那位姑娘。"

耸入天际的围墙周围毫无生气，只在大门右侧的警卫室里有个小窗口。通行证出示后，那个戴着红格头巾的脑袋就会消失片刻，然后，大门右侧的一个小门便会打开，把人吞进去。见到来迎接他的宫殿里的秘书，穆舍白布惊慌失措，任由他用汽车带着自己穿过了环绕内宫的一道又一道高墙，又穿过一望无际的椰枣林花园中的现代别墅群。周围的景象俨然是一幅翠绿的人造图画，画中的人物只有他和那位宫殿秘书，两个陌生人踏在塑胶铺就的绿色小路上，向被秘书称作姑娘别墅的地方走去。

穆舍白布一个人留在三百平方米的接待大厅里，

265

那是另一幅豪华的空间图画。一个身着白底蓝条衣服的菲律宾女佣出现了，用英语问道："您喝点儿什么，先生？"

"麻烦你，要点儿水。"穆舍白布的声音立刻沉入空旷之中。饰有兰花图案的瓷盘和一只没有用过的水晶杯摆在了穆舍白布对面，几分钟的时间在这里显得长如一生一世。他面前的咖啡桌上，摆满了各种小吃，点心，瑞士巧克力，还有各种味道的坚果。他想，说不定什么时候，就会有人出来，因为那姑娘拒绝见他而把他赶走。那里的家具，都是被以丝绸的艺术珍品，连墙壁都覆盖着深深的金色丝绸，中央空调则镶嵌在一幅巨大的画里。

他看到，位于座席末端那扇金色的门，张开了一个小隙，一位赤脚的姑娘从中走出来，穿过波斯丝毯上的花丛向他走来。羞涩让穆舍白布不敢抬起目光，但是姑娘却继续走着，来到他的身边，她的双脚落入他的视线，让他看到了蓝色的丝毯在水晶般的双脚上的反光，蓝色和红色的光都在她的皮肤上闪烁。

"你也是他们中间的一分子吗？是那些不尊重职业操守的叛徒中的一员吗？"他只字未答。姑娘狠狠地踩在他的脚上，继续说："他们说你有什么法术？你以为我是个可以被魔术弄得眼花缭乱的小姑娘吗？这种生活就是一个被打碎的游戏……"

"除了诵读经书可以增强你的精神力量，我没有什么魔术。你可以试试自己一个人去诵读《古兰经》，达到内心的平和。"穆舍白布的第六感官已经触摸到了空气中的不安，在空旷之中，许多只耳朵出现在他

266

们周围。他感觉到自己正被监视，不由得对那种诱惑发出嘲笑。

"你会说，试试背诵《古兰经》黄牛章吧……我的姐妹们就像对待一头无用的、甚至发疯的母牛那样对待我……十年了，我没有看见过街道，只能在录像带和电视里看见一条条大街。我的母亲把我丢给了手表、巧克力和秘密账户的国度！你知道他们是如何操控这种用于比赛的骆驼玩偶的吗？我是唯一的一只骆驼，我的姐妹们就是骑在我背上的玩偶，驱赶着我，遥控器就掌控在我母亲手里。"听着这些偏执的话语，郁闷充塞着穆舍白布的心。

"当我不回应遥控时，她们就用麻醉剂使我驯服。那是一个包，里面充满了一切你想象不到的东西。如果我用它成瘾，那个包就会消退，她们就开始用痛苦来驯服我。现在，她们把你弄来，是要惹我发怒吗？"

穆舍白布刚刚回到他的果园，一个人就追上了他，说：

"你不能再回到那座宫殿了，主人不需要你的服务了……"

于是，我被摄像头跟踪，进入了被监视的记录中，他们还发布了我无权进入那里的判决。

"你就不能做些什么吗？"

"不能，她的父亲对我进行威胁，要以施展巫术的罪名将我烧死！他们说：你感谢我们只是踢了你吧！虽然你有胆量把这件事情弄砸，企图走私那个一文不值的包裹，但你还能平安脱身……"

朱希曼

　　星期二是穆阿兹在照相馆每周固定的休息日。为了不被别人跟着，他经由后面一些长长的街道向莱巴比迪大宅走去。优素福刚刚为他打开宅门，一股舒立克饼（用小麦粉、鹰嘴豆粉和茴香等香料制成的饼）的香气扑面而来，那是穆阿兹从能做出这种古老味道的舍尔杜姆师傅那里买来的。

　　这回，穆阿兹招呼着优素福，从下往上，跨过一个又一个平台，到达最上面的一个平台，然后对他说：

　　"在炎热的夜晚，你可以睡在这里。"优素福觉得，穆阿兹俨然是这里绝对的占有者，凌驾于自己之上，用将这礼物慷慨给予他人的语调与他讲话，仿佛正在允许他走进自己的王国，在那些照片的果园里采摘。突然，穆阿兹瞥见一个金属的东西挂在优素福的脖子上。

　　"啊，你这魔鬼……"不假任何思索，穆阿兹跳了起来，攻击优素福，猛烈的攻击使优素福的身子倒了下去，他不得不抵抗，于是，两个身体在光秃秃的平台上扭在一起，不断的气喘声和优素福反击的抽打声响了起来，终于，优素福制服了穆阿兹，将他的身体置于双腿之间，问道：

　　"你疯了吗？你都干了些什么？"穆阿兹狠狠地吐了一口

唾沫，愤怒几乎令他窒息，因为他在优素福的脸上看见了哈吉尔。

"你竟胆大妄为，要拿钥匙……这些是我的钥匙……你无权去拿……"优素福这才意识到，钥匙正挂在自己的脖子上。

"你说的是这个？它打不开任何一道门，比所有的锁孔都大……"

"你试过所有的门了……"穆阿兹怒火中烧。

"这个钥匙锈了，钥匙末端是三个窑殿的样子，它让我想起我在穆舍白布的一本关于天房的古籍里看到的一把钥匙的样子，我想试试这把钥匙和那把有没有关系，所以，我才把它拿了出来，想有机会时潜入穆舍白布的果园，去看个究竟……"

"你无权把它磨亮，他原本是一件文物，你从它的金属上磨去了它多年的古旧，你磨去了时间……而我，给它照个相都不敢……你把我抢劫了，甚至这个……"

"你不要这样悲情，我只是想让它回到它的历史中，请原谅……但是，我认为我被允许进入这个宅子是有目的的……你知道，我和穆舍白布收集从最古老的宅子里，具体说，是从渗渗泉井里找到的所有的钥匙……我们确信，在适当的时候，这些钥匙将会为我们解答一些我们一直寻找的答案……"

优素福隐蔽了自己真实的思想：当他第一次触摸到那把钥匙时，他就觉得那是他的钥匙。穆阿兹推开压在自己身体上的优素福，向一边爬去，蜷缩在光光的平台地面上，紧皱着眉头，注视着下面的麦加，不去看优素福。就这样，两个人躺在那里，既无人有意交出钥匙，也无人行动去拿钥匙……

为了打破僵局，穆阿兹起身下到后面平台上的厨房，拿起他刚刚进入这个世界的早晨使用过的速溶咖啡玻璃杯，在优素福的杯子里加入了奶粉（当时，莱巴比迪的妻子每天早上都是这样给他冲咖啡的),然后,端着两只散发着咖啡香气的杯子返回平台。两人坐在麻栗木的墙边,一边喝着咖啡,一边把舒立克饼撕成块,泡在咖啡里,嚼着孜然粒,一声不响地共进停战后的一餐。

穆阿兹像当初观察玛丽的姿势一样,观察着优素福。那时,玛丽站在土耳其浴室塔尖的阴影处,在镜头后面,偷偷地观察着禁寺。这时,他重复着玛丽第一次招呼他从镜头里观察时说的一句话。

"这个灯塔不是招呼人回家,而是让人去一个正在死亡的世界,走向世界末日……"他一边说着,一边观察这句话在优素福面孔上引起的反应,就像当初玛丽观看他脸上的反应一样。

他觉得玛丽正以沉思的目光打量着他,打量着他自己看不见的东西,就像用水晶珠探究人的秘密的人一样,以他来观察未来。她对他说:"专门背诵《古兰经》的人知道这里的事情吗?"说着,她伸出手来,让他抓住,然后把手掌张开,像一张纸一样,她将在这张纸上写下她的证词或者她最后的遗嘱。同时,她用右手把那一堆长长的钥匙——那些带有互相交错的窑殿形状圆顶钥匙头的钥匙——深深地塞进了他右手的掌心,再将他的右手掌放在那些珍宝之上,说:"你是离这些照片最近的一个人……"她用这种充满信任的动作放开了他的手,他知道了此刻他应该做什么。他打开所有的感官,吸入悬浮在这里的昔日的尘埃。在那些面孔对这里进行突袭之后,这里再没有进行过清扫。

"莱巴比迪用这个镜头照的最后的照片是禁寺广场的照片,当时是伊斯兰历 1400 年(公历 1979 年),1 月 1 日的晨礼结束后,朱希曼关闭了禁寺所有的门,藏身于此,禁止众人在此做礼拜。我们还有极为稀少的关于葬礼的照片，通过那些丧礼，朱希曼将他的武器偷运到麦加……"穆阿兹不知道玛丽何时开始讲话，又是何时结束的。在妇女葬礼的棺木的下面，藏着成批的子弹。在天房的偏僻处，还有一袋袋椰枣，那是造反者盘踞天房时的口粮……优素福和穆阿兹走下台阶，在玛丽幽灵的引导下，通过几级台阶从平台的厨房后面走向一个隐蔽的房间。那里，玛丽收集了朱希曼进攻的证据，他们周围的许多照片，拍的都是胡乱放置的武器、椰枣以及天房院子里腐烂的尸体。玛丽源自深处的声音含糊不清地掺进了穆阿兹的声音，而此时的穆阿兹正在向优素福转告她的话，弄得优素福搞不清楚那些话是穆阿兹胡思乱想的讲述，还是玛丽为穆阿兹做出解释的回响：

"当时，我们想为预言要出现马赫迪的伊历新世纪的到来拍照，但让我们感到吃惊的是，枪声突然响起，被惊吓的鸽子在禁寺灯塔周围仓皇地飞起来……射向院内的第一颗子弹使莱巴比迪丧命倒地，幸运的是，他没有看见接下来发生的一切。他不仅是一名摄影师，同时还是一位虔诚的修行者，他像那些把安拉的美名刻写在念珠上的人一样，把麦加的灵魂聚集在他的照片里。他的镜头始终聚集在谢班人中那些渴求保护、渴求知识和帮助的人身上。他为他们拍照，仿佛是要让自己血管里的血液在天房里流淌，但是，在他们闯入禁寺的第一天，子弹就穿透了他的心脏，让他倒下了。我们没能像麦加人那样，在天房为他的尸体送殡，他的葬礼也没能通过禁寺的殡葬门、麦斯阿、穆德阿和夜市场，以求得人们对他的怜悯。反对派的伤害不曾让他屈服，当他因偷偷拍摄阿拉法特的拉赫曼山和禁寺庭院而被捕入狱时，监禁也不曾让他放弃自己的坚持。他被投入监狱的原因是，他们认为照相是拍摄灵魂，他们指责他侵犯了圣地，还说，禁寺将他驱逐是对他胆大妄为的惩罚，因此，他的入土下葬俨然是一种诅咒，没有多少人为他祈祷。由于禁行的缘故，加上要防范来自灯塔上的狙击的危险，我们只能把他埋在宅子后面的辛迪山顶，那一切就发生在末日降临在阿拉伯半岛的那天。"她的声音萦绕在他们两人耳际，那些照片在微弱的灯光下注视着他俩。他们看到的是被血污染的禁寺的庭院里布满的尸体，还有一辆辆卡车从各个门里载出堆积如山的尸体。

"这是反叛者的尸体……莱巴比迪的妻子玛丽拍下了它，记录了这个世纪毁灭的开始，或者说降临到我们这里的末日，而不是马赫迪的出现。"

两双眼睛在这些惊人的场景中移动着，最后，离开了那些照片，离开了宅子的各个角落，离开了那个蒙上了恐惧雾气的镜头：

与今朝进行的和明日将要举行的葬礼告别……

乌姆·库勒苏姆（叹息声声）[1]

　　纳赛尔坐在穆扎希姆的店里，就像是无用的盲肠。街巷愁闷地打量着他，似乎被人抢劫一空的穆扎希姆无视他的存在，甚至没有打开装有咖啡的杯子欢迎他，或者重新把只剩下干硬的咖啡渣滓的杯子充满咖啡。阿札失踪后，老人雇了一个咖啡工，那人的急性子影响了每天早上煮的咖啡的味道，去掉了咖啡的灵魂。老人没有请这位警官喝咖啡，也没有将手伸向只剩下一半椰枣的盘子。一只苍蝇围着角落里的一堆椰枣核飞着，发出嗡嗡的恼人的叫声，那是一只为他的全部生活发出嗡嗡悲声的苍蝇。一天又一天，自从发现了那具尸体之后，老人一直面对阿札留下的空旷坐在店里，那是一种充满整个心的完全的空旷。没有爱的痛苦，也不是对阿札的寻找，他坐在那里，不记得失去阿札的时间，任由阿札编织出牵挂着他的心的一条线。他熬度着生命，把她忘记了；而她则自我封闭着，把他推向她的心的边缘，让他跌落，独自一人在他的店里化为腐朽。

---

[1] 乌姆·库勒苏姆（1904–1975），埃及女歌手、音乐家和演员。她是阿拉伯世界最知名的歌手之一，几乎所有阿拉伯国家的人们都痴迷她的歌声，为她歌唱中深情的叹息声感动。在阿拉伯语唱片界，她的专辑至今仍然销量居高不下。

他像她的母亲一样，讨厌她为他烹调的食物。她穿过库房，打开通向铺子的门，然后，把她的手像一条柔软的蛇一样伸进门缝，把盘子推到他的面前，而他则坐在差不多半米远的固定座位上，那情形就像她在喂一只流浪猫一样。不过，那情形和喂猫还是有些许差别，她塞到他喉咙里的食物浸透着冰凉的拒绝。她用令人厌烦的沉默，用岩石充塞他的肠胃，简直就是她患产褥热而去世的母亲的复制品，她做这一切，只是要激起他的愤怒。"这就是女人在你向她敞开心扉时对你做的一切，她把鼻子伸进来，要喝你的血……"所以，他注意让自己和阿札之间保持着距离。

"自从我们跟从了伊本·沙特，麦加以及整个希贾兹都归顺了他的军队，直到他建立希贾兹和内志王国，我们始终服从他。但是，后来有了广播这个魔鬼，现在又是电视和这些电视天线……"他说着，用话语来填补与纳赛尔在一起时含糊的空间。

"你女儿在哪儿呢？被杀害了吗？你认为是谁杀了她？她是因为你的冷酷而自杀的吗？"纳赛尔准备向穆扎希姆提出这一连串的问题，但是，对方却先于他问道：

"你们找到那个魔鬼吗？恶魔把它走狗的腐肉扔到我们这条街上了。他们选择了这条街，因为我的库房在它的上方，他们想以此破坏我的生意，向我复仇。他们要加害我和我的女儿，因为我是唯一与他们的腐败斗争的人。这个恶魔，它骑在我们背上，驱赶着我们，就像在驱赶新闻媒体的丧家犬和走狗一样。"

盛怒之下，穆扎希姆骂声不绝。纳赛尔尽量跟随着他，踏入远离这场罪行的时光，听他讲述所见过的恶魔：

"这恶魔有多样面孔，最主要的是这被诅咒的广播。在六十年代，它和吉玛勒·阿卜杜·纳赛尔的演讲一起闯入我们的生活，从麦加的城堡上，偷偷溜进它的走狗家里，然后进入艾布塔赫和哈军之间的椰枣林，再到扎希尔各地，麦斯法莱果园和马金沼泽边上的山坡地带。当人头巷开始与精灵为伍时，它的走狗们就在贵族果园里的那只箱子里唱歌，那个果园是他们赏赐给穆舍白布被诱惑的爷爷阿里布的，麦加市长让他成为欺压希贾兹人们的助手。你不要向我询问他的历史，只要问问他的追随者，这个历史的守护者优素福就行了。关于这个下流卑贱的人，他会告诉你些什么呢？穆舍白布的父亲是贵族的附属品，是个淫荡之徒，每个月都为那个女精灵、俘获了麦加所有男人的乌姆·库勒苏姆举办欢庆，开罗电台为她每月的演唱会进行实况转播时，男人们都不能自已，因为她的声声叹息而疯狂生事，我年轻时曾目睹过一次。朝觐季节结束时，那个混蛋的钱袋鼓了起来，塞满了为朝觐者服务挣的钱。他竟然不顾忌禁月尚未结束，就举行欢庆会，将果园的大门向暂住在周围土坯房里的修道士、穷人和旅人们敞开。那个夜间，宵礼刚刚结束，像我这样心怀妒忌的人和麦加的头面人物相继来到果园，我们一起观察，等待着天空坠落在欢庆的人们身上的时刻。各种现象都开始了，奢侈，放荡，用塞进甜点、混有坚果和花瓣蜜饯的面包等美食里的毒物招待人们！我们看到座席处只有希贾兹地区的头巾和帽子时，当我们感觉到那些隔离幔帐后面的女人们摇动着她们的臀部等待狂欢的罪恶动作时，我们已经怒火中烧！那个大喇叭开始传出了声声叹息和歌唱，所有的耳朵都因那魔鬼的声音而张开，所有的心都屏息不动。我现在还记得那个夜晚，光的隧道从天房房顶摇晃着通向天空……果园门口的狂欢点燃了我们的情绪。我们和那些把胡须染黑的长老们冲撞着，我们黑色的斗篷和他们的短袍纠缠在一起，他们的头巾上沾了红色。夜晚的空气在颤抖，只见他们向放在坐席旁边的扬声器冲去，那些枕着波斯地毯的长老们急忙起身，躺在地上的年轻人也不曾怠慢，就在乌姆·库勒苏姆把那长长的叹息声从胸中送出时，石块也向她投去。一时间，胡须互碰相撞，人们随着笛声舞蹈，棍棒抡了起来，那些细小的棍棒在肩头上留下伤痕，把包括穆舍白布在内的孩子们的头敲破了，结果，这群受到惊吓的孩子连哭都不敢了。最后，这场进攻以庞大的扬声器哑然失声而结束。但是，突然之间，形势大变，那位卖牛奶人的祖父领导了一场反抗。"

穆扎希姆停了下来，想看看他的话在刑侦警官的心理产生了什么样的影响，他问道：

"你在听我讲述他们那些迷失的所作所为吗？你关心那些吗？"见纳赛尔点了点头，他继续说道：

"这个卖牛奶的没有给我们带来任何好处……他来自最后一个魔鬼世纪。他有造反的历史，因为身材高大，被人们叫作'奶牛儿子'，他是大个子、慢性子，而他那小个子、暴脾气的双胞胎兄弟被人叫作'夜之子'。他从不躺下，也不会感觉到疲劳，天不亮就去挤奶、撇奶油，把酸奶罐子装满，然后，再去唤醒整条街！星期一半夜时分，一群虔诚的信徒们袭击了他，在这之前，没人了解真实的他。当时，他正和他的伙伴们在牛栏的地窖里吸烟。痛恨他们的袭击者闯进地窖，把他们捆绑着拖往沃达阿门前的空场上，用棍子不停地殴打着他们。那些正准备去做晨礼的人们急忙给受伤流血的人包扎伤口，把被打死的人抬到麦加中心的舍法病房，那些受重伤的人被抬到艾布·苏福扬宅子的土耳其称重处，那里有很多卖香料草药的店铺和商贩。"

艾布·苏福扬是从赫蒂吉·宾特·胡威勒德手里买下这个

宅子的。在那里，这个卖牛奶的奶牛儿子看见了他兄弟，顿时怒火中烧。穆扎希姆又陷入沉默，在安静的店铺里思考着，许久许久没有再说话。

在果园里举行的乌姆·库勒苏姆歌曲的夜聚上，是奶牛儿子领导了那次反攻。当时，乌姆·库勒苏姆的声声叹息在他胸中点燃了失去夜之子的火焰。他醒悟过来时，想起了陪同他为双胞胎兄弟送葬那些人的诅咒，于是，狂躁的魔鬼从他的胸中跳了出来。他的慢性子不见了，只见他拿着棍棒，不分青红皂白地向那些攻击果园和大喇叭的人冲过去，于是，主子和他们的奴隶跟在他身后，聚集起力量，组成队伍。染色的胡须和带斑点的头巾后退了，在果园大门口，进攻者们被包围，投降了。于是，奶牛儿子和跟随着他的人们把那些人捆上，蒙上眼睛，又把他们拖拽到副朝路上的一个坑里，狠狠地揍了一顿，还拔掉了他们的胡须，然后，把他们丢在黑乎乎的坑里……

"奶牛儿子和街上卖牛奶的人家有什么关系？"

"卖牛奶的是他们的曾祖父。他给他的独生子留下了牛栏和酿酒的地方，这位独生子，就是乌姆·萨阿德的父亲，他把牛栏卖了，用赚来的钱建了这个叫作阿拉伯联盟的大楼……"

"用卖牛栏的钱？"

"我刚才说了，牛栏里有造酒的地方。那时，每天清晨，这个卖牛奶的都会出来，右肩背着三箱牛奶，左肩上是三罐酒，满足不同人们的要求……对于这个恶棍之死，人们的说法有些夸张……"随着飞溅的唾沫星子，穆扎希姆又问："你想听听强悍天使对这个魔鬼的折磨吗？"

"想……"纳赛尔仿佛被推向这个旧日的记忆，他并不是在追逐这个记忆，而是这个记忆占领了他，又一个记忆的片段进入了他的头脑。

"有人说，他的孩子们说他疯了，把他关了起来，他设法逃脱，在人头巷里跑，但是，管理局的长老们以卖酒的罪名把他抓住了，把他押到他们的头头面前。我们这位长老面对天房站着，回过头来，谴责道：'你想看看我是如何面对我主的吗？'他要了水，洗了小净，进行祈祷，两次跪拜，然后坐在地上，没有起身。人们去摇动他的身体时，发现他已经死了……警官，祈祷跪拜时死亡，是进入天堂最短的捷径！正如你所见，他们说自己是修道士，然后随心所欲，还说他们是天堂里的人。"

"乌姆·萨阿德是那个卖牛奶的修道士的孙女吗？"

"在阿拉伯联盟大楼的门廊里，她父亲还保存着制酒的工具，以示纪念。"说罢，他嘲讽地哼了一声。"这个淫荡货把他的诅咒带给了卖牛奶的后代们，结果，为了争夺父亲的财产，他们不停地争斗，既反对他们的父亲，也和他们的妹妹作对，因为这个从死神手里逃生的姐妹揭穿了他们的阴谋。下流坏子只能生出恶人。"

"阿伊莎呢？人们说她是你女儿的闺蜜？"一听这话，穆扎希姆拼命地睁大他患有白内障的眼睛说：

"这简直是面粉里生出的虫子……是倒霉的诅咒。在改变大人们的思维之前先要改变孩子们的头脑……我绝不能让我的女儿掺和进去，她那场穿着带水晶珠婚纱的婚礼给她自己、也给我们……"纳赛尔颤抖了一下，想听到更多关于婚纱的事情，但他只听对方说：

"你去问那个土耳其女人吧……"太阳西沉，昏礼的宣礼声响起了，穆扎希姆起身准备洗小净，并问道：

"你和我们一起去清真寺吗？"

"我随后到……"

现在已经谈到那件衣服了，那么，他将要到达那个只要他碰触一下就会再现生命的躯体了……天色已晚，他经过卖牛奶人的家，向那个阉人打了招呼并告诉他，明天早上他要找那个土耳其女人。这时，他在那个像地窖一样的房间的墙上发现了用红漆写下的歪歪扭扭的字：母驴女皇是刽子手！

晚上，那些历史乱糟糟地拥堵在他的脑子里，半边头痛几乎撕碎了他的头，于是，他像每天晚上一样，机械地打开衣柜，取出那只罪恶的衣袖，把它铺在床上，然后，把头埋入其中，闻着它的气味，睡着了。

在梦中，优素福那篇关于历史疯子阿里·布的文章正以噩梦的方式等待着他：

2005 年 10 月 6 日

麦加的历史上有这样的记载

麦加市长阿卜杜拉·本·穆罕默德·本·奥恩（伊历 1299—1323 年）去找一个名叫阿里·布的疯子，看见他时，这个疯子正光着身子在街上闲逛。市长命人把他的身体清洗干净，教给他穿上适合上等人的华服，然后将其作为自己的挚友，命令所有显赫之人亲吻他的手，让他坐在他们中的首位。他想给这个疯子建一座豪华宫殿，于是先为他买下了古沙舍耶清真寺附近的几处院子。古沙舍耶是麦加的一条主要街道，住在那里的居民都是麦加城里最优雅的人士，甚至帕夏都要穿上最好的衣服才敢去见他们。市长命令这些院子的主人们腾空住所，然后把这些房子拆掉，建筑宫殿。他看到宫殿前的一块地方住房拥挤，便命令房主将房子腾空，买下后又把它拆掉，在那里建了一个花园，愉悦那个疯子的目光。他还想把拆除的面积扩大到加沙镇，让酋长宫殿和疯子宫殿之间空无遮挡。无论当时拆房子的目的是为了建造花园，还是为了建设朝觐者的客栈，一直到奥恩市长时代结束时，那块地方始终是空着的。结果，那里出现了许多小房子和店铺。有人认为，奥恩市长专门与那些头脑简单的人们为伴，是为了避免惹怒阿卜杜·哈米德苏丹，因为这位苏丹对他那些开明的职员和工人们总是疑神疑鬼；也有人认为奥恩市长本人就是头脑简单无知的，他进行管理的行为就是他无知的最好证明……人们还讲起了一位印度伟人送给市长的一头大象，这头大象在驯养师的陪伴下，在麦加的街道上随意走动，当奥恩到塔伊夫消夏时，大象也去那里避暑，这说明，麦加已经习惯让修道士们和大象待在禁寺附近了……

阿伊莎的第十九封信

愚昧不在头脑里，而是在手上，在手与感官和心之间的导线上。

最恐怖的死亡是手的死亡。

在自己的衣服下面，我只是一个没有电池的自动玩具，连接感官和心的线断了。

我嫉妒穆扎希姆的女儿阿札，我现在把她看得十分清楚：她看见一群野蜂时，不是跑到远处躲开，而是笑着迎接攻击。她的抵抗力很强，可以毫无顾忌地走出家门，有时鲁莽，有时又十分无辜。为了不让悲伤攻击我的心，我经常为她难过。

她的一星半点的鲁莽，可能会和大家一样，闯进我和艾哈迈德在卡萨布兰卡的家。

我们结婚的第二个月，艾哈迈德就背对着我，扔出了那句话：你被休了。

我把那句话藏了起来，我这弱小的心绝对承受不了第三次梗死。我蜷缩在那句话里。人头巷认为我已经被抛弃了，它绝不曾想到，那个神话般的水晶新娘竟被休了。

那么，是什么要促使艾哈迈德在此时此刻执意对我进行审视呢？是因为我身上具有你的气味？

他并未与我进行离婚登记，可能他根本就忘记了我的存在。当我被告知他会陪我去波恩时，他的面孔只在飞机上出现了一次，然后，他就逃之夭夭，将我丢给了没完没了的一个又一个手术。他害怕我脆弱的骨盆会将他禁闭。

现在，无论电话在什么时候响起，他都会死乞白赖地说：除了我，你一无所有！

莫非我们的爱有气味？究竟是什么刺激了他？

你还记得我们在波恩医院里的最后一次告别吗？我是用我的睫毛，还是下颌，或是鼻子，走过了你的世界的？我以我的容颜探求着你面庞上洁白的光亮，你知道生命肉体的芬芳吗？知道它现在依然充溢在我的感官之中吗？现在，在我的床上，它正回想着我的鼻子、我的睫毛，以显示你真实的存在。

我的气味没有能够吸引艾哈迈德，因为那是你的气味。电池的两极已经接通，能量产生，飞蛾扑向的亮光重又出现了……

附：

你向我要更多的旧照片……

一张是第一个月，或者说是我们婚姻唯一的一个月的照片。你能追看那些心理影片的情节吗？在那些影片里，在没有子弹、没有流血和瘟疫的情况下，人物被鞭挞得粉身碎骨。

签名：阿伊莎

信息库

(伊拉夫控股公司的分公司——阿拉比亚食品厂完成了一桩购买麦加城南边的一块面积五万平方米的土地的交易。工厂开发部经理萨利姆·姆利提说：买地是实施工厂的战略计划。因为他们已经决定建设一个本地区最现代的食品企业，包括六座综合性工厂和中心仓库。扩建的合同已经签订，他们准备购买必需的生产线，以保证日益增长的食品需求，特别是在朝觐季节，因为每年做副朝和正朝的人数都在增加。)

优素福停在电脑屏幕前，淡淡的下水道的气味环绕着他周围的一排电脑。像每天清晨一样，他悄悄离开莱巴比迪宅子，到路上最近的一间网吧，花上五个沙币，作为两个小时的使用租金，然后坐在狭窄门廊里的最后一台电脑前。任何一个店铺都可以在它的门廊里或某个角落里放上两三台电脑，把它当作一个网吧，为电脑的发明者赚钱。

又一天过去了，没有穆舍白布的邮件。优素福输入"伊拉夫控股公司"，开始在公司网、地方报纸网、论坛网中寻找这家公司犹如章鱼爪须一般扩建的项目：水泥厂、塑料厂、瓶装水厂、地毯厂、肉类罐头厂、低收入和没有收入人们的居住小区。

优素福点开如此多的栏目，引起了巴基斯坦员工的注意。

他微笑着把一杯茶放到优素福旁边，以示对他这位新顾客的欢迎。经过一番努力，优素福让自己的情绪平稳下来，开始写他的文章。那天早上，他带着头脑中纷乱的图像醒了过来，不知那是一场噩梦的残存，还是一种将要强加给人头巷的现实。他停下来，认真地读着他的评论文章，与他在莱巴比迪大宅平台上所看见的破坏相比，他文章里的词句就是一出滑稽戏：

安拉让他的天使们带着天堂里的一块蓝色宝石来到阿丹那里，教会他建造房屋，阿丹就和天使们一起在麦加开始了修建，然后，在其中漫游。

鼓声在他头脑里响起，那些反复在他的文章里出现的字词再次出现在他的脑子里：

那时，大地被魔鬼和野兽盘踞，天使们站在禁寺面前，背对天房，面向外面的荒凉，阻止魔鬼和野兽进入禁寺。那时，哈娃也不能进入禁寺，如果阿丹想看望孩子，就要离开禁寺，与她同房，然后回到一颗帐篷般大小的中空的珠子里。这是安拉降下的，让他居住，以慰藉他那颗离开了天空的心，待他死后，那颗珠子又被收回了。

优素福寻找着驱逐昨日梦魔和幻影敌手的词句，他一直在尾随的敌手是没有面孔的商人……他们穿着透明的锦缎睡衣，与那些身着优雅的黑色礼服和鲜艳领带的人们相会……他们是一群人，或是单独的某个人……但是，他们都没有姓名……都穿着很讲究的衣服……他又加上一句：一个穿着高跟鞋、面部做过拉皮手术的女人正被推荐来统治全世界。

优素福变得愈发愁眉不展，整天躲藏在宅子里，让他变得步履沉重，仿佛在拖着整个宅子走动。(有一天，我和穆舍白布一起穿过我们那条街，他说他没有看见过那块石头。我看到了这个宅子里照片上的那些面孔，那些不可能因迟钝而变成石块的人的面孔。) 他把这几句又删掉了。

他不再写那篇文章了，他知道，文章肯定会被屏蔽，因为它或者会鼓励某些人，或者成为开启阿札失踪之谜的钥匙。

在他翻阅昔日旧文时，注意到了下面几行：

2003 年 1 月 22 日

昨天，在巡游的院子里，我一睁开眼睛（我不认为我是从梦中醒来），就和建筑工人们一起，躲到最近在天房周围建起的木制屏障后面，整夜不停地挖掘，在天房地基处寻找那些天蓝色的珠子。如房子般大小的祖母绿出现时，我昏迷过去了。在我的意识中，工人们正努力地想把它挖出来，然后把它扔进大海。他们每敲击一下栓楔，石头上的光就会闪动，麦加也随之颤动。已经跌倒在地的我挣扎着问那个工人，是什么驱使他毁掉我们大地上最后一个天堂的痕迹？

起初，安拉降下他的房子让阿丹居住，后来，伊斯玛仪在天房生活，把屋顶部分作为他的羊圈，当我们在哈推姆外赶走他的羊时，我们也在自己面前关闭了天房，开始了远离神性的旅行……

优素福在周围空气中感觉到了一种无法解释的威胁，而那些空洞的话更让他感到困惑、烦躁……

中午时分，优素福在人头巷里复活……他偷偷地向穆舍白布的果园走去……

这条街巷在蜃景的一块云里散开，优素福随着大队的工人们去吃午饭……

拥挤始于晌礼之后，下午两点半左右开始缓解。街上到处是油乎乎的塑料袋和鸡块米饭,这是永远不变的一餐。

优素福小心谨慎地躲避着人们的目光,不过,他确信,纳赛尔绝对想不到他会在光天化日之下出现在人头巷……

他从果园围墙后面的一个豁口来到了沙发座椅上面的梯级处……他被那些台阶卡在那里,无法动弹。他失望至极,也无心顾及将要发生什么事,只觉得最后一根救命稻草已经折断……不知从什么地方来了一只流浪猫。那只猫被挖掉的右眼里流淌着脓血,健全的左眼以穿透他的心的目光盯着他。他被卡在那里,丧失了对时光的感觉,想起了最后一次观察穆舍白布醒过来的样子:

穆舍白布像个死人一样,赤身裸体地躺在土堆上,就像是果园里的一个煤雕。每天早上,他都躺在那里,把头埋在先知坟墓幔帐上的一块绿色丝绸里,嗅闻着七十五年宁静睡眠的芬芳……太阳令他沉醉,他伸出左手大拇指,拨弄着三弦琴琴弦。叹息声从他的身体上发出。昔日一个女子为他吟唱的歌曲,虽然已经记不清歌词,却依然承托着他,带着沉重的众多灵魂移步踟蹰,而一些琴弦却只会发出叹息:

"主啊,你从一个与人类为邻、遭受远僻之苦的树干中将我铸造,你的奴仆只倾听你的声音,听到你躯体内的声音,我就不会孤寂。啊,主啊,除了你的声音,我把一切的一切,全抛置于身后。"穆舍白布继续和那隐秘的曲调窃窃私语,直至太阳光点滑落,抓住了他如草的乱发,他才意识到,现在已经是上午九点,应该遮盖他的裸体了。

他穿上宽大的白色条纹非洲长袍,开始巡视果园,完成今天的仪式:古老的铸铁拱门,马赛克制成的树木和鸟儿,残存在天花板上的朽坏的木雕,这些都要检查一遍;他要去研究一下那些工匠们的手是如何用泥把火山石粘住,把温暖注入古老的营地围墙的。他像蛇一样爬行着，用腹部轻抚着果园的土壤，觉得脚下的圆顶地窖里尽是芬芳的油脂和厚重的历史；他还要审视昨日经过果园的旅行者留在空中的遐想，还有那个给他留下了一块长石板的孟加拉人，那人说，那是阿丹之子塞特九十块石板中的一块，而那些石板包含了人类自始至终的全部命运和智慧……

"植物都醉了，水仙、百里香、姜……当空气在你体内遇到宽敞的空间时，就会发出清晰的声音，灵感就会在你的隔膜上产生。"穆舍白布喝着他弄的那个混合物，感觉肚子已经很饱，便把杯子放在马赛克画的底座上，任鸟儿去啄食残余之物。他向沙发左边被关闭的那扇门走过去。只有一次，穆舍白布允许优素福走进了他那个神秘的浴室。那是一间让人头巷的青少年充满好奇、渴望窥探的浴室。刚一走进浴室，优素福就被这个古董惊呆了：那是一座绝顶精致的浴室。陶制的地面仿佛刚从陶炉中取出，还带着火的颜色，蓝色马赛克的墙壁没有超过他的身高，上面的墙壁则是光秃秃的砖墙，水泥屋顶，被烧得发蓝的陶土台阶更显出它的简陋。穆舍白布拯救了这个土耳其浴室，用水泥修补了那些石板，按照陶土台阶的样式，重新进行了规划，并在其中开通了水道，让它变成了一个宽大的浴池。

穆舍白布迎着阳光把门关上，将袍子扔在门槛上，努力不去看他身高以上的部分，然后开始了他的仪式。他先把进门处右边的一块石板拿掉，挑选了一些用一种黄色的草卷起的香烟，把它燃着，然后拿着它向中间的浴池走去。池里的水很满，他潜入水池的身体，就像一块沾了水的煤块。水浸入了毛孔，驱赶着百里香、姜和糖果泛起的泡沫。他躺在那里，在花草上点燃香烟，任舒适的麻醉传遍四肢。

浴池四周摆放着许多陶罐，里面装着渗渗泉井里的淤泥和禁寺里的野生植物。

他用双手在那些陶罐里慢慢挖着，再将挖出的东西放在他的身边。

此时，时光停滞，穆舍白布恍然于香烟的云雾之中，看着，倾听着，然后开始给他的信徒们讲述他从渗渗泉井底复活的故事：

"在四分之一世纪前的 1979 至 1980 年之间，我像活着的苏醒者一样触摸，像一个睡眠者一样跛行。我穿着潜水服和那些下到渗渗井里挖水道的人们在一起时，我是用我的胸部去挖井的。

正如雅古特·哈姆维在他那部关于诸国情况的词典里所说的，我下到井里后，看到井从上到下有三十多米，它的一半之处在一座山上。

我当时急急忙忙到了井底，那里有三个泉眼，一个朝向天房的一角，另一个朝向艾布·盖比斯和赛法，第三处朝向麦尔卧。

那时，我被蒸汽吞没了。吞没我的，还有那种气味，开始死亡的气味，始入地狱的气味，始入乐园的气味，以及开始说'愿主准我所求'时的气味。

当它或者我叫喊一声时，我的潜水服脱落了，我的身体被塞进与黑石平行的最难进入的一个泉眼，我的脸露在汹涌的水流汇合处。

当那两个潜入泉眼里的人，不是从井里，而是从我的胸膛将水排出时；

当他俩把那些陶片、钥匙、铁块和淤泥清除出来时；

当我残存的肢体是埃及人或是巴基斯坦人从井底捞出的最后的东西时……

当我带着如阿丹那令天使们哭泣的悲伤在禁寺的院中苏醒时，那悲伤便如洪流一样，在我胸中奔涌至今。"

阿伊莎的第二十封信：

啊！

一只被柏油蹂躏的猫，那就是我，今天清晨被孤寂压抑着的我。

如果你的手没有通过电脑屏幕、通过空气向我伸出，我将……

把我现在所说的一切都抹掉吧……

从人头巷到波恩，只需点击一下。像我的哈丽麦大婶说的，从天上到地下。

我看见躺在担架上的阿伊莎在强烈的麻醉剂的作用下变小了。突然之间，她置于那里白里透红的欧洲面孔之间，使用的不仅是口中的语言，还有那些恍如挂在我面前的躯体的语言。

你知道吗？我已经接受了一系列的手术治疗，穿着那件长及膝盖、中间印着医院标记、后背从上至下开口的病服。我的后背面对他们时，没有姐妹或母亲为我遮盖臀部，只有那个女护士在记录我的体重，以决定麻醉剂的使用量。无论是阿拉伯人，还是外国人，他们的身体都在碰撞、交错着，带着不同的手术的缝合线和长短不同的伤口，经受着为抑制肿瘤疼痛但可能反而致死的各种射线。不止一张海湾的、非洲的和亚洲的面孔戴着夹板、捆着绷带；而那些候诊室里，挤满了病人亲属的面孔。他们有的看书，有的戴着耳机或者喝着咖啡机里的咖啡，相互递着饼干。

当我的担架床被推向手术室时，竟然没有一张面孔以恐惧、担心、祈祷甚至嘴唇的一下颤抖去追随和注意它。

我像是幽灵，有病的幽灵走过，走廊转弯或是一处空地的静默的电梯承接着我，突然，会有一句警示语在重复（可能在说：不再返回的胶囊）。那些电梯像我们在人头巷的房间一样大小，但是，它是用金属制造的，感情从那里滑落而下。那种金属是用人类尚不知晓的痛苦打造出来的，无论我的病痛如何，它都要先于我之前。当那决定性的铃声响起时，我便被推走，步入下一个未知。我觉得这些电梯认为我不会从手术室或重症监护室再次返回了，所以，也没有慢慢地表示悲伤。

我在你们的医院里过了多少天？如果你问，我就要说：第一天就是永远。接下来的三个月是对日历节奏的索回，随后的六个月只是瞬间。（瞬间，即是一生，因为有你。）

现在，我正在回忆之中。

时间的历法是一种引人走向迷途的发明。

为了不用心去计算时间（用存在）。

历法把时间分成了年、月、周、天和小时，使空缺延长，把永远变短。

那时，艾哈迈德经常去陪同一些地位显赫之人，在他得到最后一个职位之前的许多年里，他在开罗陪同一位亿万富翁，为了保守秘密，他的头发都白了。

昨天，是谁在电话里哭泣？

在双氯芬酸药剂产生的迷雾中，艾哈迈德滑倒了。他的恐惧永远留在我的小屋子里（我的一位当随员的朋友，独自一个人死在他的厨房里，很多天之后才被人们偶然发现。请答应我，你要躺在我的病床上，我的死亡的床榻上）。

你明白吗？阿伊莎，这里的生活，不，是我们那条街之外的女人的生活，是什么样子？人们希望你健康、强壮，是持有许多信用卡的人。

清晨时洗着淋浴，母亲的香皂散发出芦荟的香气。他的声音又在我耳边响起："你像个艺术家！"热泪涌流，烫着我右侧的乳房。

舔着带有淡淡咸味的水流，我为自己许下诺言：我绝不在人头巷或其他的地方生病或终老。

签名：阿伊莎

又：我对你这段话很感兴趣："我们有一座养鸡场，若有哪只鸡死了，我们并不会知道，只有当它腐臭的气味散布在整个养鸡场里时，我们才会注意到，你不知道那气味有多么令人作呕。每当这种情况发生，我都应该用双手挑出那只长满蛆虫的死鸡，并且装作毫不在意，以博得母亲的赞扬。在那些时候，养鸡场和树林之间的距离仿佛没有尽头，我会偷偷地设法用我的手使我的嗅觉和感官失灵。"你还加上了一句："现在，我在大多数情况下不去嗅闻。"那么，既然你闻不到，我又怎能把这气味留在我的身后？

新婚之夜

　　海利勒不停地开着车，从他车上下来的人都会觉得胃里翻江倒海。这个男人正在逃离他的影子。无论他在哪里停下，拉姆齐娅像癣疥一样粘着他的身影，都会追随着他。那辆被敲锣打鼓的队伍环绕的汽车在他面前快速掠过，汽车上装饰着白色的茉莉和玫瑰，车窗上遮着窗帘，新娘白色的头纱从后车窗露出，在空气中飘摇。海利勒想，他连这样的车队都不曾给予拉姆齐娅！除了仪式的折腾，她没有享受到任何快乐。那时，在没有任何准备的情况下，她的女性亲属像追赶一只受惊的动物一样追赶着她，把盖头扔在她的头上，把她像一个牺牲一样包裹起来，然后，将她扔到专门为她竖立的屏障后面。一个星期之内，她不用干任何事情，那些女人们像喂养牲口一样喂养她，让她长胖，脸上呈现出光彩……海利勒甚至没有在她的脸上看到一丝浅淡的光华。他是在一个没有月光的夜晚与她结婚的，除了邻居们屠宰的羊羔之血，没有任何花苞绽放之美……她没受什么累，被放在一个篮子里来到他身边……一种罪恶感在折磨着他，那个夜晚发生的事情在他头中一一掠过：在他和拉姆齐娅的洞房之夜，这个沉浸在自我之中的飞行员清醒过来。在黑暗中，他看见了那个裹着廉价结婚礼服的身体，盖头悬挂在她的头上，一边已经散开，耷拉下来，用来固定的别针随意地落在她的面颊上，看起来就像一道伤痕。他仔细地闻着他俩周围，发现她身上有一种施过肥料的土地的气味，夜晚的潮湿使这种气味变得更加浓重。他蜷缩在阿札的幻影中，睡着了，发出了鼾声，步入梦乡。在梦中，他在新婚之夜紧随着阿札，并把她推靠在墙边。她并没有在意外袍的滑落，只是紧紧地抓住面纱，不让它掉下去。他正在进入一个没有面孔的实体，他不能猜测出它的模样，只记得他最后一次见到的阿札的模样，那时，她只有八岁！他唯恐这张小女孩的面容消除他的欲望，于是，急不可待地解开了她像黑色的水波一样散开的发辫，然后潜入这黑水之中。当他惊恐地醒来时，身体竟然如同被水浸泡过一样，满身都是皱褶……海利勒匆匆忙忙地遮掩着那片水，把自己的内衣丢在身后那堆破烂的东西上。但是，躺在他身边的那块肥料开始冒出了蒸汽，那气味很强烈，像鼻烟一样，让他流出了眼泪和鼻涕。他忽然想到，他结婚纯粹是自我刁难，就像阿札在他被撕碎的心上留下的一道伤痕。当他俯身去看拉姆齐娅时，发现过度的惊恐让她双眼开裂。他已无计可施，甚至忘记了昨天晚上人们把他俩关在这间屋子时，他如何拒绝了她。突然，他已然不是那个持有失效或临时飞行执照的飞行员海利勒了，他只是那千夜中的一个奴隶，邪恶的王后已经把她丈夫的下半身变成了石头，现在，又将自己置于他的面前。此时，他的身体已空如皮囊，而她的饥渴正如狼似虎，充溢着这间简陋的屋子。窄小的床上，廉价花边的一端已经破碎，那些絮着棉花的枕头硬如石块，垫在她向他弯伸的脖子下。当他们俩滚到地下时，那块从土库曼斯坦边境买回的阿富汗羊皮地毯弄伤了她的肘臂，渗出了两滴鲜血，结果，地毯也变得充满强烈的情欲，噬咬着她的双肩和骨盆，同时也让他的

293

双膝淌出了鲜血，整个房间充满了人临终前发出的咯咯声。

海利勒让自己离开拉姆齐娅的身体，向她投出嫌恶的一瞥，然后跌跌撞撞地靠在门上喘息着。他裸露的身体被涂着蓝色油漆的门刺激着，一种自我嫌恶油然而生。他的头脑想着一个女人，却把自己的身体给了另外一个女人。他浑身是汗，抓起自己的旧衣服，避免触碰他的结婚礼服。那件礼服领子浆得很挺括，还绣着丝线。它是地下室里那个土耳其女人模仿她的祖父从奥斯曼统治者那里继承的绣着金银丝线的袍子缝制的。那件袍子就摆在她的地下室里，而她把这件仿制品作为送给他的结婚礼物。这个土耳其女人用她的双手、用小礼物和美容方法敲开了人头巷的门户，使她能在那间地下室里接待姑娘们，并教她们刺绣。

海利勒没有去看留在地毯图案上的红色，径直冲出门外，向卖牛奶人这栋等待遗产裁决的楼房下面走去，并自忖道："这次婚姻就是打在你脸上的一记耳光，从新娘拉姆齐娅开始，一直到廉价的家具。当这座楼房的男性继承人和其他的居民从你那里剥夺已经死去的卖牛奶的人为我们登记下的产权时，这些家具将会被扔在人头巷里……"他咬住舌头，以免对那个男人产生怜悯之情。正是这个男人，生养了争抢他们已故父亲财产的四只乌鸦。

他轻轻地穿过一层的房间，小心地不去惊醒卖牛奶人的女儿乌姆·萨阿德和她的丈夫阿什，然后，心怀恐惧地穿过门廊。因为那个土耳其女人的地下室就在那里，她让自己的剪刀在女人的身体上滑动，制造着玩偶，隐藏着缺陷。他对自己说："那个阉人和那个土耳其女人那些剪裁和填充的技巧，都无法掩饰拉姆齐娅的丑陋，我现在已经把她抛弃在那个黏黏糊糊的地方了。"这时，正像人们所说的，说什么什么到，那个土耳其女人竟然从黑暗的地下室里冒了出来，挡住了他的路，把染成放荡橘色的发髻紧贴在他的身上。

"你多少次令我失望，回绝了我的邀请？你结婚那天的清晨……让我们来给你看看面相吧……"她的面孔上，出现了以语言背叛他的魔鬼，她继续分析着他的思想："那些魔鬼正在你的面孔上打闹，使命降临到麦加的一个山洞里，这一点也不奇怪。他们对我说：易卜拉欣谷地中心的年轻人是地狱里的烈火。"他设法躲开她，但却不行，她把她的毒物吐到他的脸上，让他的活动蒙上迷雾，变得麻木，任她将自己带向身后的地下室。门开了，两人被吞了进去，她那个阉人仆人躲到屏障后面，注视着发生的事情。

"你整个人，所有的神经都绷得紧紧的，吹一下就会断裂……"她的声音就像一块冰凉的软膏，又像是一片生肉。他在美国曾经迷恋上拳击，并差点以此谋生。每一次打得鼻青脸肿时，他的同伴都会把一片生肉敷在他肿起的眼眶上。"痛"对他来说，是永远的吸引。也许因为得不到阿扎，他就热衷于自我折磨。那种折磨令人头晕目眩。那块软膏贴到他因为拉姆齐娅而变得肿胀的皮肤上，吸吮着那里的淤青和血肿，片刻之间，他的存在消失，觉得体内所有的伤痕都浮泛在软膏周围，任其吸吮。他觉得这块软膏可以让他停止呼吸，让他在肉体无感的情况下让自己的灵魂失去理智，而他的肉体在灵魂离开之后，还可以存活许久许久，然后，像最美的法老一样，变成那块软骨里的木乃伊。当她带着他飘移游荡时，他甚至没有抬抬眉毛看看落脚处，只是任她带着自己旋转。他并没有意识到，只有快感在自己的脊柱里升腾时，他才会跳舞，那种他在迈阿密舞厅里感受到的饥饿在使他跳舞！当她把他丢弃在地上时，他突然觉得需要遮盖身体，便把手伸向头顶处的衣架，从刚刚做好的衣服中间抓起一件套在身上。窸窣作响的透明丝绸落在他柔软的手上，当他站起身时，竟滑倒在丝绸的空气里。他不再需要努力去做什么，他的身体已向丝绸的意志投降了。他觉得自己所有的辛劳、努力和奔波，为了父亲，为了那不可能得到的可爱的人儿，为了飞行，为了充斥着盲目而来的陌生人的麦加的辛劳和努力，只是为了得到这柔软之物，为了不受劳累的身体，不用付出与其所得一样的辛劳的身体。这时，一面镜子出现在他面前……镜中那张面孔以沉重的撞击唤醒了他，他的面孔竟是丝绸里全身赤裸的女人的脸。这个女人的笑声里散发出可能源于土耳其的甜点的气味，仿佛是背负着许多爬动的小蝎子的大蝎子的脊背。他惊恐地从自己的身体上扯碎了她的衣服，想求得解脱。他找到了地窖门口留下了他罪行痕迹的衣服，犹如从死亡中复活，奔到街上。他的衣服穿反了，兜里那支笔刺进了前胸，让他记起了痛苦的忠诚。走到人头巷中间时，他不顾周围的目光，把穿反了的衣服脱下来，又重新穿好。

他向身后卖牛奶人的楼房投去了憎恶的一瞥，然后，带着他的愤怒从地下室爬到第三层。在那里，从怀揣着对阿札的美梦中，给拉姆齐娅建造居住的空间，设法从拉姆齐娅那里得到些许友爱，些许接受。

"在拉姆齐娅身上，有一种看不见的东西，有一种不沉默、不满足、不讲究的东西，那是一种下贱的与升华对抗的魔鬼，是情欲卑下的身体，不是性欲，而是一种接受和过度的嫌恶！"

"宇宙的肥料"这一表达帮助他如何进行详细的表述。

"拉姆齐娅就是亚库尔井，如果我把身体交给她，肯定会长满脓疮和疱块。当我们更适合做一个淘粪工时，还能期望什么呢？"

那个夜晚，他毫无尊严地承认，他与痛苦结了婚。那个土

296

耳其女人令他销魂，她就是一艘军舰，承受着炮弹和火焰，却不会沉没；同时，她也承受着痛苦，并将同样的感觉传送给了他。那里有一种节奏，始于海利勒的四肢，止于土耳其女人的身体。瞬间，这里的暗伤，那里的破溃，都像绿色的光一样，伴随着他的节奏，加速着他的轻浮，增加着他在土耳其女人地下室里的丝绸衣服上感受到的快感，而他在这快感中的动作是一种雌性的体现，这种雌性迅速地变成刺杀那个土耳其女人光亮的脂肪层的怪物。

海利勒像一只蝙蝠穿过人头巷，朝左边吐着口水，躲着放在街外的那辆让他日夜辛劳的出租车。他挪动双脚，把街巷的干燥聚敛在他的汗湿里，感觉到他在那个夜晚里迈出的每一步都是对自我的远离。他俊俏的面容在遗失、坠落，优美的线条滑落松弛，像他周围这些房子一样被人们注视，他的心像堆在这里或那里的垃圾一样颤动。那些垃圾让他的心充满悲惨和不幸，还对他说：

"海利勒，你还高傲自大吗？没有谁比人头巷更大。你现在身强力壮，有能力，可是十年之后呢？我们有我们的命定，你们有你们的大限，看看印在你脖子后面的有效期吧。你们这些人类，就是垃圾，你们可以坚挺站立六十年，七十年，九十年，一百年，但是最终，你们的腿会变得孱弱无力，把你们抛弃在这里，抛弃在我们旁边，蜷缩着，散发着让所有从这里经过的人都会发出的诅咒的气味……绝不会有垃圾车来把你们拉走……市政的车子是不会进入这种街巷的……无论是飞行执照，还是驾车执照，你眼中的火炬还能闪亮多久？看，你的秃顶正在扩大，你头发的黑色正在后退，你手上的青筋正在暴突，燃烧在你体内的火已经转移到了你的外表，而且很快就将离开你……你因为粗暴和钟情而颤抖的手将因虚弱和糖尿病而发颤，你的尿液将发出恶臭，让想把施舍的食物放入你手掌的人恶心。不要因为这些惊慌而逃……不要让类似的结局使你止步。不过，你要仁慈，你现在正在蹂躏和碾压人类和快乐，请仁慈一点吧，也许，你的一滴仁慈会在你被抛弃在这里时对你进行急救……"

海利勒走到街巷尽头时，咖啡馆的灯已经关上了，只有巴基斯坦和斯里兰卡挑水工的棚子里还有些微弱的亮光。他们把棚子的角角落落租给那些逃脱的劳工们，那些人在那里交换着走私来的黄色照片，互相满足着他们体内那些魔鬼，直到晨礼的呼唤声响起。那位苏丹会计向他打了个招呼，他正熬夜在长桌后面整理他那些账目。海利勒茫然失措地回答了问候，然后一脚门里一脚门外地坐在那把被忘在一边的椅子上，完全是一副失去理智的样子：他的双臂无力地搭在肚子上，一只手掌放在另一只手掌上，头微微地前倾，憔悴的目光看着跪拜处的一个地方……清真寺就在他的前方，无需看钟，他知道黎明已经到达麦加，晨礼的宣礼声音交织不断（礼拜胜过睡眠），片刻之后，挂在清真寺门上的灯亮了起来，伊玛目达乌德的影子出现在两扇铁窗后面，站在标有向上箭头的窑殿前面，开始晨礼的宣礼。海利勒仰天而望，自言自语道：

"不要打断我！"他浑身发抖，因为他的姐姐尤斯莉娅正转生在他的体内，致使他用一位被抽打砍杀的圣女的声音说出这句话……他长叹着，继续说道："主啊，用一个事故把我杀死吧，在铁轨上把我碾压死吧，不要让我的身体留下丁点儿骨肉，让它腐烂，但是，不要让我失去力量和视力……裂胸剖腹而死是殉难的烈士，让我成为被剖腹的烈士吧……在你杀死我之前，先把她杀死吧：那个……"

"安拉至大。"远处的宣礼声传递着黎明时分天使接受的祈祷。他的灵魂颤抖着，他想起自己尚未净身，不能进入清真寺，于是害怕天使们把他的祈祷用一块黑色的破布包裹起来，然后用这块破布抽打他，让他死在那些最先洗完小净进入清真寺的人们面前。

阿伊莎的第二十一封信

（"你们看，"伯爵夫人用意大利语说："他不是男人，他是个蜥蜴，是个善变的东西。"）《恋爱中的女人》，第 103 页。

伯基的蜥蜴在我的衣服里。

你知道这样一个奇迹吗？"安拉"一词竟出现在你祈祷的最后的几个词语里。

今天早上，我在我的屏幕上看见了你，你这样令人意外地出现了。我回头时，你出现在我左肩旁，那时，我正轻声地向监视蹲伏在那里的一个人的天使问候。这个天使专门记录罪愆，但又总是准备抹去一夜又一夜的记录，给我们更新所写内容的机会。

正是这一点在激励着我，使我醒来的能量变得灼热，按摩我受伤的身体，并倾入我写给你的信中……

最近几天，我不知道我是在做祈祷，还是在书写……所有的一切都聚合在我寄居在你体内的角落。

签名：阿伊莎

又：

你说："但是，我不希望你寻求和人头巷或者和安拉一起醒来。现在，我们已经变成蜈蚣，在一张床上醒来了吗？"

你知道曾经在你的舞台上上演的戏剧有多么新颖、别致吗？

在那个剧情里，你这个西方人，作为一个人，作为你身体的所有者，在一个寻找宝藏的可笑游戏里，迈出了纯粹的个人的一步！

我抬起目光时，看见我的父母、兄弟和整个人头巷都在盯着我的每一个动作，每一个娇媚之态……你的每一次抚摩，都触到了众人的身体！

你看见了吗？我到哪里去找到解释这一切的词语？我不仅是作为一个人来到你这里的。在人头巷的眼睛里，我是一张加密的白纸，你就是践踏那张白纸的大象……

我把非我所属的给了你……在每一个我到达的瞬间，我看到的一切都令我吃惊……

尽管你展开双臂承接了我，选择了我，可你承接着我的三个身体：饥饿焦渴的身体，带着被禁止年月和放荡年月密码的身体……

还有一个非常小的身体，尽管我已经离婚，尽管我们在那个清晨，在火车站前面立下了口头婚约，但这个小的身体还在变得更小、更黯淡。

就像我在那间房子里一样，设法看看我吧：当波浪让你步履蹒跚，我也跟跟跄跄地设法捞出和解救你的身体时，他们正在我裸露的双肩上推叠、厮打……

我在那些毫无温情的人们面前下意识的所作所为没有使你惊惶吗？

光影般的存在

    穆阿兹走进清真寺，做了礼拜，而且做的时间很长。礼拜的人们都已经离去，只有他的父亲不无骄傲地看着他。穆阿兹身心投入地坐在那里，请求安拉对纠缠在他心头的罪孽予以宽恕。他请求了一百次，一千次，和他拍摄的照片以及他窥视到的面孔数目一样多，召唤着因为他自己的背叛行径而弃他而去的天使们。最后一次背叛就是他把钥匙扔到优素福肩上，让他背上罪名。他请求宽恕，请求赦免他的罪愆，但是，他却始终记着那本书，那本在穆舍白布书房里偷看的书。那是一桩不可抹去的罪行，他既不能将书送回，也不能将它丢弃。他决心要随身带着这本书。在梦里，在照相馆，在辛迪山上的莱巴比迪宅子里，他一直在看这本书。莱巴比迪宅子里的照片太多了，所以天使们早就离开了那里。穆阿兹发现，只有梦乡，才是唯一可以任由自我行事的地方，在这个地方。他可以独享他那些心爱之物，哪怕是罪孽之物，比如他偷拍女孩子青春之美和大腿的欲望。这本书集聚了许多摄影师前辈，他们带着他，游走在十九世纪六十年代初到二十世纪五十年代末的时光里，让他与他们一起欣赏他们拍摄的关于希贾兹和麦加的稀有照片。他在阿拉法特山的照片里，遇见了旅行家穆罕默德·萨迪克·米尔扎和他的孩子们；斯诺克·霍额鲁涅（阿卜杜·俄法尔）让他看到了1889年朝觐的照片。他单独与易卜拉欣·拉菲仪在一起，后者拍摄了稀有的关于麦加和麦地那的照片，还有二十世纪初的凯利姆和哈拉疆，1916年的劳伦斯，二十世纪前二十五年中的约翰·菲勒比，他用自己的照片见证了朝觐者们第一次从吉达港下船的情景。他与德高里、伦德尔和西格一起进入了二十世纪的三十和四十年代，与他们一起融进了他的梦幻……他在一座又一座花园里走动着，登上了他们的花园的阶梯，在天赋才干里攀登，并融入其中……他醒了，发现他的才能如同母绵羊多莉一样，是从他们身上克隆而来的，不多亦不少。

"喂，穆阿兹……"父亲的呼唤将他从要求宽恕的祷告中揪了出来：

"土耳其女裁缝送来了这只羊羔，用于施舍，咱们把它宰了，然后分给我们认识的人……"穆阿兹卷起礼拜毯，听到父亲继续说："别忘了把羊头和羊肚留下来……还有羊皮……"穆阿兹勉强地答应着，但马上又说：

"要是让我干，肯定要拖得很晚。"在父亲祷告声的陪伴下，穆阿兹走了出去，并留下了一句话："我讨厌宰杀。"

每当伊玛目意识到穆阿兹胆小怯懦时，都会派给他这一类的任务，想让他的内心强大起来。穆阿兹则想："我将只吃素食，因为我讨厌肉食。"他以往吃肉的时候，感觉自己吃的就是一些油脂、血管、肉筋，而心包就像抹掉的泡沫。这些都是人们在各种节日里献出的施舍，他也是吃着这样的肉长大的："穆阿兹，你难道不是靠着这种肉让你的骨骼强壮起来的吗？"他害怕自己对天赐的忘恩负义会惹怒安拉，于是想到：《古兰经》描写乐园时，总是提到各种水果，提到肉时，讲的大多是鱼、鸟的肉，好的，也提到了鸵鸟……但是……"他故意不去想有关牲畜的话题。他把绑在门上的那只土耳其女人的羊羔解开，他要通过这只羊战胜自己的软弱，消除自己的恶行。土耳其女人献出的那只羊很大，体现了所有从她的地下室里冒出的暧昧，也体现了那里的欲念和罪过。他不能去看那只羊充满泪水的眼睛，也无法把目光投向它仍在舔动的舌头和嚼着东西的牙齿。他听到不知是谁说了一句："晚上应该别让它饮水，这样容易切开血管。"

穆阿兹突然产生了一个想法，他想把这头羊牵到两处宅子之间那个尸体坠落的地方，那里的土地很干燥，以前的痕迹已经没有了。于是，他对着礼拜的朝向，把羊扳倒，跪在它的胸上，手里握着一把大刀。随后，他想起了最近一次让内心强大的锻炼情形：星期五晚上的宵礼之后，他父亲和屠夫阿布斯一起坐在清真寺里。那时，阿布斯总是按时来到清真寺，人头巷里来祷告的人们都用尊敬的目光看着他，阿布斯谦虚地做着自我介绍：

"我是西部地区麦加、吉达和塔伊夫剪羊毛的人。"然后，他又介绍陪同他前来的一位纤弱的年轻人，说：

"我儿子穆沙利，是我尘世里最珍惜的人。他要继承我的事业，在他同意并进行了尝试之后，我已经成功地对他进行了训练。"穆阿兹感到不安，可他父亲和阿布斯已经离开，让他和穆沙利互相认识。穆阿兹不无奇怪地问：

"把脖子剪断？砍羊的脖子？"

"我父亲用一颗慈悲却又锋利的心将羊头与身体分开，这就是我跟随着他要学的东西……我见过无数次宰杀的情形，一直注意放刀的地方，这样才能一次就把羊头割下来。最重要的是，要有承受力，还要有恒心与定力。"

"你结婚了吗？"

303

"刚刚完婚。"

"你的新娘怎么样？"

"她像个军人，当我把自己的志向告诉她时，她并没有反对，只是让我认真考虑一下。我告诉她我已经决定了，她就同意了……"

"她不怕你吗？"

"不，她明白我是在执行安拉的法律。我和我爸一样，在家里时，心地柔弱，但是做这种事之前和做完之后，我们都不害怕……我父亲每次出去宰牲，都是净身的，如同去清真寺一样……穿上洗过的衣服和头巾……最后一次，他只用了七秒钟就砍下了七个羊头，每个羊头都是一刀砍下的……"

"那他不会经常做噩梦吗？"

"不，他不会，他的信仰非常坚定。"

"你们用什么头进行练习？"

"我们先通过理论进行练习，真正做时，要在空地上进行。明天我将第一次完成这个任务，你可以来看看……"若不是伊玛目达乌德在场，穆阿兹肯定要拒绝这个邀请了。

"明天，你用真刀？"

"政府出钱为我买了一把。一般情况下，宰杀用的刀都是很贵的，两万沙币。每次我父亲完成砍头的任务把刀带回来时，我和我的兄弟们都要对它进行消毒。"

穆阿兹还记得，第二天，他和他的伊玛目父亲很早起来，站在阿卜杜·阿齐兹国王门前的小广场上。警察截断了通往小广场的路，阻止汽车进入。穆阿兹不认识那些围成一圈的人，只记得那个被当兵的人围着的男子不知从何而降，他粗壮的身体裹在白衣里，光头，没有胡须。穆阿兹站在那里，觉得这个男人没有眉毛，没有眼睑，也没有胡须……他知道那是三十六个恐怖分子中的一个，通缉他们的照片登在各种报纸上，但在这里，他的危险已经变味了，变成了所有人都热衷的管闲事的爱好中被浓缩的闪亮一滴。

阿布斯陪着犯人出现了。穆沙利立刻将犯人双手反绑，并蒙上他的双眼。这种恐怖的场面使得穆阿兹根本没明白执行任务的军官宣布的判决书上说的究竟是什么。当穆沙利向犯人口述三遍证词、犯人也做出应答时，穆阿兹周围那些人吓得浑身都在发抖，而穆沙利的父亲阿布斯则带着恐慌和焦虑，紧张地注视着，怕他的儿子在第一次执行任务时失败，准备在穆沙利的决心背叛他、让他无法完成任务时，立刻替补上阵。在那一瞬间，穆阿兹觉得，因为围观的人太多，穆沙利早已神经紧绷，于是想起了他头一天说的话：我父亲的决心很大，超过了围在空地上所有的人！在指挥官发出行刑命令的那一刻，这句话也进入到穆沙利的脑子里。他立刻振作起来，让那个犯人对着礼拜朝向双腿跪下，但不是做礼拜时的跪姿，而是半跪半站着……高高举起的屠刀闪闪发光，将在场的人们分割开来，恍若一声叹息从大家的胸口传出。随着落在犯人脖颈后面的一下砍击，那颗头颅立即向后倾去，刀锋落在脖颈之后，头立刻与身体分离了……那动作是如此熟练快捷，甚至没有让鲜血流淌……无头的躯体一直顽强地半跪在原地，而穆沙利已经完成使命，从衣兜里掏出一块破布，擦拭着他的屠刀。这幅画面的背景是穆阿兹正在观看的眼睛，它一方面使阿布斯变成了带着那颗人头在天空盘旋的中了妖术的人，同时，又在天空画出一张弓，他听到这张弓坠落到了地面，坠落在他的脚下……

当那只羊的眼睛转向他时，他听到了同样的坠落声。刀落了下来，血在流淌，还是昔日的血，但不是从那个被砍断的脖子里流出的，而是从他脚下的一处泥土里……穆阿兹扔下那只被宰的羊，惊慌地奔跑着……（他的决心绝对不如穆沙利）。
"穆阿兹是怂包……穆阿兹是怂包……"街里的孩子们跟在他身后，不停地嘲笑着他，直到他消失在人头巷的小岔道里。

那天中午，他的兄弟叶阿孤布剥下羊皮，挑选了羊身上最重要的部位，给伊玛目送了过去。

阿伊莎的第二十二封信

（"不……"厄休拉说："爱情非常少，而人道……我信仰非人道的……感情的内容庞大，其中没有人道，爱情只是其中的一部分……我坚信我们应该到达的地方来自我们的未知，它肯定比爱情多……它是一种感情，不只是一种人道……"朱德伦以一种又爱又鄙视的心情打量着她，说："好，我还没有超越爱情……"

一个想法出现在厄休拉的脑子里："这是因为你从未爱过，所以，你没有超越爱情……"）《恋爱中的女人》，493 页。

我自忖，如果我是葛珍会怎么样呢？但是我发现厄休拉也在我体内……

啊，你是这样残酷，竟在一个夜晚，甚至更多时日弃绝我……

我知道，你正在按摩床上追逐新的牺牲品。但是，我无法承受的是我对你的依赖和每时每刻不停变化的感觉给你带来的负担，我觉得你已经被我的感觉磨成齑粉，有时，我都可怜你……

但是，除非你的按摩床上有了新的身体，否则，你始终是忍耐着我的……这从一开始就十分清楚。你像是一个殉道者一样说："我的任务是面对生命，减轻被损伤的身体的痛苦，用痛苦中的某种快乐拯救它……"但是，在你以某种快乐拯救一个身体时，你却延长了紧紧叮咬着它的水蛭的寿命……

在连续的两天里，我都是一个水蛭，我平安地吸吮着你弃绝我的残酷，我知道，你不会长久地弃绝我，你将会回到我这里。你说过："你是一颗快乐的炸弹……"但是，遥控使用它，对你是不利的……

快乐的炸弹？它就是你当着我的面和离开我时，毫无警告地爆炸的炸弹吗？

我想到了阿札。那时，她五岁，当她开始梦游，或者是在别人揭穿她的把戏时假装梦游时，她总是穿过这条街巷，从半掩的院门走进我们家，登上台阶，跨过我的兄弟们铺在地上睡觉用的六个床垫，直接走到我的床铺前。那时，我能感觉到她蹲在已经入睡的我的头旁，轻声低语道："阿伊莎，我讨厌睡觉。"于是，我半闭着眼睛，掀开被子的一边，让她钻进我的被窝。当她在被子下面安稳下来，就开始轻轻地抚摩着我身体的主要部位，并把自己变成个新月形，在我们中间留下一定的空隙，把额头放在我的嘴唇上，左手放在我的腋下，两只脚的脚趾放在我的大腿之间。就这样，我们两人的身体在三个点上接触着，沉入睡眠。现在，你觉得你的心正走向一个为了与你相会而放弃睡觉的小女孩……曾有一个时期，我想把你当作一个孩子，而我是一个得到你的小女孩，但是，你关闭了我体内那个小女孩一切的情感。

签名：阿伊莎

载运天房幔帐的驼轿

在莱巴比迪宅院，无论是在一个个房间里，还是在那些狭窄的座椅中间和拱门旁的镜子后面，优素福都感到这个宅子正被一种古老的沉默笼罩着。他独自一人坐在这沉默之中，照片上的眼睛都在盯着他。他过去的生活正从他以前从未审视过的角度向他走来……一切过往的事物都来到了这里，想与他在莱巴比迪宅子里同席而坐。

那天晚上，他在一处座椅旁边光秃秃的地面上假寐，周围尽是麦加人的照片。半夜时分，他突然醒了过来，因为他走进了尸体出现那天晚上曾经做过的梦里，当时，他正在人头巷的天台上打盹。

那天夜里，他坐在天台上观察人头巷，怀里放着一本书，书名是《摄影前辈卢扬菲斯与朱丽·扬格兰特眼中的王国》。当穆阿兹来到他面前时，他打开的书页上，正是第一次世界大战时期一位佚名摄影师拍下的一张照片。穆阿兹说："你应该自己看，我敬畏安拉，不去揭穿人们的秘密……"说完就离开了。这话让优素福产生了一种危险的感觉。

夜深了，优素福一直在打量那幅照片，却始终没弄明白穆阿兹为什么鼓动他来看这幅照片。这幅照片反映的是运送天房幔帐的驼轿从埃及来到麦加后在街上巡转的情景。这种巡转是为了纪念这个每年都馈赠给贫穷的麦加的礼物。看一眼这条街巷，再看一眼照片，优素福时而瞌睡，时而醒来，曾有一刻，那幅照片和这条街都走进了他的梦里……他梦见这两者合为一体。那时，驼轿正穿过人头巷，走在驼队前面的是护卫的军人们，他们的军刀尖头一律向下，朝着地面。队伍前面是欢庆的人们，被逐出人头巷的那些人和麦加的名人显贵们混在一起，戴着有各种装饰的头巾跟在市长身后，戴白头巾的是学者，游牧的阿拉伯人，头巾上还戴着头盔……妇女们身穿黑色长袍，用白色的面纱把嘴遮住，只露出眼睛和额头……唯一的一棵树反复出现……这些人的周围是军鼓队伍，妇女们从天窗、从缝隙中偷窥着这支队伍。看到照片左侧天台上那些男人时，优素福的心急剧地跳动着。那个身着阿拉伯长袍、躲藏在宣礼塔后面的男人仿佛在向他招手，而另外一个男人则藏在墙后，不让优素福看到他，穆阿兹正和这两个男子贼头贼脑地躲在灯塔背后……人头巷里的房子破破烂烂，就像打着补丁……其中一部分显示出古老的富有，而那些破烂的部分则被补上了新时代的砖块、水泥或者是木头和泥土……梁柱和补丁混合着，驼轿从中穿过，径直奔向穆舍白布的果园。驼轿将在那里停下休息。

优素福走进骆驼背上装饰华丽的驼轿，驼轿里装着高贵的天房帷幕。这个轿子就像盛装死亡女子的棺木，目的是掩盖她死亡时的妖媚……优素福想："是谁在这个笼子下面呢？"身体内的一个声音说：阿札……另一个声音说：阿伊莎……还有声音说：尤斯莉娅，赛勒玛，麦依姆娜，萨阿迪娅……没有任何确定的名字……一种念头让他解开那些标记和帷幕上的金绣与驼轿上的装饰……队伍到达穆舍白布的果园，人们把盛装幔帐的箱子卸下，优素福估计那个被塞进笼子里的姑娘会露面。但是，那些男子们肩扛的不是织物，而是书写的一个一个字词，他们用这些字词把果园铸造成了人头巷的文物……然后，突然一动，一个身穿黑色长袍的姑娘从没有字词的箱子里逃了出来……优素福的心紧张地跳动着，他的心在说，他认识她……就在那一刻，锣鼓声、社会名流、市长和所有欢庆的人们都消失了，仿佛那一切从未发生过。一个大的火堆点燃了……那是人头巷里的人点燃的，说是要把果园里幔帐上的金银熔化，为街巷所用……火愈烧愈旺，浓烟升腾，把周围的墙都烤化了，那位姑娘也融化了。当她的融化物被聚集在一起放进一个坑里时，里面跃起一个庞然大物，用它的尾巴击打着街巷，街巷倾覆了……

优素福醒来时，人头巷一片沉寂，随后，发现那具尸体的喊叫划破了沉寂……

在莱巴比迪宅子里，优素福是唯一一个在驼轿那张照片前沉思的人……他把照片摆在面前，日日夜夜地观察着每一个细节。在那些欢庆的人们中，他看见了一张已经准备撤离的面孔，通过这张面孔，优素福审视那些男人的脸。那张面孔属于一位名流显贵，随从拥簇在他的周围……穿着式样新颖的衣服……他以前见过这张脸，还有他的司机和助手……在发现尸体之前的那个月，这张脸确实在这条街巷里活动过……他设法放大照片，想看清那些面孔，找到那个男子，弄清他是谁……他知道，如果他能叫出那个人的名字，就能弄清凶手或者抢劫者的身份……或是那个姑娘……他慢慢地移动着照片，想看见那个扯开驼轿帘子溜进果园的姑娘……或许她已经逃到了街巷外面，和那个庞然大物融在了一起……

在无意识的状态中，优素福知道有一个女人从这条街巷逃走了……

她是谁呢？阿札？阿伊莎？某人的女儿？是哪个普通人的姐妹还是这条街巷令人讨厌的一个女子？他将目光从那张照片转移到记忆中的欢笑里，转移到那个夜晚留在他潜意识里的事件。尽管他当时正在小睡，但他看见了，他注意到了那个身体的动作。那个身体是从上面掉下来的，除此之外，还有另一个身体，是从第一个身体的死亡中逃脱的。

阿伊莎的第二十三封信

昨天，我陷入最黑暗的睡眠，睡过了晨礼的时间。今晨醒来时，我仿佛没有灵魂。

如果死亡像这种起死回生的黑暗一样，那么，按照《古兰经》中所说，睡眠是最小的死亡，我则期待着走向它的旅行。

你还问：何时你会失望而不再给我写信吗？

你的一个字打碎了我思想中最黑暗的地方。

"最好是用与自我的斗争替代与宇宙的斗争。"劳伦斯在《恋爱中的女人》一书的结尾这样说。

你设想一下，你正在唯一的地方频道，播送突然中断，你发现自己被送到了现代频道，送到了今天的世界。而那就是我父亲的死亡。

每当我思考着阿札的频道，我就可怜我们，我们两个人。

今天早上，我们的面饼有一股酸味，你认为阿札发明了那些频道吗？你说世界有许多门，比你穿过的门还多……"只要你闭上双眼，旋转，在旋转中从一道门冲向另一道门……重要的是，任何一道门都不会对你关闭……"这是他金色的哲理。

你站在厨房里，你的影像让我感到饥饿。我记得我如何撕碎了星期天我买东西的那些袋子，我不知道在你那个时代的厨房里，我能用韭菜做什么。将来有一天，我会给你做有肉馅的大饼。那个饼很难做，它花费了我母亲不知多少个白昼。

用了这么多刺激血液的韭菜，你不要吃惊！你知道吗？韭菜和大葱是一类的。我们的老奶奶把它和肉末、面粉搅拌在一起，减少了它的辛辣气味。

我向后面看，在一些刺激性的、暧昧的照片上看见了我童年时的韭菜。这些照片的中心是也门挑夫，人头巷就是建立在他们强壮的身躯之上的。他们的脊背是我们房子里内情和秘密的见证人。它看见了在朝觐时节我们的家具在房子的各个楼层之间搬来搬去，最后一次是和我一起，安放在我那间小屋里。在那些用粗大的绳子捆绑的家具下面，他们的脊背是半弯着的。他们永远不会脱下他们的短外袍，即使在睡觉时也不会。他们总是坐在街边的一角，躲避着阳光的照射，每个人都嚼着白色的大饼和一把韭菜。

那个身体强壮的也门人出现在这条狭窄的街巷里，背靠着光秃秃的红砖墙坐在那里，这让我父亲十分生气。他粘着韭菜汁的白色背心发出的气味直接传到我的鼻子里，我看着他的围裙脱落，颜色从绿色变成了向日葵一样的黄色，许多虫子在下面爬，女人经过的时候，总是被吓得发出乌鸦般的叫声，然后跌倒在地。

一个也门人来到沙姆，想用一个半沙币买一个窝一样的小家。

他等着小孩子们大声唱那支歌，随后，笑声响起，

312

驱散了将要打开的那扇窗子里的愁苦。

我不敢像他们一样,说出那些赤裸裸的词语。

那一类的词语梗在我的喉中,让血的喷泉涌入我的头里。

现在,人头巷不会在光天化日之下唱这支歌了。这支歌也没有了歌词。可能那只怪物已经离开了。

如果那个也门人还活着,我将用他的照片把他唤醒。人们说他被捆在一个包裹里,那些人头巷死胡同的女人们的乌鸦把它吃掉了。

我们人头巷里的女孩子就是在这些读物和梦想中长大的,她们认为,世界就是建立在把被扼杀的女孩拯救出来的爱情之上的……现在我明白了,这个世界是建立在性和食物之上的。

在这场竞赛里,我名落孙山……整整三十年,我才达到我第一次的高潮……世界就是建立在身体上的两个开口之上的。

其余部分,是在第一次媾和中死去的我身体的边缘部分……

签名:阿伊莎

又:

啊……

("你喜欢我吗?"厄休拉问。

"非常喜欢!"伯基安静地答道,离她更近了。

"只是非常。"

"非常非常!"

"那你悲伤吗?对于你来说,我就是一切吗?"她以一种忧郁的感情问道。

他把她拥抱得更紧，吻着她，用勉强能听到的声音说：

"不，那会让我觉得我是个乞丐，让我觉得我十分贫穷。"她沉默了，抬眼望着星星，然后亲吻了他。

"不，你不是乞丐。"她以忧郁的渴望央求着他。"你不要因为爱我而使自己丢脸。"

"我感到耻辱，因为我贫穷，难道不是这样吗？"

"为什么是这样呢？"他用双臂将她抱住。

"若不是你和我在一起，我无法忍受这冰冷又无终结的地方。它正在粉碎我生命的本质。")《恋爱中的女人》，第 495 页。

每当我读到这段对话，他都会对我说出一些新的东西：

这就是我过去所缺少的吗？乞讨？

而乞讨之前是贫穷（饥饿感足以让他伸手讨要）？

只是（另一个人）能够将你变成乞丐。

因为如果你的贫穷变成了邪念，他就会将其驱赶，使你饥饿。

又 2：

我的电脑突然变得混乱不堪了。

不要问我是什么让我在网上下载了这个紧急软件。

在考察我们的好奇心和轻率举动方面，这些软件可是首创。一次，它让我们看到一键即可行妖术的世界，而在有些时候，电脑的整个记忆都被破坏了，和

314

人的状态完全一样。

有好几个小时，我都处在恍惚之中，我想，没有电脑，我们就不能活了，因为我们与光的真相相互隔绝。

当那些指示破坏了我的记忆时，我就无事可为了。我一次又一次地努力，设法找到了恢复系统的方法，步骤如下：

（所有的程序）

（第二位的，或者是继续的帮助）

（系统工具）

（重启系统或修复系统）

（修复电脑时间，或者让电脑时间回到初始时间）。你会看到自己面前是一个日历，然后可以选择后退一天或一个月，方法是按下取消电脑年龄中一段时间的按键，向后倒退到原来正确的时间点。

我看看我的头，寻找着打击这种服务的病毒？

我想，在哪一段时间里我重新活着？是抹掉时间还是回到后面？

也许，我正在开始抹去我的名字阿伊莎，也许，抹去的名字是生命。

签名：阿伊莎

又3：

1）你说你喜欢我附寄给你的光的照片。令我吃惊的是，你从它沉重的泥泞和黑暗中走了出来，它在你那里变得轻松（变成一种应该在博物馆里展览的艺术）。

2）猩猩的照片？没有！

附件2：

这是哈米德·阿什庭院的栅栏，还有他放置报纸的架子。

附件3：

这是被绑好放在火炕上的羊羔，麦德比的院子经常举办筵席，招待人头巷以外的那些能人们……我们嗅到了他们的气味。

但你闻不到。

签名：阿伊莎

那天夜里，纳赛尔出现在我——人头巷的入口处，仔细品味着那些像是誓词一样的字句：

“我并非为贫穷而创造……我绝不允许人头巷将它的污浊投掷到我生命的蓝图上，现在不允许，待我老耄之时亦不允许。”但是我诱骗他，让他陷得更深。他黑色的眼袋，消瘦的脸庞，说明他已经许久许久没有睡眠了。没有什么让我错过，我看见他第二次溜进了阿伊莎的家。我知道他这次来，是要找《恋爱中的女人》那本书。那时，对他来说，最重要的是要找到那只红袜子，那实际上是代表阿伊莎的照片，亦是她梦中的一瞥……他刚刚在庭院里迈开步子，就闻到了那种气味，内衣的气味充满宅子。纳赛尔觉得他是一个在自己的邪念中行走的男人……他在向上的台阶的黑暗里摸索着道路……那座宅子里，所有的门都是敞开的，除了那间介于两层之间的小屋子之外，没有一扇门是关着的。他摆弄着门锁，最后不得不把它撬开。走进屋子，刚刚迈出第一步，他便觉得眼前发黑。前面就是她的床，和昨天一样，他竭力抗拒着想躺在这个地方的强烈欲望，这地方曾有她的身体，她的痛苦，还有那个用她的孤独行事的德国妖魔……

"在他看来，阿伊莎是鬼怪……而你，纳赛尔，认为你自己是一位吉祥的长老……要从她那里驱赶那个妖魔！你要把他从她的眼里赶走，让她变成瞎子吗？还是从她的脚趾里赶走，让她瘫痪？你会把她的哪个器官切开，驱赶妖魔，惩罚她呢？"

他怯步向前。前面是浅紫色的床罩，被皱褶扭曲着，像是一个做爱中的身体……他用眼睛扫着这个地方，寻找着《恋爱中的女人》那本书。他目光所到之处，都有薰衣草的气味，让他曳足而行。他向前走，翻着抽屉、梳妆台下面，还有各个角落。他没敢去碰那张床和那个堆拢着皱褶的床罩，那里没有那本书的影子……这个宅子里的每一件东西都整齐有序，似乎它的主人是慢慢离开的，并且在等待他们回来，只有这间小房子像被榨干吸尽一样，不再等待在某个时光离开的热恋中的女人，的女人们，她们沉溺在无底世界的爱情里，沉溺在纳赛尔内脏的最深处……纳赛尔静静地关上身后的门，离开了。

确定无疑，他将选择……她的双唇……自下而上……与那个德国人的动作相反，这个念头出现在他的头脑里。

加米拉

在优素福和阿伊莎写下的那些东西里，纳赛尔觉得他看到的是臆想中的麦加，而不是他已习惯守候的麦加。那个晚上，优素福写的一些东西吸引了他，这些纸上写着：穆扎希姆长老最大秘密的滑稽剧。

2005 年 1 月 1 日

丰满肥胖的加米拉披着一件与她身体等长的开衫黑袍。这袍子什么也遮盖不住，一块也门产的漂亮头巾不经意地搭在她的肩上，发辫暴露在外。只因为看了她一眼，穆扎希姆长老的心剧烈地跳到了他的喉咙里。加米拉就像一个裹着头巾的南瓜，浑身上下似乎被涂上了新鲜的奶油，充满鲜活的魅力。他还没有被白内障完全遮住的右眼的目光深深地落进她的骨盆处。

"欢迎你，美丽的人，希贾兹的土地欢迎木卡拉最好的人儿……"

"我要加拉克斯。"她的声音在穆扎希姆身体的深井里响着，他点点头，说："棒棒糖，焦糖巧克力，奇

318

巧饼干，椰子饼应有尽有，而你的要求是最高级的，加拉克斯点心。"他想，在也门劳工的肩头上有着各种手艺，幸运的是，他们对活命的奢望促使他们多生孩子。

加米拉的两眼死死地盯着裹在酒色锡纸里的加拉克斯，可可的气味使她感到一阵睡意。他拿着糖果，伸手送给她，想去触摸她的手指头。穆扎希姆的眼珠子瞪得很大很大，白内障使他的眼睛变得更加混浊。无论是鼻烟，还是卡特，都无法与他穿越自己和那柔嫩手指之间距离时那种带电的感觉相比。

他第一次触碰女性时，那种强烈的气味就穿透了他右脚大拇指的末端。在那种气味里，闪出了卖煤炭的贝都因女人的影子。他七岁时，他的部落遭到了沙漠里人人皆知的侵袭，在那次侵袭中，那个女人把他藏在自己的长袍里。部落里的女孩子们从小就开始为自己绣嫁衣，穿上之后，到死时都不会脱掉，那是储藏了她们经历过的所有钟情爱恋时刻的衣服……那一切让他紧紧抓住了那个卖煤炭女子的衣服，导致性起，阳物膨胀，大如塔维格山，然后，射出了如洪水般的激情，在那次高潮中，他甚至能用他的精液浇灌一个果园。

现在，每当十五岁的加米拉经过，同一座山都会崛起，让他消失已久的井里的桶重又呻吟，同时，他还有一个梦：生个男孩！看着加米拉安详美丽的大眼睛，他想，是什么正在离开她的面孔呢？是厌恶，是反抗。从她的眼中，他找回了阿札的母亲从他那里抢走的东西。

发　丝

　　"纳赛尔，我的孩子……"电话里传来的母亲的声音打断了
《恋爱中的女人》一书中折磨着他头脑的那句话：最好用与自我
的斗争替代与宇宙的斗争。此时已是子夜时分，"我已经给你
找到新娘子了，有钱、漂亮、门第高贵……"人头巷的头颅发出
了嘲笑的咕哝声。

　　"母亲，又为了这件事？"

　　"你把自己埋在工作里，这工作会让你断子绝孙，你正在失
去有人继承你的姓氏的机会。"纳赛尔辗转反侧。优素福的日
记铺在他的床上，阿札汗水的气味渗入了他的被褥，他再也没
能合上眼睛。他在想，重新回到和母亲的谈话中是不可能的，
母亲对他说的是：

　　"那个女孩是个孤女，她的叔伯们都很开通，允许你以
正当的方式和她见见面。趁我还没死，你让我的心高兴点
儿吧……"

　　"母亲，安拉保佑你，现在很晚了，明天我再给你打电话，
来谈这件事……"

　　"孩子，你可别像一块干柴一样走进坟墓……"

　　她的话把黑暗带进了房间，他放下了听筒。纳赛尔闭上眼

睛，放慢呼吸，有意从他胸中遥远的一隅逃离。在那里，杀害或悲惨不会发生，他把他不敢掀开她面纱的姑娘的幻影隐藏在深邃的地方。在他的青春期，在他成熟之际，她始终被裹在从头拖到脚的袍子里。但是，她却像影子一样轻盈快活。现在，他发热的手指伸向了他青春期中将她藏匿的黑色的东西，又没完没了地将其一层一层剥离。当他剥到黑色的核心时，并没有找到被黑色包裹着的女孩子们，她们或是坐在从他身边飞驰而过的汽车里，或是在他在塔伊夫的邻家女孩的窗口旁，每当他把目光投向她们中任何人的窗口时，那里就会为了他把一只鞋倒挂出来。从挂在那条尘土飞扬的道路上的鞋子中，纳赛尔看到了自己的脸。那张面孔孤独寂寞，在等待另一张接受他的女性面孔。

在记忆的盒子里，他只找到了一根长发和一个发卡，发卡上装饰着一个蜜蜂般大小的红苹果，周围有许多花瓣。他还记得，他在一个朋友家里的桌子上看见了那个发卡，当他迅速把它放入胸前的衣兜时，热血冲上鬓角，双臂的颤抖持续了好几天。那是一只心上的苹果，它就是一个完完全全的女孩，将他欺骗了很多年，他把它称为苹果主人的幻影。他辉煌闪光的那些年都是以那只苹果为中心的。还有那根长长的发丝。那根发丝缠绕在天鹅绒上，放在一个像镶嵌着宝石的刀鞘一般的长方形箱子里，留着长长黑胡须的男人们把它打开时，眼睛顿时闪光发亮，他们想用这根黑色的发丝铸造自己的命运之路！

那些伴随着他、也被他理解的场景，来自贝都因人女歌手萨米莱·陶菲格主演的电影，电影名字可能是《阿拉伯女孩艾米拉》。电影讲的是俊美的王子在沙漠里见到了长长的黑色发丝，便爱上了它，于是，他离开了部落，放弃了权势，走遍全国，寻找那根长发的女主人。

纳赛尔想，他那一代人，都是那位阿拉伯王子，都能爱上一根没有名字的头发，因为那个名字就是女人（也就是荣耀，是自我）。只是一个名字，就可以使他们痴爱至死。他想起母亲为他大哥找媳妇的过程。他们全家都参与了母亲组织的对她了解的那些女孩家的进攻。他想起了那位非洲女人哈佳·夏娃，她走家串户，帮助人家洗熨衣服，然后，就会带来这样的描述：那是个受过教育人家的女孩，辫子长及脚踝，头发密如棕榈；阿斯利家的姑娘，身材像肉豆蔻树，高高的胸脯像石榴一样；札哈拉妮娅眼睛非常迷人，令人心荡情迷；阿米迪娅像百合花一样……那些女子的美貌都被她泄露了。有一次，她只带回来一个名字，然后，就像有人把一个灵魂吹向他哥哥的灵魂一样，她的嘴里只说出一个名字：赛勒玛，他的哥哥便坠入思慕的爱河。纳赛尔还记得他哥哥因为这个名字而掀起的一场风暴。就像我们人祖阿丹在他脊背上的名字上吹了一口气，就让我们出生一样，他哥哥用最诱人的电影女明星的胸，乌姆·库勒苏姆最感人的叹息，加上菲鲁兹戏剧里被诱拐的女人，在赛勒玛的名字上构建了一个偶像，并给她准备了丰厚的嫁妆：两千沙币，金水，玫瑰水，麝香，龙涎香，一套套的眼影，蓝色的眼线，腮红，血色的口红等，他还给位于塔伊夫盖尔沃果园的豪华沙龙配上了家具，因为他负责管理布格利叶的果园。然后，他用车带着嫁妆，迎娶了他的鬼怪赛勒玛，在新婚之夜，就坠入了凄凉的境地。

纳赛尔记得，那场婚礼让他的哥哥变得思维混乱。他从一些名字中抓了三次阄，每次要么是"鬼怪"，或者像女人们所说的，是"没味的女人"。抓到第四次时，出现的名字，竟然是他的菲律宾女佣！每次，纳赛尔都被他收集到的名字和他哥哥梦中描述的碎片久久困扰（正如现在阿伊莎信中关于大卫碎片式的记录将他控制了一样）。这些碎片就像用阿伊莎一样，是能够用语言实现穿透和传递愿望的女人，剥去了他青春期所有的幻想……"纳赛尔，你从合法的肉体上窃取了你崇拜的胳膊……"

狗吠声从远处传来，警官纳赛尔想，市政部门应该再次把玻璃碴放进肉里，去杀死那些狗，让腐烂的死狗尸体的恶臭充满各地。他把手插在胸前，感觉到了那颗以前不曾面对的心。他把它掏出，于是发现自己体内有一块像笼子一样的空缺，那是为像阿伊莎这样的情人或像阿札一样的飞鸟备下的。他的心仍在跳动，能够爱恋行走在通往平台的台阶上的阿札那双赤裸的脚，而她则以梦游之态向穆舍白布走去。当她的脚趾插进穆舍白布果园的沙土中，当穆舍白布虔诚地俯下身去亲吻她的脚趾尖时，纳赛尔意识到，所有从她那里经过的人，都在自己的心里留下了裂口，让她从中呼吸，并且教给他，在对她调情时如何超过他们。如果他偶然碰到了他们两人中的一个，她进入了他的笼子，那就绝不要对她仁慈。他将让她感受饥饿，让她吃他身上的肉，拷问她，挤榨她。他将撕碎优素福和那个德国人用以包围她的所有纸页，他将用自己的双手为她清洗发辫，将用卡迪水从她耳后抹去她说的所有的话，然后把自己的耳朵贴在她的嘴唇上，打破她的沉默，这些就是优素福日记里对她闭口不语的描述。

"但是她，纳赛尔，她的岁数只是你年龄的一半，你远离女色，现在落入了一个被害女性的圈套！"

阿札之窗

摩托车从美利坚合众国加利福尼亚进口,进入了人头巷……

你肯定听到了它的发动机的吼叫。

阿札,记录下它的规格:

型号:雅马哈,2006 年进口。

颜色:红色

发照地:佛罗里达

01/06143234

9462413

车主:穆舍比布·阿提格·阿勒·纳依布。

事由:哈立德·索比汗长老,举办娱乐聚会。

穆舍白布像个孩子一样高兴,说,他将骑着它走遍麦加,走遍人头巷以外的所有地方。

纳赛尔看见了那个名字:哈立德·索比汗,他简直不敢相信!他在上面画了好几个红圈,然后继续读着:

这个穆舍白布就是一个火箭发射台,他让我继

324

承了他的摩托车时，便将我从手工时代送到了石油时代……

"有汽油的生活是，或者你去烧汽油，或者是汽油烧你。"我用手把汽油加进了摩托车的油箱里，然后，像呼啸的箭头一样冲到麦加周围的环路上，再从伊吉亚德区返回，到人们聚集的中心，去展示星巴克的标语。如果我在绿色衬衫的后背上背着那个被怀疑的标语，阿札，你不要嘲笑我，我的形象是不会被破坏的。我是广告公司的代表，这个公司雇佣了我，确保我是骑着穆舍白布的摩托车工作的。

我把那个标语扔在后背上，我绝不会因为向后看而去浪费汽油。你是和我在一起的，时速表就是指向你，阿札的方向，你就是我天真地学习历史以达到的方向。

是的，这辆摩托车，它就是真实的我。

我进入了麦加那些被挖开的坑道的上面一层。

我从那些用玻璃和铁环绕着我的塔楼开始，穿过它的中心，用力踩了一下油门，那些塔楼便迅速地从城市的皮肤上被剥落了，露出了消失的内核。

啊，阿札，烧尽你的一切忍耐吧！请保护我，不要让我这样急促鲁莽。

你难道没有感觉到，我自出生以来的第一次如此轻巧灵活吗？现在，我所缺乏的，就是在我周围这奔腾的气流中，轻抚着你，并让气流因你而消散。

阿伊莎的第二十四封信

啊……

你真的是凭记忆画出了我的形象？

连我的镜子都没有给我展示这张脸。

噢，这两片嘴唇，简直是罪孽，还有这鄙弃我的鼻子。

你不要让我的面孔如此开放。那样，你就不会知道我的面孔会在什么地方躲开你，藏匿起来。

我能在你寄给我的照片上读出你最细微的顾盼，我开始读出你性情的气味。

现在，我把我的气味还给你。

你无需说话，就像他无需以过分的敏感承认自己黝黑的肤色一样。他只要用他深邃的目光刺穿厄休拉的恐惧，我就会以我体内一种新的感知了解到他将要说什么，说那场景将如何破坏呢。

我认为，你的任务和伯基一样。他的任务并非钟情于厄休拉，与她缠绵。他的任务是从自己在另一个人体内蔓延的情况中，考验自己能干些什么，而那另一个人，并不是用语言来理解他，而是用接触和抚摩，他不想匆忙进行的或被性欲烧撩的抚摩，不，性欲只是吞噬体内的某些东西，避开想要说话的那些地方，它不能完全表达那些想说的话，也不能让它为了表达自我而抚摩。

伯基或许向欲望投降了，或许他自己就是奔泄的欲望，但是，那欲望始终是"无欲望"，那种对超越了感知的孤寂的饥渴，始终像一只温柔的蝴蝶，不自觉地在他灵魂的边上飞着。它并不向后回望触摸着它的目光，只是轻轻地拍动双翅，将上面残存的绒毛留在他的灵魂上面，从花粉中攫取色彩。

附1：

加米拉从头到脚蒙着一个红色的床单，左边是她父亲，右边是证婚人。

这张照片是穆阿兹拍摄的，但我在照片里没有看见阿札。我害怕了。

附2：

几经犹豫，我把这张照片发给你，这是乃扎赫的母亲麦阿吐盖的照片。

正像你看到的，这张床垫就像努哈方舟，承载着麦阿吐盖的全部生活：成堆的破布占据了半个床垫（挤得她只能弯曲着身子），隐藏着为将要到来的饥荒准备的面饼的碎片，还遮盖着一个尼龙袋子，里面有她的眉笔，银制的雕花化妆瓶，那支涂眼影的小刷子上滋生着努哈时代的细菌，她的脚下，是已经逝去的丈夫的衣服，上面沾满了宰杀物的油脂。在那个正把她的脖子弄断的枕头下面，有她结婚时的一个铜盘，还有一双骆驼皮的鞋，鞋上的皮条都已经断裂了。那个檀香木的念珠，是乃扎赫从哈比布·穆斯塔法城给她买来的礼物……她的左边是一个脏兮兮的散发出草莓气味的乳香袋子，后面是一个圆形的盒子，里面有些辣椒和干酪……还有些什么，我就不知道了。总之，她已经完全准备好了，只要死神吹响号角，她可以立刻启航。

伊玛目达乌德的儿子穆阿兹，偷偷拍下了这张照片。他说，他把她那件沙尔基长袍上的花，她胸前那朵紫红色的大花，还有那些橙色的、红色的堆放在骨盆处的花都收集在一起了。

我在想，这个九十岁的老女人在梦想什么呢？已经站在生命最后的门槛上了，我们会看到她什么样的梦想呢？她关心我们吗？她能看到更多关于我们的场面吗？生命在变幻着向前而非向后，并不是在当下的位置吗？我们在想，美丽还在那道门槛的后面等待着我们吗？在什么样的年龄，我们的肉体开始撤退、停止梦想呢？何时我们的眼睛又开始张望那道门槛后面的事情呢？

麦阿吐盖头发之间的缝隙不断扩大，头上没有一丝黑发。生命的意志蕴藏在女人的头发里。那个女人，那个每天早晨都在头发上抹椰子油、把编好的两条辫子像王冠似的盘在头顶上的女人并没有死去。

又1：

交通事故之后，我刚刚醒来时，觉得生命只是一瞬间，而且已经从我这里消失了。因为我的四肢不回答我，镜子也不回答我。

好几天，我一直躲避着他们的眼睛，我确信自己身处异地，另一种生命在等待着我，不死的生命。

当女护士将我身体的一个部位露出来并用消毒的热毛巾擦拭时，我并没有去遮盖，因为我那令人羞愧的躯体置于许多人头上面的一点，并向更远的一点张望，无论我怎样伸长脖子，都达不到死亡之后到来的那一点。谁说我没有死？直到现在，只要我闭上眼睛，我都会被抬到人类之上的那一点，置于痛苦之上。

谁说他们死了？

他们让我接受心理治疗，那个说着埃及口音阿拉伯语的医生自愿分享我的孤单。

他强调说，抗抑郁药一定能使我的灵魂从空白中下落，让我的灵魂在每个清晨和睡觉前，像啜饮甘蔗汁一样，吞下他们的死亡。

我的眼睛让他不安，我们之间隔着他的眼镜片和粗粗的绿色镜框，这使得他所有的目光都带上了边框。

我把我头里的那个泡交给了他。他把它浸泡、弄干、熨平，再折叠起来，看看是否还有褶皱，然后用他的安眠药将其重新打磨。

我头脑里的中央储存器还在空气中，没有被炸药炸开的时候，它拒绝所有试图突破保密锁的数字问题。

"你有迷失感吗？""你想表达你的痛苦吗？""你的死亡会增加大气层的热度吗？"

他的问题堆积起来，像是一些女性杂志中的属性页或个人测试页。

我没有交出储存器的任何一个数字，就通过了那些测试。

我从波恩回来，就把那个储存器塞在我的床下边，躲避着他们仍然在那里睡觉的楼上那间屋子。

在深夜，我听见他们的梦。

有一次，他们中的一个人把我从梦魇中惊醒。

有一次，我父亲站在门旁，监督我睡觉，说：

"别忘了放上那个夜晚卫士！"他指着那个塑料框框，将它放在我的上牙上，防止我整夜磨牙。

又2：

阿札把两条腿劈得大大地睡觉……

我觉得那样子挺讨厌的……

你梦见过这样的女人躺在你的床上吗?

又3:

我记起了艾哈迈德离开我的最初那些夜晚。

那天夜里,我在睡眠中感觉到我的父亲正站在我那间小屋的门旁,监督我睡觉。有一次,他在半夜时分过来,黎明时又回到我的房门前,发现我的睡姿并未改变。我以祈祷的姿势仰面躺着,发辫一左一右,几个小时都是这种睡姿,于是他用力摇动我的身体,担心我已经死去。

你认为阿札为了那种开放,已经吸尽了我全部的活力吗?

你在咖啡馆里听到穆罕默德·阿卜杜的歌声了吗?"在我最后的时刻,把我放下……"

你在我体内将其打开时,我一直在颤抖……

签名:阿伊莎

向阿札道歉

这辆雅玛哈摩托车有多久没休息了？

那个夜晚，雅玛哈灵巧地拐了个弯，躲避突然偏离方向的公共汽车，但是它的迅速反应没能阻止公共汽车的冲击，汽车还是撞到了摩托车的后保险杠上。这一撞让雅玛哈从沙米叶的斜坡上滑了下去。向我射来的灯光让我没有机会感觉柏油已经咬住了我的两条腿。

我当时的意识中只有铁块的破碎和汽油的流淌。当各种灯光变成了一种集中在我头顶上的强光时，我醒了过来，发现自己正躺在手术室里，后来，又进了像公共汽车一样的长长的病房。

"条例还在试验之中，不在我们为职员提供的保险之内。"就这样，广告公司逃避了责任，让我在努尔医院接受治疗。

我的膝盖碎了，他们不得不重新整理那里的软骨……

阿札，别哭。

我的哈丽麦妈妈把你那块布给了我，上面有炭黑和粉笔的白粉，将它浸湿时，显出了你命令式的话：活着……

她把你的话也带了过来：没希望。

她还带来了你的躲避。

你真的感觉到气愤了吗？

你还记得我们把那几只黑色的小狗从废墟的平台上清走的那天吗？废墟上的那面墙倒塌了，把我的脚砸伤，而你则像猫儿一样，两个小腿上只有擦伤……那天，当他们把我的腿打上夹板后，你不停地拼命地打我。

有好多天，你都不与我来往。

于是我知道了，你是为了起飞翱翔落下的一瞥目光（你把破损的肢体截掉）。

你把一切妨碍你活动的重物甩掉。

这一次，他们用一个金属膝盖置换了我破碎的膝盖，是穆舍白布付的钱，共两万沙币，以完成这次手术。我不明白，他为什么以如此大的决心投资我的厄运！为什么没有把他的符咒吹到我的膝上，让它重新长好？

看来，我要在这里躺很久了，直到你的气愤被耗尽。

我向你保证，我不会成为沉重的负担，只要一出院，我将继续研究穿透的理论（正像你所看到的，我正在逐渐习惯变成一种金属：从膝盖开始）。我就是这样。你所画的绝大部分麦加妇女的膝盖的软骨都在受损，因为她们都像甘地那样跪坐在地上，那些女人都置换了金属膝盖，争相变成铁块……像我一样。你没看见我正在置换我的性别吗？让我任意胡说吧……
别生气……

刑侦警官纳赛尔写下：优素福，跛足。

阿伊莎的第二十五封信

（伯基说："死亡无所谓。"

"但是你不想死。"厄休拉挑战似的说。

他继续沉默了片刻，用一种完全改变的令她恐惧的的声音说：

"我想结束死亡，结束死亡的方法。"

"那为什么还没做？"她紧张地问。两个人默默地在树下走着，然后，他像曾经怀揣恐惧一样，慢慢地说：

"有一种生命属于死亡，还有一种生命不属于死亡。我们中间的一个人在属于死亡的生命里厌倦了，这种生命就是我们现在的生命。如果这种生命结束了，我希望能拥有睡眠一样的爱，就像重生，像刚刚来到这个世界的孩子一样脆弱。"

"为什么是像睡眠一样的爱？"她难过地问。

"不知道。也许睡眠像死亡一样吧。我确实希望从这种生命中死去，因为它比生命更加自我。"）《恋爱中的女人》，208 页。

啊……

我以死亡的情调读着平台上对着天空赤裸身体的情人们的罪恶，人头巷嗅到了恋爱中的女人的气味。随着歌声的响起，厄休拉脖子后面上的绒毛正在满怀思念地挺立起来。

通过我公开的阅读，我明白，我不仅仅是向我的父亲挑战，而且是向人头巷所有的人头，包括我自己的人头挑战……

你已经在我们这里培育了对外部世界的恐惧……你可能不会相信，你呼唤的女人从未与陌生男子独处一房，从未一个人在路上行走，从未有她的自我，从未离开过恐惧的泡沫，从不知道她能做些什么……

我最大的恐惧是，我醒了过来，却不知我的地址……我乘着车，但目标不是人头巷……

你是我想去的地方之外的第一个地址。

所以，尽管我的肺已不止一次地停止工作，让我到达了死亡的边缘，但是我不可能死在波恩……

迁移将始终与我的记忆连接在一起。我的记忆里有一个黑色加黄色的立方体，你能猜出这个方块是什么吗？（地点：人头巷女子师范学院　时间：1985年）

我把这个方块放在你面前，小心，它是什么？

门卫用铁链和锁头，把我们学院的门关闭了。

我们学院里的姑娘们都是淹没在酷热和成年气味里的山羊。

匆匆忙忙地准备着：

沉重的黑：斗篷，黑色长袍。

还有透明的黑：面纱！我们穿上黑色长袍，用面纱遮住面孔，一层，两层，三层，四层……我们以在不摔倒的情况下打破面纱层数的纪录而自豪。

我们挤在一起，都快变成面团了，一个黑袍和另一个黑袍之间没有一丝缝隙，进入我们肺里的空气都变得稀薄了。

门裂开，倒在我们身上：我们歪歪斜斜，无处可依。

你甚至不知道，当你被挤在公共汽车和学院的两扇门之间时，你的黑袍子到哪里去了，也不知道你同伴的面纱滑落在什么地方，但你清楚的是，翌日早晨集合时，你的名声将会被毁坏。

在公共汽车上，为了能找到一个座位，你需要有用头部进攻的杂技表演能力。不能呼吸，不能说话，没有笑声，这就是对姑娘们的教育，而绝大部分人都得这样活着。如果你是坐着的，就得承受那些挤到你面前的身体。铁皮车厢不断发出响声，几乎不能承受这个黑块，这个黑块里有一块白色，唯一的白色，那是司机的白衣服。

红色：女学监的笔：准备违纪者名单。

我绝对不记得我的黑袍子从头上脱落过！

我的名字出现在早晨集合的队伍中，出现在"拥挤、说话"一栏中。

我不知道哪一位女学监能如此轻易地注意到学生们已经或还没有落在另一性别身上的目光。

免费的传述走遍麦加的街道，走进女学生中间。

你从人头巷开始时，那个黑块开始收缩。

你不了解人头巷的孩子们，他们中午都会站在街巷口，等着公共汽车到来。

看，我鼻尖上的这个坑就是一个小男孩向我们这个黑块投出石块带来的后果。

他并未期望有仙女降落在他的身上，可能，他只是想摸摸那个黑块里的一张脸，也就是所有女孩子的脸。

哪怕是用石块。

又1：

你可以想象一下我的变化，从四层面纱到你们波恩医院里的病服。

又2：

你写了我很像厄休拉吗？葛珍的袜子在我的小腿上做了些什么？

秘密的附加：

黑色三角形的照片（伊玛目达乌德的女儿在她们的房门前挤来挤去，想偷看咖啡馆里的电视）。

又：斑鸠的声音（一种被隔离的孤独的调子，其他的鸟儿因为光突然分散而惊惶不安）。

这只斑鸠的欢乐穿透了我的枕头，我哭了。

晨礼之后，我任鸟儿们在我的身体上祈祷。

我听到了深入我脑子里的痊愈的声音。

签名：阿伊莎

《恋爱中的女人》一书中那一段中"死亡如新生"的表述引起了纳赛尔的注意。他分析着阿伊莎信里关于死亡的段落，而这些段落均来自优素福的日记。他自忖着，优素福有着什么样的怪癖呢？于是，他又重新审视和思考着优素福日记里反复出现的那些求救呼喊的字句：

2005 年 12 月 12 日

我在书中认识女人，女人们从梦中了解我。我和她们一起达到了我的身体在清醒时未曾达到过的高潮，因为我懦弱胆小，因为我珍惜自己的白色，不肯将其掺进些许黑色。

每天清晨，我都惊恐地从对女人的想象中醒过来。我是个性变态者，对于我没有写过的女人，我没有任何兴趣，同时对自己也毫无兴趣！除了在一天一天消失的报纸专栏里写作，对于我来说，连乌姆·古拉（麦加）也变得索然无味。

那天，纳赛尔觉得，优素福正让阿札和阿伊莎这样的以浓黑衣袍为内里的女人的头脑中的抑郁占据着自己，并以某种形式准备进入一场悲剧。

指甲草画的半月

我，人头巷，沙漠血块，我并不是难以承受四十五度或五十度的高温，酷暑是我最喜爱的麻醉剂，但是，谁会相信？我这传奇式的感官最近竟然背叛我了。我吞咽着恶臭和汗水的气味，努力闭上眼睛想小憩片刻，但是纳赛尔的好奇心却在打扰我。他正站在路边，和站在她家平台上的哈丽麦聊天，而哈丽麦正注视着我所有情感的焕发，这让我太难为情了。通过门缝，她把装有她煮的阿拉伯咖啡的壶和百合花状的杯子递给他，还把一把椰枣塞进他的手掌。

"啊，自从我的婶婶阿特拉离开之后，我再也没有喝到这么美味的咖啡了……"微笑在她的眼里漾开，她精心调配咖啡，只是为了得到品尝咖啡的人这样的赞赏。哈丽麦的脸从交叉在胸前的面纱里向下望着，头发缝露了出来，眼中的笑意更浓了。这是一张与世无争的鲜活面孔，愈发严重的焦虑也未让皱纹在它上面堆积。她总是觉得穆扎希姆会来她这里，让她搬走。纳赛尔怀疑，她以前是不是偷偷地见到了优素福？她用充满慈祥母爱的面孔面对着站在路边的纳赛尔，纳赛尔则希望能从她的谈话里找到有关优素福的线索。

"我父亲来自嘎绥姆绿洲，变成了城里居民，当时，他坐在这条巷子里的条凳上，像住在麦加的爪哇人一样，裹着一个条纹大毛巾，慢慢的，口音也变成麦加的了⋯⋯"说着，她吃了半个椰枣，另外半个握在掌心里，然后，把椰枣核向瓦罐旁边的乌鸦扔去。乌鸦飞走了，但又飞回来，落在一堆石块上，看着她。在她身边，用碎陶粉末擦过的茶炊闪闪发光，一段段故事从她的笑声中像茶水一样流出。

　　这座房子本来是我父亲的，那年，法蒂玛谷地遭了大旱，我们的果园受灾严重，父亲就把这房子卖给穆扎希姆了⋯⋯我父亲为了买这块地花了不少钱，他是为了那些到他这里来的一无所有的人盖的房子⋯⋯我父亲收留了那个从亚丁来朝觐的也门人，让他贩卖从法蒂玛果园里摘下的椰枣，给他的报酬是把我嫁给他，就像叶尔孤白对待穆萨那样。我父亲被他的名声和他的主张给迷惑了⋯⋯他说他属于一个麦加家庭。她用手向上指着说："人们偷偷地记住了那个家庭的名字，以在将来证实。"永远坐在自己店铺里的穆扎希姆听着他们的对话，有时插上几句，有时又默不作声，但始终没有弄清楚他这位敌手的故事，便说：

　　"不是麦加人，他们不难过，她的丈夫，是苏莱曼和拜勒吉斯①的后裔，他们俩的那些精灵仆人，在也门的幸福土地上把他养大⋯⋯由于他来到麦加，并想法归属于麦加仆人之中，他已经遭到了诅咒⋯⋯"哈丽麦并不在乎这种嘲笑，反而津津乐道她的故事：

　　"我喜欢上了这个快乐的也门人。我不在乎他的出身，只要看他一眼，便觉得浑身触电，心跳加剧。但是，我们并未过上安静的好日子，人头巷里的老人们排斥他，嘲笑他的主张，

———————————
　　① 拜勒吉斯，公元前10世纪时统治也门赛伯邑王国的女王。

说历史上他跟随过犹太人、基督教徒，然后佯装改信伊斯兰教，潜入天房。但是，他们的胆大妄言，让他们遭到了诅咒，并被驱逐。"这时，穆扎希姆喘着粗气，嘲笑道：

"女人们都爱做鸟雀之梦！"

"我父亲接受了这个也门人，将他带到了麦加家族血统监管人古莱希和纳伊布·哈拉姆的儿子那里。这两个人判断了他的长相和血统，准备为他做证。他俩听到我丈夫说他母亲的肩膀上有月形胎记时，更是肯定了他的血统。"说罢，她痛苦地盯着用指甲草画在她手掌上的半月形，这是为了打破传播在这条街巷里的逻辑和指责，"他说，我手掌上画的这个图形让他想起他母亲手掌上的月亮。"说着，她让纳赛尔看她的手掌，根本不在乎穆扎希姆嘲讽的哼哼声，"我不知道我丈夫出身于为麦加服务的仆人之家，他们是跟随钥匙去也门的。"

"什么钥匙？"

"按照天房最古老的钥匙制造的一把钥匙。人们说，在麦加历史上，它被一个逃往也门的波斯朝觐者偷走了，于是，包括谢班人在内的最忠实的麦加仆人都去寻找这个钥匙，结果，幸福的也门之地把他们绑架了，他们在那里结婚生子，再也没有回来。"

"但是，为什么偏偏是那把钥匙呢？"

"我也不知道，但是他们坚信那是一把最伟大的钥匙，在谢班人的书里说，那把钥匙能打开每一道门……别问我怎么可能：在历史上，天房的门有许多变化，但是那把吉祥的钥匙能把它们都打开！在我丈夫从谢班家族继承下的图画中，历史学家们立刻认出了那把钥匙。"

"麦加仆人继承的使命是，让他们的后代找回那把丢失的钥匙，使其重返天房。我丈夫告诉我，他父亲就是一个天房仆人，叮嘱他要回到麦加，在麦加确定他的血统，然后去寻找钥匙。他们确信这把钥匙已经到了安达卢西亚，一个安达卢西亚旅行家仿造了它或是把它拿走了，他走遍了安达卢西亚，然后又到达了也门的苏莱曼村。苏莱曼村遭受了地震，毁坏殆尽，村子里只剩下了门，那个安达卢西亚人就带着那些门重回安达卢西亚。人们说，他仿照刻在那些门锁上的苏莱曼的戳记，最后造出了能打开所有门的钥匙，和那把最伟大的钥匙如出一辙。"

穆扎希姆清了清嗓子，说："这女人的脑袋里都是她丈夫的胡思乱想，这些也门人拿着苏莱曼的钟表，在日落时分嘴里嚼着卡特，以谵妄之语说着那个能打开所有门的钥匙，包括那些精灵和人类之间的门……"我承认，听着他们这样你来我往的谈话，看着他们在我这被忽略的人头的角落里煽动着酷热的情绪，我很开心。

"我丈夫到麦加来不是为了扎根住下，他是受到他父亲在他脑袋里植入的关于钥匙的蛊惑而来的，找到这把钥匙，是他们后代人的目标。但是，调查他出身的法官出现之前，他突然被杀了。就在同一天，优素福在我肚子里踢了我，宣布了他的存在，我就按照他父亲的名字，也把他叫作优素福，我用孩子的绳索把他和生命拉紧！"

"你认为是谁杀了他？是人头巷里的人？"

"他们说看见疯狗在吃他的尸体，但是，我们并没有证实他的死亡，因为没有找到尸体。我们为其痛苦，将其埋葬……"她的声音里充满了哀伤。

"那么，你认为他还活着？"犹豫之后，他直言问道。

"在这么大的地方，我们没有感觉到他的死亡……神经错乱的人是不死的，疯癫吞噬了他们……"纳赛尔谴责的目光促

341

使她继续说道：

"他消失的那天夜里，我们正同床而眠……醒来时，周围一片漆黑。那阵子有许多传言，说葡萄牙海盗正横行红海，我丈夫从中看到了他必须离开去寻找钥匙的信号，认为那些关于被海盗劫走的人们的传言与他寻找的钥匙有关……"穆扎希姆咳嗽起来，向周围喷出了一圈小豆蔻和酸咖啡的渣子。

"刑侦警官先生，麦加人的想象来源于麦加山石的坚硬，他们编纂着伊历948年葡萄牙海盗船侵掠麦加和吉达海岸的恐怖历史……葡萄牙人是开着八十五艘战船来的，在吉达附近的艾布·德瓦伊尔港登陆，抵抗他们的是穆罕默德·艾布·乃玛市长，那是白尔卡特人中的精英，他把麦加人和周围部落的人们集合起来抗击船队……从那个事件之后，每逢有麦加的年轻人失踪，人们就会说，是葡萄牙人的船把他劫持，弄到安达卢西亚去了。他们难以相信在自己的家族里，有脱离禁寺庇护的魔鬼。"

痛苦重新拥塞在哈丽麦的心头，二十年前的场面再次展现：

黑暗中，突然的响动惊醒了她，她感觉到了沉睡中紧挨着她的丈夫的体温，就想去提醒他，但是，恐惧已经让她瘫痪了，她只是在黑暗中睁大眼睛，盯着周围的黑影，那些黑影向他们的床靠近，突然无数只手按在她丈夫身上，捂住他的嘴。他们把他塞进一个袋子里，然后扛了出去……哈丽麦在那场噩梦里愈陷愈深，直到黎明时分，她才发出了一声喊叫。叫声划破晨曦，招来了街巷里的人们……一双双手伸出来，设法让她安静。她摆脱众人向路上奔去，想去追那个袋子，那些手按住了她……白昼出现在围在她身边对她寄予同情的面孔上，咒骂的传言迅速传开，说天使们已经把那个也门人撕碎喂狗了，这是对他寻找天房钥匙行为的惩罚……那个夜晚，那张天房钥匙的图也消失了，从此再无踪影……

哈丽麦突然不说话了，死死地盯着下面咖啡馆里的电视屏幕。那里正在播放库莱布的录像，唱的是阿卜杜·麦吉德·阿卜杜拉的歌曲……瞬间，她的沉默差点让我，人头巷，讲出那天夜里发生的真实情况，但是我忍住了，不能让纳赛尔轻易地把案子里的碎片集中起来。

"但是，你丈夫说过他的家庭血统吗？"纳赛尔提出问题时，嘲讽之意多于他的好奇心。

"坦白地对你讲，我并不知道我丈夫给自己带来了什么诅咒，我害怕那个诅咒会落到我儿子优素福身上。我希望我丈夫所说的他的血统永远无人知晓。我知道我父亲喜欢叫他侯朱比。我把这个名号也给了优素福。但是，当他在《乌姆·古拉报》上的他的窗口专栏上签名而需要一个名号或笔名时，他却挑了一个怪名字：优素福·本·阿乃格，属于历史巨人阿沃吉·本·阿乃格的血统。"

女人叨叨唠唠，喋喋不休，终于让我失去理智，我只觉得我的头正裂成乱七八糟的碎片。夜降临到我被遗忘的四肢上，为了让哈丽麦闭上嘴，我让浓重的忧郁降临在各家各户的院子里。哈丽麦看着纳赛尔一如往常，绕着穆舍白布的果园转了转后，离开了这里的悲伤，于是，她起身离开永远的监视之地，开始准备参加星期四的爱情巡游……

像往常一样，她把镜子挂在屋门上，想借外面的灯光打扮一下。她用小刷子涂抹眼影时，左眼的睫毛抖动了一下。突然，她觉得有一只眼睛在黑暗中盯着她，但她不敢转身。片刻之间，她觉得追随被杀女子而去的时间已到，那个隐蔽的杀手来索求她的命了。眼影黏在眼眶周围，她像看电影录像一样想象着死亡的仪式：那个黄昏，她已经洗净了全身，盘在脖颈后面上的发髻散发着艾布·阿吉莱香皂的气味，穿上婚庆组织者送来的那件衣服时，她又洗了手脚。这件衣服把她从颈部到双脚全都遮住了，从腰到双膝的部分有两个白色的翅膀。穿这种衣服，是为了与为婚庆服务的团队协调一致。她想，她不必因顾虑贞洁而不安，她已经做好了死亡的充分准备，只是希望，这个在平台边上、在黑暗中埋伏的人能给她点儿时间，让她礼完宵礼的四拜，再增加两拜的余功。因为她认为，如果她礼拜的跪伏姿势像牲口一样，那么，这种姿势会让发现她尸体的警察识破她的招数，所以，她还是希望那个杀手在她跪拜时向她扑来，因为以正确的跪拜姿势死亡是进入天堂的捷径……"那是最好的结束！"现在她才明白了她的老奶奶们祈祷中包含的智慧。哈丽麦想忏悔，但是，在生与死的距离如发丝一般纤细的时刻中，她忏悔什么呢？忽然，发现女尸之前那几个晚上出现在人头巷的黑暗幻影浮现在她的脑海里。

哈丽麦把幻影抛在一边，把忏悔的重点集中在她的舌头上。她奶奶早已在她的头脑里刻下了这样的一句话：舌头是在奴仆脚下打开的一扇门，让他从中落入地狱的最底层。可是，她不可能对自己说过的每一句讽刺之言进行忏悔。同时，她又想起起了袋子里的高跟鞋，那是那个黄昏，那个女人送给她的礼物。一个女人乘车而来，那辆车昂贵的价钱足以买下人头巷整条街。

"大婶，请你为了努拉向安拉祈祷吧。"当时，哈丽麦正在艾布·达乌德市场门旁摆摊，贩卖焦糖制作的甜食。那女人俯身向她，在她耳边轻声说了一句，然后招了招手，让司机把这个袋子给了她。

39号的鞋太大了，但是哈丽麦并没有放弃，她把每只鞋里都塞进棉花，然后，挺起胸脯，穿上它摇摇摆摆地走着，就像婚礼上的一只孔雀。后来，她还慷慨地把鞋借给街巷里的姑娘们穿。

她不知道，在她最需要去做一件简单的事情时，是谁用那些愚笨的想法让她的灵魂变得沉重，而这个简单的事情就是一句证词……突然，那个年轻人在黑暗之中出现在她面前：

"我证，除安拉外，绝无主宰；穆罕默德是安拉的使者。"这句证词突然从哈丽麦的嗓子里蹦了出来，她弄清了，这实际上是穆阿兹的声音，于是说：

"你吓死我了，安拉酬劳你！"穆阿兹并未作答，但他浓密的睫毛引起了她的注意。这时，他开口说道：

"哈丽麦妈妈，优素福正在一个安全的地方，嘱咐我来告诉你……"

"太感谢了……他有吃有喝，身体好吗？他脑袋里的电流还在发生作用吗？他能睡觉吗？"整条街巷都知道，哈丽麦总是为优素福的睡眠和头脑里的电流焦虑。

"他那个铁膝盖能暖和吗？给他弄些读过《古兰经》的渗渗泉水吧，把这个给他……"她把三个手指插入两乳之间，掏出一卷钱，塞给了穆阿兹。他看着她的样子，挑逗地说：

"啊，哈丽麦妈妈，衣服上有翅膀，还穿着高跟鞋！！"

"必须这样……"

"借给我一件，然后我戴上面罩，和你一起，当个助手……"

"男孩子不能进去……"

"我拿着东西，给你当个小伙计，和你一起去。我就从门口看看。"

"你能领着人们做礼拜，能背诵四分之三的《古兰经》章节，也能从眼睛上把眼影收集起来，你想去巴结姑娘们？"

"从门口看看而已，我是想从八星宾馆里面看看，从麦加的摩天大楼上看看麦加的天空。我向你保证，我会永远眯着眼睛，只有看天空时才会抬起……"

"咱们这条街已经闹得沸沸扬扬，把我们排挤在外了，包括你们这些清真寺伊玛目的孩子，你们已经不是原来的样子了。"但是，他仍然央求着，用真诚的目光盯着她的眼影。突然之间，他觉得这个女人就是悲伤的体现，她深陷的眼睛犹如她丈夫、儿子和整条街巷的坟墓，他能够睡在甚至死在那只眼睛里。

也许，如果他能把那巨大的乳房拍下来，就可以得到流着奶和蜜的乐园的照片了。她任面罩从她脸上滑落下来，而他则默默地跟随着她，在流浪狗的吠声和库莱依布录像的歌声中穿过了人头巷。

他身披夜色，穿着一身黑衣，她脚踏高跟鞋，花瓣般的带扣偏向一侧，两人一起向海利勒的车走去。刚刚登上汽车，橄榄油肥皂的气味便从后座向他们袭来。海利勒机械地打着火，发动机的声音刺破了麦加夜晚的宁静。海利勒带着狡黠的微笑，猜测着穆阿兹在车上的原因。

"哈，婚礼如你所愿完成了？"

哈丽麦却先提出了一个问题。自从她参加了海利勒和拉姆齐娅的婚礼后，这个问题在人头巷里变得愈来愈重要。海利勒大吃一惊，想：这个女人是"继续"的象征，无论是一具尸体还是儿子或亲爱的人消失，都不会妨碍她生活的继续，看，她现在穿着高跟鞋，趾高气扬，描眉画眼，刚刚离开婚礼现场，又来打听他新婚的情况！

"噢，大婶……"

她用她惯常的笑声提醒着他：

"哈哈，别说……"

他也笑了起来，说道：

"自从他们因阿拉伯联盟大楼对我们起诉以来，我的眼睛就没有看过拉姆齐娅，我把她送到了她父亲乃扎赫那里，我就住在这辆出租车上了。"他用混杂着舒心和悲伤的声音说着，穿过了宰希尔区。

"海利勒，为什么把她扔在那里，像不能变卖的房子一样？安拉不会因为她的错诅咒你的……"

"我的身体来自一个空间，我的灵魂是在另一个空间吗？哈丽麦大婶，求求你别拿诅咒的剧本让我们头痛了。我是一个不可战胜的男人……我连肿瘤都战胜了，美国的医生在我身上看到了奇迹。我的胃已经被癌细胞吞噬了，那时，他们都觉得没有希望了，我接受了一次又一次的化疗……"说着，他从前面的镜子里看着化疗之后变得像干草一样的头发，然后继续说道："我决心把死神丢在身后。我用大蒜和牛奶与它抗击，像趴在牛背上的跳蚤一样紧紧地抓住生命。我喝了不知多少桶这两种东西的混合物，一天早晨醒来时，肿瘤逃跑了，那就是我的奇迹。生命的毅力能够改变一切，能让穆萨的拐杖或是牛奶变成奇迹。但是现在没用，阿札对我生气时，拉姆齐娅就像一口大蒜井躺在那里，把我的好细胞和坏细胞都烧死了……"

海利勒满脸痛苦。所有的人都知道，化疗夺去了他的生育能力，当乃扎赫为拉姆齐娅向他求婚时，他那种像电影中的英雄人物一样的坦诚，让所有的人都感到惊讶：

"你的女儿要认真选择，如果她想生孩子，就不要和我这样的男人结婚。医生们已经夺走了我的生育能力，他们本可以在对我进行化疗之前，冷冻一些我的精液，使我将来有生育的可能，但是，他们没有对我讲清化疗的副作用，就给我进行了治疗……"直射的阳光，让他头上的干草仿佛燃烧起来，他脸上显现出孩子气和引人怜悯的脆弱。化疗之后，他的头发长了出来，还真是奇迹。他像对待一个有生命的孩子一样对待他这几绺头发，白天抹油，晚上涂米诺迪尔生发水，从不蒙头巾，也不戴帽子，生怕它们被扼杀。他在这堆干草上的花费，远远超过了他对自己整个身体的花费，而他的身体曾经背叛他，长出了肿瘤——这个恐龙的家。那天，乃扎赫屋子里的人，都听到了海利勒详细解释医生冷冻精子失败的事情，乃扎赫的眼睛瞪得像是在泥坑里安静喝水的牛一样，他听着那些科学知识，随后表现出的妥协态度，让海利勒感到很突然：

"我了解我的女儿。我们是什么人，会逃脱安拉定下的命运吗？你听说过一个印度女子七十岁怀孕的事情吗？按照安拉的意愿，她干瘪的乳房又充满乳汁……"盲目的信仰让他决定结婚，惩罚这位父亲和他的女儿！新婚之夜，又是这个魔鬼作祟，当新娘向他走来时，他竟用两臂挡住卧室的门，不让她进来，还说：

"怎样和我一起走进这个房间，你就怎样走出去，走向你的坟墓。没有孩子，就是一块干柴，你在这个房间里所做的一切都是没有结果的，是空的……你只是我消遣的游戏……"连他自己的耳朵都被如此愚蠢的话刺伤了。

"啊……"萨阿迪娅长叹一声，似乎闻到了一种陈腐的气味。她在头脑里重放父亲信仰的唱片，以此对他进行挑战。

"不要摆脱恩惠，要到达终点，然后寻求帮助，这样，你就可以说，这事太糟了。"

哈丽麦的问题让海利勒颇感不快，为了分散她的注意力，他指着右边的一堆白色塔楼说：

"这是赛夫楼，共有四十四座，像是点着灯的宇宙飞船聚在一起，排列在达白山顶和城堡附近。"

穆阿兹接着说："这座山是优素福的执念所在。时间初始时，许多骏马从这座山的山石中出现，时间终结时，很多牲口会从这里现身，用它们的尾巴击打地面，于是，末日将会到来。他一直在写矗立了一个世纪的岩石城堡是如何消失的。尽管土耳其、教科文组织与一些历史文物保护机构一直在阻止这件事，但是商业开发还是抹去了它的印记。"

听到这里，海利勒像被蝎子蜇了一下似的，立刻问：

"喂，伊玛目的儿子，你看见优素福了？"穆阿兹没有理会提问和那种侮辱性的语言，用傲气凌人的口吻说：

"你不读他写的专栏吗？他写了，他们许诺将在更远的山上重建这个城堡，城堡里会保留那些秘密地道和走廊，装满奥斯曼弹药的上了锁的，还有生锈的武器和大炮，这些大炮有四分之三个世纪没有使用过了，里面繁殖了很多老鼠……"海利勒久久地盯着穆阿兹，对他的这种回避态度十分不满，他想找到攻击的办法，于是说：

"他和阿札在一起吗？"这一指责激怒了哈丽麦，她立刻火气十足地说：

"海利勒，你的脑子进了魔鬼了……让我们想点儿好事吧……让我们从你那些胡思乱想里解脱出来……"哈丽麦望着穆阿兹，想穿透他的脑袋，因为她从未想过会有这种可能，但是穆阿兹切断了他们头脑中的胡思乱想，冷冷地继续着他的话题：

"那位公主就躺在城堡最里边的长形檀香木箱子里，人们说，她仍然在用樟脑和玫瑰滋养她的头发……"

哈丽麦叫了起来："樟脑会让人无法受孕……"

"不，樟脑代表着天堂里泉眼里的一种气质……公主正在等待那位把她塞进箱子里的帕夏，也许他会臣服她的市长父亲……"

哈丽麦说："我们的先祖阿丹被安拉创造时，就是被选择的，或者在土耳其的城堡里寻找，或者在掮客的大楼或鸽子楼里寻找……"

听了这话，海利勒问她是否在那个土耳其女人的地下室里看见他做了什么，但哈丽麦只顾继续自己的话题：

"这是对恩赐的拒绝……哈娃的女孩子们最后都一样，对于你来说，你最好有一个晚上安稳顺从、白昼温和慈祥的妻子……"随后又加上一句"关于箱子里是什么，只有安拉知道。"

海利勒将头转向穆阿兹，挑衅道：

"你还在挖坟掘墓吗？你能辨别出你床垫下面的骨头吗？"

穆阿兹不甘示弱，答道："她说，人类的粪便多了起来，招来了更多的乌鸦。还说，我们这里已经变成了地球上最大的乌鸦栖息地。"

哈丽麦排解着两个男人之间的紧张，说："刑侦警官有许多疑问，在这条街上到处看，到处打探，连幻象都不放过，你俩可能不知道，他正在找你们呢。"刚说完，她又后悔了。看见海利勒的疑点那么多，眉头蹙得愈来愈紧，她很可怜他，因为她不能想象他们两人中的任何一个会与那具尸体有关。于是，她像道歉似的，急忙说："2007年是奇迹不断的时代，现在，屏幕上的杀人镜头都是为了消遣，男人们都在咖啡馆里抽着水烟欣赏那些画面。"

海利勒目光中的不满愈发严重，无论他向哪里看，那句"刑侦警官正在找"都一直在跟随着他。

出租车被一种压抑的沉默笼罩着，每个人都沉入各自的恐惧之中，夜从未如此沉重，穆阿兹想着那些话语所指的真正含义，觉得它就像黏在双唇上的稠厚的蜂蜜。

沉默中，海利勒将二人带到了哈法伊尔城堡，觉得心里空荡荡的感觉，就像城堡右侧荒芜的欧麦尔·麦格苏斯山一样。那座山被黄色挖掘机切割开来的黑色内脏裸露在天空之下，内里深藏的灵魂似乎正在经历剧烈的冲突。此时，那些挖掘机停卧在那里，等待着清晨的到来，等待着飞碟带着摩天大楼从天而降，落在这片土地上。

哈丽麦说道："够了，只要我们离开麦加一天，就会有一座山消失。我们以前看到的欧麦尔山上的房子哪里去了？"

"商业开发抹去了它的忧郁，现在这个百万之地，十亿之地就是它们的旧址……他们说，麦加的山上将会出现世界上最高的大楼。"

"比禁寺的宣礼塔还高吗？"穆阿兹的镜头追随着哈丽麦的眼睛，说：

"大婶，这里的开发太惊人了，随着日出，每天都会有几十亿投进去，某个国家里的大公司违反国家法律，最近，又有一家公司与伊拉夫控股公司签了三十亿美元的合同，开发这里和其他地方的山。这里不是纽约的曼哈顿，这些灯光都和易卜拉欣谷地有关，像圣诞树一样闪亮。如果人头巷的人在麦加转悠一圈，准会觉得自己是在纽约复活了，相信我吧，我这话没错。"

"噢，够了，这都是灾难，那些牲口们的首都怎么能比得上我们的圣地？带着我们转，再转转。"海利勒把车向麦斯法来区和易卜拉欣·海利勒大街开去，进入通向王宫的隧道。

"这就是世界一体化！"他们用嘲讽的口吻继续说着。

"哈丽麦大婶，我有美国的飞行执照，但是，我却成了乃扎赫的女婿，成了一个被无能无力的女人围住的人的女婿。"

"有信仰的人终有好报！"海利勒把车向左迅速开向通往伊吉雅德的隧道。穆阿兹想，如果他给飞行员海利勒的骨架照一张照片，肯定显得非常高大魁梧。海利勒相信，对于这条街巷来说，他举足轻重，他操作商用飞机上的电脑的技能胜过人头巷所有人的智力，正是这种技能，使海利勒在一条不会读写、不懂得什么是中子、什么是原子能量的文盲街巷里挣扎着……这条街把他称为"驭手"，也就是跑遍大地、穿透天空的驾驶人。

"是发现号还是哈法依尔的斑鸠让这个夜晚有了活气？"这为了驱逐鬼魂的问题让哈丽麦感到突然。

她笑着答道："这是大人物的夜晚，苏勒江饭店在最高的楼上，索比汗大人秘书的婚礼……"

"索比汗大人是控制着四分之三麦加的伊拉夫控股公司的董事长，拥有许多投资公司，占有了禁寺周围一线和二线商圈的许多产权……"听到了索比汗的名字，穆阿兹安心了，因为他选择了正确的方向。

"他们请来了巴林女歌手艾赫拉迈和她的乐队。"

"他们需要像你这样的老式的卖菜女人。"

"现在一切都是进口的了，你的哈丽麦大婶负责协调，负责送水的都是八星级饭店的厨师、咖啡师，我是负责礼俗的。"在白拉卡大楼的饭店前，海利勒把车停了下来。哈丽麦下了车，披着特意为她制作的像孔雀一样的黑袍子，穆阿兹紧随其后。上电梯之前，她深深地吸了一口气，让穿着红色正装的门卫按下电钮，随后进入那个狭窄的空间。穆阿兹漫不经心地扫了一眼电梯工，电梯间金色的墙壁从他脸上剥掉了海利勒带给他的痛苦，让生活的黄金在他黑色的双颊闪光。穆阿兹知道，他们俩正向着他这样的人至死也不会到达的天空攀爬。一个个套间里又带着套间，朝向礼拜的院子，价格从 1500 万到 5000 万、1亿不等。终于，他俩到了最高楼层的大厅。

哈丽麦穿过了入口处的幔帐，用眼睛示意，不让穆阿兹进来，因为这个屏障后面是禁止男人进入的世界。穆阿兹想，若不是怕惹恼了哈丽麦，他可以用她妹妹的黑色长袍把自己遮住，穿过那个界限……他像站在花园门旁一样……里面就是舞蹈、音乐、色彩和美女。

他的心不甘于让自己离开。被邀请的女宾们不断进入那个入口，穆阿兹靠在那里，无视身着黑袍的女看门人，稍稍后退一点，站在了能看见女宾进入的地方。她们接连不断地到来，那些驼峰般的头饰像水晶娃娃一样闪着亮光。

他打量着那些女人。他从来没有像找寻他熟悉的肢体语言一样地寻找着一个面孔，那是男性品读黑色长袍下的女人身体的语言。他能够在上千个黑色长袍中认出萨阿迪娅，也能找出藏在黑袍下逃脱的阿札。但是，他没有告诉任何人。他还记得，她抬起小拇指，在天空中画出一个类似蝎子尾巴的图形去控制某个地方的动作。对她夜晚的突然经过，他佯装不知，一心追随着出现在他头脑里的她的幻影，这些幻影，比在穆扎希姆家出现的次数还要多。她的失踪将是这条街巷的神经遭受的一次挫败，而他自己却总在猜想，在解剖室和这人世间的千百万个让人等待与思念的地方，她可能在哪里呢？他想起了女尸出现的那个黎明，还有保险公司女职员那辆黑色的凯迪拉克汽车。当时，在那个黎明，有多少带轮子的黑色之物停在人头巷街口呢？

站在那里的穆阿兹被鼓乐声、彩色玻璃和珠宝首饰淹没了，这奢华从何而来？就连人头巷的古董、穆舍白布的果园，在这些珍宝面前都显得苍白、羞愧了。麦加在什么地方藏匿着这些如裸体磁带一般非现实的女人们呢？她们是光的幻象、科学幻象，还是老奶奶们讲述的"人为或是上天创造出来的故事的工艺品？"面对女性的美貌，古老的故事都显得茫然失措。

穆阿兹不知道那个女人是从哪里冒出来的。在屏障后面，她逆向其他女人们活动的方向，用面纱的一边挡着嘴。由于转身太快，她的头发散落，遮住了整个脸颊，这让他想起了鸽子弯曲脖颈藏在羽毛中间的模样。突然，他发现，那女子不在原处，而是隐藏在她在他的头脑里激起的记忆当中，然后消失了。站在电梯前的看守用拳头敲了他一下，他才转过身来向电梯方向走去。这时，他看见那双穿着高跟鞋的小脚消失在走廊尽头的一扇小门后面，便被那双镶着水晶颗粒的鞋吸引着不假思索地向那扇门冲了过去。当他打开那扇门时，没有看到一个人，四周静默无声，于是，他向通往另一扇门的短短的走廊走去。他打开门，走进去，迎接他的依然是静默。他跟随着暗弱的灯光，来到里面镶着红缎子的电梯间，嗅到了一种他叫不出名字的淡淡的气味。他在里面移步时，闪亮的红缎子紧紧包裹着他，让他的脚步变得轻盈无声。他随着电梯向上升腾时，感觉自己的灵魂都拥塞在了喉咙里。他两鬓的太阳穴不停地跳着，全身的血液都涌向了那个突然出现的缝隙里。电梯门刚刚打开，大厅里兰花的花香就把他熏倒了。冰块在吸吮他的生命力，周围轻微的骚动让他觉得自己不是在这个地方行走，而是行走在一个女人的身体里。那个女人拖曳着他，他面色苍白地离开了那个房间，浑身战栗着向玻璃门前的走廊走去。这个玻璃门位于在禁寺广场上巡绕天房的队伍上方。

那扇他认为是旁边出口的门打开之后，里面有一个宽大的办公室。在那里，他的镜头在一张桌子上铺展开来，在沉香香水喷洒器的旁边，他看到了那个仿佛等待了很久的银制护身符。那是一个半月形的镂空盒子似的东西，上面雕刻着许多精细的图案。他认识那个护身符，曾经有一天，穆舍白布委托他把这个东西放进禁寺附近的第 27 号寄存箱里。

穆阿兹感到非常奇怪，不知道这个护身符为什么会来到这座大楼。他猜想，它恐怕就是阴谋的核心，也许这只是一个仿制品。他像第一次见到这个东西一样，吃惊不已地站在那里，然后，以一种自杀式的动作，一把抓起护身符，飞奔而逃，跌跌撞撞地穿过一个个入口和走廊，奔入电梯，慢慢地随电梯而下，待电梯门打开时，走进对面这座大楼的接待大厅，沉浸在中央空调制造的冰冷的沉默里，然后用双手捂着那个半月形飞奔而去。

悲伤不再

　　那个夜晚，在静默的莱巴比迪大宅，优素福久久地站在骚尔山洞①的照片前。他曾经在那张照片里看见了自己的人生。他十八岁时，开始了在这个山洞的旅行。当年，伊斯兰教的使者就是藏在这个山洞里，躲过了麦加多神教徒的追赶，迁徙到麦地那。

　　优素福来到骚尔山洞，是为了让自己的血统经受麦加最古老的考验：进入这个山洞狭窄的空间，如果他无法走出，他就是赛法赫之子，如果他能走出山洞，那么，他的血统则根深蒂固，纯正无比。促使他这样做的，并不是海利勒一次又一次对他血统的质疑，而是他希望被麦加接受的个人需要。他想像递交国书的人一样，向这个城市递交他的真相。除了像影子一样伴随着他的侍者的公羊，没有任何人可以见证他把自己归属于这座城市。

　　月光之下，两个人向骚尔山洞走去。到达山洞时，侍者的公羊后退了，让优素福自己去经受考验。优素福觉得自己正面临死亡，山洞越来越狭窄，人的身体无法穿过……他屏住呼

---

　　① 骚尔山洞，伊斯兰教先知穆罕默德迁徙麦地那时与艾布·伯克尔避难的山洞。

吸，用头猛地撞击了一下岩石，整座山立刻震动摇晃，情欲澎湃，充满雄性的力量，雌性的欲望也以一种可以感知的形态出现在那里，优素福的身体与身边浓重的月光合二为一，被旋转在狭窄缝隙中的风承接着，于是，他闭上双眼，把全部力量向深处集中，在一种无法控制的螺旋状态中，滑入那个情欲的子宫。侍者的公羊从洞口的大门进入时，看到他面前的优素福就是一块赤裸的肉，衣服全部脱落，就像一个逆向而生、重返子宫的血块。优素福不仅确定了他父亲的血统，还确定了他属于那座山、属于那块禁地和他接受的使命，也证实了那里没有软弱、侵犯和悲伤的空间。侍者的公羊一言不发，后退了。

过了一会，优素福感觉到身后有植物的气息，山野的花香驱赶着他离开，于是，他站在侍者的公羊旁边，将肩膀依靠在山岩上，一种潮湿渗入他们两人的身体……一种带着陌生味道的喜悦沉重地落在他的四肢上。那是沉重的归属，他深知，血统被证实，也是他责任的被证实……山下是不断延伸扩展的麦加，一栋栋建筑正从城市的中心升起。

优素福返回麦加的玻璃巨人那里，感到惊惶不已。他想起他母亲哈丽麦说的一句话：进入骚尔山洞的人，从此不再有悲伤。一声雷鸣在山岩上滚动，月亮冰冷地眨眼示意，让优素福看到了裸露无遗的麦加。它刚刚摆脱了永恒的悲伤，准备在雄伟的山岚面前裸露出来。它没有一丝忧伤，原有面貌中可能会让新工程师们感到沉重的一切，都被彻底抹去了。

身体的真相

阿伊莎的第二十六封信

（你将以纤细的真相的指尖去抚摩它，抚摩它的真相，那黑色器官中柔顺、纯洁和反叛的真相。这一真相正欲火中烧，因为你在完全的黑暗中不假思索地抚摩，在黑暗之中，对活着的真相无拘束的抚摩令它吃惊，感到突然，而那活着的真相就是黑色的、敏感的亲密的器官。

他也在神秘而坚定的思念中等待着，让她像你了解她一样地了解你。他已经以一个人、以对黑暗知识的满足了解了她，现在，她将要了解他，而他也将解放……

他把她搂在身边，发现了她，发现了纯粹的、可视的身体真相，一个熄灭的、非人类的身体真相。他的手指放在她被遮盖的裸体上，那是沉默的手指放在沉默之上，是暧昧之夜的身体置于暧昧之夜的身体之上，是夜的女性和夜的雄性。这一切都不能用眼睛看见，以理智理解，只能以一种如对"另一个活着的"的概念的具体的泄露或暴露才被理解。

她也抚摩了他，接受了最大程度的、无言的沟通和抚摩。对于黑暗、隐蔽、积极的沉默，精美的馈赠，她又一次给予了完全的接受和屈从。她接受了那种暧昧，那不能认识的真相。那些活生生的感觉的真相，不能与头脑的思索连接起来，也不能散布它，因为从外表看来，它始终是黑暗、沉默和秘密的活着的身体，是模糊的、苏菲的和内在的身体。

清晨，他们俩互相看了一眼，微笑着，然后又向远处望去。那里只有黑暗和秘密，那真是美妙绝伦，如同黑暗真相的一种遗产。于是，他俩感到恐惧，觉得他们已经记起了那种遗产。他俩已经把记忆很好地隐藏起来了。)《恋爱中的女人》，360页。

亲爱的，

但愿你能为我翻译那个负荷。

这是对身体奥秘的罪恶的接受……

这是不能忍受的清晨的认知。

我绝不会重新再读那一段，除非出现我们再次相见的奇迹，或是幽冥给予我应答。又一次将你塞在我的路上，让我再次站下，或者……

我还记得波恩的那一个夜晚，我踢了你，然后孑然一身，在黑暗中踏上返回的道路。最初我心怀恐惧……你能知道，对于像我这样的女人，有生以来第一次独自行走在一条陌生的道路上意味着什么吗？那是什么样的街道啊？每迈出一步，我都觉得自己会毙命倒下，或遭突袭，脑袋迸裂，脑浆涂地……人头巷在我头脑里走着，窥视着，随时准备为它的居民们挖掘我的头……

走到某个地方，我突然感觉到有一个影子拐到旁边河岸的墙上……然后，不止一个，而是有五个影子从我跛行的身体中出现……曾有一刻，我认为有谁从我的体内迸裂而出，向我攻击……对仍然从我身上发散着的陌生气味进行惩罚，亦对在我远离你的每一步中变得更加强烈的愿望进行惩罚……然后，突然之间我看到了那五个影子的真相，它们欢快地、高兴地从我身边逃开了……它们知道我未曾梦想过了解的东西，是饥饿程度的满足，是已经破碎并释放出多个我的恐惧……那里有更多的我尚未被发现……你的每一瞥都从我这里释放出一个缺席的我……我走着，不，是我的五个意愿在走着，以一种罪恶的快乐返回医院。我和我的意愿以这种或那种形式憎恨你，因为你让我独自面对那种恐惧，还有我独自在罪恶中行走的可能……因为，罪恶不在你的身体里，而我，我所接到的每一单快乐都发送着同等的罪恶感……这样，有时快乐会多得无法承受……我以从你那里嗅到每一次爱的呼吸憎恨你，而你还在继续问我："你好吗？你的良心同意这些行为吗？是不是后悔了？"而我则重复着我的回答："我只给自己片刻时光，不去走向下一个时段，我与现在一起飘浮，与生命……与我们签订的合同一起。"我害怕自己会说我将自己交给了安拉。我不敢重复这个词，在……

你认为我现在是被诅咒的吗？不，你不要那样想……你已经被我关于交付给生命的话说服……而我的内心已经屈服于你这种口味……这种口味此刻正毒害着我，甚至毒害着人们对我的尊重……我认为我丧失了什么……不再受人尊重，而是生活的空虚……我以生命的饱胀祈祷着……那是因你而饱胀的生命……你可以将这称为心猿意马吗？

我欠你的，因你给我们短暂的关系增加的喜悦和欢乐而欠你的……这种关系会持续多久？三个或四个月？

每当我被自己的感觉击碎时，你都让我飞翔……按摩着我沉重的良心，让我轻松翱翔……

你说过我的魔怪就是从天堂坠落的故事吗？在某一个事件使我们从天堂坠落的真相中，你拒绝什么呢？身体发现了自身的味道和秘密，就会变得十分沉重，一层层天空无法承受，于是，必定要撞击地面……让我们在寻找天堂里遗失的面孔中度过生命的岁月吧……现在，亲爱的，你让我自忖：生命是在悔恨中解脱的吗？不然会从什么中解脱？从那个苹果吗？还是从坠落大地中或是从遗失的面孔中解脱？

但是，你嘲讽地笑道："生命就是从剥光中逃离！"

你认为我的生命是逃离？

你真的同意我所说的，我们的命运是早已注定的吗？安拉把我们从阿丹的背上取下时，我们就已经注定了命运。那时，我们只是他掌中的小蚂蚁，与他订立契约。就在那天，我们每个人都确定了自己的命运，并确定自己能够为真理而战……我们生活在大地上，就是对为真理而战的能力进行考验。

选择了这个情节时，我是一个怪异的作者：在人头巷和德国波恩之间被撕碎……

现在我相信，这是一个超出我的能力的情节。

一整天，我都如遭雷击般地行走着，击打你我之间跨越洲际的荒谬关系……哈哈的笑声，情感的爆发……与让一个血肉之躯的女人苏醒的光明城市里真实的清晨生活相比，这种光一样的关系如何能牢固长久呢？

附：

这是我那楼梯之间的小房间的照片，中间是蒙着薰衣草罩单的床，我是为了让你感觉到我脊背的光滑而铺上的。

落在他身上（沉默上的沉默）的手指，让刑侦警官纳赛尔的身体紧张起来，不再去读信，站起身来，像一个被磁力催眠的人一样，走向自己的汽车，然后开着车直奔扎希尔医院的解剖室。他来到被冰冷和紫光笼罩的停尸房，眼中弥漫着紫色的雾，手指在抖动，但并非因为恐惧，而是因为一种热望，如一路上陪伴他穿过医院的道路和走廊的浓重的雾霭一样的热望。来到这里，来到解剖室管理员打开的这个架子前面，看见了那个被包裹着的安静的身体。他不敢打开遮在脸上的布，只想触摸她的指尖，认为那些手指会带给他一些信息。这时，一声叹息从他体内传出：我累了。他希望这声叹息能直达辛劳的谷底，抹去他的疲惫，再将印记留在他的双唇上。他刚刚揭开肩部的布，就嗅到了一种他叫不出名的馥郁的气息，一种深深的悲伤像号叫一般在解剖室里冲撞，使他目不能视。珍珠般的云朵将他包裹，让他觉得自己的头发正在发出响声，而且逐渐变白。那云朵逃出了解剖室，扔下纳赛尔，他感到身体空空，轻巧无比。纳赛尔竭力挣扎着，他的眼睛已经凝固，和他面前的那个塑像一样，走向了死亡。"女人的身体是死亡"，这个真理在他面前再次被证实。雾霭遮蔽着他的眼睛，他飘浮在那个胸部的上面，两个乳峰黑暗的上面，然后渐渐下滑，让黑暗变成了三角形……他的眼眶变得僵硬，口水变干，觉得有某种晶体正在他的臼齿下面被磨碎。他在静默之中站了许久，在自己体内寻找着同样的静默（完全的沉默吞噬了他的感觉，自他情窦初开时就隐藏起的女性身体都裹在黑色的长袍里），瞬间，他独自一人与绝对的沉默相处，像杀死了她的创伤一样，沉入到最底部……

他并没有离开，只是陷入了与他面对的身体完全相同的冰冷而又沉默的悲伤，身体不自觉地滑动着，向外面滑动。

他不知道，为了融化她对他的沉默，在包围着他的麦加的炙热中，他该逃向何方。炎热在刺激着他：

"你太可怜了，你与人勾结，迷失你的自我。当时，你就应该翻动那身体，查看伤处，或者下令将其解剖，找到骨骼里的铁块。这是一个应该被你载入史册的事故，它证明了你是多么懦弱胆小！"他在路上孑然独立。我真的是胆小鬼，还是因为贪婪？你想将她的真相消融在所有女人的事件里，让你在四分之一世纪中秉持的大男子主义的爱恋绳索不要断裂。

死亡的寒冷已经先于他到达了房间——那究竟是死亡，还是从打开那具尸体时逃脱的神话般的悲伤？可以肯定的是，它具有女性的声音，已经出现在夜里，进入了他的耳朵。

又：

你爱像我这样的女人，是认真的吗？

你知道，你应该成为几个男人吗？这个数字应该

363

是你成年以来，你爱上并路遇的像我这样的女孩的次数，应该是情窦初开，但爱的目光并没有追随我的小伙子的数目，应该是没有因我而彻夜不眠、没有因我而独善其身或自杀的男人的数目，应该是……你有这种爱吗？应该是我的心砰跳着却不知为何而热望的夜晚的数目……应该是我睡在我的弟兄之间无法入眠的夜晚的次数，应该是我与敲击我心房的人面面相对时，我的心应该加速跳动却没有加速的次数……应该是所有爱的场景、我曾认为在某一本书、某一部电影或某一支歌曲中应该属于我的爱的场景的次数……你知道该如何这样爱吗？那就像我为每次在路上遇到的爱情付出支票一样。从学校到我的小屋子之间的路就像一个黄色的立方体，我在里面被揉搓着，我走去又走回，眼睛绑着遮盖猎隼眼睛的带子，这会让它在看见不应该看的东西时不害怕。你能这样爱我吗？

让你去爱一个来到你身边之前就一五一十地付出支票的女人可能很容易，因为她会让你偿还你对每个经过和尚未经过的人的债务……

不要笑话我，我知道我是老派人物，我没有经过人们为爱而自杀的时代……

这是一个不会生长出爱之心的时代。

签名：阿伊莎

又及：

也门的乌姆·加米拉给我留下了这个礼物，这是我是在床上发现的：用新鲜的、白色的茉莉花编织成的内衣……

吉赞人①是用茉莉花编织内衣的……

我脱掉了所有的衣服来试它，一边走，一边抚摩着它。断裂的花瓣落在我身体的花瓣上，香馨浸入了我的血管……

有一天，我会把茉莉花制成的长裤留给你，让你感受这芬芳鲜嫩的幸福，这是对最深入、最透明的抚摩的呼唤……我幻想着我紧贴在你的背上，让花瓣因你的坚硬而碎裂……

夜已过，我辗转反侧，因茉莉花瓣被扯裂，我无法成眠，每一次翻身，都感觉花香四溢。

清晨，我穿上牛仔裤，茉莉被折断，我认为它面对着一个像你亲爱的皮肤一样的茉莉世界。

附：半月形护身符的照片……穆阿兹偷了它，使它成为穆舍白布手里稀有的饰物。你看，这个银制的半个月亮，就是那些古老的护身符中的一个很重的小盒子，沙漠中的妇女们把许多关于迷恋、憎恶和生育的字符塞进了那个盒子里。

这是第一次，纳赛尔没有刮胡子，没有去注视卫生间水池上方天花板上不断扩大的水印，渗入他思想里的肮脏的水滴没有让他迅速离开卫生间……突然，他从卫生间的镜子里看到了白发，这突然出现的白色是他的思想在昨天被骚扰的唯一证据：他想和一个死了的女人做爱！他久久地面对镜子里那张面孔，迷失在昨天他看到的情景之中……他觉得一种光秃秃的白色正在抢劫他周围的麦加的空气。他的畸形是在这座城市里，

---

① 吉赞，一译"季赞"，沙特阿拉伯的一个省，位于沙特阿拉伯西南部红海沿岸，毗邻也门。

还是在自己的身体里?

突然,从完全的虚无之中,他关于那张脸的记忆出现了,就是那个老人的脸。穆阿兹把他带来,让他跟着他去穆舍白布的果园去寻找银制的护身符。

纳赛尔抹去了镜子里的白色,跳到他的告示板前,找到了那个名字和电话号码,但同时,在不经意间,他的目光落到了另一张名片上,上面写着同样的名字,他怎么会没有注意到那是同一个名字和同一个电话号码呢?(穆夫莱赫·俄吐法尼和他的儿子/调查员,刑侦员/朝觐调查中心)于是,他急忙向电话奔去,拨了号码,根本没想到时间已经很晚了。对方的电话铃响了很久,他甚至觉得这个号码大概已经不再使用了……突然,一个充满困意的女人的声音出现了:"他不在。"纳赛尔没有失望,问道:"我在哪儿能找到他?"那女人开始变得清醒了,说:"在国家卫队医院里昏睡呢。"听到这个回答,纳赛尔立刻穿好衣服,准备外出,但他发现,时间已经太晚了。

沥青层

"距离最近的国家卫队医院在吉达路上的乌姆·萨莱姆。"这回，他没有等电梯。这部电梯经常在楼层间休息，无论底层的门卫怎么敲它的门，也找不到它。纳赛尔想，他周围的一切都沉落在一层滑溜溜的沥青上，但是仍然会有水渗入。他毫不迟疑地冲向楼梯。一周前，这里曾刮起过沙尘暴，楼梯上蒙着一层沙尘的黄色。他走出大楼，开着车，向吉达路驶去。穿过拉赛法和斯廷街方向麦加入口的巴尔比建筑的正面，经过那些灯光耀眼的夜总会、游乐城和水族咖啡馆，来到了高速路的尽头，然后继续在一条布满沙丘的路上行驶。他不时看到各种手机卡的广告牌，便觉得自己正远离人头巷，同时又怀疑正有一个陌生人带着他驶向人头巷和它的隐蔽之处，这些隐蔽的东西比查清被害人和杀人者更重要。

"你们有个病人，叫穆夫莱赫·俄吐法尼吗？"听了这话，接待处的一个工作人员漫不经心地看了看纳赛尔和他的名片，然后查了查电脑记录，对他说："泌尿科，7号病房。"然后又加上一句："医生已经在他今天出院的单子上签字了。"

按照一个个指示牌，他找到了那个病房，当他看到那个面孔上布满岁月沧桑的小小的身体时，不由得长叹一声。

"穆夫莱赫·俄吐法尼大叔，记得我们见过面吗……"

所有病人的眼睛都看着他，他一眼就辨认出了老人如鹰隼般锐利的目光。

"你好，政府派来的？"身后传来的问题让他感到很突然，他转过身来，面对老人的儿子。

"大叔，我们还在调查人头巷里的命案，我会直截了当，绝不耽搁您的时间和我的时间。"周围的人都把耳朵竖了起来。"我知道，这个时间不合适，但是，大叔，我想了解关于银制护身符的情况。"

儿子埋怨道：

"你不觉得这时候问这些不合适吗？"

"请原谅。你父亲的名字也出现在优素福的文章里，说他有一些旧地图和文件。我能看看吗？"

父亲清了清嗓子，终于说："希望你不要让我们卷入犯罪和恐怖的案子……"护士的进入打断了他俩的谈话，她带来了出院证明和药方。

"你们离开前，到医院的药房去取……"纳赛尔意识到，这个男人正在从他手中溜掉。只见他的儿子皱着眉头，沉默不语，继续推着轮椅，想逃脱周围怀疑的目光。他把装东西的袋子放到轮椅上的父亲怀里，以免除怀疑，因为他明白可以激怒他们的"恐怖"一词的敏感性。

"大叔，希望你能告诉我。你的健康状况不允许把你传唤到警局去调查或做证。"没有回答，只有沉默。

进入走廊之后，纳赛尔把一张地图放到俄吐法尼胸前的袋子上，问："知道这是什么吗？"轮椅突然停下，穆夫莱赫答道：

"我们把它给了优素福，当时，他正在写关于蒙昧末期希贾兹农村碉楼的论文。我们把所有的调查结果都交给了阿卜

368

杜·布斯坦，这是他的电话号码，你可以给他打电话，跟他约时间。"在医院宽大的走廊里，他一直跟着他们父子俩，先到药房，然后去停车场，帮助他们上了汽车。关上车的后门前，纳赛尔俯身对俄吐法尼说：

"放心，我要寻找所有的材料，绝不冤枉一个人。"对方以锐利的目光看了他一眼后，突然问：

"你是为政府工作，还是为了伊本……"这时汽车发动起来了，纳赛尔没能听清那个……汽车开动了……纳赛尔僵立在原地，想弄清俄吐法尼说的那个名字，但是车已经开远了，他迅速走到自己的汽车前。

纳赛尔漫不经心地发动了汽车，穿过了医院的大门。门卫只看见一辆警车鸣笛而过，向高速路上的立交桥奔去。在通向麦加的出口和通向吉达的出口处，许多辆警车聚集在那里，鸣响的警笛驱散了他的心不在焉，桥上桥下的堵车引起了他的注意。汽车聚得越来越多，他看到了一辆大卡车，卡车下面就是那辆被挤压碾碎的蓝色轿车，他的心跳立刻加速，头脑中的反应是：

"俄吐法尼的车……"于是他掉转车头，重返吉达方向的出口，然后停下车，步行穿过拥挤的人群，走近那辆车。俄吐法尼已不见生命的迹象，那个装着物品和药品的袋子就在他的脚下……司机完好无伤，惊恐地呆立在路边。

纳赛尔头脑中的白色在继续扩大。昨天从解剖室逃脱的死亡或悲伤，现在正在这个案件周围变得愈发浓重。那种冰凉正从阿伊莎的指尖流出。

回　转

　　在优素福的日记里发现那句疯话时，纳赛尔开始寻找与穆夫莱赫·俄吐法尼有关的线索：

2006 年 6 月 5 日

　　我已死亡之日。

　　没有任何前兆，当穆扎希姆谢赫突然之间把阿札送到穆舍白布的果园，完成他女儿和对方的订婚仪式时，整条街巷如遭雷击，如同被沙尘暴席卷一般!! 主婚人、穆扎希姆谢赫和证婚人离开时，天使把灰土撒遍我们全身。

　　诅咒这些记忆吧……还有这条街巷……

签名：优素福

来自阿伊莎 / 加急

　　啊，安拉啊，在穆舍白布果园的收藏里，是什么在等待着阿札？她的父亲看到这个血统高贵的人在证券市场上获得了神话般的利润时，就把她交给了他……

她眼皮不抬地跟在父亲身后。

或者，那时她的双眼变得更大。

正如你那天所说的："别修你的眉毛，不要让你的眼睛变得更大，它已经快要把我吞掉了。"

根本无需修饰，尽管她的眉毛很黑，但是阿札的眼睛比我们所有人的眼睛都大。

优素福疯疯癫癫地在整条人头巷里跛脚踯躅……

签名：阿伊莎

一颗炸弹在纳赛尔的头脑里炸开了，他不相信，穆舍白布的妻子阿札怀孕了？为什么街里没有一个人告诉他呢？为什么他们互相勾结，向他隐瞒着这样重大的事件：哈丽麦，穆扎希姆，穆阿兹，还有海利勒，没有一个人对他说出那个简单扼要的句子：穆扎希姆同意把阿札嫁给那个血统高贵的人！还有秘密……他们隐藏了这个变故，任由自己在这段时间里去接近他……在给他安排好的时间里。

一种突然的恐惧袭来。毋庸置疑，他面对的一切都发生了变化，他必须重新审视这个案件，让那些面具在他逐渐变白的眼前掉落。他不喜欢那些撕破面具的游戏。

苦涩充满纳赛尔的喉头，阿札结婚这件事，让他感觉到了一种对他个人的背叛……为了揭示这个变化的真相，他在那些信件和日记中间疲于奔命。

2006 年 6 月 8 日

你说："他把我蒙住，
不是用言辞，而是用我的长袍。"

我没有听你说：

从你的双脚下面爬上来，

丝绸的长袍展开，抚摩着你的面庞，

让你的胸脯和张开的双唇颤抖。

直到那丝绸松软地落在你散开的发辫上。

当穆舍白布躺在丝绸的长袍上，躺在你的裸体上，要将你穿在他身上时，他就是赤裸的魔鬼。你的脸被蒙上的时刻，我所有的墨水干涸，还能听到鞭笞我的声音。

该诅咒的你呀，阿札……我将不再写你。安好地死去吧，从你的脸到你的双脚……

安拉不会怜悯你。

签字：优素福

优素福愤怒的言辞在继续：

2006年6月9日

这贱如草芥的人在说谎，她说：

（啊，优素福，在这黎明时分，在他双臂的拥搂中，你的炽热让我醒来。

如果我在梦游中，从我的房门反向跑向我们那个旧的扩音器，肯定有一张纸在那里等待着我。

上面有旧的笔迹，你说那是宰德·本·萨比特写的吗？

你简直神志不清了，不再写我们了。

优素福，如果你能为我写写我躺在他双臂之间的睡姿……

"我读它，反复重读，以其为生……"那是你的笔

372

迹，我是在你这些笔迹上长大的，它为我而生活着，胜过我自己。

"谁说没有用你的唾液写过的东西无滋无味？你那躁动的、奔放的字句驱动着我的发动机，让我的双唇享受着阅读你写的文字的幸福。

黎明时刻，我正在他的双臂之间，我知道，你，优素福正在写我，比写这个世界和你自己要多。我曾经是你在上面涂鸦的一页，让那些画面变黑、变白，或者失败，或者重新来过。

你的墨水就是我和涂鸦。

啊，优素福，无论我怎样想办法，穆舍白布都不肯写。这个夜晚比我重要，更何况你正在写它呢。如果你写我，我会感受到我的幸福……"）

我用一个个括号将她的谎言包围。

签名：优素福或阿札

然后，出现了那些被遮盖的大字：

2006 年 6 月 12 日

第四夜：

我写她还是不写？

我犹豫。

我停止写她，让她在睡眠中死去。

签名：优素福

一种幼稚的感觉一下触动了纳赛尔，他想知道，在这灾难性的婚姻里，究竟有什么人犯下了什么罪恶。他不得不在落入抑郁之中的阿伊莎和优素福之间疲于奔命。他觉得，阿札的陷落和阿伊莎信里阿伊莎的精神崩溃是同时发生的，阿札是一步跳向了穆舍白布，阿伊莎则在策划着冰冷的完结。

阿札和穆舍白布结盟是这个案件失败的拐点。老练的刑侦人员也会对纳赛尔迟迟到达这一点持怀疑态度。纳赛尔开始像读一篇连续的长文那样读着那些日记和信件，但突然在日记里看到了用陌生笔迹写下的一页。

2006 年 6 月 15 日

像坠落的石头，

不是落在她那里而是落入井里。

他睡卧在她的三个河口汇合处。

他啜饮者，不像鸽子，不像猫儿，亦不像牲畜那样，而是像植物，像石块，张开所有的进口，用他的表皮和他的心吸吮着。

他吸吮着脚踝以上金属般的咸味，就在此时此刻，谁是那个不能同时处于两个地方的人呢？

一处是咸味，一处是戴着脚镯之处。

他被发现已进入她的淤泥之中，整只水罐和上面的鸽子都掉了下来，将她的淤泥倒入这块地球的肉里。

在这个火山的中心。

地球变得有了金属的咸味，在他的骨盆中聚集着。

每当他想进入其中心，他的身体就会崩溃塌陷（啊，安拉啊，这两种东西都聚集在这里了：欲望和塌陷！）。

人头巷里无人不在欢庆这个消息：果园的魔鬼阳痿……

就是这个阳痿，让我正在死去，他却仍然活着。

他吸吮够了，就死去了。

人头巷里没有人安慰他。

整条街都以穆扎希姆谢赫的胡子自娱。人们看见那辆奔驰车在街巷口拉着他，转了一程后，他便站在了男人们的办公室里，那些人给他看了他和那位高贵血统的人的银行账户，给他提出了解决办法和出路。经过短暂会面，他决定废除他在那个果园里为女儿和穆舍白布定下的婚约，那些人为他出具了公证。

婚约、合同都可以废除：婚约、财产合同、出卖和租赁合同，还有独一无二的合同，也就是你的合同。

签名：优素福

阿伊莎的第二十七封信

（伯基想：如果人类在进化过程中失败，那么造物主就可以像让恐龙和其他野兽消亡一样，令其消亡，并以一种更有生存价值的生物替代他，以更高等、更美丽的物种代替人类。自无始之时，地球上出现了许多物种，后来又逐渐消亡，但是造物主却永不消亡，始终为地球带来奇迹，带来新的构造、新的意识和新的细胞……完全的搏动将永远持续在一种无法形容的存在之中，存在于尚未诞生的传说中的被造物里。）《恋爱中的女人》，538页。

我进化失败，我的弟兄们将被替代，这难道不奇怪吗？

"危机"一词由两个部分构成：危险和机会。也就是是说，危机＝危机里有抗击它的机会。精液是为了刺激在一个身体里的反抗的、可穿刺的物体。这是涌流，是你。

……我要写给你的是，在雨中发生的那件事情里，你的搂抱弄碎了我左侧的肋骨，当你作为医疗师拥抱我时，我的又一根肋骨被你弄断，但是，我都没有表现出一丝痛苦……

那是一种让我能适应一切事物的能力，任何事物，即便是死亡。

现在，镇静剂连我的声音都改变了，我的脸浮肿，就连我的气味，也不再有我独特的气息……

又：

此时此刻，对面的清真寺里的扩音器刚刚宣布了月蚀拜……人们都在做礼拜，直到月亮再现……"安拉创造了死和生，以便考验你们谁的作为是最优美的（《古兰经》国权章：2节）……"伊玛目达乌德念着……人们确信，是我们的罪孽使月亮的面孔变黑，而我们忏悔的祈祷将使月亮再现……

什么样的祈祷能使我的面孔光亮重现？

又及：

你不止一次帮我修理我的电脑（作为远程助理工程师），只是在昨天，你请求我道："敲一下同意键，为我打开你的文件，你的心和你的灵魂，让我检查，你是什么，你从哪里来，你的墙纸和构成你体质的人……"

我发抖了，敲一下那个键，就等于撕碎了人头巷脸上的面纱……

因为阿札，优素福疯了，向人头巷清真寺里做礼拜的人们发起了攻击，凶狠地打他们，结果被抬到了塔伊夫的希哈尔医院。整整两个星期，坟墓般的静寂笼罩着人头巷，人们无法相信他被送进了医院的精神病科。

最后，还是阿什大着胆子去了医院，把他接了出来。

我们不太清楚优素福现在的状况，他们能听到优素福在他们家的平台上跛行的脚步声吗？

他撕碎了所有的纸页，位于我窗下的街巷都被他的文章碎片、他的愤怒和任性覆盖着，每个黎明，人头巷都枕在他成堆的文稿、笔记、穆阿兹为他照的个人照片、介绍他自己情况的卡片名片、带有乌姆·古拉大学印章的学士学位证书上醒来。

终于，再也没有什么可以撕碎的了。

当他从人头巷得以解脱时，他从各个宅子、垃圾堆、炉灰还有所有厨房的院子里，把那些已经烤焦发黑的面饼收集起来，带到他们住房的平台上，堆成了一个吓人的怪物。那个怪物散发出刺鼻的烧焦气味，比厕所里的气味还要浓烈。人头巷的人们嘲讽道：那是人头巷在用它头脑里满溢的喷泉燃烧我们的罪过，他们把它叫作："不能吃不能烧的……"

这个叫法激起了我的好奇心，我在平台上偷偷地看着，在阳光的照耀下，它的样子令我毛骨悚然，犹如经过了死亡按摩，逝去的生命渗出的黄色物质。

穆阿兹坚信，那就是他亲眼所见的受到上天惩罚的魔鬼，优素福把它立在平台上，监视着来来往往的人群。

优素福感到空虚，我觉得他是把自己立在了那里。他在接受电击治疗后，将大脑中的存留物重新组合，并在某一天，将其粉碎成灰，让热风把它吹落在我们脸上。

然后，他还要撕碎什么呢？

撕碎阿札，与她绝交。尽管她已经失败地回到了穆扎希姆谢赫的屋檐下，他却没有为她再写一个字。没人知道穆舍白布是如何被逼与她离婚的。优素福藏在阿什厨房上面侍者的公羊的空房子里，谁也不知道他在那里干些什么。人头巷已经失去了平衡，没有优素福写的东西，阿札正在失落。

签名：阿伊莎

优素福日记里的笔迹开始改变了，纳赛尔无法确定是谁钻进了优素福的日记。让他产生怀疑的是，一些纸页上有精美的小楷，这种书法多用于一些古老的手抄本里，饰以金色的符号花纹。忽然，他怀疑这是一种书写《古兰经》用的字体，是穆阿兹手写的，他曾经发誓为下面的指控辩护：

"优素福起着一个讲故事人的作用，钻进我们个人的私事里，为我们揭示我们自己……"纳赛尔能够想象，像我这样的一条街会有什么书法吗？案件是……尽管我像讲笑话一样谈论优素福的疯癫，但是，他却没有忽视我。他的疯癫像一块血栓一样打击了我，白发突然出现在我的头上。如果没有阿什去拯救昏迷的他，我早就让他的尸体在希哈尔的疯人医院里腐烂了。所以，自从他回来之后，我就专注于监视他，哪怕是最细微的动作。你们看：他眉间的皱纹里凝聚着对我的不在意和嘲讽。也许，我正在逐渐失去对生活的挚爱，但是，我的机智批驳着他，我绝不能让他欺骗我。

侍者的公羊那间屋子，位于厨房院子的上方。月光从那根破损的窗棂穿透进来，乳白色的光点加重了天上姑娘们面孔上的阴影。她们带着无限的钟情，倾下目光，注视着那个依靠在床垫上的黑暗的身体。这个床垫伸向门后的墙边，占满了屋里狭小的空间。连续好几个夜晚，优素福都无法闭上眼睛。他像一个崇拜者那样，绞尽脑汁，穿过月亮，去阅读她们迷人的目光。他每天只喝渗渗泉水，吃五颗椰枣，那是穆阿兹从清真寺的施舍中偷偷拿给他的。闭门不出的这段时间里，优素福始终能够感觉到穆阿兹用崇拜的目光，在关着的门后守护着他，并注意不去推门，不进屋里。有好几个夜晚，他俩都分别坐在那个小门槛的两边，俨然是一张照片和它的底片：年轻人在门里，黑色的影子在门外，两人的脊背靠着同一个门，一起从朽木里吸收着热气，并且互相监视，为姑娘们表演着后现代戏剧……

优素福和穆阿兹都感觉到了饥饿，身体逐渐消瘦，但是，他们眼前出现的画面是，最初的信徒们靠着吃椰枣在大战中取得胜利。后来，优素福的心在那些女子面前轻轻低语，月光使他身下床垫的气味愈发浓重，那是血和廉价食物的臭气混合的气味。优素福离开那些书，在独自关在那间屋子里向抑郁投降之前，到邻近的饭馆厨房去当了一名伙计。当烹调的气味从他身上散出时，他正沉醉于对那个世界的发现，心中充满了冒充他的朋友侍者的公羊以及侵犯了那些塑料和软木模特尊严的罪恶感。他在我织就的悲惨的网里转换着角色。而这个穆阿兹则

379

经常翻动我的瞳孔，反对我，查看我这些人头做的事情，想一探究竟。穆阿兹是第一个注意到侍者的公羊参与了优素福的事情的。那天黎明，当优素福打断了清真寺里的礼拜时，伊玛目达乌德用《古兰经》中关于粉碎魔鬼的一节[①]与他相对，他充满怀疑地问优素福：

"你是哪方魔鬼，叫什么名字？"优素福心里的魔鬼声音答道：

"我是萨利赫……"

"是谁的儿子？"

"是阿耶·萨利赫……"

这是一个令人灰心丧气的回答。不仅是伊玛目达乌德，所有的伊玛目们都无法查到那些永远有效的魔鬼们的资料，不知道那些魔鬼们能干些什么，又该如何反对它们呢？

已是子夜时分，疲于奔命在人头巷的误导、日记里的无聊胡扯和阿伊莎电子邮件中的神经错乱之间的纳赛尔已经失望了……他们的命运，不，是他们的生活选择形成了对于像他这样保守的男人的侮辱……他从未听说过人头巷的孩子们梦寐以求的"音乐协调"的职业，当他寻找答案时，明白了这是通过音乐玩弄女性身体的男人的职业……和鼓动卖淫相似。纳赛尔感觉到了一只眼睛的嘲笑，这只眼睛自案发之始就在玩弄他，指导他的行动……把阿伊莎的衣袖抛在远离他枕头的地方。纳赛尔的怒气开始消散，起身到自己的衣柜里翻找，寻求他生长的证据。对于周围的世界，他知道些什么呢？他翻遍了自童年时就跟随着他的所有小物件：那条塞着子弹、一头带有刀鞘的皮带，散发出的气味就像昔日夜宴中祖母身上的气味。衣柜里

[①] 参看《古兰经》黄牛章：255节。

没有属于他的炫目的东西，只有一套套官服，每年两套……他把这些衣服铺在地上。这些衣服像饿鬼一样，起初消瘦无比，然后变得宽大。现在，他的肚子开始凸起，那些衣服已经不适合现在他的体型……他干洗这些衣服花的钱，比打理自己的身体花的钱还要多……这些衣服是那间屋子的主人，他则是奴仆……他周围屋子的地面就像是士兵坟墓，四十个人集于一人之身的坟墓……

那个夜晚，屋子的窗户随意敞开着，使房间显得更大，坟墓中的尸体也变得更加惨白。纳赛尔在楼下车来车往的喧闹声中深深入睡。他不知道他在这个墓地已经睡了多少个夜晚。他已经失去了感官。他能意识到的，只是阿伊莎的眼睑沉默地将他覆盖，覆盖了他的整个身躯。光阴荏苒，他不知晓太阳几度升起，又几度西沉。

对面公寓里的烧烤气味将他从阿伊莎的眼睑中打捞出来，并提醒他，他早已饥肠辘辘。他早已不记得自己的上一餐是在哪里吃的。

"饥饿之狼在你头脑里号叫着，从而使你频发谵语。"他起身，拖着双脚，茫然失措地走到冰箱前。自从看了那个解剖间后，他就再也无法站在冰箱前，无法让任何一口食物进入他的身体。此刻，他颤抖着拿起灶台右侧的一盒椰枣，无意识地一颗又一颗地把夹心椰枣送入体内。大脑里的血糖开始升高，刺激着他的神经，让他清醒。眼前和窗前的雾障让他不能确定现在是黑暗的夜晚还是忧郁的黎明，于是，他打开了一打登喜路香水（那是一年前他从一位专卖走私商品的朋友那里廉价购买的），将其中五瓶倒进卫生间，再打开水箱冲洗，并关上门，消散汗水的臭气。

阿伊莎无编号的信

……你不要找第100号之前和之后的信了，因为我们不应该写。我们应该在缄口不语之后再去写，这样才能让我们的话一直贯穿其中，在每一声叹息的边上等待我们，期待我们，并且说，我们没用任何语言说话。

我跳过了所有合同式的信件，将其留给幽冥，因为我们绝不会消费一切，我们要给秘密留下点东西。我们交换的最重要的东西，不是自由，也不是爱情，而是谜。我们不自觉地向其卑躬，没有翻译，没有思考，我们不允许自己的意识去解开它。我们将始终悬挂在它可能会因任何东西而断裂的神奇的绳子上。摆脱拘束，让我们进入。在那里，我发现了因你而无眠的梦，这梦与你的梦同席，交流着我们的忧伤。

最美的忧伤是月亮。

最美的月亮是你。

趁女护士不注意，你悄悄对我说："这是我们的秘密……"我们一定有秘密。那秘密源自发热的忧伤，让我们永远一起挂在那条绳子上。

"把你自己嫁给我吧……"

"我已经把自己嫁给你了……"我要让两位证人听到我的这些话。两位证人脸上挂着灿烂的微笑，当我又加上一句："但是，这婚姻的权利也要在我手里"时，他俩却不知所措，可又不肯错过最微小的细节，于是，两人幸福地鼓掌，坚信他们是在洒满阳光的早间戏剧里进行着表演……

"你们要在安拉面前证实这个婚约……"说罢，二人热情地拉起我们的手，充满阳光的花园里，一道道长廊安静无声，看着两位证人在我们的婚书上签着字。这时，小提琴奏出的如光一般炽热的声响，让那个清晨变得更加金光灿灿。

"她是我的第二个妻子，和我生活在同一座城市……我是哈伦·拉希德①……"你笑着说出的话不啻当头一棒打在他们头上，刺激着他们的舞曲……整个时间里，你都像开玩笑似的进行着那个仪式……从一开始，你就不曾相信我说的话："有两位证人到场的婚姻是被接受的，合法的，像我这样的离婚女人不需要什么保护人……"但是，那天你却喊道：

"啊，没有证书的生活多么精彩啊……如果我撕毁了这个婚约，就让雷劈死我吧……"你的喊叫招来了看热闹人的目光，于是，你用双臂将我紧紧抱住，结果，竟然折断了我的一根或三根肋骨，并引起了周围鼓励的微笑……我在那些微笑的上方翱翔，你却没有感觉到任何异样，但是，一座罪孽之山已从我的肩头移走了……

又：

那个清晨，我是一块被抛向天空的石头，战栗着，因为它撞击地面的时刻终将到来……

签名：阿伊莎

优素福终于让纳赛尔的目光转向了麦加，将它视为女性，就连他熟知的、倾其生命守卫的麦加也在抢劫他……纳赛尔落

---

① 哈伦·拉希德，阿拉伯阿拔斯王朝第五任哈里发（786—809在位）。

入了人头巷已经签订和废除的合同的那张网里。优素福让他晕头转向:"每当麦加感觉干渴得要死时,就会有一个女人吸吮它,哈吉尔,祖白黛和法蒂玛……"而阿伊莎的话却背道而驰。

阿伊莎的零号信

你听到了吗?

这是鸽子咕咕的叫声。

我不知道,自从我从德国回来后,为什么一个又一个事件都在追随着我。

最近十天中的一日,夜里十一时,我提着小小的行李箱离开吉达的阿卜杜·阿齐兹国王机场。在通往麦加的高速公路上,司机错过了一个出口,不得不走上了从北到南穿过吉达的麦地那的公路……结果,我们被欢庆的人群堵住了。那年的九月二十三日是沙特王国的国庆……平常只需要十五分钟就能通过的道路,那天我们竟用了五个小时。那时,当我们的汽车被车辆的海洋吞没时,我既有沉醉之感又心生恐惧。你想象不到的豪华车,破烂不堪的车,还有伤痕累累的车,蒙着绿色的国旗从四面八方涌来。人们的脸上涂着绿色,穿着各样的绿色衣服,头巾和帽子摇晃,或者在车顶上或者在姑娘和小伙子身上飘动,抑或从车子的天窗伸出,不停地舞动,交换着胜利的欢呼。结果,麦地那的大动脉被堵死了,而那些转弯处和有塑像的地方,也都被围得水泄不通,各种疯狂的舞蹈和彰显海湾特色的希布胡布音乐表演混杂在一起。

在麦加,我们总是否认那些关于吉达国庆日的疯狂的传闻。

一个对于公众欢庆十分敏感的国家，这样的一天，是唯一可以在大街上欢庆的日子，无需法律批准，一切都被默许，而宗教警察在这一天也会保持中立，姑娘们可以不戴面纱，年轻人纷纷走出家门，参加大街上的狂欢……

我心怀恐惧地打开车窗，感觉到了威胁，只想尽可能地逃脱……司机左右穿行，拐来拐去，以缩短我们从这洪流中的解脱之路。

这真是一个传说中的世界，一辆辆汽车上的扩音器播放着海湾歌曲，和清真寺扩音器在深夜礼拜时播放的《古兰经》章节争相比赛着声音的洪亮……

啊……那时，你应该与我们同在，来品尝这沙特的鸡尾酒……我可是要香槟哦！

又：

我们是听着哈丽麦妈妈的话长大的："在斋月里，魔鬼们都被戴上铐子，我们在这个月里犯下的罪，都是我们的天才之果，我们把这些罪煮熟，然后被询问，但是魔鬼易卜劣厮不会帮忙的……"阿札笑出了声。

看看我写给你的电子邮件，我自忖道："你是否认为我替代了魔鬼易卜劣厮的存在？或者觉得我写的这些东西乏味无聊？"

我们不是在斋月里，但我腹中空空。二十四小时了，未进一口食物，未饮一滴水……我身无重量……日落时刮起的风，差点把窗子上的空调吹掉……

就像我们现在这样，两个忍饥挨饿的人，你很容易把我们扬弃，就像你对待那些透明的购物塑料袋一样……

385

又及：

是什么需要切断你我之间的关系呢？

我尝试了多次，但是，我太脆弱了，我不能让你走，你也不能让我离开……

但是，这可以变得十分容易：

只是空气中的一步……

签名：阿伊莎

再：

有一件事我不敢对你讲……

如果阿札跳下去了，你绝不要放开我所紧紧抓住的……

什么样的一跳？

纳赛尔歇斯底里地在那些信里奔跑，开始追赶……

完好的失败

有一次，你用你的话迷惑我。你说："爱情，就是共处我们的平凡，共享我们的平凡，没有妖术和符咒的干涉……"

我为什么抱怨，这难道不是我们活着的本质吗？

为了加深痛苦，我重听你送给我的法耶的音乐磁带，那天，我对你说，我有《堂吉诃德》那本小说，你就给了我那盘和它有关的音乐磁带，你说，你喜欢另一段关于安达卢西亚公园之夜的秘密的音乐……你对我谈起了《堂吉诃德》，你说，塞万提斯用了好几年的时间创作《堂吉诃德》，用许多他自己不敢实现的被禁止的梦想和他希求的冒险来打磨书中的人物，然后将其放出，让主人公先去实现……

现在，我要问：我和阿札，谁是堂吉诃德，谁又是塞万提斯？

坦白地对你说，我不能继续生活在这台电脑屏幕的箱子里了……

又：

我读了关于法兰克福最奇怪书名奖的内容，今年获奖的书名是:《如果你想要为你的关系要一只锁,就从你的双脚开始》……

我想,我应该从释放阿札开始……

而你,我知道你正一点一点地将我从高空放下……你觉得这是犯罪……但是我希望你不要这样做……

我看到了你最近的照片,两鬓血管暴突,高高的鼻子上聚集着过度的疲惫。这时,我觉得自己是由另一种物质构筑的实体……来自另一个世界……也许是光的世界……

当你是一个坑时,爱恋和痛苦都无法将其填满,这个坑会一次又一次地将我们吞噬……

只是在现在,此时此刻,一个事实令我感到突然:我不再爱你了……而且,我从未爱过你……你只是镇痛剂,我强迫我的身体去想象其麻痹作用……面对你那令人同情的秃头和每一次插入后摆脱控制的臀部,让我现在就结束吧……你第一次把我推到床上,你也像一只笨重的熊一样倒在床上,你的气喘令你的面孔变形,你意识不到我的恐惧,也忽略了你让它失去一切感觉以及对情爱的想象的身体……我已经容忍自己进入这条坑道的尽头,无论它是在哪里打开的……当我的身体变成许多眼睛的集合体时,我有这种失明无视的能力……

你的身体里有死亡……你没有嗅到它的气味吗?丧失了阳刚雄气的男人,眼睛里有一种迷失的东西……有一次,你说费德里科·费里尼①是你最崇高

---

① 费德里科·费里尼,意大利著名电影导演、演员及作家。与英格玛·伯格曼、安德烈·塔可夫斯基并称为世界现代艺术

388

的偶像，尽管他是性无能，却吸取他的朋友们性的灵感，创造艺术珍品……

我知道，你不相信这种情况会发生在你身上。你追逐每一个新的面孔，希望重新享有那种电击，但是你不明白，你的电流已经中断了……

就是这样，而且十分简单……

有一次，这种电流在我身上通过，但那只是奇迹，不会每天发生……那天，你对我说：性炸弹！

你认为我是在和你谈话还是和艾哈迈德？这打乱了我头脑里的内视镜，我的线路和电极交错混乱，我不再知道我是谁，是什么。

现在……在没有任何我崇拜的偶像分散身体对痛苦的注意力的情况下，我能跛行走完怎样的距离？

我自忖：一个性无能的男人能够坠入爱河吗？他的心能踢开迷惑，让跳动发生错误吗？什么是爱情？仅仅是性的吸引吗？仅仅是肉体的反应吗？在这种情况下——按照你的存在规律——你已经完结了！

"聪明的年轻人们向前冲着，性已使他们失去了视力……如果他们的年龄逐渐增大，男性的阳气背叛了他们，他们就会依靠被他们称作感觉的东西来勉强替代，他们将过分依赖感觉和满足感觉的方法……"是谁说过这样的话？

签名：阿伊莎

电影的"圣三位一体"，有着60年代以来欧洲艺术电影难以逾越的成就高峰，被认为是20世纪影响最广泛的导演之一。

2006 年 6 月 30 日

这个剧本的作者阿伊莎，是个小偷，我怎么会允许她写了最后一章？……我经过她家时，她叫我，我看见了那个从门缝里指着我的手，我的口水干了……可是……但是，她让我想起了阿札的手，这不对吗？……

尽管我很恼火，但我还是走近那里，我不相信那是阿伊莎。她从门后对我说："进来，拿着……这里面有思想，你可以靠着这些书活着……"我几乎能知道这些话的所指，知道我会把它拿到哪里……

我承认，有生以来第一次听见那嘶哑的声音时，我浑身发抖，仿佛她在说："用这些书，你可以逃脱人头巷……"老鼠是最先离开沉船的，我想以我的嘲笑予以反抗，但是不敢。我走向灯光昏暗的厅廊，发现装满书的纸箱有序地排放在那里，等着我……潮湿的纸张味道和书籍里散发出的古老思维令人头晕……我想躺在那个厅廊里，吸尽那些气味，直至死去……

当我抬起目光，想捕捉阿伊莎的目光时，却发现她已经走远，只在楼梯的墙壁上留下一个黑点。她已经攀登而上，消失了……她甚至没有看看我是否遵从了她的指示……她知道我的弱点……一个没有面孔的女子，我绝不会知道她会是什么样子……

我奔跑着走出那里，叫停了第一辆三菱面包车，然后返身回去，去拿那些纸箱……我在犹豫是否将其交给乌姆·古拉大学的图书馆，我知道，他们将会组成委员会来评价这些图书，绝大部分书将被销毁。于是，我决定把大部分图书交给文学俱乐部的图书馆……

最后的坦白:

在高速路上,在车流中,我叫住一辆三菱车,像一个疯子一样,开始翻那些纸箱,一页一页地翻,一个题目一个题目地查……但是,我没有找到马塞尔·普鲁斯特[1]丢失的那段时光……我沮丧地趴在书上,三菱车已经开动了……它在嘲笑我,用把那段时间幽闭在她的屋子里来嘲笑我们大家……

签名:优素福

---

[1]　马塞尔·普鲁斯特,20世纪法国伟大小说家。其代表作《追寻逝去的时光》又译《追忆似水年华》,是20世纪世界文学史上最伟大的小说之一。

返 回

　　"只用手指的一个动作，我就可以了解此案……"出乎纳赛尔预料，人头巷的案子在毫无预先警告的情况下，从他手中撤销，转移到了反恐处，而他已经被要求接受调查。面对监督他的眼睛，他觉得那并不是真的。

　　"人头巷已经先于你……"冰冷的嘲讽之声鞭答着他。

　　"我已经拘捕了海利勒，可是他又被释放了……有一种隐蔽的力量在与我作对，但是你，我的先生，你是有权面对这些错误的……请相信，我们把一个罪犯放到了麦加的大街上，这个海利勒……"

　　"这个海利勒让人同情，他那个恐龙使他成为一个容易捕获的目标……你应该重点关注构成人头巷土壤的那些害虫大军……如果你的眼睛不是显微镜，就不要指望在一个瘟疫横行的环境里获取成功……"这时，这间豪华办公室里的空气凝滞了。

　　"我按照你的生活选择由你来侦破此案。整整四分之一世纪，你一直面对这样一个方程式，生活还是荣誉，你毫不犹豫地选择了将生活抛在身后，你没有任何遗憾……所以我把这个案子的主动权交给你，但是你让我失望。你把你四分之一世纪的历史变成了一场闹剧，你失败了，任由那些话把你引入歧途……我精心选择了你，希望你能像台球杆一样闪亮，但你证明了你自己只是那张桌子上的一个球……你把这个案子变成了个人的一场悲剧。你看看，不到一个星期，你的头上已经长出了白发……"

"再给我一次机会吧……算我求你了……能再给我一次机会吗？"纳赛尔拼命请求着，希望能重新拿回球杆的角色……

"历史是波浪式的前进着的……你不能两次踏上同一个波浪……"两个人饶有兴趣地谛听着这些空洞字词的回响，"尽管如此，我还是会拿出我的慷慨，允许你再次开启人头巷之行，让你成为这个游戏的裁判者。对于尸体发现前的有关线索，你有最高的见解。我会给你制定四个行动方案，在你划定的怀疑圈子里，并没有采取这四种行动。

你过来看……注意看这四个步骤……"

第一动作：凯迪拉克

　　日落时分，那辆豪华的黑色凯迪拉克堵住了人头巷的入口，对各家进行社会调查。那些透露出贫困的破旧住宅引起了这辆汽车的注意。司机在前，一位从头到脚被黑衣黑袜和长及臂肘的手套包裹的女人跟在他后面，他们一起沿街走着，一双双眼睛从窗户后面偷窥着。他俩走到了穆扎希姆谢赫家门前，埃塞俄比亚司机先开口道：

　　"大叔，这位社会保障部门的女职员来看望你们，了解你们的情况，想和你家里人一起坐坐。"谢赫高兴地指着门说："欢迎。"

　　那女子轻轻敲了敲门，阿札刚把门打开，那个黑袍子就冲进屋里，并用手捂住了阿札的嘴。那张脸上的面纱掉了下来，露出了男人的面孔。阿札认识他，他曾多次在路上拦住她。突然发生的事情让她呆住了，男子把她拉向自己身边，她的念珠脱落了，掉在男人的斗篷里，散发出一股沉香味。她听不到，不能看，也不知道是如何撕开了斗篷。那个男人走了。

　　她靠在墙上，用惊慌失措的眼睛死死地盯着她父亲。她不知道什么时候推开了父亲手里那个装着钱的信封，奔向卫生间。她不停地说着什么，卫生间水流四溢，她的脑子里总是闪现着那些话：

"赫萨，安全的时光，各种各样的奇迹，但不是穆萨的奇迹，优素福在法老的宫殿里。你不需要读，你看他的规划，听他灿烂的笑声，就在附近。他著写了一本书：赫萨扫荡无数……人造卫星网。它的宣传和胜利从东到西，伸延到两极，用宽带涤荡各种经济，粉碎各种理论，构筑各种国际关系。赫萨是一个经济国家，超越国度和政治界限，置于一切交通许可、指纹与目光识别之上。看看它吧，它在崩塌山脉，拱起山岚。我们是不朽之人，用我们的卫星管理宇宙。我们是人类之上的物种，准备和魔鬼联姻，以继承地球和地球上的一切。"

外面像发生了地震一样，人头巷的人们竞相奔走，喊声不断：

"半岛台播出人头巷了。"

"哈丽麦，艾米娜，麦阿吐格，阿伊莎，加米拉，穆舍白布，达乌德，牙比斯，乃扎赫，阿卜杜拉，萨利赫·也门尼，艾哈迈德，巴赫苔，努思还有……我们所有的人都在直播里。"

"人头巷在屏幕上铿锵作响，我们都上电视了。"

人头巷一动不动地看着半岛台里自己的形象，它是一部动画片的主角。

"人头巷是消息，昨天免费，今天要付费。"

"围绕视频的争论不到十分钟，各个网站开始转发经由YouTube 视频网站发出的有关视频的消息。这个视频是由许多照片制作而成的一部动画片，是关于一个叫作人头巷的穷人居住区的。这些照片反映并嘲讽了那里一个女人的真实生活，还反映了那里令人窘迫的穷困现象和被扭曲的聚居区的状况。这个视频激起了各界的强烈反响。到目前为止，这个动画视频的观看人次已经接近六千万，其中的对话又一次引起了关于信息自由的道德争论，还有对被拍摄者伤害问题的讨论，因为整部片子都是偷拍的……"

"这是对我们的诽谤。"

"谁干的？"

"我们中间的人……"

"谁？"

"互联网会受到惩罚的，我们都变成国际人物了。"哈丽麦微笑着说。面对这样一桩丑闻，人头巷百感交集，有人感到自豪，也有人把它看作是背叛。

第二动作：失望

发现尸体当天，黎明前一个小时：

门锁被钥匙转动，门像一个帘子一样移开，里面一片沉静。他把旅行箱放在门廊的一边。这是他走出的一步。那像丝绒一样美丽的、让人享受的笑声令他瘫痪，笑声中的快乐、洒脱和青春气息，让他的身体受到了战栗的侵袭。他不知道这声音中是不是有不再返回的意味，他不知道，但是，这的确是她的声音。那么快乐呢？那是生命第一次死亡的欢乐！谁在让她发出这种笑声呢？

微弱的光线中，他屏住呼吸，站在曾是他和阿伊莎卧室的门边。六个小时的空中旅行让他的骨骼在呻吟。门微微敞开着，看着这显得愈发狭小的屋子，他的胸中感到十分憋闷。那房子像一座刻着农夫日记和他们崇拜的神的法老庙宇一样，把他自己的历史刻记在了墙壁涂层上，但是，这并没有给他带来任何自豪感，只是为屋子留下了伤疤。最深的刻记就是他不经意间让"离婚"这个词像铠甲一样落在她的身体上，或者是在电话里说出这个词，结果电话铃声变得像迅速扩散的癌症一样恐怖。

他打量着独自躺在那里的阿伊莎。电脑屏幕的光照着她，除了那双长及膝盖的红袜子，她的身上毫无遮盖。顺着袜子，他的目光落在那黑色三角区。和他在一起，她不被限定，亦不具人形，既无平坦，亦无凹凸，她变成了一个被洗过一千次的墨点，蜷缩在他的两手之间，把她身体上的一个洞留给他，好生出阿喀琉斯！ [①] 现在，她的脖颈埋在枕头中间，以隐藏亲吻和泪滴，而这个她绝不会隐藏起来的脖颈，他到现在也没有尝过它的滋味，闻过它的气味！他总是把女人和气味联系起来，总是通过一种气味把一个女人具体化。凭着葱头的气味，他断定将他养大的堂兄嫂来了，而高乐士漂白水则是母亲身上的气味，手上的滴露气味就像母亲的胸怀。他俩刚刚结婚时，每当他把阿伊莎弄伤时，都会后悔地用滴露为她清洗，并说："躺在我母亲的胸上吧，让我躺下吧！"然后，舀取着滴露，感到心安。那些在卡萨布兰卡慰藉过他的女人们，肥硕的身体上总是带有香水、汗水或是大蒜的混合气味。这被大蒜支配的身体，暗示着权势、控制，暗示着杀戮，当一个大蒜的胸脯落在他身上时，他坚信，只有当他被踩躏得七零八碎时，他才能解脱出来，那是一些因每一下触摸都会大喊大叫的令人感到羞辱的身体！而阿伊莎是唯一一位没有身体的女人，因为直到现在，他都未能捕捉到她的气味！

"也许现在，当她伸展在绸缎的床和梦的绒毛之间时，可能会散发出一种动物或者新的绸缎的热气。"这薰衣草色的绸缎喜欢在他来到时卷起，将他流放到她的仓库里。他俩从结婚到离婚经过了两年，他没有被抚摩过，仿佛他去抚摩一个裸体会留下印记或烧伤！他不在时，她拿出来的薰衣草色的床单，是阿伊莎在情窦初开之时从她梦的仓库里拿出来的，也许这是他

---

① 阿喀琉斯，荷马史诗《伊利亚特》中描绘特洛伊战争的半神英雄之首，海洋女神忒提斯和凡人英雄珀琉斯之子。

勉强允许她加入居家之物中的东西。触摸所有被禁止的东西，并把自己的痕迹留在上面，哪怕是最后一次，他都感觉到了一种冲刷和荡涤。

"阿伊莎把隐藏的气味散发出来，在这气味中躺着，梦想着，向梦想卖弄风骚……"屋子里那些物品的悲伤震动了他，他在那张解剖室般的床上轻轻地爬着，不知道身体该如何进入。一秒钟的时间像一滴水，让他在水里流动，那水也在阿伊莎的身体上流动，弄破了绸缎，瞬间，他的身体变成了绸缎和阿伊莎体毛的混合物。一声轻轻的叹息从她的双唇送出，并在一瞬间将石块变成了一块软膏。在梦里，他追上她或者是她追上他。突然，他的身体开始哽咽，又回到了原来的状态。哽咽声变大，撕开了那个软膏似的物体，阿伊莎出来了，而他则在瞬间，变得既在她之外，也在他自己之外。这个女人用愤怒和冰冷的眼睛瞪着他，于是，他以一个消失的离婚者的身份返回。无法忍受的愤怒和占有的变态撕开他的胸膛，他侵犯了她，并拽掉了那冰冷的手帕和那双红袜子，强行将她置于自己的双手和下身之间。他不知道她的手在何时开始捶打，她不愿意了解他，爱他，那时，他就是那张纸，而不是哪个身体的抛弃之物，独自被抛弃在宇宙之外。他不知道是谁像被雷击一样逃走，不知道身体在承载他还是抛弃他，是带着他上升还是坠落。

一眨眼，那个房子里只剩下写满字的电脑屏幕和掉在他脚上的那本书。书打开着，露出一个女人画面的封面和一个男人画面封底。那个女人没有理睬他，继续站在那里，拿着手帕和她那双长及膝盖的红袜子。她戴着一顶黑色的毛呢小帽，腋下夹着一些画本，她的右边，与她相对的是一张男人的面孔。在那张脸上，光滑的头发从中分开，像帘子一样落在前额上，祖母绿色的眼中透露困倦……他觉得这两个人正在包抄着他，禁寺长老的胡子，还有比长老们的胡子更遥远的胡子都在威胁他。

最后，他失望地捡起那本书，纸页上带有绿色标记的几行字引起了他的注意：(伯基注视着死了的杰拉尔德身上冰冷的、无法言语的物质。他想起有一次，杰拉尔德如何用手抓住了他的手，用温暖之情，握起了最后的爱的拳头。随后，在一秒钟之内，他放开了那只手，永远地放开。如果他忠诚于那个拳头，那么，这个死亡现在就不会对他有任何影响。那些正在死亡的人们，在死亡的过程之中，要抓住他的爱和信仰，这样他们不会死亡，而是生活在他们的亲人中间。)《恋爱中的女人》，第 540 页。

艾哈迈德离开了那个小房间，离开了那个家和那里坟墓般的沉默。人头巷不知道他把旅行包藏到哪里去了。每一堵墙、每一个拐角都记得旅行包背在他双肩上的样子，它们大喊大叫着，让他注意那双被卷得像球一样挂在咖啡馆天线上的红袜子。它怎么会到了那里并监视他呢? 他避开他父亲乃扎赫的家，也避开那个咖啡馆，咖啡馆里的工人们还没睡醒呢。最后，他背着旅行包来到麦加入口处的麦哈维咖啡馆，那个咖啡馆是 7 月 24 日开始营业的，用来接待永不间断的做副朝的人流。一个巴基斯坦工人打量了他半天，他也突然注意到自己应该点些喝的，以给那里的安静增加一些味道和气味。

"苹果味的，加蜜的烟料……不……烟叶。"

伙计微笑着，明白了他想要气味强烈的烟叶……

"还要什么? 煮蚕豆? 茶? 带蜜的，还是加奶酪的……"

"不……"

他吐出的一口气已经表达了那久未阖闭的眼中的空虚。整整一个小时，他都呆呆地盯着水烟上的炭头，一口也未吸，更忘记了手中的烟管。这烟管就像一具尸体，就像他在车轮下呻吟的尸体：

"这个该诅咒的女人，她是我真正的灾难。她的身体像猫一样，有七个灵魂。"

第三动作：解开

　　尸体出现之后的几天，阿札不见了，阴云笼罩着穆扎希姆的店铺。那天夜里，一种咬东西的声音把他弄醒了，这声音把他引向了库房最末端的一间屋子。他打开屋门时，大吃一惊，加米拉趴在那里，正在嚼着用手捧起来的玉米。他愣住了，从未见过这种情景，也不知道是谁把她塞到了这间屋子里。突然，他想起那天夜里，人们是如何让穆扎希姆谢赫占有加米拉的。"你真的要娶加米拉？"他想起来了，这件事是在他的墙边发现那具尸体前几个小时发生的。当时，加米拉的父亲哈桑·也门尼从哈法伊尔区找来了证婚人。"我们的穆扎希姆谢赫，别着急，按照我们的教法，我可以找来一位不按教法规定证婚的人，能够给外国的、没有户籍的姑娘证婚。"

　　当加米拉的父亲再次返回时，这姑娘磕磕绊绊地跟在他身后，她的父亲把她推到前面，让披着红色长袍的她自己向穆扎希姆的店铺走去。穆扎希姆从自己的衣兜里掏出装着五千沙币的小包交给他，他便让女儿背对大路站下，自己一言不发地消失了。穆扎希姆甚至没有看他一眼。他一心专注在加米拉身上，话已到嘴边，却仍然在克制着自己的欲念。尽管欲火燃烧，但他未敢造次，甚至没有透出一丝气息，只是坐在那里盯着她，不知过了多久。他觉得身后的店铺的门已微微敞开，加米拉惊恐地看着敞开的门缝。他担心，如果此时他站起来，他的欲念将泛滥成河，淹没店铺。他想为她集聚起全部精力，在她浑圆的身体里尽兴。他要把这些精力分成若干份储藏起来，然后一次挥霍掉，他要毫无保留地占有她！于是，他站起身，她则顺从他的指示跟着他。他带着她穿过店铺的后门，走进仓库。他在他们头上支起了一个遮盖的天蓬，像漂亮的圆拱一样，他则像石头下的蝎子一样，强行刺进了姑娘的身体。外面的嘈杂打断了他们，他站起身来，离开她，去了解街巷里刮起的旋风。在新婚的最初时刻，他就把她独自一人关在了仓库里面。

接下来的几天里，她把门弄开，走到水桶旁边，坐在椰枣袋子前，一个人心怀恐惧地吃着，从离她最近的一个椰枣袋子开始，她的手指竟然在袋子里挖出了很多洞。

令穆扎希姆烦恼的是，他几乎忘记了加米拉，现在，她啃食物的声音又重新唤醒了他的情欲。忘却了数日之后，他站在仓库门口打量着她。她的柔美愈发诱人，鲜嫩欲滴，诱惑着他向她走去。她胖胖的下颌堆积的脂肪，变成了那个小小头颅的枕头，她的腰身更加浑圆，脂肪堆积在胸部和臀部，沉赘在那个矮小的身躯上。他欲火中烧、饥饿难耐。突然，眼前的一切云散雾消，一只凶残的、在他面前啃着饥饿女孩骨头的眼睛让他的头裂开了。他不知道这个畸形变态的野兽从何而来。

刹那间，他觉得所有的白和黑都被抹去，阿札用墨笔画的、在她身体里残酷折磨着她的画很美丽，但是，未被涂抹的四肢，让他又记起了那个被杀死的女子的样子。他呆立在门口，被残酷的生活击倒了。他裸身出门，来到人头巷，大声呼喊着任何忏悔都无济于事的罪恶。

穆扎希姆迅速关上横在他和从阿扎画笔逃脱的噬咬者之间的门，回到了店铺里。他失望地躺下，潜然泪下，泪水冲刷着两颊上凸出的骨骼。自从被裹进褓襁，他就没有哭过，现在，眼泪却恣意流淌。他迅速地在每个袋子下面寻找阿扎，弄得袋子都被堆到了路上。袋子里所有的东西都是过期的，而光着头的穆扎希姆也已很久没有染过他的胡须了。

　　夜幕降临，无法入眠的穆扎希姆眼睑红肿起来，他在想："我和加米拉在店铺里订婚时，阿扎看见了吗？啊，安拉啊，你是让她看见，她才远走的吗？"加米拉的老鼠就是在阿扎丢弃的地方逃走的，这事在折磨着他："谁能承受呀！"

　　夜深了，他的感官变得如锋利的手术刀，等待着阿扎的脚步声。他也变得愈加敏感，只能听到加米拉昼夜不停的啃咬之声。她的牙齿穿透了床垫的棉絮，啃咬着他的梦。他胆怯了，起身去与她行云雨之事，又怕她撕开他的肚子，将他活活吞下。无论他怎样悉心谛听，都没有听到她的其他声音，只有一次，他听到她进了卫生间，去清除啃咬之物的排泄物。一切都在她体内发酵，然后，透过她的皮肤，变成白色。

　　"阿扎看见她了吗？阿扎，是一只老鼠把你赶走了吗？

　　啊，我最珍贵的阿扎。

　　她把你赶走了，以独占你的老父亲。"

一听百事可乐

那个黎明，穆扎希姆谢赫在一根可能断裂的绳子上醒来。他起身，生平第一次没有跛行。他下定决心，要结束自己的痛苦。他洗了小净，急忙出去。晨礼的宣礼已经结束了，伊玛目达乌德经常睡过头。

他自忖着："让每一块被拾起来伤害我的石头，在世界末日时都为我说情。"

他希望每一抔土、每一块石头都能帮助他完成这天的任务。

人们发现，穆扎希姆染色的胡须已经褪色。他急急忙忙向自己的宅子走去，下定决心，冒死打开仓库的一道道锁，向那个啃咬的动物冲去。刚刚看见他，加米拉的嘴就张得像门一样宽，去了壳的麦粒从她的唇间掉落，眼睛瞪得像那天穆扎希姆带她进店铺时一样大。他把架子上的糕点、甜食装进一个粗布袋子里，让她拿着，并说："为了你家人的房子，祈求保佑吧。"

她费了好大的力气，想把斗篷的扣子扣紧，但是，这个扣上之后，那个又开了。她不停地摆弄着，决心把自己遮盖起来，她现在已经是人头巷商人头目的妻子了！他把一沓面值五百沙币的钱塞进她的胸口，仿佛把它装进了棺材，然后，他把她推到路上。而她，一只眼睛注意着她那些扣子，另一只眼睛则在注意他被指甲花染过的胡须。她抱着袋子，边走边想：她应该泡一些亚丁的指甲花，把他的胡须重新染一下。她会从她母亲的袋子里偷些指甲花，那些花叶是她祖母从萨那的山上采摘的，晾干以后，装在袋子里寄给了他们。

他看着她像球一样在他面前滚动着，肚子和继续膨胀的胸部撑开了斗篷，他不知道应该在什么时候对她说出"休了你。"他应该把这句话包在那个包袱里，当她贪婪地打开包袱，看见那些糖果、甜食时，就会知道这句话……突然，他想把这句话抛掷在她身上，但又犹豫了，恐怕这话太重，会让她摔倒，身体在路上爆炸，身上的脂肪散落，弄脏他前面的道路，而他还活着……

他看着她走远了，然后，以同样的沉默，挂着拐杖来到人头巷的街口，上了等在那里的污水车。亚比斯·乃扎赫问道："穆扎希姆谢赫，你胸有成竹了？"

"安拉帮助我们，宽恕我。"两个人都没有明说他们指的是什么，车子就离开了人头巷。突然，他看见一群小孩子在追逐一辆黄色的挖掘机。挖掘机在巷子的最高处咆哮着，铲掉了路上的空箱子和鸟巢。它闯进了人头巷，也闯进了穆扎希姆像坟墓一样闭锁的心。乃扎赫的水车慢了下来，他在车上的镜子里看到，挖掘机上的两个人把抓钩插进穆舍白布的果园，并不断往下探，试图摧毁那些隐蔽的地下室。随后，挖掘机在各个方向同时用力，仅仅一次破碎，就立刻腾起一团团烟尘，里面裹挟着伤害了人头巷的那些纸页和石块。但是，穆扎希姆没有注意到，挖掘机粉碎了古旧的马赛克，践踏了成堆的书籍，任书页和泥土混合在一起。小孩子们争抢着带有花纹的木头，还有那些古董和器具。果园下面的地下室塌了，里面有很多古老的藏品，有家具、饰物、住宅的标碑和一些大块木头。这都是穆舍白布倾其一生收集起来的。如今只在一次搅动大地深处的震动之后，人头巷的古董便被全部剥离出来，呈现在松软的泥土之上。

穆扎希姆谢赫来到警署，进了那个房间。几个当官的和当兵的围在电脑前，关注着股票指数。只是在一瞬间，一个当兵的就完成了卖出，又一次，完成了买入，俨然掌控买卖时间的专家。他的手指在键盘上敲一次，便会有舒心之气从他口中呼出：

"诸位，赚得确实很少，但是，我是在蛋壳上行走，小心翼翼，一步一步地尽可能挽救损失。"

军官拍了拍他的肩膀，感恩地说："要是没有你的聪明，我们可要倒霉了。"

"这些小股票就像那些虚拟公司的股票一样，都是一种恩赐，没有它，咱们的家就完了。主要的股值已经到了最低点，市场变化不定，把我们投入了地狱。你怎么样，盖哈塔尼？喘不过气来了吧？"

"他们给了我五十万的骆驼，我不想把它们卖掉。我看着我的骆驼在我的面前，吃着有毒的饲料……"

"股票和骆驼都是疯子们的财富……"

穆扎希姆靠着拐杖缩在门旁，深陷在犹豫和耻辱之中。他用手杖敲着地面，那个当兵的注意到了他，说了声："你好吗？"

虽然忍无可忍，但穆扎希姆的言语依然小心翼翼。香烟的烟雾伴着惊心动魄的交易，在所有人的嘴唇上都画出了黑色的阴影。穆扎希姆觉得，他们每个人都曾潜入墨水里，于是微笑变得勉强无力，茶的气味从一张张腥红的口中散出，在屋子里留下了一种酸气。穆扎希姆刚要张口回答，一阵剧烈的咳嗽向他袭来。停了一会儿，他终于噙着泪水，嘶哑地说：

"解剖间里的女孩是我女儿阿札。"

穆扎希姆谢赫的内心充满恐惧，这种恐惧，正是解剖间里的一具无名尸体带给他的。不知道是谁将一句撕破了人头巷的面具、让人们华发早生的话粘在他的心上：在医学院的解剖室里，学生们靠在那具尸体的乳房上，喝着百事可乐！

第四动作：礼拜朝向

子夜时分。黑色变得寡淡，在男人与女人中间活动着，所有的色彩、单词和行为及其反响都已经变淡、变弱。

这个第一次飞行的姑娘能够用颜色确定她的路线。

红色：黑色外表的汽车里面，始于她尚未打开的时间点，并将她抛置身后，宛如藏在架子上的一个小盒子。

琉璃状大理石：过渡塔，窗口俯瞰禁寺的院里。她带着它离开麦加的最后一个镜头。

金：临时别墅里的一切，她是从吉达来到这里的（过渡点）。

银：肾上腺素的颜色，使用的量很大，每当身上水力按摩器的水压加大时，她的眼睛就什么也看不见了，无论她怎么洗，怎么冲，那层皮都无法去掉。

三个黑点：菲律宾女佣的两只眼睛，还有她从卫生间地上拿起的黑色开身长袍。她把它塞进垃圾箱，而且是直接放进那个塑料袋子里，不让任何东西碰到它，更不会给它的边上镀金。

芥子：私人专机的座椅，散发着新皮子的气味，现在，她正坐在上面。

眼影：特等舱的空姐，专门为她服务，为她系好安全带，把她脖子后面的枕头弄舒服，把她新的存在挖开，再挖掘出昨日的积存（调整之前的时间）。

"我们今天的行程是从吉达到马贝拉，直飞，中间不停。我们将飞过那些大城市，最大的城市、最高的城市和超级城市，飞行高度是一百万英尺。在座椅背后的袋子里，有娱乐单、快餐单和热餐单，还有飞机颠簸时的呕吐袋子。飞行时间可能会延长，但经常会缩短……不用系安全带。"

大蛋糕：她的马尾式发型不见了，现在，她的头发像瀑布一样披散在她的后背和座椅上。

透明的白色：光滑的白色衬衫里，拼贴在身上的两只前臂。对周围的目光，她不以目光，也不以动作应答（一个进行自我删除的全部缺失的存在）。

冰冷的水银：在红海那个别墅里，那面欺骗她熟知面孔的镜子。从他眼中逃脱的花言巧语的金属……那只她熟知的、记得其真相的眼睛。

惊恐的咖啡色：那个黎明，她突然从门缝里看到的眼睛。惊恐的目光，将其变成了一个从以前的场景中剥离出的身体，以一种超越文盲的愚昧冲刷着她：没有衣箱，没有名字，也没有对已存在的历史的基本阅读。

红色：一双长及膝盖的袜子（成功地逃脱了她的记忆），现在，掉在她的水果盘上。

透明：喝掉的渗渗泉水。她的苦，她的药，两眼中间的一根毛发，右眼是猎物，左眼是猎手，斜眼，让一切进入其中的东西坠落。

她的气味再也不能将她带到那个黎明之前了。

热切的眼睛：在她记忆里的某个地方。

灼眼的闪光灯：那是她扔在那条街巷石头下面的心，在石头下磨砺破碎的心，在那个被打碎的面孔上，抹去犯罪记录。她已对他关闭了记忆，来到这里，能够……能够什么呢？一切。

天平的两个秤盘（眼睛和眼睛）：哪一个归顺了，哪一个死去？

封蜡麝香（黑色的结局）：黑色，用它擦抹额头，抹掉她沉默的面孔。这面孔为她不知道、也不想知道的另一个人暴露在外！它经过耳后，不愿意听到她体内的金属声，然后，像抹去小净时的水滴一样，经过下颌。她低下头，将食指放在双唇上，示意锁住嘴唇，保留秘密。她把头向后仰去，叹息道："当我们离开大气时，一切东西都可以折叠起来。"

在她的头脑里，表上的时间仍然是起飞的时间，十二点。她觉得是飞机在她面前推动着那个表，那是十二点的第一个时刻，她又觉得身后的时间是被打开的，太阳从它那里经过，它就打开了……她前面的电视屏幕上，清楚地指示着礼拜的朝向：一个小飞机用一条线连接着，指向一个代表天房的小小的黑色立方体。她注视着那个向西飞着的小飞机，觉得那条线正把黑色的立方体向后拉着……立方体被拉拽着，飞机被拉拽着……她听见那条线断了……立方体在真空中逃脱了……飞机迷失了方向……

震　动

早晨，他睁开眼睛。他们中的一个人把这个秋日的清晨涂上了鲜黄的油彩，任热风在麦加的山岚和高楼之间发出黄色的号叫，使那些违章建筑的缝隙间流淌着工人们在廉价的切割劳动中引发的巨大伤痛。优素福知道，给椰枣树授粉的时间到了。热风促使他自忖道："麦加还有授粉的椰枣树吗？当初，易卜拉欣先知是禁止砍伐椰枣树的，椰枣树不能砍，这里的猎物不能杀死，谁要是干了这等事情，必将遭到安拉、天使和所有人的诅咒。"

他把汽车发动起来，向穆阿兹工作的照相馆开去。他没有左顾右盼，眼中没有怀疑，亦无调查之意。

"你有阿札的照片吗？"直接而来的问题让他感到突然。

"当然没有……"

纳赛尔开着车，最后一次来到人头巷。他几乎不认识这里了。拆迁成倍地增加，咖啡馆成了唯一留存的地方。那位苏丹会计对他解释道：

"这条街一下子乱糟糟的了，人头巷里的空地就像嘴里的牙掉了一样，一个接着一个……一个星期前，那些没搬走的人接到警告，最迟要在一个月内搬走……"

412

"你呢？"纳赛尔咽下了犯罪的感觉，解剖间里致命的悲伤正慢慢地在麦加蔓延吗？

"只要咖啡馆在，我就在，这个可能需要一定的时间……人头巷的人都变成大款了，腰包鼓鼓的，装的都是补偿款，他们都坐着飞机离开麦加了……"

"伊玛目达乌德呢？"

"搬到穆阿拉特清真寺教长家里了，也许，他们会让他在另一个清真寺里任职。"纳赛尔觉得有人将场景从他脚下撤去，让他悬吊在真空里，这条街就在他的眼皮底下、鼻子底下变空了，若再不看一眼，恐怕它就不存在了，替代它的将是一个大坑……

"优素福的母亲去哪里了？"

"她来过，对我说，要去海尼娅！穆扎希姆搬到塔伊夫的亲戚那里后，她直接走了……她给我和优素福留下了这样的一封信，怕优素福来问……"

"优素福看到信了吗？我能看看那封信吗？"

"不，我不能交给你……但她还留下了一份，她把它挂在她住的平台上那个房间的窗子上……"一听这话，纳赛尔急忙向穆扎希姆废弃的房子跑去。那些老旧的台阶把他带到了哈丽麦居住的平台。他第一次在哈丽麦不在的情况下看到了这个地方。屋子的窗户在平台上方，铁栏杆上挂着她做礼拜用的床单，在一个角落里，纳赛尔看到了裹在那封信上的一个大结，他把信打开，开始读着：

"优素福，我没有去拉巴特……你是对的……安拉给了我好的结局，带着信仰，善待人们……塔莱帮着我给你写这封信，尽管她应该好好复习功课，以获得政府发放的到国外学习的奖学金，但她还是抽时间帮我写了这封信……这里的生活不同于人头巷的生活……塔莱十七岁，像你一样写故事，我说她在做梦，每一个姑娘都应该把她的梦想写出来……不要让她错过这些梦想，不能让人们把糟粕掺进她的梦里……

塔莱建议我到她奶奶海尼娅家去住。海尼娅是一个快乐的女人，热爱生活，爱吃葡萄干，我在她那里，她很高兴。我和她一起那些天，除了那个印尼司机，我没见过其他男人。我看到了一个没有男人的家，她的两个女儿没有结婚，没有孩子，她们做的事情像你一样，在纸上写，旅行。我想，如果你外出旅行，可能会找到你寻找的世界……优素福，不要担心，我去了吉达，看见了世界。每个星期五，海尼娅都带我去海边。我们喝牛奶甜麦粥，吃冰激凌，那都是流动货车上卖的。在那里，人们挂起帘帐，度假，玩塑料飞机，骑出租的小马，在海里游泳至黄昏时分，在沙滩上做礼拜……我们到金字塔展会去买衣服，一件衣服五个沙币，没有谁觉得丢人，这里的生活非常简单……昨天，她让我接种脑炎和流感疫苗时，我知道又到了朝觐的时候了……你妈妈很好……你安顿下来时，把你的地址留在那个苏丹会计那里，海尼娅每个月都会派她的司机去那里询问……你打这个电话联系我：0559722147。不要解开拴在床单边上的那个小结，那是我许下的愿。如果你平安归来，我请大家喝甜咖啡，吃大杏仁。"

纳赛尔觉得时间在追赶他，当他不再开着路虎工作车走进人头巷，而是穿着普通的衣服，开着英菲尼迪汽车时，他就已经失去了他的"艾布·沃南"的称号了。那个夜晚，他在整条街上穿行，打量着那些正在倒塌的房屋，寻找着他现在已经置身其外的情节。这时，那条赛鲁克猎犬向他冲了过来。它是一条赛鲁克猎犬与街上的流浪狗杂交而生的，已经丧失了原有的特点，但是，纳赛尔仍然觉得这条狗很漂亮，它有长长的脖子，还有被砍断的短尾巴。这条狗在他身边停住了，闻这嗅那。他没有逗流浪狗的习惯，但是，这条狗却招他喜欢，于是，他跟着它，向巷子里那些人去屋空的房子走去。许多房主都把房子腾空了，一些逃脱的劳工暂时住在里面。

可能是出于偶然，那条狗把他带到了那座楼前，他知道这就是那座被叫作阿拉伯联盟的大楼。那个卖牛奶人的四个男孩子打赢了官司，赶走了住在那里的七户人家，其中就有他们的姐妹乌姆·萨阿迪和她的丈夫阿什。这几个男孩向法官和精神病医生行贿，判决他们已故的父亲患有精神病，所持房契无效。而地下室部分，他们却故意没有把那个土耳其女人赶走。从那里，纳赛尔看到基金会的门已经掉落，房屋也又旧又破。纳赛尔驻足观看，虽然地下室周围如死亡一般沉寂，但是，还是能看到有一两个女子进入地下室，一个小时左右又从中走出……纳赛尔在等待某种信号。大约在晚上十时左右，他看见那个阉人戴着手套，拿着一个类似律师使用的黑色皮包，匆匆离开人头巷。那条狗跟上了他，但是纳赛尔却任随他离去，自己壮着胆子走进过道，毫不犹豫地靠近了地下室的门。他发现门是半掩着的，于是，他敲了敲门框，等在那里，见无人回应，便敲得更响，然后迈步进入。在他迈出第二步时，一阵粗野的笑声接待了他。不用说，发出这笑声的女人是在帘子后面出现的，那里有一个高台，就像从地下室顶部隔出来的一间屋子，周围用帘帐围着。那个土耳其女人没有下来，也没有鼓励他上前，但他还是向她走了过去。她发出嘲讽的笑声，看着她，估计着他能接近她到什么程度。纳赛尔觉得他没有什么可损失的，他就是一条被骨头引诱的狗。于是，他走上那个台子。那个女子笑得更厉害了。她不像一条母狗，而更像一头母狮子，等他稍有动作便会向他扑去。她以熟练的动作转过身去，用她的臀部将他往里带,当他到达台子入口时,她已经靠在自己的床上召唤他了。血液立刻涌到纳赛尔的头上。他多次来过人头巷,从未注意过她对一个过路人有如此公开的召唤!对于那种柔软又令人毫无防备的呼唤,他佯装不见,只是用如同在她粗重的喘息中断裂的木头一样的声音说:

"我只有一个问题,请回答我……"

她厚颜无耻地抬起了右边的眉毛,嘲讽地说:

"官方盘问还是非……"她火一样的头发遮住了双眼。

纳赛尔继续问:"你知道阿伊莎在哪里吗?"她的笑声令他四肢发抖:"你能赐予我回答的体面吗?你想从我这里知道?"他有些尴尬,没有作答,她则故作伤心地说:

"你对爱情感到恐惧吗?"

"你有我要的答案吗?"

"对所有的询问者,被问者,需要和被需要的,我都有答案……"他变得不安起来,体内那条狗正在回应这个女人的野蛮。那时,他应该闭上眼睛,任由那些事件坍塌,然后去另一个地方,与他终生向往的地方相反。他确信,他闭上双眼,将使他在从未梦想过的方向走上若干光年,但是,这必须是在他知道问题的答案之后。

"回答我。"

"我说过多次了,你知道答案!"这句话用失望割开了他的内心……

"阿札死了,她父亲昨天把她埋葬了。"

"我知道,说些我不知道的!"纳赛尔坚持着。

"阿伊莎的地址。"

"只有鬣狗才去刨坟……但是……如果你命令去挖……在我这里,你的要求……你的王冠……"

416

纳赛尔在人头巷走着，但并未觉得自己已经离开了地下室。那地下室和他在一起，而且在他心里，他的汗水里已经流出了地下室的气味……他和那个土耳其女人最后的对话还在他的头脑里。

　　"她一无所有，如果她放纵，你让她舒服，你也放松了……你方便她，你也方便……"

　　"在找到阿伊莎之前，我绝不会休息。"

　　"我有最美的、最新鲜的、最高兴的和最容易的……"她不停地说着，并等着他的回答，"我的百科全书里应有尽有，声音、照片、固定的、移动的、直接的、现场直播的、机器的、手工的……本国的、外国的、没受过教育的、受过教育的、柔软的、粗糙的、静止的、震动的、来的和去的……可怜虫，你不是天使，你只是一个血肉之躯，对吧？"在她的那个台子上，他没有感觉到白昼已经开始了。当他注意到那个地下室里装满了身体，注意到那个照相机时，他努力不去看那排姑娘。她们正在五台缝纫机上工作，缝纫机对着外面道路上敞开的结冰的玻璃窗。一种不安的情绪，让他撞到了挂着待交付衣服的屏风。她带着他穿过屏风，来到真正的地下室。地下室的面积有三百平方米，播放着最现代的东方和西方的音乐磁带，许多女人聚集在那里，用男人的头巾遮挡着口鼻，对着安放在屋子四角的摄像机跳舞。

　　"瞧，我的这个女孩利用她轻微的跛足创造了机械的希布胡布音乐表演，一声喊叫，我们就能收到几千封喜爱这种舞蹈的人们的信……"

　　他再次走到人头巷的街上时，胸中充满了干燥的空气，眼角处白内障的白色变得更重了。那个中午，纳赛尔刚刚走进自己的公寓，就意识到发生了某种变化……他想从那些信件和日记里获取安全感……但是，他的手伸到床下时，那里只是一片空空荡荡，无论怎么找，都没能发现一张纸片。于是，他急忙向衣柜跑去，藏在那里的阿伊莎衣服上的袖子已不见踪迹……衣柜里好像并没有被翻动过，但却出现了空地。他脚下的地面塌陷了。有人用白色涂抹着他的记忆……

案子被封了。

结束了。

下　部

马德里 2007

"努拉……"每当有人用这个名字称呼她时，她都如遭雷击，应答之前犹豫的瞬间，让他怀疑这是她的真名！这种伪装给了她一种气味，唤醒了他熟知的身藏秘密和热恋之情的安达卢西亚女性的自负。当他结束护卫时间离去时，他也带走了她脸上的趾高气扬和内敛，犹如一个从阳台最高处观看自我、喜欢孤独的女子。他不能将她与那些受命保护、有时使用化名、不知其职位或罪行的人进行比较。在他受雇的公司里，他那些担任私人保镖的同事们有许多超乎想象的故事，都是关于那些佯称有必要雇佣私人保镖以及那些因古老的争斗而与犯罪和死亡之间只有一发之距的人们的。他为了生计而在这里工作。这家公司专门挑选像他这样高大健壮的男子，十分重视他们过去的经历，有关战争的罪行，公司无法调查，但是，他们要求有干净的司法记录，同时还要有最高等级的格斗技能证书，还要会使用兵器，有警卫的经验，等等。他是一个阿拉伯人，哲学硕士，来自贝鲁特。在那里，各种证书都不能换来面包，但是，在这个陌生的地方，他发现各种理论学科都毫无地位，于是，他，拉法仪，就以拉法之名递交了材料，和那几百万阿拉伯人一样，剥掉自己的皮肤，更换身上的血液，改头换面，使用新的名字，以满足他人所需。

清晨，阳光灿烂，在利兹宾馆的花园里、阳台上，到处都是人的面孔。白色绿边的竹椅让阳光显得更加明亮，这地方看起来也更漂亮。拉法仪挑了一张离楼梯最近的桌子坐下。这个楼梯有两个圆形的分梯通向大厅，坐在那里，他可以远远地看到他的雇主努拉。努拉坐在他对面的方向，品尝着各种甜饼，喝着早间咖啡，安静地注视着那些掺杂着绿色的笑声。他打量着努拉，就像他每天早上在镜子里打量自己一样。他把头发剪成美国海员的发型，这可以掩饰他四十岁的真实年龄和他的沮丧。但是努拉这个名字可不仅仅是一幅面纱，他几乎能看到她像影子一样的过去。她的面纱从太阳穴的上方落到脖颈旁边，遮住了整个胸部。拉法仪觉得他看到了两个人，一个正在剥离另一个。她的完好就在于她没有意识到那种分裂，没有意识到平静的外表下正在进行的无意识的反抗。他觉得努拉置于时间之后，正像她周围那些稀有的古希腊马赛克一样。这些属于公元前三世纪到公元五世纪时期的马赛克增加了马德里这家宾馆来自久远年代的尊贵感，仿佛在等待某个年代塌落的指示。

拉法仪以嘲讽的心态，看着努拉在下榻客人们中引起的关注，心想："阿拉伯女人传说中的美，在植根于千百万年的各种文明中发展着，但是，她们的样子很奇怪，同时又显得很老派。绝大多数男人都得不到她们，她们的君王只住在传说中的花园故事里，她们不能在现代碰到那些君王，因此，她们变成了被诅咒的一类。世界各地的阿拉伯男子失去了环绕着他们的特殊的光环，变成了普普通通甚至比普通还要差的一类。"

他把目光从她身上移开，想摆脱她对眼前场面的霸道控制。在那一刻，由于她的软弱，他不再是一个私人保镖，而她则成了威胁的目标，就像两天前发生的情况一样。那天，她未

422

能醒来，昏迷潜入了她的睡眠，人们把她送进了医院。在那里，她昏迷了七十个小时，当她醒来时，又仿佛任何事情都不曾发生，没有任何后遗症，身体各部分功能毫发无损。医生们把她从死亡中救了出来。现在，她又自由地坐在他面前。

这和三天前被急救车拉走的那个鬼魂毫无关系。

努拉站起身来，拉法仪迅速跟上，执行私人保镖的职责，像影子一样跟着她，或前，或后，观察着大厅里任何可能出现的危险……到了她住的王室套间……拉法仪看到一堆堆散发出令人过敏的香气的鲜花，还有那些不知长得什么样子的追求者的名片。但是，在她向周围送出的每一瞥目光里，在她双唇的美丽里，在不能对她恣意妄为的贪婪的目光里，她都是一个即将在下一瞥中消失的女子。他重又将目光集注在她身上，见她闭目无视，立刻想起了她的策略：享受地闭上眼睛，然后再真实地返回。这就是她从内心无人抵达的深处后退或逃离的时刻，她用从周围感受到的、揭示着她在异乡的孤独与失落的目光，漂浮在那个深处之上……拉法仪觉得她的昏迷就是在从失落中逃离，也是她从不断增加的鲜花中偷取的休息，从像私人保镖一样的仆人中间偷取的休息。在这个每晚 5000 欧元的套间里，这些仆人们在这个二十几岁的女孩周围划定了范围。这个位于马德里市中心的豪华宾馆，距离普拉多博物馆等著名的博物馆和大剧院仅几步之遥。

两个月前，他开始为她工作。人们找到他时，他以健壮的、令她满意的体魄接受了任务。在他所接受的任务中，他早已习惯了那些大摇大摆、故意惹人目光的海湾人。当他看到这个青春年少的姑娘时，他意识到，一场不寻常的戏剧正在上演。他坐在前排座上，注视着她的汽车旁边发生的一切。车还没有停稳，他就先下了车，为她打开车门，然后为她开通通往大街、咖啡馆和各个广场的道路，对她加以保护。直到那个上午，她发现她准备去参观的普拉多博物馆大门紧闭，便坐在博物馆右侧的台阶上，嘴角现出嘲讽的微笑，揭去了所有的面具。当时，她坐在高高的台阶上，俯望着他在广场上迟到的脚步。他的右边是巴修普拉多路上纷乱的车流，左侧则是绿地、沉默和努拉。他偷偷地看着她（这个女子有什么需要他警卫的呢？珠宝？某种反叛？她不像其他女人那样关心珠宝，他给那些女人当过私人保镖，因为她们都属于那位因进行巨额的国际投资而被叫作皇帝的谢赫），她的孤独让他惊惶，她看起来就像一只被关在水晶球里的幼小的羚羊！

今天，她的情绪光滑顺畅（她每天都有一种情绪，就像是一滴水银，在任何一种心绪里都难以握住），他通过短促的笑声读着她。只见她放松地坐在光秃秃的台阶上，她的上方是如同庙宇墙壁一样的博物馆的墙。拉法仪本可以坐下，但是，他宁愿站在那里，因为第六感官让他随时准备着。他注视着面前的她，那张青春的面孔显露出精致，浓重的眉毛又显得与众不同。很快，她打破了自我沉默，突然问道：

"拉法，你逃离战争，来到异乡，在保护着什么呢？保护像我们这样的人吗？"

在这之前，他从未与她交谈过，她叫出他的名字时，总觉得这是个外国名字。

"我的名字叫拉法仪……"在他做这个职业的十年里，这个名字不仅仅是让他改了口，而且他已经几乎不认识眼前的拉法了。

"我不是逃离战争，而是在黎巴嫩与我的联系已经死亡时，我离开了这个国家。"他把面孔移开，他说得太多了。如果详细说的话，那么，母亲的故去，与癌症抗争多年的母亲的故去，切断了他所有的希望，让他犯下了职业选择的错误。她没有继续发问。

经过简单的问答之后，私人保镖的戏剧落幕了。两人心照不宣地认为她不需要守卫，他们之间的距离也只有两三步之遥，他跟着她，注意着，他任她选择地点，只要不离开他的视线就可以。现在，她就这样坐在咖啡馆里，他选择坐在她后面的桌子旁，注意着她的周围。

"你这样坐着就能为我当保镖了？"他没有想到会有这样突如其来的问题，正在慌乱之时，她又加上一句："你要为我防备谁？"

他答道："你不怕什么人吗？"她的目光撞在他的面孔上，然后又落下来，这让他想到了那只撞到汽车风挡玻璃上折断脖颈的鸟儿，于是，他急忙道歉说：

"原谅我，夫人……"她的脸转了过去，他双唇间的话语随即死亡了。

她又问："在这种工作中，你通常保护什么？"他简单地答道：

"政界人物，富人……私有财产。"

"还有黑帮团伙吗？"

"有时。"他第一次听到雇主嘲讽地问他："你为什么要替人当保镖？保护什么？"

她的问题激起了他的好奇。

"你们为那些人保护什么呢？"

"大多数是他们的过去。"他不知道为什么会给出这样一个回答。嘲讽的微笑突然间变成了一声叹息。那叹息撕裂了她的心，也让他不安。她情绪突变，沉浸在空空的目光里，头脑中闪现出一个不知从何而来的想法：人不能突然遇见他的过往，不能停下打招呼或是脱身离开。一切都在路上，要么像机枪扫射一样把你击倒，要么像炸药包一样和你一起爆炸。否则，它就应该背对着你继续前行。不要让你看见它的面孔。

"请原谅……"他似乎要在道歉中度过这个早晨，因为他允许自己讲话了。但是，她打断了他的道歉，问道：

"保住你的工作的条件之一是要准备舍命救雇主吗？"这个问题令他不快。

"一般情况下不需要，只需要用专业的方法保护。"沉默片刻之后，他又说：

"条件可能是保住生命：自己的生命和雇主的生命。"

"可以抵挡一切吗？"当他把自己的职业置于那个问题的显微镜下时，他真不知道如何对自己做的事情遣词造句，进行详细的解释。

"我认为，我们在被警卫人周围的目的是发出这样的信息：这个人正在被能够抵挡一切侵犯的人保护着，在大多数情况下，这种信息能够对付任何突然的攻击……"

"也就是说，你们的存在本身就是在宣布自己的重要性？"

思索片刻之后，他说："也可能是对身份和权力的宣布……"

说话的时候，他朝她看了一眼（她把自己在谢赫那里的地位放在了显微镜下），但是，她并未回应那目光，而是问：

"你们能保证雇主不死吗？"

拉法仪微笑着答道：

"美国总统里根遭枪击时，距离设防最坚固的门和他的防弹汽车仅有四米，身旁还有精锐的私人保镖；肯尼迪被暗杀时，正处于严密的护卫队保护之下；萨达特是在检阅自己部队的检阅台上被暗杀的；哈里利被暗杀时，地上有防弹汽车，天上有卫星网络保护着他；同样，贝纳齐尔·布托被暗杀时，正处于美国伞兵和自己私人保镖的护卫之下……保护雇主的生命只是一个浪漫的口号……令人意想不到的暗杀多发生在防备最好的地方。也许，让一个人免于愤怒和憎恶的伤害是不可能的。"他发现自己说得太多了，急忙道歉，说：

"原谅我，夫人，我们的工作有不应逾越的底线，不应该多言多语让雇主受到打扰。"

"你拿着哲学硕士文凭，却干着需要沉默的工作？"说着，她站起身来，他立刻紧紧跟上。

接下来的几天，他意识到了围绕在她周围的令人窒息的气氛。当她和她的侍女或者突然来看她的谢赫谈话时，他开始侧耳旁听，以获取些有关她的消息，并且注意那些涌动在话语下面的暗流。她的每一瞥目光都是挑战。他已观察她许久了，想知道她为什么被保护被监管，是什么在威胁她。

"今天，咱们去这个地址。"拉法仪注意到了努拉手中的一本小册子。

"英国墓地？"

"为什么不能去？"他近乎拒绝的目光引起了她的好奇心。两天前，在方形宣礼塔处，这本书引起了她的注意。谢赫注意到了她的好奇，立刻把这本小册子塞到一堆宣教书的下面，但她趁理发师来到之机，将书抽了出来，塞进手提包，等着谢赫离开。

那个早晨，他想起了他的一个美国女朋友说过的话：两个小小的手指弹奏着我们的脸；两个小小的亲吻落在我们脸上。蒙蒙雨丝为墓地增添了悲伤。当努拉迅速地走过戈雅街，来到委拉斯凯兹街时，她脚下的草高兴地分开，墓地出现在她面前。那是一片杨树、梧桐树、杉树和松树组成的小绿洲，周围有红砖的围墙。拉法仪放慢了脚步,努拉却像中了魔术一样快步奔向了状如方形宣礼塔的教堂的塔楼,教堂四角是红砖,柱子是白色的,三面各有一个拱门,窗子上镶嵌着玻璃……以前,拉法仪曾在戈雅街上住过,经常路过这座圣约翰教堂,并仔细观看过西班牙建筑师西奥多·阿纳萨基斯特的设计,就是这种现代浪漫主义和古典福音派结合的风格。在陪同努拉参观之前,他从未注意过这里的墓地。

他和侍女都加快了脚步,想跟上努拉。努拉没有跑,只是被赶到了这里。他俩跟上她时,她正靠在一棵有四百年树龄的雪松上,脸色苍白,没戴面纱,灰色的表情令人恐惧……她站在那里,无视他俩的存在,仿佛坟墓深处的东西摄走了她的灵魂。在透明的雨丝中,那些刻在大理石上、出现在周围的墓碑上的名字、日期和面孔都复活了,与他们一起站在那里。那个早上,那令人沉默的目光从努拉的面孔上消失了,她变得像摇摆在两个世界边缘的女人。许久,当死亡的站立离开时,她和两个陪同者身后的灰色阴影变长了。

翌日清晨,努拉又去了那个墓地,迎接他们的是散放在入口处坟墓前的一束束黄色的鲜花。一个个墓碑下面,飘浮起清新的黄色死亡。

"我建议我们去参观更重要的墓地。"对于这个建议,努拉觉得他只是想让她离开这个墓地,她怀疑的目光让他做出解释,说:"这里只是那些被遗弃的人的墓地。"

"什么意思?"

他继续解释说:

"在建筑方面,它比不上欧洲其他的教堂和墓地。它是1854年由英国领事馆在马德里市中心建立的,按照英国和西班牙的协定,这里埋葬那些死在马德里的异乡人,和那些被自己的祖国拒绝的，或是无法将尸骨运回祖国的人们，而且各地的坟墓也不接纳他们的尸体，欧洲改革之后，他们由于宗教和文化原因而被流放，不属于可以在墓地埋葬的教会的人。"她瞪大的眼睛提醒他去注意那些坟墓中"被遗弃"的真相。

"看，这块墓碑上是阿拉伯文：请勿重踏。我认为这块地皮就是这些身体……"

"这是艾布·阿拉·麦阿里的诗句……"

就这样，那些被遗弃者的死亡，在这里变得像谜语一样，而墓地则变得更像一本书，每一块花岗岩的墓碑都是。拉法仪和努拉一起度过的那些早晨，他俩经常去发现那些墓碑。那些墓碑记录下过去一百五十年间埋葬在这里的不同宗教不同国籍的一千个人的名字，还有来自四十三个国家的被遗弃者的书信。它毫无逻辑地在努拉和墓地之间建立起了隐秘的联系，让她觉得自己现在的生活就像这墓地里的长眠。

参观墓地成了努拉每天早上必做的功课，而且是早上要做的第一件事情。她每天坐在一座坟墓前，就像要挑选合适的衣服一样。有时，她会像现在这样，坐在那里，看着远处，每当他想遮挡她的视线时，她都会惊惶躲避。拉法仪观察着她的目光。那目光先是茫然地看着远处，然后战栗般地清醒过来，再重新回到周围那些墓碑上。当她开始对着那些墓碑喋喋不休时，她的样子开始有了改变。她对那些墓碑表现出了极大的好奇心，想解开墓碑上的文字之谜。那些墓碑上刻着各种文字，包括拉丁语、英语、法语、西班牙语、德语、克罗地亚语和希伯来语。

"你不觉得这些灵魂需要在死后留下书信，或者是把主人之死变成一封信吗？这种短短的句子多能表达其主人死后的状况吧？这种与死亡继续谈话的需要不会让你感到吃惊吗？"

429

这个问题主要不是向他提出的，而是她问自己的，而他随意的回答，是对借安提戈涅之口写在索福克勒斯[①]墓碑上的内容的解释：

> 来吧，命运，拯救一位需要的朋友，
> 来吧，我最好的朋友，
> 加速我的终结，
> 远远的，远远的，
> 不要让我看到另外的一天。

这些字词似乎嵌入了她的脊柱，面对这样一个灵魂，努拉像遭到雷击一样，全身都不能动了。当她再次活过来的时候，她在许多墓碑上都看到了索福克勒斯写下的句子，而角落里那块墓碑上安提戈涅的话令她感到突然：

"我死后，就将知道我的错误，但是，如果罪孽也包括将要审判我的法官们，那么，我只希望他掉进为我挖的墓坑里。"

读着这些令人沮丧的词句，冰寒已经浸入努拉的内心。因此，在为她翻译他们身后一块窄墓碑上的文字之前，拉法仪有些犹豫：

"当他发现自己所为的真相时，心中充满恐惧和对自我的鄙视，因此，现在竭尽全力对他自己进行惩罚，计划着剖开地面，作为一个被丢弃的人离开，不再有休息，直到生命终结。"

她深深的沉默令拉法仪战栗。他觉得她想了解更多受折磨的人的焦虑，于是，他想退却，而她却转向了苏格拉底的短句：

"我是谁？我来自哪里？我将去向何方？"

---

① 《安提戈涅》是古希腊悲剧作家索福克勒斯于公元前442年创作的的一部作品，被公认为是戏剧史上最伟大的作品之一。

他刚刚说出译文，就意识到，这是对她身处墓地的情绪的概括。

她把目光移开，落在另一座墓碑上用希伯来文写下的句子上：

"充满爱的儿子和父亲，他们将以号码 10 来提起我，生命的创造和复活都在物质中，表达我的是零，当这个零独自站立时，已经没有意义。"

居住在马德里期间，努拉从未停止参观墓地。她总是坐在苏格拉底的哲理、聂鲁达的诗句和索福克勒斯的名言之间。现在，她的背后是聂鲁达的诗：

"那个躲避迷恋的人正在慢慢死去。"

"还有那个选择在'我'上自我封闭，而不在感情漩涡里投降的人。"

在入口处旁边，努拉看见了一块刻着阿拉伯文的墓碑，上面写着："伊拉克诗人。冬天，他在自己的衣服里塞满写着失败的阿拉伯报纸。在这里——被遗弃者骨灰的火焰里——他仍然梦想着有一个国家，能让他在那里休息，并将他散落在各地的孩子们的骨灰收集在一起，直到死去。"

努拉热衷于阅读那些专业人士的信，其中有音乐家、记者、思想家，还有律师、医生、厨师、作家、外交人员、教师、保育员。他们都是在经过马德里的时候，由于各种不同原因死去的。

在一次又一次的参观中，每当感到疲累，努拉都会在一棵矮小的杨树下休息。在那里的草丛中，她发现了一个坟冢，上面盖着一块男人躯干大小的灰色方石板。那石板不像墓碑，只是放在坟冢上被埋了起来，在草丛中不易被人发现。它看上去很像一个男子趴在那里小睡，然后变成了一块石头，头枕着树根，两个钩子把一把古老的钥匙固定在心的地方。石板旁边写着："持钥匙者"。杨树盘根错节构成的浓密的网遮住了亡故者的姓名，努拉没有认真去探究。

"这个墓地已经满了，不允许再埋葬尸体，只能埋葬骨灰了。"

"关闭墓地，不接受死者，这想法太可怕了。据我所知，墓地满了之后，都要进行清除，就像是一个大桶，没有底的。"

"在这里，死者拥有埋葬他们的那块土地。"对于死者拥有土地，他也感到很奇怪。

努拉在那些被放逐的灵魂中间走动着，和蔼地与它们交谈。她周围已没有属于活人的地方。参观这些墓地时，拉法仪觉得努拉发生了改变，在她和那些存在之间，似乎打开了一扇门，那些存在把她的手拉向她身后关闭的门，并将她的头骗进她已经抛在身后的世界里。

"你怎么会没有父亲？你是一个孤儿吗？"那个早晨，她的问题在那些像棋子一样延伸的墓碑上滚动，并且不经意地流出：

"我是通过我、我母亲和夹在我们中间的癌症毒瘤来认识尘世的。在家庭、母亲的要求和大学之间，我没有选择。我没有机会去考虑没有父亲的孤独，也没有机会考虑我自己。我所有的要求，就是希望拥有能阻止母亲肝部病变的的药物，但最后，他们还是把她的肝脏切除了。"努拉抬眼看他时，就像在镜子里看自己的脸一样。那时，死亡已经变成了他俩热切共享的早间咖啡：

"你们找到捐助人了？"

"移植的是我的一块肝脏。一个惊人的事实是，肝脏竟然像植物一样，可以自我生长。"

"就像生命的愿望，你切掉了它的头，它还会自己长出来的。"周围的墓碑都在谛听。

"她病了很久吗？"

"我们亲近了很久。我们没把那些年看成是久病之年，而是把它看成亲近之年……我认为那源于我的一块肝脏，我了解它，但没有时间了解我自己……我送出去的那块肝脏在丧失功能前，坚持了十年……"周围的坟墓不再安静，鸽子飞起，死人也在谛听，并从他们的故事里奔跑而出，去刺动那些活人，激起他们的记忆和乡愁……

"坟墓让你想起了墓中的磨难吗？"他环顾四周，看见了他梦想的生活，他遗忘在路上的梦，他没有诞生的孩子们。

"可能让我想起了墓外的磨难。"他的回答在她眼前展开一张地图，地图上的线条是坟墓内外正在进行的一切的延长……那些亡者没有与他们生活过的尘世断绝，他们带着尘世的地貌，并将其带入坟墓，然后夹藏在那些陆地、水域以及干旱和肥沃之间……"死亡是对地图的重新观察"，这句话浮现在她眼前。

他发现，每当她进入那个墓地，悲愁的翅膀就会降落在她身上。

"有时，我觉得死亡是一种决定，是用眼睛做出的……"她环顾周围，只见蒙蒙雨丝尚未散尽，被清洗过的太阳已经开始放光。经过些许沉默之后，她继续说道："然后，心会跟随它，随后是整个身体……"她下意识地把额前的一绺头发缠绕在食指上，带着愁苦的表情，把它放在鼻子附近，结果，她发现自己的头发带有静静地生长在这里、不被生命干扰的青草的气味……在远处的一个墓碑前，一个流浪汉捧着一束花跪在那里，但很快又站起来，把那束花从一个坟墓移到另一座坟墓前，将它献给了那一排坟墓中所有的亡灵。而且，他口中念念有词，遵循着诵诗者的节奏。在他面前，坟墓变得很新鲜，仿佛昨天刚刚挖掘的，但实际情况是，由于没有空余的埋葬之地，这个墓地已经关闭了……像那些争相为亡灵歌唱的鸟雀一样，努拉无法保持沉默，她说：

"我现在想，如果我父亲也得了癌症，那可能是一种恩赐吧……按照癌细胞在任何细胞里爆炸式扩散的概念，我父亲已经远远超过了癌细胞！"他没想到她会说出这样的话。他们两人沉默的时候，杨树叶落下，她拾起一片，在食指和大拇指中间揉搓着，散发出一阵清香。然后她继续说道："我喜欢柠檬树叶的香气。我年满七岁时，保姆总在节日的黎明时分，把柠檬叶擦在我的耳后和腋下。她把我的头发梳成马尾状，再让我穿上饰有金银线的衣服，然后让我去向父亲问候。那天清晨，我坐在角落里，我的前胸和后背的衣服上的金银线正在剐蹭着我的身体。横在我和父亲之间的黑暗犹如一座大山。我注意着他，仅仅一瞥，我就知道了我经历的不会终结的噩梦：我的父亲不看我，他的目光在我周围游移，却不集中在我的身上。他看我的时候，在我身上看到的是一个他未曾生养的男孩……他觉得带着像我这样一个洋娃娃去参加节日礼拜毫无裨益，于是怅然地坐在那里。只要他打盹，我就死了，我已经不存在了。那个节日的清晨，我端着蜡烛从父亲面前走过，我想让他看见我，但不知道怎么弄的，烛火碰到了他的胡须。我不知道自己做了什么，只见他惊恐地醒了过来，用气愤的目光诅咒着我。我用自己的手扑灭了火……"拉法仪想从她的手指上找到火焰留下的伤痕……头的线条，心和生命的线条全都从那个手掌上抹去了……

"我觉得我父亲从未宽恕我……他被火焰包围的苍白的面

孔，火烧留下的黑色痕迹，永远留在了我噩梦的最深处……"
他不知道有多少个灵魂从他们俩中间经过，捞取了那些话的回响。他盯着她，只见她阴云般的眼睛凝视着另一个地方，深深沉到他不能进入甚至不能伸手将其捞起的地方，她应该完成不安的心中之行，然后才能返回。她的声音返回时，变得非常微弱，空气的一次颤动就足以让它消失：

"在我生命的最初七年里，我和我的保姆都只是从楼上看他。有时，他会给我一块糖果，然后把它的价格记入坏损货物的账里。每个节日，我们共进开斋早餐。我总是卷起满是咸橄榄和奶酪的餐布，跑到楼上。那是我们能和他接近的最大限度……"

她的声音从周围的安静中传来，但是仍有一部分安静是清醒的，避免提起名字，让她能像陌生人一样，俯视旧的自我。她接着说：

"亡者并不因年华逝去而死亡，而是因为他们与活人连接的线而变得空虚。"

"如果你说线没有把我们和我们爱的人连接在一起，那么我能说，我的母亲就像蜘蛛网一样，在我周围保护着我，她去世了，这张网也没有断，直到现在……"

"有保护死人的保镖吗？"他向她投去一瞥，但并未引来她的嘲笑。她目光中的同情让他感到平静。

435

失　眠

　　"我睡不着……"她无意中说。他已经陪着她在外面活动很长时间了，此刻已是半夜，她俩刚从宾馆的游泳池回来。在游泳池里时，她穿着长及膝盖的泳衣，用极大的决心与水搏斗着。当她筋疲力尽时，她就漂在水面上。周围很安静，即使在很晚的时候，她在的那块小小的水域也无人与她共享……她的左膝打着绷带，裹着一层防水的尼龙布，也露在水面上。三天前，努拉把所有的人都吓坏了。她丢下私人保镖，走出宾馆的套间，一大早就向那座英国公墓走去。拉法仪想了几分钟，猜想着她可能去的地方，然后急忙去追她，但是，事情就在这几分钟里发生了：努拉走近杨树旁那块钥匙墓碑时，那个经常在坟冢之间游走并且摆放黄色野花的流浪汉也在那里，他正在吃力地用镐砸碎那块墓碑。努拉的突然出现令他大惊失色，他一动不动地盯着她，而他空虚的眼神也让她僵直地站在那里，这给了他跳起来的机会。他转过身，将她狠狠地推倒在地，她的膝盖磕在了被砸碎的墓碑上。

　　拉法仪出现时，她深深伤口流出的鲜血已经染红了墓碑和周围的草……努拉呆坐在那里，看着跪在她面前的拉法仪。他轻轻却又果断地将伤处翻开的肉回复原位，把膝盖遮住，然后，毫不犹豫地撕碎自己的白衬衣，绑住她的膝盖，想把血止住……突如其来的惊吓似乎并没有让努拉感觉到疼痛，她一直像个旁观者那样看着，而她说的话也让拉法仪不明其意。

"就是每天早上放黄花那个流浪汉……"看了墓碑一眼后，他俩同时发现，那把古老的钥匙已经消失了，灰色的石头上留下了一块空缺，刻在上面的名字已被完全涂抹去了，只剩下了字母 (……S……)。幸运的是，努拉只是膝盖受伤，治疗时被缝了十针。

"别再想了……"女主人不敢入睡，侍女急忙宽慰她。女随从拿着女主人刚刚脱下来的衣服，看着她钻进手绣的被子里，让她头上的灯继续亮着，房间和卫生间之间的灯也亮着。她从来没有见过有人开着这么多灯睡觉。她像守卫的士兵要让人放心一样说："我给你冲一杯镇静剂，你再洗个温水澡……"

努拉说："我希望你每过半个小时就来看看我睡觉的情况。我怕闭上眼睛睡觉，会让我陷入昏迷，然后死去……"这话让那个陪同她的人心中充满恐惧。女随从说：

"我睡觉非常轻，像鸟儿一样，睡一会儿，醒一会儿。我睡在起居室的长沙发上，开着门，你随时都能看见我在这里，我看着你睡……"这些话引得努拉说道：

"我不敢一个人睡觉，小时候，保姆总用胳膊把我搂在她怀里。每当睡眠将我拖向死亡时，我都会听到她叫我，那时候我就会醒来……"她抛开了想象，说："我变得有些健忘了……"

见女主人的情绪有所放松，侍女也放松下来。她并不习惯主人情绪的多变，这种变化最近变得愈发厉害了。她建议说：

"咱们和医生约个时间……怎么样……"努拉没有回答，随从慢慢离开了。那个夜晚像断断续续的梦一样过去了，随从不时出现在房间里，看看主人的气息，然后又离开，知道她仍然活着，便放心了。

那是十一号的上午，楼下萨克斯杂乱的声音把她吵醒了。游行队伍从罗特罗公园走向普拉多博物馆和国会大厦，阻断了交通，把海王星公园的水染成了绿色。示威者要求提高市政工人工资。努拉洗了热水澡，面容灿烂，光着脚站在地毯上，享受着手工丝毯的柔软。面前的桌子上，摆放着她的早餐，随从在旁边摆着绣花的布袋，说：

"早晨，我在马德里市中心转了转，发现有个土耳其女人在卖这些手工织的袋子……"她放松了盯着努拉的目光。努拉从容安静地喝着咖啡，从窗口向楼下的示威者们张望，又随手拿起一个袋子，仔细端详着，然后，将目光移向随从系在身上、垂挂在腰部右侧的一个袋子，像一个延续着古老话题的人一样，打开了话匣子：

"我的保姆做了一个小包一样的袋子挂在腰间，那是从节日长袍上剪下的一块儿布。她认为每个女孩都应该有一个袋子，来收纳世间给予她的运气！"楼下的一个示威者开始用麦克风对整个城市发表讲演，他的西班牙语充满激情。

"我的保姆最能闹腾，最能让大家高兴。她跳舞，做间歇拜，能一口气唱好几首歌。"她又拿起一个袋子，上面有用来驱逐毒眼的蓝色针脚绣出的眼睛和许多小洞，"像我这样的女孩能在这个袋子里装什么呢？"

"可以放你的发卡……"

"那时，我父亲把别人送给他的小盒子藏了起来，里边有沉香，我们从未点燃过，但是我偷走了那块沉香木，那形状像人形……那是我放进我的袋子里的第一样东西。但是这块沉香木趁我不备的时候，用我的发卡在我的皮肤上留下了字，闭着眼睛时，它就溜走了……它说，头发不能忍受做发卡的俘虏，它想把我无法理顺的头发编上，像王冠一样盘在我的头顶……在我生活的日月里，男人们掌管着世间的钥匙……这个沉香木男人曾经是我的秘密钥匙……每次它用食指蘸着唾沫想把我乱蓬蓬的额发理顺时，我的面孔都会羞红。"努拉的声音像小女孩的梦呓，轻得无法听到。

超级皇帝

谢赫出乎意料地出现在走廊里，拉法仪从座椅上弹起来，向他致以问候。谢赫径直向努拉的套间走去，直接推门而入，拉法仪像被当场擒获的罪犯一样尴尬万分……十年间，他已经习惯谢赫突然而至，又突然离去。现在，每当谢赫到马德里工作或享受时，人们一直在让他保护谢赫。

人们经常看到的陪着谢赫的女人们从未停留过五天，经常有新面孔吸引着这位年过四旬的男子。他虽然年龄不太大，但已成功地创建了他的金钱帝国。他身边的女人很多，但是，努拉的面容却能让他在每次离开之后重又返回。在一个不宣而昭的协议里，在这样一个方程式里，努拉的角色是：当谢赫出现时，努拉不能离开她在宾馆的套间，只要他不在，她就可以走出宾馆，像从他的影子里逃出一样。如果她违反这个协议，谢赫的人便会迅速将她包围。

拉法仪站在走廊里，周围都是谢赫身上散发出的刺鼻的香水味。他竖起耳朵，想听听套间门后的对话。

在那个套间里，努拉一直放松地坐在长沙发上，看着谢赫。她眼睛里有一种东西，像磁铁一样吸引着他，犹如鲨鱼在大海里追逐着血迹一般。他坐在她坐着的沙发上，唯一触到她

440

的是从他冷酷的双唇落在她的嘴唇上的一吻。她努力让自己的头缩进身体的最深处，用手紧紧抓住沙发的两边，抗拒地将头转向他的脖颈。当他放开她时，她发现自己已在他的双唇上留下了伤口。他舔着嘴唇上的血，注视着她的腹部，说：

"我不在时你干什么了？发现了什么让你高兴的事？"这已不仅是一个问题了，他是在探查她的内心、她的愿望。他的兽性让她按照他们达成的条件，出现在他希望她留在的地方，在他希望的时间，随他所愿……她口水的味道，她的沉默，让他发出了捕猎者的声音，她也知道，这种语调正是风暴到来的前奏："你的消费缺乏热情，我不在时，你是怎么娱乐消遣的？"

"绝不是……"

他没能让她继续说下去，她的话更加刺激了他。

"绝不是什么？难道你不想我吗？"他们两人的争吵经常是从这些无聊的话语开始的。

"我欺骗你了吗？没有。"

"你也许想……"

她瞪着他，发出了警告。

"在你的界限……"火球开始滚动了。

"你给我制定界限？"

"这就是你定的界限，现在它被打破了……被我们打破了……"

"来，让我看看……"

"你会看到的……"她的话里包含着抗拒和含蓄的威胁，他搂住她的脖子，说

"你威胁我，喂……"她的脖颈被对方美滋滋地压得更紧了，这让她的脸变得像一块玛瑙。"让我看安拉的造物？这是你的目的？你……"出乎意料的来自她的双拳和双臂的一击，让

441

她解脱了。

"你再也不会看我……"

她摆脱了他，他跟着她来到卧室的门边，将她推到冰冷光滑的墙上，手指开始痉挛。

"啊？不要把那个放羊的人带到你的门口，否则，你会受到惩罚的。"然后，他没有说话，粉碎的欲望超过了说话的愿望。那个夜晚，拉法仪尽量不去关注套间里的激烈争吵。他听见了碰撞的声音。

带着痛苦的兴奋，伴随着强烈的高潮，努拉盯着伺机让她痛苦的眼睛，她已经屈服，但他还是不肯放过她。她的眼睛如同一个绞索的活结深入他的体内，像一块面团进入其中，围绕着他，他没有在那里发现竞争者。他俩纠缠的时间很长，她下沉着，引诱着他，让他感到饥饿，经常是她在前，让他在身后喘息。如果他能先于她，哪怕只有一次，他也会把她抛在路上，绝不回望。她挤压着，让他感到他疼痛，让他痛苦地提高自己的声音，然后以他厌恶的方式向她求救。在这种情况下，当他钻进她的身体时，一种外来的意志便会控制他，让他想象成是另外一个人占有了她，并为所欲为。她无法凌驾于将他们两个聚在一起的东西之上，因为那种东西让他们两人屈服，将他们两人俘虏。即使下落，即使移动，那个东西也一直存在，就像为她张开的一张罗网。

鱼子酱

那天夜里，谢赫犹如一只准备俯冲的鹰隼，对努拉的每一个举动都显得暴躁。他逼着她吃了一片他未动过的柠檬片鱼子酱三明治（他愿意要这种因肠胃溃疡而不允许他吃的食物，然后让她像狗或猫一样地吃掉，他则饶有兴致地看着每一口食物进入她的肚子里；他也愿意把食物塞进她已经关闭的喉咙里，在他每一次以身体的攻击对她进行抢夺之后，她都会把自己的喉咙关闭。对于这些攻击，她就像对待手套一样，戴上它，再狠狠地摘掉。当她的体内已经像盾牌一样关闭时，他就设法用食物来突破，强迫她吃下）。没过多久，他不再理睬她，任她蜷缩在沙发的一边，他独自一人啜饮着，沉思着，离他的意识愈来愈远，他俩之间的距离开始变近。她又吃了一口软胶似的红色鱼子酱，任其在舌头和咽喉上方化开，用浓重的海腥味洗刷她的味觉。一会，他把头枕在她的胸间，伸直身子睡在沙发上。她安静下来，向没有任何面具的休战的时刻屈服。睡着了的他最多就是平民区里一个天真的小男孩，汗珠从他的额边和发根渗出，他体内的火山正在休眠，而她体内的愤怒亦因母性收缩了很多，她变成了无需装扮和冒险的纯粹的女性。当他沉重的呼吸变得平稳时，她轻松地把他的头放到枕头上，然后，站起身来。

　　她先把套间的门关上，随后关上了通往客厅、小服务间、按摩池以及她自己房间里卫生间的门。她觉得有必要关闭她周围一百米范围内所有的门。她从那个角落的窗子里仔细打量着楼下公园里掩映在树木中间的两座雕像，这是两座偷窥她的雕像。她不想睡觉，也不愿坐在那里，并非由于害怕，而是因为头脑过热。她的大脑像地壳一样裂开，火热的泡沫流入并在她头脑的一切角落闪光，然后又消失，并未幻化成合乎逻辑的形象。她采取了一个果断的动作，脱下裘皮大衣，用灰色的头巾把头包住，偷偷地穿过侍女的服务间，穿上女仆的外套，离开了走廊尽头与她住的套间相连的房间，远远地向拉法仪那个即使睡觉时也半掩着门的房间看了看。知道他也不在自己周围，她感到一片心安。她想一个人，真正的一个人，在这个夜里独自面对世界。

　　在路上，当夜的寒冷向她袭来时，她感到了不安。她知道她这样在夜里独自外出的严重性。但是她不在乎，她只介意她内心不知何时会与岩浆相遇的震动，她第一次敢于这样叛逆。她登上了右侧国会大厦的斜坡，进入了狭窄的街区。那里如同酒吧和餐馆织就的一张网，笑声和调情的呼叫跟随在她的身后。一个年轻人一直用戏剧里半蹲的动作围着她转，唱着吉卜赛歌曲，结果，他的女朋友把他打跑了。努拉向前方走着，脚步声和她身后女人的大笑声混合在一起。她被眼前的一切吸引着，感到飘飘欲仙。自从离开宾馆之后，她并没有意识到，想象始终在跟随着她。她向街巷的更深处走去，撞见了更多的突然。在周围街巷的中心，一个高高的斗牛士带着他的巨型犬，人和狗都是全黑的。他从她旁边经过时，她感觉到有舌头舔了她的小拇指，动物潮湿的触摸让她失声喊叫，但是，她环顾四周时，那黑色早已无踪无影……她顿时不知所措，该如何处理这粘腻潮湿？用水清洗七遍后，再用土擦第八遍？她跟着吉他的嚎叫和脚的踢踏，加快了脚步，被忧伤的安达卢西亚歌声拖拽着，来到了玛雅广场。那是一个四方形的广场，被237个阳台和九扇门环绕，那是一场大火之后，建筑师胡安于1790年重新设计的。

在广场的中心，弗拉门戈音乐和舞者的活力冲击着她，荡尽了她的哀伤。她惊惶地环视周围：方形之地的咖啡馆和餐馆里挤满了过夜生活的人们，广场的中心有一个木台，弗拉门戈舞者趾高气扬地围着吉卜赛舞女旋转，成群的人们模仿着他，跟随着他，扩音器的声音震耳欲聋，人们尽情尽兴地大笑、喊叫、舞蹈，用西班牙语、英语和德语激情对话。这里的一切语言正在唤醒努拉内心的语言之河，那条她在其岸边度过往昔岁月的河……

右侧，一个舞女出现在门廊入口处。她摇摆着身躯，一声爆发于心间的尖厉的叫喊扯开了努拉的喉咙，让她的身体开始舞动，她的指尖上还留着那个动物的唾液。当她从舞动中醒过来的时候，发现周围尽是鼓励她的微笑的目光。那个美国青年模仿着舞者的动作，并掺进了斗牛士的动作，向她走来，回应着后面歌者的忧愁吟唱。努拉觉得，为了此时此刻，为了这让她摆脱遗失之痛的快乐，她已经割断了与世界的一切联系。倏然，努拉碰到了喷溅到墙壁上的牛血，那是以往数年在这里斗牛留下的血迹，这些血迹在她周围扩展成了一个很大的圆圈，"这就是你的空间……"一个声音直接向她的细胞发出命令："让你的肢体扩展到它所有的角落，占领它的每一个地方，尽情舒展到你的肢体能到达的地方，不要怯步……你的身体是与夜晚和灯光同样大小的一滴……"

她注意到那个舞者正将她引向一条巷子的方向，她想逃走时，他已用双臂将她搂住，就在那一刻，一只手从黑暗中伸出，扼住了舞者的脖颈，并将其摔倒，让他一动不动地蜷缩在门廊里。那只手抓到她，果断地拽着她。她抬眼望着那只手的主人时，惊呼道：

　　"拉法仪？"她的声音从齿间挤出，夹带着引起她偏头痛的慌乱。

　　"你可以把我的钱花在那些大大小小无滋无味的事情上，但是，你不许，绝对不许去收买情人……"谢赫离开时，把这句话扔在她的梳妆台上。她注意到了，他在写这句话时，双手在发抖。

牲　畜

　　在睡眠的最深处，有手指在抠海利勒的双眼，让它在黑暗中睁开。他与地下室的屋顶仅有一臂之遥，他不知道自己身在何处。屋顶布满灰尘，而且非常潮湿。他开动所有感官，想记起自己是什么时候死去的，如何在那个坟墓里终结生命的。死亡就是这样吗？记忆中断了，当他再次返回时，发现自己的身体已被埋葬了。他不记得什么样的脚步正在远去，头脑里没有任何碰撞的影子。人们都肯定地说，死亡时首先意识到的，是送葬人的脚步离开坟墓，渐行渐远。那时，他想坐起来，却撞到了墓顶，并发出了响声，于是他叹息道：

　　"啊，我已经死了……"这是一切存在共有的亘古名句，就像一扇为他打开死亡进程的门，之后，一定会出现丑闻和罪行，两者都要对他进行清算。

　　他周围并没有如他所预料的缠绕他的蛇，只有成堆的黏滑的脂肪，还有将他从坟墓里弄出来的蒸熟的面团和肉末的气味。土耳其女人躺在他旁边，当她感觉到他开始动弹时，便用四肢把他一圈又一圈地缠住，于是，他感到要窒息了，但是，他的恐龙突然出现，撕开坟墓的帘帐和脂肪，带着他进入了无边无际的天空。在有节奏的接续中，天空的浪将他带得越来越

447

高，当他像一块破布一样掉下来时，墙壁和低矮的天花板如以往习惯的那样注视着他。他在人头巷行走，把他的出租车扔在远离人头巷的地方，然后步行过去，小心不让任何人看见他。他所以来到这个地下室，是为了不要让拉姆齐娅和其他的眼睛发现他。虽然他乘夜色而来，悄悄迈步，但仍然觉得正在陆续搬空的人头巷在监视着他。这条该诅咒的街巷没有用人类的眼睛监视他，而是用它的墙壁、破损的门窗，用那里的猫、垃圾箱、干燥的空气和下水道的气味，用每个角落里争吵的余音和女人扇到丈夫脸上的巴掌声来监视他。人头巷用它的每一次呼吸、每一次咒骂监视着他。

刑侦警官纳赛尔的耳光让痛苦像铁钎一样刺激着他的后颌，他突然想起，为了躲避让他措手不及的纳赛尔的追逐，他把汽车门撞坏了，而纳赛尔则在没有任何征兆的情况下逮捕了他……土耳其女子美滋滋地把她血淋淋的牙印留在了他的肩上。

"生气了，我的宝贝？"这令人厌恶的蛇一般咝叫的声音，让他的心收缩起来。为了阻止那贪婪的欲望，他不再动了，只是去回想他在那次闹剧式的追逐中落入纳赛尔之手的情景。他以受虐狂的劲头，在追赶中让自己的脊柱猛遭撞击，他的车也撞在低洼斜坡的沙滩上，破烂不堪。纳赛尔像对待卑贱的罪犯一样，命令他下来。面对铐着他手腕的好莱坞电影里那种手铐，他哈哈嘲笑着，但是，那个剧本迅速变成了一场真的噩梦。纳赛尔认真地演着他的刑侦片，把他投入了肮脏的铁窗里面。纳赛尔像个腐败的警察一样，饶有兴趣地折磨他。海利勒像世贸大楼的双子塔一样，未能经受住考验，彻底崩溃。他承认了他如何劫掠乘客，并以将他们弄到很远的地方来威胁他们。

经受了百般折磨之后，海利勒准备承认所有的指控。如果没有这个该诅咒的土耳其女人的介入，他不知道有什么力量才能让他获释，结束这臭气熏天的床垫上的日子。他转过身，要把拘留那些日子里遭受的折磨一股脑地倾泻到她的身体上，这个身体让他想起了拳击时用脂肪填充的"沙袋"。土耳其女人接受着他的野蛮，用魔鬼般的低声对他说："你要用你所有的愤怒来包围我吗……"她继续刺激着他，他则把头埋在枕头里，想停止呼吸，从厌恶之情中得以喘息。那个枕头，是他与这个世界最后的一线牵连，他带着它，像乌龟背着自己的壳一样，从麦加去了美国，又带着它返回麦加。当他在那个夜晚带着这个枕头和土耳其女人交媾时，她的眼睛闪着光，她的牙齿像因为一块奶酪而落入捕鼠器的老鼠一样咯咯作响（这个土耳其女人跳舞时，她所有的骨骼都在作响）。

在他俩所处的台子下面，嘈杂的音乐声炸裂而起，然后又一片沉寂，这种情况反反复复，这是有人在检查音乐图书馆里的内容。海利勒没去理会台子周围和下面发生了什么，只是像昆虫一样悬挂在这个像鸟巢似的木制隔层里。这是土耳其女人发明的，她把它搭在地下室的上方，放置她那张大床。

"只要你的土耳其女人还活着，还在动，绝不会有人伤害她享受的恐龙……"她说着，以极强的色欲咬着他的耳边，一群疯狗正在她的体内嚎叫着。监狱粉碎了他心中的一切，但没有摧毁他的身体，还有他的优越感（他是不可伤害的天上的存在）！

离开监狱那天夜里，穆阿兹发现了他。在公共汽车上，这个伊玛目的儿子在远离人头巷的一个地方看见海利勒的汽车倾斜在那里。那辆刺眼的黄色汽车在欧姆拉高速公路上，沙子已经埋住了它的前轮。汽车尚未停稳，穆阿兹就跳了下来。当时已是夜半时分，穆阿兹先背诵了《古兰经》有关的章节，然后小心翼翼地向那辆破损的、被魔鬼环绕的汽车走去。靠近那辆车时，借着飞速驶过的车辆的灯光，穆阿兹看见海利勒灰色的面孔撞在方向盘上，失去知觉的脸上的汗水让穆阿兹的双鬓像被火烤了一样，双眼也感到模糊。片刻之后，海利勒迷迷糊糊地意识到有一只手在拉他，他被弄到第一辆到来的车上，并被送到扎希尔医院。他在医院苏醒过来，面对着试图摆脱他控制的恐龙。

"你的癌细胞已经扩散到右肾的后面了……"医生这样说，这是为了淡化"这是一种最严重的癌症"的事实。眨眼间，一周已过，但是剧本却在扩充。切除肿瘤的手术实施顺利，海利勒以嘲讽的态度离开医院，美滋滋地享受着恐龙在他身上咬下的一口！不过，剧情反复来得也很快，在接下来的几天里，手术在他的后背和腰间留下的空缺，开始在他体内挖掘，逐步扩大那只恐龙的落脚处。站在 X 光片前的医生茫然的目光让海利勒瘫倒了。那是一种令人胆战心惊的目光。医生挖空心思，尽量不去刺激对方的感觉：

"你的情况不太好，这种细胞扩散的速度太快了……就像干柴上的烈火……也许，用不了几天，最多一个月，就……"医生似乎难以整理自己的思绪，站在他面前的海利勒如同聋子一般，被困在好莱坞阴谋的情节里。他应该走出医院，在麦加街头与他的恐龙作战，这样的剧情设计才会让大家高兴。

"让他们把你送到哪里呀？"穆阿兹，这个唯一阻止自己自杀的人提出了问题。医院的白墙无声无息，海利勒气喘吁吁地从切除身体器官的想法中逃脱，"出租车可不是疗养的家呀……"穆阿兹第一次看见了真实的海利勒。他就像悬挂在致命的孤单中的某种生物，没有任何依靠，环绕着他的是不可承受的悲伤。

开始使用的化疗药物对身体最具毁坏性，它破坏了海利勒的骨髓。虽然他已形如干柴，但是，一个小时之后，他还是强撑着站了起来，无视让他坐在轮椅上的护士，跟跟跄跄，摇晃着高大的身躯，离开了医院。

他顶着麦加的烈日，额头和全身流出的汗水遮住了他的视线。他转过身，突然看见了穆阿兹。穆阿兹紧紧抓住了他的胳膊，让他停在灼热的柏油路中间。海利勒把头放在自己滚烫的双手中间，忍受着粗硬头发的刺激，挤压着自己的，想把过去一周里发生的事情从头脑里挤掉。他说：

"这部电影不是要在人头巷里放映的，你要从你头脑中抹去你看见我时这副模样……"在对方的请求和威逼之下，穆阿兹低头顺从了这个命令，掩饰起对这个在大街上游荡的人头巷传奇人物的同情。此时此刻，这个人面色如石灰般惨白，身心空虚的他站在柏油路的黑暗里，显得十分矮小。海利勒被一个秘密的想法左右着。他第一次被癌症击垮。其实，他在佛罗里达接受训练时就发现了肿瘤，但他隐瞒了病情，甚至没有告诉他父亲。后来，他多次说起自己患了癌症，但都以邪恶的快活，像讲述冒险影片一样地叙述他的病情。丰富的想象和保守秘密是他战胜自我毁灭的武器。对于他来说，癌症一直以这种或那种形式存在，让他感到自豪，他把它看作是细胞生长过程中的过度或爆炸的现象，而他本人则起到了核反应堆的作用，控制着一系列的原子爆炸，以产生最大的能量。

经受了杀死各种细胞的化疗的海利勒，观望了一会儿扎希尔医院的老旧建筑，然后打起精神，在穆阿兹面前表现得像一个拥有六百万美元的男人，因为他已经注射了可以抵抗外空间病毒的浓缩铀。

"我以《古兰经》发誓，绝不会告诉任何人今日所见……但是，你应该遵循医嘱，在医院里再住上一个星期，起码这里的伙食好，他们可以观察你的治疗情况……"穆阿兹的话让他放心了。他开起他的出租车，从对方深陷悲痛的眼睛和恐惧癌症的目光中逃离了。

他小心翼翼，不让土耳其女人怀疑他的病情，对方也只是谈纳赛尔撞他车的事情。"别让他们以为在你的车上留下撞击痕迹就是战胜了你，出去后，你可以去任何一个车市，去挑你喜欢的玩具，只要你不吝啬把我喜欢的这个玩具给我……"她用自己铁一样的拳头抓住了他的下体。"对你的土耳其女人大方些，她将把魔法的最后一次喊叫赠送给你……"他把憎恶的目光狠狠地向她投去，他绝不允许这个醉女人收买他，因为他不是被用来买卖的。可是价钱就拴在他的脖子上，买者却是垃圾。每当她炫耀自己是土耳其人时，他就想向她吐口水，用"垃圾"来咒骂她，因为他可以把这个词变成一把大刀，劈开她的头颅！

她像一片扁平的枯叶一样，把双唇贴在他的脸上，低声说："啊，土耳其女人的灵魂！"核憎恶在他胸中爆发了，超过了肾脏部位癌细胞扩散的强度，不可承受的憎恶的快感令他颤抖，像灵魂的遥感器一样。他的震怒点燃了她的欲火，她又一次向他袭来。但是，在抗拒中，他的恐龙第一次背叛了他，无论他和她如何厮打纠缠，他的恐龙都没有像往常面对暴力和喷涌的鲜血那样，而是像一只令人作呕的软软的虫子装死。这时，海利勒感受到了土耳其女人如母狮般的情欲和凶狠，她用自己的爪子扭打着他的恐龙，刺激着它，拼命地使它亢奋，满脸阴沉地嘲笑着他这突然的无能。海利勒则绞尽脑汁，想象着一切可能使用的壮阳药，并且记起了广告里的警告，服用那些蓝色药片后，可能导致心梗。他突然希望发生心梗，以此拯救

452

他性无能的耻辱，同时，他用自己的第三种意识，继续对那堆脂肪拳打脚踢，直到浮起泡沫，以对自己的失败作为补偿。

终于，如同发生了奇迹，他竟然将自己被耗尽的身体，从脂肪堆里拔了出来。他费了九牛二虎之力穿上衣服，向通往下面的木制梯子走去。他既没有向那些舞动的身体瞟上一眼，也没有理会追逐着他的那个女人的目光，只是跟跟跄跄地走在路上，随便哪一条路……

街巷里的空气钻进他的肺，他干咳着，吐出了黄色的痰，赶走了肺里最后的气味。他摇摇晃晃，踩到了流浪猫的尾巴，猫儿龇牙咧嘴地冲他喵叫着……他向着把白猫变成灰猫的肮脏的垃圾吐了口唾沫，随后，和流浪狗的战争又给他留下了新的伤口。他说：

"猫儿，我和你一样有八个灵魂……你知道什么是癌症吗？想咬我的，不仅仅是流浪狗。它是恐龙，用大脚追赶着我，想把我的灵魂一个一个地踩死。在第一次攻击中，它只踩了一脚，就粉碎了我全部的精子，结束了我的生育能力。现在，它又在踩踏更大的动物，魔鬼海利勒，我雄性的阳刚之气……"

他把出租车开得更远。在孤独的车里，想到土耳其女人最后的那些话，她的气味也变得愈发浓烈。他用指甲刮着还带着她的嘴唇留下的伤痕的那张脸。那个女人那种偏激的慷慨，经常唤醒他已经失去的梦想。"海利勒，没有你的恐龙，你就只是下水道里的一条蛆虫……"

他用脚狠狠地踩了一下刹车，把车停在了环路桥中间，想检查一下自己的损失程度。他用尽了各种刺激的方法，但终告失败，只有几乎瘫痪的半边身子与他稍有呼应。"那个土耳其吸血鬼对你这种状况的忍受能到何时？"他毫无目的地开着车，来到米那①，熄灭了发动机，独自坐在夜的黑暗中，与米那的精灵相伴，让他的恐龙复活。他绝不承认自己是一个吞噬了生命中最后一个碎片的男人，如果他还能活上一天，他愿做一个酩酊大醉的动物……但是，醉酒的想法让他不免笑出了声，在他如垃圾一般的命运里，他又希望什么样的醉酒呢？他的身体里有成堆的废物，需要用火烧尽，不仅仅是那个肿瘤，还有对那个土耳其垃圾的沉迷。这时，体内的一个声音对他发出了警告：

"那个土耳其女人是唯一一个能用爪子剥掉你心灵上的死皮的生物，她可以读懂魔鬼的愿望……她是唯一与你的恐龙匹配的女人，你把你对耐心等待救世主的人们的全部仇恨都倾注在她身上……你属于为世界末日创造出来的一类人，崇尚战争，用纯净的鲜血清洗大地的一类人……他们的创作，不会超越印度电影里那些清洗的情节，但是，他们却战胜了你，连一个二等角色也不给你。"

他们战胜他的方法是把他们设想的战争的主角给了那些骗子，甚至给了被丢弃在路上的石头，让它在他们远离叛教者后，对忠实的信教者说："我后面那个人是个叛教者！"他就是海利勒，所有美国影片里暴力场景的活档案，他能够表演和讲述子弹或炮弹发射到每一个角落的情景，还有那些发生在活着的和死了的人身上的无耻的事情。他把车停在麦加入口，享受着麦加山丘的孤独，想象着家中制造的炸弹的成分，研究着如何安装导火索，然后，向每一个乘客打开他的百科全书，告诉他们氢弹的重量和穿透大地的深度。

"我比你们做了更好的杀人准备，还精通杀人技巧，不过，

---

① 米那，沙特麦加附近的一片 4 平方公里大小的山谷，位于麦加东部 5 公里之处。

你们还是在没有我在的情况下，离开与那些骗子进行的战争吧!! "在他们两人暧昧的关系里，土耳其女人对他抱怨的一切，哪怕是最微小的诉苦，他都悉耳倾听。他说出的每一点嫌恶都源自人头巷。在住着精灵和鬼魂的米那，海利勒突然产生了一种感觉，他自己就是策划了人头巷被摧毁的细胞剧本的毒瘤。剧本的第一幕是：一具尸体出现，穆舍白布藏着古董的果园被铲平，高潮是优素福失踪……突然，他觉得自己正在写那个剧本，用的还是显影墨水。海利勒开始想象他如何坐在那个土耳其女人那里，口述那些让他夜夜无眠的剧本，看着她用墨水写下，佯装受到磁性催眠的影响，把她的士气鼓动起来。好莱坞的一组演职人员已经偷偷潜入人头巷，对剧本中那些涉及恐怖情节的阿拉伯少数族群的角色进行实地拍摄，而这个团队最主要的任务是负责爆出人头巷的丑闻。

"你，飞行员海利勒正在从现实逃往那个臆想中的电影。"

无论他如何迷恋好莱坞的电影情节和那些神圣的森林，他始终是珍惜自己的生命的。他的出租车，他舒适的枕头和他母亲的骨灰，更不允许那个土耳其女人用那种秘制墨汁去写阿札的情节……一种恐惧始终拥塞在他的心头：那种用化学酸液显示的书写会对内容产生多大的歪曲？那场噩梦只要出现在他的头脑里，就会在他的手指上噼啪炸裂，唤醒磁性安眠代理人从"土耳其女人是奥斯曼垃圾"的情节里苏醒。于是，他掀翻了土耳其女人的桌子，砸碎了她的墨水瓶，取消了她当特务以及卖淫的角色设定，将她从他身体中最重要的情节里赶走。

有时，他的恐龙制服了他，他就希望这个巨猩"金刚"像驯服吉希卡·朗一样驯服他的阿札，想把她从那只猩猩的掌心投向那个女人的焚尸炉。当魔鬼基因使他和他的土耳其女人接近时，魔鬼的欲望充斥着他们的血管，两颗头越来越近，他俩的独处变成了一下刺入，魔鬼的蒸汽在其中升腾。在那张安置在地下室和舞厅上面的床上，两个人俨然魔鬼一族，在天上找到了座位，在耀眼的流星中偷听。他俩竖起耳朵，听着他们下面的舞女们倒胃口的脚步声。舞场里闪耀的俗不可耐的灯光在他俩的脸上晃来晃去。在夜店的各种摄影要素中，海利勒擅长的摄影欺骗手段可是无止境的，如"face off"，他从中受到启发，把那个土耳其女人设定成海利勒，让她有一张像他那样的长脸，同样位置、同样大小的鼻子，一对像机翼一样向后靠的耳朵，嘴和眼睛像飞机的天窗。从她堆积着一层层脂肪的脖子上，很容易看见他自己的长脸，而她那张淫荡的脸，就安在他有巨大喉结的脖子和他肌肉强壮的身体上。不过，由于麦加天气炎热，加上长时间坐在出租车里，这肌肉已经消失了。

什么时候，这个土耳其女人什么时候改变策略，向他，海利勒进攻了？

海利勒盲目地开着他的车，交通指示灯突然亮起，他差点撞了行人和其他的车辆。当时，他应该在落入路上的屠宰场之前离开他那辆车。

最后，他来到了阿拉伯联盟大楼，发现它已经要被拆除了。他直接溜到大楼的平台上，小心翼翼，不让自己被那个阉人发现。他径直向平台上的仓库走去，那里有一部老式电影放映机。此时，他的身体已如海绵一般浸满汗水。刚一推开门进入仓库，他就感觉里面有一个陌生人，箱子后面凝滞着一声邪恶的笑。那里藏着他父亲给他留下的唯一的遗产，那个独一无二的机器。他急不可待地打开箱子，里面的一堆碎片嘲笑般地看着他，令他倍感吃惊。除了那部黑白恐怖片的胶片，没有任何东西逃脱毁灭，侵入者甚至没有过多地去触碰因放映受损而修补的胶片。

海利勒像抱着一个死去的孩子一样，把那盘胶片抱在怀里，像个孩子一样地哭了。他无力地坐在那里，任癌细胞从他的肾脏扩散到肝脏，穿透胆囊，让黄绿色的胆汁充满他的体内。曾有一刻，他痛苦地死去，但又从死亡中挣扎出来，准备经受更凶残的死亡。

他坐在那里，眼里充满愁云，回忆着恐龙影片中破损部分的内容。他住在这座楼房那些年，他在这个平台上一夜又一夜地放映着这部电影，也注意着每次放映之后恐龙身体上破损的面积，他估计，由于修补的地方越来越多，那个恐龙会在哪一次放映时突然消失，最终失去兽性，并以空空的骨架进入人头巷……海利勒没能抗拒放映这部恐龙影片的嗜好，这个恐龙在平台的墙上变大，尾巴击打着天空，然后跌落在人头巷。

终于，悲痛让他泪水干涸，心力交瘁。他沉入睡梦，梦见自己重新导演恐龙的电影，使恐龙变成了一只来自伊吉亚德山的牲畜，长着面目丑陋的骗子的尾巴。它用尾巴击打大地，结果天翻地覆，世界末日到来。

当阳光洒满平台时，海利勒醒了过来。他把那盘影片的胶片藏进箱子里，并自我安慰道："从今以后，再也不会有什么机器能放映像这部影片一样的电影了。不会再被损坏，无需用胶带进行修复，这样，恐龙就会远离被消失的命运……"

红色垃圾

"月亮面纱。朱海尔大楼的停车场。"只有这几个字的电子邮件把优素福送到了那个俯视禁寺的停车场。莱巴比迪宅子里的孤独正促使他去看周围的世界，去理解它。他周围的现实已不再是一个简单的构成。梦幻、回忆、照片、他读过的书里的语言混合在一起，创造出一个新的现实，把优素福变成了薄薄胶片上的一个影子，一个光线穿透时就会消失的存在。在他从一个房间走向另一个房间了解莱巴比迪大宅时，特别注意按照莱巴比迪妻子玛丽的习惯，"保护好照片，不要让外来人损坏"，把身后的每一道门都关牢。

渐渐地，他失去了对周围世界的意识，而他对于这封信的回应，是因为他迫切需要粉碎那些胡话构成的圆圈。

在看守人员的眼皮底下，优素福穿过了停车场的门，感觉自己就像鬼魂一样，走在汽车离开时去上一层的坡道上。看守人员一动未动，甚至都没看他一眼，这更让他确信自己是一个正在消失的存在。他面前这层停车场排满了汽车，热得令人窒息，类似蒸锅和电焊的热气，新刷的涂料的味道，还有从脖颈后面渗出的汗珠，全都混在了一起。优素福有些犹豫，停车场有四层，应该去哪一层？究竟去找什么呢？

优素福呆呆地站在那里，完全暴露在霓虹灯光下。他后悔没有听穆舍白布的话就来到停车场。蓦地，他觉得水泥柱的森林在监视他，那些涂着磷黄色的指示牌和号码蒙蔽了他的目光。一种外来的理智在叫着，为他画出了一辆像深红色电光一样冲过来的汽车的轮廓，那辆车仿佛是从他眼皮底下的一个血块里钻出来一样，连轮毂都涂着深红色。梦中的汽车突然变大，向他冲了过来！那一刻是那么长，长到永远，他觉得身体十分沉重，体内一切生存工具都冻结了。他的身体，他的大脑，他的每一块肌肉都已经张开，准备接受撞击。在撞击尚未发生之前，他的身体已经麻木，每一块骨骼都在品尝被撞碎的滋味。在那个红色的瞬间，优素福品味着死亡之美，完全没有感受到它的折磨。

震耳欲聋的撞击唤醒了他，作为滞后的反应，优素福跳了起来，不辨方向，掉在蓝色垃圾车前面。在他被冲撞部位的下面，出现了一片黏糊糊的东西，那块红色的地方不断扩大，在蓝色垃圾车下面划出了细细的小沟。但是优素福并未停住，他感觉有一只手用力地抓住他，把他推到了垃圾车的前座上。于是，他不自觉地确信，那辆红色汽车决心要粉碎他的身体，多亏那辆不知从何而来的垃圾车出现了。

包围着他的淡淡的腐坏气味，让他知道自己是在一辆垃圾车上，他的感官开始麻木。他放松下来，像一个在坟墓里自己聚拢自己尸体的人，平安地、秘密地自我分解，因为他不可能碰到再坏的情况了。

他发现自己坐在两个男人中间，矮个子在方向盘后，那个高个子是救他的人。他的救星又高又瘦，像个稻草人，用红格子头巾捂着嘴。瞬间，垃圾车冲出停车场的门，向路上行驶，优素福伸手去找车门的把手。稻草人把面孔转向他，用铁一样的手抓住了优素福，顿时，两人都停止了呼吸，汗水顺着两个人的颈部和腋下流出，优素福嗅到了从前那种亲切又特殊的气味。从头巾后面盯着他的两只眼睛是灰色的，稻草人有意地慢慢露出自己的面孔，优素福惊呼道：

"台斯·艾俄瓦特，侍者的公羊!!"对方的脸没有什么变化"我以为他们已经把你遣返了，或者把你投入监狱，让你在里面烂掉……"

"的确，难道我们大家不都是注定要在现世的地狱里腐烂吗？"

"什么意思？你这话里……"他想打个诨，但是侍者的公羊灰色眼睛里的某种东西制止了他。

"说吧，我原来经常是个小丑……"

"你在这垃圾车上干什么？刚才发生的事……是真的吗？"

"如果你刚才是真的……"侍者的公羊用灰色的目光，带着嘲讽，把他从头到脚打量了一遍。对于这种挑战，优素福佯装不见，继续说道：

"你回人头巷了吗？那里不再安全了，事情和逮捕你之前大不一样了。你听说阿札可能已经被杀害了吗……"

"她什么时候活着过？我们中间的哪个人，什么时候？……女人就是个虫子，对于我们男人来说，死亡是英雄，是为了解放我们的灵魂……这是什么样的恐吓？"从这些话里，优素福感觉到了一种威胁。

"我从这儿下车，请让我下去。"

"不，你要和我一起。"

"去哪里？"

"你会看到的……你一定要看……"一股热风刮来，两人的脸都蒙上了黄色。优素福想把车窗关上，但没敢动。他第一次对他童年的朋友产生了恐惧。

"我必须知道，你们要把我拉到哪里？"他说出了自己的疑虑。

"记住，我刚刚救了你的命……"这些话，每一个字都显得陌生，没有他从童年时就认识的侍者的公羊那种淳朴和简单。

"你出什么事了？"侍者的公羊的目光在优素福和像期待救命的人一样沉默观望的司机之间游移。优素福的目光停留在侍者的公羊的手指上，那双手的指甲里尽是污垢，根本不像侍者的公羊与人头巷的粗糙挑战的光滑优美的手指。优素福审视的目光让侍者的公羊感到不安，他急忙设法转移对方的视线，说：

"准备好，过检查岗了……"还没等优素福明白过来，侍者的公羊又说："低头……"说着，一下子把他的头塞进黑袋子里，然后用钢铁般的两只手把袋子系上，塞到车座底下……

那辆车一直在开着，每停一下，优素福都觉得那钢铁在把他的身体粉碎，向座位底下更远的地方推去。他觉得，这更像是一种惩罚，而不是将他藏匿起来的需要。最后，当汽车终于停下来时，他们把他拽了出来，推着他走。优素福只觉得脚下的土地发软、潮湿、腐烂的气味让他睁不开眼睛，他确信自己走在垃圾上面。当黑色的袋子从他脸上挪开时，他看到的是侍者的公羊带着嘲讽表情的面孔：

"欢迎你来到我的王国，现在，跟着我……"他带着优素福穿过了坑道和地下室组成的网，优素福甚至不知道自己是在地上还是在天上穿行，如果没有如指南针一样引导着他们的地下腐泥的气味，优素福早就迷路了。他熟悉那种气味，那就是人头巷厨房垃圾箱的潮湿气味。他的知觉提醒着他，那些坑道并不深，坑道里的水就像城市的地表水一样，在地面薄薄的一层土下面流着。

侍者的公羊推开一张席子，向平台走去。两个人穿过一层层破布、腐烂的蔬菜和食物、塑料器皿、金属饮料罐、电器和成堆的废弃手机。空地上的垃圾像一座座山丘，与地上的建筑物毗邻，周围的居民区俨然玩偶之家，他们此时此刻是在麦加里面还是外面，都已经不再重要了，优素福觉得，他已经进入了宇宙垃圾场！

在他们周围，出现了许多人的面孔。那些人，有的在成堆的箱子后面，有的在垃圾中间胡乱挂着的帘帐中间，还有的在背对着空地用金属板搭起的门后。

"我在这里找到了栖身之处。"侍者的公羊说，和这里的垃圾一样的腐臭之气从他的牙齿间散发出来。

优素福屏住呼吸，让侍者的公羊带着他走向那些燃着炉灶的大坑。这片领地的非洲君王在那里点着火，把一些塑料或是铝制框架扔进火里，燃烧的浓烟直冲上天。突然，优素福看见一群灰头土脸的孩子们像灰色的鸟雀一样在浓烟中奔跑，笑着，咳嗽着，往坑里添物加料，而一些与垃圾山一样颜色的女人们挤在大坑旁边，在坑里的垃圾中挑拣着东西和食物，然后，拿着那些东西跑进她们埋在腐烂的垃圾山的窝里。

侍者的公羊把优素福直接带到火山坑，环绕着大坑的垃圾山把这个坑变得像会客室一样。接待他们的有五个人。这五个人身上都散发着腐臭味，灰色的皮肤犹如布满裂缝的石头，优素福远远就能感觉到开裂的碎屑。他们走近之后，腐臭的气味越发不可忍受。"终于，他在这里了……"两个人向他走过来，把他的双臂扭向后边，向前推着他的头，让他不能动弹。无论如何挣扎，他都无法逃脱。

"出什么事儿了？"优素福把怒气撒向侍者的公羊。这时，小个子大胡子的男人向他走过来，用身体挡住优素福的视线，说：

"不许发问，你去这里受审……"优素福缓缓地看着这些灰头土脸的孩子们，"现在，钥匙在哪里？"那句话被译成了蹩脚的阿拉伯语。看来，此时此刻在这里掌控局面的，是那个长着乱蓬蓬的胡子的埃塞俄比亚人。突然，优素福的一条肋骨被踢断了，他痛苦的喊叫让侍者的公羊跳了起来，说道：

"我们已经说好了，这件事情由我来做。我已经把他带到这里来了，我会让他从这腐烂的尸体上挖出答案……"说着，他把埃塞俄比亚人推到一边。

"优素福，把钥匙给我。"又来了许多垃圾车，倾倒了新的垃圾，招来了一群不知从哪里钻出来的衣衫褴褛的孩子。他们扑进新的垃圾，寻找他们的宝贝，并且和那些显然是新来的饥饿的女人们争抢着。身处噩梦中的优素福一边看着一边嘟囔着：

"什么钥匙？"

"我们知道，在禁寺里，你和那个贼搏斗过。你无权保存那把钥匙，甚至无权待在禁寺里……"

"你的话是什么意思：我无权？"

埃塞人插了进来，说：

"你是一个肮脏龌龊崇拜偶像的记者，用那些石头偶像复活蒙昧时期的麦加，而不是伊斯兰的麦加……你为石头和墙壁祈祷……"

这时，侍者的公羊站在他们中间，说：

"你是让我审问他，还是让我离开？他是我的人……是我把他弄来的。"

"他是你的，但是，让他别出声，不要让我们听到这个罪人

463

的呻吟……"然后，他带着满腹仇恨，转向优素福，说：

"你很清楚谁是你的父亲……异教徒是禁止进入我们的禁寺的……"优素福陷入惊惶之中，侍者的公羊急忙说：

"我们只要求你把天房的钥匙交给我们，天房是我们的禁寺……"

"你们的禁寺？"优素福的头如同遭到锤击……

"我们是他在尘世的忠实奴仆……"始终保持沉默的第三个人很有说服力地说："你是一个肮脏的孩子，你待在安拉之殿，你手中拿着它的钥匙，会玷辱它的……"

"优素福，钥匙……"像一张开裂的唱片反复在一个地方打转一样，侍者的公羊反复说着这句话："如果你不与我们合作，我的这些兄弟会为了安拉而杀了你……你的固执，会让我无法掌控。"

"你现在有兄弟了？"优素福问侍者的公羊。

"把钥匙交给我，我会把你带到最近的一条高速路上……"

"相信我，我没拿到钥匙……它不在我手上……"

埃塞头头发怒了，说：

"叛教的骗子，我们读了你写的所有文章。安拉在天上，你怎么敢说他在我们心里，在我们的每一口食物里？……"看来这个人太愚蠢了，他跑过来，朝着优素福身上又踢了一脚，但结果是，侍者的公羊立刻给了他一个嘴巴，两个人开始厮斗。就在那一刻，锅盆之类的响声在那里卷起了风暴，那些人突然不见了，消失在垃圾堆里或地下，天空把一群孩子吞掉了。侍者的公羊带着优素福在环绕着垃圾场的山上飞翔，一种非人类的力量拽着优素福受伤的身体通过了垃圾山丘，他的身体上又出现了新的伤口和抓痕。石块打在他的身上，腐臭之气麻痹了他的神经，他的肉体已不是真实的存在。在莱巴比迪大宅里经受的与世隔绝让他变得更加透明，那些刺鼻的气味正在撕扯他的四肢，他想，而且只希望自己被扔在那里，死在那里。他抓住侍者的公羊的手，让他停住，好弄清发生了什么事，但是，他听到的，只有撕扯和发自他胸中的咝咝声：

"让我在这儿下车，我会找到的……"侍者的公羊仍然拽着他，不让他跑。

"你不知道你现在在哪里……你不在麦加，他们绝不会允许你再回到麦加，你现在在吉达……"

"为什么？"

侍者的公羊不得不停下来，说："优素福，你知道你的祖辈是谁，麦加必须赶走像你这样的人……"

"像我一样的……"

"我和你都知道，当初我和你一起爬到那个骚尔山洞，证实你的父亲是也门人……"

"但是我不明白，我父亲的血统怎么让我成了坏人？"

"我再也不是那个像雪花石一样天真的土耳其人，我是追杀你的马赫迪军中的一名战士……"

侍者的公羊这一记耳光让优素福哑口无言，但他随即爆出了嘲讽的笑声：

"我不相信你会变得这样暴力……"优素福像个女人一样，在已经变得如石头般坚硬的侍者的公羊面前讨取同情，但他听到的是：

"你不会相信，在即将到来的战争之路上，我会走到什么程度……"

"什么战争？"侍者的公羊拽住他，防止他跑开：

"据我所知，巡逻的警察正在对这个垃圾场发起攻击，他们如果在这里把你抓住，一定会让你烂在监狱里……这是警告，不是玩笑，现在，你赶快跑，用尽全力拼命跑……"

优素福带着全身的恐惧拼命跑，不知道到了什么地方。当侍者的公羊追上他时，他才知道自己正在一处火山的顶上。山下的警车多如火柴盒，警察包围了垃圾场，寻找并抓捕每一个把这个垃圾场当作临时栖身之地的非法劳工。

山顶上，在优素福周围，那些从下面逃脱的人在庆祝自己的逃离。他们从衣服里面掏出快要腐烂的水果，用牙齿咬着还可以吃的部分，床单、被子的腐臭气味就在旁边散发出来。这时，优素福才意识到自己的身体几近崩溃。这个身体像孤儿一样，从那些讨厌的衣服和食物中乞求着施舍……这时，侍者的公羊转过身来，解释着他的疑问：

"你想知道我为什么在这里吗？正如你所见，我们的世界淹没在你们的垃圾里，如果我们不去制止你们，你们将要吞没全世界……"他眼中显露出的空旷令优素福心生恐惧，他回答说：

"我们的垃圾？你是认真的吗？你听听你的内心……你叫台斯·艾俄瓦特，是我童年时的朋友，除此之外，你没有什么和这里的一切相似……你是谁？"侍者的公羊避开优素福的目光。在那些地狱般的面孔之中，他俩面对面地站着，没有任何一张面孔留意优素福，其他头头们分散在各自奔逃的山上。

"我有消灭你的命令，如果你不能帮我们找到钥匙，你的生命连一个垃圾袋都不值……"

"可它不在我手里……"

"有好多人，有权势的人都在追捕你……他们潜入你的电子邮箱，为你设下陷阱……你看见那辆红色汽车了，他们想把你碾死……你或者死在我手里，或者死在他们手里，区别是，他们绝不会再给你一次喘息的机会了……"

"那你，你会给我第二次机会？"侍者的公羊略显犹豫，"这些人现在是你的兄弟？"优素福指着周围那些破破烂烂的面孔问。

"这是马赫迪军，很快就会占领整个世界……"优素福没敢出声，任那破裂的唱片响着，他只是站在那里。山下突袭的士兵和一辆辆警车看起来像一堆玩偶，在乌鸦聒噪的忧伤中融化。

一声警笛声在优素福头脑里炸响，那声音引起的震动，让他想起了挖掘机把人头巷剖开的场面。朦胧之中，他看到侍者的公羊的鬓角处流下了鲜血，在他尚未失去意识之前，他明白了，他们两个人遭到了攻击。

他满心惊恐地以这条消息开启了他的清晨：

"吉达警方发言人穆伊德上校说，警方在吉达东边的垃圾场开展了几次行动，逮捕了大量的滞留人员……由于那里道路曲折，违法者躲藏迅速，致使少数人逃脱，但是，他们绝不会躲避得太久……吉达市政秘书说，吉达已经修建了新的垃圾场，面积有四百五十万平方米，建筑费用三千万。新垃圾场设计美观，符合高规格的环保要求，将很快投入使用。"

带穗的钥匙

优素福在禁寺的易卜拉欣门醒了过来，两眼无光地看着祈祷者的队伍，头脑空空，不知道自己是怎么来到禁寺大门的。他在垃圾场里度过的那段时间只是一场噩梦吗？他的目光投向清真寺的一个个塔尖，随着每一声赞诵和每一次跪拜，鸽群像云的喷泉一样涌出。在他生命的关键时刻，美梦和噩梦是混合交错的。

当他试着站起来时，痛苦如雷击一样袭击着他，那根断了的肋骨是将他从死亡中抢夺回来的奇迹的证明。"他们想让你死……"在他体内重又响起的回声催促着他赶快跑，于是，他跟跟跄跄、磕磕绊绊地摸索着返回莱巴比迪宅子的路。每经过一个垃圾箱，他都看到了隐蔽的防御坑道和逃跑的通道，他知道，所有的垃圾箱都像是马赫迪军队的瞭望塔，这支军队来自侍者的公羊的阵营，试图发动反对给世界带来灾难的独眼骗子麦西哈的最后的战争。这个阵营正在形成，并且从这座城市的内脏和厨房里复活。

垃圾场发生的一切开始潜入优素福不安的梦里，一夜又一夜，他经常独自醒来呼喊救命。在梦里，他的双手托着侍者的公羊的下颌，看着刀刺流出的鲜血从鬓角流到耳根，再流到脖颈上，他的前胸也染上了黏稠的鲜血……完全清醒时，优素福仍然会感觉到那黏稠的血流在他的脖颈和手上。过了好长时间，鲜血才在笼罩着他的孤独的黑暗中凝固变干。他确信，侍者的公羊已经在垃圾场里被刺了。他设法说服自己，那一刺只是一场噩梦，但是，这并未减轻因目睹那张流血的面孔而产生的恐惧。那张面孔正在被打碎。这是纯洁的破碎。这种纯洁，代表着优素福隐藏在自我中的完美，而对他来说，侍者的公羊的消失，超过了其他任何伤害。

噩梦反复出现，让优素福对外界更加敏感，而且变得更加脆弱。渐渐地，那张将他引向栖身之地的面孔丢失了，他只觉得一朵珍珠色的奇怪的云在禁寺的顶层上游移，寻找摆放着座椅的出口。他确信，外面的光正在让他的面孔从这个宅子中裸露出来。所以，优素福渐渐地不再走上莱巴比迪宅子的平台，每天只是坐在宅子里，关好门，堵上所有天窗周围的缝隙，把自己关在一个墙上挂满照片的寂静空间里。

他把自己关在这个宅子里，很久没有走进楼上那个麦加大人物们聚集的客厅了。多少个不寐的夜晚，他都在执意寻找那张面孔。大脑的电流愈来愈强，在他周围发出声响，警告爆炸的发生，于是，他变得不敢触摸自己的周围，以免被烧焦变黑。他逐渐变成了非人类的样子，最后，变成了一个阴影或是那些照片的一张感光底片，随着从外面透进的灼热的光而自我燃烧或者消失。

在他消失的第七天，优素福看见一个人从客厅里的第64号照片中走了出来。那是一个从胶片中走出来的活人，是他，优素福，肤色棕黑，大胡子遮住了三分之一的面孔，长着大鼻子和深陷的眼睛。优素福认真打量着自己的模样。忽然感觉他是在看镜子里的自己。那个人有着和他相同的模样，唯一的

469

区别是，那人戴着眼镜，看上去像是来自一百年前的学者。他头上缠着的白色头巾呈波浪状，向上微微敞开，外袍上绣着的波纹方向相反，向下敞开，衣服上大大的黄金饰物在黑暗中闪着亮光，黄金向下触到那个男人左脚边上，黑色外袍下面的动作变得隐蔽，拿着钥匙的大拇指却露了出来，引人注意。看到这种情况，优素福迅速画下了那把闪烁着刺眼光亮的钥匙的形状。

他突然注意到，墙上由于那个男人走出而变空的照片框下面，有一行被遗忘的文字：阿卜杜勒·瓦赫德，谢班家族的天房看守者，在他那个时期，至高无上的天房钥匙被盗。

优素福注意看了一下，那个人的手指正指向对面，那里有谢班家族的两个孩子，其中一个戴着金银丝线的佩带。优素福打量着两个孩子的面孔，那两个孩子与他交换着目光。于是，他闭上了眼睛。当他再次睁开眼睛时，看见右边那个孩子在向他递眼色。只要他一抬起目光，那个孩子就用手指向门的方向。优素福转过身来，向门走去。在门左右两侧的镜子里，他看见了自己的照片，那照片被身后的金银线照得闪闪发亮，于是他明白了，身着金银线佩带的男孩潜入了他的体内，而真正的自己已经跳了出去。

此刻，优素福忘记了去看看左边的那个孩子，当他向那边瞥了一眼时，发现那是一个女孩，穿着金银线衣服坐在那里，她推着那个男孩，企图控制他，让他住进优素福体内。优素福没再回头，想听听她说什么。

他推开门，想把那一刻的一切都忘掉，他忘记了关门……

他来到下面的客厅，怀抱《古兰经》，坐在那里，以求安宁。当他已经习惯黑暗时，看见那里的男人们走了出来。他们在照片中间走动，出出进进，交换着地方，还向他问候。他听到上层居民和周围客厅里的人们缓缓走动，听见了敲门声，也听见了随着黎明的到来准备小净用水时，在照片后面发出的轻微的声音。

很久很久了，优素福一直在斋戒，只靠几粒椰枣和几捧渗渗泉水而活，那是穆阿兹给他放在门槛上的。于是，他变得愈加消瘦，也因此能加入那些照片人中间与他们对话。他平生第一次不害怕自己变得疯狂，摆脱了长期陪伴他、让他从失去理智到患上疯癫的噩梦。他的眼睛变得像两条细缝，进入到清醒和梦幻之间，忘记了睡眠。但是他对睡眠并不在意，不再为自己的躯体能享有一点休息而挣扎。现在他的躯体已不再索求人类需要的东西。他变得非常敏感，警惕性极强，总是感觉这个宅子有一种令人恐怖的气氛。于是，他劈开宅子里所有的门，任由它们敞开，他自己也穿过那些门，走到了上层的会客室。在那里，他遇到了那位只见过一次却曾经让他惊慌的女子。

一推开会客室的门，优素福就感觉到一团珍珠般的云抢先溜进了他的体内，他不记得在什么地方嗅到过这种气味。优素福感觉到这团云雾进入的严重性，便像遭受了抢劫一样，站在客厅中间观察。那朵云带着黑白老照片飞翔，每当经过一张老照片，就把照片的黑色驱赶在它前面，使得门右侧的一排照片变成了白色的纸片。

这朵云到达 5 号照片时，把优素福正在寻找的那个女子驱赶到它的面前，然后，让她从照片里走了出来，站在优素福面前。她离开照片后，优素福身后的墙变成了绿色的丝绸。他上面那扇门中间有一幅红色的画，那女子指着画，优素福读道："为世人创设的最古的清真寺，确是在麦加的那所吉祥的天房、全世界的向导。"（《古兰经》仪姆兰的家属章；96 节）她转向被云从照片里弄出来的男人，让他跟着自己，然后向优素福介

471

绍，说："这是我父亲侯利勒·赫扎伊……"赫扎伊拿着天房的钥匙，把它递给了她，说道：

"拿着这个钥匙，并保护好，你是我的继承人，侯芭。"

"我不能尽看守天房之责，我是古萨的人。"

"你把天房的钥匙给了伊本·加卜桑？"优素福意识到，他正在经历那场照片外面的历史场景。

"但是，他是个醉鬼……"

"他为了一皮囊酒就把它卖了，你的丈夫，权势之人古萨把它买下来，然后，从一个头人传到另一个头人手中……"侯芭看着优素福，双臂搂着他的脖颈，然后，手掌轻轻滑下，落在挂在胸前的钥匙上。优素福觉得这个女人在向他求救，只听她耳语道："心是一切的钥匙……"当她把她的钥匙淹没在他的钥匙中时，一股电流从他的大脑传到了他的心里，但是，父亲嘶哑的声音却如铁锤般击打着他："你还等什么呢？"优素福支支吾吾，对方却在催促他，说："从那里下去，捣毁艾布·盖比斯山脚下阿里小道前面的库尔迪图书馆，然后挖开掩埋着四方形宅子的沙土。在那里面你可以看到十扇窗户，还有圆柱上面的两个拱门，下面是教长站立处和一个坑，坑的中间有绿色大理石的塑像，那是我们敬爱的先知诞生地的标志！你把银项圈拿出来，这个项圈是出生地的标志，代表具体的出生地点！这是给你的遗产……明白了吗？"

这时，那朵云已经转遍了会客厅的各个地方，把所有的照片都变成了全白色，然后飘到侯芭和她父亲身边，吸尽了他俩的色彩，将他俩驱散在空气中……乌鸦的声声聒噪在优素福的头脑里断断续续，当他的影子离开会客厅时，漆黑的乌鸦也变成了白色，那影子还在呵斥他：

"你在等什么？"

"信号，使命……"

"使命在你周围的一切事物之中，甚至在你的血液里，或者在挂在你脖子上的钥匙里……"

"可是，我的视力愈来愈弱了，由于长期闭门不出，眼睛像蒙上一层雾一样，我怎么能相信我的视力呢？"

"你只需闭上双眼，让尘世来到，将你自己表现出来，确定你的模样……你去挑一本书，找到你的信号……"

优素福随意地伸出手，抓到了一本书，贾希兹的《动物》。他得到了这样的命令：

"以任何名义打开。"书轻松地打开了，翻开的那一章很长，优素福读道：

"乌鸦！"

"是阿卜杜勒·穆塔利布？[①]"优素福一页又一页地翻着，一直读到先知祖父找到渗渗泉。

"亚伯的？"优素福不再读《动物》了，但是记住了：

"亚伯的墓。"

"属于天房？"

"有两只小腿的动物，内八字，蓝眼睛，扁鼻子，大肚子，他的人向其投出一块又一块石头……"优素福读着："贾希兹、乌鸦、宇宙、麦加、天房……"

"现在你明白这个字的秘密和它蕴藏的活力了吧，至高无上的钥匙就在打开一切世界的最初一个字里的。你不要站在门锁和边界的地方，集中你的意念，走出去。"

优素福遵从着内在的命令站起身来走动。像之前闪着亮光

---

① 阿卜杜勒·穆塔利布，伊斯兰教先知穆罕默德的祖父。传说他在梦中被命令挖渗渗泉井，而井的位置在蚂蚁村戴项圈的乌鸦（两只小腿的动物）窝的血与草之间。（《天房史话》）

的乌鸦一样，他也闪着亮光。他走过一道又一道门，来到一个绿色大理石的房间，在光的深处看见了银色戒指，于是，他投入那光之中，进行沐浴，像周围那些沐浴、斋戒准备朝觐的人们一样，在强光的保护下做着小净。

由于朝觐者太多，他得以从莱巴比迪大宅中走了出去。

那天是伊历十二月的第七天，阿拉法特山朝圣的前两天，阿丹和哈娃离开乐园之后，第一次相遇就是在阿拉法特山。经过禁寺时，优素福被卷进了风暴眼，士兵正在推搡着人们，让他们远离禁寺，人们的脸上充满恐惧。

"诅咒降临了……禁寺没有开门……天房对我们关闭了……"人们发现这种情况时，麦加行政长官——麦加埃米尔和官方人士正在一起清洗天房，准备斋戒。这次斋戒和往常一样，也是在伊历十二月第七天进行的……士兵们站在白尼·谢班站立处和廊柱之间，向阿卜杜拉·谢班谢赫要钥匙，但是，他们既没找到这个人，也未找到钥匙。他不在禁寺，也不在他的家里……立刻，传言像火一样迅速传播，传播到了每一个谢班人的家里，在最近的一年里，他们全部消失了……用新钥匙开门的所有努力都失败了。在告别之前，诵经的谢赫们在《古兰经》里寻找着能消除诅咒的章节，最后，一位盲人提醒他们，说："只有谢班人才能打开天房的门。整个麦加都知道一个历史故事：那时，谢班人染上了霍乱，所有的人都死了，只留下一个襁褓中的婴儿。当麦加的埃米尔无法打开天房之门时，人们不得不把那个谢班婴儿带来，埃米尔抱着他，把钥匙放在他的小手掌里，再插进锁孔，天房的门打开了……"

"现在，他们连个吃奶的孩子都找不到了吗？"

优素福被朝觐者的人海里挟着，幻化在人群当中，向阿拉法特山走去。朝觐者必须要完成他们的功课。驻阿拉法特山那天，天空灰暗，这并不是因为天使们准备承接朝觐者的祈祷，而是因为他们在人们头顶盘旋，用土地塌陷来恐吓人们，报复人们对于他们的诅咒……

优素福和流动的人们一起涌向米那山，魔鬼们分散在三堆炭火周围，每一个魔鬼都被一个圆形环绕，周围是后现代的滑道，八层巨型走廊用自动扶梯和电梯承载着朝觐的人流。那一年有三百万朝觐者，每人要用七块石头投向魔鬼，三个魔鬼，连续三天，投出一亿八千九百万个石块，每天的打鬼都要在日落前完成。这八层的打鬼之地是一个现代建筑。像雨一样投向魔鬼的石头并不是石块，而是人类从他们的身体和罪恶中切割下来的肉，它们被掷向不断变大的魔鬼身上。优素福站在那些手的中心，让那些手在他的身体上割下肉，再投掷出去，让自己在石块雨中得到清洗，减轻自己面临的一切阻障。瞬间，优素福变成了被打的魔鬼和朝觐者罪恶与梦想的一部分，也成了他周围这块神圣土地与时空的精华。

第四天，优素福变得轻盈至极，朝觐的人们将他带回麦加，夜晚时到达禁寺，和平门的宣礼塔（禁寺第四个古老的灯塔）引领着他。

优素福的身体完全敞开了，清晰的记忆从过去开始到当下结束。他的感官自由活动，轻松地将过去展现在当下的旁边，他可以同时在两者间活动。

他没有穿过新的大理石门，而是走了一扇旧门，那扇门，通过他的阅读和莱巴比迪大宅墙上的照片，还有穆舍白布收集的建筑师的图纸，已经深深印在了他的脑海里。那些图纸上有详细的规格：和平门由三个门组成，每个门为五米，呈拱形，中间是两面各宽为两米的墙，上方有阿拉伯小楷字体书写的很醒目的呼唤语：安拉、穆罕默德、艾布·伯克尔、欧麦尔、奥斯曼、阿里、萨阿德、赛义德、阿卜杜·拉赫曼·本·奥夫、艾布·奥培德、塔拉赫、祖拜尔、哈桑、侯赛因，安拉对他们所有的人满意。优素福挑选了大门中间那个雕刻着桃子的小门，那些夜间来到清真寺的人发现所有的门都已关闭时，都会选择这里。他看见了他的祖父，就像看见了他的父亲，看见了自己。每个黎明，他都坐在两块大理石之间铺着碎石的空地上，周围是印度尼西亚、埃及、叙利亚和北非的诵经学者们围成的一个个圈子，然后，他打开那本艾兹拉格^①历史书，读着，背着，抄写着。

那天早上，有人紧紧地跟着优素福，欲弄清他在朝觐人海中的位置。他应该加快步伐，在麦加的历史里行走，不让那个追逐他的人在那些书页里发现自己。艾兹拉格书中的一页引起了他阅读的强烈愿望，他甚至沉入其中，不能醒来。这种愿望将他带到了和平门灯塔的台阶，在拥挤的人群中，他手中的这本书如河水般泛滥，然后消失了。这本书曾不止一次地在那些投降于模糊不清的感觉的身体里冲刷，而这些身体之所以投降，是为了将这种感觉转移给他。书本打开那一页，由于受到冲撞和拥挤而开裂了。以前，像这三卷书的其他书页一样，他已经读过了这一页，而且读过千遍、万遍，以至镌刻在头脑里了。但是最后一次阅读时——那是一次让他心潮起伏的快速阅读——他觉得仿佛是第一次读到那本书一样，历史学家和法学家们把和平门叫作"谢班人之门"，因为，它就在东边谢班人之门的对面，而这个门正是先知时代禁寺的界限！

优素福不知所向地站在那里，寻找着连接着谢班人和钥匙以及库图比亚河之间的一段谜，而他，优素福，置于书籍之河与钥匙之间的优素福，在那一刻，正处于极度的渴望和离别之

---

① 艾兹拉格，据说，他著有《麦加史》一书。

476

人的焦虑之中——优素福意识到，以他阅读过的所有内容，以他对麦加深如大海的爱，他注定要在和平门前站立。这座门像一面镜子，他想透过它，了解谢班人最后一次夺取钥匙的真实情况。他对麦加的爱以及看守天房的动机有着一种奇怪的相似，这让他的对手追逐他，想把他从这座城市的谜团中排除，再造新的谜语。虽然他已经意识到了这一点，但是一种古老的忧伤在冲击着他，从他身上剥掉这座圣城的"不忧伤"，于是，他的双肩放松下来，明白了幽冥的实质。

　　女性温柔的笑声把优素福从死亡的感觉里拉了回来，他的感官分辨出了那种温柔……环顾四周，优素福突然看见那些古老的偶像正在和平门周围走动。胡白勒在图书馆门槛下抬起了头，它已经在那里埋了几个世纪了。它从令人恐怖的身体上拂去时日和图书的灰尘，用双眼使劲盯着，然后慢慢站立起来，跟在优素福后面。恐惧在撼动着优素福，一个雷击落在他头上，他开始奔跑起来。突然，他撞到了两个连着的身体，一男一女，紧紧地拥抱在一起，优素福知道，那实际上是正在做爱的女人的身体，莱巴比迪宅子里的照片让他知道，他会看到艾萨夫和娜依莱，这一对恋人因在天房做爱而受天谴，变成了石头。由于优素福的出现，女性的身躯与男性部分分开，然后走远了……他努力去关注眼前的情景，但是当下和过去混合在他现在的所见之中，是恋爱中的女性变成了石头，还是石头变成了恋爱中的女人，这两种情况已经没有区别了……他的身体在那个女人娜依拉后面奔跑着，步步紧跟，确信自己是跟着侍者的公羊偷来的一个服装模特……但是，深深的思念又让他觉得那正是阿札……趁着轻柔的夜色，他来到禁寺的院里，从深夜祷告的人们的一个个圈里穿过，看见伊玛目正带领人们做祈求拯救的祷告，请求找回能让他们进入天房的钥匙，除去在空气中盘旋的诅咒……那时，士兵们守在天房周围，不让祷告者接近，自动扶梯还在埃米尔清洗天房失败的地方，失望地朝向紧闭的天房之门……优素福觉得天房正在变黑，变成了断臂的胡白勒的躯体，并把它令人恐怖的身体向天房推去……在祷告进行中，一个士兵向他的同伴讲述着他第一次参与清洗天房的经历：

他们对我们说，你们将陪同埃米尔清洗天房以备朝觐。我当时刚刚参加私人保安工作，那天夜里，想到我就要如此近距离地观看神圣的克尔白黑石，我兴奋得睡不着觉。我看到黑石像我们一样，脱衣，倒水，清洗，熏香……我和我的同伴们专心致志，认真小净，参加清洗。那个扶梯的样子一直印在我的脑海里，那上面尽是散发着香气的脚印。早晨，禁寺的院子里到处是檀香、沉香、龙涎香的香油，那是禁寺的仆人们用桶盛装来的。我跌落在香料的瀑布里，扶梯升到一半，我就开始踉跄。环游在周围开始，香气承载着我，克尔白黑石的神圣内幕也在吸引着我，它的里面是黑暗的，像眼睛里面一样！能够直接看到天房的主人。我听到了轻轻的声音：你在你的家里，你来是要清洗它的门槛。如果那只手没有把我推进入口处右边的井里，我肯定会在天房的院子里跌得粉身碎骨。我的身体一直在香气中下落。最后，金羚羊用两只角把我接住，然后捶我的胸腔，将我抬起，一动不动。埃米尔带着善良的微笑上来时，门向他敞开，我们把桶里的水和香料倾倒出来。埃米尔离开时，我们的头头对我们说：现在祷告吧！这事情来得很突然，就像有人解开了鹰隼的羁绊，把它送到了天上一样。我把我穿的正装的两只袖子放下，将手抬到耳边，念"安拉至大"进行祷告。就这样，我的手始终放在那里。我转来转去，不知方向，有生以来第一次不知道礼拜的朝向（我当时就在朝向的中心）。

我的头看见我不知所措，就说："朝着任何方向祷告都可以！"就这样，我做了祷告，向前两拜，向后两拜，然后左右各两拜，这也是我心中朝向的所有方向。

趁着夜色，没有打断祷告，也没有引起士兵的注意，那个女性躯体偷偷地登上扶梯，引得优素福尾随其后。一种疑虑让他再次发抖，他觉得他们两个是在胡白勒的脊背上攀爬。优素福驱除恐惧，紧紧跟在那个女人身后，但熏香已经让院子如乌云笼罩……在士兵们震惊的目光注视下，优素福发现自己正在梯子上。一种超越他意志的力量带着他向上，仿佛他已经无数次攀爬，又仿佛这是一种深入基因的攀爬……当他到达巅峰之时，天上的飞鸟和地上的人类都在凝视着他……下面，那些朝觐者们如同飞鸟，像走向镌刻着金色《古兰经》章节的门走去的黑点……那个女人消失了，优素福发现自己正对着黑色的门。思潮在门里跌宕起伏，下面的祷告者意识到了黑色的震撼，身体向上升腾而起……瞬间，优素福明白了他正在最高之处……他把身体向门侧倾倒，祈祷能除去自己的无能……但是，那个黑点在扩大、沸腾，包围着他们，挂在优素福身体上的钥匙向门锁处走去……深入，旋转……优素福觉得门在变软，将他带入更深的地方……那不是钥匙，而是绝对的无能和绝对的希望的触摸，这一触摸打开了奇迹的身体，将他带向自己的深处，瞬间，他变得潮湿和盲目……当邪恶之物在下面汇集起来时，就变成了扶梯上的胡白勒，他急急忙忙从门那里后退，把锁里的钥匙弄碎，将身体扯离克尔白……优素福觉得自己正被从克尔白剥离，突然明白了死亡的意义：他的全部存在都在被吸收，大脑皮层上的生命幻象正在被耗尽，远远地闪现，并像闪电般地消失。他无力抓住任何东西或向前曲身，让僵直的身体向神圣的门锁走去……他的身体正在幻化成一个长长的伤口，钥匙就在其中。

下面的众人沸腾了，和平门的灯塔突然复活，夜晚最后时刻的祈祷从它的阳台上降落："赞颂……"随着古老宣礼者的声音，众人的祈祷声在麦加的天房里响起。

天房门将要被打开时，随着钥匙在锁眼中旋转和破碎的声音，士兵们苏醒过来，奔跑着去抓那个潜入者。待他到达门前探其究竟时，他们发现自己正在追逐那个带着优素福像炮弹一样向前冲的扶梯。动作突如其来，优素福没有意识到面临的危险，也不知劫持他的人是谁。那人穿过祈祷者的队伍，把梯子向廊柱方向推去，优素福觉得自己正在甜美的祈祷声中翱翔，而那些已经追上或者落后的士兵们分散开来，想等待天房打开之时，目睹其中的一切……

梯子越过和平门时，优素福已站在禁寺外面的夜色中。周围声音嘈杂，有的呼唤他苏醒，有的让他从劫持者手中逃跑……他意识到空气中有一个古老的参与者，那些见证昔日麦加和平门的人，跟在沙菲仪派的大法官身后攀爬阿卜·盖比斯山，禀报斋戒和两大节日的新月的出现。麦加所有的节日都是那些人掌握的……他们把手伸向优素福，他抓住他们的手跳了下来，觉得他、钥匙、门、谢班人、库图比亚河与祷告只是出现在那些和平门见证者头脑里的一个情节……他们在做着比他们高等的绝对存在的梦，而麦加本身也在他们的头脑里做着自己的梦……

优素福在那个梦里活动着，知道在哪里能找到穆舍白布，因为穆舍白布曾经告诫他说，当他准备离开时，一定要去找他。他扒上了一辆前往阿拉法特山和米那山运送帐篷的卡车，藏在帐篷堆里，沿着吉达路到达了米那仓库。穆舍白布说，那里会有人让他留住，是一个临时看守。但他站到米那面前时，嗅到了一股熟悉的气味，他连看都没看那扇等待他的半掩着的门，就急忙从卡车上跳了下来，钻进门去。看门人好像没有看见他。周围一堆堆的帐篷，是给那些长期辛苦奔波的人准备的，而他自己已经准备退休了。优素福在海量的帐篷中间走着，工人们正忙着卸车，把那些还留有朝觐者余温和气味的帐篷叠起来，返回仓库。

夜已深，仓库里的活动停止了，优素福看见穆舍白布正坐在一堆帐篷绳子上。这些帐篷有一百二十五年的历史，属于麦加黎巴尼家族的古物，这个家族以这一职业著称。这家的老爷爷总是用白线和黑线在帐篷上缝上他的名字：艾哈迈德·阿卜杜拉·黎巴尼。他的孙子们则在这行字的一角加上他们老爷爷的生平：(伊历 1307—1382 年)。

优素福把身子靠在穆舍白布旁边，忘却了他们之前的争议和分歧，从身下同吸了一口气，在那些针脚里，缝进了一个男人七十五岁的年龄和众多朝觐者的岁月。

儿孙们的年龄堆在他们两人面前伸延着，始于阿卜杜·拉希姆 (伊历 1350—1411 年)，从他开始，缝在帐篷上的线变成了白色和蓝色，还加上了他的名字。

然后是其他裁缝，首先是阿卜杜·拉希姆，伊历 1400 年，来自尼日利亚。在他俩周围，帐篷和帐篷线的旅程就像麦加人的旅程一样，始于麦加中心，结束于离开麦加那条路。当他和穆舍白布追上那辆开往麦地那的卡车时，他俩坐在司机旁边，而穆阿兹则蒙住脸，追上了他们。

在他俩后边，那座仓库变得越来越小，最后消失了，同时消失的还有那些白线、黑线、蓝线以及那些日期。第二天的报纸上有一个广告，黎巴尼家族的继承人宣布，他们已经把属于他们的帐篷仓库卖了，结束向环游办公室和朝觐者出租帐篷的业务……广告上附有公证的证书，时间是伊历 1428 年。

阿基勒给我们
留下一间房子了吗？ ①

　　有一条消息优素福没有看到，在他离开麦加的那天上午，这条消息登在《乌姆·古拉报》上，时间是 2008 年 1 月 1 日：按照自己的开发战略，伊拉夫国际控股房地产开发公司与世界顶级顾问签订合同，设计一个多功能项目，项目地点在努尔路，那里是进行副朝的必经之路，旧名是人头巷，规划和设计已经开始，包括两座塔楼。第一座是公司和工商界人士的办公楼，面积 12.3 万平方米，另一座是五星级宾馆，面积 3 万平方米，豪华公寓，面积 7.7 万平方米。两个塔楼中间是一个高档商业中心，面积 3.6 万平方米，有能容纳四千辆汽车的停车场。由于该项目邻近市中心、商业区以及历史古迹，故拥有战略重要性。新项目具有独特的设计特点，预计 2011 年完工，建筑费用为二十亿沙币，施工单位是伊拉夫控股公司，其合作对象是 M. Z 世界咨讯有限公司，一家新兴的设计公司，还有 G. P. Ma

---

　　① 史传，伊斯兰教先知穆罕默德从麦加迁往麦地那时，一个名叫阿基勒的人买下了穆罕默德及跟随他的人的全部财产。他们再次返回麦加时，他的人问他住在哪里，他回答说：阿基勒给我们留下一间房子了吗？意为我们已经一无所有了。

世界咨讯公司。

刑侦警官在互联网的对话与博客网上看到了这条消息。对于禁寺北边和西北边土地的天价，网上支持和反对的意见迥然各异：每平方米三万到十万沙币，由于宣布将禁寺向北扩建，才有了如此高的地价……建筑和设施沿着舍希德和欧姆拉吐·坦依姆山向北伸延，伊拉夫占有这一地区的大部分土地，因此会从这一项目中获益很多……

陷入人头巷纷乱的纳赛尔没有停止对席卷禁寺的洪水和谢班人失踪消息关注，继续读着这条消息下面的评论。

　　＊禁寺扩建的方向是奇迹的手指，它指向哪里，那里一平方米的土地就比一立方米的钻石还要昂贵（在正式公布之前就能预估到方向的人是多么幸运啊）。

　　＊在麦加，三百多处历史遗迹被抹去了，抹掉遗迹的不是官方，而是第三方，而且是发生在阿卜杜勒·阿齐兹国王时代之后。

　　＊当初，阿拉伯人摧毁了天房周围所有的房子，干这事的人是古萨。他们摧毁了每一座有历史价值的房子。现在，麦加变得像美国的拉斯维加斯一样，高楼林立。

纳赛尔突然停止了阅读。在那个早上，面对电脑屏幕，没有任何警告，一种空虚在吸吮着他。他觉得这座城市的节奏发生了突然的变化，他的第七感觉捕捉到了优素福的离开。优素福在离开禁寺那一刻，似乎把他周围的活力全都吸走了，他已经被拉紧，像宇宙里的太阳黑子一样。他活动的轴心是优素福的活动……他被吸引着，跟随着他。他没有继续读那些评论，急忙起身离开，以免耽搁太多时间。

在他离开时，有人正在读这样一条消息：最迟在 2011 年开始之际，拆毁杏德山所有的房子……

轻 踏

穆阿兹带着那件信托物和那份辛苦，在杏德山挣扎着。得到护身符后，他等了很久，等待着穆舍白布的指示。他认为自己久久得不到消息的原因是，三百万朝觐者已经使麦加的节奏变得越来越迟缓……他只希望麦加能尽快脱去朝觐的人群组成的皮，让穆舍白布完成自己的任务……但是，当他听到谢班人消失和有人想闯入天房的传闻后，心中的疑虑加重了……

那天早晨，穆阿兹醒来时，麦加寂静无声，他恍惚觉得，那是天使吹响世界末日号角前的寂静。他一动不动地待在照相馆角落的床垫上，等待着号角响起，等待着坟墓里的死人复活。许久不见动静，在空气中复活的感觉让他站了起来。他向禁寺走去，想了解关于天房的传言。他在位于人们头顶的门下面转着，希望那扇门会在某一时刻开启，不再关闭，让那些环游天房的人进入其中……那时有传言说，当钥匙插入门锁时，发出了"咔嗒"之声，而门顺从了那个士兵和攀爬竖梯的陌生青年……穆阿兹想靠近，看看是否有缝隙，可是士兵们把天房围得严严实实，禁止任何人靠近……空气中充满了被诅咒的感觉……

穆阿兹登上杏德山，带着他为天房关闭前的麦加拍摄的最后一张照片，可是那张照片已经变成了全白色。穆阿兹想，他从干上照相这个行业以来拍摄的所有的照片，都可以浓缩在他最后一次爬上杏德山拍的这张照片里。他抓住手中的袋子爬着，目光在画有红色 X 的房屋的门上游动：这是不能居住的标记。他还看到了那些拆掉了大门的房屋，一条瘦弱的狗从其中一间屋子里伸出头来，用憔悴的目光盯着他。废墟上还有鸽子楼的残留部分，四面仍有鸽子咕咕地叫着，鸽子什么时候飞离呢？穆阿兹似乎已经远离这景象很久很久了，这里的水箱已经废弃，下面破裂的水管还有水在渗出，七只小猫从他的手掌上喝着水，它们的妈妈则在近处看着穆阿兹。裹在红毛巾里的洋娃娃大胆地躺在门槛上，上面的窗户没有打开，客厅顶上装饰着一条蓝色金点的字，从他所在的位置，大致能拍到艾布·阿拉一行诗里的几个字"轻踏……"，其他的字因为潮湿被腐蚀了……

他敲了莱巴比迪的宅门，一次又一次，始终没有回应。他的心就像冷冷地被打了一拳。当他清楚周围的一切时，发现那个"拆"字已用红漆写满整个墙壁，这个字的笔画在门的前脸上伸展、交叉，一直延伸到下面客厅窗户的中间。他就站在这个反复出现的字的前面，但是，这个字的意思却无法进入他的大脑……他忘却一切，呆立在那里，直到感觉到一只手落到他的肩上。

"终于……"那些字和它们的含义纷纷掉落下来，纳赛尔带着胜利者的目光站在他面前，那个目光的石头砸在穆阿兹头上。纳赛尔把手伸向他手里的袋子时，穆阿兹并没有抓着不放，纳赛尔感觉到了一个僵硬的身体，身体上的口水已经干了。他的感官在对他说：当他们对你说"没有案子"时，那案子已经发生了。他们指责他没有找到破案方法时，他早已陷入破解方法之中。穆阿兹没有机会了，只得让护身符露了出来……在晨光中，他们两人的眼睛一起转向它：形状如半月，纯银制成，上面有雕刻，那是也门犹太工匠们创造的奇迹。纳赛尔注意到穆阿兹还在僵滞不动，他环顾四周，意识到有一只眼睛在监视着他……

"你来这里，是要把它给优素福？"这似乎不是个问题，穆阿兹无需否定，也不用肯定。他一直待在那里，没有动作，也不说话。最后，他终于开口说："这是我个人的事情。"

纳赛尔警告他说："不要耍滑头，我认识穆夫莱赫·俄吐法尼，他告诉我……告诉我，优素福现在在哪里……"

"我只知道优素福在等着这个护身符……"穆阿兹仿佛失去了平衡，思索片刻后，说：

"我们的事情不违法，与警察的利益也没有矛盾。"

纳赛尔说："我现在不属于警方……我是私家侦探……对你们的案子我有我的想法……"

穆阿兹急忙把手伸向护身符，说："现在，你允许我……"

纳赛尔注意到他的动作，警觉地看着他握紧手里的东西。见穆阿兹微笑着，纳赛尔先开口，说："你知道，我会跟着你的……"

一声有力的碰撞打断了他们的谈话，两人一起惊恐地向上看。风儿掠过，吹响天台上的一排排窗子。穆阿兹的心带着忧郁沉落，面孔变成了灰色。这个宅子里的窗户是第一次自动打开，穆阿兹明白，他已经失去了他在地上的乐园。这个乐园的钥匙不见了，他被丢弃在麦加，而麦加此时此刻由于显影液的倾入，正在变成一张底片。他的双肩耷拉下来，对纳赛尔的追问投降了：

"优素福走了，就应该把它给穆舍白布。"沉默在四周弥漫，两个人谛听着剖开大山内脏的挖掘机的轰鸣，穆阿兹一动不动地盯着纳赛尔手里的护身符，勉强加上了一句：

"在麦地那的先知清真寺里，有一个可以打开这个护身符的项圈。"然后，他向后转了一圈。纳赛尔看着他像一只山羊一样，轻盈地在山崖间落下……

纳赛尔独自一人，拿着护身符站在那里，陪伴他的还有落入他手中的一团暧昧与模糊。当他想要打开护身符时，突然浑身战栗。在他从事这种不知恐惧的职业的历史上，他的心第一次感觉与死亡的距离如此接近，死亡之拳可以为了那个护身符随时向他扑来……安全感不复存在，他只觉得有敌人在监视他，伺机待扑，周围的一切都在威胁他。他把护身符塞进怀里，用双臂护在胸前，回到自己的汽车上。他在车前犹豫了片刻，不知走向何方，才能让这个幻影一般的存在不会变成一场噩梦。他闭上双眼，感觉自己身处另外一个环境之中。他的周围是像汽艇一样拥挤的麦加，无论他把汽车开向哪个方向，都会被公共汽车、卡车和四轮驱动的汽车包围，飞驰的摩托车向他的胸前、他的汽车的各个方向冲过来。他把汽车转向吉达的公路时候，他知道自己不会再回来了。他把车子开到了快速路上的第一家咖啡馆——麦哈威咖啡馆。那个巴基斯坦伙计看着他坐了下来。在他周围，深灰色的时光在慢慢消融。他弄不清自己身处夜晚还是白昼，也不知道自己活动的空间是头脑的幻象，还是咖啡馆和城市的时光。周围的存在都融解于时光的阴霾之中，他体内的时间也在迅速流淌。对于这一切，他没有能力阻止。瞬间，咖啡馆的凳子变成了他身体的一部分，地面向他走来，把他融化在那个混合物之中。

他把车停在快行线的边上，在黑暗中摸索着护身符……展现在他面前的是一个半圆形的镂空的盒子，上部的平面经过细致的加工，非常平滑。当他的手指触到那个平面并顺着平面下滑时，露出了红色天鹅绒的衬里。衬里下面有一张卷曲的纸，颜色偏黄，周围粘有黑色的尘垢……纳赛尔打开车里的灯，仔细打量着卷曲的薄薄的羊皮纸页……他小心翼翼地把纸取出来，避免让它破碎。他发现纸边已经卷曲并被蛀蚀，于是轻轻地打开，以免丢失任何一个字母……在微弱的灯光下，他辨认着字迹，各种感觉聚集在一起，相互矛盾。他不停地骂着公共汽车，因为它在穿过麦加市里和市外的网状分界线时，不停地按着喇叭，又不断发出刹车的噪音，差点碾压了那辆留有被撞凹痕的蓝色通用汽车，随后，它又突然在半公里处停了下来，开始在城市爬行。纳赛尔觉得自己已经成为一个目标，应该赶快开动。他的后面有一辆警车，突然响起警笛，他急忙转动方向盘，但是扩音器里有个声音在对他喊："靠边，前边的英菲尼迪……"

他光着脚踩着刹车，脚趾已经痉挛了，但是，无论他向哪里看，周围的沙子都仿佛充满侵略性。他把羊皮纸放回原处，盖上护身符，把它塞进衣服里面，做好了准备。

"请拿出驾照和行驶证。"他只能听命。

"纳赛尔警官，对不起，我是道路安全科的……需要帮助吗？"随着意想不到的笑声，一张黑皮肤的脸伸进他的车窗。纳赛尔笑了起来："不，谢谢，我停下来是想要看一些东西。"

她的脚步

大约在早上四点左右，她醒了过来，看到了盯着她的眼睛。她像一个玩偶一样，手指和脚趾被绳子挂在房间的四个角落。一些人正在为她穿上丝绸，戴上珠宝，让她变得像一个人工模特或是古老的偶像。那些手给她的四肢抹上香精，之后，她又感到有小麦和牛奶倒在她的双脚上，滴在她裸体上的每一滴牛奶在抢劫着她的细胞……她被吊在空中，抓不到任何东西。她无法切断那些线，从那种无法忍受的触摸中逃脱，只能时而任身体遭受抢劫，时而在摇晃中小睡片刻。没有什么能慰藉她，连死亡也不行……她第一次没有害怕会因为一个人独睡而导致死亡……她变得不能以任何形式接受死亡……

努拉突然挣脱了所有的线，从床上跳起来……她穿上牛仔裤和紧身坎肩，窗子上响起的敲打声让她拿出了雨衣。当她出现在起居室时，女用人立刻站起身来，问候道："夫人，早安……"然后急忙去给保镖拉法仪打电话，拉法仪立刻像鬼魂一样出现，并为她打开了电梯门。你是保护我还是防着我的？她自忖着，然后，又将这种想法置于脑后……

她进入大堂时，接待员的眼睛始终在追随着她。宾馆里值夜班的人多是经验不足的新人，实习生或是移居的学生。努拉离开

490

了宾馆，她的影子穿戴整齐地跟在她身后。她已经决定给她活动的地方拍照，抓住她所在城市的生活镜头，远离她旧有的孤独。

她在宾馆右侧的花园里驻足等待，想坐在椅子上，观察那条街和那里正在慢慢醒来的生活。只要坐在路边，就足以让自由的力量在她心中醒来。另外两个椅子被两个流浪汉占据着，他们在满是灰尘、粘着各种垃圾的睡袋里呼呼大睡，只有两张脸面向天空，接受着蒙蒙雨滴。她走到花园的走廊时，一群有着黑色项圈的鸽子从那里飞起、散开，然后重又返回原处，将喙探入米粒之中，尾巴则像羽箭一样高高翘向天空。当这些尾巴进入了努拉准备拍照的背景时，一种古老的朗读声包围了它。照片曝光的那个瞬间，她有些分辨不清她拍摄的照片和那些浮荡在她脑海里的词句：

> 戴项圈的鸽子在禁寺的院子里，
> 颈上围着毛巾去清洗身体。
> 如果夜晚降临，
> 戴上围巾去参加婚礼。
> 我们伴着戴项圈的灰色鸽子长大，
> 在神圣的天房上空盘旋不离。
> 我们注视它的爱情之舞，看着它为雌鸽争斗，
> 把粪便排泄在我们头上和平台，带来生计，
> 他们告诉年幼的我们：这鸽子生活在禁寺。
> 只在麦加禁地生活，只在其中服务。
> 你们不可将它伤及。

昨天，我在各地的好莱坞电影里都看见了戴项圈的鸽子。因为它是迁徙送别的鸽子，还是因为所有的地方都有清

491

真寺?

尤努斯的鲸鱼，穆萨亮黄色的母牛，伊斯玛仪的山羊，萨利赫的母驼，洞中人的狗，优素福兄弟的狼，苏莱曼的骏马，达乌德和叶尔孤白的羊，还有猴子和猪，这都是天启经典里提到的动物，如果，我们把自己都塞进一些词汇中，再把这些词汇塞进一本书里，这本书就是生命之书，这又有何妨呢?

借着努拉的孤独，马德里把努拉带向了那些没有尽头、充满永不停歇的沸腾生活的街道。像她以前度过的每个早晨一样，她腹中空空，甚至没有洗漱，就跑到一条街上，任清晨的凉意除却面孔上的睡意。她走着，用她的步伐与胸中的呼吸进行比赛，让行走超过呼吸，仿佛世界将从她的脚下偷走她将迈出的下一步。

早上五点，努拉在马德里老城中心找到了圣吉恩斯巧克力店，这是一家有名的咖啡馆，提供西班牙式热咖啡和面包棍。

年轻的伙计轻盈优雅地将他们带到一个角落里的桌子前，以欣赏的目光打量着努拉。努拉则以命令的眼光让拉法仪与她同桌而坐，他不得不顺从，因为他明白，她是要把他当作盾牌来使用。这里的一切，都和她想象的完全不一样，她明白这一点，也逐渐适应了这种反差。拉法仪看着她坐了下来。伙计拿来了一盘开胃小吃，各种包裹着亮纸的巧克力，他把巧克力放在桌上，向努拉挤了挤表示爱慕的眼睛，离开了……

努拉等待着，不再沉溺于她混杂在拥挤中的幻想。伙计再次回来时，高兴地把两个手掌放在大理石的桌面上，然后，带着引诱的表情，向努拉的方向倾下身子，说："我们没有菜单，只有这个……"他从裤子的后兜里掏出了一张光滑的卡片，上面有他们特有的巧克力的图片，"巧克力和炸面包条是一对不能分开的夫妻，你把其中的一个泡进另一个里，就可以享受一生只能享受到一次的西班牙美味……啊，你想试试吗？像我这样的西班牙骑士都把这个作为他们爱人的早餐……可别错过……一生只有一次……"他继续调情，努拉笑得更美了……

终于，巧克力来了。巧克力被盛装在一个像粥碗的陶制器皿里，边上装饰着一滴滴巧克力，浓稠的甜品触发了努拉的快乐，当她品尝时，它的热烈留在舌尖，美味粘在双唇……终于，她把炸面包条浸入巧克力里，美美地咬着，嚼着，而拉法仪只是默默地喝着咖啡。

努拉起身准备离开时，拉法仪去付账。她的支出，无论大小，都是由他来付账。他认为，这个女人已经买下了一切，想要什么，就挑选什么，他则负责付账和提东西，而她买的那些东西都整整齐齐地放在宾馆的套间，或者是放在随时可以拿着离开的箱子里。她已经厌倦购物了，但又很少停下来，有时还会去买冰激凌，多是买那种水果味的。她用嘴舔着冰激凌的时候，头脑里就会出现那个老话：

"给你这种植物香波，有甘菊、仙人球和痛苦之花。"

就这样，供货商们把外文 Passion flower 翻译成痛苦之花！

拉法仪跟在努拉身后，看着她想方设法地进入周围的生活，在各种突然出现的景象中滑来滑去，辨别着形形色色的人。他们看上去很幸福，沉浸在各自的情景中：那些学生转着，跑着，一起大叫；一个瘦弱的孩子独自坐在布拉都博物馆入口处的凳子上，在一张纸上胡乱地涂抹着他的树，用手指唤醒对白纸和空白墙壁的向往；那里有一群人，三男三女，三个女人体态丰满，头上蒙着面纱，把她们的亲吻印在身穿肥大晨礼服的新郎脸上，轻风吹起了新娘头上像喷泉一样的短纱巾。努拉视线后面的两个新娘，戴着纱巾在奔跑。努拉的心开始剧烈地跳动。她站在街上，注视着这一切，拉法仪则专心注视着她。所有的汽车、摩托车飞速从他们身边掠过，无一例外，没有丝毫停顿，也不留意身后。努拉不能忍受向后回望……她忍受着头痛，只想深入到眼前的生活之中，潜入它最深的激流里，但是，她不能，她只能漂浮在她不能从容不迫地去了解的这座城市无尽波涛的表面，像软木一样漂浮、追逐。因为当她返回到她的城市（拥有时间或者让时间凝滞的城市）时，她将会像那些不知何时被按下暂停键的房子一样，结束在停止的状态里……努拉驱赶着那些令人失望的字词，继续在这座城市深潜着。

在她的剧本里，反复出现的情节是离开。她的那位谢赫将她从热点移到等待的冰点。在他经常性的撤离之后，她回到她住的宾馆，回到空虚，然后，重新走入世界，购买纸张，在那个墓地一连坐上几个小时，试图写些什么东西（她与笔和纸之间有着奇怪的关系!!），从她正在经历的或者曾经发生在她周围的事情中，选择理解的东西，把它记下来。拉法仪觉得那些突然变成了纸上的线条的字都是磕磕绊绊、结结巴巴的。于是他想，如果他是在保护她，不让她回到她的过往，那么，在那样的时刻，他完全失败了。当她消失在他的雷达捕捉范围之外时，她总是像浮泛在尘世上的微笑一样平静。

一天早晨，他发现她是个左撇子，于是向她靠近了一些，从离她三米远的地方，看着她画的那些线条，说：

"你在这方面真的很有天赋……你画画就像在雕刻一样，也像写盲文似的。你闭着眼睛，手指就能随你的线条而动……"她满不在乎地瞟了他一眼，拉法仪继续说：

"马德里有许多文化活动，如果你愿意，可以先加入索菲娅王后艺术中心一个有名的现代艺术团体。"她的手迅速地在纸上移动着，划出了变成躯体的字词，这些躯体在那些纸上说着话，而她的左手又不停地跟随着那些字词：

（只有当她感到不安、左撇子的左手出汗时，她的线条才从心里最短的线路出现。

她开始画一个姑娘。画中的姑娘两臂张开，辫子扬起，但是两只小脚都埋在地里。

手在旋转、盘绕时，她拥抱……我尴尬地意识到我的爱人来月经了。

由于对面身体的吸引，我爱人的脚从地球引力中解脱出来。

她在夜间出行，出于对我们看不见的身体的渴望……）

他们中间的一个人已经忘记了她头脑里那些字词。当那些字词沉默不语时，努拉发现了自己完完全全的孤单。她已经度过了自己在这里的大部分时间，佯装自己的存在是无声的，也有好几个月了。她未说出一个字，是装出来的，还是因为心的哑然无声？在那个被遗弃者的墓地，她可以站在自我之外，审视她忘却了的头脑内部……头颅的内壁上，有很多精心排列的没有终结的字词，只要她撤出任何一个小小的字词，那些排列就会完全崩塌……在那一排排字词的最低部，她找到了"愤怒"，它像玻璃碎片一样插在那些字词的档案里……在她与她父亲的关系中，愤怒是唯一能引起父亲重视、让他注意到她的火星……一天，她醒来，发现自己的脸已经不再惹怒父亲，于是，迅速地让自己的身体走出童年。在黎明时分，她释放了女性荷尔蒙，让自己的面孔迅速成熟，让双唇丰满，让双眼射出邪恶。仅仅一个夜晚，她就长大成熟了，只用一次跳跃，就从童年之地跃到了女性之巅。她希望父亲醒来，感觉到女性的威胁，继续他的愤怒，看到她。

没有任何计划，努拉走到一间精致的理发店，后现代的风格，让门脸的装饰没有男女之分。她指了指要剪的头发，解开发辫。一个编辫子的人喊了一声："奴赛扭拉……"然后让她转过身，面对镜子，用一连串的西班牙语解释，说他喜欢像瀑布一样披散的头发，还说了失去它的遗憾和损失。他轻轻地整理着发梢，像看古董一样围着她看。她则对着镜子，撩开那缕头发，对他表示心意已决。

最后，他们的谈判以一声长叹结束。理发师拿起剪刀，以雕塑家的果断确定了他想象出的发型的样子，从脖颈后面到头顶剪出了一条线，像帘幕一般的发丝纷纷掉落，清洁女工急忙把那些头发收集起来，让它们像死尸一样躺在桌子上。努拉的头脑里出现了一句话：

"关上返回的门。"她把这句话刻在镜子里和她面对的那个女人的前额上。理发师为她设计的法国式发型，把后脑的头发几乎剃光了，一些长长的发丝垂落到下颌左侧的面颊上。拉法仪站在理发店门前，显得有些焦急。

努拉以近乎歇斯底里的轻松，在拉法仪前面跑着。已经露出白色头皮的发型，让她几乎飞了起来。她让拉法仪带着她去索菲娅王后艺术中心的博物馆。看到她接受了自己的建议，拉法仪心中窃喜，偷偷观察着发生在她身上的奇怪又彻底的变化。

进入博物馆的走廊后，他们看到的第一个艺术品就是各种柱子，这些柱子让门廊变得像地道一样。一个身着黑色牧师服装、既像修士又像小丑的男子正从地道里穿过，拉法仪走过时，艺术家抓住了他。

"请看他的一双眼睛。"一个年轻人以戏剧式的动作拥抱着他的女同伴，用英语说着。努拉只瞥了一眼，那双眼睛就让她想起了非常熟悉但又想不起人名的一个人的眼睛。拉法仪像影子一样跟随着她，而她则完全顺从了那位修士，穿越到另一个世界，来到并非人人皆知的存在。瞬间，她丢失了自己的身份，只是在那里看着。

"这是一个众所周知的艺术家……"这句阿拉伯语将她从迷茫中打捞出来。她静静地转过身来，看见了拿着相机的拍摄者和他的女友。

"他在远东消失了几个月，深入那些贫穷的被遗忘的村庄和大山里，闪动着可以述说一切的眼睛，讲述我们普通人并不了解的真相。只需一眼，他就能看到你的身体和世界里的幽冥。"努拉希望那一眼再现一次，但已经不可能，于是，她钻进门廊的柱子之间，向小丑牧师走去，盯着他的眼睛。这时，博物馆的警卫走了过来，彬彬有礼地说：

"女士，请不要在立体的艺术品中走动……"

她无法继续，只好迅速走到上面，像风儿一样抚摩那些艺术影像，并将其储存起来。她头脑空空，觉得自己应该以周围那些知识的大山为基础，建立一座文化仓库，收藏那些曾经被劫掠的艺术品。她曾经建立过一座脆弱的大厦，其中的收藏没有创作者的姓名，也没有作品特点和创作时间，就像现在这个接待她的作品一样。对于艺术家的姓名、创作时期及有关的活动，她缺乏足够的常识与经验，只是在思索，希望能在作品之外汲取作品的精神。她自己就是从一种脆弱的文化、从经验与秩序中逃脱出来的。离开博物馆之前，努拉在书店买了一本题目为《艺术的维生素C》的书，拉法仪犹豫了半天，才建议她看这本书的。她迅速地翻了翻，书里有很多艺术家的名字和艺术流派，在把这本书绘制的知识地图与被撕破的、总结了贫乏知识的那一页纸进行比较之后，她感觉自己轻松到一无所有。她所有的知识都围绕着一条与世隔绝的街巷，内容就是喋喋不休地品评隐藏在面纱后面那些筋疲力尽的妇女。出于文化保护的需要，努拉希望能绘制出自己与古老历史相连的心灵地图，但是，因为自己没有知识，她不能把那些历史讲清楚，更不能把它变成与人交往的工具。

那一夜，努拉独卧床榻。她听到了那个轻轻的声音，那是快速打开和关闭镜头的声音，那声音好像就来自她的枕边。她在梦里环顾四周，却不见人迹。那快速向她走来的轻轻的脚步声带着威胁，随风而来。努拉迅速跑了起来，脚步声紧紧追逐她。世界变得像是剧场里的幕布和那些画有她熟悉景象的纸制布景，她要把它撕碎，抛在身后。每当她想抓住某件家具或是画图时，身后的脚步就变得更加急促。她心中的恐惧在扩大，肺叶都要爆炸了。于是，她停住脚步，想喘口气。回头张望时，她发现跟在她身后的是一个肤色发黑、身材纤细的青年，脚上白色的运动鞋、脸上灿烂的微笑，都与他的肤色形成了鲜明对比。她没有与他交谈，在见到他的那一刻，已经没有意义的背景就僵滞不动，变成了落在她身上的一种想象。那年轻人走近，趴在她脚下，用他的相机和微笑对着努拉，拍了一张照片。然后又开始奔跑，这让努拉觉得，他正飞跑着返回他那遥远的国度⋯⋯

清晨，她带着空荡荡的心，在年轻人对她拍照的那个地方醒来。

两寺之间

　　纳赛尔忘记自己最后一次睡眠是在什么时候，他只是睁着双眼，开着车，做着梦，听到有个声音在嘲笑："你是获奖上瘾了吗？"经过白赫拉村时，他看见了大量的厕纸卷，于是想起他工作中最重要的一次升职就与这个位于麦加到吉达老路上的白赫拉村有关。当时有传言说，这个村里的凯法拉工厂把当地的教科书和报纸收集起来，把它们再次加工处理成厕纸，这种厕纸能够致癌。为此，他进行了调查。

　　"你睡在我的血液里。"阿伊莎的声音直接在他胸口响起，把他吓醒了。他发现自己的汽车正在经过白德尔战役烈士的长眠处。"我已经躺在这里等救护车。我没觉得有什么疼痛。我看到骨盆处的骨头已经刺穿肌肉露了出来。我已经等了几个小时了，一个很轻的身体正从我们的身体中分离出来。发生事故时，它拯救我们，收集我们的残肢，带着它们坐下，让我们远离痛苦，选择离痛苦最远的地方，带着我们坐下。那个夜晚，它一直与我坐在一起，直到救护车的笛声响起，那个身体将我交给护士，让针刺进我的血管。在我丧失知觉的刹那间，痛苦出现了。我听见我的骨盆在碎裂，我已经分不清我们之间是谁受了伤。"

"死的是你吗？"

他把脚踏在油门上，让他的身体和他的梦一起得到回答，但是，他清醒过来，答案的一部分还在头脑中："死亡并不难。生命是更大更难的问题。"

黑暗在他面前的路上伸展着，他摸着胸前的护身符，抗拒着想把它拿出来的欲望，想等到达安全地点时再去读那里面的内容。他紧紧抓住优素福之窗里的句子：当麦加的梦想被以尘世的重负时，就向麦地那迁徙，艾滋拉基在他的历史书中写道，禁寺的一个惊人的特点是，狼追逐羚羊时，只要羚羊进入禁寺之地，狼就会立刻停止追逐！

除了一些超速行驶的车之外，通向麦地那的路上空空荡荡，但是有骆驼在路两边的沙丘间游荡。虽然死神已经在向它们挤眉弄眼，但它们仍然穿越细铁丝围成的隔离网，冲撞路上的车辆，让那些乘客送命。

他不知道自己是如何到达麦地那的，也不知道在哪里停车，但是，他发现自己已经在先知寺面前了。他靠在先知寺入口处一个可同时看到寺内寺外的地方，观察着过往的面孔，搜索着优素福或穆舍白布，却发现他根本不认识这两个人。他确信，只要护身符在他这里，他们两个人肯定会找到他，也许他们会和穆阿兹联系。于是，他带着颤抖的双膝向前走。当时正是宵礼时间，礼拜的人们正在念最后一遍证词。他等在那里，直到礼拜结束，才走进清真寺，穿过吉卜利勒门，将先知寺的侍者抛在身后。他将脊背靠在忏悔柱上时，已经感到筋疲力尽，很快就睡着了。朦胧之中，他听见清真寺的一个侍者向一位埃及参观者解释，说：

"在历史上，这个忏悔柱开始出名，是因为艾布·莱巴百对自己散布的关于先知入侵古利扎人的谣言表示后悔，就把自己绑在了这个柱子上。因为这个谣言，他变成了聋子，视力几乎完全丧失。在礼拜和方便时，他女儿为他解开绳子，之后，他又回来，重新把自己绑起来。他发誓说，要等先知为他解开绳子，否则就一直把自己绑在那里，直到他的忏悔在《古兰经》里出现，先知才把他解开。当时，先知就是在那根柱子那里接待弱者、穷人和无家可归的人，让他们在清真寺里栖身，与他们谈话。"纳赛尔弄不清那是侍者的声音，还是先知传递给他的信息。他睁开眼睛，仔细地打量着那些将妇女和男人分开的白线。在先知的讲坛与坟墓之间，有一个花园。那些用石灰画出的白线，从他心里一直伸向前往花园那些人的内心深处。他不敢站起来走到坟墓前，只是在他坐着的地方做了一个短小的祷告："安拉，如果我已经选择了经受邪恶的考验，直到我到达你身边，那么，在我站在你的花园里的时候，我再向你重申我的选择，从此刻起，我就是被派遣的……"

做完选择，他全身放松，靠在忏悔柱上，觉得自己的整个身体都是透明的，融入了埋葬着圣门弟子躯体的土地，并且意识到，欧麦尔的脚就在他面前的泥土里，就像许久以前，他的脚从土中露出，人们只能将其重新埋葬一样。他明白了，死者不是埋入土中，而是埋入他周围的幽冥之中。他能看见他们，他们的身体不会在折磨中腐烂，觉得自己就是光明存在的一部分，这种光明的存在与旷古时代联系在一起。在被派遣的路上，他经历了第一次迁徙，直到最后一次环游天房。在这一刻，纳赛尔用他发烫的手，打开了护身符里的羊皮纸，开始读道：

"撒莱给其子，索卡各部落头人玛瑞的遗嘱，写于公元626年。

我们离开凯伯尔已经两天了，一直保护沉默，已经闻到了沙漠狼的气味。我一直穿着驼绒斗篷，这斗篷可以遮蔽女性的躯体，也让我的皮肤上总是有一层汗水。冒着灼热的阳光，我们向北，穿过哈米德谷地，沿着驼队之路行走，心里荡漾着让我们的凯伯尔被冠以希贾兹农村之名的清水和椰林的甜美。你父亲的亲吻尚在我口中，当他让我离开时，说：'迦南的土地为你腹中的胎儿变得平坦广袤。凯伯尔注定衰落，我们被选中的易卜拉欣的后裔也注定被驱赶，因为在穆萨的生平里，有手杖的奇迹，有在实现永久的稳定之前，隐藏在各种人群和宗教里的无尽的变化。'那个希望成为你父亲的人给予我重大的责任：犹太人的天命及重新返回许诺给他们的阿拉伯半岛上迦南的土地。

委托给我的任务是将你放在一个安全的部落里，让你延续变化的奇迹，不能让你被根除。为了实现这个目的，我必须一往直前。我迈出的每一步，都要抛离我的身份、我的宗教、我的父亲凯布、我的丈夫乃都尔和我的亲人，放弃麦地那甘甜的清水，饮用我站立之地井中的苦水。我要跨过无垠的沙漠，走向内志和白尼·哈尼法谷地和舍姆斯部落的绿洲，希望他们以力量和命定接纳我。我们的占卜者已经测算出他们命中注定，终将继承半岛，骑乘历史骏马，紧握许多民族的缰绳，马蹄在哪里重踏，哪里就有黄金出现，在太阳照不到的地方燃起火焰！路上，我放眼向前，但见一片阴云在不断扩展：那里，黑色的骏马遮住了天边，我跟着它们的踪迹，要追上它们，把你放在领头骏马头颈的鬃毛上。"

纳赛尔意识到了这张旧纸的重要性……他打开了它，并且读过了，但是，他绝不能成为一头驮着经典的驴子……从现在开始，他必须当心脚下、当心自己和谁在一起。这些蛀蚀严重纸上的字母已变得混乱不清。他是在薄羊皮纸上读了这些内容，还是在胸中的喘息里，还是为盘旋在清真寺上空的白色鸟儿来读，区别已经不大了，但是，这些词语的味道，薄羊皮纸的气味都在拖拽着他，让他继续读下去，等待遗嘱破碎时刻的到来。这个藏匿的隐身作者给他周围的人带来了一种气味，这种气味让人想到了预言家。那些预言家曾经预言了马里卜大坝坍塌，并将阿拉伯人不同的族群分离：两河流域属于流血和诞生；尼罗河流域属于纸张和著写；麦加属于石块和建设；麦地那属于舒适和椰林；沙姆地区属于情爱和欲望……

伊斯玛仪

　　半夜已过，毁坏和恐惧的喊叫不停地在阿拉伯联盟大楼的平台上响起，电视屏幕上充斥着血腥的镜头，并向周围的平台上扩展。在电影《鲸鱼》无休止的暴力场景接近尾声的迷雾中，晨礼的宣礼声马上就要响起来了。

　　想到黎明的天使将为晨礼而下降，并看到那些暴力的场面时，穆阿兹浑身发抖，但是，在鲸鱼被消灭、那些场面消失、电视屏幕变成一片黑色时，他立刻起身，换了另一盘 DVD 带子。海利勒在黑色视屏上看到了自己被映出的侧面形象，头发的样子实在令人同情，由于化疗的缘故，本来就又少又稀的头发，只剩下了很少的绒毛。他举起青筋暴突、满是汗水的手，向那些斗士们致敬。

　　电影《碟中谍 2》（Mission Impossible 2）从电视屏幕上抹去了他的形象，屏幕又一次面对天空，枪声不断，尸体遍横，等待着黎明的天使……这已经是海利勒在过去的十五个小时里看的第十部电影了。穆阿兹坐在台阶最高处，背对着被风吹得热乎乎的砖墙，仔细打量着海利勒的脸。他发现那张脸变得更长更瘦，像一架准备起飞的飞机的机头。海利勒以他永远不变的姿势坐在平台的海绵床垫上，眼睛盯着对面的电视屏幕。最后一次化疗已经过去了两个星期，医生们已经停止了治疗，只是让他等待死亡了。

"他的白细胞太少，无法承受任何治疗了。这种药对他的病来说，弊大于利……"这是医生们对他病情的总结，医生还说，他现在胸闷，不止是因为化疗，还因为癌细胞已经扩散到了肺和心脏……不瞒你说，你的病情已经到了很危险的情况了……这如同对战场的描述，癌细胞大军正向他的心脏挺进，可没有任何人有能力进行反攻。"

"怎么能让一个人孤独地死去呢？"

这个想法在穆阿兹头脑里挥之不去。哪一节《古兰经》经文能够在海利勒的孤独中陪伴他呢？他觉得《古兰经》国权章一节合适，但又不敢提出这个建议，只是远远地坐在一边，轻轻地念着。而海利勒仍然沉溺于那些血腥镜头里，《古兰经》国权章里的流星与好莱坞电影的爆炸声争斗着。穆阿兹停下来，然后重又读着。海利勒打量着他，看见他的双唇一边诵读一边颤抖，便想让他安心，说：

"最大的灾难是你生了孩子，让他活着。但是从他第一次呼吸开始，他终将死亡的生命倒计时就开始了。"那个堵塞了穆阿兹在莱巴比迪宅子里留下的空洞的肿瘤，将他推到场景之外。他已经和海利勒建立了联盟，从而使得肿瘤完成从海利勒肾脏到他的肾脏的进军。他以圣战者的英勇放弃了摄影，专心进行这场战争，直到海利勒投降，厌烦了每周去三次医院进行化疗和注射血清，于是，穆阿兹学会了皮下注射，自己为他注射血清。

海利勒已经无力承受痛苦时，就僵直地躺在那块海绵上，盯着电视屏幕上对他具有麻痹作用的暴力镜头。《古兰经》国权章带着深深的悲伤沉入穆阿兹心里，他偷偷地看着海利勒。

505

海利勒的生命在一秒一秒地走向消亡，化疗的毒性已经潜入他的血液，摧毁了他的关节和肌肉。他的胃里已经容不下任何食物，动作沉重迟缓，磕磕绊绊，但是他的幻想却不断加强。他微笑着把视线转向穆阿兹，把发生在他身体和电视屏幕上冒险电影里的令人恶心的情节和有趣的故事传递给他。

"试想一下，拉姆齐娅现在和我们在一起。"他经常说起拉姆齐娅和她的信仰。他俩结婚的第一周，她没有失望，以开放的态度对待他，仿佛她能创造奇迹，让他死亡的精子复活重生。也许，这更让他觉得恐惧：她能够对抗他的自我毁灭。在二十岁左右时，他就以第一次死亡开始了毁灭。他开始面对那些科幻液体，治疗各种癌症的，还有调节空气温度的液体和奇怪的星球大战的武器，这些东西沉入他的血液，几个小时、几天甚至几个月地留在他的血液里，破坏甚至杀死他的精子……现在，他已年近五十，那些碳酸饮料已经离开他，带着它们的宇宙飞船走了，不再重视他了，他的身上再也找不到什么值得侵入和值得摧毁的东西了。

"当现代科学放弃了一个人的时候，他将在哪里结束呢？"海利勒向穆阿兹提出的问题反复地在他头脑中回响。这个现代科学像一个时代之神，驱赶着他，不让他享受神的奇迹。海利勒头脑里的剧本继续说："人们说：去死吧。但是，拉姆齐娅的信仰说：等着，在肿瘤扩散到你的心脏之前，这些医生必定死去。我说：你是肿瘤专家……死亡都不能忍受你的居民。"穆阿兹希望海利勒得救，挑选了《古兰经》中所有与奇迹有关的章节，让希望降落到阿拉伯联盟大楼的平台上，来到海利勒身边。这个伊玛目的儿子拼命抓住海利勒，因为他是他的失乐园中最后的一位英雄。每天，他都爬上那座楼顶的台阶，坐在那里，用一只眼睛看着影片情节的进度，另一只眼睛注意着海利勒的呼吸，唯恐在他疏忽之时，癌细胞穿透他的肋骨，让他被遗忘在酷热的平台上，变成腐烂的尸体。海利勒忍受着穆阿兹，因为他带来的总是灿烂的微笑，对生活欺骗的目光，还有认为照片可以替代现实的信念。他们两人共同坚持着这种罪恶的信念，认为照片是复活的手段。

有时，海利勒会安静几个小时，在这种情况下，他的全部感官会持续地面对疼痛，追随着癌细胞扩散的速度，并在一些关键时刻，穿破某个器官，从肾脏到肝脏，再到胃里，然后穿透横膈。他能感觉到，癌细胞的迅速扩散，让他的两个肺叶脆弱不堪，扩散迅速扩大到气管，于是，他带着激情，期待着癌细胞进入他的心脏，那是最后的扩散之地……在这样的时刻，海利勒是瞎子，是聋子，丧失了集中精神的能力。癌细胞带着灼热的憔悴和苍白在他的皮肤下面进军，切断了对生命的供给。在这样的时刻，能够进入海利勒头脑里的，只有对拉姆齐娅的嘲笑和那些充满暴力的冒险电影。穆阿兹天真地认为，海利勒的健全寓于暴力之中，所以怂恿他去看那些电影。每天早晨，他都来拿上二百沙币，黄昏时分带着一打录像带回来，每盘带子的租金是十五沙币，包括最新的和最老的电影录像带。

随着时间的推移，电影的题目和演员的名字变得毫无意义。太阳东升又西沉，然后是黑暗，海利勒的两眼始终盯着45英寸的等离子电视屏，他已经不在意电影场面的更换了。重要的是，击败敌人的场面在他的头脑里是英雄牺牲的动作，在那些影片里，那些人是代表他而牺牲的，而这些电影，最终都变成了没有终结的录像带，其中的英雄气概是属于海利勒的身体细胞的……

来世之子和埃塞俄比亚伊玛目之子坐在一起吞咽着那些电影场面，像吃薯片一样，穆阿兹则不断地诵读着《古兰经》的章节，仿佛在给薯片加上作料，让它们一起在一个又一个战争瞬间延续海利勒的生命，减轻屏幕上生死游戏的刺激。穆阿兹觉得海利勒独自一人抗击病魔的英雄气概，远远超过好莱坞的那些英雄。他有时对那个斗士的孤独怀有深深的敬意，但在很多时候，他又觉得自己是在和一个死人夜谈。他父亲话中的恐怖在提醒他："我们将在我们的死亡处复活……在我们生命的最后时刻，我们将在我们的坟墓里活着，这种情况会持续下去，直到世界末日……"海利勒将居住在他的坟墓里，像现在这样看着美国电影复活！这种命定比他冒着酷热开着出租车复活更糟糕吗？那天早上，他有些眼花缭乱，气喘吁吁，当时，他正在去做礼拜的路上，宣礼已经结束，海利勒平台上的寂静让他改变了方向。他拼命向阿拉伯联盟大楼的方向跑去，慌忙窜上楼梯，脑子里只有一个想法：海利勒已经离开他，死了。当他喘着粗气来到平台上时，突然看见了一个赤裸全身向天而跪的幻影，那个幻影形容枯槁，双肩的骨骼异常突出，宽大的额头朝向地面。热泪顿时从穆阿兹眼中涌出，莫非这是海利勒的第一次祷告？穆阿兹想弄清这是怎么回事，转过身来，带着满心的希望跑过去：让伊斯拉菲勒死神降落，将这样跪拜的海利勒的灵魂摄去吧。不管这一跪的目的如何，都把它记录在祷告者之列吧。带着这样的企盼，穆阿兹发出了呼唤：快来做礼拜吧！

患病初期，除了每周三去做化疗，海利勒一直没有停开出租车。那时，他把车停在远离人头巷的地方，然后走向阿拉伯联盟大楼的平台，躺在那里，浑身冒着冷汗，脸色变得铁青。第二天，他又会以超人的意志挣扎起来，继续开他的出租车。有时，他仅仅在乘客面前经过，并不停车，这会激起他们的愤怒，但他却美滋滋的。

医生宣布了他的死刑后，他有两三个星期继续开他的出租

508

车。他的衣服变得越来越肥大，衣服下面是那副像刀子刻出一样的骨架，连癌细胞都不知道还有哪些地方可以让它噬蚀。

"他决定要死在方向盘后面吗？"每次找不到海利勒时，穆阿兹的恐惧感都会增加。可以肯定的是，海利勒已经决定出去对付他的癌症，带着裹在散发着大蒜气味的骨架上发黄的皮肤，用死人般的眼睛，察看着城里的一切。

每天清晨，海利勒都会在那个左边是侯军右边是扎希尔的十字路口徘徊，但是他的双手一直握着方向盘，按时与这个陌生人见面。这个陌生人已经是第十天出现在他面前了，每次都是在烈士墓前，那人一直穿着白色的和黄灰色的袍子。

头一天夜里，土耳其女人在他阳痿的身体上留下的伤口散发出同样的咖啡气味。他没有把自己的病情告诉她，但是他的无能暴露了他，让她显出超越癌症的野蛮。他只能以噬咬自己的肝脏来满足她。他在汽车里痛苦哀号，他的乘客的目光紧盯着他右臂上的咬痕。

"她像你周围的每一个人一样，用你和你的身体解决了她的饥饿。"这个注意了他好几天的男人一直让海利勒带他去一些地方，看看那些地方是否还在麦加的地图上，但是今天，他没有指定地址，让他随便开，并说：

"海利勒，这是噩梦，你做着梦，一会儿就会醒来。到下一个红灯处，你醒来时，那些梦呓就都会消失，还有那个坐在后座上的黄胡子的死人……"海利勒竭力在方向盘后面放松自己，让自己的思想屈服于车里发生的事情。他深知，刹车声响，他就会醒过来。自从那具尸体在人头巷接二连三的噩梦都出现了，刑侦警官纳赛尔也出现在他的梦里，把他置于同样的嘲讽当中，让他面对一个不断重复的问题：

"海利勒，你吃了鸡胸，那些吃了鸡胸的人们都不能保守秘密，进入他们胸中的一切都立刻在空气中传播开来，你泄露了关于人头巷和麦加的什么消息？"对他的审问是通过一个可以折磨他的机器进行的，这个机器像钟表上的指针一样，可以把他和他的心释放出来，让他带着那两个指针旋转，直到他的心被撕碎。每当他在土耳其女人的床上汗流浃背、几乎要窒息地醒来时，都会看到她的眉毛气愤地拧在一起，昨天，她的眉毛干脆跳到了额头外面的空气中。那对跳出去的眉毛说，她已经失去了她的兽性，她的妖术已经显露，她的面容开始塌陷，在他眼里变成了一群鬓发斑白的人，在脂肪的坟墓里慢慢分解，他将要支付让她裸露的代价。

"印章，你把印章给谁了？""印章"这个词像钉子一样扎进了汽车的前胎，让他的车偏离了方向，同时，他的头脑里有一个声音在警告他："无论如何，你都不能踩刹车，汽车会带着你从立交桥上飞下去。"带着最后一次飞行测试时机器飞行员的冷静，海利勒紧紧抓住方向盘，迫使汽车走上直线，然后停在路上，让那位乘客选择方向。

"随便在哪儿停下都行，然后你仔细闻闻，麦加的大部分土地都是坟场，包括环游天房之地，仅在伊斯玛仪石、易卜拉欣站立处和渗渗泉井之间，就埋葬了九十九位到麦加朝觐的先知，在浑都麦山顶一带，埋葬着七十位先知。不要相信墓地可以迁移，这土地已经浸饱死亡。你从那里抓起一把土闻闻，你能嗅到你祖辈们的气味。在麦加，死亡是到达和终点。没有土地和天空被遗忘。闻闻你自己的身体，就能嗅到你祖父本·阿提格·赫都拉米的气味了。他偷了印章，而你把这些印章看作是你继承的私人遗产，随意处置。"他想与处置印章的行为脱离干系。这回，方向盘没因为那个名字颤抖。祖父阿基勒·赫都拉米与他们两人同在这辆车里。他赤裸着身体，被埋在打鬼的投石处，手中攥着的匕首刺穿了他的心脏。在这辆向前冲着的汽车里，海利勒已经剥去了人头巷赐予他的"飞行员"的称号，重回他的"本·赫都拉米"血统：

"你们两个人都自杀了，他用的是作为礼物的匕首，你用的是作为礼物的印章。"海利勒变成了一个偶像，面对他祖父本·阿提格·赫都拉米大臣的坟墓。这个大臣以他的强势，在伊历第一个千年的末期控制着麦加。

"你汽车后备箱里的枕头，是你从你和你姐姐的遗产中挑选的唯一的东西。你并没有冲进大火去救你的母亲，而是抢出了藏着一袋印章的枕头，并让自己逃生。"海利勒意识到，他已经落入很久以前他的伊斯玛仪叔叔给他设下的陷阱里。当时，他正在寻找伊斯玛仪的机器和他吟唱诗歌的本子，可是他却发现了扔在一个大香炉里的印章袋子，里面有六枚印章和那把镀金钥匙的蓝图。他看到那个袋子被扔进香炉准备焚烧时，一种隐秘的感觉就把这件事的危险性告诉了他：他正抓着麦加心脏的一小部分，他是一个相关的人，伊历第一个千年末期的年代一直在等待着他，因为他占有了这个袋子。他不愿意去考证它的历史和主人，只是以虔诚的沉默，拿起了袋子，把它放进他的枕头里。后来，随着枕头的变化，这个袋子也被放在不同的枕芯里，从盖拉莱到佛罗里达，又到了人头巷，并幸免于烧死他母亲的那场大火，最后来到了土耳其女人的枕头里。

"你的祖父伊本·赫都拉米是哈桑·本·艾比·乃玛市长时代的大匠，最会转换角色，他可以转换成任何一个已经死去的法官，因为他手里有他的印章，只要他愿意，可以让法官在坟墓里签署产权文件，然后，再用这些文件掠夺死人的遗产……在你爷爷手里，日期只是面罩，他把它放到纸上，只是让它显得古老，或者是让那些纸变得新一些，否

511

定已经发生过的事件以及有记录的债务。你的爷爷能让日期随意提前或滞后。麦加的中心是属于那六枚印章的，任何一只用印章签字的手都可以占有它。"

昨天，当土耳其女人面容塌陷、他的运气也同时坠落时，当他意识到他的终结就在她的手上时，他就把头贴在那个枕头上，寻找那些墨迹未干的印章。枕头的轻软将他从噩梦中唤醒，他发疯似的剖开那个枕头，翻着潮湿的棉絮，那里的空洞令他恐怖，并让他意识到印章已经丢失了。于是，他变成一只野兽，在他身旁紧紧压迫着的脂肪胚子里击打着，踢踏着。他和土耳其女人之间的战争并不平等，他把她骨折的胳膊勾在她的脖子上，但她并没有呻吟，而是把她的牙印留在他的全身，让他勃起。

艾布·塔里布执政时，伊本·赫都拉米独自一人被关进监狱，于是，他开始在墙上刻写他的日记，写下了他占有的所有遗产的详细情况，包括有关的证人，被他提前或后移的日期。日记详细记述了他玩弄时间的能力，把时间和他那些文件捆绑在一起，让它们具有古老的气息，从而使得对它们的否定变得不可能，就像不能否定伊本·赫勒敦的《历史绪论》和泰伯里撰写的历史一样①。在铁窗后面的墙上，你这位伊本·赫都拉米祖父不曾有多少睡眠，而总是在刻写历史，这就像是在倾倒腹中的罪恶，而让麦加的墙壁去承受。于是，他把自己和黑德尔·阿凡迪的故事传给了它。由于他刻写得太详细，埋在麦

---

① 伊本·赫勒敦（1332—1406），突尼斯伟大的历史学家、社会学家和哲学家。他著的《历史绪论》或简称《绪论》一书，被誉为14—15世纪阿拉伯历史书的范本。
泰伯里（838—923），伊斯兰教著名经注学家、圣训学家、法学家和史学家。其撰写的巨著《历代民族与帝王史》亦称《泰伯里历史》，使阿拉伯伊斯兰历史具有相当可信的学术性。

加城外流放地的黑德尔从坟墓里走了出来，和他一起坐在监狱的墙上，一起回想过去发生的很多事情，包括黑德尔拒绝伪造的证据，伊本·赫都拉米向其倾尽的愤怒以及他占有的那些房产，还有黑德尔·阿凡迪在麦加消失的足迹，去流放地之前被拍卖的家具，等等。对于伊本·赫都拉米几次自杀未遂，黑德尔嘲讽道："自杀是因为你没有找到让埃米尔臣服于你的办法，那是对你的讽刺，成功地制作讽刺的面罩，比所有法官的印章都有效。"

埃米尔眼中的印章，就是丢失的苏莱曼印章！黑德尔·阿凡迪在墙上写下了这样一行字：不要着急，它正在向你走来；被冤枉者的祈祷会被拒绝。你们二人一起看他的结局吧。当谢里夫·艾布·塔里布把他的匕首作为礼物送给伊本·赫都拉米时，还给了他一封信，信上说：如果你想自杀，匕首就在你面前，把你的灵魂送进地狱吧！于是，黑德尔·阿凡迪就和伊本·赫都拉米一起把这封信刻在墙上。当伊本·赫都拉米拿起匕首时，黑德尔承诺，将像记录一个神话那样，完完全全地把他生命的终结状况记录下来。伊本·赫都拉米将匕首刺向自己时，黑德尔记录了匕首刺进的位置：匕首从第四根肋骨下穿透到心脏，导致鲜血涌出。人们把他抬走时，黑德尔像一个认真的随从一样跟着他，记录了拉走他尸体的那辆驴车和那头长着疥癣的瘦驴的样子，尚未为他冲洗的水的情况，未做完的祷告，人们把他的尸体投进乌姆·杜德的一处地方以及以投石的方式向他告别的人群。西斜的阳光照在埋葬尸体的碎石堆上，环绕着那里的诅咒的蒸汽正伴随着他的灵魂沸腾。当诅咒的人们散去时，黑德尔·阿凡迪独自留在那里，石堆上疯狂的乌鸦并未驱赶他，于是，他坚守着，在乌鸦不吉的叫声和腐臭的气味中，记录着他看到的一切：那些消失了许久的折磨天使正聚集在一起，统计着伊本·赫都拉米伪造的印章，被他置于穷困之底的孤儿大军，还有他罪行的土地。他们没有放过他一寸他侵占的土地，结果，那衡器竟因无法承重而损坏了。实际上，他们称重的并非土石，而是被掠夺者的泪水和愤怒，这是黑德尔·阿凡迪在他的历史著作中都无法承受的泪水和痛苦，而黑德尔·阿凡迪一直忠实地为刽子手伊本·赫都拉米做着记录，直到霜染鬓眉、双手颤抖之时，还在记录着从那土石坑里传来的痛苦呼喊。每天后半夜稍晚的时候，这些呼喊特别强烈。但是，安拉从未理会这些叫喊，那个被埋在那里的人也从未得到希求的回答。黑德尔的历史记录的最后一点是，伊本·赫都拉米的舌头已经僵滞无语，那个土石坑已经消失在麦加的泥土里，天使们在那里挖掘了地下水道。海利勒从他这名乘客身上感觉到并已经习惯的沉默、神秘和怀疑，全部在这个故事里爆发了。

从车上的镜子里，海利勒第一次看到了自己面孔上的暧昧，当他从镜子里打量着这位乘客时，竟在那双眼睛里看到了他自己，那完全是他的老祖父伊本·赫都拉米的复制品。那位乘客并未编写历史，而是在诱导他阅读他头脑墙壁上刻写的那些内容，让他明白，他，海利勒，就是刚刚从那个土石堆里出来的先祖，正按照那具尸体的意志行走。

在那个镜子里，海利勒生活的一页清楚地展现在他面前：

一夜又一夜，海利勒向那个该诅咒的女人的耳朵里灌进了他了解的一切，关于人头巷，他母亲，他父亲，麦加，那些穷人们居住的、就要被占据的地方，主人已经死亡的不动产地图，所有那些地图都已经进入了土耳其女人的脑袋里……（她已经把它卖掉了，但不知卖给了何人）。以前，他一直把印章放在她那里，她也因此能够夺取麦加城里绝大部分被继承者忽略了的不动产和房产。

当土耳其女人把他扔在人头巷时，海利勒便失去了他在凌晨三点左右制造痛苦的魔法和能力。

"别回来了！"她那里那个阄人伙计晃动着带有缺口的剪刀推搡着他，在他鬓角的白发处留下了一条弯曲的线，并把所有与他有关的东西扔到了巷子里，而这些东西就是一堆堆被剪断的录像带……

恢复理智时，他正趴在人头巷的土地上，注视着他的癌症为他举起的超能存在。这个存在总是高于人头巷，俯视那些简单的人们，而他就是那场面里唯一的主角，拿着那位乘客陪同他看到的那些不动产的地契、债券。他以自己的幼稚无知和塞在枕头里的印章，变成了赋予那些地契、债券确信公证的工具，变成了吞噬麦加的毒瘤。

海利勒需要一些时间才能让双脚保持平衡。他奇迹般地开着车，在第一个拐弯处把车停下，下了车，检查后备箱里的东西：一摞好莱坞的电影带子，包括那个已经破损的恐龙的带子，三件发黄的衣服，一个破枕头……在化装的工具中，连一只鞋也没有，其实他的模样比不化装还叫人可怜……

他真的带着他的全部家当，从这条路上离开吗？还是在这个鬼魂一样的存在的睽睽目光之下？

"这是个噩梦，对吧？"他想对乘客提出这个问题，但是声音却如临终者的喉头发出的咯咯声。

"毫无疑问，你还期待什么，等着什么呢？"

"你要小心点儿，如果哪个弯拐错了，任何一次瞌睡都将把你送入这个你正开向的不存在的世界……"随着话音，汽车加速，无论他怎么踩踏刹车，速度都降不下来，这辆车在挤满了大小汽车的通往拉赛法的路上飞奔着。他想走到环路上，在

515

那里的立交桥上，他可以以最快的速度开车，但不会有什么危险，但是他头脑里的声音却执意要到达阿拉法特山脉的拉赫曼山，阿丹和哈娃从天上下到人间时就是在那里相遇的。在那条与天际相连的空无人迹的道路上，这个鬼魂的玩偶可以失去它的危险性，但是汽车却自己拐进了从麦加通往麦地那的老路，去追踪他的先祖伊本·赫都拉米历史的终结。他一路畅通无阻。

"你是从人头巷过来惩罚我的，你这个毒瘤来祸害我……但你要知道，我一定会打败你的……你不可能杀死我，因为我会轻而易举地超过你，走向我的死亡……"

当他到达过去叫作乌姆·杜德，现在叫作乌姆·朱德的地方时，开始思念父亲的声音，父亲说过的每一个字都充满了关怀和爱。他的思念面向所有的方向，并席卷着他自己。在抛弃他先祖尸体的土石堆处，不到一秒钟的时间里，那个担架出现了。它看上去像只恐龙，呈半圆形，占据了路的全部宽度，与此同时，随着一阵咳嗽声，鲜血从海利勒的双唇间滴出。也在这不到一秒钟的时间里，他觉得癌细胞已进入了他的心脏，用它的爪子在里面击打。还是在那一秒钟的时间里，飞行员海利勒的身体带着他的四个发动机和他机械的、手动的飞行员一起盘旋，穿过运送石油的油罐车的身体。这个油罐车扩展着，变成了展示火中恐龙的屏幕，伊斯玛仪的面孔充满了车前的镜子，他正放声歌唱：

"麦加人是鸽子，麦地那人是斑鸠，吉达人是羚羊……白色火焰中出现了一座方尖碑，刺破了伸展着、用中立的沉默观察着的天空。"

众先知之死

　　天房侍者站在忏悔柱后面注意着他，每认真看上一眼，都感觉到时光正从他的面孔上飞逝。他面孔光滑，自从被阉割之后，他就再也没有长大。欲念的消失使他远离了光阴的变迁，他的身体长大魁梧了，面孔仍然是充满孩童记忆的娃娃脸。但是那个靠着忏悔柱的男子的脸上却出现了一团皱眉，于是，侍者将目光从他那里转向一位摇头晃脑念着《古兰经》的谢赫，用他的摇晃抚平脸上的皱纹。

　　羊皮纸上破损处的墨迹已模糊不清，成了纳赛尔阅读的障碍。他这个不知是在梦中还是清醒着的阅读者，能够明白那些断断续续的句子导致的节奏变化，他必须以羚羊般的轻巧在字行中间跳跃，这样才不会让那些在羊皮纸上不断变换地方的字词在他眼前像沙丘一样消逝：

　　　　白吐哈山巅出现在我们面前，状如黎明前黑暗中的妖怪的头。向导阿依夫·俄吐法尼把我们留在那里，自己去寻找曾经败北的俄吐法尼军队，以帮助我们——他们的同盟者黑比尔犹太人。那时，俄吐法尼头人欧伊乃·本·哈逊向我们索要了黑比尔一半的椰枣，作为他保护我们的报酬。

在一块巨石的阴影处，我在沙堆中挖了一个坑，让我的身体躺下，这可以缓解长时间骑乘给我带来的撕心裂骨的疼痛。但是，我的眼睑从未阖上，希望向导能带回可以让我们返回所来之处的消息。向导回来了，确定了我们所有的恐慌。阿依夫·俄吐法尼对我们说，他没有发现任何俄吐法尼士兵能够救助我们的迹象，黑比尔士兵只能自己坚持。他在路上碰到的所有的人都认为黑比尔军队将继续与穆斯林军队展开激战。这支穆斯林军队有二百人，不怕牺牲，并曾在白德尔的壕沟之战取得了胜利，成功地与古莱什人在侯代比亚签订了停战协议。

我们从白吐哈山向东走，这次向东的绕行犹如全部历史的终结，亦如为了复活而出现的死亡。在那之后，我们必须秘密行进，被人忘却，不能留下任何与黑比尔人或犹太人有关的痕迹。我们穿上了向导给我们准备的俄吐法尼部落游牧人的服装。当时，我觉得这个向导一直用警惕的目光盯着我，而我所习惯的男人的目光是欲望的目光。

那时，我们必须夜行，正午太阳最火辣时稍做歇息。我们愈来愈确信被包围的黑比尔士兵肯定失败了，而且受到来自麦地那和黑比尔各个方向的追逐，犹太人的残兵败将很快就会被沙漠吞没，或潜入各个部落。为了给予你新的存在和让传遍迦南土地内外的宗教在这里开始传布，我应该躲避他们，包括那些败兵。

我度过了逃跑之路最初的几个夜晚，捍卫着已经远离的我的童年和驼轿上那个姑娘的形象。这位姑娘乘坐着纯金的驼轿，准备嫁给被挑选的骑士，让黑比尔最美丽的姑娘改良他们的犹太人种，而我正是得享这一殊荣的姑娘。当时，我正和男孩子比赛爬椰枣树，他看见了我，在我隆起的胸部，在我指向地下黑色源泉的鼻子上，看到了集动物、妖魔和飞鸟于一身的魅力。我充溢着花草清馨的笑声，泛起地下森林中泉水的汩汩声响，那声音俘获了他的心。

随着驼蹄的节奏，我想起了所有向婚庆队伍致敬的面孔，还有那深深的花海，我出行的喜讯传遍了每一座要塞。我的队伍的起始是艾布·凯阿卜·本·艾舍拉夫的母驼，结尾是我的俄吐法尼女仆的驼轿。每前进一步，这支队伍都在扩大。我们经过了白尼·格利扎、白尼·基格和白尼·瓦吉夫的要塞和平原，他们都来祝贺我与黑比尔精神骑士的婚姻。我对于这突然发生在我的生命和梦想中的变化产生了怀疑，一路上，这种怀疑始终伴随着我。人们让我离开我们生活的平原，把我送往极具权势的希贾兹农村中的黑比尔部落。我的保姆信誓旦旦地对我说，在那个部落里，我不仅仅是要塞的女主人，而且还是一名使者。我以一个十五岁少女的恐惧想象着那一切。当那位骑士穿过队伍突然出现时，我的恐惧消散了。他穿着短衫，蓄着长长的胡子。他向我的驼轿走来，婚庆队伍中的男人们一动不动，任他用两只强壮的臂膀将我从驼轿上抱下来，再把我放到他的骏马上，坐在他的前面，向黑比尔飞驰。一路上，我急剧的心跳从未平息，直到他温柔地把我放到他的睡榻上。洁白的棉布帘帐悬挂在我们之间，美丽的花瓣装扮着我的脖颈，透过帘帐和鲜花，他从我的井里啜饮着，身上散发出油脂和木柴的气味。我身体里的漩涡已经苏醒，接纳他，我以同样的力量收缩着，舒张着，直到夜晚，我们之间的帘帐断落。翌日清晨，我才知道他是我丈夫。他努力让我受孕，让我怀上你，但是，直到你诞生的那一刻，我始终不确定你是源自他的骨血，还是源自路上与我相遇的沙子。

那时，他把我送到了这条路上，我必须服从他，跟着这个俄吐法尼人一起走。这个俄吐法尼人在波斯人和罗马人的庙宇里服务，身藏贝特拉、帝王谷及其寻求永生的庙宇和坟墓的秘密，最后，以沙漠修道者的身份结束了他的生命。

先知寺侍者打断了纳赛尔的阅读，说：

"十点钟，我们要关闭清真寺了……"这个侍者身躯高大，扎着绿腰带，那张脸很像女人，声音也很细。纳赛尔看了他一会儿，没明白对方的用意，那侍者只好重复道：

"你走吧，清真寺要关门了……"纳赛尔小心翼翼地把护身符里的羊皮纸卷起，站起身来，侍者注意到他脸上难过的表情，便同情地说：

"从明天起，延续了十四个世纪的关门传统就要被打破了，清真寺所有的门都会整夜开放了。"说完，他看着纳赛尔眼中的反应，又接着说：

"这个清真寺就是安拉使者的家，我们这些老侍者的后代，以牺牲我们的身体来保证这光荣之地的安宁，让逝者安眠。当晨礼的宣礼声响起时，各个门都会向做礼拜的人们敞开，直至宵礼之后。"

　　这个侍者望着位于他和使者墓之间的铁墙和一道道栏杆，想起了先祖的往事。在土耳其统治时期，他的第一位先祖，每天都伴着晨礼的宣礼声，迅速而庄严地打开通向坟墓的门。为了让使者和跟随他的人小净，他在那块石头边上放了一个装满水的水壶和用香料擦亮的小盒，上面刻着有《古兰经》叩头章的一段。年轻的侍者叹息着，问候着安眠在这里的人和他们的随从，纳赛尔也跟随着他，问候、祷告。侍者带着深厚的感情，打量自己的一双手，然后，把它在纳赛尔面前张开。那是一双被香草香料熏得发黄的手。

　　侍者对纳赛尔说："这双手总是被麝香和汗水滋润着，每摸一次这座坟墓，我的手就变得更加柔嫩，身上的重量也变轻了。1971 年，我还是个孩子。一天黎明时分，天气很冷，我躲在父亲身后，冻得牙齿咯咯打战。我藏在那些帘帐中，看着工人们在深夜里更换那高贵屋子的幔帐。只要我活着，我的每一个黎明都会与那一层层絮着厚重棉花的绿色绸缎联系在一起。幔帐上面是深红色的带子，用棉线和金银丝绣着《古兰经》的章节，这部分占了幔帐四分之一的面积。你只要向它望上一眼，就会听到《古兰经》开端章的诵读声在微弱的灯光中荡起。那些黄色的幔帐上装饰着许多指示三个坟墓所在地的符号。那是我第一次偷偷潜入这里。我紧贴着屋门，直接嗅到了先知的气味。之后，连续几个晚上，我都和那些被挑选来更换幔帐的人一起偷偷进入那间屋子。这些工人都是在夜晚秘密工作的。"

　　纳赛尔问："每次更换都是在伊历十二月三日结束吧？"

　　侍者没有回答，依然沉浸在回忆之中，就像一个看不见也听不着的人一样，继续讲述着自己当年所见：

"那个幔帐的年龄有七十五岁了，由此可见它历史的古老，四分之三个世纪都没有更换过。那个黎明，当我看到第一个空的坟墓时，浑身颤抖。后来，我父亲对我说，当先知尔撒（耶稣）来到地面时，将会葬在其中。

我父亲是侍者的头头，他虔诚地站在屋中朝向墙壁的幔帐下面，面向屋顶，用一块鸽子蛋大小的钻石换下一个银钉，钉子下面，则换上更大的一块钻石，这两块钻石用黄金和白银固定着。我记得，当时我像做梦一样，只看见一个身体消瘦的年轻工程师向环绕在站立之处的带子走去，把满是古老刺绣和熏香的红色带子卷起来，扛在肩头，走出屋子，把它放在花园的地上，而我离他只有几步之遥。这时，许多人走过去，想把带子放到卡车上。但是带子十分沉重，他们竟然无法拿起它……"侍者长叹一声，向纳赛尔脸上投下一瞥，然后继续说：

"在天堂一条水渠旁的屋子里，时光不同于这里的时光，存在的身体能量也不同于这里的能量，进入其中，就可以摆脱软弱无能和人所具有的最基本的特性，变成一种与睡在这座被人们祈祷并致以敬意的坟墓里的人相似的物质。我的先祖们就是睡在他们子女的枕头上的。这些枕头是用从天房帐幕上剪下的布制作的，散发着芳香的气味。所以我们的灵魂是与一种不会死亡的内在灵魂联系在一起的。"侍者往外走着，纳赛尔一声不响地跟着他。这时，他想起了犹太姑娘萨茉的婚礼。她的丈夫隔着帘子与她行房，她不能与他一起进餐，不能走在他的前面，在陌生人面前要戴上面纱，只能吃她的族人提供的食物。于是，他的头脑中浮现出宗教历史上强硬派的典型状态：那些人只听他们信仰的异端邪说，反复强调他们是上帝的选民，崇拜黄金，财富成堆，用尽手段垄断生活之资，等待着其他民族的人诅咒他们、役使他们那一天的到来。

纳赛尔思考着将他与那个时代分割开的十四个世纪。这时，先知清真寺外的广场出现在他面前。他放慢脚步，希望优素福或穆舍白布跟着他。他漫无目的地在清真寺前的一个又一个广场上走着……不知过了多久……终于，他觉得腹中空空。他看到前面有一个黑皮肤的女子在清真寺院子的一边摆地摊卖牛奶，就走了过去。看到纳赛尔站在自己面前，那个女子立刻在一个陶碗里装满牛奶，把碗递给他。

纳赛尔谢过她，将一百沙币的纸币放进她的手里。她的手攥着那张纸币颤抖着。纳赛尔一口气把奶喝光，淡淡的香草的芬芳让他身心陶醉。他再次抬起目光时，看到了拖在女子后背上的发辫，一种说不出的感觉袭上心头。他想起了那件短衫和白色的背心，还有拖在肩上的黄色头巾。

纳赛尔在一个铺子里看见一个男人毫无顾忌地向市场走去，像在梦里行走一般，就毫不犹豫地跟在他身后，走进了市场的大棚。周围的店铺正在准备关门，那些卖念珠、地毯和进口衣服的摊贩也正在收拾货物，把那些东西遮盖起来。那个男人和纳赛尔都没有着急，因为任何一个动作都可能让那个男人从纳赛尔的梦里走出去。远远望去，他们之间似乎有一条细线，周围的人们都觉得他俩在以一种平衡的姿态行走着。一个下巴上生着癣疥的巴基斯坦人，坐在他的货摊前，叫卖着念珠和头巾，每三个头巾用橡皮筋扎好，纸箱里还有一排排牙刷、牙签。一个非洲女人靠着外皮因潮湿而剥落的一堵墙，她前面的大木车上摆放着一堆堆尼龙袋子、辣椒面，一袋袋玫瑰茄，还有一排排入口即化的哈布哈布果。这个女人连看都没看他们一眼，只是站在那里打着瞌睡，并未等待顾客的到来，只是等待着结束，然后等待夜晚的到来。这时，纳赛尔跟着的那个男人突然拐进邻近的巷子里，走向那个卖甘蔗的人，向梦的深处走去。纳赛尔跟着他刚刚走进那条巷子，那个男人的身体就像一块石头一样向他扑来，纳赛尔的反抗没能成功，他倒在进攻者的身下，当他再次睁开眼睛时，发现自己正在一个长廊里，眼前是正在盯着他看的优素福黝黑消瘦的面孔。毫无疑问，他面对的人就是优素福。这时，一个声音传入他耳中：

"警官，你已经拿走了属于我的护身符……"那一刻，纳赛尔决定不允许任何人抢走护身符。在长廊冰冷的黑暗里，纳赛尔感觉到有一只眼睛在注视着他，揣摩着他的思想。他没有回头，就已经明白是谁把他带到了这里，淡淡的乳香味让他更加肯定，那就是穆舍白布。这个名字让他从长廊的迷雾里走了出来，恐惧地在自己的身上摸索，却不见护身符的踪迹。失败的感觉让他的心突然沉落。这时，优素福把护身符扔到他面前，说：

"别瞎找了……"纳赛尔急不可待地将护身符拿起。

"你读到什么地方了？"优素福嘲笑地问道，他举起一些纸页，让纳赛尔高声出来。

"跟踪你很容易……在清真寺时，我就在你旁边，你的专注和你的样子，让所有的目光都会注意到你。"

摩 登

在卡萨迦迪斯餐馆，拉法仪一直跟在努拉和她的侍女身后。餐馆很小，虽然有三层，但每层只有一个房间，里面摆满了小桌子，烟雾缭绕，谈话声不断，问候声不断地从右边和左边传来。他带着她直接向地下一层走去。下车前，他已经告诉过她，说：

"开设这间精致餐馆的想法来自米兰诺夫人。她是为了艺术界的朋友们开这家店的，在艺术界的年轻人里，她很有发言权。在这里，她为那些有可能对当今世界艺术运动产生影响的年轻艺术家举办展览……"最近，为了让努拉了解马德里的真实面貌，拉法仪提出了多个建议，这间餐馆便是探访地之一。地下室很狭小，每面墙壁上都有壁龛，对面的桌子上展示着新兴造型艺术的作品、抽象派画作和石雕、青铜雕刻……努拉觉得，虽然这里并没有她的立足之地，但是，她属于这样的结构空间。现代艺术的不和谐，如同穿行于受到视觉电流冲击的创意者的头脑之中，而她与这种不和谐存在着一种不言而喻的相互理解。

餐馆的主人米兰诺夫人走了过来。这位年届九旬的消瘦女子有着一头铂金色短发，充满活力，她带着他们向不太喧闹的第三层走去。走在木制楼梯上时，她把努拉的目光引向挂在墙上的一些怪异的画作，说：

"新兴的艺术家们把这里看作是新流派的交汇处，每一位新兴的艺术家都可以在这里找到存在的空间，或成为争论的焦点……"她自豪地给他们展示那些曾在这个艺术小巢里用过餐的国际名人的照片，说："这是胡安·米罗，这是毕加索，这是俄罗斯芭蕾舞蹈家……"这一层用木屏与下面隔开，看上去就像是一个阳台。女主人把努拉和她的侍女安排在最后的一张桌子旁，拉法仪则坐在角落里，这样，他们从窗子能看到街上，又能透过木屏看到餐馆里的人们。女主人在一张桌子旁边停下来时，拉法仪悄悄地对她说：

"米兰诺夫人，我让你看的，就是这位女士的作品。"夫人站在那里，指着毕加索的一幅描绘着女人身体的画，对努拉说："你的画里有受到毕加索影响的痕迹……"

努拉差点儿笑出了声。如果这位热衷于扶植艺术家的女士知道二十世纪竟然有人会没听说过毕加索，会有什么反应呢？那位夫人没有意识到努拉目光里的嘲讽，继续说："你画的线条传递着奔放的激情，你在用那些线条与世界进行沟通。"面对这位夫人投来的目光，努拉十分尴尬，说："你只看到了几幅作品……"

"也许是这样，但是它值得引起注意，我这样说，还是有点自信的，我活了快一个世纪了，现在又生活在艺术展和职业艺术家中间，这不仅仅是我个人的意见……"说着，她走过来，靠在努拉的桌子上，对她说：

"我把拉法仪带来的画作拿给胡安·米罗机构的一位女批评家看过，她被吸引住了。你二十四岁还是二十六岁？你可以取得更多的成就……你学过艺术吗？"努拉感到很不安，心里却在沉默。为了让她放松下来，拉法仪开始用西班牙语与那位夫人交谈。当招待送来意式凉菜时，努拉又高兴起来。远远望去，他们四个人就像一个享受夜生活的小集体。米兰诺夫人高声地喊着："祝你好胃口。"

努拉适应了这个环境，喜欢上了这里的香气，挂在墙上的艺术作品，餐馆客人们极具个性的面容，还有红花、橄榄油、刚出炉的面包和海鲜的气味。晚餐的盘碗收起来之后，咖啡摆上了桌子。努拉要了甘菊茶，并从书包里拿出她画的那些画。米兰诺夫人戴上眼镜，认真地看着、评论着，拉法仪为努拉做着翻译：

"你的作品很成熟，就像是一辈子都在与那些刻在纸上的贪婪进行斗争。拉法仪，你看这里的暴力，这里的挖掘，那里的摩擦，急剧的倒退，突然的动作……这是贪婪，欲望，这里还有那里摘去了面罩……这里舒展的人体，像雷声炸裂的天空，就像做爱……"拉法仪十分尴尬，不知该如何为努拉翻译最后的那句话。看到努拉一脸惊愕，那位夫人不语了。这时，她在前面那条狭窄的路上看见了一位茨冈女子，那个女人穿着红色的衣服，外面罩着黑色的披肩。她正在拉提琴，披肩上的结随着她拉琴的动作在抖动。

"啊，马德里的夜晚和巴赫小提琴协奏曲第二乐章里的潮涨潮落，一起冲刷着心境……音乐像阿拉伯语，富有诗意，但有严密的规律，它的和谐就像阿拉伯的诗韵，像组成词根的三母动词……你知道吗？所有和声都是由三个或四个音组成的，可以组成多种式样，形成无穷尽的句子，就像阿拉伯语中的字母。巴赫曲中隐藏的秘密就像阿文字母艾立夫、拉姆、哈乌一样，巴赫认为这种组合中隐藏着上帝存在的证明……"西纳特拉，毕加索，巴赫……一个个名字在她头脑中滑动，而且拼命坚持着，要抓住空荡荡的意识中凸起的本体。

"巴赫用所有的音符和符号，写了四十八首前奏曲和赋格，只是为了证实那些音乐的存在……他写了很多，为所有的一切而创作，像一个信仰数字的苏菲信徒一样。《哥德堡变奏曲》是为一个患失眠症的王子写的，巴赫写那个曲子是要让他在失眠时听，反复听又不会感到厌烦……"这时，努拉意识到，她的失眠并非源于思绪繁重，而是由于空无所想；不是因为无穷尽的回忆，而是因为不存在回忆，是因为她离开之处的沙化。这一处她正在失去记忆的地方，容纳了她对这个世界的鲜活记忆，还有用争议、破坏重新架构过的各种知识。而在马德里，以古老又光鲜的容貌保存在文明中的各种艺术、科学，包括传统建筑和音乐，与行走在街上的人正在相互碰撞。面对那些她并不熟悉的名字和她不了解的成就，努拉感觉到了一种迷失。

米兰诺夫人的笑声打断了她的思索：

"毫不奇怪，巴赫的《F大调第二勃兰登堡协奏曲》入选地球金唱片，与太空探测器一起被送入外太空。"可是努拉却在想，如果唱片送到她的家乡，那里的人们会听出那是来自地球的声音吗？

"这是贝多芬的F大调第五号小提琴奏鸣曲《春天》。贝多芬和巴赫的区别在于，他并不严格遵循规律，而巴赫则是他那个时代里最固守规律的音乐家。"努拉感觉到，自己在这个年龄才进入这部人类成就的百科全书，确实有点太晚了，她还需要走很长很远的路，才能摘取文明的果实，让自己的意识变得更加丰饶。

就在这时，努拉看到那位茨冈女琴手伸开双手，摸索着掉在地上的钱币，原来她是个盲女。悲伤蒙住了努拉的眼睛。

"你考虑过办个展览吗？不一定是在这里，也许在你的家乡……"努拉盯着那个茨冈女人的披肩，带着担心，用指尖摸着自己披肩的边缘。米兰诺夫人继续说道：

"我也有茨冈背景，流浪过，但是我知道艺术能够为我们提供立足之地。艺术如同一个星球，可以赐予我们居住权，并让我们获得在国外的生存条件。"努拉觉得自己似乎赤裸着身体，一丝不挂。那位夫人不仅在认真看着她那些画作，还在揭示她自己不敢正视的内心生活。她说：

"但是，我并没有创作艺术作品的知识……"说出这句话，她自己都觉得突然。"我没有学过绘画，我画了这些……"她摸着那些线条，继续说："是需要把墙壁推向远处……腾出地方……让空间平衡……"

"你的这些话是我听到的关于艺术本质最美的表达：在创造性的意识里，向没有任何人的空间打开一个空间，这种需要也许就是原始人和孩子们创造艺术的动机。这些艺术已经在人类历史上留下了自己的痕迹。毕加索在声名鹊起后曾经说：我希望我能重返过去，像个孩子一样作画……你一定要搞个展览，把你的内心世界展示给在你内心行走并接受它的人，让他为你揭示其中的秘密……"

"你的建议值得我考虑……"努拉不自觉地对着披肩的一角说出两个字，吹了一下，然后把披肩的那个地方打成一个鸽子眼大小的结。拉法仪弯下身子，问：

"你从哪里学来了茨冈人的这个魔术？"努拉的脸上略显羞涩。

她身后的一幅陶泥画中走出了三个人，环绕在她周围，他们的脸上都带着流淌在小提琴琴弦上的神秘的微光。这种光与阿拉伯奥德琴弦上的乡愁混合在一起，被夜带进心的深处。在那里，披着披肩的保姆嘶哑的声音响在耳边，她的披肩边缘打着一个个像鼻翼一样的小结，那声音是低低的耳语，从那女人和静立在灯光下的保镖的头上响起。

"我的保姆教给我如何寄托希望，让我把每一个愿望变成她披肩边上的一个结，每到愿望实现，她就会用舌头发出欢乐的颤音，在平台上响起。愿望越大，对别人的影响也越大。"

"别让披肩空着无结……"保姆披肩上的结愈来愈多，每一个结都是一种欢乐，在路上等待着她：小学毕业，成年，背下《古兰经》国权章，在睡眠中远离坟墓里的铁棒，学会并精通缝纫。

"就像这个茨冈人打着结的披肩一样，一百个结就是一百个愿和梦想。"

"有时候一个梦想就够了。"拉法仪说的话令她吃惊。

"一个梦想？"想了一会儿，她又说："也许，一个都多了……"起身准备离开的米兰诺夫人说：

"现在有问题：我们制造的让接受者在我们生命的梦想里行走的空间，面积是多少？"

音乐响起，惊动了鸽群，那些鸽子在整条街巷里乱飞，然后消失在一个远远的巷子里，停留在她的记忆里，以夜间海潮般的回归，组织身体的节奏：

"我来自这样的一条街巷，那里有两面墙……"他倾听，努拉消失了。

在深重的呜咽声中醒来的夜晚，努拉的记忆消失了。呜咽声在她的窗下不停地敲击，让她觉得好像有人想冲进那个被钉死的窗户。后来，她开始分辨那些声音，一种发自内心的本能驱使着她从窗缝间偷窥，结果，竟然发现窗下有个男人的脑袋。那人神情迷茫地眯着双眼，正在用头撞墙。她把脸靠近窗上的空隙，从那儿能看见他的两条腿，还有一个蒙着斗篷的头，正贴在他身上狠狠地咬着。当狂犬病的抽搐开始出现时，那颗头裂开了，出现在黑暗里的是一个有着两片宽大嘴唇的女人。那个狂犬病患者突然给那两片嘴唇送上一吻，随后传出一声嘶哑的低语："啊，该诅咒的……"

女人的眼睛睁开了，等待着同样的反应，男人开始小心行动，准备秘密地离开那条巷子。努拉的目光从那张脸上转回到拉法仪脸上……用甜甜的声音说道：

"我们那条街巷的夜晚是一个不会疲倦的舞台，有各种奇怪的幻影。晚上我躺在床上仔细倾听，总是只有声音不见演员，脚步在奔跑，声音嘈杂，一出又一出愤怒、淫荡的戏剧从街巷入口到尽头轮番上演，人们心安理得地扮演着他们的角色，沉醉于这种演出的秘密性。男人们用散发着酒气和愤怒、暴烈、迟钝的口舌争斗着、谈论着，女人们在叽叽咕咕，渴望的喘息和击掌声顺着窗户从上层传至下层。在混着大笑和大哭的背景中，那个女子在医院值完夜班之后，伴着黎明，脚步匆匆地回家。我们从她身上嗅到了汗水和滴露消毒水的强烈气味。她拖着疲惫的身躯，准备迎接流淌着汗水的不断重复的未来。我从未见过她，但是，我可以画出她以对我们街巷毫不在意的面孔抬起那双戴着白手套的手的样子……她下定决心回到那条街巷，奔跑着，不停地呼唤着：女人，宣礼塔，父亲，里里外外彼此混合，形成一种独一无二的结构，这种结构就像我们每天吃的面包，但是，外面众人的掌声把那一切都切断了……"努拉把目光从街上那个茨冈女人身上转到她的侍女脸上，然后又转向拉法仪，他脸上那些深深的皱纹同样来自艰难的生活。这时，米兰诺夫人打断了他们两人的思路，问道：

"你们愿意加入我们，讨论电影《英国病人》吗？"

拉法仪和努拉婉言拒绝了。

在返回宾馆的路上，她突然问：

"你看过《英国病人》吗？"

他点头肯定，然后说："我觉得电影很美，但是，我不能看第二遍。在现实生活中，我们已经在国内的战争里经受了太多暴力，承受了太多打击和刺激，以至于现在一看伤心的电影，一读难过的诗篇，我就会感到心神不安。我的心肯定已经被撕碎了……"

"也许你的心并没有被撕碎……你只是以和平来评价生命的价值……"

"我不能接受西方人通过电影来思考现实的方式。我和米兰诺夫人具有同感：我们发展了双重性，第二现实。我们的精神世界是我们从周围所见的反响，我们的文明是表现心灵和精神自我的贝壳。没有那些，我们只是动物，只能单纯追逐食物和性。我们希求更高级的存在，但是，我们不能得到它或者保存它，因为它对我们大多数人来说都是不可能的。最终，所有的一切都只是一个梦……"

阅读三角

在无尽的空空走廊里，世代的沙漠在三个人之间伸延着。在黑暗中，穆舍白布始终沉默不语，而纳赛尔的口水已经干了。穆舍白布不断地眨着眼睛，随着怀疑的加重，坠落的噩梦开始威胁着纳赛尔，于是，他急忙向优素福转达遗嘱，优素福侧耳细听，每当纳赛尔结巴念不清的时候，优素福就会继续读下去：

当我们进入内志腹地时，一切都改变了，我们离开了浸润着希贾兹和风的温柔的沙地，空气变得干燥，风变得残忍，像在我们的脸上挖着、刻着，我觉得我已经失去了我的鲜嫩。我不知道我们跟在俄吐法尼向导后面，在驼背上究竟摇晃了多久。我们穿过努夫德沙漠边缘的一座座高大的沙丘，花费了一些时间和那些骑着无鞍骆驼包围着我们的男人周旋。

在炫目的日光中，很难分辨出他们是真正的男人，还是一群飞行之物或是妖魔。这些男人和他们的坐骑从头到脚都是沙土的颜色，只要碰上他们，你就很难逃脱。他们像沙尘暴一样地向你扑来，突然扬鞭抽打你的脊背，或者蒙住你的双眼，或者像钩子一样抓住你的前胸。他们把我们的脚绑在驼鞍上，驱赶着我们，让我们走在他们后面。在我们已经感到绝望的时候，天边出现了一大块铜板，用那种能够让人融化的火热推搡着我们。当我们到达那堵铜墙的时候，前面突然卷起一阵大风，吹来了沙石一样的东西，俄吐法尼立刻警告着喊道："蝗虫！"

沙漠里的蝗虫凶残无比，能吃掉活人，所以我们必须保护好我们的眼睛和面孔，我把外袍拉起来，弄得像个小帐篷，把头藏了进去。阿马立克人却满不在乎地面对蝗虫群，根本不去蒙脸，反而用嘲笑的目光看着俄吐法尼在咆哮的驼背上回击蝗虫的进攻。突然，不知是谁在我的骆驼身上踢了一下，骆驼奋蹄而奔，我无法控制，只能紧紧抓住驼鞍。我无法应付在我周围和外袍里面嗡嗡叫的蝗虫，直到这团乌云一样的蝗虫落在我们身后时，骆驼才停止奔跑。当我睁开眼睛时，骆驼还在驱赶它身上最后一只蝗虫，阿马立克人骑着骆驼站在我周围，我的骆驼的脖子和眼睛周围都被咬破了，俄吐法尼的骆驼，腹部出现了刺青一样的伤痕。不管怎样，我们奇迹般地逃出来了。

拉玛谷地中的一片绿洲展现在我们面前，但是，它已然被破坏殆尽。蝗虫扫荡了椰枣树的花冠和枣串，只剩下光裸的树干，村落旁边迎接我们的是一堆集体坟冢，那里埋葬着因被蝗虫传染天花而死亡的人们。

出于对这处地狱的厌恶，母驼自己跑向东南方向的一个圆形的地方。阿马立克人仿佛正把我们从灾难赶向瘟疫，一直带着我们在那个圆形地方中走动，天花则在蝗虫堆里与我们同行，在它消失在浩瀚宏大的努夫德之前，将一个个绿洲置于死亡之中。

我们很快把塔伊和艾萨德抛在身后，阿马立克人像旋风一样驱赶着我们行走在哈尼法和泰米姆之间，寻找他们想要到达的绿洲。

美　味

　　马德里市中心被夜色笼罩着，对面普拉多博物馆周围的一切活动已然缓慢，努拉像她在遥远的街巷所习惯的那样，竖起耳朵谛听：

　　土耳其女人娜齐克在街巷那个贫穷的网里醒了过来。她身穿袖子上带有刺绣的深蓝色外套，戴着白色头巾，没有像街巷里其他女人那样把脸蒙上，额头上火红色的发缕引人注目。每当她和阉人侍者说话时，她都会抖动，那个侍者离她两步远，像一条忠实的狗，听着她的一切指示。每个周五的早晨，当娜齐克走过时，街巷里的姑娘们都躲在门廊里，少女们则把手指深深地藏进她们外袍的袖子里。

　　"娜齐克是通过手指拐骗女孩子们的。"之所以出现这种谣言，是因为她总是用鹰隼一样凸出的眼睛看女孩子的手，仔细检查，挑选出细长的手，然后说服这些女孩子的家人，以易货的方式让这些女孩为她干活，主要是在衣服上刺绣。

　　那个周五，一个女孩站在盛装香草的大盆之间，像鸽子一样注视着土耳其女人。看见娜齐克走近时，女孩立刻离开她站立的地方，来到街边的门口，去收集娜齐克身上散发出的巴黎夜香水的气味。这种给整条街巷带来悲愁的香水是娜齐克从她的先祖那里继承下来的，每周五都会使用一滴。娜齐克用她长长的爪子抓住女孩子的右手，仔细察看手指，说："这手指真美，是最纯正的土耳其人的手指，如果你让它到我那里接受训练，从事裁剪缝纫……你的手指定将使你饱尝香蜜，被龙涎香环绕。"这句话将她的龙涎香送进女孩父亲的头脑里，让他在翌日清晨急忙解除对女儿的禁锢，将她送到娜齐克的作坊。

在门的上方，女孩嗅到了女人们的各种气味和浓重的汗味，更有一种她无法确定的气味让血液冲到头顶，发出轰鸣。这种气味和巴黎夜没有任何关系，倒是让她第一次意识到自己是一个成熟的女人。

"姑娘……"娜齐克像抓住救生圈的人一样接待了她。让她突然感到悲伤的是，娜齐克像洗尸妇手中的瓜瓢一样的白发上覆盖着假发。

"这个地方会让女孩子的腰变得柔软，但不会折断她的后背。"娜齐克说着，把她带到了一排像被罚站的小学生一样对着墙摆放的机器前面。那里有一个体态丰满的女孩子正专心致志地在缝纫机上干活，她的胳膊肥壮得像婴儿一样，带着复仇的愤恨转动着缝纫机轮子，几乎要把那轮子卸下来了。这时，娜齐克递给新来的女孩一个心形的框，双层架子之间绷着白色的棉布，她对女孩说："我现在教给你怎样在衣服上做出突起部分，这种针法会让姑娘衣服上的花朵挺立起来。你看，这样的话，那朵花就把生命赋予了衣服，不是吗？"

在她的口中，"生命"一词的发音变成了"蛇"。女孩用尖细的针，把她的诅咒都投向了那块织物，花心上出现了尖头的红色花蕊，汗水亦从她的双唇上浸出……娜齐克就近监视着她，女孩想再次拿起框子时，她制止道：

"不要出女奴们才会出的汗了。"然后她带着女孩继续走，在衣架旁停住了脚步，那里挂着各种颜色、各种样式的衣服。她拿起一块巨大的头巾，遮住女孩的口鼻，只露出两只眼睛。她身穿黑衣，把那个女孩推到作坊里被遮挡住的一个角落。让女孩没想到的是，那里有许多身体都在随着鼓点跳着舞："让你的身体扭起来，舞起来……"

娜齐克用沉重的舞步带着她，女孩的身体像奔向河口的水流一样舞动起来。当汗珠从她的胸部绽出时，头巾上泛起一股能够扼住她喉咙的气味，这种气味以一种飓风般的欲望让她体内翻江倒海，一种东西已经爆发并征服了她。她奋力挣扎着，将身体从娜齐克手中挣脱出来，离开了舞场，娜齐克没能追上她。女孩明白了，那里裁剪的不单单是衣服，那里的剪刀是按照那些被挑选的身体的胆量进行裁剪的。其中一些不过是脱掉衣服，而另一些女孩子做的可不止这些，然后事情就会多次出现。

"无论如何，我绝不会再去那个地下室了。"姑娘发誓。

"掌握一种手艺会有安全感。从我这儿走了，你女儿只能挨饿了。"父亲受到了威胁。娜齐克一次次来访把他惹烦了，于是让她在女儿房里和女儿单独谈话：

"听我的话，你将来会胜过我那里技艺最高超的女孩，你刚一走过，权杖就落在你脚下了，你要知道……那是权杖，姑娘！"她用力地抓住女孩的两只手，想让她明白。娜齐克每吐出一个字，那个头巾上的气味就冲到女孩鼻子里，一种不可忍受的东西在刺激着她的身体。

"现在，我的头发上就有同样的气味。"在马德里普利兹宾馆的豪华套间里，努拉的双肩耷拉下来。现在，她大致明白了因为她经过那个地下室而产生的洪水，她反复对自己说：

"权杖……姑娘，在那个时候，你从娜齐克那里拒绝的权杖。"

在没有宣礼声的城市里，每次黎明之时，都是鸽子翅膀的振动将她唤醒。看到那沉默之间晨光的闪烁，她便知道晨礼的时间已到。黎明时分的到来者，让她从深深的睡梦中走出，并且知道，他正在走来，那是她的情人在远处的一个院子里发动了摩托车，惊动了鸽子，在她住的狭窄街巷的上空盘旋着，犹如波浪，穿过她的身体，安靠在脖子后面，她战栗着，期盼着。

到 达

俄吐法尼向导警告我们说，我们正行走在地狱里。那时，在没有任何警告的情况下，他们驱赶着我，冒着毒热的南风行走。风把我们脚下的沙粒卷起，再抛掷在我们头上，犹如建起一座座高及天空的坟墓。

俄吐法尼眼中的一瞥告诉我，他已经摆脱了恐怖，落入了我的圈套。我从他眼中看到的东西令我感到恐怖。

"无论走到哪里，我和你的关系都是兄妹关系……"我并不抱什么希望，但是他眯着双眼顺从我的意志。白尼·哈尼法绿洲终于出现在了我们面前。

我们自出发以来，第一次搭起帐篷准备过夜。虽然夜的孤寂、饥渴和失望深深地折磨着我们，但是我们却睡得很沉，像死过去一样。不过，一种野蛮的、魔鬼般的咯咯叫声将我从死亡里拖了出来，我睁开眼睛，看到阿马立克人围成一圈，正在撕扯驼肉，吞食沾满沙土的内脏，仿佛他们是以食沙为生。我们周围的沙地送出昨日细雨的气味，母驼吃着夜间在沙丘上生长的骆驼刺。我意识到，我们已经远离饥饿了，因为我们已经到达了内志绿洲的中心。

我睡着了，感觉掉进了我们曾经走过的深渊，那个俄吐法尼人裹着披风的身体把我抓住,让我没有继续沉落下去。我听到我的身体里或是周围的荒野中有狼在号叫,想吸吮那个俄吐法尼人的鲜血。黎明时我醒来,见他背对我站在那儿,轻拍着母驼的脖颈,那正是我在自己胸间感觉到的动作。我向他走近时,身体里跃动着清晨的热气和宇宙的觉醒。这轻轻的接近迷失了他敏锐的感官以及观察气候和气味的洞察力,于是,一个身体自觉自愿地向另一个身体投降,洞察力和战胜人们与幽冥使命的愿望背叛了我们。狼的号叫,把我父亲凯阿卜的警告送进我心里:"你要为我们挑选血统最高贵的人,使我们得以复活。"瞬间,我的状况令我恐怖。我摆脱了他,他亦明白了我的决心,未再移步前来。

✤ 画

那个夜里,她刚刚钻进被窝,就坠入了一口深井,染着啤酒和大蒜气味的手在那里抓着她……直到金属撞击大理石地面发出的金属声和那个男人嘶哑的声音响起。努拉睁开眼睛时,夜半已过,她光着脚站在冰冷的大理石地面上,从大厅半掩的门里,看见了那个肥壮的男人。在她看来,他就像个卡通人一样,充满狡黠和油脂,快要炸裂了……当时,他正弯腰从地上拾起一个闪光发亮的东西……努拉定睛细看,发现那是被遗弃者墓地那个墓碑上被盗的钥匙。一阵强烈的恐怖袭来,她屏住呼吸,小心不让他发现自己,想到他可能会伤害她,她便浑身发抖。这时,那男子将这把钥匙和他手里拿着的旧羊皮纸画进行比较。

"复制品,同样的宽齿,三个窑殿样子的柄……但是,你说得对……毫无疑问,这是仿制品……"说着,他用发黄的牙齿去咬钥匙上薄薄的黄金镀层,发现镀层下面是廉价金属。

"当然,你这个傻瓜。"谢赫脸上冰冷的愤怒把恐惧送到了努拉全身的关节,送到了她在门后的藏身处,随后,她看到的是那张面孔上的野蛮和那野蛮的愤怒:"你们就是一个笨蛋傻瓜团伙,浪费我的时间,把我从那么远的地方弄来看这样的闹

541

剧……"说着，他把那个男人推出门外，拿起那个仿制品和羊皮纸，放在一个白色袋子里，带着它离开了。

　　清晨，努拉的箱子已经先于她到了停在机场的私人飞机上。宾馆里，所有的有关人员都按照谢赫昨天的吩咐，在等待他们二人的离开。谢赫推开她的卧室门时，满目的空荡让他退到了墙边！她的银耳环，调沉香油的小瓶子，万托林喷雾剂等小东西都还放在床边的桌子上，床上乱七八糟，空无人影！

　　火山在各个房门喷发，整个宾馆天翻地覆，只为寻找努拉，但哪里都不见她的踪影。

　　因谢赫而产生的深深的恐惧促使努拉在黎明时分偷偷溜出宾馆，走到海王星喷泉时她突然站住了，不知所向。这时，拉法仪出现在了喷泉的对面。

　　"让我陪你到你想去的地方……"他说着，从车上走下来，整理后座上杂乱的纸张，给她腾出座位。她打开前面的车门钻进车里时，拉法仪略显犹豫，这么近距离地坐在她旁边，让他有些不安。

　　"去哪儿？"

　　"离开马德里，随便什么地方。"

　　"你确定？"

　　"或者送我走，或者你留在这里，让任何一辆车带上我。"他漫无目标地开着车，在南边一条离开马德里的路上停了下来，对她说：

　　"请你让我帮助你……你因为什么要逃跑呢？"她盯着他，过了好一会儿，把头一天所见告诉了他，然后对他说：

　　"你是他的私人保镖，你肯定知道关于这把钥匙和那个要杀我的男人的事情。"沉默片刻之后，他开口了：

　　"谢谢你对我的信任，但是，我只知道谢赫很关心那个墓地。现在，从你讲的事情里，我敢肯定他是在找那把钥匙。"他沉默了，这让她感到不快，于是他继续说："你来到他身边前的一个月，谢赫去过墓地，但没找到他想要的东西，他还去过托莱多，我想是为了同样的目的。"

"咱们去托莱多。"她的要求让他大吃一惊。

"请相信我，那里或许有危险，咱们最好反方向而行。"但是她眼中的固执，迫使他发动了汽车。

他们带着沉默上路了。从马德里往南 70 公里是托莱多。路上，他们经过了安达卢西亚的穆斯林统治者修建的碉堡，那是他们和基什塔莱王国之间的防线。

"随便说点什么吧，艺术、安达卢西亚、历史、道路……什么都行。"她轻声说道：

"至少，我们按照米兰诺夫人的建议做了，你没听她说应该去托莱多的教堂看埃尔·格列柯[1]的画吗？那是关于《奥尔加斯伯爵葬礼》的画。"他摸了摸他的手枪，她笑道："别害怕，我不想惹任何麻烦。"见他无语，她接着说：

"总的来说，在我目前的生活中，没有什么让我害怕会因为过失而损失掉的东西……"

他的神经松弛下来，话匣子打开了：

"我们害怕失去的，不值得让我们为其而活。你年轻，充满

---

[1] 埃尔·格列柯（1541—1614），久居西班牙的希腊画家，西班牙文艺复兴时期最有个人特质的大师。他的画风在当时并不受宠，但在 20 世纪重新获得肯定，被公认是表现主义及立体主义先驱，影响了马奈、塞尚及毕加索等现代主义大师。其最出名的作品是《奥尔加斯伯爵葬礼》，画中描绘的是著名的慈善家——唐冈萨洛鲁·伊斯的传奇故事，特点是有两个对比的部分：静态的下半部分中的人物包括当地居民、神父、圣徒以及鲁伊斯的上身，上半部分形似流动的乐园，与下半部分形成对比。

活力，这是一个奇迹，值得你害怕失去它。"

"损失在于我停止寻找……寻找我。你不应该掺进来。"

"我在这里是保护你……"凝聚在他双眉间的固执迎来了她脸上灿烂而又神秘的微笑。他们应该走得更远，即使不是为了享受清新的空气，也是因为他选择了保护她，于是，她欢呼起来：

"所以，目视前方，去埋葬伯爵。"她打开车窗，吸进奔驰的第一股和风，让优美的音乐摇晃着她，任清新的空气和乡间风景在周围掠过，让她的生命像一张图表一样铺展开来，从一个等待点到另一个等待点……经过两次真爱后，她要在一无所有中蹦跳一次去选择第三次爱。从孩童时代起，自杀的念头就隐居在她的心间……现在，除了她自己，她不想去爱其他人（她因自己的悲剧而笑出了声），她正在学习如何爱恋自己，这有什么错吗？她的所为是惩罚……对谁的惩罚？对她父亲？对她自己？她早就知道，一次转折可能导致无法回返的命运……这被她叫作"地雷般的命运之结"的回返之点，被她不经意地踩上了……而……她独自一人进了娜齐克地下室舞厅的时刻就是她经过的分界点？从现在开始，她将用那个女人的双脚走路，用那个女人的牙齿嚼食，用那个女人的声音说话（不管是什么意思），即使她有自己的意志，那个女人也会阻止她返回原来所在地……以同样的气息。她明白了，回到原来所在地的想法只是一种幻想，没有什么叫"回到原来"，因为当她接近她出生的城市时，她的城市已经向前移动了，带着它的人们，他们的思想和他们的活动都已经前移了。没有什么以她离开时那种状况在等待她，正如她已经完全不是她离开时的她一样。现在，她正身处一个以自己具有冲击性的现代构成去适应的地方（这种冲击性的现代构成就像大洋深处的火山爆发而突然出现的岛屿一样），她只能继续留在那些和她的城市相似的地方，但不一定是和她出生的城市一模一样的地方。

她发现拉法仪的目光在监视她。拉法仪看着挡风玻璃，一直在想，他是在一场比赛当中，他现在的任务并非如努拉所要求，带她远离她的过去，正相反，他要想法设法追上她过去的一个点，这个点位于一个像托莱多这样她不知道的另一个城市的过去之上。他知道，那个汇合点是艺术，或者是囚禁在艺术里的痛苦或是死亡，那是永远与她相似的活动，或者是她能够将其纳入自己轮子里的活动。她像是一个齿轮落入其中，归并其中，并被证实。他确信，当她发现自我像一个她了解的、生产她的梦想并使之实现的机器上的铁盘时，她的心里就会正常平和。她的目的并非回到过去，而是在前面的一个点追上过去，在永远的改变或自我改变的进程中，从现实或与现实共同行进的地方永远离开，走在她梦想的方向上。和他在一起，她就应该明白，她不能逃离或是抓住人和物，她所能做到的是，就是在某一站上，与过去、与无数的历史和往昔相遇。

快到托莱多了。他们看到红色的山岗已经显露出来，古老的蓝色塔霍河环绕在它的身边。在古老的历史上，入侵者始终没能占领这座城市。河水的环绕让它变得如同高山上的一座岛屿，让它在安达卢西亚的历史上意义非凡。看到努拉脸上的惊喜，拉法仪说：

"托莱多是西班牙黄金时代里一座最重要的城市，它曾是伍麦叶王朝的一部分，1085 年 5 月陷落在卡斯蒂利亚和莱昂国王阿方索六世手中，进入教派时代。公元十七世纪，变成了一座圣城，开放，宽容，极具东方特色……"

"米兰诺夫人说，教科文组织已经在 1986 年宣布托莱多为世界文化遗产……"

545

"是的，这里有大量的古迹，曾是西班牙帝国的首都，三大宗教文明共存，有许多名人诞生或生活在这里，如格列柯，阿方索十世，他们由于对知识的热爱而被人们称为哲人。在十三世纪，这里开始了翻译运动，持续至今，许多穆斯林的知识被译成了拉丁文，对欧洲启蒙复兴起了促进作用……那时，托莱多是文化和宗教的首都，基督教、犹太教和伊斯兰教在这里共生。后来这里发生了分裂，1492 年犹太人被驱逐，1500 年又对穆拉比特人进行强制性洗礼，他们被称为'小穆斯林'或'背叛伊斯兰者'。旧基督教徒对有犹太、伊斯兰和摩尔血统的新基督教徒实行了歧视政策，进行了宗教清洗。特别是在十五世纪后半叶，伊斯兰建筑被毁，取而代之的是哥特式建筑，这是弗拉门戈西班牙风格的代表形式，如现在的圣胡安、多鲁斯、里牙斯修道院。之后，在城市的建筑和雕刻方面，出现了弗拉门戈现代派和意大利派。"

"那些小穆斯林呢？"

"剩下的穆拉比特人全都归于穆拉比特国家，这个国家是艾布·伯克尔·阿尔·莱蒙托尼于 1147 年建立的，地域伸展到马格里布和安达卢西亚，他们的宗教主张，要求严格遵照先人们的教导。"拉法仪讲的这一切如响钟一般敲击着努拉的头脑，他在讲述的是与她紧紧贴在一起的历史。这时，他指着一扇可以俯视整条道路的门，说："在这座山上，你面对的是时光和各种存在斗争的深刻印记，这一切都体现在这座红山上。它的历史，可以上溯到公元 712 年伊斯兰征服之前的哥特、罗马和基督教的历史，不仅如此，还可以上溯到黑尔格勒利比或者第一位西班牙国王吐巴勒，先知努哈的孙子……"拉法仪把车停在下坡处，跟在努拉后面下了车，继续说着：

"步行进城有一种无可比拟的美妙之感，可以让人变成攀爬岩石、毁坏碉堡的入侵者……来……"两人一起登上了通向山顶的石阶和走廊。这座城市尚在睡眠之中，清晨咖啡的芬芳香气从石墙间散溢而出。身着及踝白色棉布长袍的努拉捷步如飞，她把自己融进山的和声之中，任狭窄的石廊潜入心间。他们从下面房子的屋顶登上了更高的石台。行走在上层的石台上时，前方豁然开朗，一条条红石铺就的狭窄的街道直通山巅。她走着，摇摇晃晃倾向道边，于是，他发出了警告：

"小心，这是一个绑架艺术家的城市。"初升的太阳抓住了这个笑声，他仔细打量着她，觉得她可以乘着那灿烂的笑声飞翔。

"格列柯完全融进了这个城市，虽然他出生在克里特，但是托莱多给了他更好的家园。他像来自意大利或西班牙的西方艺术家一样来看这座城。他是一个全能艺术家，既是雕刻家、画家，也是建筑师。他是第一个体现了把艺术作为一种研究对象这一概念的现代艺术家。咱们现在去他的博物馆和他在这里的家，"他说着，并从侧面看着她的脸：一双浓眉下面，又黑又长的睫毛向下垂着，仿佛深深的瞌睡正在吸引着她……拉法仪努力将她从深谷中拉回，将她放入那座城市的卡片里。

"格列柯当初进入这座城市时，和我们一样，只是经过，但是它征服了他。在它的一座座山峦峰巅，他释放了心中的叛逆，以对生活的挚爱去追逐美，沉浸在自我孤独和独立精神之中。后来，他把那种独立和快乐注入了他的画作。直至1614年去世时，他的生活环境和他留下的作品才给予人们这样一个信息：他是穷困而死的，他生活在大房子里，但屋中别无他物，只有旧书籍和照片，屋子里留存的知识分子和艺术家们对他的鼓励和支持远远多于生活所需的东西。这表明了他的价值追求、物质所需和存在的方式。他没有足够的金钱实现堂皇的梦

547

想，但是他却在艺术中实现了……"她用指尖触摸着落在红石上的太阳光。他知道生活留在指尖上的刺痛已经很多了，便想用这些知识让她放弃所要找寻的东西。于是，他喊了一句：

"金钱似乎是决定一切的，无论是在艺术中还是在梦想里……"在屋顶间的平台上，他站住了，他的话语穿透了平台。在她黑暗的头脑里，她觉得那句话里藏着指责，感觉到了被囚禁的炽热气息，像是一种嘲讽。

"真的吗？"她用这句话抹去他的认真，伸了伸舌头，轻轻避开他的目光，继续向山上爬着，他则跟在她的身后。努拉的兴奋让他感到有些突然。

时间还早的时候，他们两人就走进了古城，旭日初升的妖娆只为他俩展现，在那一刻，光环、惊诧，都在她的面庞流溢。

"你要带我去谢赫的地方吗？"这种有内涵的问话让他有些意外。

二人刚走近那座沉默的石头房子，没等按门铃，房子旁边就出现了一个女子。那个女子的模样很迷人，她身穿一袭白衣，脸上挂着灿烂的笑容向他俩问候，然后说：

"你们要去格列柯博物馆吗？"未等回答，她就对拉法仪说："我好像认识你，咱们见过面吗？"他担心她会想起一个月前他和谢赫一起参观她的学校的事情，就指指努拉让她注意，然后用西班牙语问道：

"你知道什么时候开门吗？"

"跟我来。在犹太区，我认识一条通往那里的很美的路……"然后，就像事先约好的一样，她带着他们两个人，走在他们前面，相隔两米远，但又不时回转，做着解说，很像一名导游。当然，这并不是他们要求的。

"请注意，这是我早晨喝咖啡的时间，一般来说，我不喜欢有人在这个时候打扰我……"两人跟在这个消瘦的身体后面，紧裹的长裤和胸前印着金色图案的白色棉布衬衫，已经让这个女子快要透不过气来了。她脚踩一双细高跟鞋，晃晃悠悠地在一排排滑溜的走廊里上上下下，令人感到恐惧，但她在斜坡上的轻巧动作却让他俩几乎跟不上她，而且，她涂着深色口红的双唇间流出的话语一直未中断过，充分表现出了讲话的欲望，同时，她的话语里，还掺杂了她个人的经历以及这座城市缤纷的历史。拉法仪一面给努拉做着翻译，一面提醒她说：

"谢赫见过这个女人，但是没有找到他寻求的答案，所以，我们应该设法获得她的信任。"攀爬斜坡中断了他们的谈话。那个女人带着他们爬了几百个台阶，让他俩参观最新的东西与近代战争的遗迹。突然，她站住了，充满忧伤地指着，让他俩看在市政建筑和艺术中心的建筑中，砖是如何取得胜利的。这两座建筑夹在整个石头建筑布局的中间，被水泥与其他部分割开了。她带着他们穿过了这座血色山丘的秘密走廊，到达了山顶，没有停息，直接到了圣多美教堂，"那里有格列柯的名画《奥尔加斯伯爵的葬礼》……"她说：

"格列柯浑身充满活力。他是犹太人，表面上信奉基督教。人们说他是《堂吉诃德》的秘密作者，同时，他又被看作是某部小说里的人物，如阿拉伯史学家塞迪·哈米德·本加利，而塞万提斯就是从这个人物身上获得灵感的。他创造了伊达尔格或者悲伤而又矜持的骑士人物。这个人物的形象就是格列柯面孔的复制品。格列柯的画表达了艺术所能表达的将人类神圣化的一切，特别是对托莱多女子之美进行了哀悼……"说着，她给自己的声音加上了戏剧情调：

"我们是悲伤的生灵。我不是指女人，而是指为生命布道的人们……身肩使命者更多地忙于逃离，逃离生活，逃离愿望，逃离他们的孩子……"令他们愕然的是，她的话东一榔头，西一棒子，一会儿谈艺术，一会儿谈政治，从个人的悲剧转向宗教，一会儿又回到建筑。

"跟我一起来看看这些具有穆拉比特时代伊斯兰风格的墓碑，这里，马杜姆门，这些在克里斯托杜拉·卢兹教堂，这是你们的穆拉比特国王优素福·本·塔什芬带来的。那是在 1086 年，安达卢西亚的教派国王们发出求救，他挺身而出，在萨格拉战役中，击败了占据托莱多的阿方索六世，拯救了托莱多。这些庄严的大门和平台上的装饰，总是让人记起马拉喀什、法斯和特莱姆森精美绝伦的建筑。"

那位女子根本不让他们喘息，又把他俩带到了塞缪尔·利维犹太教堂。她说："1356 年，为了保存国王的私人财宝，建了这座私家教堂。它原本是托莱多最古老的庙宇，1492 年，阿罕布拉法仪令发布，犹太人被从这座城市流放，后来，这里就变成了教堂……"他们到了这座庙宇的中心。上面有两个拱形的窗子，从中射进的阳光像马赛克一样照在他们的脸上。那位女子站在三个石拱门前，说："这里，我的犹太祖先和你们的穆斯林祖先合作，创造了最精美的西班牙犹太艺术。"说着，她让他们仔细看那些石刻造型，上面希伯来文、阿拉伯文和伊斯兰雕刻及反复出现的安拉的名字互相交叉着。她深深叹了一口气，说：

"如果没有发生在十六世纪对伊斯兰历史的消除，你们肯定会看到这座城市里多样信仰的融合。这座城市曾经像艺术品一样，保存着所有在这里经历过热恋的人的面孔，出于嫉妒，这些历史上的热恋者残忍地要求抹去他们的竞争者……"她说着，死死地盯着他俩的眼睛。努拉哈哈笑了起来，那种高兴劲足可以与那女子的有趣媲美了。

"到了我喝上午咖啡的时间了。"

在他俩的请求下，她稍微拖延了点时间，与他俩共饮。在通向茹科夫多维广场的路旁咖啡厅外面，她坐在他俩对面，又讲起她的故事：

"你们看到的我从中走出来的那栋建筑，看上去像宿舍或是天主教的学校，它是属于教堂的，专门收养孤女，也会给那些女孩提供简单的生活所需。她们到了结婚年龄之后就会离开，开始新的生活。我就是她们中间的一个，不过稍有区别，我的全部生命都是在那座简朴又阴沉的学校里度过的。我长大以后，本可以离开，去结婚，离开那些严厉的规矩，但是，我害怕进入外面的世界，宁愿留在那里做那所学校的教师，做节俭朴素的使者，希望培养出能大胆地离开那里、走进其他生活的姑娘。在严厉的气氛里，我就像一个叛教者一样，向她们传授逃离的思想，并为那种精神的背叛发誓……"拉法仪为努拉翻译这个故事时，一直在用深邃的目光看着努拉，而那位女子已经准备给他们讲上一整天了。能在山顶上，在所有的时间里讲述她的故事，她感到很高兴，自己的身世能被翻译成另外一种语言，也让她感到沉醉，所以，她一直不带喘息地讲着。在上午咖啡结束的时候，她用规范的字体，给他俩每人都写了她在学校的住址，之后，将注意力集中在努拉身上，问道：

"你会给我寄明信片吗？我想不会的，我有许多关于外面世界的明信片，我不敢去那里，希望你的家乡很远，能让世界尽头的声音到达我这里。"

"我的家乡是麦加，正如努哈的孙子来到这里一样，先知努哈在大洪水发生时，也来过麦加，把我们的先祖阿丹和哈娃带到他的船上……"拉法仪第一次听到努拉提到她的故乡麦加……

"啊，仁慈的上帝啊……"那女人一下子跳了起来，二话未说，离开原地，消失在第一个拐弯处……发现这里只剩下他们两人时，拉法仪意识到，他们已经失去了询问谢赫来这里寻找什么的机会。拉法仪要账单准备结账时，努拉走进咖啡馆，去找卫生间。

努拉洗手时，那位白衣女士突然出现在她身旁，问道：

"你真的说过你的家乡是麦加吗？我在这个阳光灿烂的早晨遇见你，你又说要跟我通信时，我在这座城市里的生活到达了最美好的时刻……"说着，她把自己的地址塞进努拉的手里。

"希望你毫不吝啬地给我写信，用那座城市之土，用汗水和梦想写。也许，我会把你的明信片给我的女学生们……你要知道，对她们来说，最好能梦想到另外的世界，其他的信仰……"她离开，但又突然返回，问道："你也是一个把自己隐藏在旅游者服装里的虔诚教徒？我们生活在下面，身负各种宗教重压，像托莱多这样的城市，聚集着来自世界各地的隐藏身份的人。我们来到这个离上帝最近的高地，各种宗教的不同叫法已经不重要了，因为上帝本身是最近的，没有什么宗教之名。我们从面罩里解放出来，成为没有任何追求的简单的人。在这里，我们把世界丢在下面，不会有所在意地回来，连生命都不会在意……"她走开了，没有解释，也不等回答。努拉没明白她这些话的意思。当拉法仪看见两个女人一起出现在咖啡馆门口时，感到很吃惊。那个女子在他的桌旁弯下腰，说：

"每周一，格列柯博物馆关门。你们俩能够在教堂里看到《奥尔加斯伯爵的葬礼》。"说完，她就走了。刚刚离开咖啡馆，她的面孔立刻变回最初的刻板，准备进入在幽冥之中保护着她而她也保护着它的唯一的世界。

"咱们跟着她吗?"努拉问话中的犹豫促使拉法仪离开那个女子,他说:"我觉得她精神不正常,谢赫大概也发现了。"在那个高处,谢赫的故事已经毫无意义。努拉思考了一下,觉得需要远离她身后的一切,进行一次冒险。

在返回的路上,他俩经过了位于罗马风格建筑和伊斯兰建筑之间的很多拐弯或上坡的石头小巷。

她突然停了下来,一座位于上坡的刀尖形状的房子出现在他们面前,就像架在两个山坡间的一条河。那栋石头房子很小,上面有古老的阿拉伯式铜门,门上有星座形状的门环。

"出售……有意者请联系……"拉法仪读着挂在窗上的铜牌,努拉的想法令他吃惊:

"如果我忘了这里……咱们记下这个电话吧……也许……"她突然出现的活力在推动着他,他记下了:376329

他俩再次穿过奥门塔曼多广场时,努拉在小书店前停了下来,翻看一本关于格列柯的书。她想买下那本书时,才发现自己没带钱,只好放弃。在美好阳光的照耀下,倒是没有什么让她感到心头不快。

不知从什么时候开始,他们周围出现了不断涌动的游客和闪光灯不停闪烁的相机。两人随着人流而走,在山顶上吃了西班牙海鲜饭和黑麦果。他们在一张桌子前坐下,桌子旁边有四把椅子,上面撑着鲜艳的橙色大伞,但是伞并不能把他们的头完全遮住,开始落下的细细的雨滴钻进了她的发缕,让爱在她心中泛起,随后,雨滴变得急促,瞬间又消失了……天空卷起了雨幕,她站在橙色大伞的下面看着人们……拉法仪打开一个小纸袋,把她翻过的那本书递给了她。

"啊,你应该把它买下来。"她说这话的意思是:本来这就是我应该拿到的。然后,她带着一种幸福的表情翻看着那本书。在书里，她发现了一张纸条，上面写着待出售那栋房子的电话号码，于是兴奋地把那张纸条塞进书里。

"不用担心，这些钱都加在费用里了。"在他俩之间，这句话其实没有什么意义，他们也没必要去捅破那个美丽的泡沫。拉法仪以第六感官看着她，想读懂那无意的微笑后面更细微的反应，还有她在兴奋的唠叨和深重的沉默之间的转换。

最后，作为这一天的结束，他们回到了圣多美教堂，那里有《奥尔加斯伯爵的葬礼》的油画。他俩来到售票窗口时，努拉显得有些难为情。

"没关系，我买。"

在左侧一块门廊一样的空地上，他俩在一条长绳子后面站了一会儿。他们看到的那幅画有整面墙那么高，直达天花板。巨幅的画矗立在一个敞开的坟墓上面，坟墓里面，奥尔加斯伯爵的棺木安放在玻璃地板下面，那些玻璃闪着柔和的光。

"上天的本质反映在地上的面孔里，这幅画表现的是两位以充满生命力而著称的圣徒奥古斯丁和史提芬从天上下到人间埋葬高贵的亡人的仪式。他们一个抬头，另一个抬脚，将亡人放入坟墓，作为善人死亡时的一个奇迹，用以鼓励奥尔加斯城慷慨对待教堂。"向导站在画的下方，解释着。

像被磁场催眠一样，努拉的目光在死亡使者的黑色中看到了两位圣徒的金色饰带，突然，那个早上她在普拉多博物馆看到的以《招魂》为题的毕加索画作出现在她眼前，毕加索的那幅画是关于他的好友卡萨吉马斯女友的丧礼的，与《奥尔加斯伯爵葬礼》十分契合，追悼会的蓝色覆盖着天使下降完成丧礼时的昏暗天空，替代伯爵尸体的是另一具尸体。那不是毕加索的朋友卡萨吉马斯，努拉觉得那是一个她知道的、就在近旁的人。天使所在地方有一些裸体女人，其中有两个穿着透明袜子，一个穿着黑袜子，另一个穿着长及大腿的红袜子。后两个人仿佛刚刚从风月场所逃脱，从高处注视着死亡的场面。这时，那两个女子转过身来，看着努拉的眼睛。穿黑袜子的那一位仿佛是一面镜子，照出了她的模样，当努拉抬起眼睛去看那位穿着红袜子的女人的面孔时，她的心脏停止了跳动。

魔鬼角

"那是一个传说中的部落，叫魔鬼角。对于心怀恐惧的人来说，也许那只是出现在他面前的一个蜃景……"俄吐法尼呼喊着。我们放慢脚步，想看看究竟。一座座山巅遮住天边，许多魔鬼的犄角穿透天际。在这里，阿马立克人掌握着主动权，催赶着我们的骆驼，让它暴躁地穿过石头地，穿过那些不知从哪里打开秘密的狭窄的走廊。骆驼疯狂地用皮肉蹭着岩石，险些把我们从背上扔下来……当它血淋淋地到达位于石墙后面的空地时，只见一个完整的世界隐藏在那面魔鬼墙的背后：椰枣树、吃草的牲畜和人，都是沙土色，人们围绕着一个燃烧着的巨大的黑色偶像，偶像身上散发出肉被烤焦的气味，这气味，让魔鬼的角也发出了颤抖。我们觉得这是来自沙土深处的最大的恐惧。

很多羊皮纸页丢失了，优素福只能在字行间跳跃，从淡粉色的地方跳到血红色的地方。在那些字行后面，他读道：

当他们把我从沙土中拖出来，扔到头人面前时，他正注视着我的抗争。他托起我的右手，看着我的胎记：我的食指上有一条血管直穿整个手掌，伸入到手腕处的血管中。

在他们的身上，我遭受了最强烈的沙尘暴。为了迎合他的欲望，我几天几夜都未能阖上眼睛……血在我的血管中沸腾，我的喊叫远远超过了这个不知从哪个地狱里冒出来的俄吐法尼人的喋喋不休。

"有胎记的女人将会怀上继承大地的魔鬼。由此，我们将把我们部落的精液放入那些长寿的魔鬼体内。它们浪迹大地，与那些被驼队丢弃的和在红海、波斯湾被击毁的船上逃生的人们交配。"

埋 葬

　　"有时，深深的悔恨之情会让我从睡眠中醒来……为什么悔恨？不知道……一种充塞我头脑的想法在说：你是个战士！这像是一种谴责……"随后，努拉沉默不语，听任谴责回返。毕加索和格列柯的两幅画交织在一起，让她心烦意乱。"我并没有为原则、为更好的生活、为祖国战斗，那些都与我无关。我活着只是为了一些渺小的愿望……我为爱情进行了一次战斗，但失败了。"她用双手挥去了那个梦。

　　"唯一一个让我为了爱而战斗的男人正在以令人害怕的速度变老。他身体虚弱，但心志坚强，犹如用钢水铸造的一样。他的心紧闭着，虽然在有规律地跳动，但是没有血肉之心才有的强大的搏动。我的父亲以他是斗士的后裔自豪，那些斗士经过岩石的磨炼，为反对阿拉伯统一、后又为实现统一战斗过。我应该像那颗钢铁之心一样坚强，不受任何情感的干扰，独自做出我的重大决定……我首先应该排除的情感是恐惧……应该无所畏惧……"她颤抖地说着那些令人伤心的词。一位游客带着客气的微笑倾过身来，把她落在坟墓前的那本书丢在他们俩身旁。面色苍白的努拉拿起书，将其打开，放到一群牧羊人围着新生的耶稣和玛利亚的《牧羊人的崇拜》那幅画下。那是格列柯创作的最后一幅画，也成为他在圣多米尼克·安蒂格教堂的墓碑。这时，努拉说出的回忆过去的那些话，以近乎耳语的声音传了过来，拉法仪努力听着，不肯放过一个字，画上的婴儿则以自己脸上的光照亮着努拉和周围牧人们的面孔：

有时，你在早晨醒来，他对你说，那不是早晨，你正在世界之巅，昨天梦里所经历的一切正在门后等待着你。你可以用脚尖将门稍稍打开一点让他进来，让他与你一起坐在你的床上，躺进你的怀抱……那个早晨，她的怀抱让我哑口无言，她压抑着的呻吟从我身体里传出，请求着：

帮帮我……求救，鲜血味的汗水和泪水，我不知道该做些什么，阵痛一阵紧似一阵，不肯放过我们任何一个人。

"这么长时间里，你藏到哪里去了？"又一阵疼痛让埋怨飞离，羊水从她的两腿间流出，我在我的双腿间感觉到了那个在羊水里游动的胎儿的热度。我在她的两腿之间，与把我的身体分裂开的洪水相对。就在我寻求救助不到一秒的时间里，她分娩了，世界在我们面前关闭了。

"不应该让任何人知道……在求救中让她毙命的喘息关闭了她的子宫口，而胎儿的大腿还卡在那里。我不知道这个孩子在人世之门停留了多长时间。我的手急忙向她腹内伸去，到现在……每当我把手伸出，都会开始当初的那种颤抖……"她伸出了那时发抖的手……

"到现在，我仍能感觉到产妇的阴道和羊水里胎儿的光滑。我努力把缠在阴道壁上的小小的右脚解放出来，用这只手，把那只急于出来的左脚送回子宫，让它陪伴右脚。我生怕撕破母亲的子宫。在那艰难的一刻里，我淹没在这个女子的体内。她是我唯一的同伴，她把我看作是一支被隐藏起来的可笑的歌曲，我是她用书和文字为世界刻下热爱与同情的苍白的幻象……在生与死之间，我已经丢失了以缓慢的节奏来叙述的语言。她并没有急于让胎儿生出来，她害怕揭穿她的事情，所以希望胎儿继续留在腹中。但是，随着突然爆发的宫缩，胎儿生出来了，没有发出一声喊叫，我面对两个血块，等待着胎盘娩出，也等待着新生儿的第一次呼吸将他的双肺割裂……就在那一刻，我任她死去，只觉得她的子宫壁已经贴在了胎盘上。我惊恐地看到母亲的肚子在慢慢变小，胎盘慢慢滑落到地下，我全部的知觉都在我双手中那个小小的黏滑的身体上。那是一个秘密的身体，我没有割断脐带的工具，只能用发卡将它固定在腹部近处，然后，把新生儿倒提着，用手掌按摩他的胸部，让空气进入他的肺里。时间静止了，我手中一动不动的小小的身体，用那双紧闭的眼睛向我的体内望去。随后，我的双唇落在两片蓝色的嘴唇上。我用食指将其分开，长长地吸了一口气，尝到了一种无法用语言表达的味道，不是咸味，也不是血味，而是生命的味道。那种液体充满了我的咽喉，并且一直持续，即使到现在，我还会经常在夜间醒来，不停地咳嗽，驱赶那种液体……在两片嘴唇之间进行了一次又一次绝望的吮吸之后，那个小小的身体出现了一次抽搐，撕裂了他的胸口。他叫了起来，我觉得很高兴，但又怕有人听到他的喊叫。为了消除我的恐惧，他安静下来，那是他活着时最后的一次安静，然后，死去了……"

"我不知道我带着我们之间的肉块（那个死亡的生命）坐了多长时间。强大的冲击力激起了我的犯罪感。我不能把他埋葬，他还睡在我的怀里，他的血液正在我的乳头上凝固。她踮着脚站起身来，把娩出的胎盘向胸前搂着，我跟在她后面，几乎紧贴在她身后走着。到了台阶下面，我一只手在挖，另一只手把婴儿紧紧地搂在胸前。一切对生育的敬畏都体现在那个新鲜的肉块上。坑挖好之后，我任她把婴儿夺走，故意不去看他的生殖器，因为我更愿意将他作为一个无性别的人来埋葬。泥土尚未落在他身体上时，我转过身来，重又登上了台阶。"

努拉和她的保镖坐在托莱多高地光秃秃的台阶上，沉默无语。孩子和牧羊人画中的光，催动着游客的影子，让他们迈出跳舞般的步子。画中台阶的黑暗与城市里台阶的光明之间形成了可怕的反差，这种反差增强了这一场面的戏剧感……游人的身影在伸长，骑在长发青年肩上的女孩的笑声，随着穿着鲜艳茨冈服装的流浪汉的小提琴节拍独自起舞的老太婆解说着什么的声音，还有努拉的声音，仿佛是从遥远的地方和时光吹来的风带来的波浪一样，在轻轻拍打，就像她正抚摩的书页上在牧羊人中间奔跑的孩子。

像要从生育中逃离一样，努拉蓦地站起身来，拉法仪跟在她身后，如同那幅画上穿透黑暗与光明的人一样。他俩走着，脚步把他们带到了十三世纪建立的圣马丁教堂，在哥特式建筑的环境里，他们敞开了心扉，欣赏西班牙最美的日落……

"那一夜，我拿着纸和画笔，躲在我住的小楼梯间，开始用几十种方法研究那个胎儿，但是没有发现死在我怀中的那个小小身体的体热，也没有那种羊水的味道……之后，我说不出一个字，可能是几个月，七个月或更长的时间里，我不能说话，害怕那味道从我嘴里失去。那是那个女人在孩子嘴里尝到的味道……是我，这个隐蔽人的味道……没有这种味道，世界将要死亡，丢下我独自一人。没有人认识我，那个孩子本应该从我的子宫里娩出，那样，对于我不能生育的怀疑就会消失。我不敢问：是什么让一个已婚女人逃避一个胎儿呢？"

努拉突然沉默了，在他俩周围，融入黄昏的小提琴声让人们的身体翩翩起舞，空气中的一切都在摇摆，醉倒在黄昏迷人的景色里。直觉告诉他们，他们两人仍在《奥加尔斯伯爵的葬礼》那幅画中行走，只是画上的人体和桥上沉醉的游人的身体混在了一起，于是，游人们的身体也有了喜剧或悲剧的夸张的样子。他们的笑声变得更加响亮，沉静也变得更加深远，向往漂浮在人们头顶上，像血块一样为与红色山巅相融的城市染上色彩……

红红的太阳挂在天边，像一幅油画一样。在他们身后，岩石造就的托莱多高高耸立，沉醉地将头伸向天空，把脚浸入塔霍河水。时间已经凝固，努拉好像另一个时代里的生物，无论如何逃离，都带着那个时代的面貌、孤寂和消亡。她体内的一个声音正在对她和周围的情景进行分析：

"那里有一种永远存在的清除异己的行为，这种行为以隐蔽的方式，在所有的地方进行。所有的人都在隐瞒自己的宗教信仰、归属，隐瞒各种真相，甚至他们的性别……他们以一种非雄非雌的形态出现，不是智者亦非疯子，不是穆斯林亦非犹太教徒和基督教徒，不是无耻之徒，也不是虔诚的信徒，不是僵化的偏见者，也不是自我解放的人……这一切是为了保证自己被接受，让自己在某个地方能够安然而坐，或者只是为了不被忘记并平安生活……"她以及她周围的人就在这些人当中，生活在忘我、隐蔽和面具里……那些动物的身体、没有生命的事物和人类本身，都是神的力量的面具，表现出最大的叛教或者最高的信仰，最强烈的禁欲或者最丑恶的放荡……让她稍稍远离自我，实现她的完美吧……她童年时生活的街巷可以用掀开面罩来概括。童年时，她很早就知道了那个真相。当然，她并没有用言语进行解释：在那个遥远的街巷里，有多少个面罩啊！！当一个过路的人确信他没有被人看见，确认自己是独行的沉默者时，他就会大胆揭露真相……他露出自己的脸，让安

562

拉看到他是一个人，从而不会对他进行清算，没有惩罚，也不会区分见到他的人和被见到的人，这时，悲喜剧的情节就在那条街巷里上演了。恋人的摩托声响起时，只有鸽子在扮演它重复的角色，掀动翅膀，在街巷上空飞出一个完整的弧形，让我将无尽的思想倾泻其中……

不断的心跳在警告她面临的危险，因为她心中聚集了许多面罩，而她盼望着从这些面罩中解脱出来。比人的奔跑要快得多的飞驰的摩托车，正以不可抗拒的向往折磨着她的心，她向往着解脱和生育，希望自己能像进入人们鼻孔的空气或是进入胸腔的尾气一样逃走……

早晨见过的那位女子又出现了，打断了她的思绪，那女子说：

"噢，你们俩在这里，我担心你们已经离开了……"她喘息着，艰难地咽下口水，吃惊的表情停留在拉法仪的脸上，一种模糊的猜测在向他肯定，这个女子的出现会给他们带来不测。

"我走遍了整个托莱多找你们，我想，这里是最后一个我可能找到你们的地方了。"她抓起努拉的手，努拉并没有躲开，反而张开左手让她看手指，同时用右手抹去了脸上流下的汗水。

"离开你们之后，你的面孔就没有离开我的头脑，我坚信以前曾在什么地方见过这张脸。"落日的红色变得更加深浓，余晖撒在城里的墙壁和地面上，周围的活动停止了，努拉和拉法仪闭口无语，拉法仪觉得自己无法控制此时此刻围绕着努拉编织的命运。

"请跟我来……我一定要让你们看样东西。"不容他们表态，那女子就带着他们回到了克里斯托拉杜·卢兹清真寺。两人庄严地面对那栋砖石建筑的前面，上面装饰的一串拱形使人想起科尔多瓦清真寺。

563

"这座阿拉伯风格的清真寺建于公元 999 年,十二世纪变成了一座教堂。这座墙里有耶稣的塑像,被藏在里面,以免遭到破坏。人们发现它是在阿方索六世和……"她拉着两人的胳膊,让他们从门槛上往下看,两人立刻感觉到了里面的阴暗和沉默,外面血红的落日照不到清真寺的院子。

"当教堂的这一部分和穆拉比特建筑风格的半圆形建筑添加到……"那个女子带着他们在有三个拱形装饰的门口站了许久许久。看来这座清真寺早已废弃,只是静静地立在那里,没有看门人,也没有教长。在努拉看来,它倒像是一个有着精美装饰的立方体玩具。

拉法仪向后退了几步,去看砖上刻的字:以安拉之名,艾哈迈德·本·哈迪用私人之资建造了这座清真寺,以求安拉奖赏。在安拉襄助和建筑师穆萨·本·阿里和萨阿德的帮助下,该清真寺于伊历 399 年 1 月建成……

趁着拉法仪看那些阿拉伯文字的时候,那女子把努拉带进清真寺,随后把门紧紧关上,拉法仪独自一人被留在了门外。她的动作像魔鬼一样的快捷利落。努拉发现,只有她和那个女子站在半圆形的大厅里,拉法仪在门外愤怒的砸门声迎来的只是沉默。

努拉迟疑着,想向外面逃出去,但不知是那女子眼中闪烁的疯狂的亮光,还是她具有的新的自我冲动在刺激她,突然,努拉向那危险奔去,在周围空旷的静寂之中,迅速地跟在了那女子身后。

日落之后的幽暗聚集在一起,在形状像重叠的马蹄一样的拱形装饰之间,形成了一个个模糊的血色池沼,看上去就像一扇扇通向死亡的门。努拉躲避着,不去看它,可是,那位女子的目光一直包围着她,并且深入到她的内心,想知道她如何应对那个地方以及那里鬼魂的呼唤……

她们两人走着，朝向天花板的九个正方形，地下室睁开巨大的眼睛追随着她们，那女人让努拉停下脚步，在每一个地下室入口仔细倾听，自己则贼头贼脑地看着那些精美的雕刻，不敢直视，唯恐把她自己吸进去。走到那个雕刻着七星的地下室入口时，她又让努拉停下脚步，反复地看着那里，并对她说：

"在我们尚未到达我最遥远的记忆之前，我要对你讲讲我们两位伟大的先祖之间的竞争，他们是我的先祖塞缪尔·本·内格拉拉和你的先祖阿里·本·哈兹姆，一个是犹太人，一个是穆斯林。他们两人都认为人类的堕落并非因为阿丹和哈娃离开天堂，而是因为各种信仰和谐相处的科尔多瓦的堕落……直到十一世纪，那里的各种宗教信仰都是和谐共生的……"努拉忽然发现，这个女子正流利地讲着标准的阿拉伯语：

"是的，我的犹太人先祖们使用包括你们的语言在内的各种语言，将其作为各种运气的钥匙。我的先祖塞缪尔·本·内格拉拉表现出了阿拉伯语和书法的天分，这让他的命运发生了很大的变化……"面对这个毫不费力地阅读着她的思想的女人，努拉关闭了自己。

"柏柏尔人的王国没落以及教派国王之间的战争之后，这两个人选择了完全不同的路径，他们都想到达他们在大地上失去的乐园之门。阿里·本·哈兹姆去了塞维利亚，为科尔多瓦和绿色革命以及图书馆的毁灭唱着挽歌。这座伟大的图书馆收藏了巴格达的驼队带来的数量颇丰的书籍，包括关于天体、占星、科学和自然等各方面的著作。这座图书馆追求复兴哈里法制度以及这种制度下世界文明昌盛的梦想。结果，阿里·本·哈兹姆总是与最弱的势力在一起，在流放、监禁和奔波中生活。当他从这一切解脱出来后，开始专心写作，对他所在时代之前的语言、宗教信仰和哲学进行研究，并对那座伟大的图书馆珍藏的书籍进行整理，将其精华编纂成书，作为了解各种宗教的钥匙，把一系列对三大宗教进行比较的书籍进行了概括和升华，写成了《鸽子项圈》一书。他在为人类之间搭建桥梁的'爱'中找到了钥匙。塞缪尔·本·内格拉拉与他不同，他是格拉纳达宫廷里显赫的医生。格拉纳达是安达卢西亚时期聚集着最多犹太人和穆斯林的城市。开始时，他使用阿拉伯语，为当权者做秘书，并担任格拉纳达军队的将领，后半生，他开始用他的母语希伯来语写诗。两个人都在哭悼安达卢西亚大地乐园的终结和各种文化与宗教共处和对话时代的终结。他们两人都离开了，带走了学者被杀、图书馆被毁的十一世纪的科尔多瓦的智慧。"

那女人把脸靠近努拉的面孔，用她带着浓重甘菊味的气息包围着努拉：

"我的先祖和你的先祖都留下了乐园钥匙的著作，伊本·哈兹姆留下的是《鸽子项圈》，伊本·内格拉拉留下的是继承了他的诗歌的儿子约瑟夫，约瑟夫在亚丁，坚持着父亲的原则和思想。约瑟夫确信，翻译可以揭示绝对智力或绝对乐园。正是由于对伊斯兰繁荣时期各文明之间对话产生的思想的翻译，才有了安达卢西亚北部王国犹太人的黄金时代，科学从那里传到了欧洲，而我的先祖约瑟夫的翻译打开了走向世界之门。我在这种他和科尔多瓦街头几千犹太人被杀的说法的毒害中度过了我的青年时代。那时，各宗教之间彼此联系已经变成了一种罪孽和背叛。"在昏暗之中，那女子带着努拉慢慢走着，但方向就在那个半圆形的地方，她带着甘菊味的呼吸向努拉表明，她对那个地方有一种隐匿的向往：

"约瑟夫缺乏他父亲的谦虚，所以招来了敌人的反对，据说他被杀之后，他的尸体与另外被杀的一百五十个犹太家庭的尸体放在了一起。可实际情况是，他逃离了格拉纳达，开始了他的秘密旅行。人们确信他的旅行是为了寻找他在梦中看见的位于阿拉伯半岛亚丁洼地的一个门……"灯突然灭了，那个女子把努拉推到半圆处，关上了门，任里面的黑暗将努拉吞没。

"坐下，躺在地上，仔细看看上面的天空和下边……"努拉发现自己正被推动着潜入黑暗之中，当她的身体靠在小台阶上时，恍然已被刻在圆形庙宇的墙上，而那个女子已经无影无踪。于是，她确信，她是被抓到这里的，他们还会让她死在这里。她的身体已经被黑暗麻痹，无法让她站起来去寻找出口。

过了许久，庙宇倒退，坠入一层又一层的黑暗中，变成了她剧烈的心跳……地面的寒凉透过薄薄的衣服侵蚀着她的身体。一缕夕阳从中间的窗子溜了进来，使排列在圆形墙壁的一层又一层的窗子披上了金色。突然之间，圆形的庙宇有了生命，努拉的周围也被照亮。带着玫瑰红色的金光在天空不断扩散，愈来愈高。刹那间，努拉觉得黄昏像瀑布一样在庙宇里奔泻着，她已弄不清那庙宇正在穿透天空还是进入她脚下的地面，从地球的另一边打开天空。整个庙宇变成了一个玫瑰色的光轮，露出了陀螺一样细细的梯级。这梯级十分狭窄，又没有任何遮挡，所以不可能是攀爬用的……努拉费了很长时间，想看清墙上发光的地方。那些光从地上向天空伸展。庙宇的墙上排列的不是窗户，而是一个又一个门，从下往上看，这些门很小，而且是有颜色的，在夕阳的光照下，上面的雕刻显出玫瑰色或是血色那种令人沮丧的昏暗……努拉眨着眼睛，不相信自己的眼睛所见，但是，就在那一瞬间，那些长方形混合在一起，变成了一扇在天空敞开的巨大的门……

"当约瑟夫怀揣塞缪尔·本·内格拉拉的梦想，在亚丁苏莱曼的戒指旁结束了他不眠的隐居时，出现在眼前的就是这个景象……"

那一刻，太阳沉落在托莱多山后，庙宇陷入浓重的昏暗之中。瘫软无力的努拉像是被一个有生命的躯体抱着一样，感觉到甘菊的气息从外面教堂的壁画上向她袭来。那是一种特别的气味，它充斥着努拉的感官，让她流出了眼泪。那是来自她童年的气味，与也门人在黄昏时咀嚼的卡特的气味近似，于是努拉断定，那个女子将她麻醉了。她的四肢变得非常沉重，陷在地里，眼前如雾气般朦胧，只能透过她已经沉入昏暗的尘埃里的身体来看东西。渐渐与昏暗融为一体时，努拉才能抓住那遥远的讲阿拉伯语的声音。她不能确信，是那个女子通过那扇关闭的门在讲故事，还是那个故事正在她的耳中响起，仿佛她正在过去岁月里伸展的思维中行走。也许那就是约瑟夫·本·内格拉拉的思维，而他本人就出现在穿越阿拉伯半岛周围红海的葡萄牙船员的甲板上。人们将船拖向锚地时，响起了也门歌声。约瑟夫·本·内格拉拉独自一人，穿着长袍，站在亚丁岸边，任浪花拍打着双脚。他的身上既没有书包，也没有其他东西。他神情恍惚地摸着衣兜里的羊皮纸，在那被咸咸的海水浸透的羊皮纸上，隐藏着那座门的画图。

"兄弟，找个阴凉的地方……"陌生的声音把他从两天的沉睡中唤醒。整整两天，他不吃不喝，被遗忘在岸边，任潮汐之水舔着他……突然，他意识到，那个说阿拉伯语的人正努力将他从昏迷中打捞出来。刚一醒来，约瑟夫就掏出了那张图，把它展示在陌生人眼前，指着上面的金门说："这就是我所期望的……"

568

带着海水咸味的阿拉伯语从他的双唇间流出,这让他想起来,他已经好几个月不曾与人交谈了。作为葡萄牙舰队中的一名锅炉工,这种没有尽头的海上旅行就像生活在地狱里一样。

　　"我曾在梦中看见过天地之间的一扇门,经过研究和了解,我知道了它位于阿拉伯半岛最低处的亚丁城,可以带人走向苏莱曼戒指的村庄,那里有大地上所有门的样子,因此,你们这座城市被叫作亚丁……因为它可以带人走向那些门……"

　　接连数日,约瑟夫在也门游走着,用阿拉伯语讲述着这个故事。他的阿拉伯语让平民百姓觉得艰涩难懂,但是,他们的目光刚一落在那个门的图样上,就立刻明白了,他是生活在另一个世界里的人……

　　他一直重复着这个故事,直到遇见一个乞丐。乞丐用欢快的声音做着自我介绍,说:

　　"我按吩咐,告诉你想知道的,苏莱曼·法尔罕……"他的目光落到门的图样上时,立刻哑口无言,开始倾听他的精灵之语,约瑟夫只能看着。一分钟后,那人开口说道:

　　"我是安拉的信徒,我能翻译各种语言,包括动物的语言。我说的都是真的,我是苏莱曼王的缩小版……"苏莱曼·法尔罕利用他的精灵研究那张图,说:"你的所求非哈娃之子所能……精灵把它的消息告诉了我,他们告诉我有一座门山,那里有一扇门是向活人敞开的……"

　　"其他的门只向死人敞开?"

　　"我的精灵是面对生命的,不要用死亡的秘密去

569

难为它们。"面对约瑟夫的执着，苏莱曼·法尔罕自愿为他当向导，去哈达拉毛……两人步行穿过也门山巅，避开塞尤姆和那里著名的出售手工产品的市场，市场里有很多人在卖着各种门。约瑟夫看到塞尤姆的女人们戴着宽大的草帽，衣服上装饰着金银丝线，载歌载舞拦住过往的旅人，让他们进入市场。这次，她们也想让约瑟夫走进她们的门。

苏莱曼·法尔罕带着约瑟夫避开哈吉林，那是一座盛产蜜蜂和蜂蜜的山城，他警告约瑟夫说：

"你若是淹没在哈吉林的蜜里，你的那些门就安好了。这座山就像人母哈娃一样，误导人父阿丹离开了乐园……"

之后，他俩又绕过了舍巴姆，爬到山顶，俯瞰哈达拉毛谷地。只见那里都是五到七层的高大的泥土建筑，仿佛一群巨人聚集在不超过五百平方米的地方。由于受到山洪的冲击，这里的建筑已经十分脆弱，但经历了一次次破坏之后，那些建筑依然留在谷底。

"到达庙宇之前，你必须经过巴吞水库……"两人继续走着。快到马里卜城了，这座位于马里卜大坝上的城市以"两个天堂之城"而闻名。

"我把你带到这里，然后你自己继续你的行程。如果运气好，精灵和飞鸟的主人会允许你进入他的村庄，也就是苏莱曼的戒指……"说完，向导就消失了，仿佛从未出现过。

约瑟夫发现自己独自一人站在两座庙宇之间，一个是巴兰太阳庙，又被叫作阿尔舍·比勒基斯，另一座是艾瓦姆月亮庙，以麦赫拉姆·比勒基斯闻名，位于浩瀚无际的拉比沙海的边缘。

夜晚的黑暗抹去了约瑟夫的面容。在谷地中央，荫影形成了许多池塘，在月亮庙上盘旋，向约瑟夫揭示了阿拉伯半岛的情人们是从哪里来到这地方寻死的。随着夜的浓重，生命出现在庙宇九米高的墙上，状如刻在一整块岩石上的新月。广阔的沙海里出现了八根指向东方的柱子，召唤着约瑟夫进入。对他更有吸引力的是，所有的柱子都是用贝壳或是耶路撒冷圣殿里镶有金银和宝石的洁白的大理石包裹着的。

被施以法术的约瑟夫在圣洁之地的四根柱子之间度过了最初的几个夜晚，偷偷谛听着入口两侧七米高的两幅画轻声祈祷爱和丰饶，请求比勒基斯女王应答。轻柔的月光下，在乳白色的沙地中，光芒四射的女王身穿露肩及踝的银色长袍，裸着双脚，踮着趾尖，穿过庙宇，向位于圣洁之地入口的一张岩石桌走去。桌旁摆着许多椅子，她自己的座椅居于中间，让处于金星两侧的太阳母亲座椅和月亮父亲座椅获得生命，得以与她正在出现的恋人，艾瓦姆的穆迦相会。穆迦到来时，白色大理石发出的光辉，照在情人们脸上，让他们复活，从位于庙宇附近的一层又一层坟墓里站起身来。

约瑟夫在比勒基斯的炙热中度过了这些夜晚，带着对那扇门的热望，他的灵魂一直在偷偷地谛听着。

最后，月亮消退，约瑟夫和如洪水般被比勒基斯的气息照亮的情人们一起，追随着陨落的月亮，向西走了三公里，穿过了乐园的指甲草和咖啡豆平原后，太阳庙里那五根完好的柱子和第六根折断的柱子又带他穿过了南边巨大的水渠，穿过庙宇的正门，来到广场。那座巨大的广场，至今仍然回荡着为穆迦举行的庆祝之声，还有阻止了在禁地盗窃的贼人的符咒之语。他登上广场中央的台阶，来到圣洁之地的一座巨大的平台。那里，一头公牛正将它四米长的腿插入大地，土地变得肥沃，情人们也得到了满足。

约瑟夫翻译着用楔形文字刻在台子周围太阳柱上的爱情的许诺，看着来自各地情人的赠品，如香料、香精、银器等，恋爱的朝圣者们将这些礼物一排排地放在庙宇正门两侧外广场的墙边。在约瑟夫看来，这座庙宇就像是吸取阳光的大理石打磨出来的空间，散发出淡淡的肉桂香气。那里有一个芬芳的池塘，让他感到身心愉悦，而他的感官正在变成光的过滤器，把他自己和周围发出的光分离出来，从而显现出他内心深处对那座门的想象。

关于约瑟夫·本·内格拉拉，人们知道他是一位修行者，对比勒基斯和她的情人穆迦的太阳庙和月亮庙做过朝圣之旅，并且在穆迦的圣洁之地闭门修行。在那里，他见到了许多欲求月亮符咒而到穆迦朝圣的情人，也见到了来那里欲求太阳符咒的农民和牧民们。他见到他们时，从他们的嘴里和头脑里收集了关于爱情和收获的歌曲和诗句，从他们的舞蹈中，提炼出了为了让情人或是作物生长、让收获丰饶的撕裂胸膛的原始呼号……

幸福的朝圣者带着他们的欢乐，从阿拉伯土地的各个地方来到他所在的两个乐园之地，于是，聚集着甜美歌声的云化成倾盆大雨，降落在哈达拉毛的谷地，指引着约瑟夫揭开那个被叫作国家的也门的秘密。

在两个庙宇的第七次日出之时，淡淡的香气把约瑟夫唤醒，天际耀眼之光几乎让他失明。他看到，对面的山被长形的金片遮盖。仔细辨认后，他看到山体被许多扇门覆盖，他立刻向那里跑去，想进入门里，但是，刚刚到达山前，所有的门立刻合并成一扇巨大的门，而且紧闭着，无论他怎么敲门，也无人应答。随着太阳西沉，那些门都消失了，于是约瑟夫确信，那只是蜃景，但是他并未敢离开……

随后的一个又一个黎明，那些闪光的门都会出现，只要约瑟夫接近它们，它们就会立刻变成一扇巨大的关闭着的门……那时，他日渐消瘦，只靠着马里卜旁边苏莱曼戒指村的姑娘给他送来的水和山羊奶活着。那些姑娘是比勒基斯和苏莱曼先知的后代。

"这些门在万物之间敞开，无论植物还是动物，也对所有的语言敞开，对生命和死亡敞开。上帝知道在什么时间把它打开……其中一些门可以由先知苏莱曼打开，因为他有精灵王的称号，但是有一些门只能由某个活着的人打开……这与钥匙有关……在你梦想打开那中间的任何一扇门之前，你应该先找到那把最初的钥匙。"

阳光晒干了约瑟夫的皮肤，把他的肌肉烤得像香麻栗木。银色的月亮磨炼着他，他乌黑的头发变得愈来愈长。他日渐消瘦，被日月改变得像一把钥匙，每当试着接近那扇门，门都会把他挡住。他已经七十岁时，失望仍然伴随着他的等待。一天早晨醒来，他看见他的精子正在转动苏莱曼戒指村的姑娘们的肚子。当她们出现分娩的阵痛时，两个天堂的土地震动，他能记得的是第一个姑娘的分娩，生出的女孩掌心有月亮的标记。遮盖了整座山的沙尘暴仍留存在约瑟夫的记忆中，风暴趋于平静时，那座山已经消失了，眼中的翳障让他难以看清，只见无边无际的门分散在平原上，来来往往的鬼魂俨然一群乞丐散落各处，它们拾起门，再将它们投入为了照明而燃起的巨大的火圈里。

"哈娃的孩子命中注定不应该得到这些门，这些门是一个诅咒，企图打碎藏在那块木板里的锁头……"人们警告他，但是约瑟夫·本·内格拉拉却把自己的两只手伸向火中去拯救那些门，而忘记了已在地震中消失的苏莱曼戒指村的姑娘为他生育的那个女婴。

约瑟夫背着那些门回到了安达卢西亚。在托莱多，他找了那里著名的制造刀、剑和钥匙的铁匠们。在托莱多的山顶，他度过了生命中最后的二十五年，与那些铁匠反复尝试，一次又一次地造着钥匙，希望能造出一把打开所有门的钥匙。那些铁匠说，为了制造钥匙，他借鉴了他在穆迦庙里收集的所有的歌曲、诗句、祈祷和符咒……他们造了几百把钥匙，但是没能造出能打开所有门的那把钥匙。

约瑟夫一百岁时，他们终于造出了一把钥匙，所有的门都被打开了，正要开最后一扇门时，兴奋与激动，让他倒在了这座清真寺，引起一阵混乱，钥匙也丢失了。建筑清真寺这个圆形部分时，所有的门都装在了墙上，只有受到默示的人才能看见它们，这是为了启示像格列柯这样发明创作的人，希望在他们的作品里找到人类与神之间的那扇门以及那把唯一的钥匙……

拉法仪眼中喷着怒火，打碎后面的小窗，冲了过来，一边看着努拉，一边喊道：

"你还好吗？安拉啊，你想不到我有多么害怕……"然后，他回过身去，以同样的口气对那位女子说："你疯了吗？是什么魔鬼钻进你的身体，让你干出了这种事情……"努拉轻轻拉了拉他的胳膊，想平息他的愤怒。这时，努拉眼中奇怪的光亮击中了他的心，那光亮像火焰一般闪亮，但又带着一种奇怪的明朗，这让他觉得她的目光正在用明朗和宁静控制着他，他突然结结巴巴地说：

"哪一个私人保镖允许一个老太婆欺骗他！"他在昏暗的清真寺里冲动地走着，把他一切的注意力、担心和怀疑都集中在角落和拐弯之处，想发现那女子的阴谋，但那女子并未有任何戒备，继续给努拉讲着让她感到倦怠的故事。那个女子靠在身后的墙上，用口水湿润着双唇上的裂口。

"闭上你的眼睛想象一下你的阿拉伯先祖：有一天，一位男人被驱动着你的热望指引，来到了这里。与约瑟夫·本·内格拉拉到亚丁做的旅行相反，你的谢班先祖从亚丁漂洋过海来到这里，寻找能打开安拉之殿一扇门的钥匙，作为对他的补偿，他发现了所有的门和锁……"努拉迷失在那些相反的旅行当中，那个男子走向了一个又一个门，带着钥匙来了。

"这里……"那女子指着地上的一处，也就是她把努拉困住、让她看到那些梦境的地方："这个谢班人在这个地方生活了二十五年，给清真寺当仆人，跟踪着约瑟夫·本·内格拉拉和那把绝对钥匙。"拉法仪踟蹰在圆形庙宇处，但令他失望的是，他没能发现努拉看到的那些门。那女人拼命向外拉他，这时，两个人同时注意到镶在木框里的羊皮纸闪着金色的星光，画着精美小巧的红绿色的花，挂在那里一幅破烂的壁画上，仿佛在守卫着那里的入口。那女子放慢脚步，继续说道：

"在这一页，那个谢班人一直保持着他的信念，经常指向他的朝向处，也就是你的麦加城。"羊皮纸上的文字让努拉停下脚步，那是不加符号的古老的文字，文字间还藏着无数的字，需要从一些字的意思中去寻找另一些字的意思。

"这是《古兰经》夜行章的第一页……"纳赛尔的话正在打碎那个女子在努拉周围编织的迷惑。

那女子继续说："我会给你们俩讲更多关于那个谢班人的事情。很多人随他来到这里，但是我已经把他的故事隐藏在头脑里，以等待一个信号。"说完，她看着努拉，然后接着说："跟着我！"她把二人带到外面，穿过托莱多山顶的寒夜。他们在自己周围，在每一个山坡，都能捕捉到那些看不见的脚步，几个世纪前攀登这座山的心跳让这些脚步声愈发清晰。努拉在发抖，紧紧抓住拉法仪的胳膊，拉法仪则把她的手放在胸前，一声不响地把手掌放在她冰凉的手指上。

他们又走回了早晨见到的那所寄宿制学校的建筑，时间已经很晚了，那栋建筑正处于愤怒之中，仿佛正准备跳下后面的悬崖。

"进去，不要出声，任何动静都可能把这座建筑唤醒……"拉法仪犹豫不决地向里面走去，努拉紧紧地抓住他的胳膊，迅速地穿过一个小木门。那女子把他们带进一个狭窄的走廊，从最后一级台阶上下来，再带着他们走到了充满潮湿纸张气味的地下室，突然回过头来，对他们说：

"我带你们去我在恐惧和软弱时去的避难所……"她的声音变得结结巴巴，仿佛正与那些被腥红的夜晚染上色彩的街巷撕打。努拉变得脚步踉跄，战栗从她的身体流向拉法仪的身体，于是，二人更加确信他们是和一个神志不清的女人在一起。那女子指着满是书架的墙，说：

"我们每个人心中都有自己的麦加，庇护自己的恐惧和孤独，这里就是我的麦加……我在这里，在这些古籍中间，找到了我的安慰和我的医生。这些古籍是属于你们的阿拉伯祖先和我那些犹太祖先的，后来，我的犹太祖先因为迫害和驱逐，皈依了基督教。你们看……"她开始读分类题目，拉法仪突然发现，她正用标准的阿拉伯语说话：

"《矛盾的矛盾》(对亚里士多德超自然的解释) 作者是伊本·路世德 (1126—1198)，科尔多瓦的哲人、医生、教法学家，他认为人的智慧是否永存，基于他与有效智慧的联系，他自己就被赋予了这种智慧。现在，我们坚持他所说的：只要安拉知道某物，某物就存在，安拉就会永远关怀它。我们将以更加完全的身体复活。或者，像我喜欢说的话：我们的智慧和我们敞开的心扉，就是绝对知识和绝对存在之门！"她喘了口气，向下一个书架走去，浏览着一个个标题，并说：

"我已经答应讲述那个谢班人的情况：葡萄牙海盗船在红海岸边抓住了他，把他带到了伊比利亚，他从那里逃到了托莱多。可怜的他靠讲故事过日子，给孩子们讲亚丁的故事，讲那些在洞中出生的、掌心有月亮的苏莱曼戒指村的女子。他不知疲倦地讲着，现在，只要我们细心倾听，还能在墙壁和山巅上听到他那些故事的回音……"拉法仪和努拉竖起耳朵，无法辨别是那个女子在讲述还是墙壁送出了谢班人讲故事的回声，谢班人说："我是苏莱曼王和比勒基斯王后的后裔。苏莱曼村里长寿的女子，也就是戒指姑娘们，出生时手掌心都有月亮形标记，对陌生人，她们从不握起手掌，她们确信如果月亮掉落或者脆裂，火焰就会从亚丁谷底喷出，吞噬阿拉伯半岛，世界末日就会从那里开始到来。"谢班用少女的轻柔之声讲着故事，那个女子游走在一本又一本的书籍之间：

"安拉在大地的家，就是麦加的天房，我父亲是掌管天房钥匙那个人的玄孙。为了寻找被偷走的天房的钥匙，他去了苏莱曼戒指村，并定居在那里，爱上了我母亲手掌上的月亮，在幸福的也门山巅生下了我……"那女子打断了往昔声音的回荡，用嘶哑的声音说：

"谢班在清真寺里度过了许多夜晚，在半圆形建筑里修行，画着我让你看到的那些门……他那时和我现在的年龄相仿。他来到我这里，打听我的先祖约瑟夫·本·内格拉拉的亚丁之行。他们都曾用一种迷人的声音歌唱，哀悼他们在那些有月亮的手掌上得到的爱情，这恰恰证明他俩都是从亚丁来到这里的……有时，当我看到谢班一头扎在那些画的门上时，会觉得他就是我的先祖……约瑟夫·本·内格拉拉出现在谢班身上……"那女子屏住呼吸，听着自己话语的回响，然后继续说：

"谢班经常来这里，我认为他是爱上我了。实际上，他是在我的祖先约瑟夫·本·内格拉拉的诗里挖掘有关钥匙的事，因为他坚信那把钥匙是用诗歌铸造的，藏在某一句诗或某一支歌里……所以，我和他一起研究约瑟夫在穆迦庙宇里收集的每一首诗，希望找到关于那把钥匙的幻影。看……"她打开了一本已经变黄的手抄本，说：

"这是约瑟夫·本·内格拉拉的诗集，他在恋爱时是为诗而来的……"

那个女子继续说着，为周围的地方增添着血红的颜色，两个人努力跟随着她讲的所有内容，以弄清她的目的。在她接连不断的述说中，努拉觉得自己迷失了，她看见穿着修女服装的幻影在那间地下室出现，隐藏在书架之间……

"我把生命的五十年埋葬在这些诗歌里，直到失去了视力。我还记得我五十岁生日的夜晚，我和谢班一起研究着一首长诗，过度疲劳让我们打着瞌睡，额头碰着额头。那时谢班确信，他手里正握着那把钥匙，因为诗里的一句是这样说的：流放地是安拉书里的墨汁，每一颗被流放的心都用它写就，每一个灵魂都用它寻找吃食的面包……努拉，今天早晨，你的面孔让我想起了那行诗，还有诗里包含的神秘的承诺……"那女子用一种疯癫的富有侵略性的目光看着努拉的脸，并继续说：

"那天夜里，我在梦里看见了你的脸，他们用这句话把你的脸介绍给我：她是从家鸽和野鸽的墨汁里逃出来的，由于贪婪，在安拉之殿周围复活……"她让光照靠近努拉的面孔，说：

"在我的梦里，在你周围，在你体内发生了战争，那场战争把你带到了这里的……仿佛你是被劫持到这里……"努拉和拉法仪像是用大理石铸造的一样，一动不动，他们彼此潜入对方的肋骨中，惊惶地盯着那张不停说话的面孔：

"有五年的时间，我一直梦见你，每天夜里，你的面孔都在对我进行抢劫，然后突然离去，后来的五年里，你又让我的梦空虚疏无……当我认为我永远不会忘记这张面孔时，我是多么幼稚！因为我忘记了……但是，今天早上，我又觉得我认识你的面孔……这证明了我们中的任何一位幸运者，即使在路上碰见了自己的梦想，也无法将其辨认……"她把目光投向努拉心里，又慢慢地、疯癫地继续着她的话：

"我梦见你在一场战争中。"努拉的面孔淹没在紫罗蓝色的光晕里，那是从饱浸漆黑夜色的古老建筑的岩石上流洒出来的光晕。"实际上，我们乃至整个世界，都在等待一场战争……"她让自己警戒的目光在两个听者的脸上游移，挖掘着那两个头脑里的恐惧：

"我们是从那些关于拯救者的书中知道这一点的，我们等待着他出现，为打开在大地上流淌的四条天堂之河的门而进行战争。这四条河会满溢成一条河，清洗大地，让耶稣降临，他将使人类生活在和平之中。要听从上帝的话，上帝的话会让死者复活，让你们的沙漠变成科尔多瓦乐园。"她把努拉的手掌放在她的左手上，又将右手握起，放在那些诗歌上，说：

"我们都是一些遮挡着真实面孔的面孔，但是，并非所有的面孔都有那么多矛盾、佳音或喜讯的死亡，像你的面孔一样。我梦见你的次数太多了，不应该那么多……你的面容甚至都被撕烂了。"她的话听起来像是一种指责。在地下室昏暗的光线里，努拉和拉法仪像两尊蜡像，像书架上新生耶稣雕像周围被缩小的羊一样。空气很沉重，那女子打开他们面前桌子上的一本书，这是一本关于阿罕布拉宫花园的书，说：

"我从你的气味知道了你，那时，安达卢西亚公园的标志就是声音和气味!! 所以，我们的先祖特别注重栽种气味芬芳的鲜花，让夜莺、孔雀、鸽子在其中飞翔、徜徉……很快，它们也会在你们那散发着馨香、飞扬着歌声的沙漠里飞翔，像一个身体在说着同一句话一样。"她的目光穿透他们两人的眼睛，想让他们说点什么，拉法仪点着头，插话进来，说：

"科尔多瓦的衰落是全世界梦想的失败。"这时，那女子略带惊愕地向门口望去，这让努拉肯定，确实有身着修女服装的鬼魂在书架中间游走，监视着他们。那女子用颤抖的手从书架上取了一本小册子，递给他们，说：

"通过这本你们绝不可能读到的书，从我这里带走点什么吧。这本书是希伯来文的伊本·哈兹姆的《鸽子项圈》的手抄画本。书中所写的，主要是爱情，第一眼就会为另一颗心开启的爱情，像各种存在中的一个种类一样存在于某个地区的爱情，能够在我们体内流淌、统一我们的种族并赐予其永生乐园的爱情……爱情的目光是能够消除面具和面纱的魔术……是隐藏在我们身心里被遗忘的不可思议的钥匙或者门……"她沉默片刻，在昏暗中仔细倾听，仿佛在追踪着某种脚步声。

"让我们记住，爱情像生命一样，以玩笑开始，以认真终结。它是以声音和气味来传染的。所以，我们不应与之交战，而应该敞开我们的感官，让它更灵敏，去接受爱情的侵入，并在它重塑我们时对它投降……"

在恍若隔世的一分钟后，那女子带着他们向外面的门走去。她环顾四周，看看是否有人在偷窥，之后，从《鸽子项圈》的书页中拿出一块亚麻布，里面裹着一幅用炭笔画出的格列柯《奥尔加斯伯爵的葬礼》的小草图：

"这是模拟的……"

昏暗的颤抖从女子身上传到了努拉身上，那些偷偷摸摸的身体的幻影更加明显了。

"正如我刚才对你所说的，谢班在克里斯托拉杜·卢兹清真寺，在半梦半醒中欲召回我们的先祖，看看钥匙的样子……人们说，他这样做，让托莱多的死人失眠了……他总是梦见格列柯本人，对他着迷，并且断定他就是那个为了开启这些山巅上的永生之门而与风车大战的堂吉诃德……每个白昼，他都在临摹《奥尔加斯伯爵的葬礼》那幅画，想找到那扇门……这就是他画出的无数草图中的一份……他为原来的画作加上了一些细节，他反复琢磨的细节……"她再次环顾四周，确定无人偷听后，让那张草图靠近灯光，并说：

"他当时把这张草图藏了起来。他画了一张又一张，在这个过程中逐渐将其完善，如人物的肩部，衣服的皱褶和云彩……但是，你们看，钥匙是突出的，如人体一般大小，占据了整个画面。一个天上的人物用张开的右手拿着它，让它与玛利亚的前胸相连……人们说，那里有一个麦加人，因为那把他称之为钥匙之主的钥匙而有些神经错乱。那把钥匙柄呈三个窨殿形，谢班在梦中追逐着它，在清醒时又找不到它。但是他没有停止重复那一个预言：天恩不再宽恕那些犯错误的奴仆的时刻将要来到，安拉将关闭他的家，无论是和约还是战争都不能将其打开，但是，当这把钥匙到了那个合适的人手里时，他就成为唯一一个能打开上天之门甚至死亡与生命之门的人……人们说，谢班还在返回麦加的路上时，人们在马德里被遗弃者墓地的门口发现了他的尸体，他的身上没有衣服遮蔽，但是胸前有那把仿制的钥匙，那是托莱多最著名的铁匠按照约瑟夫在一次又一次的梦里看到的样子打造的……他当时有四五十岁的样子，他们把他的尸体埋在了那个墓地，没有仪式，没有姓名，只是把那把仿制的钥匙放在了位于谢班心脏位置的墓碑上……那是十七年前的事情了。"于是，努拉明白了，那女子说的是英国墓地里墓碑上被偷去的钥匙。但是，她的那位谢赫为什么而来呢？莫非他属于谢班人的后代，是那把钥匙的持有者？她想起了那张草图，那两个男子曾经把它同从坟墓上拿下的钥匙进行过比对。

"我在《鸽子项圈》这本书中间发现了这张图，这是谢班离开前读的最后一本书……"那女子突感疲惫，果断地将书合上，将书和草图放到努拉手上，然后，又以同样的果断，把努拉和拉法仪推出门外，抬起一根手指，提醒着努拉说：

"这些年，我一直在等你。"然后一声不响地把门关上。

瞬间，门关上了，果断的锁门声让他们清醒过来，他们不知所措地站在那扇孤寂的门前，努拉手上的《鸽子项圈》成了唯一的证明：他们所经历的不是幻想……

一股股烟柱从托莱多山顶升起时，两个人漫无目的地开着车，努拉心情沮丧。山顶最高处，一群人站在那里，注视着吞噬了寄宿学校和学校里伟大的图书馆建筑的大火。

她把手放到方向盘上，让拉法仪停下车，说：

"听着，我不要任何一种战争，即使是为了那把打开四条河流的钥匙。咱们把那个故事忘了吧，它与我无关，请你把我带回马德里……"

"你可以去任何地方，只是不能去马德里。"

"马德里。"她发出了绝望的命令。

"我有他能够……"

她和蔼地打断了他，说："只有谢赫有我返回的护照。"

护身符

优素福停止了阅读，把那些羊皮纸扔给了纳赛尔，瘸着腿走开了。纳赛尔急切地继续读着：

他们那个来自哈马盆地的老占卜者的声音肯定我已经怀上你了……为此，在把我从沥青偶像处放开之前，他们对我进行了清洗，接连几天，我的身体都浸泡在隐蔽的泉眼里，这让我的皮肤恢复了原有的鲜嫩。

俄吐法尼又出现了，看也没看我一眼，就去牵我那只带鞍的母驼，认为我的梦呓里有许多不吉利的兆头出现。经过魔鬼角的山脊时，不曾有人阻止我们。

"他们送你去部落长老的床垫上分娩……"

他们两人都不能确定，她肚子里是他的种还是魔鬼之角的种。

在萨巴赫部落边上，迎接我们的是高兴地摇着尾巴的狗、身着红衣的姑娘和潺潺的流水声。

"萨阿德谢赫是沙漠部落里最有权势的头人，是瓦伊勒和拉比阿·本·乃扎尔的后裔……"俄吐法尼的话让我安心，但椰枣树却搅动了我心中对黑伯尔的乡愁。清洗着心境的绿色的出现已然是很久以前的事了。萨阿德·本·易卜拉欣·本·凯阿卜的人来迎接我们，看着我们平安到达。但是，我们却发现这里的人们处在混乱之中。有消息说穆罕默德·本·阿卜杜拉正准备深入，占领内志的商路，于是，我和俄吐法尼未做任何停留，在忠实于谢赫的人的护卫下，从他的家继续前行，到了一扇没有关闭的泥土门前。从那里走出来的萨阿德谢赫的目光落在了我的眼睛上，像一只展翅的猎隼一样瞄准了我的目光。不知有多少个夜晚，我集尽我的魅力，在这位威震沙漠的骑士的铠甲上为你挖掘着摇篮。我没有让他失望，部落燃起火焰，为我和他们的头领萨阿德举行婚庆，我躺在他的床垫上，把我将你隐藏于其中的身体交给了他，让你在七个月后出生在那床垫上，获得他的血统。

堂吉诃德

告别之前，拉法仪在宾馆前交给努拉两张唱片，说：

"这张是堂吉诃德，这张是我答应给你的巴赫的《圣马修激情》。"她接过唱片，把它放在她宽大的衣兜里，微笑着说：

"男人需要听他不能掌握的，才能掌握超越他的听力的东西。"她用米兰诺夫人的话提醒他："有一次我听说，他们正在准备《圣马修激情》，那是西方音乐史上最美的作品。他们说，巴赫以非常严肃的态度对待音乐，就像犹太人拉比对待传统的哈拉莎法律一样，犹太哲学家，如斯宾诺莎等，对这部法律颇有争议，因为他专注于监视表面行为，而把内在的信念边缘化了，把人变成了机器人，把信仰变成了对现象的监督。巴赫的音乐是严格传统内的一种存在，是服从，是享受，是在顺从的核心建筑顺从之上的东西，可以让我们感受到我们可以在程式里揭示的美学的深刻性和在坚硬的结构里找到内在源泉的可能性，重新创造耗尽其各种可能性的东西。"

说着，她用一只焦虑的手将落在眼前的一缕头发撩到耳后，头皮产生了轻轻的颤抖。

"不要听你不能掌握的，只去听高兴的曲调……不要费劲去分解每一滴水……我们的身体在雨水中陶醉，其实与我们无关……"她想笑，每当有男人亲切地逗她发出孩子般的大笑时，她都会享受他们保护的力量。她意识到，在这段时间里，她缺少经验的样子已经暴露在他面前，告别时他温柔的目光，让羞涩染红了她的脸颊：

"不要绞尽脑汁去记起不可能的事，我不记得是谁说过，在四壁包围的无境界里，在原子反应堆墙壁的冷酷中，有一种即将产生和出现的存在，通过最伟大的爆炸，实现最伟大的转变。"他吃惊地与她一起，听着告别时最后嘱咐的话语。

一个从乞丐母亲手中逃脱的小女孩从她面前跑过，在离她两步远的地方停了下来，用一双大眼睛看着她，她的微笑让女孩壮着胆子向她走来，害羞地用甜美的西班牙语问她：

"你叫什么？"拉法仪稍显犹豫，没有翻译，认为努拉明白这句问话。就在那一刻，他看见一滴泪水滚落在努拉腮边——努拉这个名字俨然阻隔着她过去和今天故事的堤坝，于是他不安地用西班牙语对小女孩说：

"她叫比拉。"这时，努拉摘下手腕上的黑色手镯，将它套在小姑娘的手腕上，小姑娘突然吻了她的手腕，说了一声谢谢（吉拉斯亚），跑到母亲面前让她看。拉法仪注意到，那个皮手镯上有一个金属片，但是没有想到那里会刻有符号，那个符号像几个塔尖，或者只是商标 A & A。

他又递过来两本书，一本书是关于格列柯的，另一本是托莱多女子送的夹着格列柯那幅画的《鸽子项圈》。

"这是你的，忘了吗？"他伸出手指，想抹去她脸上的泪痕，但她把头扭了过去，说：

"我觉得这里没有这幅画的地方。"

他停在半空的手哆嗦了一下，说：

"也许属于那个长得像你的女孩？"问题脱口而出，从他曾在宾馆大堂里看到过的忐忑的目光中，他意识到，这里没有他的地方，那个女孩也没有。

"要知道，那个女人是个疯子。"在他们像两个陌生人一样准备乘电梯时，他把这句话留在了嗓子眼。他知道，这是他们两人最后一次乘电梯上楼，电梯门即将开启，她亦将像蜃景一样消失。

"努拉……"低声的呼唤让电梯里的空气颤抖着。

"如果我对你说，我有一个梦想与你疯狂做爱的想法……两个身体紧紧相依，你会震惊吗？这是一个存在于想象和现实之间的难题……也许我们的想象已经变成了我们真实具体的存在的一部分，像是一种必要……没有梦想，我们自己就变得与我们的存在在一起……那是我们不能明白的存在……如果我们没有用梦想去磨砺我们的生命，生命就毫无意义……"她屏住呼吸，双眼紧盯电梯的门。

"你是一个真正的女人……你不需要上楼去找那位谢赫……你能够，而且可以非常简单地与我一起背对过去和正在走来的一切……不一定是和我……但是……从这一切走出来……迅速解脱吧……"

她眼中的目光回答他说："我绝不会再一次出走了……"在她的房间门前，他离开她，她消失了，消失在门后等待着她的一切之中。

墙纸上的族谱

纳赛尔急不可待地读着羊皮纸上破碎的、断断续续的内容。穆舍白布已经没有什么招数可以从做副朝的人口中得到缝补那些裂缝的办法，优素福只能看到一封千疮百孔的信。他读到了信的结尾：

在易碎的泥块里，我无法入眠，每当我刚刚感觉到睡意，风暴就向我刮来，而你骑着一匹黑红色的骏马奔跑在风暴之前，从风沙里出现，高耸入天，任风暴带着你和你的人返回黑比尔……那时我的梦犹如占卜板上跳动的字行和纸页一样，想预知你未来的命运……

临产的阵痛与死亡携手而至，已经有好几天了，这疼痛一直伴随着我，我明白，我不能活下去，我所有的能力只能拯救我们两人中的一个，于是，我让人叫来了俄吐法尼，用我生命的最后一口气，用我阵痛的颜色写了这份遗嘱，让你了解关于你的出生地和血统的全部真相……我把它放进了我的半月形的银制护身符里，那是我父亲在我结婚时送给我的礼物，是由我们那里最优秀的工匠制造的，代表神秘的月亮进入人的头脑和岩石。

那个清晨，在我走向椰枣树下的产床和临终之地时，俄吐法尼脸色苍白，好像我们在路上征服的沙漠里的鬼魂，我对他说：

"你拿着我的这份遗嘱，并马上发誓：在你的族人中，你要保护它，要让这即将出生的孩子背记下这个家谱，直到我的族人回到黑比尔，重新拿回他们在希贾兹农村的权利……"

他用占有的眼光看着我的肚子，而你就在肚子里活动着，把这个银的护身符接了过去，他承诺保护好家谱，并将其刻在黑比尔的艾布·凯阿卜·本·艾施拉夫城堡的墙上，如果我的护身符丢失或损害，我的族人可以找到根据……

到这里，那些纸断裂了……三个人无法知道，在过去的十四个世纪里，俄吐法尼和他的后人们是如何关照撒拉的儿子和传递她的护身符的。

夜晚降落

　　晚上十点钟，努拉打开了她宾馆房间的门。房间里，审视着她被雨水打乱的头发和穿着运动鞋的双脚的目光里浮动着浓重的阴云，发送着雷电的力量，撞击着她的脸。他穿着外出的衣服，领带搭落在外套上，全身松懈地坐在沙发里，从早上发现她失踪时，他就是这个样子，谁也不敢劝阻或说点什么。

　　她不知道这种氛围持续了多久，终于，他沉默地站起来，当他的双手向她伸过来时，她已经完全僵硬了。他一下子撕开她那棉制的白色长袍，扣子散落在四处，但她的眼皮却未眨动，而他则以冰冷的疯狂，以格列柯画中的天空显示出的刚愎和放肆打开了面向花园的长形窗子，然后把她推到窗子前，让她的整个身子都垂在窗外，让过往行人都能看到。两个人都不言不语，只能感觉到他在喘气，在颤抖，他的愤怒在升腾。当她并无一丝反抗时，这场游戏也失去了趣味。于是，他又把她推到套间门前，将她拖出了房间，空空的走廊在他们面前屏住呼吸伸延着。她不做任何反抗，随他到了电梯门口，他按下了电钮。等电梯时，她咬紧牙关，努力想着如何对付将要出现的场面：如果他将她赤裸着身子拖到外面的路上，她会假装死去，任谁去发现她裸露的身体……电梯门打开了，裹挟着荒凉的空气，触碰着她的裸体，以冰冷之气把她推到他面前。她已变得如同盲人一样，什么也看不见了。他按下去往一层的按钮，仿佛已经丧失了思考的能力，像一只被光亮麻痹的野兽，只受报复或防守的本能支配：羞辱她。

"既然你已经厌烦了一个人的游戏，那么，从现在开始，我选择多人……"

电梯到达一层时，空气凝滞了，电梯间的门框以缓慢的动作打开着，那里是接待大厅，有无数双眼睛，钢琴奏出的曲调从大厅尽头飘来。电梯门打开的时间好像有一个世纪那么长，在这期间，他冷若冰霜地脱掉外套，让她把两个胳膊伸到后背，她没有听从，于是，他把外套裹在她的身上，用力把她拉到自己身边，在她耳边低语道：

"继续抗拒……你连一块遮体的破布也找不到……"他声音中的冰冷已经远远超过从他们经过的路上吹来的把他们冻僵的空气，而浮动在他面孔上的乌云让她想起了《奥尔加斯伯爵的葬礼》背景上的死亡。她把头扭了过去。对于这种背弃他的躲避，他用力握紧拳头，从她脑后伸过来。拳头落在她的双唇上，当她再次睁开眼睛时，她已经身在豪华奔驰车上。车门刚刚关上，汽车就发动了，站在远处黄色灯光下失去理智的拉法仪已经尝到了她喉咙中的血腥味。

纸上的族谱

纳赛尔翻弄着最后的羊皮纸页，想找到那个族谱，优素福一把抢过来，说：

"别找了，你现在应该帮我找到残存的城堡。"

"什么样的城堡能保存几个世纪？"

穆舍白布让他们重读那个遗嘱的开头，但却没能找到凯阿卜·本·艾施拉夫城堡的所在地，于是，穆舍白布又给了优素福一堆地图，说：

"我的一个朋友费了好大劲画了这些地图，朝觐研究中心的权威人士对其进行了校正，已故的俄吐法尼给我们指出了大概的地点，估计那个遗址在一个正方形的一条边上，另外三个边分别是穆兹乃布谷地、拉努拉谷地和哥巴清真寺。"当时，有一个大概的工程图，在那个图里，城堡位于从南边的白吉伸出的直线与哥巴清真寺东北直线的交点上，也就是说，白基到城堡之间的距离是它与清真寺距离的一倍。他们两人测量了那个地区，看到整个城市已经伸延，并向所有的方向扩大了。他们两人像是挖掘到了消失十四个世纪的不可能出现的东西一样。

本杜格

在遮住天际的山的对面，飞机画出了一个半圆，开始降落。努拉注视着那些被雕刻成魔鬼犄角样子的山岚，心已破碎，浑身发抖，预估到凶险即将来临。

飞机灵活地降落在空旷沙漠里的一条原始跑道上。他们降落在地面时，山已经把天际线完全遮住了。努拉觉得自己变成了那些魔鬼幔帐后面的一个俘虏。她在飞机舷梯上环顾四周，发现那里没有人影，只有乱七八糟的路牌指着海米斯·穆西特，另一个指着纳吉兰。在从马德里出发的六个小时的旅行中，她一直在听谢赫与助手没完没了地讨论地图、图形、对生意预算的估计。他有意忽视她，他仍在生她的气，那是在冰下燃烧的火，尽管他心神不安，但还是要刺激，就如努拉已经习惯的那样。只要她一上飞机，在马德里发生的一切就被抹掉了，每一次飞机降临，对她来说都是一次没有任何过往记忆的新生。

从他们的谈话中，她明白了，他们将要见一位有权势的大人物，并给他起了"建房乌鸦"的绰号。当她半睡不醒时，听见谢赫带着嫉妒嘲笑说：

"我们的竞争对手是一头野兽，他有好几个国籍，是超越国度的国际公民，开发魔鬼的房产。"

"这建房乌鸦的名字叫对了。"

"我们需要一个魔鬼战略，让他以伙伴的身份加入，完成我们这个项目的这一阶段，我们要利用他要占有整个地球的贪婪。他只要看到一处房地产，就想占有它。他能够动摇我们脚下的土地。他是这个时代的沙赫沙币①，娶了最漂亮的女人，婚约刚缔结，紧接着就是离婚书，彩礼就是吊唁的宅子……为了保证这单生意，我们得让他在他宅子的大厅里飞起来，这个魔鬼之角，他搭建起了帐篷，准备狩猎呢……"

"谢赫，不要焦急，我们已经备下了让他流口水的诱饵……"说着，助手向两位正在为他们服务的空姐挤了挤眼睛，说："他的弱点是白斯布赛甜点。"

奔驰车队在那个不知名的乡村小镇穿行着，人类的鹰眼追随着它，破旧的沥青路两旁，那些两层的阴暗建筑又随之将他们吞没。努拉眯着双眼，忧郁与阴暗唤醒了她深藏的想象，眼望之处，往昔的果园和精致的泥土房都已被抹掉，取而代之的是变态的水泥立方体，不过，残存的果园仍然把心安留给了这座小城。

当城里的一切都已经死亡时，时钟指向了夜里十点，所能听到的只有窸窣的甲虫在浓重的黑暗中爬行。她已经有三天没有见到谢赫了，随从告诉她谢赫有事，必须留在建房乌鸦的帐篷里。能够肯定这一点的是，载着她的谢赫和那个乌鸦的儿子进行夜间狩猎的路虎车队，经过这座城市时扬起的沙尘，覆盖了整个天空。那是一次喧闹的检阅，展示着无线设备、鹰隼面罩、驯鹰隼人的哨子、铿锵作响的枪支和鲁莽的汽车演练。那

---

① 沙赫沙币，《一千零一夜》故事里的国王。

是女人们把它与面包和黄油一起吞下的欢庆，侵入了城里昏暗住房里孩子们的梦。

努拉知道自己将在停战期间独自度过她的夜晚，便花了很长时间洗了个澡，然后裹着红色浴巾，赤着脚，准备睡觉。这时，她听到了轻轻的敲门声，那声音很轻微，竟让她觉得那声音来自遥远的记忆，于是，她靠在门上，面对着床。这个乡村的五星级宾馆十分干净，但没有品位，到处都散发出离弃的味道。敲门声越来越大，驱散了她的睡意，"谁？"

努拉万万没有想到，站到门前的是空姐组长。她身着绣花的红绸衣服，领口很低，客客气气地对她说：

"请穿好衣服，你被邀请参加在建房乌鸦帐篷里举行的晚宴……"

"可是我很累，想睡觉了……"

"你收到的是特殊邀请，任何人也不敢漠视他举行的晚宴，那是不可赦免的侮辱……"

"我没有任何准备，我这里只有这件睡衣和牛仔裤，我的行李箱还在飞机上……"

"没关系，脸化一下妆就可以，你需要一支火红的口红，我马上就回来。"不容反对，那女人就消失了。转瞬之间，成套的豪华服饰已经在她的床上等待她，努拉站在那里，知道如果拒绝邀请，她绝不会被饶恕。很快，她就与另外两个空姐坐在了奔驰车的后座上，穿着不知是什么魔杖弄来的衣服。在沙漠的夜色中，车子向那个帐篷的方向驶去。

一束火焰摇动着天际的黑色，汽车靠近时，豪华的场面已经把她们惊呆了。绣着金银线的巨大天幕高耸在沙漠的天空中，汽车刚一停下，穿着白衣服、头戴红头巾的侍者立刻出现。穿过那些天幕，可以看到一簇簇巨大的火焰，火光把温暖送入沙漠的荒寂中。她们如在魔幻之中行走着。帐篷装饰着红、蓝、金色的阿拉伯文书法，里面摆放着很多文物古董，反射出夜色和火光的明亮……她们轻轻迈步，行走在极目所见的波斯地毯的海洋里。隐藏在无垠沙漠里的美让努拉放松了。阿拉伯咖啡豆的香气，豆蔻和姜的芬芳，让她怎么能拒绝来到这样的绿洲呢？帐篷里装有空调，灯光闪烁，远处隐隐可以听到发电机工作的声音。三个女子被带向那个树立在白石上的有三个方尖碑的巨大帐篷，坐在中间的建房乌鸦抬着头，身着白衣，没有披斗篷，稀疏的头发染成了黑色，装束十分简单，远没有人们所说的威严。努拉和她的两个同伴坐在他的左侧，一排排红色锦缎的座位铺在帐篷地上，在建房乌鸦的右侧，有一个黑人站在那里，他像一根烟柱一样，直抵帐篷上的天空。他的目光像火上的一根根铁钎，直直地穿透努拉的目光，让她从头到脚完全瘫痪，还被碎成齑粉。

努拉急忙把目光逃向建房乌鸦。虽然他身材高大，但不像他右边的那个男人本杜格那样恐怖。在所有魔鬼的名字中，本杜格这个名字代表着把他的火烧到周围人们的身上，他的活动，会让人感觉到他的主人对他的信任。实际上，他是用自己的魔鬼力量控制了他的主人。帐篷里充满了他身上散发出来的气味，那是一种魔鬼汗液和浓重的东方香膏混合的气味。那身体仿佛用钢缆制造，没有一粒脂肪，只有一张令人憎恶的神经网，从他的样子，便可以轻而易举地看清它。那个人有着强大的能量，也有巨大的威力，努拉确信，如果他的神经碰到她，她肯定会被击成灰粉。她小心翼翼，不让自己的眼睛碰到那个魔鬼的目光。那个魔鬼就是晚宴和建房乌鸦的发动机，本杜格，本杜格，那天晚上，没有任何一个名字像这个名字一样，被反复地、急迫地叫着，每个人都喜欢他的歌唱，向他倾尽自己的放荡，咀嚼着那个名字，乞求着他的喜悦和施舍，吹捧着他将其置于所有人之上的绝对权力。

仆人们散开，铺在帐篷地上的椰枣叶餐桌被迅速撤掉。餐桌上原来摆放的是抓饭，中间有一只黄昏时刚刚宰杀的羊羔。晚宴结束，努拉未动任何佳肴，魔鬼的汗水酿就的阴云把雨滴洒遍整个筵席，那气味不仅令人作呕，更表现出了凶残的嗜好和欲望。这个筵席，连同那些摆放在天幕下伸着头盯着人们的羊羔，只是将要进行的贡献牺牲的开始。本杜格像各种矛盾的欲望构成的洪流一样，在筵席上活动着，贪婪地吃着，吞下了数量令人惊恐的肉，而对奶油米饭、蔬菜和水果不屑一顾。每吞下一口像他的舌头一样的血色的肉时，他都要舔舔两片嘴唇。伴随着每一声放荡的大笑，他的血盆大口被暴露无遗。在他这个炉灶和神经网里燃烧产生的具有雷击能量的肉，居然没有一粒脂肪……

"你吃的东西都上哪里去了……是撒旦和你一起吃的吧……"建房乌鸦笑着，以明显的赞赏逗着他的傀儡本杜格，那种赞赏跟随他的目光，在一次次加强，而本杜格也因他表现出的令所有人迷惑的神秘而变得更加庞大。

本杜格以火炉般的狂热宣布晚会开始，嘈杂的音乐和响亮的鼓声从他的神经网传进了在场人的头脑里，他们扭动着，摇摆着。本杜格越来越近，用下流的动作向姑娘们做着暗示，在远处用手指指着她们的香肩、高耸的乳房和她们出于自卫而紧紧站成一排的大腿……这时，建房乌鸦的一个动作开启了地狱之门。他突然出现，除了裹在腰间的一条浴巾，身无遮盖，露出一堆堆的肥肉和标识肉类的火烧的印记……三个女子被召唤去跳舞。在这些舞动的身躯当中，努拉踉踉跄跄，那个巨大的肉块正被火烧出许多斑点，魔鬼的牙齿上还粘着肉渣。鼓点变得更加急迫和疯狂，想到她的身体将要被他触碰，努拉顿时浑身发抖。本杜格像一只吸血的苍蝇一样转着，绕着，接近，接近，挑逗着那个巨大的肉块，往下按着那些烧痕，一股浓重的硫黄气味冒了出来。他以此向那些跳舞的女子们肯定，那个被薄薄的浴巾遮挡的身体是光裸的。当本杜格边舞边把他主人的遮羞布扯开时，这个事实被进一步证实。建房乌鸦光着身子出现在众人面前，努拉闭上眼睛，觉得自己正被一尊偶像的目光包围着。太多的肉拥挤着，互相拍打着，撕扯着她的内脏，令她作呕，那个用钢铁造就的本杜格神经网的眼睛正在躲避着她。

感觉到她的拒绝后，魔鬼反而被吸引，把她作为淫荡的目标。他走了过来，目光直射她的胸部，她喊叫起来，但是口水却堵塞在喉中，跌跌撞撞的奔跑让她扭伤了脚踝，努拉觉得加入那个舞蹈是那么肮脏和愚蠢，于是，立刻夺路回到她最初的座位上，但魔鬼的眼睛闪着凶光跟随着她，这种公开的拒绝让他以更大的无耻围着另外两个跳舞的女子旋转，用那阴暗凶险的欲望刺激她们……

这场景无休无止，那个神经网的所为，使脂肪的云聚集着，准备送出雷鸣。那脂肪伸展着，要吞没三个女子的身体，于是，努拉离开了这个场景。黑色的魔鬼破碎成霹雳，向她扑了过去，他用像火上烤肉铁钎一样的目光逼迫她站在那里说：

"怎么回事？"她努力抑制住歇斯底里爆发出的大哭。包围着她的是充满血块的眼眶里的一对黑眼球，那眼睛就是无底的煤黑色流沙，把鲜血涂抹在她的脸上。本杜格停止了跳舞，用他有力的手抓住她的手腕，把她拖出去，推进旁边的一顶帐篷里，然后用尽全力，把她扔在地上，说：

"荡妇，玩什么贞洁女子的把戏……信封里就是你的价钱，是美元，像你这样廉价的，一块肉是十万美金，你那两位同伴，两个娼妓，每人三万……你装什么害羞，想讨价还价？"这种疯狂让努拉不知所措地战栗着，她不能喘气，脸色开始变青，终于，从胸口迸出了受伤野兽一样的哭号，连那魔鬼也被这种挣扎惊呆了：

"带我回家！求你们了，我要回家……"魔鬼觉得受了侮辱，说：

"你认为你能值一分钱？在堆满鲜肉的市场里，你这样的贱肉会值钱？市场里每天都会投放更鲜嫩的、更美的……想到那些被放在我脚下的人肉，我都觉得恶心，你以为你是谁？我们是在巨人商店里，货架上批发的胸脯和臀部，数量那么多，价格便宜得令人呕吐，我可能进口像你这样放在冰箱里的贱肉？你什么也不是，什么也不是……"他的目光在鞭笞她，等着一旦她吐出一个字，就把她的脖子扭断。那时，努拉已被黑暗淹没，她的声音已消失在她胸中十分遥远的地方。

"你什么也不是，闭上嘴巴，我发誓，我要是感觉到你还在喘气，就立刻敲碎你的脑袋，把你和你身上的肮脏一起扔给沙漠里的鬣狗。"说罢，他丢下她，走开了。她的气息已经消失，双眼已经干涩，她紧紧盯着帐篷对面的墙，墙上描金的字正在变得愈来愈大，盖满了周围。她已经不能动，不能听，只能看见那些《古兰经》章节的中心和位于中心的中心的安拉一词，于是，她意识到她看到的是金色的《古兰经》章节，并把目光集中在中间的"安拉"一词上。她知道，把目光集中在《古兰经》黄牛章的255节，穆斯林读这一节可以保护自己免受恐惧和灾难。她并没有去读，而是爬着，接近着，以求安身之地。她蜷缩着，越缩越深，那一章则变得愈来愈轻。努拉感觉到了那个呈现着三个面孔的方尖碑的白色偶像在弯曲、倾斜，当它完全倾斜时，就把她放到了它的冠毛上，于是，她看到了女性的面孔、男性的面孔和孩子的面孔合并在一起……她和他们变成了向天空飞去的一体……而在旁边的帐篷里，摆放着新鲜的肉，还有烧烤的肉，上面的钢缆网发出了带着浓重硫黄气味的雷击。

到达谢赫驻地前的最后一晚，一股令人作呕的烧烤气味把沉睡的努拉弄醒了。她睁开眼睛，看见本杜格像个黑烟柱子一样站在她的帐篷里。他似火的目光令她全身麻痹，躺在那里无法动弹。他连气也没喘一口，就抬起胳膊，然后从上面抢下，努拉知道，那是绊马的马索在撕裂她的肉体。他身上散发出的臭味污浊着整个帐篷，他一声不响地鞭笞着她。马索在她身上的撕咬愈来愈深，努拉沉默地承受着，所有痛感和自卫的意识都离她远去，她的痛苦远比任何喊叫或动作带来的剧烈，就像灵魂已经死亡一样，她的肉体已经向鞭笞投降了，而她的两个同伴，则在各自的床上瞪大眼睛，吓呆了，注视着这场噩梦。一下又一下的鞭打都朝向她的面孔，想击碎她的傲慢和尊严，有时，也会落到她的脖颈和胸部，努拉用双臂护着头，用自己的身躯迎接痛苦。为了洗却隐藏在体内深处的旧有的罪孽，她让自己身体的一部分去承受那些痛苦。

突然，本杜格发出了魔鬼的一笑，打断了举鞭的节奏，说：

"这是鞭子，这是你想要的吗？从你弄了这场贞洁表演时起，我就知道了你是什么样的荡妇了……你把大部分时间都花在做祷告上了……"他没有等到任何反应。"对我的所为你就吐出一个字吧，我将要潜入你的睡梦，掐断你的脖子，让我的骆驼蹄子把你的骨头踏成碎末。我会把你丢在沙漠里，远离人迹……"他向她吐了一口唾沫，然后消失了。

她的谢赫伴装不见她身上的鞭伤。他知道发生的一切，但为了他最后计划的成功，他服从了重要伙伴关系的规矩。

新　闻

　　一无所有，只有深深的孤独。所有赋予穆阿兹照片意义的面孔都消失了：莱巴比迪大宅、优素福、穆舍白布，还有海利勒。他始终觉得那诅咒停滞在空气里："麦加立在世界末日边缘。"

　　这就是那个为穆阿兹概括了周围毁灭性空旷的镜头。为了与它共生，为了在其中生活，他顺从了他工作的新式照相馆随季节而变化的工作节奏，这次，他寻找一个专门属于他的任务。

　　照相馆不到三平方米，有一个木制隔板，与外面分开，上面有一幅昼夜都不会滴水的瀑布背景。穆阿兹觉得，这个照相馆太小，容不下他那些危险的思想，特别是老板不在，他独自面对一张女性的脸时，他觉得那已经不是照相机在照相，而是他的整个身体在照相，然后，他会在发黑的皮肤下冲洗她。有时，有些姑娘做得很过分，让照片上出现了刘海。他知道，这样的照片到了护照管理处时，这个刘海肯定会再回到他这里，因为管理处会要求她再照一张没有刘海的照片。他注意到，有些姑娘会设法用另一种方法突出自己的个性，所以，当她再回到照相馆时，便把头巾在发际线处扎得很紧，于是头巾的黑色便与露出的黑发浑然一体，她们就可以在护照管理处职员的手

602

里过关了。

"我会专门去拍女人的脚踝，把几千只脚踝放到墙纸上，我则站在墙的中央，站在它们中间。"这是他最后的梦想，这不属于罪愆的范畴，因为没有任何关于看女人脚踝会受到惩罚的条文。

穆阿兹确信，在他还没有照相机之前，他就已经开始摄影了。那时，他像今天一样，爬上宣礼塔狭窄的台阶，从一扇半开的窗户看这条街巷，发现大人们变小了，而且被分别置于孤独、软弱和焦虑的镜头里。他注意到那些当时和他一样的小孩子们画的小幅图画布满灰尘，囿于他们家周围狭小的地方。今天，他们都走出了自己的家，到咖啡馆去吸水烟或者去追逐那些变得比他们还胆大的女孩子。他看见人头巷的小姑娘都拼命从她们的黑斗篷后面向外窥视，想把自己的眼睛放到世界的眼睛里，她们看到的比她们的大姐姐看到的，要多很多。(这是拥有探照灯的一代)他的镜头照亮了这一切，但有时，过强的光亮也会把它烧毁。

一个顾客拿着一份《欧卡兹》报来照相。他站在镜子前面，用口水整理着眉毛，穆阿兹偷偷向那份报纸投去一眼，一幅画占了四分之一的版面，白色背景下的黑色人体突然变成一种渴望，撼动着他的心。他见过那个姿势，于是，他用目光扫过那条消息开始的几行字：

在文化大臣费萨尔·穆阿耶特博士的关怀下，2月20日，星期三，造型艺术家努拉作品展开幕。时间：晚8:00点，地点：吉达加利利·艾勒艾尔德大地画廊展厅。努拉是现代造型艺术运动中一位大有前途的女艺术家……

坐在凳子上的顾客看见照相机掉了下来，便把嘴努成了带有芝麻和面包刀割痕的萨穆利饼的样子，微笑着，等着穆阿兹去捡。穆阿兹努力控制着手和心的颤抖，以机械的动作，把光打到了那张饼上。当他的镜头对着强光，试图淡化脸上的皱纹时，那些占据了他无数夜晚的静止和活动的镜头，突然像瀑布一样呼啸着奔涌而来。它们就是阿札的画和那些住在人头巷的被砍断的身躯。童年时，他总是窥视这些身体，日夜梦想着它，现在，它注入了占了报纸四分之一版面的一个标记，一个消息。面对镜头下顾客的面孔，他的手僵滞不动，仿佛一个接到了等待已久的启示的人一样。这个启示的核心是他为之奋斗的使命，是他生命的精髓。于是，他急不可待地按下了快门，扯碎了那张萨穆利饼一样的脸，让那人离开，自己拔腿开跑。离展览开幕只有几个小时了，他已经没有时间多想。他必须在晚上到达吉达，去找到那个地址：吉达，杰姆朱姆商业中心，滨海大道，加利利·艾勒艾尔德大地画廊。

像往常一样，穆阿兹很快就到了公共汽车站，坐上了一辆涂着蓝色和橙色油漆的汽车，车上的空调已经坏了。汽车把他带到了吉达市中心买赫迈勒中心的后面。放眼望去，他看到了滩涂处海水形成的湖。这里是吉达的边界，有一个采石场，老吉达的古老建筑都使用这里采下的石头。这里非常潮湿，侵蚀着居民的骨骼，在大海新娘（吉达）贪婪的扩张中，这个地方已被吞噬，被包围在国民银行、王后宫、滨海中心和买赫迈勒的钢筋水泥和玻璃巨人之中。

穆阿兹从公共汽车站乘了一辆出租车去展览地点。他斜靠在座椅上，放松了安全带，让自己的身体，从失去海利勒的夜晚的空虚和疯狂寻找他自己的窒息中解脱出来。他微闭着眼睛，用模模糊糊的目光掠过大海新娘吉达，并将其固定在记忆的柯达胶片里，他没有注意，那个司机正在设法让计价器加速转动，这是作为他选择近路，即安达卢西亚路的补偿。直到接近吉达的神经——麦地那路时，穷困破损的建筑才逐渐消失，出现了很多带有玻璃幕窗的建筑和高大的塔楼，向海边伸展着。最后出现的是耸立在遍布珊瑚礁的红海中的法赫德王宫的喷泉。在斯廷和麦地那街之间的道路两侧，出现了一个手机王国，一辆辆汽车鸣着喇叭，在买卖新式的被盗手机的劳工大军中慢慢爬行。眼见汽车就要经过美国领事馆了，外墙上保护用的帘子让人觉得那栋建筑像是被废弃了。穆阿兹未做任何表示，用他的记忆摄下装甲车和大门上方机关枪的全景：

"这种隔离能够孵化出和平与安静的镜头吗？"这时，他眼前的夕阳已变成暗橙色，在巴勒斯坦街的尽头沉落。两侧的乌鸦已聚集成群，准备在别墅的树上栖息，每当有风掠过或有车笛鸣起，黑雨就会从树上落下，在橙色落日的边缘布满黑点。这让穆阿兹想起了优素福之窗的一篇文章，题目是《历史的乌鸦》，那篇文章曾经激起轩然大波，几个月后，当优素福之窗被关闭时，阿什竟为此变得抑郁和怀疑。那篇文章写道：

"我们引进了乌鸦，以解决由于现代城市垃圾日渐增多而迅速增长的老鼠问题。现在，每当乌鸦从树顶上如下雨一般飞下来时，穆舍白布客厅里的讨论就会变得很激烈，他们反复讲到的一句名言是：阿拉伯人把乌鸦叫作独眼龙，因为它的视力很强，经常睁着一只眼睛，闭着一只眼睛，用它的喙就能看到地底下的东西。穆舍白布鼓动着这种对话，把乌鸦描写成是独眼骗子的象征，将其作为独眼西方文明的代表：一只眼睛盯着物质，另一只眼是瞎的，无视灵魂！"

出租车从巴勒斯坦商业中心经过，女人的身影从穆阿兹的镜头前掠过。那个在马掌形停车场里快速行走的女子光着头，没戴头巾，她后面的女子用黑袍裹着全身，还戴着黑手套，她俩身后的一群姑娘任她们的头巾滑落在肩头，任海风拂动着她们染色的发缕。如果不是看见市场角落里卖东西的木车，穆阿兹几乎觉得自己踏上了非地球上的一块土地。确实，在一个自动取款机的阴凉处，一个非洲女子背靠着美国沙特银行蓝色的广告牌，虎皮纹的橙色头巾松散地盖在她的头发上，右边的三条辫子露了出来，缠住了肥胖的肩胛骨上裸露的脖颈。在一张快速摄下的照片里，他收进了一大群姑娘，她们快步地向前走着，穿着戴有飞肩的华丽斗篷，袖子和头巾上带有银制和各种彩布的饰物，各种皮子、珠子、金属和水晶的戒指和手镯……（姑娘们都是鲜花），穆阿兹想起了童年时代听到的那个句子，于是，他的手停在了头脑中那个相机的快门上，后悔地想：你怎么没有带相机来啊！那时，出租车司机一直在观察着他的面孔，听到他突然发出的笑声，巴基斯坦司机问道：

"你是刚到这里的？"

"来照相。"穆阿兹点了点头。

向位于海中的法赫德国王喷泉走去时，他的镜头变大了，他也做好了准备。司机向左边指了指，告诉他到地方了。穆阿兹看到，他的左侧是一个优雅的展厅，厅前挤满了汽车。十五分钟前，展览已经开幕了。他让司机把车停在吉姆朱姆中心停车场附近，然后步行穿过巴勒斯坦大街去了展厅。他一声不响地挤进人群，立刻被香水的云朵包围了，那是男人使用的东方香料的香水和女人使用的甜美的香水。在入口处，他抹去了身上的汗水和残留在鼻孔里的酸味，那些酸是冲洗照片显影用的，在这些像挖掘机一样闯入的香水面前，它的味道已经变得很弱了。

站在最后那幅画的对面时，他看见了一个蓝色的光环，里面有两个女性身体，背对世界，其中一个扭过脸来看着他，痛苦与嘲讽的表情混杂着，出现在她的脸上。穆阿兹闭上眼睛哆嗦了一下，心里想着，这不是阿札和阿伊莎，同时，他开始嘲笑自己的胡思乱想："你，一个伊玛目的儿子，关于女人，你只认识阿札和阿伊莎，认为她们代表了所有的女性！"

一个参观者和那位女画家攀谈起来：

"毕加索曾经说过，艺术是痛苦和悲伤的备忘录……他认为悲伤是生命的脊椎……他说，当我意识到卡萨吉玛斯已经死亡时，我就开始用蓝色作画！努拉，是什么让你用这种灰色作画呢？"

"失业无聊！"迅速的回答掺进了那种笑声。因为拿着一盘小吃的巴基斯坦司机挡住了他，所以他未能看见女艺术家真实的反应。他迅速地拿起一瓶水，一下子倒进了喉咙里，想消除腹中的干渴。

"不，不……你的艺术作品应该向利雅得的公众们展示……只需和我联系……"像一匹躲避这种恭维的马一样，穆阿兹皮肤上的汗毛孔立刻关闭，然后他伸长脖子，去看那张围着黑色丝绸的面孔。当他从头脑里冲洗的底片中察看时，发现那位女画家就是一匹小骒马！苏莱曼最精致的一匹小骒马正待送到刀口下宰杀！记者的照相机和众人的眼睛在穆阿兹头脑里的镜头前挤来挤去，他的镜头模糊不清地显示着另一个女性的旧照片，那位被遮挡的女人的照片与这一位光鲜女人的面孔交错着。穆阿兹拼命穿越昨天的层层屏障，让今天说出来的话与昨天未曾讲出的话一致。当她张开微笑的双唇时，道出了昨日企图隐瞒的真情。是什么与他的秘密档案相互矛盾呢？

那位开幕式主持人的形象和他滔滔不绝的谈话打断了穆阿兹的镜头，主持人正在努力吸引努拉的注意：

"这些天，我们见证了活跃的造型艺术活动，这是一个改革运动，包括了所有的文化机构，利雅得文化艺术协会中心非常高兴能在那里接待你……"这个男子衣服的白色和女人们丝

607

绸斗篷的黑色形成了鲜明对比，这种对比，几乎让穆阿兹变成了盲人。他利用这一机会，使用了所有显影和修片的本事，重新塑造这位女画家的面孔，让这张脸回到过去：剥去一层化妆粉，放大脸上着光的细部，让眉毛重回修剪之前的浓密，让双颊略显半满，用期望和失望的闪动让目光变得锐利……从那些被放大的局部中，一个个身体从画中呈现出来……所有的身体都没有小腿，但都在奔跑着……在一个角落，在倒数第二幅画里，女画家成功地抓住了膝盖后面的背景……整个身体都在奔跑……他的全部记忆就是那幅画上细细的空白……一个看不见的鬼魂的内在的活动让他的镜头又变得雾气蒙蒙，这个鬼魂和闪亮的女画家的身体交织在一起……

穆阿兹无法解除自己的怀疑或者弄清楚那个鬼魂。面纱的脱落，这个用最新方式和美容工具打磨出的身体的出现，毁坏了他作为参考资料保存在档案里的精细的标记……两片丰满的嘴唇微微开启，还是那个样子，没有改变……但是，这两个戴着钻石耳环的耳朵正准备着逃跑……和他秘密档案里的那两只耳朵不相符……两个踝骨处有明显的改变。深深印在他记忆里的是，两只在深夜里飞速从人头巷跑过的脚腕。他认识那对脚腕，但是现在穿上了高跟鞋……什么东西在向上抬起，像是舞者的鞋跟，还涂抹了香油……一个很重要的东西丢失了。突然迅速的逃跑是为了活着，为了获救……这个踝骨却像木桩一样立在那里，不逃跑，也不求生……

穆阿兹无法适应这种男男女女在一起的拥挤，他们讨论着，倾倒着他们的笑声，争先发光、露脸，以求博得媒体的关注……

他迅速走了出去，想要自由呼吸。他穿过巴勒斯坦大街，走向对面的吉姆朱姆中心停车场。

抽象过去

穆舍白布决定以地区的人口结构为线索，去找寻那座城堡。他在每一家店铺、每一座建筑前踟蹰，和人们交谈，希望能从他们的话语中发现蛛丝马迹，让他找到城堡。而纳赛尔和优素福来到了那个像是历史古籍碎页的四方形地块。当他们看到那里的房屋和椰枣果园时，开始怀疑，在十四个世纪的废弃之后，城堡还能不能存在。在那些无序的泥土建筑中，没有任何遗存能证明古老的石头城堡的痕迹，无论向哪个方向走去，碰到的都是水泥墙和停放在破旧房子旁边的汽车。优素福的跛足也被暴露出来了。

优素福坚持着。看到一根古旧的石柱时，纳赛尔眉飞色舞，古城堡的残迹出现在他们前面。虽然他俩不止一次从那里走过，但是，一层厚厚的干树枝遮蔽了它，一排椰枣树也挡住了人们的目光，仿佛人类的力量正在与石头齐心协力，把古堡遗迹隐藏起来。他俩向前靠近时，吃惊地发现，古老的石质建筑竟然埋在野生植物中间，被一个坍塌的泥土宅院包围着。墙上有一个洞，那是原来被叫作前门的地方。两个人进到塔楼处，微弱的光线让他们在原地停了下来。周围到处是干了的牲口粪，战争的思想、计划和阴谋的回响与武器交错之声，仍然

609

在那个石头庙宇里回荡，并和那些野生植物一起，遮蔽着那座城堡的真实面貌。

优素福和纳赛尔走在那些从主厅旁分开的一个个小房间里。那些房间都是用泥土建的，互相交错，被土覆盖着，并被一些挂满了蜘蛛网和植物的残破的箱子堵着。他们又回到主厅，走到了中间和窑殿相似的墙边，那里被抹上了一层石膏。石膏接近墙基处已经剥落，露出了一些刻上去的字母。

穆舍白布追上他们时，他俩已经进入了废墟。三个人进入了同一个阴暗的梦，将要耗尽的手电是他们唯一的光亮，很难确定他们中间谁在梦里，谁是清醒的，谁在掌控梦想之航，走向他们每个人都想发现的目标。

从那个墙基处，三个人开始了秘密挖掘，工作时间是有光的白天，这样，当天变得昏暗不清时，仍然可以摸索出挖掘的地方。为了不引起人们的注意，他们从不使用灯光，工作夜以继日，从不睡觉。优素福的钢膝盖支撑着他，他们靠吃椰枣和干麦饼为生，轮流到市场去买瓶装水，在城堡城墙下挖了个坑，做临时厕所用。很多次，穆舍白布都静静地站在那里，就像对面墙壁上的一个点。他回忆着先祖的决心，激励自己继续发掘。

有时候，纳赛尔躺卧在大厅最远的一边，始终沉默，犹如走进幽冥，只有穆舍白布和优素福的呼吸声留在墙前。三个人各揣想法。其实，在那种情况下，他们应该统一思想，统一目标，同心协力，在那棵树下深挖，找到其隐藏的根……在远离优素福的一隅，穆舍白布隐藏着他所知道的关于那些长寿者的历史知识，沉浸在他从书中所读构成的幻想里。只有优素福耐心地刮着那层石膏，随着历史存在的意愿前进。树根开始露出，树干也逐渐变得更加清楚，上面出现了凯阿卜·本·艾施

610

拉夫的名字。刮石膏的工作又继续了几天，被那个墙壁隐藏了许多世纪的树枝和整体形状显露出来了……许久，优素福与墙的记忆分开，穆舍白布与优素福的记忆分开，他们两人与纳赛尔的梦分开。当两人弄不清方向时，视力在昏暗中变得十分微弱，眼眶变得狭小，他们的手指在颤抖，像忘记了外面世界的沉溺于嗜好的人一样。而纳赛尔的眼睛却瞪得大大的，看见了开始雕刻的那只手，看见了那只手的期望，在微弱的亮光下，那只手像一只直达无边的巨掌。

意 志

　　穆阿兹在吉姆朱姆商业中心停车场的路边坐了许久许久。对面就是那个展厅,潮湿的大海和身后商业中心玻璃上的蓝色让天空显得阴暗,仿佛喷泉正把海的咸涩舀起,向空中散去。他想,这个喷泉正在向文明和英雄倒塌的历史变迁挑战,并未因法赫德国王的去世消声,反而又高高兴兴地向天空延伸了几十米。对着它喷出的水汽在天空中形成的宽宽的帘幕,他摄下了一个又一个镜头。他知道,当他冲洗这些照片时,喷泉上的灰尘会像身着被融化的白色衣服的男人一样,用残屑给天空添加许多斑点。他还可以给那些被融化的男人的幻想办一个个人展览。这时,他忽然明白了,女艺术家的面孔欺骗了他,他没有去注意她的肢体语言、走路姿势和声音,还有她与他头脑里的录像带是多么相符。他藏在灯塔的台阶上时,总是偷偷看着阿札每天晚上溜出家门,紧裹在身上的斗篷颜色像沥青一样,让他难于肯定裹在那斗篷里的就是她。那时,他应该走过去,蒙住自己的脸,弄清她究竟是谁。但是,他的脚发软,无法站稳,觉得这个女子(阿札)把他吓坏了。她肯定能够杀死阿札。他的摄影世界是建立在阿札身上的,人头巷的阿札不可能是这个不能抓住的存在……他瘫坐在那里,幸好没有被她看见,他

612

的思路也不曾被打断……无论如何，这个女画家不是阿札，也许她们都不是阿札？他特别小心地把那张面孔作为洞穴墙壁上最初的图画保留住，只要见光，接触到人的呼吸，这些图画的颜色就将褪去，燃烧了几百万年的火炬就会熄灭。穆阿兹坚决关闭了对阿札的意识，在那一时刻，他宁愿不去辨识她的面孔，不让她的面孔弄瞎自己的眼睛……

当那种幻影突然出现在穆阿兹的镜头和湿气之间时，他刚刚从第一次撞击中清醒过来。当他抬起眼睛想看看他那些旧照片的档案时，他看到了侍者的公羊，便以屈从的目光请他与自己一起坐下。在汽车的喧嚣声中，他勉强听到侍者的公羊在说：

"当人头巷的姑娘都死了的时候，我们的世界就已经死亡了。除了她们，谁还会梦想像我们这样的鼠辈之人呢？而且我听说，自从钥匙丢了之后，连天房都被他们用墙围上了。"他这些话并不是说给穆阿兹听的，他在忙着照看他的卖货车子，车上装的是穿着带花边的软纱衣服的服装模特……穆阿兹觉得恶心，心想，如果他把镜头对准那些像爪子一样弯曲的手指翻弄塑料模特腰间的丝绒带子那令人疯狂的一刻，肯定会染上传染病。那个掉落在女模特干柴似身躯上的大理石一般的脸，没有用焕发的容光看待整个世界。穆阿兹第一次注意到侍者的公羊那张女人般的面孔，剃光的头皮发亮，红色的伤疤从左边面颊穿过，像葱头似的胡须直抵脖颈处。

"我原来在里边……"穆阿兹的声音带着忧伤。

"当时，我知道自己为什么而来，但我特别小心不让她看见我。我，你，也许整个人头巷都和里面的人没有关系。那里有专业摄影师，也许还有报纸专栏的主编，还有许多国际媒体的记者。谁会在他们的摄影灯光下死去？"侍者的公羊故意不去看穆阿兹脸上时光的标记。当时，穆阿兹只是模仿大人们，是人头巷里最后一个抛弃他的人，现在，他却变得像一个有了生命的模特，突然奋起，在瞬间去挖掘二十年的痕迹。这是一个在充分的曝光中，接受时光的酸液处理的服装模特。

"我不这么看。"他果断地喝光了瓶子里剩余的百事可乐，那个戏剧性的动作值得拍照。

"如果是出于好奇，你可以进去。你想让她认出你吗？"这些话像照相机拍下了一个镜头一样，从他嘴里吐出，他已不能再将它修整，让他以一颗安稳的心接受它。

"我不这么看。"尽管如此，穆阿兹还是给侍者的公羊的脑袋拍了照，当时，那个脑袋空无他物，只是重复着"我不这么看"。每当他想从侍者的公羊的眼睛里看看他拍下的照片时，他只能看到放在卖货车上偷来的服装模特。

"你变蠢了，总在重复这句话……这种被压迫的感觉从优素福那里转到你身上，它妨碍着你……告诉我，你是从哪一个坟里钻出来的？我只知道你是从遣返局里逃出来的。"

"当你看到像我这样失望无助的人做出来的事情，你将被大大震动。他们不再害怕丢失一切。你应该看看我们那个小小的王国：山头上的堡垒，建在成堆的垃圾和腐物之上的连狗都不敢进入的栖身之处，那里没有什么遣返和巡逻队，只有等着被发现的人们组成的大军。我们不是什么迷信、传说，我们趴在地面上，从你们的垃圾里筛选着黄金……每天，我们都要抗击威胁吞掉我们星球的使用妖术的变兽，我们把它一点点地烧掉，以支撑我们的部队……如果我们停止了这种工作，你们的垃圾就会从你们那里和我们这里失控，进而吞没整个世界。从你们那里出来的一切都会在变兽身体里发酵膨胀，所以，我们不能闭上眼睛休息，也不能恋爱，不能在不会让我们的孩子患气喘和癌症的垃圾场之外的地方建房子……"穆阿兹注意到，侍者的公羊的皮肤不再像雪花石一样光滑，而是出现了一层垃圾焚烧场里的灰。

"在垃圾场吗？"穆阿兹不能掩饰声音中的厌恶。

侍者的公羊继续说："在你们的垃圾里，比你们的大超市里售卖的东西还要多，那里还有很多值钱的生活必需品。"

"就像在《古兰经》里被诅咒的那些人一样，你的所作所为让你也被诅咒了。我原来以为那天夜里，遣返警察或是市政的人没能抓住你，没人把你送到遣返处，所以你逃走了，可是你偷走了侍者的公羊基金会的收益，从你可怜的父亲阿什和你疯了的母亲乌姆·萨阿德那里逃走了。你把将你养大的父母的家给毁了，他们从垃圾堆里把你捡了回来，你现在又回到了垃圾堆……我们都以为你是为了哪个女人消失了，可你竟然是为了这些……"他用厌恶的表情指着模特说，这引起了侍者的公羊无情的嘲笑：

"你所认识的女人都是一样的，不能欺骗她们。恐惧生不出热恋，人和模特不能交换爱情……你认为这软木模特会恋爱？这像是一种腐蚀着我的疾病，我让它们感觉到我的抚摩……与我交换爱情……但是，谁能将生命赋予它们呢？我收集了我能弄到的所有模特，是为了再次使用它们，并从中出现一个真正的女人。"他等待着穆阿兹的回答，见对方无语，便继续说："看，你从不知道我遭受了什么……你小时候一直忙于背诵《古兰经》，逃离你父亲盲目的学习计划，但是，我自己明白需要抚摩你双臂之间的肉和血是什么意思……人头巷的姑娘，她们……"他指着货车上的模特，说："你妹妹萨阿迪娅……"穆阿兹的眉毛抖动了一下，但是，他已无力阻止萨阿迪娅被搅进这个谈话中。"好，就让我们说说阿札，或是任何一个姑娘，

615

当我们去抚摩她时，总是害怕……"

他下意识地抱着模特的身体，并继续说：

"就连这个我们都没有弄清楚：骨盆处是个圆柱，大腿和小腿都是金属棍……"穆阿兹的脸上没有丝毫同情的表情，相反，愤怒就要出现了。

"你说我不是和你们一样的人头巷里的年轻人，我不知道不能抚摩肉和血的滋味，我只是练习着宣礼，是这样吗？不，我感觉到你们所有的人，爱你们大家……让我坦白地对你说：你们所有的人都是胆小鬼……你在晚上戴着面罩，偷偷进到我们家，这就是胆小鬼的行为。你和我妹妹萨阿迪娅，谁都没有走出获取对方的心的一步……所以，你像厨房里的老鼠一样逃走，她也没有为你流一滴眼泪……"侍者的公羊站起身来，把模特两腿间的实心部分露了出来，说：

"塔伊夫市的一个性偏执狂呼吁让女性行割礼，变成这个样子，不要去希望得到我们的抚摩。最近，当男人的精液被挤出去培养试管婴儿后，他又呼吁阉割男人，试管婴儿不需要两性之间的相互抚慰，甚至不需要婚约……"沉默片刻之后，他又说："是的，我是在和超越人类的性打交道，我利用他们的优越感和愤怒，但是，一直以来我只有一个想法，就是在世界点燃大火，然后让它重新运转。"

如此大胆的言辞在穆阿兹心头激起不悦。侍者的公羊的话语里带着威胁，继续说道：

"为什么我只和像你这样的人谈女人？也许我要摧毁你……"停顿片刻之后，他又说："因为要变成真正的肉和血，人头巷的姑娘们都生活在恐惧之中……她们拥抱死亡，因为害怕丑闻。她们指责像优素福或海利勒、侍者的公羊、甚至你这诵读《古兰经》的伊玛目的儿子一样的男人……我们没有嗜血就得承受猎物的罪过……你说，为什么恋爱的姑娘想要自杀？"穆阿兹确信侍者的公羊变疯了，只听他还在说："女孩子一出生，就被关在模特框架里……每个女孩子都有一个企图占据她的模特，现在，我，他，还有你，就是她死亡的原因！你看，当时，优素福不应该停止写他的文章，这样她就不会消失、死亡，我也不应该停止收存和烧毁那些模特，这样它就不会把街巷里的姑娘们淹死。必须把人头巷连同它的全部内容重新回炉，让它重新运转，继续，走私热恋、话语，还有那些留下我们影像的照片以及放大镜、女人的手和脸……让我们说，我们有肉、有血、有欲望……"

穆阿兹以厌恶的目光看着侍者的公羊车上的那些模特，听着他继续说道：

"你说，我们谁是真实的？我，还是这模特？我们是被禁锢在一个偏执狂的梦里吗？我是真实的，还是这个东西？"他指着车子上的模特说："如果当初有人把我堆放在这座城市呢？谁能保证我不会是个玩偶？难道不会有一天，我身上的电流被切断，我被连接到一条生产线上，生产出一个比我先进的我吗？当真人的灵魂被送往对我们仍然是谜的另一种存在……也就是某一个乐园时，我们的身体就被扔到垃圾箱里了。"

穆阿兹无法知道这个谈话还要涉及什么内容，只能努力把与他有关的线索联结起来，于是问道：

"你觉得阿札是被弄走了……还是她就是那个死了的女子？"

"优素福还在写吗？我们这里崇尚垃圾哲学。"他的整个身体变成了对谈话游戏进行谴责的符号，但立刻又变得无所谓的样子，然后，没有任何左顾右盼，就推着他的车子径直向后面市场的大门走去了。当他消失在昏暗之中，穆阿兹才注意到穿着白衣、头戴红格头巾的黑皮肤的司机跳了出来……黑色奔驰车打开后门，标致的女画家从车上轻盈而下……那脚腕在穆阿兹的记忆里闪亮……司机关上门，坐在方向盘后面，把身体转向他所在的方向，他不由得脱口而出：

"就是那个司机，负责保障的女职员的司机……凯迪拉克在那个黎明时分出现……他是阿札的司机……"

他站住了：

"当你这样接近她时，她肯定会让你神经错乱……就像她已经让所有认识她的男人神魂颠倒一样。你的生活应该比围着一个女人转更伟大。"不知道是谁，一直在他的头脑里重复着这句话。展厅变得很安静，灯光全熄，穆阿兹环顾四周，知道这种微弱的光亮让他无法再拍照了，但他还是为那里的空旷拍了一张照片。照片中，只有擦车人坐在已经停电的电梯上数着他这一天的收获，并和卖茉莉花的小贩聊着天。卖花的小贩站在边上，希望能等来最后一位买主。那个傍晚，他一直在海边的游人中间穿行、卖花，带着海的咸味和热气的花串从他的手腕上垂下，他在追赶着最后一个离开商业中心的人。那不是一个人，而是一个提着许多购物袋子的家庭，只有那个梳着卷曲的蛇一样的辫子的小姑娘注意到了他。小姑娘的爸爸正忙着往车的后备箱里装东西，她则拉着爸爸的胳膊，让他给自己买一串花。今天，他的绝大部分顾客都像这个小姑娘一样，不满十岁。幸运的是，今天，这座城市里还有长着不同于芭比娃娃眼睛的小姑娘，见到茉莉花就会惊喜想要获得它。

那一刻，穆阿兹意识到，他的想象力正在和图片流一起收集日记和服装模特的病毒，并以此挑逗他，让他认为那个展览就是他见到阿札的理想之地。他环顾四周，被突然响起的喇叭声惊起的乌鸦从西边的和对面别墅里树上如大雨倾泻般飞起，穆阿兹没有去理会它们，而是拍下那些小鸟。"鸟儿在空中的活动很奇怪，它仿佛在游泳，或是把自己的身体向下掷去，再接住它，然后再次向下掷去！"

他大声地对夜说："鸟儿是大自然里的自由意志，这种意志是有翅膀的一捧一捧的东西，我们知道它像鸟，但是，它是自由……当我们给一直在我们体内长大的梦想照相时，那一捧捧的东西出去了，我们无论走到哪里，都在追逐它。当我们抓住它，哪怕是在照片里抓住它时，它都会从我们的身体落下，像这些一捧捧的东西一样。当我追逐一个梦想时，我在为人头巷里的女孩子和男孩子摄下的几十个镜头里看到了那些……在这个展览的开幕式上，我看见那些鸟儿从女画家的身体里飞出来了吗？"他不知道是谁把这些话塞进了他的头脑，也不知道他从哪一张冲他而来的偷来的纸上弄来了这些话。但是，他期望他带有小翅膀的身体飞速奔驰，没有边际，但是……黑色却让他的心紧缩。

"乌鸦是自然界里捕获的意志，这种意志就是这样表现出来的，表现在这一捧捧的黑色里……"这时，他觉得自己迫于两种选择之间：鸟儿或是乌鸦。这是那个土耳其女人摆在他面前的两种选择，她正在等待他的回答。这是他第一次对自己说出她对他的期望(让他自己的信仰置于她的两手上，他说：正如他的身体陷入一种看不见的错误里遭受强夺一样，肯定有一种错误，被强夺者聚集其中，以求现身。所以，穆阿兹用他所拍摄的镜头和他的心所背记下的《古兰经》章节去寻找那个错误，用一捧捧鸟儿和自由的意志，用他的眼睛，努力闯入那个点。在那个点里，对阿札、生活、这座城的剥夺都聚集在一个与他说话的身体里。也许，土耳其女人没有用话语说出她的要求，但是，她肯定要引导他，为她聚集自己所有被剥夺的线)。

穆阿兹做出了决定，他走向展厅的玻璃幕墙，把脸贴在上面，通过所有摄取、翻译、剥离和体现的屏幕，将目光集中在展览的最后那幅画上，集中在那个离开的存在物上，集中在他的呼吸形成的雾气的光点上。这个光点像是那幅画中那个离开的存在的提纯，一点一点地任那一捧一捧消失的东西像阴云一样，使他眼前变得昏黑。他拼命睁大的双眼充满泪水，终于看见了从他面前离开的那个存在的痛苦中流出的线条，那个存在正流向这座城市，淹没了他头脑里对它的想象，也流向了他那些争先实施、相互交叉的计划。在空空的眼眶里，他双眼的黑色变成了白色，那肯定是不能忍受离开天堂而产生的忧伤给阿丹眼睛留下的颜色，也是聚集着雅各布离开优素福的悲伤的颜色……

当他转过头向整座城市望去时，只看到那个光点像是眼睑之间的血色喷泉一样，于是，他肯定自己已经变成了瞎子。

在穆阿兹体内的黑暗中，阴影、记忆和现实混合成了一个面团，他从中认出了土耳其女人那里那个阉人的面孔，妩媚动人，甚至能挑逗那些身着女人服饰的男人们……阿札的面孔出现在对面，就像她出现在优素福面前一样。她像一面镜子，反映了人头巷所聚集的一切，那是一张浓缩了整个麦加的面孔……穆阿兹把他失明的眼睛贴在那张镜子上挤压着，听到了玻璃破裂的响声。这时，他头脑里只有一个想法：把他所见的这些告诉别人，于是他掏出手机，摸索那个曾告诫他只有在紧急情况下才可以拨出的号码……他向对方喊着：

"听着，我是穆阿兹……我有一个非常重要的消息……"

"什么，听不懂……"

"阿札，阿伊莎……"

……

对方的沉默迫使他重复道：

"阿札还在，还活着……"

他感觉到自己的声音太大，于是明白了为什么对方听不明白，便又一次重复道："优素福，阿札还活着，没有死，阿札活着，她现在和我们的伙伴，系着长带子的哈立德·索比汗在一起……"

海水的咸味使他嘴唇发干，他准备回去，但人头巷已经不复存在了，天房也深陷在围墙的后面……无论他的伊玛目父亲在哪里，他都准备回到他那里。已经几个月了，他头一次想念他的父亲。每天宵礼之后，他的伊玛目父亲都会把他们塞进那个沙丁鱼罐头盒子。当他环顾前前后后、上下左右的黑暗时，他在那个盒子外面走过的路让他感到害怕，还有那些盲目背诵《古兰经》章节的行为，作为伊玛目，他的父亲禁止这样做，他说：现在……大家在宵礼后应该睡觉，明早到清真寺做晨礼。伊玛目的家人和后代都不敢违背这两个时间：夜幕降临，是魔鬼逃出的时刻，黎明时分，是天使出来的时刻。而他的行程，就在这两个时刻中间。

蓝 色

　　住在吉达时，谢赫为努拉准备了海滨塔楼顶上整整一层的房间，她想把她在沙漠里生活过的一切记忆全都抹去……在返回的飞机上，她单独与她的谢赫待在一起，但是他阴沉的目光在警告她，不许提起本杜格的事情。

　　她不知道，今天是什么促使她跨越了自己的红线。她挑战似的起身，推开了禁止她进入的他的办公室。她走进去，却又不知道想做什么……她傻傻地坐在办公桌前的椅子上，不知道为什么要来到这里……她不经意地扫视着豪华的文物珍品，突然，她大吃一惊，目光落在了那个箱子上。也许，它与周围豪华的一切迥然不同的简约吸引了她的目光，表明了它的存在。

　　她所有的感官都苏醒了，她把箱子拉到身边，倾斜过来，想看看里面有什么东西。在那些潮湿的、用炭笔和图画涂抹的纸张堆里，她看见了那个蓝色的档案袋，上面写着：阿伊莎的电子邮件。血液立刻冲向她的两鬓，她下意识地从档案中抓取了一些纸页，回到自己的房间，塞到床凳下面，伴着房间里微弱的光亮坐在那里，努力平稳着自己的。

　　那天夜里，那些被偷去的言语断断续续地骚扰着她的睡眠，那些愈来愈强烈的搏动和愈来愈恐怖的噩梦令她辗转反侧，并将她淹没。

"这是何等悲伤，你在葬礼里？"这个句子穿破了她浅浅的睡意，像风暴一样进入到她的头脑里。她醒过来，跳了起来。他已经打开了她阳台上的窗帘，阳光照到床上，她把身体在床上展开，仿佛要保护她藏着的东西，同时注视着疲劳给他的眼睛画上的黑眼圈。他们彼此用审视的目光看着对方。看到被褥的无序，他知道她又失眠了，于是，命令她的侍女，说："把按摩池准备好。"

然后，他拿起电话，对他的随从说：

"把那些都烧光，不要留下一张纸。我要了结这件事。"放下电话后，他转身对努拉说：

"我们都需要清醒。"努拉吓坏了，呆立在原地：他发现那些纸丢了吗？

他看着她，继续以嘲讽的口吻说：

"也许你喜欢我们在床上开始清醒？"她长长地出了一口气，不怀好意地向他微笑着，但是，他的电话铃声响起来了。

"让她成为仁慈之水，不要让她成为折磨之水……"

打完电话，他立刻跳到床上。

"我可不愿意错过你这无辜的慵懒，可是没有办法，这是在义务的王国里……尽管我喜欢你像一条饥饿的狗一样……"晚上十点整，他披上绣着金银线的外袍，小心翼翼地不弄乱他光亮的薰过香油的头巾，离开了。他对装束、形象的特别关注让她十分安心，她知道，在他回来之前，她有几个小时，甚至几天的时间。她关上卧室门，用钥匙从里面锁上，拿出她藏起来的那几张纸，深深地吸着上面的潮湿气味和淡淡的松香味，开始看了起来。

阿伊莎的第四十八封信（重新编写）

啊，

你已经看过了我全部的医疗报告，放射性的、磁疗的、超声波，还有所有对我进行治疗的计划。你说，我的身体里还有什么令人吃惊的活着的东西，值得迈出下一步吗？

我想把那一切都收集在一个护身符里，如果阿札来向我告别，我就把它塞在她的脖颈处。

我要告诉你一个秘密：

阿札正在边缘……准备跳下……

我是她的镜子吗？

我正在告诉你最后的、最后的一个秘密吗？

我是能够带着世界上所有纸张里书写的东西离开这个世界的阿伊莎。世界赐予我们的是生活于其中的盒子和加封的纸张，我们将其打开，大口吞咽着生命。如果没有你，我已经站在死亡的门口，交出我那些没有打开的盒子和加封的纸！我发现我差一点儿就要去碰我的香水瓶了，我不打开任何新的东西，不掰开整块面包，我挤出可供最长时间使用的牙膏，我以令人恐怖的样子抹上了润肤霜和口红，我不使用眼影，也不削眉笔，我的新衣服正在变得发黄，折叠着放在柜子上面的箱子里……我经过一些东西，就像没有经过它们的人一样。我那表面的轻触，没有触到它的实质，没有将它挖穿，就连我的处女膜亦是如此。还有我的头发，自我出生以来就不曾剪过，如果没有你，你这个打开盒子的人，现在它仍然趴在我的脊背上，我将把它完整地、沉默地交给云的天使，光滑如我出生之时一样！是你，在那个星期天，在那棵恐怖的柳树下，小心地为我剪了头发。那棵大树俨然一座被繁茂的树枝护卫着的宫殿，只属于我们。你出其不意地解开我的发辫，用依云水润湿我的头发，把我面颊的发绺卷弯，使它变得如同雨帘，随着我的头的每一次晃动和我的每一次笑声倾泻而下。我变得快乐，我喜欢那样的头发！

阿札打开一切，热切地挖取着，要触及所有的物件，了解所有的事情，连记录人类善恶的天使的笔都疲于记载的一切。

跳，是一个奇迹……

你肯定要笑我了。

在我的乳房开始隆起时，我都不敢趴着睡觉，怕影响它的健全发育……我甚至不敢用手去摸，只有安拉知道阿札干了些什么……她嘲笑我说："这种隆起和发育有什么价值？你怎么把它弄成这种样子？"就像制作服装模特一样，我没有为它加上面团，让它鼓起来，以获得生命……

探索活着的人体和人工制造的人体，我都失败了……

如果让阿札和电脑打交道，她肯定会不停地试验，加上什么零件和存储软件，把那个电脑累死。可是我，只要警示按钮一响，我就会立刻后退……我在我的电脑里发现了原有安装功能之外的东西……所以，我正在死去……

我们可以把我的情况诊断为"接受生命慷慨时的

自卑感"吗？也许阿札把这叫作"智力结构中的自卑感"，而我则把它称为"得到自我的自卑感……"

我的感情、恐惧、轻浮和欲望的盒子，我有什么轻浮吗？这一切都在那些加封的纸张里，连你的气息都渗入其中了。

那时，我和阿札，都将站在否认面前。我的小瓶子已被封上了，她的小瓶子已经被舔到底了。我是个过路者，而她是个突破这瓶子的常住者吗？我自忖着。

不可能的注：

如果我最后一次坐在你身边，把我所有的盒子都放在我们中间，然后，我们把它一个一个地打开时，我们都生活在其中的糟粕里。

又及1：

我当教师时用的粉笔盒，毫无用处地留在我这里，我能用它做什么呢？

我刚刚把它送给阿札，你看，她就用它活动起来，并使许多存在活动了起来。

你若能看见阿札的房间，会看到里面集聚着白色和黑色的存在，超越了颜色的局限性，活动力极强，自由地在人头巷和她的周围进进出出。

又及2：

我呼吸短促，不到一秒钟，不能到达我的膀胱，结果，你教我怎样呼吸，吸气时我数十个数，然后憋住气，也数十个数，让它打开所有的细胞，燃烧其全部储存，然后是呼气，数十个数，吐尽体内的二氧化碳。之后，我的身体空空，也是数十个数的时间，这样，在四十秒的时间里完成一次呼吸。啊，这缓慢多么令人享受啊！那种享受隐藏在生命的二氧化物中的一个氧中。

四十秒，我可以活在一次呼吸里。

啊！一次呼吸里的幸福多么令人沉醉啊！四十秒的提克吐克程序的享受，从二氧化碳过渡到氧气。

在十秒钟的空空无物中，我明白了另外三十秒燃烧的含意……

又及3：

这是法雅音乐，我又一次自忖：我和阿札，谁是桑丘·潘札，谁是堂吉诃德？

在量和状态之间，

阿札值得走向生活，

因为她在没有能力因素存在的情况下，能够在环境和存在之外存在……她没有像我一样，享受过受教育的机会，甚至没有进入过我的阅读之海……因为她的骨架是黄金铸造的，柔软而坚硬，跳入火中，出来时就变成了无尽的生命的组合。

最后一点：

存在的真相是钟爱。

这就是说，生命就是思念……或者也许是热恋……或者是对不可回返的思念……

说明：

我的名字是阿伊莎，不是生活……

生命是将我形象概括的一面镜子……难道不是吗？

签名：阿伊莎

努拉号啕大哭，流干了眼泪。法雅音乐在房间里回荡，她仿佛服用了强力麻醉剂一样，呼吸渐慢，但是，那些话语却冲撞着，争相把她剥光。她的眼光无论转向何方，都只能看到血……她的心被抛置在她面前的纸上，发出轰鸣，随后是她的肺叶。信上的那些话正深入到她的头脑里，沉落到她的脊柱之底。那个被涂抹掉的名字引起了她的注意。是谁？谁抹掉了它？她的心底漾起深深的悲哀。

随着阅读的继续，她身上的灼热感不断加强，她与写信的人之间的相互背叛感正在她的血液里流动。(这个写信的人是阿伊莎吗？她托生出的人不是她吗？她变成自己的面孔，变成自己的模样了吗？感觉到自己对生命的回应吗？这个阿伊莎把一个和自己相似的姑娘丢掉，用了那姑娘的名字，一直把她藏在废墟里，而她自己却以这个和自己长得相像的姑娘的死亡存在着。)愤怒的叩门声把她从另一个世界拉了出来，她这才注意到夜已经在她的哭泣中过去，于是，她匆忙把那些纸藏回原处，打开了房门。

"怎么还用钥匙锁上了？"她眼中的混浊引起了他的注意，于是，他用眼光扫遍整个房间，仿佛发现了情敌似的，反复问道：

"你还好吗？"他用力把她拉到胸前，用两个手掌托着她的头，挤压着，用目光挖着她的内心，说：

"你的眼睛里仿佛有猎隼眼睛上的眼罩？你把什么放进这个脑袋里了？"她闭上双眼，吞下嘴里的口水，唯恐那些信的气味散发出来。

"安眠药弄的，好几个月了，我第一次连着睡了十个小时。"她故作轻松地说。

"可是，我没有从你的嘴里尝到安定药片的苦味。让我尝尝真实的味道……"他带着嫉妒和乞求把嘴贴在她的双唇上。为了掩饰她的恐惧，她急忙让他进入到自己体内，想：他真能尝到那种苦味吗？那是从强烈的麻醉剂中醒来，因发现那些信件而充满喉头的苦味。那些信件唤起了她失去的记忆，带着她以推迟自己谢幕的人的忧伤走向她生命的终结。

易卜拉欣掌

和穆阿兹通电话之后，优素福一直很不安，在发现墙的那棵树下和几个月来他一直梦见的那个已经死亡的女子之间活动着，身体发着烧，心也被撕碎……她高傲地死去，没有被触碰，没有被毁尸……电话的消息搅得穆舍白布心神不宁，他仿佛被分配了一个任务：出去收集任何指向穆阿兹所说的外号叫作"长腰带"的人。他在哪里？他和阿札之间可能有什么关系？

很难确定他们两人研究那棵族谱树的时间。这棵树从向导阿依夫·俄吐法尼开始，记录了索比汗人中的撒莱后裔在四分之三个世纪的情况，还有她的儿子玛尔德与族外人通婚的情况。令他们两人感到突然的是，由于向导的死亡，这个家族分支的信息中断了，无论他们怎样努力地去刮那面墙，都未找到相关的只言片语。

这时，纳赛尔注意到树下面的印章呈北斗七星的形状。三个人都看着它，有种感觉在提示他们，那个印章里可能包含着密码……三个人久久地站在那里，电筒里的灯光熄灭了，浓重的黑暗包围着他们。突然，一束银色的光穿透黑暗，使他们意识到外面月亮正圆。月光从天花板上的洞穿入，落在最远的一个角落，那正是他们每天夜里仰卧的地方。银色的光点让他们看到那里松散的土层。他们去刮土时，看到那块石头上刻着七个孔，代表着北斗七星，仿佛城堡的废墟正在阴谋勾结，在他们面前除去自己的面具；或者因为他们在那里耽误了太长时间，已经把那个地方变成了自己的内心深处。三个人立即开始工作，一锹下去，石头就被挖开了。他们发现了一个里面镶着铜皮的木箱子，箱子里面有两张精心摆放的薄羊皮纸。在微弱的亮光下，穆舍白布把纸展开，看到了一棵用各种墨水装饰的树。他们肯定，这就是从那个护身符的纸上撕下来的，标示的是从墙上开始到这页纸结束的族谱树的剩余部分，而这正是阿依夫·俄吐法尼的继承人们几个世纪以来追寻的东西。

在微光下，三个头聚在一起，三颗心一起跳动着，失眠的眼睛在伸展开的羊皮纸和墙壁上的那棵树上游移，想看到全部画面。

在墙上，他们看到的是那棵树最古老的两个分支：一支始于穆萨、哈伦，到公元 629 年的凯阿卜·本·艾施拉夫；另一支起源于瓦伊勒·莱比阿和乃托尔，两支汇合于玛尔德的后裔，而玛尔德是萨莱与萨阿德·谢赫·索比汗生的儿子。

画在纸上的，是那棵树最新的一部分，可以看到玛尔德·索比汗的后裔分散在控制着阿拉伯半岛中部的阿拉伯部族里，在具体的居住处，墨水颜色变淡，图变得污浊不清。根据旧羊皮纸脆度和厚薄的不同，可以看到从过去的十四个世纪到今天的漫长岁月里，阿依夫·俄吐法尼后裔的继承者们一直艰难地守护着家族的分支。三个人急不可待地掠过那些分支：伊雅德、盖斯、赛里木、迈阿德，然后是伯克尔、穆阿维叶、奥夫，一直到当下。纳赛尔的眼光看到玛尔德分支的最后一个名字穆夫利赫·俄吐法尼……最后，看到一个十分清晰的名字：哈立德·索比汗。纳赛尔送出了歇斯底里的笑声，而穆舍白布的心里却在哆嗦，一声警告从他的喉间冲了出来：

"这个长腰带索比汗是撒莱的孙子，他的儿子玛尔德就在麦加！！"

他们关于那张羊皮纸说出的唯一一句话穿破了梦想，击碎了它，把他们扔到了梦之外。手电筒的光出现了，穿着卡其色官服的身体也出现了：

"举起手来……出来……"那些影子把墙上的树遮住了。

纳赛尔沉着地举起了手，穆舍白布却措手不及，盲目地向灯光撞击，许多只手攻击着他，眼前一片混乱。昏暗之中，纳赛尔打了别人，也被别人打了，进攻者和将要被抓的人之间毫无区别。在混乱之中，一个身影跛着脚向后面溜去，然后消失了。

攻击信息网

阿伊莎的第九十封信

你读到我的思想，有时你会让我感到害怕，你发来的关于传奇游戏制作人宫本的消息说，任天堂公司不允许他讲自己的爱好和梦想，因为那是财富。这个人把他最普通的日常生活变成了垄断全世界的诱惑，同样，当他们家养了一条狗后，他又发明了任天堂狗。出于对园艺的酷爱，他还发明了宠物小精灵……我看到那些跳嘻哈舞的人竟能够倒立着行走，身体柔软得像橡胶，我也看到牙买加的短跑运动员，侯赛因·博尔特，在 2008 年奥运会百米夺冠时，与他后面的六位世界级百米运动员的距离如此之大，令人无可置信。这些身体的成就让我觉得，一种新的人类的身体正在创造中，我们不在其中，像我这样的人，一定会在身体和感情的停滞中消亡……

没有危险的梦，没有我的运动。

努拉把那封信放在一边，开始打量着把她载到麦地那的军用飞机。美展的尝试如瞬间之事，已经过去了，一系列将她置于谢赫棋盘上的飞逝的镜头——掠过，现在，在几千米的高空上，她又继续她的沉默。几张舒适的软椅，一张开会用的圆桌，就是这架飞机的主要装备。发动机的噪音震动着心脏，但又让她免于说话和倾听。她闭上眼睛，回想着她那些在墙上展览的作品。她画的是四肢残断的男性和女性的身体，众多参观者在一个空间里活动着，热烈交谈着，说着他们以前不敢说出的话和以前没有铸就的看法，用近旁的海水为其添加咸味，寻找或是品评着画面中丢失的四肢，解释着其不存在的原因……被组织前来看展览的女大学生们则把看展览变成了一种挑战，怂恿着最昏暗的线条在空的画面上挖掘，把她们的愤怒与不在乎投入其中……在她的那些画作面前，人们笑着，交换着眼色，让她的那些人物陷入生活刻薄的感觉之中，哪怕只是在某些时刻……她，努拉，站在那里，面对生活的攻击。女大学生们把她拉进了谈话之中……其中一个问道：

"害怕吗？"

她不经意地点了点头，说："也许……"然后，又嘲讽地加上一句："恐惧使我们变成了女斗士……"

另一个姑娘评论道：

"你的画让我感到被制服……为什么以如此的残酷对待身体……让它自为存在……"这时，一个姑娘调皮地笑着，满不在乎地高声说道：

"这是屠夫女儿的画展。"

努拉的身体第一次被近处的海风吹成了棕黑色，她把皮肤裸露出来，享受生命。有几天，她那些人物不再是她的手指和亚麻画布之前的独白，她们在众目睽睽之下，变得十分温顺。现在，画展结束，在高空之上，她让自己的人物像电影胶片一样卷起，回到她秘密的隐藏之处，坟墓上格列柯的天空中微弱的光线之中。突然，飞机在天空猛地拐了一个弯，努拉向下俯瞰，看到麦地那的一条条街道散落分布，像是一座火山用其巨大的手指深深插入地心，散发着黑色的烟尘。当她再次向下投入目光时，看到所有煤黑色的尘渣都变成了钻石，像是钻石的源泉，她的画从中涌出……那时，她真希望能够重新返回，成为庇护迁移至此的先知之地的一个黑色线条，享受平安。她驱走了头脑里黑色的酷热，在椰枣树的树荫中，先知寺的灯塔显露出来。努拉一直想念着那些灯塔，"它那里的呼唤声从不停止，它能最先听到世界末日来临时吹响的号角，那里的亡灵会首先从地下坟墓里走出，回应世界末日！"

这个想法引起她的颤抖，仿佛正在走向有选择的复活者一样。她独自结束了在洲际宾馆套房里的生活。像往常一样，当时她的谢赫正忙于自己的一些会议。

现在，她又可以与她的那些侍女单独相处了。她把那几页信纸藏了起来，以备在可能时像吸大麻一样地吸食。她若是把整个档案都偷来该有多好！如果因为这个档案，她注定得救，那么，这个档案也许会向她揭示死亡或者生存的真相。如其中的一封短信是这样的：

阿伊莎的第六十六封信

我体内的什么东西破碎了……卫星电视接收天线……也许……

但是，这是什么信号，

你是在一朵兰花里给我的，你说：兰花，让我想起你……

我的身体相信你，它模仿兰花，显示出了自身的

635

高傲，内在的舞蹈使它感觉到眩晕。

签字：阿伊莎

兰花让努拉感到高兴，写这些信件的人阿伊莎，用千百万次的回眸来表达对兰花的钟爱。阿伊莎将她从生活之巅带到了死亡，同样，现在她的形象也在镜子里消失。每当努拉看到这面镜子时，都会看见阿伊莎。她已经把画展参观者的留言看了一百遍了，自忖着：是谁写下了那些呢？是努拉还是阿伊莎？她整理着作为背景的法雅音乐，一个字一个字地读着那些留言。她想知道，桑丘·潘札和堂吉诃德，是桑丘·潘札死了，堂吉诃德活着吗？她和阿伊莎，一个人重返生命，另一个人深入到死亡里，究竟需要多长时间？她读着，读着，整个宇宙在逐渐缩小，变得只有一个男人头大小，然后，又变得如那个男人头脑里的一个想法的大小，接着又变得如他的眼中游离出的光线般大小。她不知道那只眼睛是阿拉伯人的还是外国人的，不知道它是在为谁挖掘这些事情，并将其变成定时炸弹。它剥夺了她的名字，剥夺了她的身份……这一切使她从一个预设的记忆里诞生。一个女人，写这些信件的女人的记忆，让她在那些赤裸裸的字里行间呼吸：

阿伊莎的第七十七封信

我把胎儿交给了阿札，

她应该把他埋葬……或者让他活下去。

我把我头脑里的纸页一张一张地撕了，是为了知道他在哪里结束吗？这结束会在什么地方？我们能够带着心里的胎儿跳下吗？

有一些夜晚，我听见他在楼梯间的台阶上爬……

有一些夜晚，我向下面爬去，去与他相见……

我在一个光秃秃的坑里，身体蜷缩着……没有一滴雨水……死人多么需要水呀！

我用尽了储藏起来的所有香水去改变他的气味，

但是，他的气味就是我内脏的气味，

那气味还带着热度，我的每一次呼吸都会让他燃烧。

签名：阿伊莎

又：

他们确信，在北卡罗来纳山上发现的这只人猿是人类始祖。它被发现时，被一个冰立方体包裹着，但是，冰雪消融后，他们发现，那不过是一个穿着大猩猩衣服的橡皮猩猩……

当我们融化时，他们又会在我们体内发现什么呢？我讨厌死在冰箱里……

你不要让他们把我的尸体冷冻……

签名：阿伊莎

努拉把那些话推到头的后部，推到记忆抛下的边缘……她只为周围的一个事物而来：肯定她"活着"的登记。突然，她在展览的参观者记录里看到了她从未看到的那句话，那句话以一种令她脊柱发抖的方式写着："有一天，你将醒过来，把我们所有的人埋葬！"

电话铃声打断了她的思路，她下意识地拿起听筒：

"夫人，有你的电话。"中转的声音充满活力，驱散了那个忧伤的句子，第二个声音传了过来。

"阿札。"仅仅一个字就让她浑身震颤。堤坝就要在她头里爆炸，将她席卷一空。她把听筒放下，任它响着，头脑里的电话铃响了起来。

"阿札。"电话响着，许久，许久，"阿札，阿札……"她的耳中，响着的是优素福当年在平台上的呼唤。铃声响着，经过她的房间……经过她关闭的窗扉……经过裸体倒下的阿伊莎……经过她父亲水池上的加米拉姑娘……

"阿札，阿札……"铃声经过了努拉，"努拉"，这是哈立德·索比汗给她起的名字。电话铃还在响着。哈立德不让她再使用"阿札"这个名字，而让她使用他母亲的名字"努拉"，希望她能感受到他对她施予的恩惠，并肯定了这个名字的意义：他的母亲是一个很强势的女人，是他父亲的一个女人，粉身碎骨而死……

她不知道电话铃声是什么时候停下来的，只听到有人敲门……她不知道那是久远时代的敲门声还是在此时……门打开了，有人从门外往里看……

"阿札……"仍然像以前一样，他的声音那样温暖，但是，此时此刻，那声音恐惧地颤抖着，带着失望和冰冷……她把手伸向了想象的头巾边缘……伸向了她头上的帽子，那帽子遮挡着那只眼睛……阻碍着她了解清晰的状况……声音和面孔向她肯定，她现在从丢失的记忆深处追回的想象，让她能面对面地站在她的名字面前：阿札，存在于有记录的档案里的名字……那档案沉重地置于她的双肩，让她降落而下……优素福跪拜，她亦在同一时间跪拜，他们两人在同一时间头顶触地……她只听到她想念的名字：阿札……她体内那深深的空空的坑正是对那名字的饥渴……对优素福呼唤那名字的方法的饥渴……他是那样深沉，就像他说出"麦加"一词一样……那种方法把辽

638

远的深沉给予了那个名字……他说出那个名字，犹如脚踏麦加土地，在那里挖着渗渗泉的人一样……在这个尘世里，只有优素福这样呼唤这个名字："阿札……我们离开吧……就在此时此刻……"

🌹 玫瑰红

"你知道谁是哈立德·索比汗吗？他是挖掘机……他是购买力和剥夺产权的印章……他是签约、拆散、出卖……出卖了你和你的房子的父亲……索比汗是附着在我们所有人身上的罪恶……人头巷，我和你，只是在集体灭绝地图上已经被清除的点点……我们是在下一刻掠夺某一座城市的点点……是在前一时刻轰炸某一或许多城市时疏忽大意的眼睛……你明白吗，阿札？你被缠绕在你脖颈上的一根绳子吊在空中……你不应该处在如此危险的情况里……你跳下来吧，阿札……和我一起……"

"你要和我说什么跳下来……在唯一的一次里，我打开被我父亲钉死的窗子想跳下来时，我看见了我的死亡，她的死亡，我们所有人的死亡……我的所见促使我从街巷里跳向永远……优素福，你是最了解我的人吗？我是否没有成功跳下，只是跳向了错误的彼岸？"

"阿札，我们可以改正……请帮助我去发现。"

"比这还多的发现？"

"帮帮我，先把你，人头巷的阿札从这一切之中解脱出来，发现正在进行的是什么。索比汗，他就是一只牲口，将用它的尾巴使我们沉陷地里……"

"优素福，求求你了，看看你周围真实的世界吧……从历史和世界末日的泡沫里出来吧，谁会谛听这一切呢？"

带着钢铁般的决心，她带着优素福溜进了哈立德的办公室。她的血管里被注射了肾上腺素后，她就脱离了自己正在爬行的身体。无论在什么时候，哈立德的仆人或者他的私人咖啡师或者他的随同都能够看清她正在干什么，所以，她不能后退。两个人向办公室走去，首先注意到了最下层柜子里的一个保险箱，优素福俯身查看时，发现它的门是开着的……

首先引起他注意的，是箱子最下层的护身符。优素福用颤抖的手拿起了它，发现里面有精心卷起的羊皮纸……

"我没想让你害怕，但是我刚刚从抓捕我们的陷阱中逃脱，肯定是哈立德的人干的，他们从我们这里把护身符抢走了。整个晚上我都在躲躲藏藏，怕别人看见，我只是想办法能找到你……"他把族谱树打开给她看，跳过许多字行，让她直接看到有关的字词。血液立刻泛滥到她的耳边，她决定重新查找保险箱。当她看到格列柯那幅画的草稿时，立刻僵住了。它怎么会在这里？拉法仪出什么事了？他是同谋者还是牺牲品？他们是不是在利用她做诱饵，以得到这张草稿？她赶走了这一切疑问，然后把草稿摆在优素福面前。画面上引起他注意的，是天上之人手里拿着一把钥匙，向玛利亚怀间落下。当他的目光落在那把钥匙上时，时光带着优素福停滞了。他屏住呼吸，拿出了挂在他脖子上的那把钥匙，

"就是那把钥匙……"努拉给他讲了那个男人的事情。他在托莱多的山顶过了二十五年，发疯似的找着那把钥匙，并把一个复制品放到了他的墓碑上……

"也许你和那个男人之间有血缘关系，也许，他就是你失踪

的父亲……你母亲哈丽麦不停地说，是安达卢西亚人劫持了她的丈夫……"努拉又回到保险箱那里，想找到在马德里时，哈立德·索比汗在那个清晨拿出来与从坟墓上偷来的钥匙进行比对的图纸……

"这些都是它的复制品……"她指着挂在他脖子上的钥匙说："毫无疑问，它就是那把钥匙……"她有意把"钥匙"一词说得很重。这一发现让周围被静默与黑暗笼罩。电话铃声重又回到她的耳边，她的口水重又充满鲜血的味道。她一心只想与时间赛跑，于是丢下一颗与优素福在她的血液里引起的爆炸具有同等威力的炸弹：

"这一切说明什么？"

一种模糊的臆度集中在优素福的脖子上：

"优素福，你是谢班家族的……"

两个人相对而立。钥匙介于二人之间，他们的目光都落在钥匙柄上两个相连的窰殿上，第三个窰殿位于上方，刻着金色的《古兰经》忠诚章和两个拥抱的身体……

两个人继续寻找更多的证据，只在最上面一层找到了一张DVD 光盘，优素福急忙在电脑上打开光盘，看到的是一个宣传片，以伊拉夫控股公司的标志开始。两个人屏住呼吸，看着那些描绘麦加未来的画面：克尔白周围的一切已被清除，取而代之的是宽阔的大理石广场。西北方向从禁寺开始，逐渐向上扩展成三个日晷式的高台，到达五个台阶，然后到达另一个城市外环的广场。人头巷被清除得无影无踪，原地矗立起的一座座摩天大楼遮住天际，左右均有十七座巨人般的建筑，中间是一个像帝国大厦一样的巨大的偶像似的建筑……接下来又是一圈一圈摩天大楼，左右各有七座，中间是两个护卫着庞大偶像的高大建筑……那些偶像的布局就像趴在地上的宇宙飞船，包围着天房，完全是金属世纪的后现代景象……威严稍逊的塔楼构成另一个范围。这些塔楼挺立在那里，像是可怜的卫兵保护着专制者的出现，除了充当堤坝之外，还阻挡着像蚂蚁一样爬动的沙子和穷困的侵袭……看来，禁寺圈以外的生活已经被摧毁了……

"哈立德·索比汗就是从天房周围的那些地方获得了他的绰号'长带子'的，他把麦加围绕在了他的腰上……"

那个光盘以最后的展示结束，需要一定的时间才能明白，那是对未来天房的现代的设计。蒙着黑色绸缎幔帐的石质主体已被清除，取而代之的是一个金属立方体，它有旧有主体的各个维度，只是像一座方尖碑似的伸向天空，周围是一层又一层的路径，可容纳越来越多的游转天房的人。现代天房就像是深入巨大磨坊齿轮中心的轴。

两颗心停止了跳动，两张嘴口干舌燥。优素福牢牢地坐在办公室的椅子里，阿札站在他身后，他沾满灰土的头发把麦地那泥土的芬芳送到他们身边。他们惊慌失措的目光集中在天房的后现代设计图上……阿札觉得身后一片空旷，不论何时，只要索比汗来到他们面前，就可能将他们推入一个比让他们瞠目结舌还要极端的地方，他们将坠入脖颈后面的深渊……

"现在我明白了，这是一个幻想出来的情节，但是我确信，关于偷钥匙和那些铸造钥匙失败的传言，都是为这个规划做准备的……重新设计天房……"

"如果天房建成这个样子，你在意吗？用石头，还是用金属，有关系吗？重要的是一种象征……"

"阿札，这不是我们知道的天房，这是建起来的，一直伸向天空。这个胡白勒曾占据安拉之殿的偶像，就是各个魔鬼角部落崇拜的偶像，而天房的基础，是我们的人祖阿丹和天使们建立的，石头来自天堂，是人类的宝藏……"

"可是你以前说过，那块绿色的石头是来自天堂的宝石，已经被扔进大海，免得被崇拜……"

"不是这个基础，我希望那个基础没有被触犯，任何想要去掉那个基础的举动都会损害天房。现在，我们起码还可以做的是，向当局揭露这些文件，调查始作俑者的意图……"阿札默默地望着他，他消瘦、苍白，却带有不可动摇的决心。

"向谁揭露？"

"向那些保护人类遗产的机构，在伦敦，在纽约，向王室办公厅，向协商会，向推善禁恶的机构……"他自己都觉得这些回答很幼稚。

"但是，你现在必须和我一起走……"优素福收起那些文件，准备离开。

"我要再次向你重复一个疯女人对我说过的一句话：这个钥匙，在一个适合它的男人手里，他能够打开安拉之殿所有的门，想象不到的那么多的门……"

"你看这用金属建成的未来的天房，什么样的钥匙能把它打开？"

"就连这把……"他摸着拴在脖子上的钥匙，说："整个事情都与这把钥匙有关，现在，我们必须带着它离开……"

"不，阿札，整个事情都与你有关，你和麦加，你若不和我一起离开，我绝不会出去……"优素福执意改变阿札的主意。她的头脑在几个圈里运转，她的身体自己行动起来，于是，她披上斗篷，跟着优素福离开了房间。电梯门在大堂打开时，她看见索比汗正与他的随从走进宾馆，门旁和大厅里都是他的保镖。优素福把她拽进电梯间，按下了上楼的按钮。电梯回应的那几分钟竟长如一个世纪。阿札上前一步，把头上的斗篷抬高，挡住优素福，不让大厅里的人们看到他。突然，一个人出现在电梯前面，目光与优素福的目光相遇。他就是在古堡废墟里追逐优素福的那些人中的一个。他把手伸向电梯门，想阻止其关闭，就在那一刹那间，阿札看见优素福迅速出手，向那男子的手臂击去，男子被推开，面部痛苦地扭曲着，躺倒在地上，电梯门关上了。

　　片刻，优素福不知道电梯所向。电梯自动开启，把他们带到了二层。电梯刚一停下，他们就冲向了左边的紧急出口，优素福砸碎了报警器，让风暴席卷了整个宾馆。他们跳上逃生台阶往下走，推过了无数道门，发现自己身处停车场时，看见纳赛尔正从他的路虎车上下来。面对这两个突然出现在他面前的人，纳赛尔僵住了，眼睛吃惊地瞪着，露出蜡一般的眼白，鼓出的眼珠一动不动地注视着这个女子。阿札向后退着，优素福则热情地走向前去，如释重负地喘着气说：

　　"纳赛尔警官，太好了，你也逃出来了！！"说罢，他回过头去看着已经离他很远的阿札，发现了她指责的目光，并听见她用警笛般的声音说：

　　"你和他是一伙的？"

　　"这是刑侦警官纳赛尔，他什么都知道……"她后退得更远了，说：

　　"我在马德里看见了你父亲的坟墓。为了找这把钥匙，我走遍了那个国家，可以说，是他把我弄到那里，就是为了让你知道你是谁。你现在和这个人在一起？"她的声音充满了被欺骗者的谴责。

　　"阿札，你听我说……"纳赛尔走过来，站在他们中间，然后，发出了不可置信的呼喊：

　　"这不是阿札……"阿札向宾馆的方向退去。

"等一下，你上哪儿去？"

"那里有事情一定要解决……"她自言自语，优素福刚刚能听到她的低语。

"没有叫阿札的人，那是残疾人阿伊莎虚构的，她让我们大家做了一个梦……"纳赛尔失望地说着。优素福想去追阿札，但被纳赛尔挡住了，他只能用余光看着那个向后倒退的身体。那个人是不是有轻微的跛足？她会是那个他一直讨厌的阿伊莎吗？

斗篷刚刚消失在宾馆大楼里，优素福就觉得他的身体正从另一个身体里撕裂而出，那是当初人们把他从天房里拽出，把他的钥匙从天房门锁里拔出时感觉到的身体……同样的伤口被撕裂的痛感……他处于昏厥之中。突然，深入胃里的一击向他袭来，他争斗着，想摆脱攻击者，到达吞进阿札那扇门，到达任何一扇门……

咔嗒声

许久，电梯才把她带到目的地，她觉得头里有一根柱子在大声疾呼：

"到门那里去……路在那里，路……"又有三根柱子把她推到这扇门前，越过了唯一一朵紫色的兰花。那兰花让她想起了她母亲那件被塞进那个被钉死的窗子里的长袍，阿伊莎的话语正在她耳边轻轻响着：

（我们第一次单独在一起时，你问我：现在抚摩你的男人是谁？是谁使你有了感觉，使你有了生命？

是我，黑色，

我的两只眼睛是黑色的，

我的心是黑色的，

我的血液是黑色的，

黑色是源自过度的抚摩，还只是因为你未被抚摩？）

她慢慢打开包间的房门，走了进去，刚刚走了一步，就已与他面面相对，他们中间是孤独的紫色兰花，还有那些炫目的草送出的话语：

（阿札甚至不是一棵树，最多就是一棵草，不死的草，被淹没，被烧焦，被践踏，被冰霜冻死，第二天又重新生长……）

下一声咔嗒：她听到它深入自己的脊椎，像拔掉的臼齿无礼地进出，是敲门的声音，还是折断的脖颈脱落的声音？

阿札，一棵草。

打火机

在笼罩着整个洲际宾馆的沉默中，在走廊尽头的房间里，哈立德·索比汗的随从带着深深的失落站在那里，把索比汗给他的一个信封扔在床上，信封里有一张银行支票……当他数到最后一个零时，眼睛模糊，心跳不止，一旁的索比汗用嘲笑的目光看着他，认为他已激动得流泪了。是的，他在这部悲剧里表演得太过分，太夸张了，但是，他已经干涸，皮肤下的血管正在断裂，送不出一滴泪水了。

那些零超越了他的一切梦想……不仅如此，还有升迁，会把他提升到刑事侦察最高台阶上的升迁，和索比汗在一起，生活就是向天空爬升的钢铁和玻璃的梯子……和索比汗在一起，只有没有终结的零……那个零的标志，是众所周知的索比汗的替代物……你甚至无法统计你的账目……索比汗的一句话就是轴心，世界围绕着它旋转，他自己也在旋转中度过他的一生……

他打开衣柜，拿出了新秀丽牌的行李箱，把它打开，摸索着，看看他偷偷保存在箱子里的那些纸页还在不在。安心之后，他把箱子盖上，拉着它离开宾馆。他的双肩疲惫地塌陷，过去一周发生的事情给他带来的折磨和摧毁已无法与他喉头里

泛起的腐烂之味相比较了……一只老鼠选择在他体内挖洞而
死，他深深地吸了一口气，不敢呼出体内之气，害怕老鼠的腐
烂气味滋扰行人，也不想把老鼠的腐烂传染给他们……

白色路虎车带着制动器的尖叫离开了宾馆的停车场，引来
了众多目光……他漫无目标地开着车，离开了这座城市，把禁
寺抛在身后。在向北伸延的路旁，他停下车，从车上走下来，
张皇失措地站在车门处……然后，他打开行李箱，用颤抖的手
指取出了那份蓝色档案，在后车轮旁蹲下，缩起腹部，把手伸
进档案里，这里，是他跳动的心的真诚所在……娱乐场里那个
毒蛇游戏把他带向高处，扭曲，再让时间旋转 360 度，回到他
开始的原点，只为了那唯一的一个女子。他把她卷起，把她的
话卷起，然后像项圈一样把她锁在自己的脖子上，在空旷中跳
跃。长久的离别之后，第一次触摸令这个刑侦警察全身战栗：

"啊，你是一个多么奇怪的女子……"他用自己的前额不停
地撞击着发热的车身，说："我为什么没有按照命令，早早把你
烧掉？我为什么在索比汗命令毁掉你所有的电子邮件时敢于违
抗他的命令？我们为什么没有能力改变我们的本性？我是一个
懦夫，背叛了我最后一滴血，我将以一个叛徒的身份而死……
最后，是你引导我面对自我，你将我置于两种选择之间：带着
你逃跑，或者追上优素福……可是，我选择了银行支票!! 为什
么我不能进行一场反对我的空虚的真正的战斗？阿伊莎，为什
么我不能成为一个更好的人？"她的名字犹如凶狠的狼叫，在
他的胸腔里绽裂……

"啊，阿伊莎……我正在假你之手，抵达欲壑。"他把打火
机打开，看着它的火焰烧光了第一封信，泪水滴落在滚烫的沙
地上。随着火焰把那些纸页吞噬，刑侦警官纳赛尔·盖哈坦泪
水如注，那哭声呜咽凄怆，渐厉渐强。

650